KB177671

이반 세르게예비치 투르게네프(1818~1883)

투르게네프 박물관 투르게네프가 어린 시절 살던 집. 아버지와 잔혹한 여지주였던 어머니와의 관계가 나빠 싸움이 끊이지 않았던 어린 시절의 경험을 바탕으로 《첫사랑》을 쓰게 된다.

투르게네프 기념상 상트페테르부르크, 마네시 광장

저널 〈현대〉 편집위원회의 구성원 러시아 작가 그룹. 곤차로프·투르게네프·톨스토이·드미트리 그리고로비치·드루지닌·
오스트롭스키. 1856.

투르게네프는 옥스퍼드대학교 명예박사학위를 받았다.
1879.

P. 비아르도 투르게네프가 짝사랑하여 평생 비아르도 가
족을 쫓아다니며 외국에서 지냈다.

이반 투르게네프 무덤 상트페테르부르크, 볼코프 공동묘지

풍자 만화 《헌터 주의 사항》의 레코딩(1852). 사냥 옷을 입고 발에 족쇄를 찬 트루게네프는 원고와 총 중 선택을 해야 하고 트루게네프 뒤에는 원고가 태워지고 있다.

〈투르게네프의 사냥〉 N.D. 드미트리-오렌 부르크. 1879.

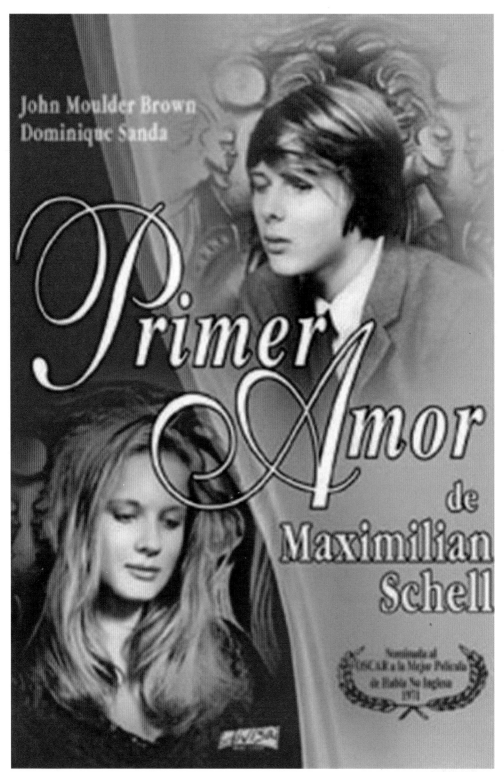

영화 〈첫사랑〉 포스터 감독 막시밀리안 셸, 존 몰더–브라운·도미니크 상다 주연. 스위스, 1970.

세계문학전집065
Ivan Sergeyevich Turgenev
ZAPISKI OKHOTNIKA/PERVAYA LYUBOR/POEMS IN PROSE

사냥꾼의 수기/첫사랑/산문시

이반 투르게네프/김학수 옮김

동서문화사

디자인 : 동서랑 미술팀

사냥꾼의 수기/첫사랑/산문시
차례

사냥꾼의 수기

Zapiski okhotnika

사냥꾼의 수기

호리와 칼리니치

볼호프에서 지즈드린스키로 온 사람은 누구나 오룔 사람들과 칼루가 사람들의 성격이 크게 다르다는 것에 놀랄 것이다. 오룔 사람들은 키가 크지 않고 등이 구부정하며, 조금은 우울하고 어쩐지 미심쩍은 눈길을 하고 있으며, 사시나무로 지은 초라한 집에 살고 지주의 밭에 나가 일을 할 뿐 장사 같은 것은 하지도 않는다. 그들은 되는대로 이것저것 잘 먹으며 구두 대신에 짚신을 신고 다닌다. 한편 칼루가 소작인들은 소나무로 지은 널찍한 집에서 살며, 키도 크고, 사람을 볼 때면 당당하게 밝은 눈길로 바라본다. 얼굴도 깨끗하고 살갗이 희며 버터와 타르를 팔고, 일요일에는 늘 장화를 신고 다닌다. 오룔은(여기서는 오룔의 동쪽) 땅의 거의가 진창으로 변한 산골짜기에 가깝고, 밭으로 일군 벌판 중심에 자리잡고 있다. 몇 그루 버드나무와 두세 그루의 가느다란 자작나무들을 빼면 그 근처 사방 1베르스타(1베르스타는 1,067미터)에서는 나무 한 그루도 볼 수 없다. 농가는 다닥다닥 붙어 있고, 지붕은 썩은 짚으로 이어져 있다……. 반대로 칼루가는 대부분이 숲으로 둘러싸여 있다. 농가 사이의 거리도 여유 있으며, 지붕은 판자로 덮여 있다. 문은 잘 잠겨 있고 뒤뜰 울타리도 망가지거나 엉성하게 짜여 있지 않아 지나가는 돼지에 짓밟힐 염려도 없다……. 그래서 사냥꾼들은 칼루가를 더 좋아한다. 오룔은 5년만 지나면 산림과 덤불숲이 흔적도 없이 사라질 것이고 늪도 자취를 감출 게 뻔하다. 그와 반대로 칼루가에서는 100베르스타가량이 벌목 금지구역이고, 늪도 수십 베르스타에 걸쳐 연달아 있어서 희귀한 들꿩도 아직 사라지지 않았고 사람을 잘 따르는 도요새도 있다. 게다가 남의 일에 참견하기 좋아하는 자고새가 푸드득 요란한 소리를 내며 날아다녀 사냥꾼과 사냥개를 즐겁게 해주기도 하고 놀래주기도 한다.

나는 지즈드린스키 군에 사냥하러 다니는 사이, 벌판에서 폴루티킨이라는 칼루가의 소지주를 알게 되었다. 그는 열렬한 사냥꾼으로 훌륭한 사람이었지만 한편 약점도 있었다. 이를테면 마을에 사는 유복한 집안의 처녀란 처녀에게 모조리 혼담을 넣어 보았으나 모두 거절당하고는, 이제 어느 집에도 찾아갈 수 없게 되어 상처 받은 자신의 비통한 슬픔을 친구에게 털어놓는 버릇이 있었다. 그러면서도 한편으로는 처녀들의 부모에게 여전히 시큼시큼한 복숭아며, 자기 정원에 열리는 싱싱한 과일들을 선물로 보내고 있었다. 그는 똑같은 우스갯소리를 여러 번 되풀이하기를 좋아했는데, 폴루티킨 자신은 무척 재미있는 듯이 이야기하지만, 아무도 웃어주는 사람은 없었다. 또한 그는 아킴 나히모프의 작품이나 《핀누》라는 중편 소설에 열중해 있었다. 그는 말을 더듬기까지 해서 자기 개를 '아스트로노몸'이라 불렀고 '그렇지만'을 '그치만'이라고 말했다. 그리고 자기 집에서는 프랑스 요리법을 쓰고 있다는데 요리사의 말에 의하면 모든 요리의 독특한 맛을 완전히 바꾸어버리는 것에 그 의의가 있다고 했다. 그래서 이 예술가의 손을 거치기만 하면 고기는 생선 냄새를 풍기고, 생선은 버섯 냄새를 풍기는가 하면 마카로니는 화약 냄새를 풍겼다. 또 수프 속에 들어가는 당근은 마름모꼴 아니면 사다리꼴로 자른다. 그러나 이러한 사소한 결점들을 빼놓는다면 폴루티킨 씨는 앞에서도 말했듯이 훌륭한 사람이다.

　내가 처음으로 폴루티킨을 알게 된 날, 그는 나를 자기 집에 초대하고 하룻밤 묵어가도록 권했다.

　"내 집까지는 5베르스타나 되는데." 그는 말을 이었다. "걸어서 가기엔 머니까, 먼저 호리 집에 들르기로 하죠." (나는 그의 더듬는 말버릇을 하나하나 여기 적지 않을 것이니 그 점 독자의 양해를 구한다.)

　"호리라는 사람은 누군가요?"

　"아, 내 소작인인데…… 바로 이 근처에 살죠……."

　그래서 우리는 먼저 호리네로 갔다. 숲 속 한가운데에 깨끗이 다듬어진 빈터가 있고, 거기에 호리의 집 한 채가 외롭게 우뚝 솟아 있었다. 집이라야 판자 울타리로 이은 소나무 오두막집 두서너 칸이었다. 정면에는 가느다란 기둥으로 밑을 바친 차양이 달려 있다. 우리가 안으로 들어서자 스무 살쯤 되어 보이는 키가 크고 잘생긴 젊은이가 우리를 맞이했다.

　"아, 페쟈! 호리는 집에 있나?" 폴루티킨이 물었다.

　"지금 없습니다, 시내에 나갔어요." 젊은이는 싱글벙글 웃을 때마다 눈처럼 새하얀 이를 드러냈다.

"마차를 준비할까요?"

"그래, 마차를 준비해라. 그리고 크바스(러시아 음료수의 하나)를 한 잔씩 가져오너라."

우리는 집 안으로 들어갔다. 깨끗한 통나무를 이어서 만든 벽에는 그 흔한 목판화 하나도 걸려 있지 않았다. 묵직한 은제 성상 앞에는 등잔불이 깜빡이고 있고, 보리수 탁자는 최근에 다시 대패질을 했는지 유난히 산뜻해 보였다. 통나무 틈이나 창문틈에는 바퀴벌레 한 마리도 없었고, 생각에 잠긴 듯 엎드려 있는 딱정벌레도 보이지 않았다. 젊은이는 곧 크고 흰 잔에 맛좋은 크바스를 철철 넘치게 따라서 큼직한 밀빵 조각과, 소금에 절인 오이 열두 개를 나무 쟁반에 담아 들고 나타났다. 그는 가져온 것을 모조리 탁자 위에 놓고는 문턱에 기대어, 싱글벙글 웃으면서 이쪽을 바라보고 서 있었다. 우리가 음식을 먹기도 전에 벌써 문 밖에서 마차 소리가 들려왔다. 우리는 바로 밖으로 나갔다. 고수머리에 볼이 빨간 열다섯 살가량 소년이 마부자리에 앉아서 살찐 얼룩말을 간신히 다루고 있었다. 마차 뒤에는 건장한 소년 여섯 명이 서 있었는데 모두 모습이 비슷했고, 페쟈와 닮은 데가 있었다.

"모두 호리의 자식들입니다!" 폴루티킨이 말해 주었다. "모두 호르키(러시아어로 족제비)들입죠." 현관까지 따라 나온 페쟈가 맞장구를 쳤다. "이게 전부가 아닙니다. 포타프는 숲으로 갔고, 시도르는 늙은 족제비와 함께 시내에 나갔습니다……. 자, 바샤."

페쟈는 마부 쪽으로 돌아서며 말을 이었다. "단숨에 달려야 해. 주인 나리를 모시고 가는 거니까. 길이 나쁜 곳에서는 조심해서 천천히 몰도록 하고. 그렇잖으면 마차를 망가뜨리게 되고 나리를 놀라게 할 테니까!"

나머지 족제비들은 페쟈의 농담을 듣고 미소를 지었다.

"아스트로노몸을 태워주게!" 폴루티킨이 정중한 어조로 말했다. 페쟈는 만족스러운 표정으로 발버둥치는 개를 번쩍 들어올려 마차 바닥에 내려놓았다. 바샤는 말고삐를 당겼다. 마차는 달리기 시작했다.

"바로 저곳이 내 사무소입니다." 이윽고 폴루티킨은 작고 나지막한 집 한 채를 가리키며 말했다. "들러보시겠어요?"

"그럽시다."

"지금은 쓰고 있지 않습니다만 그래도 구경은 할 만하지요." 폴루티킨은 마차에서 내리며 설명을 했다.

사무실은 텅 빈 두 개의 방으로 나뉘어 있었다. 문지기 애꾸눈 노인이 뒤뜰에서 달려나왔다.

"안녕하시오, 미냐이치?" 폴루티킨이 말을 건넸다. "물을 좀 마시고 싶소."

그러자 애꾸눈 노인은 사라지더니 곧 물병과 컵 두 개를 가지고 다시 나타났다.

"자, 맛 좀 보십시오." 폴루티킨이 나에게 말했다. "이건 내 집에 있는 샘물인데, 맛이 참 좋습니다." 우리는 샘물을 한 컵씩 들이켰다. 그러자 노인은 허리까지 머리를 숙여 인사했다.

"자, 그럼 이제 갈까요." 새로 사귄 친구가 말했다. "이 사무실에서 나는 알릴루예프라는 상인에게 숲을 유리한 조건으로 팔았지요."

우리는 마차에 올랐다. 그리고 30분 뒤에는 벌써 지주의 집 정원으로 들어서고 있었다.

"저, 한 가지 물어보고 싶은데요." 나는 저녁식사 때에 폴루티킨에게 물었다. "어째서 호리는 다른 농부들과 떨어져 살지요?"

"거기엔 이런 이유가 있습니다. 그는 매우 영리한 농부이죠. 25년 전쯤에 그의 집이 몽땅 불에 타버렸을 때, 돌아가신 내 아버지에게 와서 '제발 부탁이니 늪이 있는 나리의 숲 속에 살게 해주십시오. 그렇게 해주시면 연공(年貢)도 전보다는 많이 바치겠습니다' 말하지 않았겠어요. '도대체 무엇 때문에 늪으로 오겠다는 건가?' '별다른 이유가 있어서는 아닙니다. 그저 제발 주인댁의 일만은 시키지 말아주십시오. 그 대신 연공은 나리께서 마음대로 정해 주십시오.' '그럼 1년에 50루블로 하지!' '예, 알겠습니다.' '그렇지만 밀려서는 안 돼, 알겠나!' '네, 반드시 지키겠습니다……' 그렇게 해서 늪에서 살게 된 거지요. 그때부터 호리(족제비)라는 별명이 붙게 된 거랍니다."

"그래, 돈을 잘 받아왔나요?" 내가 물었다.

"잘 받아왔지요. 지금은 현금으로 100루블을 받고 있습니다만, 앞으론 좀 더 올려 볼 작정입니다. 나는 벌써 여러 번 그에게 '자유로운 몸이 되게, 호리. 빨리 돈을 갚고 자유의 몸이 되라니까!' 말했습니다만, 그놈은 약아빠져서 그렇게 할 수가 없다고 질색을 하는 거예요. 그만한 돈이 없다고요……
정말 어처구니없는 놈이지요!"

　다음 날, 차를 마시자마자 우리는 다시 사냥을 하러 나갔다. 마을을 지나
갈 때, 폴루티킨은 나지막한 어떤 오막살이 옆에서 마부에게 말을 멈추게 한
다음, 큰 소리로 "칼리니치!" 하고 불렀다. 그러자 "예, 나갑니다. 나리,
곧 나갑니다" 하는 소리가 마당에서 들려왔다. "지금 신발 끈을 매고 있습
니다."

　우리는 천천히 마차를 몰고 갔다. 교외로 벗어나자, 마흔 살쯤 된 사나이
가 우리를 뒤쫓아왔다. 그는 키가 크고 말랐으며, 조그만 머리를 뒤로 젖히
고 있었다. 이 사람이 바로 칼리니치였다. 얼굴은 드문드문 곰보 자국이 있
고 거무스름했지만 무척 선량해 보이는 인상이 첫눈에 마음에 들었다. 칼리
니치는 (나중에 안 일이지만) 날마다 주인과 함께 사냥을 나가서는, 배낭을
지거나 엽총을 메기도 하고, 새가 앉은 장소를 찾아내는가 하면 물을 길어오
기도 하고, 딸기를 따오기도 했다. 뿐만 아니라 주인을 위한 막사를 치기도
하고, 마차를 가지러 달려가기도 했다. 폴루티킨은 그가 없으면 마치 손이나
발이 없는 것 같았다. 칼리니치는 무척 명랑하고 온순한 성품의 사나이였다.
그는 언제나 나직이 콧노래를 부르면서 즐거운 표정으로 사방을 둘러보았
다. 말을 할 때에는 약간 코맹맹이 소리를 내고, 미소를 지으면서 파르스름
한 눈을 가늘게 뜨기도 했으며, 쐐기 모양으로 자란 엉성한 턱수염을 자주
손으로 만지는 버릇이 있었다. 걸음은 그다지 빠르지 않았으나, 길고 가느다
란 지팡이에 가볍게 몸을 의지하면서 성큼성큼 큰 걸음으로 발을 옮겨 놓았
다.

　그는 그날 하루는 여러 번 나와 이야기를 나누면서, 조금도 아첨하는 빛이
없이 나를 도와주었으나, 주인을 대할 때에는 마치 어린애를 보살피듯이 돌
보아주었다. 참을 수 없이 무더운 대낮의 뙤약볕 아래에서 견디다 못해 그늘
을 찾게 되었을 때에도, 그는 숲 속 깊이 자리잡고 있는 자기 양봉장으로 우
리를 안내해 주었다. 칼리니치는 향기 나는 마른풀 다발을 매달아 놓은 오막
살이 문을 열고, 우리를 싱싱한 마른풀 위에 눕게 했다. 한편 그는 머리에
그물 모양의 자루를 뒤집어쓰고, 칼과 항아리, 그리고 불타는 나뭇개비를 들
고 벌집을 따러 양봉장으로 나갔다. 우리는 따스하고 말간 꿀을 샘물과 함께

마시고, 윙윙거리는 벌의 단조로운 소리와, 소란스러운 나뭇잎의 속삭임을 들으면서 잠들었다. 가벼운 산들바람이 불어 와 나를 잠에서 깨웠다……. 눈을 뜨니 칼리니치가 그곳에 있었다. 그는 반쯤 열린 문지방에 앉아서 칼로 나무수저를 만들고 있었다. 나는 저녁 하늘처럼 맑고 유순한 그의 얼굴을 한참 동안 넋을 잃고 바라보았다. 폴루티킨도 눈을 떴다. 그러나 우리는 바로 일어나지는 않았다. 오랫동안 돌아다니다가 단잠을 한숨 자고 난 뒤라, 마른 풀 위에 가만히 누워 있는 것이 즐거웠다. 기분 좋은 나른한 피로감이 온 몸에 스며들고, 얼굴은 가볍게 달아올라서 달콤한 고단함에 저절로 눈이 감겼다. 잠시 뒤 일어나서, 또다시 밤까지 돌아다녔다. 저녁식사 때, 나는 다시 호리와 칼리니치의 이야기를 끄집어냈다.

"칼리니치는 좋은 농부입니다." 폴루티킨이 말했다. "근면하고 마음씨 착하지요. 그러나 제대로 살림을 꾸려나가진 못합니다. 하긴 내가 줄곧 끌어내 사냥만 다니니까…… 어떻게 살림을 할 수 있겠어요? 생각해 보세요." 나는 그의 말에 동감을 표시하고 잠자리에 들었다.

다음 날, 폴루티킨은 부득이한 일로 이웃마을 피추코프라는 자와 시내로 돌아가야 했다. 이 사람은 폴루티킨의 땅을 빌려 농사짓다가, 바로 그 경작지에서 폴루티킨의 소작인인 어떤 여자를 때렸다는 것이다. 나는 혼자 사냥을 나갔다가 해지기 전에 잠시 호리네를 들렀다. 문지방에서 나를 맞아준 노인은 대머리에 키가 작고, 어깨가 딱 벌어져 건장해 보였는데, 바로 그 사람이 호리였다. 그의 얼굴을 보자 소크라테스가 떠올랐다. 울퉁불퉁하고 높은 이마며, 조그만 눈이며, 들창코며, 모두 소크라테스와 닮았다. 우리는 함께 집 안으로 들어갔다. 곧바로 페쟈가 우유와 검은빵을 갖다주었다. 호리는 의자에 앉아서 곱슬곱슬한 턱수염을 쓰다듬으면서 나와 이야기를 하기 시작했다. 그는 자기 자신의 가치를 잘 알고 있는 듯, 말하는 법이나 몸가짐도 침착했고, 때때로 기다란 콧수염 사이로 웃음을 보여주기도 했다.

우리는 파종이며, 수확이며, 농민들의 생활에 대해서 이야기를 했다……. 그는 무엇이든 내 말에 동의하는 듯했으나, 그때마다 나는 어쩐지 꺼림칙한 생각이 들었다. 나 자신이 사리에 맞지 않는 말을 하고 있는 듯이 느껴졌기 때문이다……. 이상한 방향으로 말이 흘러나갔다. 호리가 한 이야기 중에는 더러 이해하기 힘든 것도 있었다. 어쩌면 너무 신중을 기했기 때문일지도 모른다……. 우리가 나눈 이야기를 하나 들어보면 다음과 같다.

"그런데 호리, 당신은 왜 주인에게 몸값을 치르고 자유의 몸이 되지 않는 거요?" 나는 말했다.

"아니, 무엇 때문에 자유를 살 필요가 있습니까? 이젠 저도 주인을 잘 알고, 연공에 대해서도 잘 알고 있는데요, 뭘……. 게다가 주인은 참 좋은 분이시거든요."

"그렇지만 자유의 몸이 되는 편이 더 좋을 텐데."

호리는 나를 흘낏 곁눈질해 보았다.

"그야 그렇겠지요." 그는 말했다.

"그런데 왜 하지 않는 거요?"

그러자 호리는 절레절레 머리를 저었다.

"나리, 그럴 만한 돈이 어디 있습니까?"

"다 알고 있소. 그런 말은 그만두시게……."

"저 같은 놈이 자유로운 사람들 틈에 끼게 되면," 노인은 혼잣말을 하듯 나직한 소리로 말을 이었다. "턱수염이 없는 인간은 모조리 저의 주인이 되고 말 겁니다."

"그럼 당신도 수염을 깎아버리면 되지 않소."

"수염 같은 건 문제가 아닙니다. 수염은 잡초와 같아서 깎을 수 있지요."

"그렇다면 도대체 어떤 것이 문제요?"

"그건 다시 말해서 호리가 앞으로 상인이 된다는 말이죠. 상인들은 좋은 생활을 하며, 게다가 턱수염도 의젓이 기르고 있으니까요."

"아니 그럼, 지금 장사도 하고 있단 말이요?" 내가 물었다.

"조금씩 하고 있죠, 버터라든가 타르 같은 걸…… 저 그런데 나리, 마차를 준비할까요?"

'이놈은 말주변도 좋거니와 배짱도 두둑하구나.' 나는 마음속으로 이렇게 생각했다.

"그만둬요, 마차는 필요 없소. 내일은 이 근처에서 사냥을 하고 싶은데, 당신만 괜찮다면 저 마른풀 헛간에서 오늘 하룻밤을 묵게 해주구려." 나는 말했다.

"네, 그러시지요……. 하지만 헛간 안에서 편히 주무실 수 있을는지요?

여자들에게 말해서 자리라도 깔고 베개를 갖다 놓으라고 이르겠습니다. 이봐, 다 어디 갔어?" 그는 자리에서 일어나며 이렇게 외쳤다. "이리 와, 이리와 봐……. 그리고 페쟈, 너도 같이 거들어라. 여자들이란 도대체가."

15분쯤 지나자 페쟈는 초롱불을 들고 나를 헛간까지 안내해 주었다. 나는 향긋한 마른풀 더미 위에 누웠다. 개도 내 발밑에 웅크리고 앉았다. 페쟈는 내게 인사를 하고 나갔다. 헛간 문이 삐걱 열리더니 쾅 닫혔다. 나는 한참 동안 잠을 이룰 수가 없었다. 암소 한 마리가 문 옆에 와서 두세 번 시끄럽게 콧김을 불었다. 그것을 본 사냥개가 문 쪽을 향해 으르렁거린다. 돼지가 처량한 소리로 꿀꿀거리며 옆을 지나간다. 어딘지 가까운 곳에서 말이 마른 풀을 씹으며 콧노래를 부르기 시작한다……. 그러다가 나는 겨우 잠이 들었다.

새벽녘에 페쟈가 나를 깨웠다. 나는 이 유쾌하고 건강한 젊은이가 무척 마음에 들었다. 게다가 내가 관찰한 바에 따르면, 페쟈는 호리 노인에게도 귀염을 받고 있는 것이 분명했다. 그들은 부드러운 애정이 깃든 어조로 서로 농담을 주고받았다. 노인이 나를 맞으러 나왔다. 내가 자기 집에서 하룻밤을 지냈기 때문인지, 아니면 달리 무슨 이유가 있었던지, 어쨌든 호리 노인은 어제보다 훨씬 더 다정하게 나를 대해주었다.

"차가 준비되었습니다." 그는 미소를 지으며 나에게 말했다. "차를 마시러 가시죠."

우리는 탁자 옆에 자리를 잡고 앉았다. 며느리로 보이는 건강한 여인이 우유가 든 항아리를 들고 왔다. 호리의 자식들도 차례차례 방 안으로 들어왔다.

"모두 체격이 좋군요!" 나는 노인에게 말했다.

"그렇죠." 설탕 조각을 씹으면서 노인은 대답했다. "저놈들이 나나 안사람에게 불평할 만한 것은 아무것도 없지요."

"그럼 모두 같이 사나요?"

"네. 다들 함께 살길 원하니까요."

"다 결혼했나요?"

"저기 앉아 있는 장난꾸러기 한 놈만 아직 결혼을 안 했어요." 노인은 여전히 문에 기대 서 있는 페쟈를 가리키면서 대답했다. "막내 녀석 바시카는 아직 나이가 어리니까요."

"결혼은 해서 뭐합니까?" 폐쟈가 말했다. "이대로가 좋아요. 도대체 왜 아내가 필요해요? 고작 싸움만 할 뿐이지, 그렇지 않습니까?"

"그래, 이놈아…… 난 네놈을 알지! 넌 은반지나 끼고…… 주인댁 하녀들 꽁무니나 쫓아다니고 싶겠지…… 에잇, 이 파렴치한 같으니!" 노인은 하녀들의 목소리를 흉내내며 말을 이었다. "나는 네 뱃속까지 다 들여다보고 있는 거야, 이 망나니 자식아!"

"그래, 아내가 어디가 좋단 말이에요?"

"아내는 일꾼이야." 호리는 점잖게 말했다. "아내는 남편의 팔이란 말이다."

"어째서 내게 일하는 여자가 필요해요?"

"그거야 네가 놀고먹기를 좋아하는 놈이니까. 난 너 같은 놈들을 잘 알아."

"그럼 결혼시켜 주시구려. 왜 잠자코 계십니까?"

"그래, 됐다, 됐어. 이 녀석, 나리께 방해가 되니 좀 가만히 있어. 그리고 이제 보내줄 테니 걱정 마라……. 저, 나리, 제발 언짢게 생각하지 말아주십시오. 보시다시피 어린애가 돼서, 아직 철이 없습니다."

폐쟈는 불만스럽다는 듯이 고개를 저었다.

"호리, 집에 있소?" 그때 문 밖에서 낯익은 목소리가 들려왔다. 이윽고 칼리니치가 집 안으로 들어왔다. 그는 자기 친구인 호리를 위해 일부러 따온 산딸기를 손에 들고 있었다. 노인은 정답게 그를 맞았다. 나는 놀란 눈으로 칼리니치를 바라보았다. 사실 말이지, 나는 농사꾼에게 이런 '세심함'이 있으리라고는 생각지도 못했기 때문이다.

나는 그날 다른 때보다 네 시간이나 늦게 사냥을 나갔다. 그리고 그 뒤 사흘 동안을 호리 집에서 묵었다. 새로 알게 된 이 집안 식구들이 나의 흥미를 끌었던 것이다. 내가 어떻게 그들의 신용을 얻었는지는 모르겠으나, 어쨌든 그들은 나에게 서슴지 않고 이야기를 털어놓았다. 나는 만족스럽게 그들의 말을 들으면서 그들을 관찰했다. 두 친구는 조금도 닮은 데가 없었다. 호리가 적극적이고 실제적이며 모든 일을 잘 처리하는 데 적합한 두뇌를 가진 합리주의자라면, 칼리니치는 반대로 이상주의적인 낭만파로, 무슨 일에나 감동하기 쉬운 공상가였다. 호리는 현실이라는 것을 이해하고 있었다. 다시 말해 그는 집을 짓고, 돈도 저축하고, 주인이나 다른 세력가와도 사이좋게 살아갈 수 있는 뛰어난 수완가였던 것이다. 그러나 칼리니치는 짚신을 신고 다니며 그날그날을 가까스로 넘겼다. 호리는 화목한 대가족을 거느리고 있었다. 칼리니치는 예전엔 아내가 있었지만, 아내를 무서워한 나머지 결국 자식도 갖지 못했다. 호리는 폴루티킨을 꿰뚫어보고 있었지만, 칼리니치는 그저 주인을 숭배할 뿐이었다. 호리는 칼리니치를 좋아해서 돌보았고, 칼리니치도 호리를 좋아하며 존경하고 있었다. 호리는 말수도 적고 히죽히죽 웃으면서 무엇이든 속으로 생각하는데, 칼리니치는 흥분된 어조로 말하긴 했으나 약삭빠르게 말재주가 좋은 것은 아니었다. 그러나 칼리니치는 호리까지도 인정하는 타고난 능력이 있었다. 예를 들면 칼리니치는 출혈이라든가, 경련이라든가, 광기 같은 것을 주문을 외워서 고치는가 하면, 벌레를 내쫓기도 하고, 꿀벌도 능숙하게 다루었다. 다시 말해서 손재주가 있었다. 호리는 내가 보는 앞에서, 새로 사온 말을 마구간에 넣어달라고 칼리니치에게 부탁했다. 칼리니치는 의심 많은 노인의 청을 들어주었다. 칼리니치가 자연에 좀더 가깝다면, 호리는 인간 사회에 좀더 가깝다고 할 수 있었다. 칼리니치는 무엇이든 따지는 것을 좋아하지 않고 맹목적으로 믿었으나, 호리는 가장 높은 곳에 서서 삶을 비꼬아 보았다. 호리는 많은 것을 보고 또 많이 알고 있었으므로 해마다 그에게서 배울 점이 한두 가지가 아니었다. 이를테면 여름 풀베기 전이면 이상하게 생긴 조그만 마차 한 대가 마을에 나타나곤 한다는 것도 그를 통해 알게 되었다. 그 마차에는 카프탄(터키 사람들이 입는 셔츠 모양의 긴 윗옷)을 입은 사람이 앉아서 낫을 팔았다. 현금이면 1루블 25코페이카, 지폐면 1루블 50코페이카, 그리고 외상이면 3루블, 혹은 1루블 은화로 팔았다. 말할 것도 없이 농민들은 모두 외상으로 샀다. 2, 3주일이 지나면 다시 그 사람이 나타나서 돈을 청구한다. 농사꾼들은 방금 귀리 수확을 마친 뒤라 자연히 돈을 갚을 수 있는 여유가 생겨서, 그 상인과 함께 선술집으로 가서 계산을 마친다는 것이었다. 지주들 중에는 자기가 현금으로 낫을 사서 그것을 상인과 같은 가격으로 농사꾼들에게 외상으로 팔려고 하는 사람도 있었다. 그러나 농사꾼들은 그런 지주들에게 불만을 표시했을 뿐 아니라, 크게 실망했다. 그것은 다름 아니라, 그들은 낫을 손으로 튕겨서 그 소리에 귀를 기울여 보기도 하고, 혹은 두 손으로 뒤집어 보기도 하며, 교활한 거리의 상인을 상대로 '이봐, 낫이 그다지 좋지 않군그래?' 하고 열 번이고 스무 번이고 물어볼 수 있는 즐거움을 빼앗기고 말았기 때문이다. 작은 낫을 살 때에도 역시 똑같지만, 다만 다른 점은 시골 부인들이 흥정에 끼어든다는 것이다. 부인들은 조금이라도 싸게 사려고 상인에게 너무 졸라대는 바람에 상인은 할 수 없이 그 부인들을 쫓아버려야 할 때도 있었다. 그러나 다음과 같은 경우에는 아낙네들이 크게 곤욕을 치른다. 제지공장에 재료를 납품하는 청부업자들은 어떤 특별한 부류의 인간에게 넝마 구매를 위임하게 되는데, 어느 군에서는 그런 사람을 '독수리'라고 부른다. 이러한 '독수리'들은 청부업자한테서 200루블가량의 지폐를 받고 먹이를 찾아 떠난다. 그러나 그들은 자기 자신들이 지니고 있는 용맹스러운 새라는 이름과는 달리 대담하게 달려들려고 하지 않는다. 도리어 그들은 간계를 부리고 사기를 친다. 그들은 마을 근처의 어느 덤불 속에 마차를 숨겨두고 마치 통행인이나 부랑자처럼 행세하면서, 뒤뜰과 집 뒤로 다가온다. 그러면 아낙네들은 독수리의 접근을 이내 육감적으로 알아차리고, 살그머니 그쪽으로 빠져나가서 당장 그 자리에서 성급히 흥정을 해버린다. 동전 몇 푼과 바꾸기 위해서 아낙네들은 필요 없는 넝마뿐만 아니라 때로는 남편의 셔츠와 손으로 짠 치마까지 이 '독수리'에게 팔아버린다. 특히 자기 집의 대마를 훔쳐내다가 팔아서 큰 이득을 볼 수 있다고 생각하는 악습까지 유행하게 되었다 한다. 이렇게 되고 보니 '독수리'는 넝마 사업으로 대성공을 거둔 셈이다! 그러나 농사꾼은 농사꾼대로 경계를 하고, '독수리'가 온다는 소문을 듣거나 조금이라도 의심이 나는 데가 있으면, 잽싸게 새로운 예방책을 세웠다. 사실, 그들이 화를 내는 것도 무리는 아니다. 대마를 파는 것은 남자들의 일로서(실제로 남자들이 판다), 그것도 도시에서 파는 것이 아니라—일부러 도시까지 대마를 팔러 가야 하기 때문에—마을에 찾아드는 행상인에게 파는 것이다. 행상인에겐 저울이 없으므로, 마흔 줌을 1푸드(16.38킬로그램)로 계산한다. 그런데 그 한 줌이란 것이 얼마나 크며, 러시아인의 손바닥이 얼마나 크고, 특히 셈에 '열중했을 때' 그 손바닥은 얼마나 많이 쥘 수 있는지, 그것은 독자의 상상에 맡기기로 한다!

　나는 경험이 부족하고 시골에서 살아본 일이 없기 때문에, 이런 이야기들이 무척 흥미가 있었다. 그러나 호리는 자기만 이야기한 것이 아니라, 나에게도 여러 가지를 물었다. 내가 외국에 갔었다는 것을 알자, 그의 호기심은 갑자기 커졌다. 칼리니치도 그에게 뒤지지는 않았다. 하지만 칼리니치는 산이며 폭포며 훌륭한 건물이며, 대도시 같은 자연 이야기에 좀더 흥미를 느끼고 있었으나, 호리는 행정이라든가 국가에 대한 문제에 흥미를 보였다. 그는 무슨 일이든지 순서를 세워 물어보았다.

"그래, 어떻습니까? 거기도 여기하고 같은가요, 아니면 다른가요? ······ 나리, 말씀해 주십시오, 어떻습니까?" "아아, 정말 멋지군요!" 칼리니치는 내가 말하는 도중에 이렇게 외쳤다. 호리는 말없이 짙은 눈썹을 찌푸리고는 가끔 말했다. "그건 우리에게 맞지 않을 테지만, 그거라면 좋군요—아주 질서가 서 있어요." 나는 그의 모든 질문을 죄다 적을 수도 없거니와, 또 전달할 필요도 느끼지 않는다. 그러나 우리의 이야기 속에서 나는 독자들은 상상도 못할 하나의 확신을 얻었다. 표트르 대제는 어디까지나 러시아인이다. 즉 그의 개혁 방식에서 그가 러시아인이라는 확신이 든다. 러시아인은 자기 역량을 믿고 있기 때문에 자기 자신을 파괴하는 것조차 주저하지 않으며, 과거에 미련을 두지 않고 대담하게 앞을 내다본다. 선한 것을 좋아하고, 도리에 맞는 것은 바로 받아들인다. 그러나 그것이 어디서 나왔는가에 대해서는 조금도 관심이 없다. 러시아인의 상식은 곧잘 독일인들의 무미건조한 오성을 조롱하곤 하지만, 호리의 말에 따르면 독일인은 흥미 있는 국민으로서 그 또한 그들에게서 배우려고 했다. 호리는 자신이 다른 사람과 달리 사실상 독립적인 위치를 차지하고 있어서 나하고 말할 때에도 다른 농사꾼이라면 도저히 말할 수 없는 것—농사꾼의 말을 빌리면 맷돌에다 갈아도 나올 수 없는 말들을 여러 가지 들려주었다. 그는 자신의 위치를 현실적으로 이해하고 있었다. 호리와 이야기하면서, 나는 처음으로 소박하고 현명한 러시아 농민의 말을 들었다. 그의 지식은 어디까지나 자기 식이었지만, 그래도 제법 범위가 넓었다. 그러나 그는 글을 읽을 줄 몰랐다. 반면에 칼리니치는 글을 읽을 줄 알았다.

"이 멍청이는 글을 읽을 수 있죠." 호리는 말했다. "글쎄, 이놈의 손만 가면 꿀벌조차 한 마리도 죽질 않는단 말씀입니다."

"그럼 애들에게는 글을 가르쳐주었소?"

호리는 잠시 말이 없었다.

"페쟈는 알고 있습니다."

"그럼 다른 애들은?"

"다른 놈들은 모르지요."

"아니, 그건 또 어째서?"

노인은 내 말에는 대답도 하지 않고 화제를 돌렸다. 사실 그는 영리한 사람이긴 했으나, 그래도 여러 가지 편견과 선입견을 가지고 있었다. 예를 들면 그는 여자를 마음속 깊이 경멸했고, 기분이 좋을 때는 그들을 비웃거나 놀렸다. 그의 아내는 싸움을 좋아하고, 온종일 벽난로 옆에서 떨어지지 않고 쉴 새 없이 투덜거리며 욕설을 퍼붓고 있었다. 자식들은 모두 어머니를 거들떠보지도 않았지만 며느리들은 마치 신을 대하듯 무서워하고 있었다. 러시아의 민요 속에 다음과 같은 시어머니의 노래가 있는 것도 전혀 뜻이 없는 것은 아닌 듯하다.

> 너는 내 아들이고, 너는 한 집안의 가장이다!
> 아내를 때리지 마라, 젊음을 혹사시키지 마라. (……)

나는 언젠가 한 번 정도 며느리 편을 들어주면서, 호리의 동정을 얻으려고 시도해 본 적이 있었다. 그러나 그는 점잖게 다음과 같이 항의를 하는 것이었다. "나리, 그런…… 사소한 일에 관심을 보이시다니, 이상도 하십니다. 그대로 싸움을 하라고 내버려두십시오……. 그들을 말리면 더 나빠집니다. 그런 데까지 손을 더럽힐 필요는 없어요."

그 심술궂은 노파는 가끔 벽난로에서 떨어져 개를 불렀다. '이리 와, 이놈, 이리 와!' 하고 외치면서, 개의 마른 등을 부지깽이로 때리거나, 아니면 차양 밑에 서서는 호리의 말마따나 지나가는 사람을 상대로 '짖어대기' 시작하는 것이었다. 그래도 남편만은 무서워했으므로, 남편이 명령만 하면 벽난로의 자기 자리로 다시 돌아가곤 했다.

그래도 재미있었던 것은, 호리와 칼리니치가 가끔 폴루티킨 이야기를 하다 서로 논쟁하는 것을 듣는 일이었다.

"여보게 호리, 주인 나리에 대해서만은 건드리지 말게." 칼리니치가 말했다.

"그건 또 왜 그래? 그렇다고 나리가 네게 장화를 주는 것도 아닐 텐데." 호리가 대꾸한다.

"뭐, 장화라고! ……내게 무슨 장화가 필요한가? 난 농사꾼이야……."

"그래, 나도 농사꾼이지만, 자 보게……." 이렇게 말하면서 호리는 발을 쳐들어 매머드 가죽으로 만든 듯한 장화를 칼리니치에게 보여주었다.

"아니, 자네와 내가 어떻게 같을 수가 있겠나!" 칼리니치가 대답했다.

"아니, 그래도 신발 값 정도는 대어줄 만도 한데. 자넨 나리와 함께 사냥을 다니잖아. 아마 하루에 한 켤레는 필요하지."

"신발 값은 받고 있어."

"아, 작년에 10코페이카를 받았었지."

칼리니치는 화가 난 듯이 고개를 돌렸지만, 호리는 재미있다는 듯이 웃음을 터뜨린다. 너무 웃어서 작은 눈이 거의 보이지 않을 정도였다.

칼리니치는 제법 좋은 목소리로 노래도 부르고, 발랄라이카(러시아 민속 발현악기)도 조금은 켤 줄 알았다. 호리는 가만히 그것을 듣고 있다가 갑자기 고개를 기울이고 처량한 목소리로 따라 부르기 시작했다. 그는 〈아, 운명이여, 나의 운명!〉이라는 노래를 특히 좋아했다. 페쟈는 이럴 때는 반드시 기회를 놓치지 않고 "아니, 아버지, 무엇이 그리 처량하우?" 하고 놀렸다. 그렇지만 호리는 한 손으로 턱을 괴고는 눈을 감은 채 자기의 운명을 호소하기 시작한다……. 그러나 호리만큼 성실한 사람도 없었다. 그는 늘 일에 매달렸다. 마차를 손질하거나 울타리를 고친다거나, 아니면 마구를 매만진다든가 한다. 하지만 청결에 대해서는 그다지 관심이 없었다.

어느 날 내가 주의를 주자 호리는 다음과 같이 대답했다.

"집은 사람 사는 냄새가 나야 하는 법이에요."

"칼리니치를 보게." 나는 그의 말을 받았다. "그의 양봉장은 굉장히 깨끗하던데."

"깨끗해야 꿀벌들이 사니까 그렇죠, 나리." 호리는 한숨을 내쉬며 말했다.

"그런데요," 어떤 때 그는 나에게 이렇게 물었다. "나리는 영지를 가지고 계십니까?"

"가지고 있소."

"여기서 먼가요?"

"100베르스타가량."

"그럼, 나리는 그 영지에서 사십니까?"

"그렇소."

"그러면 주로 사냥으로 소일하시겠죠?"

"말하자면 그렇죠."

"그건 좋습니다, 나리. 들꿩을 쏘아 재미를 보는 것도 좋지만, 그래도 관리인은 자주 바꾸는 것이 좋을 겁니다."

나흘째 되는 저녁에 폴루티킨이 사람을 보냈다. 나는 노인과 헤어지는 것이 아쉬웠다. 나는 칼리니치와 함께 마차를 탔다.

"그럼 잘 있소, 호리. 몸조심하고." 나는 말했다. "잘 있어, 폐쟈."

"안녕히 가십시오, 나리. 우리를 잊지 마세요."

마차가 움직이기 시작했다. 저녁놀이 붉게 타오르고 있었다. "내일 아침은 날이 좋겠군." 나는 하늘을 바라보며 말했다.

"아니 비가 올걸요, 저거 보세요. 오리가 저기서 저렇게 물을 치고 있고, 풀 냄새가 유난히 심하게 나잖아요." 칼리니치가 대꾸했다.

마차는 덤불 속으로 들어갔다. 칼리니치는 마부자리에서 흔들리면서 나직한 소리로 노래를 부르기 시작했다. 그러면서 물끄러미 저녁놀을 바라보았다.

그 다음날, 나는 폴루티킨의 극진한 대접을 받고 그 집을 떠났다.

예르몰라이와 방앗간 여주인

저녁때, 나는 사냥꾼 예르몰라이를 데리고 '건널목'으로 나갔다……. 그런데 독자 중에는 '건널목'이 무엇인지 모르는 사람도 있을 것이다. 먼저 들어주기 바란다.

봄날, 해가 지기 15분쯤 전에, 사냥개도 없이 엽총만 메고 숲 속으로 들어간다고 하자. 어느 수풀 곁에 적당한 장소를 발견해서 주위를 둘러보고는, 뇌관을 검사하고 동료에게 눈짓을 한다. 그러는 사이에 15분쯤 지나면 해가 진다. 그러나 숲 속은 아직 밝고, 공기는 맑고 투명하다. 새들은 하염없이 조잘대고 갓 나온 풀은 에메랄드빛으로 반짝반짝 빛난다……. 그동안 기다린다. 숲 속은 점점 어두워진다. 빨간 저녁놀 빛은 나무뿌리와 줄기 위를 천천히 미끄러지듯이 점점 높이 올라가서는, 아직 꽃도 피지 않은 가지를 지나고요히 잠들어 있는 나뭇가지까지 옮아간다……. 이윽고 나무 끝마저 어두워지고, 빨간 저녁 하늘도 푸른빛으로 변한다. 숲의 향기는 점점 더 짙어지고 훈훈한 습기가 느껴진다. 밖에서 불어오던 바람도 잠잠해진다. 새들도 잠자리에 들지만—모두 같은 시간에 드는 것이 아니라—그 종류에 따라 다르다. 먼저 몬티새가 잠들고 잠시 뒤에 티티새, 그 다음이 멧새의 순이다. 숲 속은 점점 어두워 간다. 주위의 나무는 크고 검은 덩어리로 용해되고, 푸른 하늘에는 첫 번째 별이 수줍은 듯이 반짝이기 시작한다. 새들은 모두 자고 있다. 다만 딱새와 조그만 딱따구리만 아직 지저귀고 있다……. 이윽고 그들도 잠잠해진다. 그러자 다시 한 번 머리 위에서 솔새의 노랫소리가 째질듯이 울려 퍼지는가 하면, 어디선가 꾀꼬리의 구슬픈 노랫소리가 들려온다. 이윽고 밤꾀꼬리가 지저귀기 시작한다. 사냥꾼은 마음을 졸이며 기다린다. 그런데 갑자기—사냥꾼만 알 수 있지만—깊은 정적 속에서 이상하게 '깍깍' 노래하는 소리와 푸드덕거리는 소리가 나고, 민첩한 날개를 규칙적으로 퍼덕이는 소리가 들려온다. 이윽고 멧도요새 한 마리가 기다란 주둥이를 아름답게 기울이면서 캄캄한 자작나무 그늘에서 날아와 표적이 된다.

바로 이것이 '건널목에서 기다린다'는 것이다.

나는 예르몰라이와 함께 이 '건널목' 사냥을 떠났다. 그러나 나는 먼저 독자 여러분에게 예르몰라이라는 사람을 소개해야 할 것 같다.

마흔다섯 살가량의 키가 크고 말랐으며, 가늘고 긴 코에, 좁은 이마, 잿빛 눈에 헝클어진 머리, 두툼한 입술로 언제나 비웃는 듯한 표정을 한 남자를 상상하면 된다. 그는 겨울이나 여름이나, 독일식의 누르스름한 남성 무명 외투를 걸치고 다니지만, 허리띠만은 러시아식으로 매곤 했다. 그는 또한 통이 넓은 파란색 바지에 양피 모자를 쓰고 있었는데, 양피 모자는 몰락한 지주가 기분이 좋을 때 그에게 선사한 것이다. 허리띠에는 두 개의 자루가 매달려 있었다. 앞에 있는 자루는 화약을 넣는 곳과 산탄을 넣는 곳 두 부분으로 교묘하게 나뉘어 있고, 뒤에 매달린 자루는 사냥에서 잡은 들새들을 넣기 위한 것이었다. 예르몰라이는 또한 자기 모자에서 솜을 꺼내 쓰고 있었는데, 그 모자에는 아주 많은 솜이 들어 있는 듯이 보였다. 그는 사냥해서 번 돈으로 쉽사리 탄띠와 주머니를 살 수 있는데도, 그것을 살 생각은 꿈에도 해본 적이 없었다. 그리고 여전히 옛날식으로 엽총을 장전했다. 화약과 산탄을 엎지르거나 뒤섞는 일 없이 능수능란하게 위험을 피해가는 그의 솜씨는, 보는 사람들을 놀라게 한다. 그의 엽총은 부싯돌이 달린 단신총이었다. 게다가 '반동력'이 아주 강하기 때문에 쏠 때에는 뒤로 튕기는 나쁜 버릇을 가지고 있었다. 그래서 예르몰라이의 오른쪽 볼은 언제나 왼쪽 볼보다 부풀어 있었다. 이런 총으로 목표물을 명중시킬 수 있으리라고는 제아무리 재주 좋은 사람이라도 도저히 상상할 수조차 없겠지만, 그는 언제나 명중시켰다. 예르몰라이에게는 또한 발레트카라는 세터 종 사냥개가 있었는데, 이것이 또한 놀랄 만했다. 예르몰라이는 이 개에게 한 번도 먹이를 준 적이 없다. '개를 기르는데 먹이를 주다니!' 그는 이렇게 생각했다. '동물은 영리해서 자기 먹을 건 자기가 구해.' 그리고 사실 발레트카는 아무것도 모르는 통행인들조차 깜짝 놀랄 정도로 빼빼 말라 있었지만, 그래도 여전히 살아 있고 오래 살기까지 한다. 그리고 그렇게 참혹한 상태에 놓여 있는데도, 발레트카는 한 번도 달아난 적이 없을 뿐 아니라, 주인을 버리려고 한 적도 없었다. 단 한 번, 그것도 젊은 시절에 사랑에 빠져 이틀 동안 자취를 감춘 적은 있다. 그렇지만 금방 돌아왔다. 발레트카의 가장 뛰어난 특색이라고 한다면, 세상 모든 일에 무관심하다는 것이다. 만일 발레트카가 개가 아니었다면…… 나는 '환멸'이란 말을 사용했을 것이다. 이 개는 늘 짧은 꼬리를 엉덩이 밑에 말고 앉아서, 찌푸린 얼굴을 하고 때때로 부르르 몸을 떨 뿐, 전혀 웃지 않는다(개가 웃을 수 있다는 것, 그것도 아주 상냥하게 웃을 수 있다는 것은 이미 알려진 사실이다). 이 개는 노상 험상궂은 표정이라 주인집에서 일하는 하인들은 기회만 있으면 이 개에게 갖은 욕설을 다 퍼부었다. 이렇게 조롱을 받을 뿐만 아니라, 때로는 몽둥이로 얻어맞는데도 발레트카는 놀랄 만큼 침착한 태도로 참았다. 발레트카는 요리사들에게 각별한 위안을 준다. 개들에게만 있는 약점은 아니지만, 맛있는 냄새에 못 이겨 배고픈 주둥이를 반쯤 열린 부엌문 속으로 들이밀기라도 하면 요리사들은 일제히 하던 일을 멈추고, 큰 소리로 욕설을 퍼부으며 개를 뒤쫓는다. 사냥을 나갔을 때 발레트카의 특징은 참을성이 많다는 것과 감각이 매우 예민하다는 것이었다. 어쩌다가 다친 토끼라도 뒤쫓아가는 날이면 무척 맛있게 마지막 뼈다귀까지 다 먹어치웠다. 그것도 남이 알아듣거나 말거나 제멋대로 이상한 사투리로 욕설을 퍼붓고 있는 예르몰라이를 적당한 거리에 둔 채, 어느 푸른 숲의 서늘한 그늘 속에서 의젓이 먹어치웠다.

예르몰라이는 내가 아는 어떤 옛 지주에게 예속되어 있었다. 그들은 '들새'를 좋아하지 않고, 집에서 기르는 날짐승만 좋아한다. 그래도 특별한 날, 이를테면 생일이라든가 선거일 같은 날에는 주둥이가 긴 새들을 요리한다. 그러나 어떻게 요리해야 좋을지 모를 때, 흔히 러시아인이 빠지기 쉬운 흥분에 사로잡혀서 해괴망측한 조미료를 고안해 내곤 한다. 따라서 대부분의 손님들은 차려내온 요리를 호기심에 가득 찬 표정으로 조심스레 관찰할 뿐, 아무도 선뜻 맛을 보려고 하지 않는다. 예르몰라이는 한 달에 한 번 멧닭과 자고새 한 쌍씩을 지주댁에 바치기로 되어 있지만, 그래도 그는 어디서든 자기가 원하는 곳에서 살 수 있었다. 그는 아무짝에도 쓸모없는 인간(오룔에서는 이런 사람을 '맥빠진 놈'이라고 한다)이었으며, 아무도 상대해 주지 않았다. 화약과 산탄은 두말할 것도 없이 받지 못한다. 그 이유는 예르몰라이가 자기 개에게 먹이를 주지 않는 것과 같다. 예르몰라이는 정말 이상한 사람이었다. 새처럼 태평하면서도 매우 말이 많고, 게다가 그 모습부터가 얼빠진 사람 같고 재간이 없어 보였다. 술은 아주 좋아하는 편이고, 한 군데에 오래 붙어 있지를 못했다. 걸을 때에도 발을 빨리 움직여서 몸이 좌우로 흔들거렸다. 이렇게 몸을 흔들며 걸으면서도 하루에 50베르스타쯤은 가뿐하게 걸었다. 그는 그야말로 가지각색의 모험을 했다. 나무 위나 지붕 위, 또는 다리 밑에서 밤을 새우기도 하고, 지붕 밑 다락이나, 움 속이나 헛간에 갇혔던 적도 한두 번이 아니었다. 그리고 엽총과 개, 심지어 없어서는 안 되는 옷까지 잃어버린 적도 있었고, 오랫동안 모질게 두들겨 맞은 적도 있었다. 그래도 시간이 흐르면 다시 옷을 입고, 총과 개를 거느리고 집으로 돌아왔다. 그는 거의 언제나 기분이 좋았지만 그렇다고 명랑한 사람은 아니었다. 오히려 괴짜라 할 만했다. 예르몰라이는 특히 좋은 상대와 술을 마시면서 이야기하는 것을 좋아했다. 그러나 그것도 오래 계속되지는 않고, 곧 일어나서 어디론가 가버렸다.

"아니, 어디로 가는 거야? 이렇게 캄캄한 밤에."

"차플리노로 가네."

"무엇을 하러 가는 거야? 거기까지는 15베르스타나 되는데."

"그곳 소프론네서 자려고."

"그럼 여기서 자지 그래?"

"아니, 그건 안 돼."

예르몰라이는 이렇게 말하고는 발레트카를 데리고 컴컴한 밤길을 걸어갔다. 그러나 소프론은 예르몰라이를 집에 들여놓지 않을지도 모른다. 어쩌면 '잘 사는 사람 방해하지 마' 하면서 목덜미를 후려갈길지도 모르는 일이다. 그 대신 봄에 물이 불었을 때 물고기를 낚는다거나, 가재를 손으로 잡는다거나, 냄새를 맡아 들새를 찾아낸다거나, 메추라기를 불러낸다거나, 매를 길들인다거나, '목장의 피리' 또는 '뻐꾸기의 비월'(꾀꼬리 애호가들에게는 이러한 명칭이 낯익을 것이다. 이것은 꾀꼬리의 울음 속에서도 가장 훌륭한 음색을 가리킨다)이라는 울음소리를 내는 꾀꼬리를 손에 넣는다거나 하는 솜씨에서는 예르몰라이를 따를 사람이 없었다…… 단 한 가지 못하는 것은 개를 길들이는 일이었다. 참을성이 모자랐다. 그에게는 아내도 있었다. 일주일에 한 번은 만나러 갔다. 그의 아내는 반쯤 허물어진 오막살이에서 살고 있었다. 아내는 다음 날에 배불리 먹을 수 있는 양식을 그 전날에 장만한 적이

한 번도 없었다. 다시 말해서 아내는 비참하게 살고 있었다. 태평하고 온순한 예르몰라이는 자기 아내에게는 거칠고 사나워서 집에 오기만 하면 언제나 무섭고 엄한 태도를 보였다. 그럴 때마다 그의 가련한 아내는 어떻게 남편을 달래야 할지 몰라 남편의 눈초리에 벌벌 떨면서, 마지막 동전닢을 털어 술을 받아오기도 하고, 남편이 거만한 태도로 드러누워 드렁드렁 코를 골며 잘 때면, 마치 노예처럼 자기의 외투를 남편에게 덮어주기도 했다. 나는 그의 잔인함이 무의식중에 드러나는 것을 여러 번 목격했다. 이를테면 그가 다친 새를 물어뜯는 표정은 정말이지 마음에 들지 않았다. 그러나 예르몰라이는 하루 이상 집에 머물지는 않았고, 다른 마을로 가서는 다시 '예르몰카'(머리에 찰싹 달라붙는 둥근 모자)로 되어버렸다. 이 말은 사방 100베르스타 안에서는 어디서나 통용되는 그의 별명이었고, 그 자신도 때때로 자기를 이렇게 부르기도 했다. 그래서 가장 비천한 하인들까지도 이 방랑자에 대해서는 우월감을 느끼고 있었다. 아마 그렇기 때문에 모두들 그에게 다정하게 대했을 것이다. 농사꾼들도 처음 한동안은 마치 들판에서 토끼를 쫓듯이 그를 쫓아가서 붙잡는 것을 즐겼지만, 나중에는 내버려두게 되었다. 일단 괴짜라는 낙인이 찍히자, 마을 사람들은 아무도 그를 건드리지 않게 되었을 뿐 아니라, 때로는 그에게 빵을 주기도 하고 같이 이야기도 나누게 되었다……. 바로 이러한 사람을 나는 사냥꾼으로 고용해서, 이스타 강변에 있는 커다란 자작나무 숲으로 건널목 사냥을 나섰다.

대부분의 러시아 강들은, 볼가 강처럼 한쪽에는 산이 있고 다른 한쪽에는 초원이 있다. 이스타 강도 예외일 수는 없었다. 이 조그만 강은 이상할 만큼 굴곡이 심해서 뱀처럼 꼬불꼬불 굽이쳐 흐르면서 반 베르스타도 곧바로 흐르는 곳이 없었다. 장소에 따라서는 가파른 언덕에서 내려다보면 강변의 둑, 못, 물방앗간, 버드나무 숲에 둘러싸인 채마밭, 그리고 무성히 자란 과수원 등 10베르스타까지의 전망이 시야에 들어온다. 이스타 강에는 물고기가 헤아릴 수 없이 많았는데 그중에서도 특히 전어가 많았다(농사꾼들은 무더운 여름철에 수풀 속에 있는 전어를 손으로 잡기도 한다). 조그만 도요새들이 짹짹 울면서, 맑고 찬 샘물이 여기저기서 내뿜고 있는 바위투성이 강변을 따라 날아다니고 있었다. 물오리들은 못 한가운데로 헤엄쳐 가서는 조심스레 주위를 둘러보고, 왜가리는 절벽 밑 그늘 속에서 모습을 드러낸다……. 우리는 한 시간가량 건널목 사냥을 한 끝에 도요새 네 마리를 잡았다. 그리고 해가 뜨기 전에 다시 한 번 운수가 좋기를 바라며(건널목 사냥은 아침에도 나갈 수 있으므로) 가까운 방앗간에서 밤을 새우기로 했다. 우리는 숲을 나와서 언덕을 내려갔다. 강물은 검푸른 물결을 일으키며 흐르고, 밤이슬에 젖은 공기는 점점 짙어졌다. 우리는 문을 두드렸다. 마당에서 개들이 짖기 시작했다.

"누구요?" 잠에 취한 목쉰 소리였다.

"사냥꾼이오, 하룻밤 묵게 해주시오." 그러나 대답이 없었다.

"돈은 내겠소."

"주인한테 말해 보겠습니다……. 닥쳐, 이 망할 개새끼!"

일꾼이 집 안으로 들어가는 소리가 들렸다. 그는 바로 돌아왔다.

"안 되겠습니다, 주인께서 들여놓지 말라는 분부십니다."

"왜 안 된다는 거요?"

"사냥꾼들은 화약을 가지고 있기 때문에 혹시 방앗간에 불이라도 날까 봐 조심스럽다는 말씀입니다."

"무슨 바보 같은 소리요!"

"그렇지 않아도 작년에 방앗간을 태워버린 일이 있거든요. 가축 도매상들이 묵었었는데, 어떻게 됐는지 불이 났단 말입니다."

"그렇다고 해서 밖에서 잘 순 없지 않소!"

"그건 저도 모르겠습니다." 그는 장화 소리를 내며 들어가버렸다.

예르몰라이는 갖은 욕설을 다 퍼붓다가 한숨을 내쉬면서 말했다.

"마을로 돌아갑시다."

그러나 마을까지는 2베르스타나 떨어져 있었다…….

"여기서 자도록 하지." 나는 말했다.

"오늘 밤은 바깥 날씨도 포근하니까 돈만 내면 방앗간 주인도 깔고 잘 짚 정도는 내줄 걸세."

예르몰라이도 순순히 동의했다. 우리는 다시 문을 두드리기 시작했다.

"아니, 또 왜요?" 일꾼의 목소리가 다시 들려왔다. "안 된다니까요."

우리는 원하는 바를 잘 알아듣게끔 그에게 말했다. 일꾼은 다시 주인과 상의하러 들어갔다가 주인과 함께 돌아왔다. 문이 삐걱 열리더니 주인이 나타났다. 키가 크고 개기름이 번지르르 도는 얼굴에 황소같이 목이 굵고, 배가 불룩 튀어나온 사람이었다. 주인은 우리의 요구를 들어주었다. 방앗간에서 100걸음쯤 떨어진 곳에 사방이 트인, 차양이 달린 헛간이 있었다. 그곳에 우리를 위해 마른풀과 짚이 운반되었다. 일꾼은 강가의 풀 위에 주전자를 올리고, 그 앞에 웅크리고 앉아서 열심히 불을 붙이기 시작했다……. 불이 붙자 불빛은 그의 젊은 얼굴을 환히 비쳐주었다. 방앗간 주인은 아내를 깨우러 달려갔다. 그러더니 결국 먼저 집 안으로 들어와서 자라는 것이었다. 그러나 나는 밖에 있는 것이 더 좋았다. 방앗간 여주인은 우리에게 우유와 달걀, 감자와 빵을 갖다주었다. 이윽고 물이 끓기 시작해 우리는 차를 마셨다. 강에서는 수증기가 뭉게뭉게 올라왔다. 바람 한 점 없고, 여기저기서 뜸부기가 노래하고 있었다. 물레방아 옆에서 가느다란 소리가 들려왔다. 물받이에서 떨어지는 물방울 소리와 둑의 수문에서 새어나오는 물소리였다. 우리는 모닥불을 피웠다. 예르몰라이가 감자를 굽는 동안에 나는 깜빡 잠들어버렸다……. 목소리를 죽여 도란도란 속삭이는 소리에 눈을 떴다. 머리를 들어보니, 방앗간 여주인이 모닥불 앞에 거꾸로 세워 놓은 통 위에 앉아서 사냥꾼과 이야기를 하고 있었다. 나는 아까부터 이 여자의 옷이며, 몸짓이며, 말투로 보아서 시골 여인도 아니고, 거리의 여인도 아니며, 주인집에서 일하던 하녀라는 것을 짐작했었다. 이제야 비로소 여주인의 얼굴 윤곽을 찬찬히 바라볼 수 있었다. 나이는 서른 안팎으로 보였는데, 파리하게 여윈 얼굴은 옛날에 뛰어났던 미모의 흔적을 그대로 간직하고 있었다. 특히 수심어린 커다란 눈이 나의 마음을 끌었다. 여주인은 무릎 위에 팔꿈치를 괴고 두 손으로 얼굴을 받치고 있었다. 예르몰라이는 내게 등을 돌리고 앉아서 모닥불에 나뭇잎을 던져넣고 있었다.

"젤투히나에선 또다시 가축병이 유행이랍니다." 방앗간 여주인이 말했다. "이반 신부댁에서도 암소 두 마리가 죽었대요. ……큰일이에요!"

"당신네 돼지는 어떤가요?" 예르몰라이는 잠시 숨을 몰아쉬더니 물었다.

"모두 무사해요."

"그럼, 내게 돼지새끼 한 마리쯤 선사해도 괜찮겠군."

방앗간 여주인은 잠시 말이 없다가 한숨을 내쉬었다.

"당신과 같이 온 사람은 누구예요?" 여주인이 물었다.

"코스토마로프에 사는 내 주인이지."

예르몰라이는 전나무 가지 몇 개비를 모닥불 속에 던졌다. 곧 우직우직 소리를 내며 타기 시작했다. 하얗고 짙은 연기가 그의 얼굴로 몰려갔다.

"그런데 왜 그대 주인은 우리를 집으로 들여보내지 않았지?"

"두려워서요."

"제기랄! 배불뚝이 뚱뚱보 같으니……. 저, 아리나 티모피브나, 내게 술한 잔만 갖다줘!"

방앗간 여주인은 자리에서 일어나 곧 어둠 속으로 사라졌다. 예르몰라이는 나직한 소리로 노래를 부르기 시작했다.

사랑하는 님을 보러 다니며
구두란 구두는 다 닳았네. (……)

아리나는 조그만 유리병과 잔을 들고 돌아왔다. 예르몰라이는 일어나서 성호를 긋고는 단숨에 잔을 비웠다. "맛있군!" 그는 이렇게 덧붙였다.

방앗간 여주인은 다시 통 위에 앉았다.

"그런데 아리나, 아직 몸이 좋지 않은 것 같군."

"아직 그래요."

"왜?"

"밤마다 기침이 나 죽겠어요."

"주인이 잠든 모양이군." 잠시 침묵을 지키다가 예르몰라이는 이렇게 중얼거렸다. "그런데 아리나, 의사에게는 가지 마, 도리어 나빠질 테니."

"그래서 가지 않고 있어요."

"그렇지만 나한테는 자주 놀러 와."

아리나는 고개를 숙였다.

"너만 온다면 내 아내를 내쫓아버릴 거야." 예르몰라이는 말을 이었다. "이건 정말이야."

"예르몰라이, 주인을 깨우는 것이 좋겠어요. 보세요, 감자가 다 타버렸어요."

"실컷 자게 내버려둬." 나의 충실한 하인은 무관심하게 말했다. "지독히 돌아다녔으니까, 저렇게 잘 만도 하지."

나는 마른풀 위에서 몸을 뒤척거렸다. 예르몰라이는 일어나서 내게로 왔다. "감자가 준비됐으니 먹죠."

나는 차양 달린 지붕 밑에서 나왔다. 방앗간 여주인은 통에서 일어나며 가려고 했다. 나는 여주인에게 말을 걸었다.

"이 방앗간을 경영한 지 오래 됐나요?"

"시작한 지 꼭 2년째가 됩니다."

"댁의 남편은 어디 사람이오?"

아리나는 내 말을 알아듣지 못했다.

"출신지가 어디냐 말이오!" 예르몰라이가 큰 소리로 되풀이했다.

"벨레프 출신입니다. 벨레프에서 온 도회지 사람이에요."

"당신도 벨레프에서 왔소?"

"아니요, 전 지주댁에서…… 지주댁에서 일하고 있었습니다."

"어디?"

"즈베르코프님 댁입니다. 지금은 자유로운 몸이에요."

"즈베르코프?"

"알렉산드라 실리차 말이에요."

"그럼, 당신은 그 집 부인의 하녀로 있지 않았소?"

"아니, 어떻게 아시나요? 하녀로 있었어요."

나는 더 큰 호기심과 동정심을 느끼며 아리나를 바라보았다.

"나는 그 주인을 잘 알고 있소." 나는 말을 이었다.

"아십니까?" 여주인은 나직이 말하면서 머리를 숙였다.

내가 호기심에 찬 눈으로 아리나를 바라본 이유를 말하고자 한다. 나는 페테르부르크에 있을 때, 우연히 즈베르코프를 알게 되었다. 그때 그는 꽤 중요한 지위에 있었으며, 박식한 수완가로 평판이 자자했다. 그의 아내는 뚱뚱하고 신경질적이며 눈물이 많은 데다가 심술이 사나워서 다루기 힘들었다. 또 아들이 하나 있었는데, 너무 응석받이로 키웠기 때문에 어리석었다. 즈베르코프 자신도 남에게 그다지 호감을 주지 못하는 인상이었다. 널찍하고 네모진 얼굴에서는 쥐눈 같은 조그만 눈이 능글맞게 바라보았고, 크고 날카로운 코는 위로 높이 들려서 콧구멍이 환히 들여다보였다. 짤막하게 깎은 잿빛 머리칼은 주름투성이 이마 위에 쭈뼛이 곤두서 있었고, 엷은 입술은 끊임없이 움직이며 감미로운 미소를 짓고 있었다. 즈베르코프는 곧잘 다리를 벌리고 손을 호주머니에 찌르고 서 있었다. 어느 날 나는 그와 함께 사륜마차를 타고 교외로 나간 적이 있었다. 우리는 여러 가지 이야기를 주고받았다. 즈베르코프는 경험이 풍부한 사업가처럼 나에게 '진리의 길'을 가르쳐주기 시작했다.

"이런 말을 하는 것을 용서하십시오." 그는 드디어 이렇게 말했다. "당신과 같은 젊은이들은 무엇이든 제멋대로 판단하고 의논하는 버릇이 있습니다. 당신들은 자신이 태어난 나라를, 러시아를 모릅니다. 그렇습니다! ……당신들은 늘 독일어 책만 읽고 계시니까요. 예를 든다면 지금도 당신은 이러쿵저러쿵 이야기를 하시며 주인댁에서 일하는 일꾼에 대해서 말씀하십니다만…… 좋습니다. 나는 논쟁을 하고 싶진 않습니다. 그것이 모두 옳다고 하더라도 당신은 그들을, 그들이 어떤 인간이라는 걸 모릅니다. (여기서 즈베르코프는 큰 소리로 코를 풀고 담배를 피웠다) 그 예로, 조그마한 일화를 하나 들어보지요. 당신도 아마 흥미를 느낄 겁니다. (즈베르코프는 기침을 했다) 당신은 내 아내가 어떤 사람이란 것을 알고 계실 테지만, 그 사람보다 더 선량한 여자는 없을 겁니다. 당신도 여기에는 동의하시겠지요. 내 아내의 하녀들을 보면 그 야말로 지상천국의 삶과 다름없으니까요……. 그러나 내 아내는 원칙적으로 남편 있는 여자를 하녀로 쓰지 않습니다. 전혀 도움이 되지 않으니까요. 애들이 자꾸 생기면 이것저것 복잡해져서, 아무래도 안주인을 찬찬히 돌볼 수 없게 되고, 안주인의 습성을 보살펴줄 수 없게 마련입니다. 남편이 있는 하녀들은 자연히 주인마님의 시중을 등한시하니까요. 여기서 인간성을 판단할 필요가 있지요. 어느 날 우리는 소유지 마을을 지나간 적이 있었는데, 그것이 몇 년 전이더라—확실히 말씀드리자면—그렇지, 15년쯤 전입니다. 우리는 촌장댁에서 아주 예쁘장한 여자애를 하나 발견했는데, 몸가짐에도 어딘지 무척 얌전한 데가 있어 보였습니다. 그래서 아내는 이렇게 말했습니다. '여보, 꼬꼬오.' 아내는 나를 이렇게 불렀지요. '저 애를 페테르부르크로 데리고 가요. 저 애가 마음에 들어요, 꼬꼬오…….' '그럼 데려가도록 하지.' 내가 말했습니다. 촌장은 물론 머리가 땅에 닿도록 기뻐하더군요. 이런 행복은 미처 생각지도 못했던 일이니까요……. 물론 그 애는 바보처럼 울더군요. 자기가 태어난 집

을 떠나니 처음엔 마음이 좀 언짢았을 테죠. ……무리도 아니지요. 그러나 그
애는 곧 우리를 따르게 됐습니다. 처음엔 그 애를 하녀들 방에서 배우게 했지
요. 그런데 어떻게 됐을까요? 그 애는 놀랄 만큼 발전했습니다. 그래서 아내
도 그 애에게 완전히 빠져서 귀여워하다가 나중에는 다른 하녀를 젖혀놓고 몸
종으로 삼더군요…… 아시겠어요! 정당한 평가를 해줄 필요가 있었던 것입니
다. 그리고 사실 말이지, 내 아내에겐 지금까지 그 애 같은 몸종이 없었습니
다. 정말 그런 앤 없었어요. 친절하고 예의바르고 솔직하고—모든 조건이 다
갖추어져 있었습니다. 그런데 솔직히 말씀드려서, 내 아내는 그 애를 지나치
게 귀여워했답니다. 화려한 옷을 입히고, 주인과 같은 식사를 하고, 차를 마
시는 등…… 아니, 정말 상상할 수도 없을 정도입니다! 이런 식으로 그 애는
10년가량 아내 밑에서 일을 했지요. 그런데 어느 날 아침 갑자기 아리나가—
그 처녀를 아리나라고 불렀습니다—알지도 않고 내 서재로 들어와서는 별
안간 내 발밑으로 몸을 던지더군요……. 숨김없이 이야기하지만, 나는 이런
것을 참을 수가 없었습니다. 인간이란 어느 때건 품위를 잊어서는 안 되니까
요, 그렇지 않아요? '도대체 무슨 일인가?' '나리, 한 가지 청이 있습니다.'
'뭐지?' '결혼을 허락해 주세요.' 나는 솔직히 말해 깜짝 놀랐습니다. '바보 같
으니, 너도 알고 있지 않나. 마님에겐 다른 몸종이 없다는 것을!' '저는 결혼
해도 그대로 마님을 모시겠습니다.' '바보 같은 소리! 마님은 결혼한 하녀를
두지 않는다.' '말리니야라면 저 대신 일을 할 수 있습니다.' '쓸데없는 소리
마!' '하지만…….' 사실 정신이 아찔했습니다. 당신에게 말이지만, 나는 이
배은망덕함에 무척 화가 났습니다. 감히 말씀드리지만, 이처럼 화가 난 적은
없었습니다……. 지금 새삼스레 말씀드릴 필요도 없지만, 내 아내가 어떤 사
람인지는 당신도 잘 알고 계실 겁니다. 그 여자는 천사입니다. 이루 말할 수
없을 정도로 선량한 여자지요……. 어떤 악당도 그녀를 동정했을 거라고 생각
합니다. 나는 아리나를 쫓아버렸습니다. 곧 잘못을 뉘우치리라 생각해서지요.
배은망덕이란 악덕을 믿고 싶지 않았습니다. 그런데 어떻게 됐는지 아십니
까? 반년쯤 지나자, 아리나는 또다시 나한테 와서 같은 청을 하는 것입니다.
이때 나는 정말 화가 치밀어 올랐습니다. 그래서 아내에게 일러준다고 위협하
면서 내쫓아버렸지요. 나는 어안이 벙벙했습니다……. 그런데 내가 얼마나 놀
랐을지를 상상해 보세요. 잠시 뒤 아내가 울면서 내 방으로 들어왔는데, 그

흥분한 모습에 나도 깜짝 놀랐습니다. '도대체 무슨 일이오?' '아리나가…….' 당신도 아시겠지만…… 이런 말은 정말 입에 담기도 싫습니다. '그럴 수가 있나! 상대가 누구야?' '머슴 페트루시카예요.' 나는 분통이 터졌습니다. 나는 강직한 사람이라…… 무슨 일에든지 흐리멍덩한 것을 싫어합니다! 페트루시카는…… 죄가 없었습니다. 아리나가…… 아니, 뭐, 새삼스레 말할 필요도 없겠군요. 나는 물론 그 즉시로 아리나의 머리를 깎게 하고, 낡은 옷을 입혀서 시골로 돌려보냈습니다. 아내는 훌륭한 몸종을 잃었지만, 어떻게 할 도리가 없었습니다. 어쨌든 집안의 부정을 그대로 둘 수가 없었으니까요. 아픈 손은 사정없이 잘라버리는 게 상책입니다. ……그럼 여기서 당신의 의견을 들어보고 싶은데—당신도 내 아내를 알고 계시지만, 정말 그 사람은…… 천삽니다! ……아내는 아리나에게 무척 애착을 느끼고 있었지요—아리나는 그것을 알면서도 철면피한 행동을 했습니다……. 어때요? 말씀 좀 해보십시오. 네? 하기는 말할 게 없을 겁니다! 아무리 봐도 달리 어찌할 도리가 없었습니다. 나는 무척 오랫동안 그녀의 배은망덕한 행동에 대해서 슬퍼하기도 하고 화를 내기도 했지요. 뭐라 해도 그들에게서 의리니 인정을 바라는 것은 오산입니다! 늑대를 길러도 결국 늑대는 숲 속만 바라보게 마련이니까요……. 이건 앞으로를 위해 좋은 교훈입니다! 그러나 내가 당신에게 입증해 주고 싶었던 것은 바로…….”

즈베르코프는 여기서 말을 끝맺지 않고 머리를 돌렸다. 그러고는 흥분하지 않으려고 자기 망토에 몸을 감쌌다.

독자도 내가 동정어린 눈으로 아리나를 바라본 이유를 알았으리라.

“당신은 방앗간 주인과 결혼한 지 오래 됐소?” 나는 마침내 아리나에게 물었다.

“2년이에요.”

“그렇다면 주인이 허락해 주신 거로군?”

“돈으로 빼낸 거죠.”

“누가?”

“사벨리이 알렉세예비치.”

“그건 누군데?”

“남편이에요. (예르몰라이는 혼자 빙그레 미소를 지었다) 주인께서 제 말을 나리게 하셨던가요?" 아리나는 한참 동안 침묵을 지키다가 이렇게 덧붙였다.

나는 어떻게 대답해야 할지 몰랐다. "아리나!" 멀리서 방앗간 주인의 목소리가 들렸다. 여주인은 일어나서 그쪽으로 가버렸다.

"남편은 좋은 사람인가?" 나는 예르몰라이에게 물었다.

"그저 그렇지요."

"그들 사이에 애도 있나?"

"하나 있었는데 죽었습니다."

"아리나가 방앗간 주인을 꽤나 좋아했던 모양이군, 안 그래? ……저 여자를 빼내는 데도 꽤 많은 돈이 들었을 테지?"

"그건 모르겠습니다. 그녀는 글을 쓰고 읽을 수 있어서 장사를 하는데도 …… 무척 편리하죠. 그러니까 두 사람이 맺어졌겠지요."

"그럼, 자네는 그녀를 안 지 오래되었나?"

"오래 됐습니다. 그 전에 저 여자가 일하는 주인댁에도 자주 드나들었으니까요."

"페트루시카라는 머슴도 아나?"

"표트르 바실리예비치 말입니까? 알다뿐이겠어요."

"그 사람은 지금 어디에 있지?"

"군대에 갔습니다."

우리는 한동안 말이 없었다.

"아리나는 몸이 편치 않은 것 같더군?" 나는 마침내 예르몰라이에게 이렇게 물었다.

"건강할 리가 있겠어요! ……어쨌든 내일은 좋은 사냥이 될 것 같군요. 이젠 그만 주무시도록 하시죠."

물오리 떼가 휘파람 소리를 내며 머리 위를 날아가고, 얼마 멀지 않은 강물 속으로 뛰어드는 소리가 들렸다. 이미 밤도 깊고 추워졌다. 숲 속에서는 계속 밤꾀꼬리가 지저귀고 있었다. 우리는 마른풀 속으로 파고들자마자 곧 잠들어버렸다.

말리노보이의 샘물

8월 초에는 참을 수 없을 정도로 덥다. 12시부터 3시까지는 아무리 용감하고 열성적인 사냥꾼이라도 사냥에 나갈 생각은 하지 못하고, 아무리 충실한 개라도 '사냥꾼의 박차만을 핥게' 마련이다. 다시 말해서 개는 괴롭다는 듯이 눈을 가늘게 뜨고는 엄살을 부리며 혓바닥을 길게 내밀고 어슬렁어슬렁 주인 뒤를 따른다. 주인에게 욕을 먹어도 능청맞게 꼬리를 흔들 뿐, 얼굴에는 당황한 빛을 띠면서도 도무지 앞으로 나아가려고 하지 않는다. 어쩐 일인지 바로 이런 날 사냥에 나간 일이 있었다. 잠깐이라도 어느 그늘 밑에 눕고 싶은 유혹을 계속 물리치며 걷고 있었다. 피로를 모르는 나의 개는 여전히 수풀 속을 뛰어다니고 있었지만, 그 자신도 이렇게 열병에 걸린 듯 뛰어다녀 보았댔자 자신에게 떨어질 것은 없다는 사실을 이미 알고 있는 눈치였다. 나는 숨이 턱턱 막히는 무더위 속에서도 어떻게든 마지막 힘과 능력을 저축해 두어야 한다고 생각했다.

너그럽게 이 글을 읽어주시는 독자 여러분은 이미 알고 있으리라 생각하지만, 바로 그 이스타 강까지 간신히 다다를 수 있었다. 가파른 언덕을 내려가 습기 찬 모래를 밟으며 샘터를 향해 걸음을 옮겼다. 이 고장 사람들은 이 샘을 '말리노보이의 샘물'이라고 불렀다. 샘물은 강변 골짜기 틈새에서 솟아오르고 있었는데, 그다지 크진 않지만 점점 깊어지는 골짜기를 따라 흘러내리다가, 거기서 스무 걸음쯤 떨어진 곳에서 강 위로 쏟아졌다. 골짜기를 끼고 있는 양쪽 언덕에는 참나무 숲이 우거지고, 샘터 근처에는 파릇파릇한 작은 풀들이 비로드처럼 자라고 있었다. 태양이 차가운 은빛 물줄기를 비쳐준 적은 없었다. 이윽고 샘터까지 다다랐다. 풀 위에는 지나가던 농사꾼이 다른 사람을 위해서 남겨놓은, 나무껍질로 만든 물 떠먹는 컵이 놓여 있었다. 마음껏 물을 마신 다음, 나무 그늘에 누워서 주위를 돌아보았다. 샘물이 떨어져서 저절로 생긴 물굽이는 끊임없이 잔잔한 물결을 일으키고 있었고, 그 옆에 두 노인이 내게 등을 보인 채 앉아 있었다. 한 사람은 제법 건장하고 키가 크며, 깨끗한 검푸른 외투에 보드라운 털모자를 쓰고 앉아 낚시를 하고 있었다. 또 한 사람은 마르고 몸집이 작으며, 헐겁게 짠 외투에 모자도 쓰지 않은 채로 지렁이가 든 항아리를 무릎 위에 얹고서, 마치 햇볕을 피하기라도 하듯이 가끔 손을 올려 하얀 머리를 어루만지고 있었다. 그 노인을 유심히 바라보고 있는 사이에, 슈미히노 마을에 사는 스쵸푸시카라는 것을 알았다. 독자의 양해를 얻어 이 인물을 소개하기로 하겠다.

이 마을에서 3, 4베르스타 떨어진 곳에 슈미히노라는 큰 마을이 있다. 거기에는 성 코스마스와 성 다미아누스 순교자를 위해 건립한 석조건물 교회가 우뚝 솟아 있다. 예전에는 이 교회 맞은편에 굉장히 큰 지주의 저택이 웅장한 모습을 자랑하며 서 있었다. 저택 주위에는 여러 부속 건물, 머슴방, 작업장, 마구간, 곡물 창고와 마차 차고, 목욕탕, 간이부엌, 손님과 지배인들을 위한 사랑채, 꽃을 가꾸는 온실, 서민들을 위한 그네, 그 밖에 조금이라도 쓸모가 있다고 생각되는 수많은 건물들이 즐비하게 늘어서 있었다. 이 저택에는 돈 많은 지주가 살고 있었는데, 갑자기 어느 날 아침 불이 나서 하루아침에 그 거대한 재산이 몽땅 잿더미로 변하고 말았다. 그러자 지주 일가는 딴 곳으로 이사를 갔고, 저택은 황폐해졌다. 그 뒤 불탄 자리는 넓은 채마밭으로 변하고, 군데군데 벽돌들이 산더미처럼 쌓아올려졌다. 타다 남은 통나무를 이용해서 초라한 오막살이가 세워지고, 10여 년 전에 고딕풍 정자를 세우려고 사들였던 엷은 판자로 지붕을 얹었다. 그리고 이 집에 정원사 미트로판이 그의 아내 아크시냐와 함께 자식 일곱을 거느리고 이사를 왔다. 미트로판은 150베르스타나 떨어진 주인집에 채소를 공급했고, 아크시냐는 티롤종 젖소를 돌보았다. 그러나 이 젖소는 모스크바에서 큰돈을 치르고 사왔지만, 유감스럽게도 생산 능력이 없어서 여태껏 우유 한 방울도 받지 못하고 있었다. 아크시냐는 또한, 한 마리밖에 없는 '저택의' 새, 볏이 달린 잿빛 집오리를 돌보고 있었다. 애들은 아직 나이가 어려서 아무 일도 맡길 수 없었다. 그래서 애들은 완전히 게으름뱅이들이었다. 나는 이 정원사의 집에서 한두 번 머물기도 하고 지나는 길에 오이를 사기도 했지만, 그 집 오이는 어떻게 재배했는지, 여름인데도 무척 큰 데다가 맛이 역하고 찝찔하며, 껍질이 누렇고 두꺼운 것이 특색이었다. 바로 이 정원사의 집에서 처음 스쵸푸시카를 만났다. 미트로판 일가와 눈먼 병사의 마누라 덕분으로 초라한 방에서 살며 교회 일을 돌보고 있는 늙은 귀머거리 게라심을 빼면, 슈미히노 마을에는 지주집에서 일하는 사람이라곤 한 명도 없었다. 하긴 내가 지금 독자에게 소개하려는 스쵸푸시카가 있기는 하지만, 그는 도대체 사람 대접을 받지 못해서 지주집에서 일하는 사람이라고 말할 수는 없었다.

사람이라면 누구나 어떤 사회적 위치를 가지게 마련이고 크든 작든 어떤 연관성을 띠게 마련이다. 지주집에서 일한다면 월급은 받지 못한다 할지라도, 적어도 이른바 '부양미' 정도는 받는다. 그런데 스쵸푸시카는 아무런 도움도 받지 않을뿐더러 친척도 없어서 어느 누구도 그의 소식을 알지 못했다. 이 사람에게는 과거도 없었다. 그에 대해서 말하는 사람은 한 명도 없었고, 아마 호적에도 올라 있지 않을지 모른다. 언젠가 머슴으로 일했다는 아리송한 소문은 있었지만, 그가 누구며, 어디서 왔고, 누구의 아들이며, 어떻게 슈미히노의 농노가 되었을까, 언제 그리고 어떻게 그 외투를 손에 넣었을까, 어디서 살고 있으며 무엇으로 연명하고 있을까—이런 문제에 대해서는 조금도 아는 사람이 없었고, 또 사실상 그런 문제에 흥미를 갖는 사람도 없었다. 모든 머슴의 족보를 4대까지 꿰뚫고 있다는 트로피미치 노인까지도 단 한 번 이런 말을 했을 뿐이다. 그의 말에 따르면, 스쵸푸시카는 전대의 영주였으며 여단장이었던 알렉세이 로마니치가 전쟁에서 짐마차에 태워 데리고 온, 어느 터키 여자의 친척이라는 것이었다. 러시아의 옛 풍속에 따라 마을의 농군에게 자선을 베풀고, 빵과 소금, 메밀만두, 갓 담근 술을 대접하는 축제일—이러한 날에도 스쵸푸시카는 차려놓은 식탁이나 술통 곁에 나타나지 않았다. 그리고 주인에게 인사하거나 다가가 그 손에 입을 맞추는 일도 없었고, 주인이 보는 앞에서 기름칠한 손으로 가득히 따라진 술잔을 들고, 주인의 건강을 축복하며 단숨에 들이켜는 일도 없었다. 다만 어떤 마음씨 좋은 사람이 그 옆을 지나가다가 그의 초라한 모습을 보고, 먹다 남은 만두를 나누어줄 따름이었다. 부활절에는 그도 키스를 받지만 기름칠한 소매를 접지도 않거니와, 뒷주머니에서 빨간 달걀을 꺼내지도 않았고, 숨을 헐떡이고 눈을 깜빡이면서 젊은 지주 부부에게나 주인마님에게 달걀을 바치는 일도 없었다. 여름에는 닭장 뒤 조그만 헛간에서 지내고, 겨울에는 목욕탕 탈의실에서 잤으며, 몹시 추운 겨울에는 마른풀 헛간에서 밤을 보냈다. 사람들은 그를 멸시하고 때로는 발길질도 했으나 누구 하나 말을 걸지는 않았다. 그리고 그 자신도 태어난 뒤로 한 번도 입을 연 적이 없는 듯이 느껴질 정도였다. 지주집에 불이 난 뒤, 이 버림받은 사나이는 정원사 미트로판에게 몸을 의탁했다. 오룔 사람들의 말에 따르면 미트로판에게 '달라붙었다.' 정원사는 노인을 그대로 두었다. 내 집에서 살라고도 하지 않았고, 나가라고도 하지 않았다. 그렇다고 스쵸푸시카가 정원사 집에서 살고 있었던 것은 아니며, 채마밭에서 살고 있었다. 그는 걷거나 몸을 움직일 때 조금도 소리를 내지 않았고, 재채기를 하거나 기침을 할 때에도 겁이 나는 듯 손으로 막곤 했다. 언제나 개미처럼 살금살금 일하며 돌아다녔다. 그것도 모두 먹기 위해서, 단지 먹기 위해 돌아댜녔다. 그것도 그럴 것이, 이를테면 아침부터 저녁까지 먹을 것을 근심하지 않았다면 스쵸푸시카는 이미 오래전에 굶어죽었을 것이다. 어떻게 하면 저녁까지 배를 불릴 수 있을까—아침마다 이것을 알 수 없는 처지고 보니, 그야말로 가엾은 신세였다. 스쵸푸시카는 울타리 밑에 웅크리고 앉아서 무를 씹는가 하면, 홍당무를 핥기도 하고, 더러운 양배추를 다듬기도 한다. 그리고 어떤 때는 물통을 짊어지기도 하고, 조그만 항아리 밑에 불을 지피고는 안주머니에서 무엇인지 시커먼 것을 꺼내서 항아리 속에 던질 때도 있고, 때로는 자기 방에서 나뭇조각으로 못을 박으면서 빵을 얹을 선반을 만들고 있을 때도 있다. 모두 마치 남의 눈을 피하기라도 하듯 말없이 몰래 하고 있어서, 누구에게라도 들키는 날이면 재빨리 어디론가 숨어버리고 만다. 그리고 어떤 때는 갑자기 이틀쯤 자취를 감출 때도 있으나, 거기에 관심을 두는 사람은 아무도 없다……. 그러나 얼핏 보면, 그는 어느 샌가 나타나서, 어떤 울타리 밑에 있었다. 그의 얼굴은 작고 눈은 노르스름하며, 머리칼은 거의 눈썹에까지 내리덮여 있었으며, 박쥐처럼 기다란 두 귀는 말갛고 투명해 보였다. 턱수염은 2주일쯤 깎지 않은 듯, 어느 때건 그보다 길지도 짧지도 않았다. 나는 바로 이 스쵸푸시카라는 노인을 또 한 사람의 노인과 함께 이스타 강변에서 만났다.

　나는 그에게 다가가 인사하고 그들과 나란히 앉았다. 알고 보니 스쵸푸시카와 함께 있던 노인도 내가 아는 사람이었다. 그는 본디 표트르 일리이치 백작의 농노로, 지금은 자유로운 몸이 된 미하일 사벨리예비치라는 노인이다. 별명은 투만(러시아어로 안개라는 뜻)이었다. 그는 폐병을 앓고 있는 볼호프스키 출신의 상인이 경영하는 여인숙에서 살고 있었다. 나는 자주 그 여인숙에 머물곤 했는데, 오룔 가도를 오가는 젊은 관리들과 그 밖의 한가한 사람이라면(줄무늬 누비옷을 입은 상인들은 그런 곳에 관심이 없겠지만) — 지금도 트로이츠키에서 그다지 멀지 않은 곳에, 낡을 대로 낡아서 지붕도 허물어지고, 창문이란 창문에는 모두 못질을 한 커다란 2층 목조 건물이 불쑥 한길 가로 튀어나와 있는 것을 볼 수 있으리라. 대낮의 눈부신 햇빛을 받을 때면, 이 낡은 집보다 처량한 모습은 도저히 상상할 수도 없을 지경이다. 언젠가 이 집에는 손님을 좋아하기로 유명한 전시대의 귀족 표트르 일리이치 백작이 살고 있었다. 마을의 모든 지주들은 자주 이 집에 모여 촛불 아래에서 음악대가 연주하는 고막이 터질 듯한 악기 소리와 요란하게 터지는 불꽃 소리에 맞추어 마음껏 춤추며 즐겼다. 그래서 지금 이 황폐해진 주택 옆을 지나가는 노파라면, 흘러간 옛날이며 지난날 화려했던 청춘 시절을 떠올리면서 한숨짓는 이가 아마 한두 사람은 아니었으리라. 백작은 오랫동안 계속해서 향연을 베풀었고, 비굴할 정도로 아첨하는 손님들 속을 다정한 미소를 풍기며 돌아다니곤 했다. 그러나 불행하게도 그의 재산은 일생 동안 호강하기에는 부족했다. 가산을 탕진한 백작은 일자리를 얻으려고 페테르부르크로 떠나갔으나, 아무런 결정도 나기 전에 어느 여관방에서 죽었다. 투만은 이 백작의 하인이었지만, 백작이 살아 있을 때에 이미 자유로운 몸이 되었다. 그는 일흔 살가량의 생기 있는 얼굴에 즐거운 표정을 짓는 노인이었다. 그의 얼굴에서는 언제나 미소가 사라지지 않았으나, 그것은 예카테리나 여왕 시대의 사람들만이 보이는 미소, 온화하면서도 기품 있는 미소였다. 이야기할 때에는 입술을 천천히 열었다 닫았다 하며, 상냥하게 실눈을 만들고 약간 코맹맹이 소리를 낸다. 코를 풀거나 냄새를 맡을 때도 무슨 엄숙한 일이라도 하는 듯이 서두르지 않고 느릿느릿 행동한다.

"그래, 어떻소, 미하일 사벨리예비치." 나는 말을 건넸다. "물고기는 많이 잡았소?"

"보십시오. 농어 두 마리와 황어 댓 마리 잡았죠……. 스쵸푸시카, 보여 드려."

스쵸푸시카는 그것을 내 쪽으로 내밀었다.

"자넨 어떻게 지내고 있지?" 스쵸푸시카에게 물었다.

"예…… 예…… 그저…… 그럭저럭 지내고 있습니다, 나리." 마치 혓바닥으로 무거운 돌이라도 굴리듯이 말을 더듬으며 대답했다.

"미트로판은 건강한가?"

"물론, 건강합니다, 나리."

가엾은 남자는 얼굴을 옆으로 돌렸다.

"아무래도 잘 물질 않는군." 투만이 말했다. "너무 더우니까, 그 녀석들이 모두 숲 속에 들어가서 낮잠을 자는 모양이야……. 지렁이를 달아줘, 스쵸파. (스쵸푸시카는 지렁이를 한 마리 꺼내어 손바닥에 놓더니, 두 번 손바닥을 쳐서 낚시에 끼고는 침을 뱉고 투만에게 내주었다) 고마워, 스쵸파……. 그런데 나리." 투만은 내게 몸을 돌리며 말을 이었다. "여전히 사냥을 하시나요?"

"보는 바와 같네."

"그렇군요……. 그런데 나리의 개는 영국종입니까? 핀란드종입니까?"

투만은 이따금 '나도 남 사는 대로 살아왔어' 하는 듯한 기분을 나타내려는 것을 좋아했다.

"어떤 종류인지는 모르지만, 좋은 개야."

"그렇군요……. 늘 개를 데리고 다니십니까?

"두어 마리 정도는."

투만은 빙긋이 미소를 짓고는 고개를 끄덕였다.

"그런데 이 세상에는 개를 무척 좋아하는 사람이 있는가 하면, 개를 싫어하는 사람도 있습니다. 이건 사실이에요. 제가 보기에는 개는 자기 위신을 높이기 위해서 길러야 한다고 생각합니다. 그러기 위해선 무엇이든지, 그러니까 말이나 사냥개지기, 그 밖의 모든 것이 제대로 잘 갖추어져 있어야 합니다. 돌아가신 백작 나리는—제발 천국에서 고이 잠드소서!—사실 본디부터 사냥을 즐기시는 분은 아니었습니다만, 그래도 개를 기르시면서 1년에 두 번쯤은 사냥에 나가셨습니다. 금빛 술이 달린 붉은 외투를 입은 개지기가 정원에 모여서 나팔을 불면, 나리께서 행차를 하십니다. 그때 말이 끌려나오고, 나리께서 말에 오르시면 사냥개지기는 나리의 발에 등자를 끼우고, 모자를 벗어서 그 위에 말고삐를 얹어 대령하는 것입니다. 그러면 나리께서는 기다란 회초리를 이렇게 휙 내리칩니다. 이것을 신호로 사냥개지기들이 와아

함성을 지르면서 저택에서 개를 끌고 나갑니다. 사냥을 돕는 하인은 백작 뒤에서 말을 몰면서 백작이 사랑하는 개 두 마리를 비단 끈에 매어 끌고 갑니다. 아시겠어요, 이렇게 눈을 두리번거리며…… . 하인 또한 높다란 카자흐 안장에 낮아서 홍당무처럼 볼을 붉히고, 그 커다란 눈알을 대굴대굴 굴리곤 했습니다…… . 물론 이런 때는 손님들도 많이 모였고, 놀 때나 접대할 때나 모두 예절을 갖추어서…… 에잇, 놓쳤다, 망할 것!"

"어때, 백작은 한때 굉장히 호화롭게 살았다던데?"

노인은 지렁이에 침을 뱉고는 다시 낚싯줄을 던졌다.

"나리는 잘 알려진 대로 귀족 중에서도 유명하신 분이었죠. 페테르부르크에서 일류 귀족들이 자주 방문하곤 했어요. 주인께선 푸른 리본을 달고 식탁에서 식사를 하시곤 했습니다. 그리고 손님 대접도 대단하셨죠. 백작께선 자주 저를 부르시고 '투만, 내일까지 살아 있는 철갑상어가 필요하니 가져오라 일러주게, 알았나' 하고 말씀하시면 저는 '알겠습니다, 나리' 하고 대답하곤 했죠. 나리께선 수놓은 옷이며, 가발이며, 지팡이며, 향수며, 담배갑이며, 이렇게 커다란 그림 등을 직접 파리에서 주문하시곤 했습니다. 연회라도 열리는 날이면─그야말로 큰 소동이 일어나곤 했지요! 불꽃을 탕탕 터뜨리는가 하면, 마차를 달리기도 하고, 나중에는 대포까지 쐈습니다. 악대만 해도 마흔 명의 악사를 갖추고 있었지요. 악대의 지휘자는 독일인이었는데, 그 놈이 굉장히 거만해서, 주인 나리와 함께 같은 식탁에서 식사를 하겠다고 고집을 부리는 바람에 나리도 할 수 없이 점잖게 내쫓아버리라고 명령을 내렸답니다. 우리 악대는 저런 놈이 없어도 자기 할 일을 잘 알고 있다고 하시면서 말입니다. 어쨌든 주인 나리를 당할 사람은 없었으니까요. 그리고 밤이 샐 때까지 춤을 춥니다. 어…… 어…… 어…… 한 마리 걸렸군! (노인은 조그만 농어 한 마리를 물에서 건져냈다) 자, 어때, 스쵸파? ─그런데 주인 나리는 정말 귀족 중의 귀족이었습니다." 노인은 다시 낚싯줄을 던지며 말을 이었다. "게다가 마음씨도 좋으신 분이었어요. 아랫사람을 때리는 일이 있더라도 금방 씻은 듯이 잊어버립니다. 단 한 가지 곤란한 것은, 여자를 너무 많이 거느리고 있었다는 거지요. 게다가 그 여자들 또한 말할 수 없는 것들이어서 결국 그것들 때문에 백작이 파산한 것이나 다름없습니다. 여자들은 대부분이 하층계급에서 올라와서 주인께 감사를 드려야 할 지경인데, 그런데 감사는커녕—그년들은 유럽에서 사오는 선물 중에서도 가장 좋은 것을 받아야 만족한단 말씀입니다! 물론, 자기 만족을 위해 산다는 것은 할 수 없는 일이겠지만……. 그렇다고 해서 나리의 신분을 망쳐놓으라는 법은 없습니다. 그중에서도 아쿨리나라는 여자가 있었는데, 지금은 죽고 없습니다만—주여, 그녀에게 안식을 주옵소서!—평범한 농민 출신으로서, 시토프 마을의 이장 딸이었습니다. 그런데 아주 포악한 여자여서 나리의 뺨까지 때리는 일도 있었습니다. 백작 나리를 완전히 자기 손아귀에 넣어버린 셈이지요. 제 조카만 해도, 그 여자의 새 옷에 초콜릿을 엎질렀다고 해서 군대에 보내졌습니다……. 게다가 그런 변을 당한 것은 제 조카만이 아닙니다. 그렇죠……. 그러나 어쨌든 그땐 좋은 시절이었지요!" 노인은 깊이 한숨을 쉬면서 이렇게 말하고는 머리를 푹 숙인 채 입을 다물었다.

"그러니까, 자네 주인은 엄격한 분이셨군?" 나는 잠시 침묵을 지키다 이렇게 물었다.

"그때는 모두 그런 식이었으니까요, 나리." 노인은 머리를 끄덕이며 대답했다.

"이젠 그렇게 하지 못하게 됐지." 나는 가만히 그를 바라보면서 말했다.

그는 흘낏 곁눈질해서 나를 보았다.

"그야 물론, 더 좋아졌겠지요." 이렇게 중얼거리고는 낚싯줄을 멀리 던졌다.

우리는 나무 그늘에 앉아 있었으나, 그래도 무덥기는 마찬가지였다. 숨이 막히는 듯한 후텁지근한 공기는 죽은 듯이 움직일 줄을 모른다. 얼굴은 불덩이처럼 달아올라서 시원한 바람을 기다리지만, 바람은 불어올 생각도 하지 않는다. 태양은 여전히 검푸른 하늘에서 정통으로 머리 위를 내리쬐고 있었다. 맞은편 강변에는 귀리 밭이 누렇게 뻗어 있고, 군데군데 약쑥이 자라고 있었다. 그러나 귀리 이삭 하나 까딱하지 않는다. 좀더 아래쪽에서는 말이 강물에 들어가 무릎까지 담그고 서서 물에 젖은 꼬리를 느릿느릿 흔들고 있다. 강 위에 늘어진 덤불 밑에서는 때때로 큰 물고기가 솟아오르며 부글부글 거품을 일으키는가 하면, 가느다란 잔물결을 남긴 채 다시 물속 깊이 사라지고 만다. 메뚜기 떼는 풀밭 속에서 요란스레 노래하고 있다. 또 메추라기는 어쩐지 마지못해 노래하는 듯이 외치고 있고, 커다란 매 한 마리가 들판 위를 날고 있었는데, 꼬리를 부채처럼 벌리고 날개를 요란스레 퍼덕이며 한자리에 가만히 있곤 했다. 우리는 더위에 지쳐서 꼼짝달싹 않고 그대로 앉아 있었다. 그때 별안간 우리 뒤 골짜기에서 바스락 소리가 들리더니, 누군가가 샘터 쪽으로 내려온다. 뒤돌아보니, 쉰 살 정도의 먼지투성이 농군으로, 루바슈카(러시아의 낙낙한 블라우스풍의 남자용 윗옷)를 입고, 자작나무 껍질로 만든 전대와 농군용 외투를 어깨에 둘러메고 있었다. 그는 샘물에 다가와서 꿀꺽꿀꺽 물을 마시고는 천천히 몸을 일으켰다.

"오, 블라스?" 투만이 그를 보더니 이렇게 외쳤다. "오랜만이군, 도대체 어디서 오는 길인가?"

"아, 미하일 사벨리예비치." 그는 우리 옆으로 다가오며 말했다. "멀리서 오는 길이죠."

"어디 갔었는데?" 투만이 물었다.

"모스크바에 있는 나리한테 다녀오는 길이에요."

"뭐하러?"

"부탁이 있어서 갔었죠."

"무슨 부탁인데?"

"연공을 삭감해 받든지, 주인 땅에서 일을 시키든지, 아니면 다른 땅으로 보내주시든지, 어떻게 좀……. 아들놈이 죽어서 나 혼자 힘으로는 도저히 감당해 나갈 수가 없게 되었어요."

"자네 아들이 죽었다고?"

"죽었어요." 농군은 잠시 말을 끊었다가 다시 덧붙였다. "모스크바에서 마부 노릇을 하고 있어서 사실은 그 놈이 나 대신 연공을 바치고 있었습니다."

"아니, 자네 지금도 연공을 바치고 있나?"

"네."

"그래, 주인 나리는 뭐라던가?"

"뭐랄 것이 있나요? 그저 내쫓기고 말았죠! '아니, 왜 나한테까지 오는 거야. 지배인은 뭣 때문에 있나? 먼저 지배인과 상의하도록 해……. 그리고 다른 땅이라고 다를 줄 아나? 자네는 그보다도 먼저 미납금을 바쳐야 해'라고 하시며 굉장히 화를 내시더군요."

"그래서 자넨 순순히 물러났군그래?"

"물러났죠. 죽은 아들놈이 혹시 재산이라도 남긴 것이 없을까 해서 알아보려고 했습니다만, 헛수고였습니다. 아들의 고용주에게 '실은 제가 표트르의 애빈데요'라고 말했더니, 주인은 이렇게 대답하더군요. '당신이 아버진지 누군지 어떻게 알겠소? 그리고 당신이 아버지라 해도 당신의 아들은 한 푼도 남겨 놓은 것이 없어요. 도리어 내게 빚이 있죠.' 그래, 할 수 없이 돌아오는 길이죠."

농군은 마치 다른 사람의 이야기라도 하는 듯이 미소를 지으며 말하고 있었으나, 축 늘어진 조그만 두 눈에는 눈물방울이 맺히고, 입술은 바르르 떨리며 경련을 일으키고 있었다.

"그래, 지금 집으로 가는 건가?"

"그럼 어디 갈 데가 있습니까? 집에 가야죠. 지금쯤 집에서는 아내가 배를 곯고 신음하고 있을 텐데."

"그렇다면 자넨…… 그…… 그런 일을……." 스쵸푸시카는 갑자기 말문을 열었지만, 이내 말꼬리를 흐리며 입을 다물고는 항아리 속 지렁이를 들쳐 헤치기 시작했다.

"그래, 지배인한테 갈 생각인가?" 투만은 어리둥절한 눈으로 스쵸파를 바라보며 말을 이었다.

"그런 자식한테 가서 뭘 하겠소? ……게다가 연공까지 밀려 있으니. 아들놈은 죽기 전에 1년이나 앓았기 때문에 자기 연공조차 갚질 못했지요……. 그렇지만 나도 이젠 될 대로 되라는 심정입니다. 내게서 가져갈 건 아무것도 없으니까……. 그 인간이 아무리 간계를 부리고 들볶아도, 이젠 소용없을 걸! (이렇게 말하곤 농군은 웃었다) 저 킨틸리안 세묘니치가 아무리 머리를 짜낸다 해도, 이미 이렇게 된 이상은……."

블라스는 다시 웃었다.

"그렇게 한다고 잘되는 건 아니지 않나, 블라스?" 투만은 한마디 한마디 사이를 두며 말했다.

"잘되고 안 되고가 어디 있어요? ……(블라스는 말을 멈추었다) 지독히 덥군." 그는 얼굴을 옷소매로 닦으면서 이렇게 덧붙였다.

"자네 주인은 누군가?" 나는 물었다.

"××백작입니다. 발레리안 페트로비치."

"표트르 일리이치의 아들?" 나는 물었다.

"네, 표트르 일리이치의 아들입니다." 투만이 대답했다. "돌아가신 표트르 일리이치께서는 돌아가시기 전에 블라스의 마을을 아들에게 양도했답니다."

"어때, 그 사람은 잘 지내고 있나?"

"다행히 건강합니다. 아주 혈색이 좋아지고, 얼굴이 달라졌더군요." 블라스가 대답했다.

"그런데, 나리." 투만은 내게로 몸을 돌리며 말을 이었다. "모스크바 근처라면 괜찮겠지만, 여기선 모두 연공으로 고생한답니다."

"한 집에 얼마씩인가?"

"95루블입니다." 블라스가 중얼거렸다.

"나리께서도 보시는 바와 같이 땅은 쥐꼬리만 하고, 겨우 있다는 것은 지주집의 산림 정도니까요."

"그것마저 팔아버렸다는 소문이 있습니다." 농군이 말했다.

"이런 형편이죠……. 스쵸파, 지렁이를 주게. ……아니, 스쵸파? 저런 졸고 있군그래?"

스쵸푸시카는 흠칫 몸을 떨었다. 농군은 우리 옆에 와서 앉았다. 모두 잠시 침묵에 잠겼다. 맞은편 강변에서 누군가가 노래를 부르기 시작했으나, 힘 없는 목소리였다……. 블라스는 처량하게 시름에 잠겨 있었다…….

30분 뒤에 우리는 헤어졌다.

시골 의사

어느 가을 날, 나는 마을에서 멀리 떨어진 들판에서 돌아오는 길에 감기에 걸려 앓았다. 다행히 열이 난 곳은 마을 여관이어서 의사를 부르러 보낼 수 있었다. 30분쯤 지나서, 의사가 찾아왔다. 키가 크지 않고 마른 데다가 검은 머리였다. 그는 흔히 쓰는 땀 내는 약을 처방하고 겨자 고약을 바르라고 일러주고는, 5루블 지폐를 받아 소매 갈피에 쑤셔 넣었다. 그리고 그대로 돌아가려고 했었는데, 어떻게 된 일인지 서로 말을 주고받다가 그 자리에 주저앉고 말았다. 나는 열 때문에 밤새 한잠도 잘 수 없으리라는 것을 미리 알고 있었으므로 마음 편한 사람과 잡담이라도 나눌 수 있어서 정말 기뻤다. 차가 나왔다. 의사는 이야기를 하기 시작했다. 이 의사는 바보는 아니었다. 말도 재미있었다. 세상에는 이상한 일이 있어서 어떤 사람과는 오랫동안 함께 살면서도 한 번도 자기 마음속을 털어놓고 이야기해 본 적이 없지만, 어떤 사람과는 사귀자마자 이쪽이 아니면 저쪽에서 마치 교회에서 참회라도 하듯이 자기의 비밀까지 털어놓을 때가 있다. 나는 어떻게 새로운 친구의 신임을 얻었는지 모르겠으나—어쨌든 그는 별로 이렇다 할 이유도 없이, 이른바 '아닌 밤중에 홍두깨' 격으로, 무척 신기한 이야기를 들려주었다. 그래서 나는 이제부터 이 사람의 이야기를 관대한 독자 여러분에게 소개하려고 한다. 나는 되도록 의사의 말을 그대로 옮기도록 힘쓰겠다.

"당신은 모르시겠지만" 의사는 낮고 떨리는 목소리로(이것은 진짜 베레좁스키 담배가 효력을 발휘했기 때문이다) 말하기 시작했다. "당신은 이곳 판사인 밀로바, 파블 루키차를 모르시죠? ……모르실 겁니다……. 뭐, 몰라도 괜찮습니다만. (그는 기침을 하고 눈을 비볐다) 사실은 이런 이야긴데, 어떻게 말해야 좋을까—사실대로 말씀드리면 사순절 때 일로, 막 눈이 녹기 시작했을 때입니다. 나는 그 판사의 집에서 카드놀이를 하고 있었지요. 이곳 판사는 사람이 좋고 카드놀이를 무척 즐깁니다. 그런데 갑자기(의사는 '갑자기'라는 말을 자주 사용했다) 하인이 와서 어떤 사람이 나를 찾는다고 했습니다. 그래 무슨 일이냐고 물었더니, 편지를 가지고 왔으니까 아마 환자한테서 왔을 거라고 하더군요. 그럼 편지를 가져오라고 말했고, 편지를 보니까 과연 환자로부터 온 것입니다. ……물론, 좋습니다. 아시다시피 이건 밥벌이니까요……. 그런데 그 편지 내용은 이런 것이었습니다. 편지를 보내온 사람은 지주층의 한 홀어미였는데, 그 속에는 '딸이 지금 죽어가고 있으니, 제발 왕진을…… 선생님을 모시려고 마차도 준비했습니다'라고 써 있더군요. 아니, 이 정도라면, 뭐, 대단한 것도 아니지만……, 홀어미네 집은 마을에서 20베르스타나 떨어져 있고, 밖은 캄캄한 밤인 데다가 길 또한 말할 수 없이 나빴습니다. 그리고 그 홀어미네는 아주 가난해서 2루블 이상은 도저히 바랄 수도 없을뿐더러, 그 돈마저 받을지 못 받을지 의심이 생길 정도였습니다. 아마 고작해야 내가 받을 수 있는 것은 천 조각 정도일 것입니다. 그러나 아시다시피 의무가 먼저입니다. 한 사람의 생명이 죽어가고 있을 때니까요. 나는 곧장 상임위원인 칼리오핀에게 카드를 넘겨주고 집으로 갔습니다. 집에 와보니, 현관 앞에 초라한 마차 한 대가 서 있었습니다. 밭갈이하는 말이라 배는 디질 듯이 부른 데다가, 털은 거칠거칠했고, 마부는 존경의 표시로 모자를 벗고 앉아 있었습니다. 그때, 나는 이렇게 생각했죠. '보건대, 네 주인도 마차를 몰고 다닐 신분은 아닌 것 같구나……' 당신은 웃으실지 모르지만, 솔직한 말로 우리 가난뱅이들은 무슨 일이건 일단은 이런 생각을 하게 마련입니다……. 마부가 공작처럼 버티고 앉아서 모자를 벗지도 않은 채 턱수염 밑으로 싱글벙글 웃으면서 채찍을 만지작거리고 있다면, 10루블 지폐 두 장은 틀림없는 법입니다. 그런데, 상황은 전혀 달랐습니다. 그래도 어쩔 수 없다고 생각했죠. 의무니까요. 나는 꼭 필요한 약을 몇 가지 챙겨서 떠났습니다. 당신은 상상도 할 수 없겠지만, 나는 간신히 그 홀어미네 집에 갔습니다. 길은 마치 지옥처럼 험했습니다. 개천이 있고, 눈이 있는가 하면 진흙이 있고, 여기저기 물구덩이가 있는가 하면 한 곳에서는 갑자기 둑이 끊어지고—굉장한 소동이었습니다. 그러나 어쨌든 그곳에 무사히 도착했습니다. 밀짚으로 지붕을 이은 조그만 집이었습니다. 창문마다 불빛이 켜 있는 것으로 보아 나를 기다리고 있는 것이 분명했습니다. 레이스 달린 모자를 쓴, 아주 고상해 보이는 노부인이 나를 맞으며 '제발 살려주십시오. 죽어가고 있어요'라고 하더군요. 그래서 나는 '걱정하지 마세요……. 환자는 어디 있습니까?' 물었습니다. '이리 오십시오.' 가보니, 작지만 깨끗한 방에는 한쪽 구석에 등불이 켜져 있고, 침대 위에는 스무 살쯤 되어 보이는 아가씨가 의식을 잃고 누워 있었습니다. 열이 높고 숨소리가 거칠었습니다. 열병이었죠. 방 안에는 그 아가씨 말고도 자매로 보이는 두 아가씨가 울고 있었습니다. '바로 어제까지만 해도 아주 건강했고, 식욕도 좋았는데, 오늘 아침부터 머리가 아프다고 하더니 갑자기 저녁부터 이렇게 됐어요…….' '걱정하지 마세요.' 아시다시피 이것이 의사의 의무니까요. 이윽고 나는 진찰을 하기 시작했습니다. 피를 뽑아보고, 겨자로 된 고약을 바르도록 지시한 뒤, 물약을 처방해 주었습니다. 그러는 동안 나는 환자의 얼굴을 바라보았습니다. 바라보니 어떻겠습니까—사실 말씀이지, 난생처음으로 그런 얼굴을 보았습니다! 한마디로 말해서 대단한 미인이었습니다! 애처로운 생각이 들었습니다. 그 아름다운 윤곽, 그 눈……. 이윽고 환자는 다행히 차도를 보이기 시작했습니다. 흠뻑 땀을 낸 뒤에는 제정신으로 돌아온 듯, 주위를 돌아보더니 방긋이 미소를 짓고 손으로 얼굴을 어루만졌습니다. 동생들은 언니에게 허리를 굽히며 좀 어떠냐고 물었습니다. 환자는 괜찮다고 말하고 얼굴을 돌렸습니다……. 그러더니 곧 잠이 들었습니다. '이제부턴 환자를 안정시켜야 합니다.' 나는 이렇게 말하고 다른 사람들과 함께 발걸음을 죽이며 밖으로 나왔습니다. 만일의 경우를 생각해서, 하녀 혼자만 방에 남겨두었지요. 응접실에는 이미 사모바르*¹가 테이블 위에 놓여 있었고, 자메이카 럼주도 준비되어 있었습니다. 우리 의사들은 술 없인 일을 못하니까요. 그들은 나에게 차를 따라 주며 제발 주무시고 가라고 간청하기에 나도 승낙을 했습니다. 하긴 이런 시간에 어딜 가겠습니까! 노부인은 연방 한숨만 짓고 있었습니다. '괜찮아요, 회복될 겁니다. 걱정하실 필요는 없습니다. 그보다 주무세요. 벌써 2시에요. 무슨 일이라도 있으면 바로 알려드릴게요.' '네.' 이윽고 노부인은 자기 방으로 돌아가고, 여동생들도 자기 방으로 사라졌습니다. 나의 침상은 응접실에 마련돼 있었습니다. 나도 자리에 누웠지만 도무지 잠이 오지 않더군요—정말 이상한 일이었습니다. 몸은 무척 피곤하다고 생각되는데도, 그 환

---

*1 러시아에서 찻물을 끓일 때 쓰는 큰 주전자.

자가 머리에서 떠나질 않는 거예요. 도무지 참을 수가 없어서 벌떡 일어나 앉았습니다. 환자가 어떤지 한 번 살피고 오려는 생각이었습니다. 병실은 바로 응접실 옆에 있었습니다. 나는 일어나서 살그머니 문을 열었습니다. 가슴이 몹시 두근거렸습니다. 괘씸하게도 하녀는 입을 벌리고 코까지 골면서 자고 있었습니다! 환자는 내 쪽으로 얼굴을 돌리고 모로 누운 채, 가엾게도 두 손을 축 늘어뜨리고 있었습니다. 옆으로 다가가니…… 갑자기 눈을 뜨고 물끄러미 나를 바라보더군요! '……누구세요? 누구세요?' 나는 어리둥절했습니다. '제발 놀라지 마십시오, 아가씨. 나는 의삽니다. 좀 어떠신가 보려고 온 겁니다.' '의사세요?' '네, 그렇습니다. ……어머니께서 저를 부르러 일부러 먼 거리까지 사람을 보내셨더군요. 아가씨, 아까 피를 뽑았으니까, 이제 좀 주무세요. 그럭저럭 한 이틀쯤 지나면, 그 전처럼 일어나시게 될 겁니다.' '아, 예, 선생님, 제발 절 죽지 않게 해주세요. 제발 부탁이에요.' '무슨 말씀을 하십니까, 걱정 마세요.' 나는 열이 또 올랐으리라 생각하며 맥을 짚어 보았더니, 아니나다를까 몹시 뜨거웠습니다. 그런데 그녀는 물끄러미 나를 바라보고는, 갑자기 내 손을 잡았습니다. '왜 제가 죽기 싫은지를 말하겠어요, 말하겠어요……. 지금은 아무도 없으니까요. 그런데 제발 부탁이니 다른 사람에겐 말하지 마세요……. 저 말이에요…….' 내가 몸을 굽히자 그녀는 머리칼이 내 볼에 닿을 정도로 바싹 내 귀로 입을 가져왔습니다—사실 나는 머리가 빙글빙글 도는 것 같았습니다. 그녀는 무슨 말을 속삭이기 시작했지만…… 나는 무슨 말인지 통 알아들을 수가 없었습니다……. 아, 가엾게도 그녀는 헛소리를 하고 있었습니다……. 그녀는 소곤소곤 속삭였으나 너무 말이 빨라서 마치 러시아어가 아닌 것 같았습니다. 말이 끝나자 그녀는 부르르 몸을 떨고는, 베개 위에 머리를 떨어뜨리고 손가락으로 나를 위협하는 시늉을 했습니다. '알았지요, 선생님, 아무한테도 얘기하면 안 돼요…….' 이렇게 말하듯이 말입니다. 간신히 그녀를 진정시키고는 물을 마시게 한 다음 하녀를 깨워 놓고 방에서 나왔습니다."

여기서 의사는 다시 맹렬히 담배를 피우더니 잠시 어리둥절한 표정을 지었다.

"그런데" 의사는 말을 이었다. "이튿날, 환자는 기대와는 반대로 차도가 보이지 않았습니다. 나는 곰곰이 생각한 끝에 이 집에 더 머물기로 결심했습니다. 물론 다른 환자들이 기다리고 있긴 했지만…… . 당신도 아시다시피 그 환자들도 등한시할 순 없었습니다. 돈벌이에 지장을 주니까요. 하지만 첫째로 이 아가씨는 그야말로 위독한 상태에 놓여 있었습니다. 둘째로는 사실대로 말씀드려서 나 자신도 그녀에게 몹시 마음이 끌렸기 때문이었습니다. 게다가 그 집안사람들도 마음에 들었지요. 그다지 재산가라고는 할 수 없어도, 정말 드물게 볼 수 있을 정도로 교양 있는 사람들이었습니다…… . 그녀의 아버지는 학자이며 저술가였습니다만, 가난 속에 삶을 마쳤습니다. 그러나 자녀들에겐 훌륭한 교육을 시켰고 책도 많이 남겨놓았더군요. 내가 열심히 환자를 돌보았기 때문인지, 아니면 다른 이유가 있었기 때문인지는 모르겠습니다만, 이 집 사람들은 나를 집안 식구와 다름없이 정말 허물없이 대해주었습니다…… . 그러는 사이에 눈이 녹아 길은 점점 나빠져서 모든 교통은 완전히 끊기고 말았습니다. 약품도 간신히 구해 오는 형편이고…… 환자도 회복되지 않았습니다…… . 이렇게 하루 이틀 지나는 사이에…… 갑자기…… … 그때…… (의사는 잠시 말을 멈추었다) 정말 어떻게 말해야 좋을지…… (그는 다시 담배를 피우고 헛기침을 하더니 차를 한 모금 들이켰다) 솔직히 말씀드리면 저 환자가…… 저…… 결국 나를 사랑하게 됐다고 할는지…… 아니, 사랑했다고는 할 수 없지만 어쨌든…… 정말 뭐라고 말해야 좋을지, 저…… ." 의사는 고개를 숙이고 낯을 붉혔다.

"아닙니다." 의사는 다시 힘을 주어 말을 이었다. "사랑이랄 순 없겠지요! 먼저 자신의 위치를 알아야 하니까요. 그녀는 교양 있고, 머리도 좋고, 책도 많이 읽었지만, 나는 사실 말이지 라틴어도 잊어버렸어요. 그리고 얼굴을 봐도 (의사는 빙그레 웃으며 자기 모습을 훑어보았다) 그리 자랑할 만한 것은 못되고요. 그러나 다행히 나도 바보로 태어난 것은 아닙니다. 흰 것을 검다고 말하지도 않거니와, 조금이나마 사물을 판단할 줄은 알지요. 이를테면 나는 알렉산드라 안드레예브나가―그녀의 이름입니다―나를 사랑하고 있는 것은 아니지만, 친구로서의 우정이라고나 할까, 존경이라고나 할까― 그런 것을 느끼는 것은 나 자신도 잘 알고 있습니다. 그녀에게는 다른 의미일지도 모르지만, 상태가 상태이니만큼 그 점은 당신이 널리 양해해 주시길 바랍니다…… . 그런데," 의사는 숨을 돌리지도 않고, 무척 당황한 모습으로 더듬더듬 말을 하고는, 이렇게 덧붙였다. "조금 벗어난 것 같지만…… 이걸로는 뭐가 뭔지 모르겠지만……. 이제부터 차근차근 이야기해 드리겠습니다."

그는 찻잔을 비우고는, 아까보다 침착한 어조로 다시 말하기 시작했다.

"그런데 말입니다. 당신은 의사가 아니니까 우리의 심정을 이해하지 못하실 것입니다. 특히 병의 처방이 들어맞지 않았다고 느끼는 순간, 우리 의사들의 심정이란 도저히 상상할 수도 없을 정도입니다. 자신감이 완전히 사라지고 마니까요! 갑자기 말할 수 없는 공포심에 사로잡히고 맙니다. 지금까지 알고 있던 것도 모조리 잊어버리고, 환자가 자기를 믿어주지 않는 듯한 생각이 들기도 합니다. 다른 사람들도 이쪽에서 당황해하는 모습을 눈치채기 시작해서, 증상을 이야기하는데도 마음이 내키지 않는 듯한 기분으로 말하게 되고, 흘낏흘낏 곁눈질을 하면서 저희들끼리 쑥덕거립니다……. 정말, 기분이 나쁩니다! 반드시 이 병에 맞는 약이 있을 테니까, 그 약만 찾으면 된다. 아, 이것이 아닐까? 이렇게 생각하고 시험해 보면—아닙니다. 그 약이 아니란 말씀입니다! 약의 효과가 나타날 때까지 충분히 기다릴 수가 없으므로…… 이것이 아닐까, 저것이 아닐까 하고 망설이기만 합니다. 때로는 처방전까지 꺼내볼 때가 있습니다……. 그 속에는 반드시 있으리라고 생각해서지요! 사실 이따금 무턱대고 책을 펼쳐서는 제발 어떻게 해서라도 들어맞게 해달라고 운수에 맡길 때도 있습니다……. 그런데 그러는 동안에 환자는 죽어가는 겁니다. 다른 의사라면 생명을 건졌을지도 모르니까요. 여기서 자기가 책임을 지고 싶지 않으니까, 다른 의사에게도 가보라고 말하게 되지만, 이럴 때 그 의사의 모습이란 정말 바보와 같습니다! 이윽고, 나이를 먹어 익숙해지면, 아무것도 아닙니다. 사람이 죽어도—내 잘못은 아니다, 나는 할 수 있는 데까지 처방을 했으니까, 하고 시치미를 떼게 되지요. 그러나 그래도 정말 괴로울 때가 있습니다. 맹목적으로 확신을 하면서도 다른 한편으로는 도저히 고칠 가망이 없다고 마음속으로 느낄 땝니다. 바로 이러한 확신을 알렉산드라 안드레예브나의 온 집안사람들이 내게 심어주었습니다. 그들은 그녀가 위독하다는 것까지 잊어버렸습니다. 나는 나대로, 괜찮다고 안심시키고 있긴 했지만, 마음속으로는 몹시 불안했습니다. 운이 나쁜지라, 길까지 나빠져서 마부가 약을 가져오는데도 온종일 걸렸습니다. 나는 환자 옆에 앉아서 한시도 떠나질 않고, 여러 가지 우스운 이야기를 들려주기도 하고 그녀와 함께 카드놀이도 했습니다. 밤에도 그녀 옆에서 떠나질 않았습니다. 노모는 눈물을 흘리며 감사하다고 말했지만 나는 마음속으로 그런 감사를 받을 자격이 없다고 생각했습니다. 다 털어놓으면—이제 와선 아무것도 숨길 것이 없으니까—환자에게 반했습니다. 알렉산드라 안드레예브나도 나 혼자만 병실에 들어오게 했습니다. 그녀는 나와 이야기를 하면서 어디서 공부를 했고, 어떻게 살고 있으며, 친척은 어떤 사람들이며, 어떤 집에 왕진을 다니는가 하는 여러 가지 질문을 퍼부었습니다. 나는 환자가 말을 하면 좋지 않다고 생각하면서도, 말을 멈출 수가 없었습니다—정말 어떻게 할 수가 없었어요. 때때로 내 머리채를 움켜쥐고, '넌 대체 무엇을 하고 있는 것이냐, 이 악당아……' 하고 자신을 책망하기도 했습니다. 그리고 어떤 때는 그녀가 내 손을 끌어당겨 쥐고 오랫동안 물끄러미 나를 바라보았습니다. 한참 동안 바라보고 나서, 그녀는 얼굴을 돌리고 한숨을 쉬면서 말합니다. '당신은 정말 친절하신 분이군요!' 그녀의 손은 불덩이처럼 뜨겁고, 커다란 두 눈은 도무지 기운이 없습니다. '정말 당신은 친절하신 분이에요. 좋은 분이에요. 당신은 다른 사람들과는 달라요……. 정말 달라요……. 어째서 난 지금까지 당신을 모르고 있었을까요!' 그러나 나는 이렇게 말하곤 했습니다. '알렉산드라 안드레예브나, 진정하십시오……. 나를 믿어주시오. 나는 지금 어떻게 보답을 해야 할지 모르겠습니다……. 제발 부탁이니, 진정해 주십시오. 진정하세요……. 모두 잘될 겁니다. 다시 그 전처럼 회복될 겁니다.'—그런데 여기서 꼭 말씀드릴 것이 있는데," 의사는 몸을 앞으로 내밀고, 눈썹을 올리며 말을 덧붙였다. "그 집은 이웃들과 왕래가 거의 없었습니다. 신분이 낮은 사람들과는 격이 맞지 않았고, 부유층과 사귀는 데는 자존심이 허락지 않았습니다. 다시 말씀드리지만, 그들은 정말 교양 있는 사람들이었습니다. 이것이 나를 기쁘게 했지요. 그녀는 내 손을 통해서만 약을 받았습니다……. 가련한 그녀는 내 손에 부축을 받고 일어나서, 약을 마시고는 흘깃 나를 바라봅니다……. 그때 내 가슴은 두방망이질하듯 울렁거립니다. 그런데 환자의 증세는 점점 나빠져 갔습니다. 날이 갈수록 악화될 뿐이었습니다. 그녀는 죽을 것이다, 도저히 살 가망이 없다고 생각했습니다. 저, 아시겠어요? 내 자신이 관 속에 들어가고 싶은 심정이었어요. 주위에서는 어머니와 동생들이 눈치를 보며 내 얼굴빛을 살피고 있었으니까요……. 신용도 점점 잃어갔습니다. '어떻습니까? 어때요?' 물으면 '괜찮습니다, 괜찮아요!'라고 대답은 하지만, 괜찮기는커녕 머리가 돌 지경이었습니다. 그런데 어느 날 밤, 혼자 환자 옆에 앉아 있었습니다. 하녀가 있었지만, 드렁드렁 코를 골고 있었죠……. 그것도 무리는 아닙니다. 하녀 또한 지쳤으니까요. 알렉산드라 안드레예브나는 그날 밤 내내 기분이 좋지 않았습니다. 열 때문에 괴로워했습니다. 자정까지 줄곧 뒤척이기만 하다가, 간신히 잠든 것 같았습니다. 어쨌든 가만히 누워 있었으니까요. 방구석 성상 앞에서는 등잔불이 타고 있었습니다. 거기 앉아서 머리를 숙이고 있다가 깜박 잠이 들었습니다. 그런데 갑자기 누가 내 옆구리를 찌르는 것 같았습니다. 정신을 차려 돌아보니…… 아니, 이게 웬일입니까? 알렉산드라 안드레예브나가 두 눈을 커다랗게 뜨고서 뚫어지라 나를 바라보고 있더군요……. 입은 약간 벌어지고 볼은 타는 듯했습니다. '왜 그러십니까?' '선생님, 전 죽겠지요?' '천만에요!' '아니에요, 선생님, 아니에요. 제발 부탁이니 제가 산다고 말씀하지 말아주세요……. 그런 말을 하지 마세요……. 선생님께서 제 마음을 알아주신다면…… 제발 부탁이니 제 증세를 숨기지 말아주세요!' 그녀는 이렇게 말하며 가쁜 숨을 몰아쉬고 있었습니다. '제가 확실히 죽는다는 것만 알 수 있다면…… 그때, 전 당신께 다 이야기해 버리겠어요. 전부!' '알렉산드라 안드레예브나, 무슨 말씀을!' '제 말 좀 들으세요, 전 한잠도 자지 않고, 아까부터 당신만 보고 있었어요……. 제발 부탁이에요……. 전 당신을 믿어요. 당신은 친절한 분이에요. 정직한 분이세요. 이 세상의 모든 성스러운 것을 걸고서 애원하니—제게 진심을 들려주세요! 그것이 제게 얼마나 중대한 일인지, 당신이 아신다면…… 선생님, 제발 부탁이니, 말씀해 주세요. 전 위독하죠?' '내가 무슨 말을 할 수 있겠어요. 알렉산드라 안드레예브나, 고정하세요!' '제발 부탁이니 말씀해 주세요.' '이제 더 이상은 당신에게 감출 수가 없군요. 알렉산드라 안드레예브나. 당신은 매우 위독합니다. 그러나 하느님은 자비심이 많으시니까……….' '전 죽는군요, 죽는군요……..' 마치 죽는다는 것이 기쁘기라도 한 듯, 그녀의 얼굴은 명랑한 빛으로 빛나기까지 했습니다. 나는 깜짝 놀랐습니다. '제발 걱정하지 마세요. 걱정하지 마세요. 전 조금도 죽음을 무서워하지 않아요.' 그녀는 갑자기 몸을 일으키고 팔꿈치를 괴었습니다. '이젠…… 정말, 이젠 당신에게 말할 수 있게 됐군요. 전 진심으로 당신에게 감사하고 있어요. 당신은 상냥하고 좋은 분이에요. 전 당신을 사랑해요……' 나는 얼빠진 사람처럼 그녀를 바라볼 뿐이었습니다. 어쩐지 기분이 나빠졌습니다……. '아시겠어요, 전 당신을 사랑하고 있어요……' '알렉산드라 안드레예브나, 난 그만한 자격이 없습니다!' '아니에요, 아니에요. 당신은 제 마음을 모르세요……' 그러더니 갑자기, 그녀는 두 손을 벌려 내 목을 껴안더니, 키스를 하더군요……. 상상하시겠지만, 하마터면 소리를 지를 뻔했습니다……. 그대로 무릎을 꿇고 베개 속에 얼굴을 파묻고 말았습니다. 그녀는 아무 말이 없었지만, 그녀의 손끝은 내 머리칼을 누른 채 바르르 떨고 있었습니다. 퍼뜩 정신을 차리니, 그녀가 울고 있더군요. 나는 여러모로 위로도 하고, 맹세도 했습니다만…… 사실 말이지, 무슨 말을 했는지 기억이 나지 않습니다. '하녀가 잠을 깨겠어요, 알렉산드라 안드레예브나…… 제발…… 고정하세요.' '됐어요, 네, 됐어요.' 그녀는 자꾸 되풀이했습니다. '다른 사람들이 무슨 상관이에요? 하녀가 잠을 깬들, 들어온들 아무래도 좋아요……. 전 어차피 죽으니까요……. 그런데 당신은 왜 겁을 내시죠? 무엇이 무서우세요? 머리를 들어주세요……. 아니면 당신은 절 사랑하고 계시지 않은 건지도 몰라요. 제가 잘못 알았나요? ……만일 그렇다면, 제발 절 용서해 주세요.' '알렉산드라 안드레예브나, 무슨 말씀을 하십니까? 난 당신을 사랑합니다.' 그녀는 뚫어질 듯이 나를 바라보고는 두 팔을 벌렸습니다. '그렇다면 절 안아주세요……' 솔직히 말씀드리지만, 나는 그날 밤 미치지 않고 견딘 것이 정말 의심스러울 정도입니다. 난 환자가 스스로 죽으려고 하는 것도 느꼈고, 환자가 완전히 제정신이 아니라는 것도 알고 있었습니다. 그리고 자신이 곧 죽으리라고 생각하지 않았다면 나 따위는 생각도 하지 않았으리라는 것도 잘 알고 있었습니다. 아무튼 스물다섯 살이 되도록 누구하나 사랑해 보지 못한 채 죽는다는 것은, 생각만 해도 괴로운 일이니까요. 결국 이런 괴로움을 참다못해, 그녀는 필사적으로 내게 달라붙었습니다. 이젠 알아들으셨겠죠? 어쨌든 그녀는 나를 껴안은 채 놓아주려고 하지 않았습니다. '알렉산드라 안드레예브나, 나를 좀 가엾게 여겨주세요. 그리고 당신의 몸도 소중히 하셔야 합니다.' '왜요, 무엇을 소중히 하란 말이에요? 아무래도 전 죽는데요……' 그녀는 계속 이런 말만 되풀이했습니다. '만일 제가 살아남아서 다시 멋있는 숙녀가 된다고 하면, 전 부끄러워서 그야말로 부끄러워서 얼굴을 들 수 없을 거예요……. 그땐 어떻게 하죠?' '아니, 누가 당신보고 죽는다고 말했어요?' '아니, 그만두세요, 됐어요. 절 속이지는 못해요. 당신은 거짓말을 할 줄 모르는군요. 당신의 얼굴을 들여다보세요.' '당신은 건강해질 겁니다, 알렉산드라 안드레예브나. 내가 고쳐 드리겠습니다. 우린 어머님께 결혼 승낙을 받고 나서…… 부부가 되는 거예요. 우린 행복할 거예요.' '안 돼요, 안 돼요, 당신은 제게 맹세를 했어요. 전 반드시 죽어야 해요……. 당신은 제게 약속을 했죠…… 제게 말했죠…….' 나는 괴로웠습니다. 여러 가지 이유로 괴로웠던 것입니다. 당신도 아시겠지만 세상을 살아가자면, 가끔 묘한 일들이 일어나곤 해서, 아주 사소한 것처럼 생각되는 것이 마음을 괴롭힐 때가 있습니다. 처녀는 갑자기, 내 이름을 알고 싶은 생각이 들었던 모양입니다. 내 성이 아니라 이름을요. 그런데 불행하게도 내 이름은 트리폰입니다. 그렇습니다, 트리폰—트리폰 이바니체죠. 그 집에서는 모두 나를 의사 선생이라고 불렀습니다. 나는 할 수 없이 말했지요. '아가씨, 트리폰이라고 합니다.' 그녀는 눈을 가늘게 뜨고 머리를 흔들더니 프랑스어로 뭐라고 중얼거렸습니다. 아, 정말 기분이 나쁘더군요. 그러더니 그녀는 갑자기 깔깔 웃어댔는데, 역시 좋은 기분은 아니었습니다. 결국 이렇게 그녀와 함께 밤을 새웠습니다. 아침 일찍 방을 나왔을 때는 이미 정신이 돌 지경이었습니다. 차를 마시고, 다시 병실에 들어갔더니, 아니, 저런! 그녀는 알아볼 수조차 없을 정도로 변해 있었습니다. 관에 들어가는 사람도 그보다는 나을 겁니다. 정말 당신에게 맹세합니다만, 어떻게 그 고통을 참아낼 수 있었는지 지금도 모르겠습니다. 정말 모르겠어요. 그래도 환자는 사흘 밤을 더 살았는데, 그 밤들이 얼마나 괴로웠는지! 그리고 그때 그녀가 한 말이란! 드디어 마지막 날 밤에, 상상해 보세요, 그녀 옆에 앉아서, '제발 한시바삐 이 여자를 데려가 주소서, 그리고 저도 함께……'라고 주님께 기도하고 있었습니다. 그런데 갑자기 노모가 문을 열고 방으로 들어왔습니다……. 어젯밤 이 노모에게 이젠 희망이 없어서 목사님을 부르시는 것도 나쁘진 않을 거라고 말해 두었던 것입니다. 환자는 어머니를 보자마자 말했습니다. '어머니, 들어오시길 잘하셨어요……. 우리 두 사람은 서로 사랑해서 약속을 했어요.' '아니, 왜 저러죠, 선생님? 무슨 말이죠?' 나는 송장처럼 파랗게 질렸습니다. '헛소리에요. 열이 높아서…….' '그만두세요, 그만둬요. 당신은 방금 전만 해도 전혀 다른 말을 하시고는…

…, 내게서 반지까지 받으셨잖아요……. 왜 바른대로 말씀하시지 않으세요? 우리 어머니는 좋은 분이니까 용서해 주실 거예요, 이해해 주실 거예요. 전 죽는데, 무엇 때문에 거짓말을 하겠어요. 자, 손을 이리 주세요…….'
나는 벌떡 일어나 밖으로 뛰쳐나오고 말았습니다. 말할 것도 없이 노모는 모든 일을 알았습니다. 그런데, 더 이상 당신을 괴롭히고 싶진 않군요. 솔직히 말해, 나 자신도 이걸 일일이 떠올리는 것은 괴로우니까요. 환자는 그 이튿날 숨을 거두었습니다. 주여, 그녀에게 자비를 베푸소서! (의사는 한숨을 쉬면서 이렇게 덧붙였다) 숨을 거두기 전에 그녀는 집안사람들을 다 나가게 하고 나와 단둘이 있기를 원했습니다. '저를 용서해 주세요.' 그녀는 이렇게 말했습니다. '전 당신께 죄를 저질렀는지도 모르겠어요……. 제 병 때문에…… 하지만 믿어주세요, 전 당신만 사랑했어요……. 절 잊지 말아주세요……. 제가 드린 반지를 소중히 간직해 주세요…….'"

의사는 얼굴을 돌렸다. 나는 그의 손을 잡았다.

"우리 다른 이야기나 합시다." 그가 말했다. "아니면 조금만 걸고 카드놀이라도 하실까요? 우리 같은 저속한 족속은 이런 고상한 감정에 빠져버릴 자격이 없으니까요. 우리가 생각하는 것은 어떻게 하면 애들을 울리지 않을까, 어떻게 하면 아내를 성가시게 굴지 못하게 할까 하는 것뿐입니다. 그 뒤, 나도 남들이 다 하는 결혼식을 올렸지요……. 그렇습니다……. 상인의 딸을 얻었어요. 지참금은 7천 루블이었고, 이름은 아쿨리나라고 합니다. 트리폰과는 아주 격에 맞는 이름이죠. 내 아내는, 당신에게 하는 말이지만 몹시 심술 사나운 여자에요. 하지만 다행히 온종일 잠만 잔답니다. 자, 그럼 카드놀이나 하실까요?"

우리는 1코페이카씩 걸고 카드놀이를 시작했다. 트리폰 이바니체는 내게서 2루블 5코페이카를 땄다. 그는 자기 승리에 무척 만족한 듯한 표정으로 밤늦게 집으로 돌아갔다.

나의 이웃 라딜로프

가을에는 멧도요새들이 자주 보리수 뜰로 찾아든다. 오룔에는 이런 뜰이 꽤 많다. 우리의 조상들은 거주지를 선택할 때면, 반드시 2정보가량의 좋은 땅을 보리수가 늘어선 과수원으로 만들었다. 이러한 지주 저택, 다시 말해서 '귀족들의 보금자리'는 50년 내지 70년 세월이 지나는 사이에 점점 사라져 갔다. 집이 낡아서 기울어지는가 하면, 허물어버린다는 조건으로 팔기도 하고, 돌을 쌓아 지은 별채는 폐허로 변했다. 사과나무는 모두 말라 죽어서 장작으로 쓰고, 담과 울타리는 흔적도 없이 사라졌다. 다만 보리수만 살아남아 경작한 밭 한가운데에서 말 많은 현대인에게 '옛날 이곳에서 편안한 휴식을 찾았던 조상들'의 이야기를 전하고 있을 뿐이었다. 이 보리수만큼 아름다운 나무는 없다. 무자비한 러시아 농민의 도끼조차도 이 나무 앞에서는 머리를 숙이게 마련이다. 나뭇잎은 조그맣지만, 가지들이 사방으로 넓게 퍼져서 그 밑에 그늘을 만들어준다.

어느 날 예르몰라이와 함께 자고새를 쫓으면서 들판을 헤매고 있을 때, 나는 한쪽에 내동댕이쳐진 어떤 뜰을 발견하고 그 쪽으로 걸음을 옮겼다. 나무 숲 속으로 들어가자, 멧도요새 한 마리가 푸드덕 덤불 속에서 날아올라 바로 방아쇠를 당겼다. 바로 그 순간, 내게서 몇 걸음 안 되는 곳에서 비명소리가 들렸다. 젊은 아가씨의 놀란 얼굴이 나무 뒤에서 어른거리더니, 이내 사라졌다. 예르몰라이는 내 옆으로 달려와서 말했다. "아니, 왜 이런 데서 총을 쏘는 거예요? 여긴 지주의 저택입니다."

내가 미처 그에게 대답하기도 전에, 또 사냥개가 거만하고 대견스러운 모습으로 새를 물어오기도 전에 경쾌한 발걸음 소리가 들리자마자 콧수염을 기른 키 큰 남자가 불쑥 숲 속에서 나타나더니 불만스러운 표정으로 내 앞에 섰다. 나는 그에게 정중히 사과를 한 다음 내 이름을 밝히고는, 이 영지에서 쏜 새를 돌려드리겠다고 말했다.

"좋습니다." 그는 미소를 띠고 말했다. "그 새를 받도록 하죠. 하지만 당신에게 식사를 대접한다는 조건으로요."

사실 나는 그의 초대를 그다지 달갑게 여기지는 않았지만, 그렇다고 사양할 수도 없었다.

"이미 들으셨을지 모르지만, 저는 지주로 당신의 이웃인 라딜로프라는 사람입니다." 나의 새로운 친구는 말을 이었다. "오늘은 일요일이니까, 우리집 식사도 괜찮을 겁니다. 그렇지 않다면 당신을 초대할 리도 없겠지만."

나는 이런 경우에 흔히 말할 수 있는 인사를 그에게 하고는 주인 뒤를 따라 걸어갔다. 최근에 청소한 듯한 깨끗한 길을 따라 가니, 어느새 보리수 숲을 빠져나왔다. 우리는 채마밭으로 들어서고 있었다. 오래된 사과나무와 울창하게 자란 구스베리 덤불 사이에 동그란 양배추 머리가 파릇파릇하고, 홉은 높다란 받침대에 꼬불꼬불 말려 있으며, 밭고랑에는 바싹 마른 완두콩 껍질로 뒤엉킨 줄기가 촘촘히 늘어서 있다. 크고 둥글둥글한 호박은 마치 땅위에 굴리기라도 한 듯이 소담하게 여물고, 오이는 까슬까슬한 먼지투성이 나뭇잎 사이로 누르스름하게 보이며, 울타리 밑을 따라 키가 큰 쐐기풀이 바람에 넘실거리는가 하면, 인동덩굴이며, 딱총나무, 들장미들이 있었다—다시 말해서 이것은 모두 옛날 '화단'의 유물이다. 불그죽죽하고 끈적끈적한 물을 가득 채운 조그마한 물통 옆에 우물이 있고, 그 주위는 물구덩이다. 그속에서 집오리들이 부산스럽게 첨벙거리며 돌아다니고 있다. 또 개 한 마리가 온몸을 털면서 눈을 가늘게 뜨고 빈 터에서 뼈다귀를 물고 있다. 바로 옆에는 얼룩소 한 마리가 말라빠진 등을 꼬리로 올려 치면서 느릿느릿 풀을 뜯고 있다. 이윽고 길이 옆으로 꼬부라지자 버드나무와 자작나무 사이에서 현관 층계가 휜, 낡은 회색 집 한 채가 눈에 들어왔다. 지붕은 얇은 판자로 이어져 있었다. 라딜로프는 걸음을 멈추었다.

"그런데" 그는 선량한 눈초리로 내 얼굴을 유심히 바라보면서 이렇게 말했다. "지금 생각해 보니, 당신은 우리 집에 들르고 싶은 마음이 아예 없었던 것이 아닙니까? 만일 그러시다면……."

나는 그에게 미처 말할 여유를 주지 않고 당신과 같이 식사를 하게 된 것이 무척 기쁘다고 변명했다.

"그러시다면 마음이 놓입니다."

우리는 집 안으로 들어갔다. 두꺼운 파란색 모직물의 카프탄을 입은 젊은 이가 현관 앞에서 우리를 맞아주었다. 라딜로프는 곧 보드카를 가져오라고 일렀다. 사냥꾼은 마음씨 좋은 이 집 주인의 등을 향해 고맙다는 듯 정중하게 인사를 했다. 우리는 여러 가지 그림과 새장을 늘어뜨린 통로를 지나서 조그만 방으로 들어갔다. 라딜로프의 서재였다. 나는 사냥꾼 도구를 풀고 총을 한쪽 구석에 세워 놓았다. 프록코트를 입은 젊은 머슴이 정중히 내 옷의 먼지를 털어주었다.

"자, 그럼 응접실로 가십시다." 라딜로프는 다정한 어조로 말했다. "제 어머니를 당신께 소개해 드리죠."

나는 그를 따라 갔다. 응접실 한가운데 놓인 소파에 다갈색 옷을 입고 하얀 모자를 쓴, 그다지 키가 크지 않은 노부인이 앉아 있었다. 노부인의 여윈 얼굴은 선량한 마음씨를 느끼게 하고, 그 눈에는 어쩐지 불안하면서도 슬픈 빛이 감돌고 있었다.

"저, 어머니, 소개하겠습니다. 이웃 마을의 ×××입니다."

노부인은 굵은 털실로 짠 자루 모양의 꾸러미를 손에 그대로 쥔 채, 약간 허리를 일켜서 내게 인사를 했다.

"이곳에 오신 지 오래 되셨나요?" 노부인은 눈을 깜빡이면서 힘없는 나직한 목소리로 물었다.

"아닙니다, 얼마 되지 않습니다."

"여기 오래 머무실 건가요?"

"겨울까지요."

노부인은 그 이상 물어보지 않았다.

"그리고 이 사람은," 라딜로프는 키가 크고 마른 남자를 가리키며 이렇게 말을 이었다. 나는 응접실에 들어설 때 그 사람을 보지 못했다. "이 사람은 표도르 미헤이치…… 자, 페쟈, 네 기술을 이 손님에게 보여드려. 아니, 왜 구석에 숨는 거야?"

표도르 미헤이치는 곧 의자에서 일어나 창가에서 낡아빠진 바이올린을 가져와서는 활을 손에 들었다. 그러나 보통 사람들처럼 활 끝을 잡는 것이 아니라, 활 가운데를 잡았다. 바이올린을 가슴에 대고 스르르 눈을 감더니, 노래를 부르고 바이올린을 켜면서 춤을 추기 시작했다. 일흔 살쯤 되어 보였는데, 기다란 무명 외투는 앙상하게 여윈 뼈다귀뿐인 몸에 처참하게 달라붙어 있었다. 그는 춤을 추면서 조그마한 대머리를 정신없이 흔들기도 하고 때로는 정신이 나간 사람처럼 머리를 움직이기도 하며, 주름 잡힌 목을 뻗거나 한곳에서 발을 구르기도 하고, 때로는 간신히 힘을 주어 무릎을 굽히기도 했다. 이가 다 빠진 입에서는 맥 빠진 노인의 목소리가 새어나오고 있었다. 라딜로프는 나의 표정에서 페쟈의 '기술'이 그다지 마음에 들지 않았다고 보았는지, "자, 됐어, 페쟈" 말하고는 이렇게 덧붙였다. "저리 가서 상을 받도록 하게."

표도르 미헤이치는 이내 바이올린을 창문 위에 얹고는 먼저 손님인 나에게, 그 다음은 노부인, 그리고 마지막으로 라딜로프에게 인사를 하고 밖으로 나갔다.

"저 사람도 지주였답니다." 나의 새로운 친구는 말을 이었다. "그것도 부유한 편이었습니다만, 완전히 망해서—지금 보시는 것처럼 여기에서 같이 살고 있지요……. 한창 때에는 마을에서도 일류 세력가여서, 남의 마누라를 둘씩이나 데리고 도망치기도 하고 합창대를 고용하고, 자신도 노래를 부르고 춤을 잘 췄지요……. 그건 그렇고 보드카를 한 잔 드실까요? 식사 준비도 되었으니."

아까 정원에서 얼핏 본 젊은 아가씨가 방으로 들어왔다.

"아, 저 애가 올랴입니다!" 라딜로프가 머리를 살며시 돌리며 말했다. "자, 식사하러 갑시다."

우리는 식당으로 들어가서 자리에 앉았다. 우리가 응접실에서 나와서 식탁에 앉을 동안, 벌써 '상'의 효력으로 눈이 번쩍번쩍해지고 코가 불그스레해진 표도르 미헤이치는 〈승리의 천둥이여, 울려 퍼져라!〉를 노래하고 있었다. 그 노인은 한쪽 구석의 조그마한 식탁에서 따로 식사를 하고 있었다. 정갈한 느낌이 없는 이 가련한 노인은 늘 다른 사람과는 얼마간 떨어진 데서 식사를 했다. 그는 성호를 긋고 한숨을 쉬고 나서 마치 상어처럼 먹기 시작했다. 식사는 정말 훌륭했다. 게다가 일요일이어서 신선한 젤리며, 에스파냐식 케이크까지 나왔다. 10년 가까이 지방의 보병 연대에서 근무하고, 터키 전쟁에까지 참전했다는 라딜로프는 식사를 하는 동안 여러 가지 이야기를 하기 시작했다. 나는 그의 말을 귀담아들으면서도 몰래 올랴를 보고 있었다.

그녀는 아름답지는 않았으나, 결단성 있고 침착해 보이는 얼굴 표정이며, 새하얗고 시원해 보이는 이마, 짙은 머리칼, 그중에서도 그다지 크지는 않지만 영리하게 반짝이는 투명한 갈색 눈은 나뿐만 아니라 그 눈을 보는 사람이면 모두 놀랄 정도로 아름다웠다. 그녀는 라딜로프가 말하는 한마디 한마디에 귀를 기울이고 있는 것 같았다. 단순한 관심이 아니라 엄청난 주의를 기울이고 있음을 얼굴 표정으로 알 수 있었다. 라딜로프는 나이로 따진다면 그녀의 아버지뻘이었다. 라딜로프는 그녀를 '너'라고 부르고 있었지만, 그의 딸이 아니라는 것은 바로 알 수 있었다. 이야기 도중에 그는 죽은 아내에 대한 말을 했는데, 그때 올랴를 가리키면서 아내의 동생이라고 덧붙였다. 그녀는 얼굴을 붉히고는 눈을 내리깔았다. 라딜로프는 잠시 말이 없었으나, 곧 화제를 바꾸었다. 노부인은 식사를 하는 동안 한마디 말도 없었고, 음식도 거의 먹지 않았으며 내게 권하지도 않았다. 그녀의 표정은 뭔가 체념한 듯했다. 그것도 보는 사람의 가슴을 아프게 조이는, 노후의 슬픔이었다. 식사가 끝나갈 무렵 표도르 미혜이치는 '축사'를 하려고 했으나, 라딜로프는 내 눈치를 살피고 노인에게 그만두라고 일렀다. 노인은 한 손으로 입을 어루만지고, 눈을 깜빡거리고는 꾸벅 인사를 한 다음 다시 자리에 앉았는데, 이번에는 의자 맨 끝에 걸터앉았다. 식사를 마치고 나는 라딜로프와 함께 그의 서재로 갔다.

언제나 한 가지 사상이나 열정에 사로잡혀 있는 사람은 아무리 타고난 성질, 능력, 사회적 지위, 교육 등이 다르다 할지라도 어떤 공통적인, 어딘지 모르게 외면적으로 닮은 점이 있게 마련이다. 라딜로프를 자세히 관찰하면 할수록, 그도 그런 사람들 가운데 한 사람이라는 생각이 들었다. 그는 영지 관리, 곡물 수확, 마른풀 갈이, 전쟁, 마을의 소문, 다가오는 선거에 대한 이야기들을 했다. 어조는 아주 자연스러우면서도 호기심을 띤 듯이 보이기까지 했으나, 갑자기 한숨을 몰아쉬더니 일에 지친 사람처럼 힘없이 안락의자에 몸을 파묻고는 한 손으로 얼굴을 쓰다듬었다. 보건대, 그의 선량하고 온화한 마음은 어떤 하나의 감정 속에 녹아내리고 그 속에 푹 젖어 있는 듯이 느껴졌다. 나는 그가 어떤 일이건 흥미를 가지지 않는다는 것을 알고 매우 놀랐다. 그는 먹는 일, 마시는 일, 사냥, 쿠르스크의 종달새, 거꾸로 떨어지며 나는 비둘기, 러시아 문학, 성질 사나운 말, 헝가리 무용, 카드놀이나 당구, 무도회나 도시 여행, 제지공장이며 사탕무 공장, 요란스럽게 색칠을 한 정자, 차를 마시는 일, 화려하게 길들인 마부와 말, 바로 겨드랑이 밑에 허리띠를 맨 마부—목을 움직일 때마다 눈을 옆으로 치떠서 당장 눈알이 빠져나올 듯한 위엄이 있는 마부, 그 어떤 것에도 도무지 흥미를 느끼지 않았다……. '도대체 이 지주는 어떤 사람일까!' 나는 생각했다. 그렇다고 운명을 저주하는 성격이 음울한 사람도 아니었다. 오히려 반대로, 친절하고 누구하고나 친해지는 사람이었다. 물론 그와 동시에 그는 누구하고나 흉금을 털어놓을 정도로 절친하게 사귈 수 있는 사람은 아니라고 느꼈다. 그것은 일반적으로 타인에게 일이 없기 때문이 아니라, 그의 온 생명이 얼마간 내부로 쑥 들어갔기 때문이었다. 라딜로프를 유심히 바라보면서, 지금 현재로나 앞으로나, 행복한 그를 상상할 수 없었다. 미남자라고는 할 수 없어도 눈초리며, 미소며, 그의 온몸에는 어딘지 모르게 사람의 마음을 끄는 묘한 매력이 숨어 있었다—정말 이것은 사실이었다. 그래서 그를 좀더 잘 알아서 흉금을 털어놓고 사귀어보고 싶은 마음까지 들 정도였다. 물론 그에게도 때로는 지주 기질이 나타나곤 했지만, 어쨌든 사랑스러운 인물임에는 틀림없었다.

우리가 새로 부임해 온 귀족단장의 이야기를 시작하려고 했을 때, 갑자기 문밖에서 올랴의 목소리가 들렸다. "차가 준비됐습니다." 우리는 응접실로 갔다. 표도르 미헤이치는 여전히 창문과 문 사이의 한구석에서 겸손하게 두 발을 모으고 앉아 있었다. 라딜로프의 어머니는 양말을 뜨고 있었다. 활짝 열어젖힌 창문을 통해서 상쾌한 가을바람과 사과 냄새가 들어왔다. 올랴는 공손히 차를 따라주었다. 나는 식사 때보다 더 깊은 관심을 가지고 그녀를 바라보았다. 그녀는 무척 말이 적었으나, 적어도 나로서는 그녀가 뭔가 재치 있는 말을 하려고 애쓰는 안타까운 공허함과 무력함 같은 것을 조금도 느낄 수 없었다. 그녀는 보통 시골 아가씨들과는 달라서 표현할 수 없는 벅찬 감정이 가슴에 넘치고 있다는 듯이 일부러 한숨을 내쉬지도 않았고, 위를 보지도 않았으며, 꿈꾸는 듯이 야릇한 미소를 짓지도 않았다. 그녀는 마치 큰 행복이나 불행을 치르고 난 뒤에 안도의 숨을 들이켜는 사람처럼 침착했다. 걸음걸이나 몸가짐도 시원스럽고 여유가 있었다. 나는 올랴가 무척 마음에 들었다.

나는 다시 라딜로프와 이야기를 계속했다. 어떤 말들이 오고갔는지 아예 기억이 없지만, 아주 평범한 이야기—가장 사소한 사건이 가장 중요한 사건보다 오히려 깊은 인상을 줄 때가 있다는 말 등—를 주고받았다.

"그래요." 라딜로프는 말했다. "나도 그것을 경험했습니다. 아시다시피 나도 결혼을 했었지요. 그러나 결혼생활은 길지 못했습니다……. 단지 3년뿐이었으니까요. 아내는 아이를 낳다 죽었습니다. 그때 나는 도저히 혼자선 살 수 없을 것 같았습니다. 걷잡을 수 없는 비애에 사로잡힌 나는 마치 산송장과 다름없었습니다만, 그렇다고 울고만 있을 수도 없어서, 그냥 미친 사람처럼 쏘다니기만 했지요. 아내의 유해는 절차대로 옷을 입히고 탁자 위에 안치했습니다. 바로 이 방입니다. 목사와 장로가 와서 노래를 부르고, 기도를 드리고, 향불을 피웠지요. 나는 이마를 마루에 대고 절을 했습니다만, 눈물 한 방울 나오지 않을뿐더러, 마음은 돌처럼 굳어버리고, 머리 또한 그랬습니다—나는 온몸이 돌덩이처럼 무거워진 느낌이었습니다. 이런 상태로 하루가 지났습니다. 정말 거짓말 같지만, 그날 밤은 곤히 잠들기까지 했답니다. 이튿날 아침, 아내 옆에 가보자—바로 여름철이라 태양이 시체의 머리에서 발끝까지 눈부시게 비쳐주고 있었습니다. 문득 아내를 바라보니……(여기서 라딜로프는 부르르 몸부림을 쳤다) 자, 어떻겠습니까? 아내의 한쪽 눈이 잘 감겨져 있지 않았기 때문에, 그 눈알 위로 파리가 기어다니고 있지 않겠어요! 나는 그만 털썩 그 자리에 쓰러지고 말았습니다. 곧 정신이 들자 울고…… 또 울어도 멈추지 않더군요……."

라딜로프는 말을 멈추었다. 나는 그를 바라보고 올랴를 바라보았다. 그때 그녀의 얼굴에 나타난 표정을 나는 죽을 때까지 잊을 수 없다. 노부인은 뜨개질하던 것을 무릎 위에 놓고, 손그릇에서 수건을 꺼내어 살며시 눈물을 닦았다. 표도르 미헤이치는 갑자기 자리에서 일어나 바이올린을 들더니 거칠고 목쉰 소리로 노래를 부르기 시작했다. 그것은 분명히 우리를 위로하기 위해서였으리라. 그러나 모두들 그의 첫 소리에 그만 몸부림을 치고 말았다. 라딜로프는 조용히 해달라고 그에게 부탁했다.

"하지만," 라딜로프는 말을 이었다. "과거는 과거일 뿐 다시 돌아오는 것은 아닙니다. 그리고 결국…… 이 세상의 모든 일은 차차 좋은 방향으로 흘러가게 마련입니다. 아마 볼테르가 이런 말을 했었지요……." 그는 황급히 덧붙였다.

"그렇습니다." 나는 맞장구를 쳤다. "물론이죠. 이 세상의 어떤 불행이라도 참을 수 없는 것은 없고, 동시에 도저히 빠져나갈 수 없는 곤궁은 없는 법입니다.”

“그렇게 생각하십니까?” 라딜로프는 되물었다. “아니, 당신이 말한 대롭니다. 지금도 기억하고 있습니다만, 나는 터키 전쟁에 종군했을 때 거의 다 죽은 몸으로 병원에 누워 있었습니다. 열병에 걸렸던 거예요. 그야 물론 설비가 완전하다곤 할 수 없었습니다. 하긴 전쟁 중이었으니까요. 어쨌든 수용된다는 것만도 다행이었으니까요! 그런데 갑자기 부상병들이 몰려왔습니다. 어디에 눕힐까 하고 군의관이 이리저리 뛰어다녔지만 눕힐 자리가 없었습니다. 이윽고 그는 내 옆으로 다가와서 간호사에게 살았느냐고 물어봅니다. 그러자 간호사는 오늘 아침까지 살아 있었다고 하는 거예요. 군의는 허리를 굽혀 귀를 기울입니다. 나는 아직 숨을 쉬고 있습니다. 그러자 군의는 참을 수 없다는 듯이 말합니다. ‘정말 인간이란 놈은 더러운 거야. 이렇게 죽어가고 있으면서, 또 죽을 것이 뻔한데도 꿈틀거리며 시간을 끌고 자리만 차지할 뿐 다른 사람에게 방해만 되니 말이야.’ 그래서 나는 속으로 생각했죠. ‘미하일 미하일리치, 너도 죽을 때가 왔나 보다…….’ 그런데 지금 이렇게 건강해지고, 보시는 바와 같이 여태껏 살고 있단 말입니다. 그러니까 당신의 말이 옳은 셈이지요.”

“어떤 경우에라도 내 말은 맞을 겁니다.” 나는 대답했다. “이를테면 당신이 죽었다고 하더라도, 어쨌든 당신은 고통에서 빠져나갈 수 있었을 테니까요.”

“그렇습니다, 그렇습니다.” 그는 주먹으로 탁자를 치면서 이렇게 덧붙였다. “결심만이 필요합니다……. 고통이란 당치도 않은 말이에요……. 무엇이든지 질질 끌 필요는 없어요…….”

올랴는 갑자기 자리에서 일어나더니 정원으로 나갔다.

“페쟈, 춤을 춰!” 라딜로프는 외쳤다.

페쟈는 자리에서 일어나 길들인 곰 옆에서 ‘산양’놀음을 하듯이 독특한 걸음걸이로 방 안을 돌아다니면서, 〈내 집 문 옆에서〉를 노래하기 시작했다…….

현관 앞에서 경쾌한 마차 소리가 들려왔다. 이윽고 호리호리한 키에 어깨가 벌어진 건장해 보이는 한 노인이 방으로 들어왔다. 시골 신사 오브샤니코프였다……. 그런데 그에게는 독특한 멋이 있으므로 독자의 양해를 얻어 이 사람의 이야기는 다음 장에서 다루기로 하겠다. 여기서는 이 사실만 덧붙이 겠다. 다음 날 해가 뜨기 전에 나는 예르몰라이와 함께 사냥에 나갔다가 사 냥터에서 바로 집으로 돌아왔다. 일주일이 지난 뒤 다시 라딜로프 집에 들러 보았는데, 라딜로프도 없었고 올랴도 보이지 않았다. 그리고 2주일쯤 지나 서 라딜로프가 갑자기 자취를 감추었다는 소문이 들려왔다. 그가 노모를 버 리고 올랴와 어디론가 사라져버렸다는 것이다. 온 동네가 이 소문으로 들끓 었다. 나는 이때 비로소 라딜로프가 신세타령을 하고 있을 때의 올랴의 표정 을 똑똑히 이해할 수 있었다. 그때 올랴의 얼굴에 넘치고 있었던 것은 단순 한 동정뿐만 아니라, 질투의 불길도 타오르고 있었던 것이다.

시골을 떠나기 전에 라딜로프의 노모를 찾아갔다. 그녀는 응접실에서 표 도르 미헤이치와 카드놀이를 하고 있었다.

"아들에게서 무슨 소식이라도 있습니까?" 나는 이렇게 물었다.

그러자 노모는 흐느끼기 시작했다. 더 이상 라딜로프에 대해서 물어볼 수 가 없었다.

시골 신사 오브샤니코프

사랑하는 독자 여러분, 이런 사람을 상상해 보세요. 일흔 살 나이에 뚱뚱한 몸집, 큰 키, 어딘가 크릴로프(러시아 우화시인)의 모습을 떠올리게 하는 외모, 길게 늘어진 눈썹 밑으로 빛나는 맑은 눈, 위엄 있는 몸가짐에 침착한 어조, 천천한 걸음, 그 사람이 아까 말한 오브샤니코프라는 노인이다. 소매가 길고 통이 넓은 푸른 외투에 단추까지 다 채우고, 자줏빛 명주 수건을 목에 두른 뒤, 반짝반짝 빛나는 장화를 신고 다녀서, 겉으로 보기엔 대체로 유복한 상인과 같은 인상을 주었다. 손은 보들보들하고 하얘서 정말 아름다웠다. 이야기할 때 점잖은 몸가짐이나 사고방식, 육중한 태도와 완고한 고집, 이 모든 것이 표트르 대제 이전 시대의 러시아 귀족을 떠오르게 했다……. 궁정복을 입는다면 잘 어울릴 것 같은 생각이 들었다. 그는 구시대의 마지막 사람 가운데 한 사람이었다. 이웃 사람들은 모두 그를 마음속으로 존경하고 있어서, 오브샤니코프를 안다는 것만으로도 명예롭게 생각했다. 같은 시골 신사들인 그의 동료들도 그를 하느님처럼 숭배해서, 길에서 만나게 되면 멀리서부터 모자를 벗을 정도로, 그를 자기들의 자랑거리로 삼고 있었다. 그러나 일반적으로 지금까지 이 지방의 시골 신사들이란 거의 농사꾼들과 다를 바가 없었다. 살림살이도 농사꾼보다 나빠, 송아지는 불쌍할 정도로 마르고 말은 겨우 연명하고 있을 뿐, 마구도 새끼줄로 만든 것을 사용하고 있는 형편이었다. 오브샤니코프는 부자라는 소문이 있었던 것은 아니지만, 그래도 보통 시골 신사와는 달랐다. 아내와 둘이서 아늑하고 깨끗한 집에 살면서, 몇 명 안 되는 하인에게는 러시아식 옷을 입히고, 그들을 일꾼이라고 불렀다. 그 하인들은 여기서 땅을 경작했다. 오브샤니코프는 귀족처럼 행동하지도 않았고 지주처럼 거만을 부리지도 않았다. 다시 말해서 그는 이른바 '신분에 어긋나는' 행동을 하지도 않았고, 다른 집에 초대받아 가서도 첫 마디에 덥석 의자에 앉지도 않았으며, 새로운 손님이 들어오면 반드시 한 번은 의자에서 일어나곤 했다. 그것도 몹시 품위 있고, 다정하면서도 위엄이 깃들어 있어서 손님들은 저도 모르게 공손히 머리를 숙였다. 오브샤니코프는 옛날 풍속들을 그대로 따르고 있었는데, 이것은 미신에서 오는 것이 아니라(그의 정신은 매여 있지 않았으니까) 단지 습관에 젖어 있었기 때문이었다. 이를테면 그는 용수철이 달린 마차를 편안하지 않다는 이유로 싫어했고, 경주용 마차나 가죽 쿠션을 단 조그맣고 아담한 마차를 타고서 자기 자신이 몸소 밤색 말을 몰았다(그에게는 밤색 말밖에 없었다). 그의 마부는 볼이 빨간 단발머리 청년으로 외투에 허리띠를 졸라매고, 낮은 양피 모자를 쓰고서 송구스러운 표정으로 주인 옆에 앉았다. 오브샤니코프는 늘 식사를 한 뒤에 잠깐 잠을 잤고, 토요일마다 목욕을 했으며, 종교서적만 읽었고(책을 읽을 때는 둥근 은테 안경을 점잖게 코 위에 얹는다), 일찍 자고 일찍 일어났다. 그렇지만 턱수염은 기르지 않았고, 머리도 독일식으로 길렀다. 손님이 오면 상냥하게 맞이했지만, 너무 요란스럽게 인사를 하거나 서두르지 않았으며 마음껏 손님들을 대접하는 일도 없었다. "여보!" 그는 자리에서 일어나지도 않은 채 아내 쪽으로 살며시 고개를 돌리면서 느릿느릿 이렇게 말했다. "손님에게 뭐 좀 맛있는 걸 가져오구려."

그는 곡물을 하느님의 은총이라고 생각해서, 다른 사람에게 파는 것을 죄라고 믿었다. 1840년 기근으로 보리 값이 껑충 뛰었을 때, 근처 지주와 농사꾼에게 자기가 가진 것을 모조리 나눠주었으므로, 그들은 그 이듬해에 감사하다는 인사와 함께 빌렸던 곡물을 현물로 갚았다. 오브샤니코프의 이웃들은 자주 그에게 달려와서는 곤란한 문제나 중재를 부탁하곤 했다. 그리고 그들은 언제나 오브샤니코프의 판단에 따르고 그의 충고를 기꺼이 받아들였다. 많은 사람들이 그 덕분에 경계를 지었다…… 그러나 두세 번 여지주와 싸움을 한 뒤로는 부인들 사이의 중재는 모두 거절한다고 했다. 그는 서두르거나 침착하지 않은 것이 싫었고, 여인들의 조잘대는 소리나 허영을 참을 수 없었다. 한번은 그의 집에 불이 난 적이 있었다. 일꾼이 갈팡질팡하다 "불이야! 불이야!" 외치면서 주인 방으로 뛰어 들어갔다. "웬 소란이냐?" 오브샤니코프는 침착한 어조로 말했다. "모자와 지팡이를 주게……" 그는 또한 말을 몰기를 좋아했다. 어느 날 성질이 사나운 암말이 그를 태운 채 절벽이 있는 산비탈로 쏜살같이 달려갔다.

"자, 됐다, 됐어. 어린 말이라 할 수 없군. 죽으려고 그러냐?" 오브샤니코프는 점잖게 타일러 보았지만, 눈 깜빡하는 사이에 마차는 뒤에 타고 있던 소년과 함께 낭떠러지로 굴러떨어졌다. 다행히 절벽 밑에는 모래가 깔려 있어서 아무도 다치지 않고 말만 발을 삐었다.

"거, 봐라." 오브샤니코프는 땅에서 몸을 일으키며 침착한 어조로 말을 이었다. "내 말 들어서 손해날 건 없어." 그는 아내도 자기에게 꼭 맞는 여자를 골랐다. 그의 아내, 타치야나 일리니치나 오브사니코바는 큰 키에 점잖고 말이 적은 여자로서, 언제나 갈색 명주수건으로 머리를 싸매고 있었다. 어딘지 모르게 차가운 느낌이 들었지만, 그렇다고 냉정하다고 불평하는 사람은 아무도 없었으며, 오히려 대부분의 가난한 사람들이 그녀를 '어머니' 또는 '은인'이라고 불렀다. 반듯한 얼굴 윤곽, 크고 검은 눈, 엷은 입술은 지금도 아름다운 그녀의 옛 모습을 말해 주고 있었다. 그러나 오브샤니코프에게는 자식이 없었다.

독자 여러분도 아시다시피 나는 이 노인을 라딜로프 집에서 알게 되었고, 이틀 뒤 나는 다시 그의 집을 찾아가게 되었다. 마침 그는 집에 있었다. 커다란 가죽 소파에 앉아서 《순교자전》을 읽고 있었다. 잿빛 고양이가 그의 어깨 위에서 그르렁거리고 있었다. 그는 평상시와 다름없이 정다우면서도 점잖은 태도로 나를 맞아주었다. 우리는 다 털어놓고 이야기를 했다.

"루카 페트로비치, 제발 솔직히 말씀해 주십시오." 나는 무슨 말 끝에 이렇게 말했다. "옛날 젊었을 때 세상이 지금보다 훨씬 살기 좋았을 테죠?"

"그야 물론, 좋은 것도 있었지요." 오브샤니코프는 대답했다. "세상이 조용해서 훨씬 평안히 살 수 있었으니까, 이건 사실입니다……. 그러나 아무래도 지금이 더 좋겠지요. 당신의 아들 세대에 가면 더 좋아질 겁니다, 틀림없이."

"그런데 전 말에요. 루카 페트로비치, 당신이 옛날 일을 자랑하시리라 생각하고 있었는데요."

"아니, 옛날 일이라고 자랑할 만한 것은 없어요. 당신은 지금 돌아가신 할아버님처럼 지주로 계시지만, 그때만큼의 위세는 얻을 수 없습니다! 그리고 당신도 그때 사람하곤 딴판이니까요. 우리는 지금도 다른 지주들에게 억압을 받고 있습니다만, 그건 아무래도 어쩔 수 없는 일 같아요. 무슨 변화를 가져오려면 반드시 고통이 따라오니까요. 그러나 어쨌든 내가 젊은 시절에 보았던 여러 가지 일들을 이젠 두 번 다시 볼 수 없게 되었죠."

"이를테면 어떤 걸까요?"

"그럼, 다시 당신 할아버님의 예를 들도록 하지요. 정말 대단하신 분이었 죠! 우리는 굉장히 애를 먹었답니다. 당신도 아시리라 믿습니다만—그렇 죠, 자기 땅을 모를 리가 없으니까—차플리노에서 말리니노로 가는 길에 쐐 기 모양으로 된 땅이 있습니다……. 지금 댁에선 귀리를 타작하고 계시지만 …… 실은, 그 땅이 우리 땅이랍니다. 모두 우리의 소유지였으니까요. 그런 데 할아버님께서 그 땅을 빼앗은 거예요. 어느 날 할아버님께선 말을 타고 오셔서, 그 땅을 가리키며 내 소유라고 말씀하시곤 그대로 자기 땅으로 만 들어버렸습니다. 돌아가신 아버지는(제발 천국에 잠드소서!) 성격이 정직하 면서도 괄괄한 분이어서 참다못해—그야 물론 누구라도 자기 땅을 빼앗기고 가만히 있을 사람은 없으니까요!—재판소에 소송을 제기했습니다. 그러나 소송을 한 것도 아버지 혼자고, 다른 사람들은 후환이 두려워서 모두 꽁무니 를 빼고 말았지요. 그러자 표트르 오브샤니코프가 당신을 고소했다고, 땅을 빼앗았다고 소송을 걸었다며 할아버님께 고자질한 사람이 있었어요……. 할 아버님은 곧 사냥꾼 바슈에게 하인을 보냈습니다……. 바슈에게 아버지를 붙잡아서 영지 쪽으로 끌고 가라는 것이었습니다. 나는 아주 조그만 어린애 였습니다만, 맨발로 아버지 뒤를 따라갔었지요. 그런데 어떻겠습니까? …… 아버지는 할아버님 댁으로 끌려가더니, 창문 밑에서 매를 맞는 것이 아니겠 어요. 할아버님은 발코니에 서서 그걸 구경하고 계셨습니다. 할머님도 창 밑 에 앉아서 바라보고 계셨습니다. 아버지는 '주인마님, 마리야 바실리예브나, 제발 좀 말려주십시오. 당신만이라도 절 불쌍히 여겨주세요!' 하고 외쳤지 만, 할머님은 구경만 할 뿐이었습니다. 결국 아버지는 그 땅에서 손을 뗀다 는 약속을 하고 풀려났는데, 그것도 감사하다는 말을 듣고서야 석방시켜 주 었습니다. 이렇게 돼서 그 땅은 당신의 땅이 된 것입니다. 어디 한번 댁의 농사꾼들에게 그 땅을 뭐라고 부르는지 물어보세요. '참나무 땅'이라고 말하 고 있습니다. 그건 참나무 몽둥이로 때려잡은 땅이기 때문이죠. 결국 이런 형편이고 보니, 우리같이 비천한 사람들은 그다지 옛날 풍습을 그리워할 수 없죠."

나는 오브샤니코프에게 뭐라고 대답해야 좋을지 몰랐다. 그의 얼굴을 바라볼 용기도 없었다.

"그런데, 그때 우리 이웃엔 또 한 사람 코모프라는 지주가 있었습니다. 스테판 니크토폴리오니치라고 불렀지요. 이자가 또 아버지를 무척 괴롭혔습니다. 수단을 가리지 않았죠. 대단한 술꾼으로 다른 사람에게 술을 먹이기를 좋아했습니다. 좀 얼큰해지면, 프랑스어로 '쎄봉(좋다는 뜻)'이라고 말하면서 입술을 핥는 꼴이란, 도저히 바라볼 수 없었습니다! 그는 이웃 지주에게 하인을 보내서 자기 집에 와주기를 간청하곤 했으므로, 그의 집에는 언제나 마차가 준비되어 있었습니다. 만일 초대에 응하지 않으면 자기 자신이 달려가곤 했습니다……. 정말 이상한 사람이었지요! 술을 안 마셨을 땐 그다지 공나발을 불진 않았으나, 한 잔 마시기만 하면—폰탕카에 집이 세 채가 있는데, 하나는 굴뚝이 하나 달린 빨간 집, 또 하나는 굴뚝이 둘 달린 노란 집, 세 번째는 굴뚝이 없는 파란 집이라는 둥, 자기에겐 아들이 셋 있는데(사실 결혼한 적도 없으나) 하나는 보병이고, 또 한 놈은 기병, 셋째는 혼자 독립해서 살고 있다는 둥, 이런 이야기를 시작하는 것입니다! ……그 다음에 하는 말이 또 걸작이에요. 아들 셋이 따로따로 혼자 살아서 장남에겐 해군 장군들이 몰려오고, 차남 집에는 육군 장군들이 오며, 셋째 집에는 영국 신사들이 끊이지 않는다고 말을 합니다! 그리고 자리에서 일어나서는 '큰아들의 건강을 위해 건배합시다. 그 녀석이 제일 효자입니다!' 말하고 엉엉 울음을 터뜨립니다. 누구든지 거절하는 자가 있으면 그야말로 큰일입니다. '쏴죽인다, 매장도 안 시킨다!'라고 외치니까 말이에요. 그런가 하면 벌떡 일어나서 '자, 춤을 춰라, 모두들. 자신도 즐기고 나도 즐겁게 해다오!' 이쯤 되면 춤을 추지 않곤 못 배깁니다. 죽는 한이 있더라도 춤을 춰야 합니다. 이럴 때마다 농사꾼의 딸들은 그야말로 애를 먹지요. 밤새껏 아니 아침까지 합창을 해서 제일 고음을 낸 사람에게 상을 주기도 합니다. 모두들 지치면 두 손을 머리에 얹고서 '아아, 난 외롭다. 나처럼 외로운 사람은 없어, 나를 버리는구나!' 하며 통탄합니다. 그러면 곧 마부들이 아가씨들을 격려합니다. 그런데 그자가 제 아버지를 좋아했으니, 어떻겠습니까? 제 아버지는 하마터면 관 속에 들어갈 정도로 들볶였습니다. 정말 농담이 아니라 그대로 있다간 살해당했을는지도 모르는데, 다행히 그자가 먼저 죽어주었지요. 술이 취해 비둘기장에서 떨어졌답니다……. 우리 이웃에 살던 지주들이란 모두 이런 작자들뿐이었죠!"

"세상이 많이 변했군요!" 나는 말했다.

"그렇죠. 그렇죠." 오브샤니코프는 맞장구를 쳤다. "그렇긴 하지만, 옛날 귀족들은 지금보다 훨씬 호화롭게 살았습니다. 도시 귀족들에 대해선 지금 새삼스레 말할 필요도 없고요. 나도 모스크바에서 그런 사람들을 싫증이 나도록 보았으니까요. 요즘은 거기서도 그런 사람들을 찾아볼 수 없게 되었다는 소문이 들리더군요."

"모스크바에 계셨던가요?"

"네, 굉장히 오래 있었지요. 지금은 일흔 셋이지만, 모스크바에 갔던 것은 열여섯 살 때였으니까요."

오브샤니코프는 한숨을 쉬었다.

"거기서는 어떤 사람들을 만났습니까?

"많은 귀족들을 만났지요. 또 누구나 다 볼 수 있었으니까요. 그들은 남이 보고 놀랄 만큼 화려하게 툭 터놓고 살았답니다. 그러나 돌아가신 알렉세이야 그리고리에비차 오를로프—체스멘스키 백작을 따르는 사람은 아무도 없었지요. 그는 자주 만날 수 있었습니다. 내 숙부가 백작의 집사로 근무하고 있었기 때문이죠. 백작은 칼루가 성문 근처 샤볼로프카에 살고 있었지만, 그분이야말로 정말 귀족다웠습니다. 위풍당당한 모습, 부드러우면서도 인자한 태도는 도저히 붓이나 말로는 표현할 수 없었습니다. 늠름한 모습, 굳센 힘, 눈의 정기! 그분을 알기 전에는 옆에 다가서기조차 무섭고 겁이 나지만, 일단 그분을 사귀게 되면—마치 따사로운 햇볕이라도 쬐는 듯 온몸이 즐거워집니다. 어떤 사람이든지 자기에게 가까이 오게 하고, 또 무엇이든지 좋아하셨습니다. 경마도 백작께서 직접 말을 몰며 다른 사람들과 경쟁을 합니다. 그러나 단숨에 상대편을 앞질러버려서 상대가 무안해하거나 낙심하는 일이 없도록 하셨습니다. 다만 마지막 고비에 가서야 앞질러버리는데, 그때도 무척 상냥하게 상대편을 위로해 주고, 칭찬해 주십니다. 백작께서는 또한 공중회전을 하는, 좀체 구할 수 없는 최고급 비둘기를 기르고 계셨습니다. 곧잘 정원에 나오셔서 의자에 몸을 기대시고는 비둘기를 날리라고 분부하십니다. 지붕 꼭대기에서는 하인들이 총을 들고 서서 매의 습격을 방지하고 있습니다. 백작의 발밑에는 커다란 은대야에 물을 넣어두는데, 백작께서는 물속에 비치는 비둘기 모습을 구경하십니다. 수백 명의 거지와 가난뱅이들이 그의 부엌에서 떠날 줄을 몰랐습니다……. 얼마나 많은 돈이 백작의 손을 거쳐 흘러 나갔겠어요! 그러나 일단 화가 나시면—마치 벼락이라도 떨어진 듯 무서웠습니다만 눈물을 흘릴 필요까진 없었지요. 어느새 미소를 짓고 계시니까요. 그리고 연회라도 베푸시는 날이면 모스크바 사람들을 모두 취하게 만드십니다! ……게다가 굉장히 현명하신 분이기도 했죠! 터키를 정복한 것도 이분이었습니다. 백작은 힘자랑을 좋아해서 툴라와 하르코프, 탐보프 등 여기저기서 역사(力士)들을 불러오곤 했습니다. 이긴 사람에게는 상품이 나오게 마련이지만, 만일 백작님을 이기는 사람이 있으면, 그야말로 굉장한 상품이 주어지고, 게다가 입술에 키스까지 하십니다……. 이것은 내가 모스크바에 있었을 때 일이지만, 그분은 아직까지 러시아에 한 번도 없었던 대규모 사냥대회를 열었습니다. 전국 사냥꾼들을 모조리 초대하고, 날짜를 정해서 석 달 여유를 주었습니다. 이윽고 사냥꾼들이 모여들기 시작했습니다. 모두들 사냥개와 조수를 데려왔으므로, 마치 군대가 진주해 온 듯한 느낌이었습니다. 정말 군대와 같았어요! 먼저 마음껏 주연이 베풀어진 다음, 그들은 사냥터로 향했습니다. 그 많은 사냥꾼들이 달려가는 모습이란 정말 장관이었어요! ……그런데 어떻게 됐는지 아십니까? ……댁의 할아버님 개가 가장 큰 공적을 세웠답니다."

"밀로비드카가 아니었나요?" 나는 물었다.

"밀로비드카예요, 밀로비드카……. 그래서 백작은 할아버님을 붙잡고, '제발 자네 개를 팔도록 하게, 값은 얼마든지 쳐줄 테니' 하고 졸랐습니다. 그러자 댁의 할아버님은 '안 됩니다. 백작, 저는 상인이 아니니까, 쓸모없는 걸레 조각 하나도 팔 수 없습니다. 그리고 사실 말씀이지, 아내를 양보할지 언정 밀로비드카는……. 그놈을 주기보다는 차라리 제가 팔리는 것이 나을 테니까요'라고 대답하셨지요. 그러자 백작께서는 매우 감탄하시고, 자네가 마음에 들었다고 하셨습니다. 할아버님은 밀로비드카를 마차에 태우고 돌아가셨지만, 그 개가 죽었을 때는 악대를 불러 진혼곡을 연주하여 정원에 묻고는, 그 위에 비석을 세워주었지요."

"그럼, 알렉세이야 그리고리에비차 백작께서는 아무에게도 불리하게 하시진 않으셨군요." 나는 말했다.

"그렇지요. 세상은 언제나 그런 법입니다. 얕은 곳을 헤엄치는 잡어들이 괜히 우쭐대는 거죠."

"아까 말씀하신 바슈는 어떤 사람이었습니까?" 잠시 침묵한 뒤에 이렇게 물었다.

"아니, 밀로비드카에 대해서는 알고 계시면서 바슈에 대해선 모르시나요? 그는 할아버님의 사냥꾼 두목으로, 사냥개지기였습니다. 할아버님은 밀로비드카만큼 그를 사랑했지요. 아주 괄괄한 남자였는데, 할아버님의 명령이라면 무슨 일이든 바로 해치웠습니다. 물불을 가리지 않고 뛰어들 정도였어요……. 그자가 한 번 개를 조종하면—산림 속은 사냥개의 으르렁 소리로 뒤흔들립니다. 그러나 일단 고집을 부리기 시작하면, 말에서 내려 벌렁 누워버립니다……. 그와 동시에 그의 명령을 쫓는 개들도—모두 휴식 상태에 들어가지요! 짐승의 발자국을 알고 있으면서도 움직이려고 하지 않고, 어떤 먹이를 주더라도 짐승을 쫓으려 들지 않습니다. 자, 이러고 보니 할아버님이 화를 내시는 것도 무리가 아니었지요! '저 게으름뱅이 녀석을 죽여야겠다! 저 악마 녀석을 거꾸로 매달아라! 네 놈의 발꿈치를 목구멍으로 빼낼 테다!' 그러나 결국엔 바슈한테 하인을 보내서, 도대체 무엇이 마음에 들지 않느냐, 왜 개를 몰지 않느냐 하고 물으시게 마련입니다. 바슈는 이럴 때면 으레 술을 주문해서 한잔 쭉 들이켜고 어슬렁어슬렁 일어나서 다시 기분 좋게 개를 모는 것입니다."

"당신도 사냥을 좋아하시는 것 같군요, 루카 페트로비치?"

"좋아하긴 합니다만…… 이젠 틀렸습니다. 지금은 그럴 나이도 아니고…… 그런데 젊은 시절엔…… 당신도 아시겠지만, 신분 문제 때문에 불편했습니다. 그렇다고 우리 같은 족속이 귀족들의 흉내를 낼 수도 없었으니까요. 물론, 우리 동료들 가운데에는 자기 신분을 망각하고 술을 마시며, 대지주들과 교제하는 자도 있었지만…… 그렇다고 뭐가 좋겠습니까! ……단지 자기 자신을 욕보이는 거죠. 사냥꾼 속에 끼어도 초라하고 남루한 말만 배당되고 —그의 모자는 노상 땅으로 집어 던져지고, 말을 모는 체하고 내리치는 회초리에 얻어맞았습니다. 그런데도 당사자는 싱글벙글 웃어대므로 모든 사람의 웃음거리가 되는 겁니다. 아니, 사실 신분이 낮으면 낮을수록 자기 몸을 조심해야지, 도리어 수치스러울 뿐이거든요.”

“그렇습니다.” 오브샤니코프는 한숨을 짓더니 말을 이었다. “내가 이 세상에 산 지도 이제 많은 세월이 흘러서, 완전히 시대가 바뀌고 말았습니다. 특히 귀족들이 많이 변했지요. 소지주들은 그 전처럼 가만히 앉아 있지 않고, 모두 일을 하고 있으며, 대지주로 말하면 그 전의 모습 같은 건 조금도 찾아볼 수 없습니다. 경계선을 측정할 때 그들 대지주들을 유심히 바라보았습니다만, 사실 그들의 변한 모습을 보고 얼마나 기뻤는지 모릅니다. 모든 태도가 공손하고 정중했어요. 그런데 단 한 가지 이상하게 생각한 것은, 여러 가지 학문을 배우고 마음이 통할 만큼 유창하게 말도 잘하지만, 정작 일할 단계에 가선 아무것도 모른단 말입니다. 그들은 자신의 이익마저 고려하질 못해요. 지금만 해도, 자기를 농노에서 관리인으로 승급시켜 준 사람한테서 마음대로 농락당하고 있는 형편이니까요. 당신도 아실지 모르겠습니다만, 알렉산드르 블라디미르비치 칼로프 같은 분은 얼마나 훌륭한 귀족입니까? 얼굴도 잘생기고, 돈도 있고, 대학에서 공부도 했고, 외국에 갔던 적도 있습니다. 유창하게 이야기하고 조금도 거만한 데가 없이 우리에게도 일일이 악수를 해주십니다. 당신도 아시죠? ……자, 내 말을 좀 들어보세요. 지난주에 우리는 중개인 니키포르 일리치에게 초대받아 베레조브카에서 모인 적이 있습니다. 거기서 중개인 니키포르 일리치는 이렇게 말했습니다. ‘여러분, 우리도 경계를 지어야 합니다. 다른 구에서는 전부 확정을 보았는데, 우리 구만 늦어지고 있다는 건 수치스러운 일입니다. 자, 빨리 결정을 지웁시다.’ 그러나 정작 일에 착수하자, 여러 가지 논의와 말다툼이 일어나서 일이 지연될 뿐만 아니라, 우리 대리인은 주먹질까지 하는 형편이었습니다. 그러나 가장 먼저 난동을 부린 것은 오브친니코프 포르피리이였는데…… 도대체 그가 왜 그렇게 날뛰는지 알 수 없더군요. ……자기는 한 마지기 땅도 가지고 있지 않으면서, 자기 형의 위임을 받고 야단을 부리는 겁니다. ‘안 된다! 너희들의 손에 넘어갈 줄 아나! 안 돼! 그렇게 호락호락 넘어가진 않는다! 도면을 가져와! 측량사를 이리 불러와, 그 사기꾼 녀석을 불러오란 말이야!’ ‘그럼, 자넨 어떻게 하자는 건가?’ ‘아니 누굴 바보로 아나! 그렇다고 내가 이러쿵저러쿵 여기서 내 의견을 말해 버릴 것 같은가? ……어림도 없지. 도면을 이리 가져와!’ 그러더니 이렇게 주먹으로 도면 위를 쾅쾅 내리치는 것입니다. 마르타 드미트리예브나 같은 분도 굉장히 무안을 당했지요. 그래서 '어째서 당신은 내 평판을 떨어뜨리는 짓을 하시는 거예요?' 하고 외치자, '당신의 평판 같은 건, 내 갈색 말에게조차 소용이 없을 겁니다'라고 응수합니다. 간신히 붉은 포도주를 먹여 그자를 진정시켜 놓으니까, 이번에는 또 다른 놈이 말썽을 부리기 시작했습니다. 한편 알렉산드르 블라디미르비치 칼료프 선생은 한구석에 가만히 앉은 채 지팡이 손잡이를 깨물며 절레절레 고개를 젓고 있을 뿐이었습니다. 나는 문득 부끄러운 생각이 들면서, 당장이라도 어디론가 도망치고 싶은 심정이었습니다. 도대체 저 사람은 우릴 어떻게 생각하고 있을까? 이렇게 생각하고 그를 보니, 알렉산드르 블라디미르비치는 자리에서 일어나, 무슨 말인가를 하려는 눈치였습니다. 중개인이 황급히 '여러분, 여러분, 알렉산드르 블라디미르비치가 무슨 말씀을 하시겠답니다' 말하자, 귀족들은 바로 잠잠해졌습니다. 여기서 알렉산드르 블라디미르비치는 이런 말을 했습니다. 우리는 무엇 때문에 모였는지, 그 중요한 목적을 잊어버리고 있다. 경계선의 측정은 두말할 나위도 없이 지주들의 이익을 위한 것이지만, 본디 목적은 농사꾼들을 좀더 편하게 해주자, 좀더 일하기 좋게 해주자, 어려움을 시정해 주자 하는 것이었다. 지금 상태로는 농사꾼들은 자기 땅조차 몰라서, 5베르스타나 떨어진 곳에 일하러 나가는 사람도 적지 않다. 이런 형편이니 농사꾼만 탓할 수도 없는 노릇이 아닌가. 그리고 알렉산드르 블라디미르비치는 이런 말도 했습니다. 지주로서 농민의 복지를 근심하지 않는다는 건 수치다. 결국 건전하게 판단해 본다면, 농민의 이익은 곧 우리의 이익이며, 그들에게 좋으면 우리에게도 좋고, 그들에게 나쁘면 우리에게도 나쁘다……. 따라서 사소한 일 때문에 우리가 합의를 보지 못한다는 것은 죄송스러운 일인 동시에 분별없는 행동이다……. 그는 이런 식으로 자꾸 말을 계속했습니다……. 그런데 그 말은 정말 훌륭했어요! 마치 마음속까지 뒤흔들어 놓는 듯한 기분이었으니까요……. 귀족들도 모두 기가 죽어버렸고, 이렇게 말하는 나까지도 정말이지 하마터면 눈물을 흘릴 뻔했답니다. 사실 말이지, 옛날 책에서도 그렇게 훌륭한 연설은 찾아볼 수 없을 거예요……. 그런데 결국 어떻게 결말이 났는지 아십니까? 글쎄, 연설을 한 당사자는 1정보의 이끼 낀 늪도 양보하려 하지 않고, 팔기도 싫다고 하더군요. 그분의 말은 '나는 농민들을 동원해서 그 늪의 물을 퍼내고, 거기에 모든 것이 완비된 나사공장을 세우겠다. 그 땅은 이미 공장지대로 선정됐으며 여기에 대해선 나도 충분한 고려도 하고 있으니까……'라는 것입니다. 그것도 정당한 이유라면 모르겠는데, 들어보니—알렉산드르 블라디미르비치의 이웃에 사는 지주 안톤이란 사람이 궁색을 부린 나머지 코롤로프 가의 관리인에게 100루블의 지폐를 전하지 않았다는 것이 원인이라는 거예요. 이렇게 되어, 우리는 아무것도 못하고 그대로 헤어졌지요. 알렉산드르 블라디미르비치는 지금도 자기 말이 옳다고 생각하고, 노상 나사공장 이야길 하고 있습니다만, 늪을 말리는 작업은 아직 착수도 하지 않고 있습니다."

"그런데 그 사람은 자기 영지 내에선 어떻게 일하고 있습니까?"

"새로운 일들을 자꾸 시작하고 있습니다. 농사꾼들은 불평을 하지만, 그들의 말을 들을 필요는 없지요. 알렉산드르 블라디미르비치가 좋은 일을 하고 있는 건 사실이에요."

"그건 또 무슨 말씀이신가요, 루카 페트로비치? 저는 당신이 옛날 풍습을 고수하고 계시리라 생각했는데요."

"내 생각은 다릅니다. 난 귀족도 아니고 지주도 아니니까요. 농장 같은 건 말도 안 되지요! ……그렇다고 달리 해볼 도리도 없단 말입니다. 단지 도의와 규칙만을 지키려고 노력하고 있습니다만, 그것만이라도 할 수 있으면 다행이지요! 젊은 지주 양반들은 옛날 풍습을 싫어하지만, 나는 아닙니다…. 머리를 쓸 때가 왔으니까요. 그런데 단 한 가지 곤란한 것은, 지나치게 현명한 척한단 말입니다. 농민들을 마치 인형 다루듯 실컷 부려먹고는, 못쓰게 되면 내버리는 것이 일쑤니까요. 그래서 농민 출신의 관리인이라든가, 독일 태생 지배인은 예전과 다름없이 농민들을 억압하고 있습니다. 젊은 지주 양반들 가운데 어느 한 사람이라도 '자, 봐라, 영지는 이렇게 경영해야 한다!' 말하며 솔선수범하는 사람이 어디 있습니까? ……그럼, 결국은 어떻게 되겠어요? 나는 새로운 질서라는 걸 보지 못한 채 이대로 죽어가야 하는 건가요? ……속담에도 이런 말이 있죠. 낡은 것은 죽어 없어졌는데도 아직 새로운 것은 탄생하지 않는다고!"

나는 오브샤니코프에게 뭐라고 대답해야 좋을지 몰랐다. 그는 주위를 돌아보고, 내 곁으로 바싹 다가서면서 나직한 어조로 말을 이었다.

"그런데 바실리야 니콜라이차 류보즈보노바에 대해서는 들으신 적이 있습니까?"

"아니요, 듣지 못했습니다."

"너무나 이상한 일이라서, 당신의 설명을 좀 듣고 싶습니다. 조금도 이해가 안 간단 말입니다. 그분의 소작인이 말해 주었습니다만, 그 말의 진의를 이해할 수가 없어요. 당신도 아시다시피, 그분은 아직 젊은 분인데, 최근에 어머니가 돌아가셔서 유산을 상속받았지요. 그분이 영지로 돌아오자 소작인들은 새로운 주인 나리를 보려고 옹기종기 모여들었습니다. 이윽고 바실리야 니콜라이차가 나왔습니다. 소작인들은 주인을 보자, 그만 깜짝 놀랐습니다! 주인 나리가 마치 마부처럼 벨벳 바지를 입고 장식이 달린 장화를 신고 있더군요. 게다가 빨간 셔츠에 마부들이 입는 외투를 걸치고 턱수염을 길게 늘어뜨리고, 머리에는 기묘하기 짝이 없는 모자를 쓰고 있는데, 그 얼굴이 또 묘해서 술을 마셨는지, 안 마셨는지 분간할 수조차 없습니다. 아무튼 제정신이 아닌 것같이 보였답니다. '안녕하십니까, 여러분! 수고들 하십니다.' 그러나 농민들은 허리를 굽혀 인사할 뿐, 아무도 말하는 사람이 없었습니다. 겁에 질렸기 때문이겠죠. 주인도 어쩐지 당황한 듯한 표정이었는데, 이윽고 그는 일장 연설을 퍼붓기 시작했습니다. '나는 러시아인입니다. 그리고 당신들도 러시아인입니다. 나는 러시아의 것이라면 무엇이든지 좋아합니다…… 난 러시아의 정신을 가지고 있으며, 내 몸속에 흐르고 있는 피도 러시아의 것입니다……' 이렇게 말하고 별안간 그는 다음과 같이 호령했습니다. '자, 여러분, 우리 러시아 민요를 한 번 불러주십시오!' 농사꾼들은 후들후들 떨 뿐, 얼빠진 사람처럼 멍해졌습니다. 그 가운데 용감한 농사꾼 하나가 노래를 부르기 시작했으나, 곧 땅바닥에 엎드리더니 다른 농사꾼 뒤로 숨었습니다…… 그런데 제가 이상하다는 것은 다른 것이 아닙니다. 우리 고장에도 마부와 똑같은 옷을 입고, 춤을 추거나 기타 치고 노래 부르고, 하인들과 술을 마시기도 하고, 농사꾼들에게 술을 대접하는 등, 말할 수 없이 거칠고 방탕한 지주들도 있었는데 바실리야 니콜라이차는 마치 아름다운 처녀같이 얌전하단 말입니다. 늘 책을 읽거나 무엇을 쓰고 있으며, 어떤 때는 큰 소리로 찬송가를 부르고, 아무와도 이야기를 하지 않으며, 사람을 피하면서 단지 정원을 산책하고 있을 뿐이었습니다. 그 모습은 무척 지루해 보이기도 하고 슬퍼 보이기도 했습니다. 그 전부터 일하던 관리인만 해도, 처음 얼마 동안은 몹시 겁에 질린 나머지 바실리야 니콜라이차가 마을에 도착하기 전에 소작인 집을 일일이 찾아다니며 인사를 했답니다. 말하자면 도둑이 제 발 저리다는 격이겠죠! 그래서 농사꾼들도 새 주인에게 기대를 걸고, '네놈의 수단에 넘어가지 않는다! 이제 두고 봐라, 네 뱃속을 모조리 들춰내고 말 테니! 마음대로 해봐라, 이 사기꾼 같은 자식!' 하고 생각했답니다. 그런데, 이와는 정반대 상황이 벌어졌습니다. 뭐라고 말씀드려야 좋을까요? 하느님마저 어떻게 됐는지 분간할 수 없을 정도로 일이 벌어지고 말았으니 말입니다! 바실리야 니콜라이차는 관리인을 자기 집으로 불러서는 자기 쪽에서 먼저 얼굴을 붉히고, 가쁘게 숨을 몰아쉬면서 이런 말을 했다는 것입니다. '공평하게 일해 주길 바라네, 아무도 억압해선 안 돼, 알았나?' 그 뒤 바실리야 니콜라이차는 한 번도 관리인을 부르지 않았습니다! 자기 영지에 살고 있으면서도, 마치 딴사람처럼 관심이 없단 말씀이에요. 그래서 관리인은 숨을 돌릴 수 있었으나, 그 반면 농사꾼들은 바실리야 니콜라이차 곁에 다가갈 생각도 못했습니다. 무서웠던 거지요. 그런데 또 한 가지 이상한 것은, 주인 나리는 소작인에게 일일이 머리를 숙이며 다정하게 대해주는데도, 소작인들은 무서운 나머지 기를 펴지 못하니 말입니다. 정말 이상한 일이에요. 한 번 설명해주세요, 왜 그렇습니까? ……내가 나이를 먹어서 바보가 된 탓일까요? 도대체 이해가 가지 않는군요."

나는 오브샤니코프에게 류보즈보노바 씨는 아마 아플 거라고 대답해 주었다.

"병은 무슨 병요! 뚱뚱하게 살찌고 얼굴엔 혈기가 왕성하고, 나이는 젊어도 얼굴엔 하나 가득 수염을 기르고 있는데……. 그러나 내가 상관할 바는 아니겠죠! (그러고는 한숨을 깊이 쉬었다)"

"자, 귀족들 이야기는 그만 하시고, 시골 신사에 관한 이야길 좀 들려주십시오, 루카 페트로비치?"

"아니, 그 말만은 그만둡시다." 그는 황급히 덧붙였다. "사실…… 말해봤자…… 뭐 신통한 것이 있겠습니까! (오브샤니코프는 손을 흔들었다) 그보다 우리 차나 마십시다……. 농사꾼은 농사꾼이니까요. 하지만, 사실 우리도 어떻게 해야 좋을지 갈피를 못 잡고 있는 형편이랍니다."

그는 입을 다물었다. 차가 나왔다. 타치야나 일리니치나는 자기 자리에서 일어나 우리 옆에 와서 앉았다. 이날 밤 그녀는 벌써 여러 번, 살그머니 밖으로 나갔다가는 역시 살그머니 되돌아왔다. 방 안에는 고요한 침묵이 흐르고 있었다. 오브샤니코프는 아주 천천히 차를 여러 잔 마셨다.

"미챠가 오늘 왔어요." 타치야나가 나직한 소리로 말했다.

오브샤니코프는 얼굴을 찌푸렸다.

"무슨 일로?"

"용서를 빌려고요."

오브샤니코프는 머리를 흔들었다.

"저, 한 가지 물어보겠습니다." 그는 내게 몸을 돌리며 말을 이었다. "도 대체 친척들을 어떻게 다뤄야 좋습니까? 모른 체하고 시치미를 뗄 수도 없고……. 조카가 하나 있는데요. 머리도 좋고, 힘도 세고, 학식도 많아서 나무랄 데라곤 하나도 없지만, 그런데도 크게 될 것 같지가 않아요. 관청에서 일하는가 싶더니, 그것도 지금은 그만뒀어요. 출세할 길이 없으니……. 그 놈이 귀족이라면 문제가 다를 테죠. 하긴 귀족이라도 단번에 출세하는 건 아니지만. 지금 그놈은 백수인데…… 아니, 그 정도라면 또 괜찮겠습니다. 그 놈은 사기꾼들과 어울려 다닌단 말입니다! 농사꾼한테 청원서나 보고서를 써주기도 하고, 고자질을 하는가 하면, 측량사들의 과오를 폭로하는 등, 술집마다 쏘다니며 마시니 어떻게 사고가 나지 않을 수 있겠습니까? 위협을 받은 것도 한두 번이 아니지요. 그런데 다행히도 그놈은 익살을 잘 부려서 경찰의 배꼽들을 빼놓을 뿐만 아니라, 나중엔 경찰을 죄다 삶아 놓는단 말입니다……. 자, 그건 그렇고, 그놈은 지금 당신 방에 있겠지?" 아내 쪽으로 몸을 돌리며 이렇게 덧붙였다. "난 당신 속을 잘 알고 있거든. 당신은 너무 자비심이 많아서 탈이야. 자꾸 감싸려고만 하니."

타치야나 일리니치나는 눈을 내리깔고 미소를 지으면서 얼굴을 붉혔다.

"아, 어쩔 수가 없군." 오브샤니코프는 말을 이었다. "정말 당신은 너무 마음이 물러서 탈이야! 자, 이리 나오라고 해요. 할 수 없군, 귀한 손님 때문에 그놈을 용서해 줘야지……. 자, 오라고 그래요……."

타치야나 일리니치나는 문으로 다가가서 "미챠!" 하고 불렀다.

미챠는 키가 크고 균형이 잡힌 몸에 고수머리를 한 스물여덟 살쯤의 젊은 이였다. 그는 방으로 들어오다가 문득 나를 보고 문지방에 멈춰 섰다. 독일식으로 만든 양복을 입고 있었는데, 양복 어깨가 부자연스럽게 넓은 것만 보아도, 양복을 마름질한 사람은 지금의 러시아인이 아니라, 옛날 러시아 재단사였다는 것을 대번에 알아차릴 수 있었다.

"자, 이리 오너라, 이리 와." 노인은 말했다. "뭘 꾸물거리는 거냐? 숙모한테 고맙다고나 해. 용서해 줄 테니……. 자, 그럼 소개하지요." 노인은 미챠를 가리키면서 말을 이었다. "이놈은 내 조카인데, 어떻게 된 놈인지 감당할 수가 없군요. 말세예요, 말세!" (우리는 서로 인사를 나누었다) "자, 도대체 어떤 짓을 하며 돌아다녔는지, 한 번 말이나 해봐라. 어째서 모두들 너를 나쁜 놈이라고 하는지, 그 이유를 말해 보란 말이다."

미챠는 내가 있는 앞에서 자기 사정을 있는 대로 설명할 뿐 굳이 변명하고 싶진 않은 것 같았다.

"나중에 이야기하죠, 숙부님." 그는 어물거렸다.

"안 돼, 나중엔 안 돼, 지금 말해라." 노인은 말을 이었다. "난 잘 알고 있다. 넌 이 손님 앞에서 말하기가 부끄러운 거지? 그렇다면 더욱 좋다—네게 벌주는 의미에서도. 자, 말해 봐라 들을 테니."

"전 하나도 부끄러울 게 없습니다." 미챠는 기세 좋게 말하고는 머리를 흔들었다. "자, 숙부님, 생각 좀 해보세요. 시골 신사들이 저한테 와서는 '제발, 힘을 좀 빌려주게'라고 말하는 겁니다. '무슨 일인데요?' 하고 물으니, '실은, 우리 마을 곡물창고는 규칙대로 돼 있어서 그 이상은 불가능한데, 별안간 관리가 와서는 상부 명령으로 창고를 검사하러 왔다고 하질 않겠나. 그래서 창고를 보여주니까, 너희들의 창고는 규칙대로 돼 있지 않다, 그냥 봐넘길 수 없는 점들이 많아서 상부에 보고해야겠다고 하는 거야. 그래서 도대체 무엇을 태만하게 했는지 물으니, 그건 나만 아는 사실이지 하는 식으로 대답한단 말일세……. 그래서 우리는 집회를 열고, 그 관리에게 충분히 사례를 주기로 결정을 봤다네. 그런데 프로호리치 노인이 방해를 하면서 '그렇게 하면 그놈들의 버릇을 더 부추길 뿐이다, 도대체 무슨 짓들을 하려는 건가? 아니, 우리에겐 정당한 재판을 받을 권리가 없단 말인가?' 하고 말하기에, 우리는 모두 노인의 말을 따르기로 했지. 그러자 관리는 화가 나서, 상부에 보고서를 제출하고 말았다네. 자, 그러니 이젠 우리도 응수를 할 수밖에 없게 됐단 말일세' 말하는 것입니다. 그래서 저는 '정말 당신네 창고는 규칙대로 돼 있었나요?'라고 물었더니 '그야 하느님께서도 알고 계시지, 규칙대로 돼 있다마다. 지정된 수량의 곡식도 준비돼 있고…….' '아니, 그렇다면 조금도 걱정할 필요는 없습니다.' 저는 이렇게 말하고 청원서를 써주었습니다……. 아직은 어느 쪽이 승소할지 알 수 없지만…… 글쎄, 이 사건의 무엇이 나쁘기에 숙부님한테까지 와서 제 험담을 늘어놓는 것일까요. 하긴 무리는 아니죠. 누구나 자기 몸이 가장 중요하니까요."

"누구나 그럴지 모르지만, 너만은 다른 것 같다." 노인은 나직이 말했다. "그렇다면 넌 왜 수톨로모프의 농사꾼들과 계교를 꾸미고 있는 거냐?"

"그건 또 어떻게 아시죠?"

"나는 다 알고 있다."

"그것도 제가 나쁜 건 아닙니다. 다시 한 번 잘 생각하세요. 슈톨롬 농민들의 땅에 이웃 마을의 베스판딘이라는 지주가 40정보가량의 땅을 경작했습니다. 자기 땅이라고 하면서 말입니다. 슈톨롬의 농민들은 그 땅을 연공으로 빌리고 있었는데, 공교롭게도 주인이 외국으로 여행을 간 때라 아무도 농민 편을 들어주는 사람은 없었어요, 그렇잖겠어요? 그 토지는 옛날부터 그들이 경작해 온 땅이므로 왈가왈부할 여지도 없었습니다. 이때 농민들이 절 찾아와서 청원서를 써달라고 부탁하기에 써주었을 뿐이죠. 그런데 베스판딘은 그 말을 듣고 갖은 위협을 다 하는 거예요. '미챠 녀석의 배를 걷어차든가, 목을 뽑아내겠다…….' 어떻게 제 목을 빼려는지 두고 보겠어요. 아직까진 그래도 목이 붙어 있으니까요."

"흥, 큰 소리 마라. 네 목도 성하진 않을 거야." 노인이 말했다. "넌 정말 제정신이 아니구나!"

"아니, 숙부님께서 직접 그렇게 하라고 말씀하시고선……."

"알고 있다. 네가 무슨 말을 하려는지 다 알고 있어." 오브샤니코프는 조카의 말을 가로챘다. "그야 물론 그렇지. 인간은 정직하게 살면서 남을 도와줄 의무가 있어. 때에 따라선 자기 몸을 희생해야 할 때도 있고……. 아니 그래서 넌 언제나 정직하게만 행동한다는 거냐? 줄곧 술집에 처박혀 있는 건 누군데? 얼렁뚱땅 맞추고 맹세를 하는 건 누구고? '드미트리 알렉세이치, 제발 좀 도와주십시오. 미리 선금을 드리겠습니다.' 이런 말을 듣고, 1루블 은화나 5루블 지폐를 슬며시 소매 밑으로 받는 건 도대체 누구란 말이냐? 응? 그런 일이 없었냐? 자, 말해 봐!"

"그 점은 저도 잘못했지만," 미챠는 눈을 내리깔고 말했다. "그렇지만 가난한 사람한테서 돈을 뜯은 적은 없습니다. 그리고 앞으로도 경우에 어긋나는 일은 절대 하지 않을 겁니다."

"글쎄, 지금은 그렇겠지만, 사정이 악화되면 다 뜯게 되는 거야. 경우에 어긋나는 일을 하지 않겠다고? ……에잇, 이놈아! 네 말을 들으면, 언제나 성자들만 변호하는 것 같은데 넌 보르카 페레호도프의 일을 잊어버렸냐? ……그자를 도와준 놈은 누구고, 그자를 옹호해 준 놈은 누구냐 말이야, 응?"

"페레호도프가 고생을 한 것은 틀림없이 자기 죄 때문이죠……."

"공금을 쓰다니…… 어림도 없는 일이지!"

"하지만, 숙부님, 생각해 보세요. 가난에 쪼들리는 데다가 가족은 있고……."

"가난, 가난하지만…… 그놈은 술꾼에다 노름까지 한단 말이야. 암, 그렇고말고!"

"그는 홧김에 술을 마시게 됐어요." 미챠는 나직이 말했다.

"홧김이라고! 흥, 네가 그 정도로 그놈을 생각해 준다면, 그런 주정뱅이와 같이 술집에서 시간을 보낼 것이 아니라, 진심으로 그를 도와주면 되지 않느냐 말이다. 너는 참 신기한 말만 늘어놓는구나!"

"그는 정말 선량한 사람입니다……."

"네겐 모두 선량하지……. 그런데," 오브샤니코프는 아내를 바라보며 말을 이었다. "그놈에게 보내줬나…… 저, 그것 말이야, 알고 있겠지……?"

타치야나 일리니치나는 고개를 끄덕여 보였다.

"요 며칠 동안 어딜 갔었니?" 노인은 다시 말문을 열었다.

"거리에 나갔습니다."

"보나마나 당구나 치고, 차 마시고, 기타나 치며 놀았겠지. 그리고 관청마다 뛰어다니면서 으슥한 뒷방에 앉아 청원서나 쓰고, 상인들과 함께 어울려 다녔을 테지? 그렇지? ……말해 봐!"

"그야 뭐, 그랬을지도 모르죠." 미챠는 싱글벙글 웃으며 말했다. "아, 참! 깜빡 잊을 뻔했군요. 안톤이 일요일에 같이 식사나 하자고 숙부님을 초대하셨어요."

"누가 그런 배불뚝이한테 간댔어? 물고기라곤 형편없는 것만 내놓고, 버터도 썩은 걸 내놓는 놈! 그런 놈은 보기도 싫다!"

"그리고 페도샤 미하일로브나를 만났습니다."

"페도샤라니?"

"가르페첸코, 저 미쿨린 마을을 경매로 떨어뜨린 지주의 첩 말입니다. 미쿨린 출신의 페도샤요. 한땐 모스크바에서 재봉사로 살면서, 1년에 182루블 50코페이카라는 연공을 꼬박꼬박 물어왔답니다…… 일하는 솜씨도 좋아서 모스크바에서도 좋은 곳에서만 주문을 받았어요. 지금은 가르페첸코에게 소환되어 별다른 일도 없이 그럭저럭 지내고 있는 형편입니다. 그 여자는 자유의 몸이 되려고 몸값을 치를 준비를 하고 나서, 주인에게 그 뜻을 말했지요. 그러나 주인은 아직까지 아무 대답도 안 한다는 거예요. 숙부님은 가르페첸코하고 잘 아시는 사이니까, 숙부님께서 한번 여쭈어주실 수 없을는지요? ……페도샤도 꽤 많은 돈을 낼 거예요."

"그건 네 돈이 아니냐? 그렇지? 그럼 좋다. 한번 말해 보지. 그러나 어떻게 될지는 모르겠다." 노인은 침울한 얼굴로 말을 이었다. "그 가르페첸코라는 놈은 욕심꾸러기가 돼서 수표로 매점하는가 하면, 이자를 놀리기도 하고, 경매에 나온 영지를 독점하고 있단 말이다…… 도대체 누가 그런 놈을 우리 땅에 데려왔는지 모르겠어! 우리 고장 사람이 아닌 그런 놈들은 정말 질색이거든! 그놈과 의논해 봐도, 이내 결말은 나지 않을 거야. 하지만 말은 해보지."

"좀 힘써주십시오, 숙부님."

"좋아, 해보지. 그러나 너도 조심해야 한다. 조심해야 해! 제발 변명은 하지 말고…… 됐다, 잘해 봐라! ……앞으로 조심하지 않으면 다신 너를 보지 않겠다. 네 몸을 망칠 뿐이야. 그리고 나도 언제까지나 널 돌봐줄 수도 없는 노릇이고…… 보다시피 나도 넉넉한 처지는 아니니까. 그럼 됐다, 가 봐라."

미챠는 나갔다. 타치야나 일리니치나가 그 뒤를 따랐다.

"여보, 그놈에게 차라도 먹이구려." 오브샤니코프는 뒤에서 소리쳤다. "머리도 그다지 나쁘지 않고." 노인은 말을 이었다. "마음씨도 좋은 놈이지만, 어쩐지 그놈에게는 마음이 놓이지 않아요…… 아 참, 실례했습니다. 너무 쓸데없는 일로 시간을 낭비해서."

이때 문이 열리더니 벨벳 윗옷을 입은 키가 큰 백발노인이 들어왔다.

"아, 프란츠 이바니치!" 오브샤니코프가 외쳤다. "안녕하시오, 건강은 어떠십니까?"

친애하는 독자 여러분, 여기서 이 신사를 잠깐 소개하겠다.

프란츠 이바니치 르죈(Lejeune)은 나의 이웃이자 오룔의 지주로서, 약간 이상한 방법으로 영예로운 러시아의 귀족 칭호를 얻은 사람이다. 그는 부모가 프랑스인으로서 오를레앙에서 태어났고, 나폴레옹의 러시아 원정 때 북재비로서 종군했다. 처음에는 파죽지세로 진격하는 대열에 끼어, 이 프랑스인 북재비도 자랑스럽게 모스크바로 입성했으나, 나중에 후퇴할 때는 가련하게도 몸이 얼고 북까지 잃어버린 채 스몰렌스크 근처에서 농민들 손에 체포되고 말았다. 농민들은 그날 밤, 텅 빈 나사공장에 그를 가두었다가, 이튿날 아침에 둑 근처 얼음 구멍으로 끌고 가서 이 la grande armée(위대한 군대)의 북재비에게 우리의 체면을 세워달라고 조르기 시작했다. 그러니까 얼음 구멍 속으로 들어가 달라는 것이다. 르죈은 도저히 그들의 요구를 받아들일 수 없었으므로, 자기도 지지 않고 오를레앙으로 돌려보내 달라고 프랑스어로 조르기 시작했다. "여러분 그곳에는 내 어머니, une tendre mère(그리운 어머니)가 살고 계십니다." 그러나 농민들은 오를레앙의 지리적 위치를 몰랐는지, 여전히 그닐로테르키 강의 물줄기를 따라 여행을 하라고 권했고, 나중에는 목덜미와 척추를 쿡쿡 찌르면서 졸랐다. 그런데 이때 갑자기 말방울 소리가 들리더니, 둑 위에 세 필의 노란 말이 끄는 커다란 썰매 한 대가 나타났다. 르죈은 기뻐서 어쩔 줄을 몰랐다. 유달리 높은 썰매 뒷부분에는 꽃무늬 양탄자가 덮여 있고 그 안에는 승냥이 털외투를 입은, 빨간 얼굴의 뚱뚱한 지주가 앉아 있었다.

"너희들은 거기서 무엇을 하는 거냐?" 그는 농민에게 물었다.

"프랑스 놈을 잡아넣고 있습니다, 나리."

"아하!" 지주는 무표정한 얼굴로 말하고는 고개를 돌렸다.

"Monsieur! Monsieur! (나리님! 나리님!)" 그 불쌍한 프랑스인은 애절하게 외쳤다.

"아니, 저런!" 승냥이 털외투는 핀잔을 주듯이 말했다. "수많은 군대를 거느리고 러시아를 침공해서 모스크바를 불태우고, 이반 대제의 종루에서 십자가를 떼버린 놈들이 새삼스레 지금 와서 나리님이라니! 이제 와서 꼬리를 감추려고 해도 소용없지, 악당은 마땅히 응분의 벌을 받아야 하는 거야……. 자, 가자, 필리카!"

썰매는 움직이기 시작했다.

"그런데 잠깐만!" 지주는 덧붙였다. "여보게, 자넨 음악을 할 줄 아는가?"

"Sauvez-moi, sauvez-moi, mon bon monsieur! (살려주세요. 살려주세요. 인자하신 나리님!)" 르죈은 되풀이했다.

"무슨 자식들이 저 모양일까! 러시아어를 아는 놈이 하나도 없으니! 뮤지크, 뮤지크, 싸베 뮤지크 부? (음악, 음악, 넌 음악을 아는가? 알아?) 자, 말해 봐! 꽁쁘레네? 싸베 뮤지크 부? 피아노를, 쥬에 싸베? (칠 줄 알아?)"

르죈은 드디어 지주가 무슨 말을 하는지를 알고 황급히 머리를 끄덕였다.

"Oui, monsieur, oui, oui, je suis musicien ; je joue de tous les instruments possibles! Oui, monsieur…… Sauvez moi, monsieur! (예, 나리님, 예, 예, 저는 음악가입니다. 어떤 악기든 칠 수 있습니다! 예, 나리…… 살려주십시오, 나리님!)"

"흠, 넌 운이 좋은 놈이다." 지주는 대답했다. "그놈을 풀어주게. 자, 20코페이카, 이게 술값이다."

"고맙습니다. 나리, 고맙습니다. 그럼 이놈을 넘겨드리겠습니다."

르죈은 썰매에 태워졌다. 그는 기쁨에 넘쳐 숨이 막히는 듯했고, 눈물을 흘리기도 하고, 몸을 떨기도 하면서 지주와 마부, 농민들에게 고맙다고 인사를 했다. 살을 에는 듯한 혹한인데도, 그가 입고 있는 것은 장밋빛 리본이 달린 녹색 재킷 한 벌뿐이었다. 지주는 시퍼렇게 언 그의 손발을 물끄러미 바라보고는 자기 털외투를 그의 몸에 둘러주었다. 그들이 집에 도착하자, 하인들이 달려 나와 프랑스인의 몸을 녹여주고, 음식과 옷을 주었다. 지주는 그를 자기 딸들한테로 데리고 갔다.

"자, 애들아." 그는 말했다. "드디어 너희들의 선생을 찾았다. 늘 음악을 가르쳐 달라, 프랑스어를 가르쳐 달라 조르더니, 자, 봐라, 프랑스인 선생이다. 피아노도 칠 줄 알고…… 자, 무슈." 그는 5년 전에 향수를 파는 유대인에게서 산 낡아빠진 피아노를 가리키면서 말을 이었다. "한번 솜씨를 보여주게, 쥬에(쳐봐)!"

르쾬은 조마조마한 마음으로 의자에 앉았다. 그는 지금까지 한 번도 피아노를 쳐본 적이 없었다.

"쥬에, 쥬에! (쳐봐, 쳐봐)" 지주는 되풀이했다.

가련한 프랑스인은 마치 북이라도 치는 듯이 힘차게 되는대로 피아노를 내리치기 시작했다……. "난 그때 생명의 은인과 다름없는 그분이 당장 멱살을 붙잡고 나를 밖으로 내쫓아버릴 거라고 생각했었지요." 그는 그 뒤에도 두고두고 이런 말을 했다. 그러나 마지못해 즉흥음악가가 되지 않을 수 없었던 르쾬은 깜짝 놀랐다. 지주는 음악이 끝나자 무척 감탄한 듯이 그의 어깨를 두드리면서 말했다. "좋아, 좋아, 솜씨가 대단하군. 자, 이젠 쉬도록 하게."

2주일 정도 지나서 르쾬은 이 집을 떠나, 그보다 더 부유하고 교양 있는 집으로 갔다. 거기서 그의 온순하고 명랑한 성격이 지주의 마음에 들어서, 그집의 양녀와 결혼을 하고 일자리도 얻어서 의젓한 귀족이 되었다. 그리고 지금은 퇴직한 용기병이며 시인인 로브자니예프라는 오룔의 지주에게 딸을 출가시킨 뒤, 자기도 영주할 목적으로 오룔 지방으로 이주해 왔다.

바로 이 르쾬이(지금은 그를 프란츠 이바니치라고 부르기도 하지만) 내가 있을 때 오브샤니코프의 방으로 들어왔다. 이 두 사람은 무척 다정한 친구 사이였다…….

그러나 독자 여러분도 시골 신사 오브샤니코프의 집에 앉아 있는 것이 지루해졌으리라 생각되므로 일단 이쯤에서 침묵을 택하겠다.

르고프

"르고프에 가보시지 않겠어요?" 독자 여러분도 잘 아는 사냥꾼 예르몰라이가 어느 날 이렇게 말했다. "거기라면 마음껏 들오리를 잡을 수 있을 거예요."

사냥꾼에게 들오리 같은 게 그다지 특별한 매력이 있는 것은 아니지만, 다른 날짐승을 잡을 수 없는 시기였으므로(9월이 시작될 무렵으로 멧도요새는 아직 날아오지도 않고, 자고새를 따라 들판을 뛰어다니기도 싫증이 나서), 나는 예르몰라이의 말에 따라 르고프로 떠났다.

르고프는 큰 초원 마을로 둥근 지붕이 우뚝 솟은 몹시 낡은 석조 교회와 로소테라는 흙탕물이 흐르는 강변에는 물방앗간이 두 개 있었다. 르고프에서 5베르스타만 강을 거슬러 오르면 하나의 큰 못으로 변하는데, 그 둘레뿐만이 아니라 어떤 곳은 못 한가운데까지 갈대가 빽빽이 자라고 있다. 오룔에서는 이 갈대를 '마이예롬'이라 부른다. 이 못의 물굽이와 고요한 갈대밭 사이에는 들오리, 강오리, 새끼오리, 꼬리 긴 오리, 물속으로 잠수하는 오리 등 여러 종류의 오리들이 살고 있다. 그 오리들은 작은 떼를 지어 줄곧 물 위를 날고 있다. 그때 총소리라도 들리게 되면 오리들은 그야말로 비구름처럼 까맣게 날아오르기 때문에 사냥꾼은 저도 모르게 한 손으로 모자를 움켜쥐고, "야아!" 길게 환성을 지르게 마련이다. 나는 예르몰라이와 못을 끼고 걸었다. 들오리는 겁이 많아서 강 가까이에선 헤엄을 치지도 않고, 무리에서 뒤처진 새끼오리가 총에 맞아도 갈대가 워낙 빽빽이 자라나서 사냥개가 주워 올 수도 없었다. 개들이 아무리 애쓴다 한들 헤엄을 칠 수도 없거니와, 강 밑바닥을 딛고 걸어갈 수도 없었다. 고작 날카로운 갈대 잎에 코가 찢기기 일쑤였다.

"안 되겠는데." 결국 예르몰라이는 말했다. "작은 배로는……. 먼저 르고프로 돌아갑시다."

우리는 발길을 돌렸다. 몇 걸음 걷기도 전에, 맞은편 울창한 버드나무 숲 속에서 몰골이 사나운 사냥개 한 마리가 뛰쳐나오고, 그 뒤로 한 사나이가 모습을 드러냈다. 꽤나 낡은 외투에 누르스름한 조끼를 입고 구멍투성이 장화에 바지를 제멋대로 쑤셔 넣고는 빨간 손수건을 목에 두른 채, 어깨에 단발총을 둘러메고 있었다. 개들은 자기 특유의 예절을 지키면서 새로 나타난 개의 냄새를 맡고 있었으나, 저쪽은 아무래도 두려움을 느끼는 듯 꼬리를 말고 귀와 무릎을 빳빳이 세운 채, 으르렁거리며 뱅글뱅글 맴돌았다. 그러는 사이에 낯선 사나이가 우리 곁으로 다가와서 아주 공손히 인사를 했다. 나이는 스물다섯 정도에 크바스*1 냄새를 물씬 풍기는 긴 머리칼은 군데군데 쭈뼛이 곤두선 채, 조그만 갈색 눈은 다정스레 깜빡거렸고, 이가 아픈지 검정 천으로 동여맸으나 얼굴은 유쾌한 미소를 띠고 있었다.

"인사를 드리겠습니다." 그는 부드러우면서도 가냘픈 목소리로 말문을 열었다. "이 고장의 사냥꾼, 블라디미르입니다……. 당신들이 못가로 나가셨다는 말을 듣고, 혹시 원하신다면 도와드릴까 해서."

사냥꾼 블라디미르는 시골 극단의 젊은 배우와 말투가 닮았다. 나는 그의 제안에 동의했다. 그리고 르고프까지 가기도 전에, 나는 이미 그의 과거를 죄다 알아낼 수 있었다. 그는 해방된 농노 출신으로 감수성이 풍부한 청년 시절에 음악을 배웠으며, 그 뒤 시종으로 있으면서 읽고 쓰는 법을 배웠고, 내가 관찰한 바에 따르면 어느 정도 책을 읽은 것 같았다. 지금은 대부분의 러시아인이 그렇듯이, 무일푼으로 일정한 직업도 없이 지나면서 닥치는 대로 먹으며 그럭저럭 살아가고 있는 형편이었다. 블라디미르는 표현력이 남달리 우아했고, 자기도 그 표현력을 자랑하는 듯했다. 게다가 그는 굉장한 난봉꾼이어서, 여자 열 명 가운데 아홉은 그에게 넘어갔다. 러시아 여자들은 말주변이 좋은 사람을 좋아했다. 그런가 하면, 때로는 근처의 지주들을 찾아가기도 하고, 거리의 손님으로 가기도 하며, 카드놀이를 하는 등 도시 사람들과도 가깝게 지냈다. 그는 꽤 여러 가지 방법으로 웃었는데, 특히 다른 사람의 말에 귀를 기울이고 있을 때, 그의 입술에는 겸손하고도 수줍은 미소가 감돌곤 했다. 그는 남의 말을 듣고 선뜻 동의는 하지만 언제나 자존심을 잃

---

*1 엿기름과 보리, 호밀 따위로 만든 러시아 맥주.

지 않고, 경우에 따라선 자기도 의견을 내놓을 수 있다는 것을 암암리에 암시하는 것 같았다. 예르몰라이는 그다지 교육을 받지도 않았고 세심한 데까지 주의를 기울이지 못해서 반말을 했는데, 블라디미르가 야릇한 미소를 띠면서 예르몰라이에게 '당신'이라고 말할 때 표정은 정말 볼만했다.

"왜 자넨 수건을 동여매고 있지?" 나는 물었다. "이라도 아픈가?"

"아닙니다." 그는 말했다. "제가 부주의해서요. 제게 어떤 친구 하나가 있었는데, 무척 사람이 좋았지요. 흔히 있는 일이지만, 그는 사냥을 아예 몰랐습니다. 어느 날 그 친구가 그러더군요. '부탁이니, 나를 사냥에 데려가줄 수 없겠나? 얼마나 재미있는지 보고 싶네.' 저는 물론 친구의 부탁을 거절할 수 없었으므로, 그에게 총을 주고 함께 사냥을 나갔습니다. 우리는 마음껏 사냥을 하고 좀 쉬려고 나무 그늘에 앉았습니다. 그런데 그 친구는 총 쏘는 법을 연습하면서 저를 겨냥해 보는 겁니다. 저는 그만두라고 했지만, 친구는 도무지 경험이 없는지라, 제 말을 들으려고도 하지 않았습니다. 그러던 중 탕 총소리가 나고, 아래턱과 오른손 집게손가락을 잃고 말았지요."

우리는 르고프에 도착했다. 블라디미르와 예르몰라이 모두 배 없이는 사냥할 수 없다고 단정했다.

"수초크한테 배가 있습니다만." 블라디미르가 말했다. "어디다 두었는지 알 수 없군요. 제가 한번 가보죠."

"누구한테 간다는 건데?" 나는 물었다.

"여기 수초크라는 별명을 가진 사람이 살고 있어요."

블라디미르는 예르몰라이를 데리고 수초크 집으로 향하고, 나는 교회 옆에서 기다리기로 했다. 묘지 비석을 두루 돌아보던 나는 문득 거무튀튀한 네모꼴 비석에 눈이 쏠렸다. 그 앞면에는 프랑스어로 'Ci-git Théophile Henri, vicomte de Blangy'라고 새겨져 있고, 뒷면에는 '프랑스 국민 블랑지 자작의 유해, 이 비석 밑에 잠들다. 1737년 출생, 1799년 사망, 향년 62세'라 쓰여 있었으며, 한쪽 옆에는 '고이 잠드소서', 다른 한쪽에는 다음과 같은 글이 쓰여 있었다.

'이 비석 밑에 프랑스인 망명객이 잠들다.
명문 집안에서 태어나 재능도 뛰어났건만

가족을 잃은 슬픔에 못 이겨
역적에 짓밟힌 조국을 등지고
러시아 국경을 넘어왔나니
늙은 몸으로 정다운 타향에서 여생을 보내며
애들을 가르치고 부모들을 위로했고……
지금 여기 신의 은총으로 편히 잠들다.'

예르몰라이와 블라디미르, 그리고 수초크라는 묘한 별명을 가진 사나이들이 나타남으로써 나의 명상은 깨졌다.

해진 옷을 입고 머리를 헝클어뜨린 맨발의 수초크는 예순 살쯤으로 얼핏 보기에는 은퇴한 문지기 같았다.

"배를 가지고 있소?" 내가 물었다.

"배는 있습니다만," 수초크는 목이 쉬어 잠긴 듯한 소리로 말했다. "그다지 좋지는 않습니다."

"어떻게 됐는데?"

"틈새가 다 벌어지고, 꺾쇠가 다 빠졌습니다."

"뭐, 괜찮아!" 예르몰라이가 말을 받았다. "메우면 되니까."

"하긴 그렇죠." 수초크가 대답했다.

"도대체 영감은 뭘 하는 사람이요?"

"어부입니다."

"그건 또 어찌된 것이요? 어부라면서 배도 제대로 준비돼 있지 않으니 말이오."

"이 강엔 고기가 없습니다."

"물고기는 늪의 녹을 좋아하지 않거든요." 사냥꾼이 참견했다.

"자, 그럼." 나는 말했다. "배를 고치도록 하게. 자, 빨리." 예르몰라이는 자리를 떠났다.

"그런데, 배가 밑으로 가라앉으면 어떡하지?" 블라디미르에게 물었다.

"그럴 리야 없겠죠." 그는 대답했다. "어쨌든 못은 그다지 깊지 않을 테니까요."

"그렇습니다. 깊진 않습니다." 수초크는 잠이 덜 깬 듯한 이상한 목소리로 말했다. "게다가 밑바닥엔 흙이 깔리고, 풀이 가득 자라 있죠. 몇 군데 깊은 곳도 있긴 합니다만."

"그렇게 풀이 많이 자라 있다면 노를 저을 수도 없겠군요." 블라디미르가 말했다.

"누가 노를 젓는답니까? 삿대로 밀어야지. 제가 함께 가도록 하죠. 제게 장대가 있습니다. 삽으로도 할 순 있습니다만."

"삽은 불편할 거요. 장소에 따라선 밑에까지 닿지 않을지도 모르니까요." 블라디미르가 말했다.

"그야 물론 불편하긴 하죠."

예르몰라이를 기다리는 동안, 비석 위에 걸터앉았다. 블라디미르는 사양하는 뜻에선지 내게서 좀 떨어진 곳에 자리를 잡았다. 수초크는 머리를 숙이고, 옛날 습관처럼 두 손을 등 뒤에서 마주잡은 채 여전히 한자리에 서 있었다.

"그런데, 영감은 여기서 어부 노릇을 한 지 오래 됐소?" 내가 말했다.

"올해로 7년째랍니다." 그는 몸을 떨면서 대답했다.

"그 전엔 무슨 일을 했소?"

"전에는 마부였죠."

"왜 그만두었소?"

"새로운 주인마님께서."

"마님이라니?"

"우리를 사신 분입니다. 모르십니까, 알료나 티모페브나라고 뚱뚱하고…… 나이가 지긋한 부인입니다."

"왜 영감을 어부로 만들었을까?"

"모르겠습니다. 탐보프에서 오셔서는 저택 내 하인들을 모조리 불러놓은 다음, 우리 앞에 나타나셨습니다. 우린 먼저 마님 손에 입을 맞추어 인사를 했지만, 마님께서는 조금도 나무라시는 빛이 아니었습니다……. 이윽고 차례차례 한 사람씩 무슨 일을 하느냐고 물었습니다. 그러는 사이에 제 차례가 와서 마부라고 말씀드렸더니, '마부라고? 네가 무슨 마부야? 네 얼굴을 봐라, 이런 마부가 어디 있담? 넌 마부 자격이 없으니까 수염을 깎고 어부나 해라. 내가 여기 올 때마다 생선을 바치도록 해, 알았어?' 이렇게 말씀하신 뒤부터 전 어부가 되었지요. '그리고 언제나 못이 깨끗이 정돈돼 있어야 한다, 알았지?'라고 말씀하셨지만, 글쎄 어떻게 못을 깨끗이 정돈할 수 있겠습니까?"

"그 전엔 누구에게 봉사했소?"

"세르게야 세르게이차 페흐트레바님이요. 유산 상속 때문에 그분 손으로 넘어가게 됐는데, 그것도 6년 만에 끝났습니다. 결국 그분이 계실 땐 마부 일을 했지만, 그것도 도시에서가 아니라―도시에는 다른 마부들이 있었죠―시골에서 일을 했습니다."

"그럼 영감은 젊을 때부터 쭉 마부 노릇을 해왔소?"

"줄곧 마부였던 건 아닙니다! 세르게일 세르게이차 페흐트레바님 때부터 고, 그 전에는 요리사로 일했지요. 그것도 도시 저택에서가 아니라, 시골에서였습니다."

"누구의 요리사로 일했는데요?"

"그 전 주인, 아파나치아 네페디차, 세르게이 세르게이차 페흐트레바의 백부님이죠. 르고프를 산 것도 그분, 아파나치아 네페디차가 사신 것입니다. 그런데 백부님이 돌아가셨으므로 자연히 세르게야 세르게이차의 손으로 넘어가게 된 거죠."

"백부님은 누구한테서 샀나요?"

"타치야나 바실리예브나요."

"타치야나 바실리예브나?"

"바로 재작년, 볼호프 근처에서…… 아니, 카라체프 근처에서 죽을 때까지 독신이었던 분 말입니다……. 결혼하시지 않으셨죠. 아니, 모르십니까? 우리는 그분의 아버지이신 바실리 세묘니차로부터 따님에게 양도된 셈이지요. 마님께서는 오랫동안 우릴 데리고 계셨습니다……. 20년 가까이."

"그렇다면 영감은 그분의 요리사로 있었단 말이요?"

"처음에는 요리사로 있었지만, 곧 커피 당번이 됐지요."

"뭐요?"

"커피 당번 말입니다."

"그건 또 어떤 일이요?"

"저도 모릅니다, 나리님. 식당에서 일했는데, 쿠즈마라고 부르지 않고, 안톤이라고 불렀지요. 마님께서 그렇게 하라고 하셔서."

"본명은 쿠즈마로군요?"

"그렇습니다."

"그래, 계속 커피 당번으로 있었소?"

"아니요, 커피 당번만 한 건 아닙니다. 배우도 했죠."

"정말이요?"

"정말입니다……. 극장에서 연극을 했지요. 마님께서 저택에 극장을 만드셨어요."

"영감은 어떤 역을 맡았소?"

"무슨 말씀이신지?"

"극장에서 무엇을 했냐는 말이요."

"아니, 모르십니까? 모두 저를 붙잡고 옷을 입혀주니까, 전 그 옷을 걸치고, 장면에 맞추어서 걷기도 하고 앉기도 하고, 이렇게 말해라 하면 그대로 말했지요. 한 번은 소경 노릇을 한 적도 있습니다……. 양쪽 눈꺼풀 밑에 완두콩을 하나씩 붙이고…… 이건 거짓말이 아닙니다!"

"그 다음엔 무엇을 했소?"

"그 다음엔 요리사가 됐습니다."

"왜 다시 요리사가 됐소?"

"동생이 도망쳤기 때문이죠."

"그럼, 첫 번째 마님의 아버지 대엔 무슨 일을 하고 있었소?"

"여러 가지 일을 했죠. 처음엔 심부름꾼이었다가 마부가 되기도 하고, 정원사가 되기도 하고, 한번은 사냥개지기도 된 적이 있었지요."

"사냥개지기? ……그럼 사냥개를 몰고 다녔겠군요?"

"개를 몰고 다니기도 했죠. 한번은 말을 타다 넘어져서 다친 적이 있었습니다. 말도 발목을 삐고요. 그때 주인은 무척 엄하신 분이어서, 저를 혼내더니 모스크바의 구두 직공으로 보냈습니다."

"직공? 아니, 설마 어릴 때 사냥개지기를 했던 건 아닐 텐데?"

"그렇습니다. 스무 살이 넘어서였죠."

"스무 살이나 되어서 누가 직공으로 간단 말이요?"

"나리께서 명령하시니까, 뭐 그렇게 할 수밖에 없었죠. 그런데 다행히 주인 나리는 곧 돌아가시고 전 다시 마을로 돌아오게 된 겁니다.”

“그럼 요리는 언제 배웠소?”

수초크는 여위고 누르스름한 얼굴을 들고 빙그레 미소를 지었다.

“누가 그런 걸 배우겠어요? ……요리란 여자들이 하는 거죠!”

“음, 영감은 평생 꽤 많은 걸 봐온 셈이군! 그런데 지금 영감이 어부로서 하는 일은 뭐요? 못에 고기도 없다면서요?” 나는 말했다.

“나리, 그래도 전 불평하지 않습니다. 어부가 된 것만도 감사할 따름입죠. 저와 같은 나이인 안드레이는 제지공장에 보내져서 물 푸는 일을 하고 있으니까요. 마님께서 그냥 놀고먹는 건 죄라고 하시면서 그렇게 명령을 내리셨습니다……. 그놈은 좀더 좋은 자리에 가리라고 믿고 있었지요. 그의 조카 뻘 되는 자가 저택 사무실에서 일하고 있는데, 마님께 부탁해 주겠다고 약속했던 거예요. 그런데 부탁은 무슨 부탁입니까! ……그렇지만 그놈은 내가 보는 앞에서 조카 발밑에 머리를 숙이고 애원하더군요.”

“가족은 있소? 아내는 있고?”

“천만에요. 나리, 결혼이 다 뭡니까! 돌아가신 바실리예브나 마님께서는 —제발 천국에 게시기를—누구에게도 결혼하는 걸 허락하지 않으셨습니다. ‘나도 처녀 몸으로 혼자 지내고 있는데, 그런 건방진 행동은 있을 수 없어! 도대체 결혼을 해서 뭣 한다는 거야?’ 말씀하시곤 했죠.”

“지금 영감은 어떻게 살고 있소? 월급을 받는 거요?”

“나리, 월급이라니요! ……먹여주시니 얼마나 다행인지! 만족하고 있습니다. 제발 마님께서 장수하시길!”

예르몰라이가 돌아왔다.

“배를 고쳤습니다.” 예르몰라이는 거친 어조로 말했다. “영감, 장대를 가져오게!”

수초크는 장대를 가지러 달려갔다. 내가 가련한 노인과 이야기하고 있을 동안 사냥꾼 블라디미르는 줄곧 비웃는 듯한 미소를 띠면서 노인을 바라보았다.

“바보 같으니.” 노인이 가자 그는 이렇게 말했다. “그야말로 교육이란 걸 모르는 무식한 농사꾼에 지나지 않습니다. 농노라고 할 수도 없는데…… 노상 허풍만……. 저런 놈이 어떻게 배우를 했겠어요, 좀 생각해 보십시오!

저런 바보와는 아예 이야기하시지 않는 편이 나을 겁니다!"

15분쯤 뒤, 우리는 수초크의 배에 탔다(개는 농가에 맡기고, 마부에게 감시하라고 했다). 그다지 좋은 기분은 아니었다. 그러나 사냥꾼에겐 무엇이든 가리는 것이 없으므로 잠자코 있을 수밖에 없었다. 수초크는 끝이 무딘 고물에 서서 장대로 배를 밀고 있었다. 나와 블라디미르는 가로목에 앉고, 예르몰라이는 뱃머리에 자리를 잡았다. 구멍을 메우긴 했으나, 자꾸 발밑 쪽에 물이 새어 들어왔다. 다행히 날씨는 좋아서 못은 잔잔했다.

우리는 천천히 갔다. 노인은 푸른 물풀이 실처럼 엉겨 붙은 장대를 끈적끈적한 진흙으로부터 가까스로 잡아 뺐다. 빽빽이 자라 있는 수련 잎까지 뱃길을 방해했다. 마침내 갈대숲까지 왔고, 곧 재미있는 일이 벌어졌다. 별안간 자기 영지에 나타난 우리 모습을 보고 놀란 오리들이 푸드덕 요란한 소리를 내며 수면에서 날아올랐다. 우리는 일제히 총을 겨누어 쏘기 시작했다. 꼬리가 짧은 물오리들이 공중에서 곤두박질치면서 첨벙첨벙 물 위로 떨어지는 모습은 정말 즐거운 구경거리였다. 물론 총에 맞은 오리를 죄다 주워 올릴 수는 없었다. 상처가 가벼운 것은 물속으로 들어가고, 단방에 명중해서 떨어지는 것이라 해도, 무성하게 자란 갈대밭 속에 떨어지면 살쾡이 같은 눈을 한 예르몰라이조차도 찾아낼 수는 없었다. 그래도 점심때가 되자 배는 넘쳐흐를 정도로 노획물이 가득 찼다.

블라디미르의 서툰 사격 실력은 예르몰라이를 더 기분 좋게 만들었다. 그는 사격에 실패할 때마다 놀란 눈으로 총을 검사하는가 하면, 입김을 불어보기도 하고, 도무지 이해가 되지 않는다는 듯한 표정을 지으면서, 나중에는 반드시 자기가 실수한 원인을 우리에게 말해 주었다. 평상시처럼 예르몰라이는 잘 쐈다. 나는 서툴렀다. 수초크는 젊었을 때부터 주인에게 봉사해 온 익숙한 눈으로 우리를 바라보면서, 때때로 "저기, 저기 또 한 마리!"라고 외쳤다. 그는 노상 등을 긁고 있었으나, 손을 쓰는 것이 아니라 어깨를 움직여서 긁었다. 날씨는 좋았다. 둥실둥실한 흰 구름이 조용히 머리 위를 헤엄쳐 가면서, 선명한 그림자를 물 위에 던지고 있다. 사방에서 갈대들의 속삭임이 들려온다. 수면은 여기저기 햇빛을 받아 강철처럼 반짝인다. 그런데 우리가 마을로 돌아갈 채비를 하고 있을 때, 갑자기 불쾌한 사건이 일어났다.

우리는 아까부터 배에 물이 차츰 고이기 시작하는 것을 알고 있었다. 그래서 블라디미르는 국자로 물을 퍼내고 있었다. 이 국자는 용의주도한 예르몰라이가 만일의 경우를 생각해서 한눈을 팔고 있는 아낙네한테서 훔쳐온 것이었다. 블라디미르가 자기 임무를 잊었을 동안은 그럭저럭 무사히 지나갔다. 하지만 사냥도 마지막 고비에 들어섰을 무렵, 오리들이 마치 작별이라도 하려는 듯이 떼를 지어 마구 날아올랐으므로 우리는 미처 탄알을 잴 틈조차 없을 정도로 한참 사격에 열중했고, 그동안은 배가 어떻게 되는지 신경을 쓰려고도 하지 않았다. ―이때 갑자기 예르몰라이가 세차게 몸을 움직이자(떨어진 오리를 주우려고 온몸을 뱃전으로 기울였던 것이다), 그 순간 우리의 낡은 배는 획 옆으로 기울어지더니 물을 뒤집어쓴 채 그대로 유유히 가라앉았다. 다행히 깊은 곳은 아니었다. 우리는 비명을 질렀으나 이미 때는 늦었다. 정신을 차려보니, 우리는 둥둥 떠 있는 오리 떼에 둘러싸여 겨우 목만 물 위에 내놓고 있었다.

나는 지금도 깜짝 놀란 나머지 파랗게 질린 동료들의 얼굴을 떠올리면, 소리 내서 웃지 않을 수 없다(하긴 나의 얼굴도 파랗게 질려 있었겠지만). 그러나 그때는 도저히 웃음 같은 것은 생각할 수도 없었다. 우리는 모두 총을 머리 위로 높이 쳐들고 있었다. 수초크는 주인의 흉내를 내는 것이 몸에 밴 듯, 장대를 머리 위로 높이 쳐들었다. 누구보다도 먼저 침묵을 깨뜨린 것은 예르몰라이였다.

"쳇, 더럽게 됐군!" 그는 침을 뱉으며 중얼거렸다. "이게 무슨 꼴이야! 이렇게 된 것도 모두 영감 탓이야, 이 늙은이 같으니!" 그는 수초크에게 몸을 돌리며 성난 어조로 덧붙였다. "무슨 배가 이따위야?"

"미안합니다." 노인은 맥없이 말했다.

"너도 마찬가지야." 예르몰라이는 블라디미르 쪽으로 얼굴을 돌리고 말을 이었다. "뭘 보고 있었어? 왜 물을 퍼내지 않았냐 말이야? 제기랄, 너 같은 건……."

그러나 블라디미르는 대꾸하고 있을 형편이 못되었다. 그는 나뭇잎처럼 바들바들 떨며 이와 이가 제대로 맞지를 않았고, 정신 나간 사람처럼 웃고 있었다. 그 멋있는 웅변도, 그 우아한 예의범절도, 그 높다란 자존심도, 모두 어디로 도망갔는지 찾아볼 수가 없었다!

저주받은 배는 우리 발밑에서 가만히 흔들거리고 있었다……. 배가 가라앉은 순간은 물이 몹시 차게 느껴졌지만, 곧 익숙해져서 별로 고통스럽지는 않았다. 이윽고 첫 번째 공포가 사라졌을 때 나는 주위를 돌아보았다. 열 걸음쯤 떨어진 곳에 사방으로 갈대밭이 자라 있고, 그 위로 멀리 강변이 보였다. "큰일났군!" 나는 생각했다.

"어떻게 하지?" 나는 예르몰라이에게 물었다.

"뭔가 방법을 찾아봅시다. 여기서 밤을 새울 수도 없으니까요." 그는 대답했다. "자, 여보게, 총을 좀 가지고 있게." 그는 블라디미르에게 말했다.

블라디미르는 순순히 따랐다.

"저리 가서 여울을 찾아보겠습니다." 예르몰라이는 어떤 못에든지 반드시 여울이 있다고 단정한 듯이, 자신 있는 어조로 말을 이었다. 그는 수초크한테서 장대를 받아들고 조심스럽게 발로 강 밑을 더듬으며 강변을 향해 걸어갔다.

"헤엄칠 줄은 아나?" 나는 예르몰라이에게 물었다.

"아니요, 모릅니다." 예르몰라이의 목소리가 갈대숲 뒤에서 울려나왔다.

"저런, 빠져 죽으려고." 수초크는 무관심한 어조로 말했다. 이 노인이 놀랐던 것은 생명이 위험해서가 아니라, 우리한테 욕을 먹을까 봐 두려웠기 때문이었는데 지금은 완전히 마음이 놓여서 때때로 한숨만 내쉴 뿐, 여기서 빠져나가야 한다는 생각은 도무지 없는 것 같았다.

"괜히 개죽음을 하려고." 블라디미르는 처량한 어조로 덧붙였다.

예르몰라이는 한 시간이 지나도 돌아오지 않았다. 이 한 시간이 우리에게는 한없이 길게 느껴졌다. 우리는 처음 얼마 동안은 큰 소리로 말했으나, 점점 예르몰라이의 대답 소리가 멀어져 가더니 뚝 끊겼다. 마을에서는 저녁 종소리가 울리기 시작했다. 우리는 서로 아무 이야기도 하지 않고, 될 수 있는 대로 마주 보려고도 하지 않았다. 오리들이 우리의 머리 위를 날아다녔다. 어떤 놈은 우리 곁으로 오다가 우리를 보자 기겁을 하며 쏜살같이 솟구쳐 올라서는 시끄럽게 울어대며 날아갔다. 시간이 흐름에 따라 몸이 점점 굳었다. 수초크는 잠잘 채비라도 하는 듯 눈을 깜빡거리고 있었다.

드디어 예르몰라이가 돌아왔다. 뭐라고 말할 수 없을 정도로 기뻤다.

"그래, 어때?"

"강기슭까지 갔다 왔습니다. 여울을 찾았어요……. 자, 갑시다."

우리는 바로 떠나려고 했으나, 예르몰라이는 먼저 호주머니에서 노끈을 꺼내어 물에 떠 있는 오리 발들을 묶고는 노끈의 양끝을 입에 물었다. 이윽고 앞장서서 걷기 시작했다. 블라디미르가 예르몰라이의 뒤를 따르고 내가 블라디미르의 뒤를 이었다. 수초크는 맨 뒤에서 쫓아왔다. 강기슭까지는 200걸음 정도 떨어져 있었다. 예르몰라이는 걸음을 멈추지 않고 성큼성큼 앞으로 걸어갔다(여울길을 잘 기억하고 있었던 것이다). 다만 때때로 '왼쪽으로…… 오른쪽은 구덩이야!' 혹은 '오른쪽으로…… 왼쪽엔 진흙이 깊어!' 호령할 뿐이었다. 어떤 때는 목까지 물이 찰 때가 있었다. 누구보다도 키가 작은 수초크는 가련하게도 두 번이나 물을 먹고는 물거품을 내뿜었다. '이봐, 이봐, 이봐!' 예르몰라이는 무섭게 고함을 질렀다. 그러자 수초크는 가라앉지 않으려고 필사적으로 발버둥을 치며 허우적거리다가 겨우 얕은 곳으로 올라섰다. 하지만 아무리 위급한 상태에 놓이더라도 내 옷깃만은 붙잡으려 하지 않았다. 잠시 뒤에 지칠 대로 지치고 진흙투성이가 된 우리는 흠뻑 젖은 몸으로 간신히 강기슭에 도착했다.

　　그로부터 두 시간 뒤, 가능한 한 모든 방법으로 옷을 말린 우리는 커다란 마른풀 헛간에 앉아서 저녁 먹을 준비를 하고 있었다. 마부는 무척 동작이 느린 게으름뱅이인 데다가, 걸핏하면 이유를 붙이기 좋아하는 흐리멍덩한 얼굴을 한 남자였는데, 그는 문 옆에 서서 열심히 수초크에게 담배를 대접하고 있었다(나는 러시아의 마부들이 금방 친해지는 것을 알고 있었다). 수초크는 구역질이 날 정도로 맹렬히 담배를 빨아댔다. 그는 침을 뱉기도 하고 기침을 하기도 하며, 무척 만족스러운 듯이 보였다. 블라디미르는 우울한 표정으로 머리를 숙인 채 별로 말이 없었다. 예르몰라이는 총을 닦고 있었다. 개들은 먹이를 기다리며 꼬리를 흔들고 있고, 말은 처마 밑에서 발을 구르고 있었다……. 저물어 가는 태양은 마지막 광선을 넓은 적자색 무늬로 분산시키고 있었다. 여기저기 흩어진 금빛 구름 조각들은, 마치 깨끗이 씻어서 잘 빗은 양털처럼, 점점 엷고 가늘게 하늘로 퍼져 가고 있었다……. 마을 쪽에서는 흥겨운 노랫소리가 들려왔다.

베진 초원

정상적인 날씨가 오래 계속된 다음이라야 볼 수 있는, 맑게 갠 7월의 어느 날이었다. 이른 아침부터 하늘은 맑았다. 아침노을도 불처럼 이글이글 타오르는 것이 아니라, 부드러운 붉은빛으로 넘쳐흐른다. 태양도 여름날처럼 작열하는 불덩이를 연상케 하지도 않거니와, 폭풍이 오기 전처럼 흐릿한 적자색으로 빛나지도 않는다. 다만 엷고 밝은 빛을 내면서 가늘고 긴 구름 뒤에서 서서히 헤엄쳐 나와 반짝 빛나고는 다시 연보랏빛 안개 속으로 숨어버린다. 그러자 길게 옆으로 뻗친 구름 위 가장자리가 넘실넘실 춤추며 반짝이기 시작한다. 그 섬광은 은빛과도 비슷하다……. 이윽고 다시 춤추는 듯한 햇살이 넘쳐흐른다. 즐거우면서도 장엄하게, 마치 하늘로 치솟듯이 거대한 태양이 떠오른다. 정오가 되면, 으레 둥근 구름들이 여기저기 높이 나타난다. 금빛이 도는 회색이지만 가장자리는 흰빛으로 눈부시게 빛난다. 끝없이 넘실거리는 넓은 강에 점점이 흩어진 섬처럼 깊고 맑은 푸른 물에 둘러싸인 채, 거의 움직이지 않는다. 다만 아득히 먼 지평선 근처에서는 구름들이 움직이며 몰려들어서, 이미 그 사이에서는 푸른 하늘을 찾을 수 없다. 그러나 구름 자체가 하늘처럼 푸른빛을 띠고 있다. 태양의 온기와 빛살이 그 구름장을 꿰뚫고 있기 때문이다. 지평선 위 하늘은 해맑간 연보랏빛을 띤 채 온종일 변하지 않는다. 그 주위도 마찬가지이다. 어디서나 비구름을 찾아볼 수 없으며, 소나기가 내릴 것 같지도 않다. 가끔 어디선가 푸르스름한 줄기가 위에서 아래로 내리뻗칠 때가 있으나, 그것도 겨우 느낄 수 있을 정도의 빗방울만 뿌려줄 따름이다. 저녁녘이 되면 이러한 구름들도 자취를 감추고 만다. 연기처럼 헝클어진 거무튀튀한 마지막 구름은 저물어가는 햇빛을 받아 장밋빛으로 물든다. 하늘로 떠오를 때와 마찬가지로 조용히 해가 저문 서쪽 하늘에는 잠시 동안 진홍빛 저녁놀이 어두워져 가는 대지를 붉게 물들인다. 그러자 조심스레 운반된 촛불처럼 하나의 저녁 별이 수줍은 듯이 떨며 조용히 반짝이기 시작한다. 이런 날에는 모든 빛깔이 부드럽고 밝으면서도 선명하지는 않으며, 어딘지 모르게 마음을 설레게 한다. 또 이런 날에는 몹시 무더울 때도 있어서, 비탈진 들판에선 무럭무럭 김이 피어오르기도 한다. 그렇지만 바람이 불어서 무더위를 쫓아버린다. 그러자 회오리바람이—일정한 날씨가 계속된다는 확실한 징조이다—길고 흰 기둥처럼 솟구쳐 올라서, 밭을 지나 한길 위를 맴돌며 지나간다. 메마르고 맑은 공중에는 약쑥이며, 거두어들인 보리며, 메밀 내음이 난다. 밤이 되기 한 시간 전까지도 습기라곤 조금도 느낄 수가 없다. 농민들이 곡식을 거두어들이기에는 그야말로 안성맞춤의 날씨이다…….

바로 이런 날에, 나는 툴라의 체른에서 멧닭 사냥을 한 적이 있었다. 많이 잡아서 사냥감으로 가득 찬 주머니는 어깨를 사정없이 짓눌렀다. 그러나 벌써 석양의 붉은빛은 어두워지고 있었다. 이미 해는 저물어버린 뒤였으므로 햇빛은 없었으나, 그래도 아직은 환했다. 싸늘한 그림자가 점점 넓게 하늘에 퍼져가자, 비로소 집으로 돌아갈 채비를 했다. 기다란 떨기나무 숲을 종종걸음으로 가로질러 언덕배기로 올라갔다. 그런데 오른쪽에 조그만 참나무 숲이 있고, 멀리 교회가 바라보이는 낯익은 평원이 있어야 할 텐데, 내 기대와는 달리 전혀 알 수 없는 낯선 풍경이 눈앞에 펼쳐졌다. 발밑에는 좁다란 계곡이 길게 이어지고, 맞은편에는 울창한 백양나무 숲이 병풍을 두른 듯 높이 솟아 있다. 어리둥절한 기분으로 걸음을 멈춘 채 주위를 둘러보았다……. '이런! 아주 엉뚱한 곳으로 나왔군. 너무 오른쪽으로 왔나 보구나.' 나 자신도 뜻하지 않은 실수에 놀라 서둘러 언덕을 내려갔다. 그러자 이번에는 축축하고 불쾌한 습기가 나를 둘러쌌다. 마치 움 속에라도 들어온 듯했다. 골짜기 밑바닥에는 습기에 젖은, 키가 큰 풀들이 식탁을 덮는 보자기를 깔아놓은 듯 무성하게 자라고 있어서, 어쩐지 그 속을 걷는 것조차 무시무시하게 느껴졌다. 바삐 맞은편 언덕으로 올라가서, 백양나무 숲을 따라 왼쪽으로 걸어갔다. 박쥐들이 희끄무레한 하늘에 신비롭게 원을 그리며 꿈속에 잠긴 나무 위를 날아다니기 시작했다. 뒤처진 매 한 마리가 자기 둥지를 향해 바삐 서두르며 하늘 높이 날아갔다. '이제 저 숲 밖까지 가면 1베르스타쯤 길을 돌았군!' 나는 속으로 생각했다.

겨우 숲 변두리까지 도착했으나, 거기서도 길다운 길은 눈에 띄지 않았다.

풀을 베다 남은 듯한 나직한 덤불숲이 광활하게 눈앞에 펼쳐지고, 저 끝으로 멀리 막막한 들판이 보일 뿐이다. 다시 걸음을 멈추었다. '도대체 어떻게 된 일일까? ……도대체 난 어디에 있는 것일까?' 낮에 걸어온 길을 떠올리기 시작했다……. "아! 이건 파리라힌의 숲이다!" 마침내 나는 이렇게 소리쳤다. "틀림없어! 저기 보이는 것이 신지에프의 숲이 틀림없다……. 그런데 어떻게 여기까지 오게 됐을까? 이렇게 멀리까지? ……이상한 일이군! 이제부터 다시 오른쪽으로 가야겠다!"

나는 떨기나무 숲을 지나, 오른쪽으로 걸음을 재촉했다. 그러는 사이에 어느덧 비구름처럼 밤이 다가와서 점점 짙게 퍼져갔다. 어둠은 밤 습기와 함께 여기저기 솟아오를 뿐만 아니라, 하늘에서 흘러내리는 것 같기도 했다. 나는 풀이 우거진 어떤 좁은 길에 다다랐다. 한 번도 사람이 밟은 적이 없는 듯하다. 조심스레 앞을 내다보며 길을 따라 걸음을 옮겼다. 얼마 가지 않아 주위는 완전히 어두워지고 고요해졌다. 가끔 메추라기 우는 소리가 들려올 뿐이다. 작은 밤새 한 마리가 보드라운 날개를 퍼덕이며 소리도 없이 나직이 날다가 나와 부딪칠 뻔하더니 소스라치게 놀라 어둠 속으로 도망쳤다. 덤불숲을 빠져나와, 들판 샛길을 따라 계속해서 걸었다. 이제 멀리 보이는 물건을 분간하기조차 어려워졌다. 주위 들판이 어슴푸레 보일 뿐 그 앞에는 음침한 암흑이 거대한 덩어리를 이루며 뭉게뭉게 솟아올라서 시시각각 내 앞으로 다가왔다. 발걸음 소리가 얼어붙은 듯 움직일 줄 모르는 공기 속에서 둔탁하게 울려 퍼졌다. 빛을 잃었던 하늘이 다시 서서히 푸르러지고 있다. 그러나 그것은 이미 밤의 푸르름이다. 조그만 별들이 수없이 반짝이며 밤하늘의 푸르름 속에서 가느다랗게 바르르 떨고 있다.

숲이라고 생각했던 곳은 어둡고 둥근 언덕이었다. "도대체 여기가 어딜까?" 다시 혼자 중얼거리고는 걸음을 멈췄다. 이것으로 세 번째다. 그리고 마치 상담이라도 하려는 듯이 붉은 반점이 있는 영국 사냥개 디안카를 바라보았다. 네발 달린 짐승 가운데에서도 가장 영리한 동물이었기 때문이다. 그러나 가장 영리하다는 이 개도 꼬리를 흔들고 피곤한 눈을 껌벅거릴 뿐, 아무것도 얻을 수 없었다. 개에게까지도 부끄러운 생각이 들어서 갑자기 나갈 길을 발견하기라도 한 듯, 성큼성큼 무턱대고 앞으로 걸어가기 시작했다. 언덕을 돌자, 그다지 깊지 않은 우묵 파인 낮은 지대가 나타났다. 그 주위는 온통 밭갈이가 되어 있었다. 갑자기 이상한 생각이 나를 휩쓸었다. 이 우묵한 낮은 지대는 가장자리가 비스듬히 비탈져서 마치 큰 솥과도 같았다. 그 밑바닥에는 몇 개의 크고 흰 돌들이 우뚝 서 있었다. 마치 그 돌들은 비밀 이야기를 하려고 이곳으로 내려온 것 같기도 했다. 그만큼 이 낮은 지대는 벙어리처럼 고요했다. 게다가 위에는 평평한 하늘이 음침하게 드리워져 있었으므로, 심장까지도 움츠러드는 기분이었다. 어떤 조그만 들짐승이 돌 틈바귀에서 힘없이 구슬프게 울어댔다. 서둘러 언덕 위로 되돌아갔다. 그때까지만 해도 집으로 돌아갈 길을 찾으리라는 희망을 잃지 않고 있었는데, 이젠 완전히 길을 잃어버렸다고 단념하고 말았다. 그래서 완전히 어둠에 잠겨버리고 만 주위의 지형을 알아보려고도 하지 않고, 다만 별을 따라 목적도 없이 되는대로 걸었다……. 나는 겨우 발을 옮겨놓으면서 약 30분쯤 계속해서 걸었다. 난생처음으로 이렇게 막막한 곳을 헤매는 것 같았다. 불빛 하나 보이지 않고 벌레 소리 하나 들리지 않는다. 완만하게 비탈진 언덕이 연이어 나타나고, 들판은 끝없이 멀리 퍼져나갔으며, 덤불은 마치 갑자기 땅에서 솟아오르기라도 한 듯 불쑥 코앞에 나타나곤 했다. 쉬지 않고 계속 걸었으나, 나중엔 날이 샐 때까지 어디 좀 누워야겠다는 생각이 들었다. 바로 그때, 뜻밖에도 무시무시한 절벽 가장자리에 와 있는 나 자신을 발견했다.

앞으로 내디뎠던 발을 재빨리 뒤로 물렸다. 어슴푸레 내다보이는 밤의 장막을 통해서 발밑에 멀리 뻗쳐 있는 커다란 평야가 눈에 들어왔다. 넓은 강이 반원형으로 굽이쳐 흐르면서 점점 멀어져 가고, 강철빛 강물이 때때로 우둔한 빛으로 반짝이면서 강의 흐름을 알려주고 있었다. 내가 서 있는 언덕은 깎아 세운 듯한 낭떠러지였기 때문에, 그 거대한 윤곽이 푸르스름하고 공허한 하늘을 배경으로 까맣게 뚜렷이 드러나 보였다. 바로 발밑, 절벽과 평원이 맞닿은 구석에 움직이지 않는 검은 거울처럼 강물이 괴어 있고, 그 옆 낭떠러지 바로 밑에는 모닥불 두 개가 빨간 불길을 내며 타고 있었다. 그 주위에서 사람들이 움직이는 모습이 보이고, 그림자가 흔들리고 있었다. 가끔 고수머리 앞부분이 반쯤 밝게 비치기도 했다……

나는 마침내 어디를 헤매고 다녔는지 알았다. 이 초원은 우리 고장에서 베진 초원이라고 불리는 유명한 곳이었다……. 그러나 집에 돌아갈 생각은 할 수 없었다. 특히 밤중이기도 했거니와, 지칠 대로 지쳐서 발이 말을 듣지 않앉다. 모닥불 곁으로 다가가 얼핏 보기에도 가축 상인인 듯한 사람들과 함께 날이 새기를 기다리기로 했다. 무사히 절벽 아래로 내려갔으나, 마지막 잡은 가지를 미처 놓기도 전에 갑자기 털북숭이 개 두 마리가 심술궂게 짖어대며 내게로 달려들었다. 모닥불 주위에서 어린애의 또랑또랑한 목소리가 들리고, 남자애 두서넛이 황급히 일어났다. 나는 그들의 묻는 소리에 대답했다. 애들은 내 옆으로 달려와서 곧 개들을 불렀다. 개 두 마리는 내가 데리고 있는 디안카의 출현에 무척 놀란 것 같았다. 그들 옆으로 다가갔다.

모닥불 주위에 앉아 있는 사람들을 가축 상인으로 본 것은 착오였다. 그들은 말들을 지키고 있는 이웃 마을 농사꾼 아이들이었다. 우리 고장에서는 무더운 여름밤에 말을 들에 풀어놓고 풀을 먹인다. 낮에는 파리와 말파리가 시끄럽게 굴기 때문이다. 더군다나 저녁때 말을 몰고 나와서, 동이 틀 무렵에 말을 몰고 돌아가는 것은 농사꾼 아이들에게 둘도 없는 즐거움이다. 그들은 모자를 쓰지 않고 낡은 외투를 입고 가장 날쌘 말 등에 앉아서, 즐겁게 소리치며, 손발을 흔들기도 하고, 껑충 뛰어오르기도 하고, 큰 소리로 웃어대며 말을 몰고 다닌다. 그럴 때면 뽀얀 먼지가 노란 기둥처럼 일어나 길을 따라 흘러간다. 다정한 말발굽 소리가 멀리까지 울려 퍼지고, 말은 귀를 쫑뺏이 세우고 달려간다. 맨 앞에는 엉클어진 갈기에 우엉 열매를 단 밤색 말이 꼬리를 높이 치켜들고 끊임없이 발을 바꾸며 쏜살같이 달려간다.

나는 길을 잃었다고 소년들에게 말하고 그들 옆에 앉았다. 그들은 어디서 왔는지 내게 물어보고는 잠시 침묵을 지킨 채 내게 자리를 비켜주었다. 우리는 얼마 동안 이야기를 했다. 나는 말에 잎을 다 뜯긴 떨기나무 밑에 몸을 눕히고, 주위를 둘러보기 시작했다. 그것은 정말 아름다운 광경이었다. 모닥불 옆에는 둥그렇고 불그레한 빛의 반사가 어둠에 의지한 채 금방 꺼지기라도 할 듯 가물가물 떨고 있었다. 이따금씩 불길이 확 타올라서 빛 밖으로 반사를 던져준다. 가느다란 불빛의 혀는 앙상한 버들가지를 삼켜버리고는 곧 자취도 없이 사라진다.

그러자 날카로운 기다란 그림자가 순식간에 불빛 속으로 파고들면서, 바로 모닥불까지 공격해 온다. 어둠이 불빛과 싸우고 있다. 가끔 불길이 약해지면, 습격해 오던 어둠 속으로부터 흰 얼룩점이 박힌 밤색 말머리며 새하얀 말머리가 불쑥 나와서는 풀을 씹으면서 흐릿한 눈초리로 우리를 바라본다.

그러나 이내 다시 목을 떨어뜨리고 어둠 속에 숨어버리고 만다. 다만 말이 풀을 씹는 소리와 콧바람을 부는 소리가 들려올 뿐이다. 모닥불이 비치는 곳에서는 어둠 속에서 하는 일을 분간하기 어려웠다. 그래서 바로 옆에 있는 물건까지도 검정 장막을 드리운 것처럼 잘 보이지 않았다. 그러나 멀리 떨어진 지평선 근처 숲이나 언덕은 기다란 반점처럼 희미하게 보였다. 캄캄하지만 맑게 갠 밤하늘은 자신의 신비로운 아름다움을 지닌 채, 우리 머리 위에 끝없이 높고 장엄하게 펼쳐져 있다. 러시아의 여름밤 공기—말할 수 없이 상쾌한 밤 향기를 들이마시면, 가슴이 달콤하게 조여드는 듯한 느낌이 든다. 주위에서는 아무런 소음도 들려오지 않는다……. 다만 가까운 강에서 첨벙첨벙 큰 물고기가 뛰어놀고, 강가의 갈대가 밀려오는 물결에 흔들려서 살랑살랑 속삭이고…… 모닥불이 조용히 타고 있을 뿐이다.

아이들은 모닥불 주위에 앉아 있었다. 내게 달려들려던 개 두 마리도 그 옆에 앉아 있었다. 개들은 아직까지도 내가 옆에 있는 것이 못마땅한 듯이 졸린 눈을 가늘게 뜨고 흘끔흘끔 모닥불을 곁눈질해 보고, 때때로 유난히 거만한 표정을 지으면서 으르렁대기도 한다. 처음에는 으르렁대기만 했으나, 나중에는 자기 마음대로 할 수 없는 것이 안타까운 듯이 가느다란 소리로 낑낑거렸다. 소년들은 모두 다섯 명—페쟈에 파블루샤, 일루샤, 코스챠, 바냐였다(나는 그들의 이야기에서 이 소년들의 이름을 알게 되었다. 이제 독자들에게 이 소년들을 소개하겠다).

먼저 가장 나이가 많은 페쟈는 열네 살쯤 되어 보였다. 날씬하고 마른 몸매에 얼굴은 좀 작았지만 윤곽이 아름답고 섬세한 소년이었다. 빛나는 머리칼은 곱슬곱슬하고, 눈은 빛났으나 언제나 미소를 머금고 있는 표정은 즐겁게도 보이고 좀 어설프게 보이기도 했다. 여러모로 추측해 보건대, 유복한 집안에서 자란 아이 같았고, 말을 몰고 들에 나온 것도 생활을 돕기 위해서가 아니라 장난삼은 일 같았다. 가장자리가 노란, 알록달록한 무명 셔츠를 입고 있었는데, 조그만 새 외투는 입지 않고 가냘픈 어깨에 살짝 얹혀 두었다. 푸른 허리띠에는 조그만 머리빗 하나가 매달려 있고, 목이 짧은 장화는 아버지한테서 물려받은 것이 아니라 자기 것이었다. 두 번째로 파블루샤라는 소년은 헝클어진 검은 머리칼에 잿빛 눈으로, 광대뼈가 넓으며, 창백한 얼굴에는 곰보 자국이 있었다. 입은 큰 편이나 야무지고, 머리는 흔히 말하는 광주리처럼 크고 작달막한 키에 모양이 없었다. 어디로 보나 못생겼다—이것은 변명할 여지가 없었다! 그렇지만 그 애가 무척 마음에 들었다. 영리하면서도 솔직하고 목소리에는 힘이 넘쳤다. 옷차림도 남에게 자랑할 만한 게 못되었다. 변변치 못한 셔츠와 여기저기 기운 바지뿐이었다. 세 번째로 일루샤는 아주 못생겼다. 매부리코에 눈에 힘이 없고, 얼굴은 길게 늘어난 것 같았다. 다시 말해서 모든 것이 어딘지 둔하고 병적인 불안감이 보였다. 굳게 다문 입술은 좀처럼 움직이지 않고, 찌푸린 눈썹도 펴지는 법이 없었다—마치 불이 눈부셔서 언제나 실눈을 뜨고 있는 것 같았다. 거의 흰빛에 가까운 노란 머리칼은 언제나 두 손으로 귀 위로 끌어내리고 있는 펠트 모자에서 쭈뼛이 튀어나와 있었다. 새 신발을 신고 허리를 세 바퀴나 감은 두터운 노끈은 깨끗한 검정 옷을 꽉 졸라매고 있었다. 그와 파블루샤는 열두 살을 넘지 않아 보였다. 네 번째로 코스챠는 열 살쯤의 소년이었는데, 생각에 잠긴 듯하면서도 수심에 찬 눈초리가 호기심을 끌었다. 바짝 여윈 조그만 얼굴은 주근깨투성이고, 다람쥐처럼 아래턱이 날카로웠다. 입술은 간신히 눈에 뜨일 정도였으나, 그 대신 빛이 넘쳐흐르는 크고 검은 눈은 신비로운 인상을 주었다. 분명히 그 눈은 무슨 말인가를 하고 싶은 듯이 보였으나, 적어도 자기 입으로는 마음속 감정을 표현해 낼 수가 없었다. 작은 키에 몸이 허약해 보이고, 옷차림도 매우 허술했다. 마지막으로 바냐는 처음에는 눈에 띄지도 않았다. 그는 거적 밑에 조용히 몸을 구부린 채 땅바닥에 누워 있었다. 이따금 고수머리를 거적 밖으로 내밀 뿐이다. 이 소년은 기껏해야 일곱 살로밖에 보이지 않았다.

이렇게 나는 떨기나무 아래에 누워서 아이들을 보고 있었다. 한쪽 모닥불 위에는 조그만 냄비가 얹혀 있고, 그 안에서 감자가 익어가고 있었다. 파블루샤는 무릎을 꿇은 채 감자를 나뭇가지로 찔러보고 있었다. 페챠는 외투 자락을 펼치고 팔꿈치를 괸 채 누워 있었다. 일루샤는 코스챠와 나란히 앉아 있었지만 여전히 실눈을 뜨고 있었고, 코스챠는 약간 머리를 숙이고 어딘가 먼 곳을 바라보고 있었다. 바냐는 거적을 뒤집어쓴 채 움직이지 않았다. 나는 자는 척했다. 아이들은 다시 이야기를 하기 시작했다.

처음에는 내일 할 일이며, 말에 대한 이야기들을 이것저것 지껄이고 있었으나, 갑자기 페챠가 일루샤 쪽을 바라보며, 아까 하던 이야기를 계속하려는 듯이 이렇게 물었다.

"그래, 정말 넌 귀신을 보았니?"

"아냐, 보진 못했어. 그건 볼 수도 없어." 일루샤는 쉰 목소리로 나직하게 대답했지만, 그 목소리는 얼굴 표정과 너무나도 잘 어울렸다. "난 소리를 들었을 뿐이야……. 그것도 나 혼자만이 아니지."

"도대체 어디 있다는 거야?" 파블루샤가 물었다.

"낡은 제지공장에 있어."

"그럼 넌 공장에 다니니?"

"물론이지. 난 형 아브쥬시카와 제지공장에서 일하고 있어."

"아, 넌 공장 직공이구나……."

"그래, 어떻게 귀신 소릴 들었다는 거야?"

"내 말을 좀 들어봐. 나는 형 아브쥬시카, 표도르 미헵스키와 이바시카 카시와 '붉은 언덕'에서 온 또 한 사람의 이바시카와 이바시카 수호르코프, 그리고 거기 있던 다른 애들과 함께 공장에 있었어. 모두 열 명이 제지공장에서 밤을 새우게 된 거야. 그렇다고 언제나 공장에서 묵는 것은 아니지만, 감독 나자로프가 이렇게 말하면서 붙잡아 둔 거야. '너희들, 오늘 밤은 집에 갈 필요가 없다. 내일 할 일이 태산 같으니 집에 가지 않는 것이 좋을 거야.' 그래서 할 수 없이 모두 남아서 함께 드러누워 있었어. 그런데 아브쥬시카가 이런 말을 하지 않겠어. ―애들아, 귀신이 나타나면 어떡하지? …… 그런데 아브쥬시카가 미처 말을 끝맺기도 전에 누군가가 갑자기 우리 머리 위를 걸어가기 시작했어. 우린 아래층에 누워 있었는데, 그자는 위층에서 물방아 쪽으로 걸어가고 있는 거야. 가만히 귀를 기울여 들어보니, 그놈이 걸음을 옮길 때마다 판자가 휘며 삐걱삐걱 소리가 났어. 우리 머리 위를 다 지나가자, 갑자기 물이 쏴아 흘러내리더니 물방아가 덜컹거리며 돌기 시작하지 않겠어. 수문은 굳게 닫혀 있었는데 말이야. 우리는 도대체 누가 수문을 열고 물을 떨어뜨렸을까 이상하게 생각했지만, 물방아는 잠시 빙글빙글 돌더니 뚝 멈어버렸어. 그러곤 다시 발걸음 소리가 2층에서 들리더니, 이번에는 층계를 따라 내려오는 것이 아니겠니. 이렇게 천천히 말이야. 유령의 발밑에서 우직우직 소리가 났어……. 드디어 우리가 있는 방까지 와서는 잠시 기다리고 있는 듯하더니―갑자기 문이 활짝 열렸어. 모두 깜짝 놀라서 바라보았지만 아무것도 보이지 않았어……. 그런데 또 갑자기 물통 옆에 있던 국자가 움직이더니 위로 들려지고 물통 속에 담기더니, 마치 누가 흔들기라도 하듯이 공중에 뜬 채 좌우로 움직이다가 다시 제자리로 돌아갔어. 다음엔 또 다른 물통의 갈고리가 못에서 벗겨졌다가 다시 못 위에 걸렸어. 그러고는 이번엔 누군가가 문 옆으로 와서 갑자기 기침을 하기 시작했어. 마치 양의 울음소리 같았어……. 우린 모두 하나가 되어 서로 몸 밑으로 마구 파고들었지……. 얼마나 무서웠는지 몰라!"

"저런!" 폴(파블루샤의 본명)이 말했다. "그런데 왜 기침을 했을까?"

"모르겠어. 아마 습기 때문일지도 모르지."

잠시 모두들 말이 없었다.

"어때?" 페쟈가 물었다. "감자가 다 익었니?"

파블루샤는 감자를 찔러보았다.

"아니, 아직 덜 익었어……. 저것 봐, 물고기가 뛰는구나." 강 쪽을 바라보며 파블루샤는 이렇게 덧붙였다. "아마 꼬치고기일 거야……. 아, 저기 별똥별이 떨어졌다."

"그럼 이번엔 내가 한마디 할게." 코스챠가 가냘픈 목소리로 말했다. "요전에 우리 아버지가 들려준 이야기야."

"그래, 들어보자." 페쟈는 마치 그 분위기를 선동하는 얼굴이었다.

"애들아, 가브릴라를 알고 있지? 동네 목수 말이야."

"그래, 알아."

"그렇지만, 그 사람이 왜 늘 우울하고 말이 없는지, 그 이유를 알고 있니? 거기엔 이런 이유가 있다더라. 그가 호두를 따러 숲 속에 갔는데 길을 잃어버렸다는 거야. 이리저리 헤매다가 엉뚱한 곳에 들어가 버렸나 봐. 걷고 또 걸어도 도저히 길을 찾을 수 없었대. 그러는 사이에 이미 해가 져서 날이 샐 때까지 기다리기로 하고 어느 나무 밑에 앉았는데, 앉자마자 곧 잠들어버렸다는 거야. 그런데 갑자기 누가 자기를 부르더래. 하지만 눈을 떠보니 아무도 없었대. 그래 다시 잠이 들려 하는데 또 누가 부르는 거야. 다시 눈을 떠보니, 바로 앞, 나뭇가지 위에 루살카(물의 요정)가 앉아서 몸을 흔들면서 목수를 부르고 있잖겠어. 게다가 숨이 막힐 정도로 큰 소리로 웃기까지 해가며……. 그런데 달빛이 대낮처럼 밝아서 무엇이든지 환히 보이더라는 거야. 루살카는 여전히 목수를 부르고 있었는데 온몸이 투명한 것처럼 새하얗게서 나뭇가지에 앉아 있는 모습이 마치 잉어나 농어, 아니면 붕어처럼 은빛으로 빛나고 있더래……. 목수 가브릴라는 제정신이 아니었나 봐. 그런데도 루살카는 여전히 깔깔거리고 손짓을 하며 그를 부르고 있다는 거야. 얼빠진 가브릴라는 자리에서 일어나 루살카의 말에 따르려고 했는데, 아마 하느님이 지혜를 주셨는지, 그는 재빨리 가슴에 성호를 그었대……. 그 성호를 긋는데 무척 힘이 들었다는 거야. 손이 마치 돌처럼 무거워서 말을 안 듣더래. 자, 어때, 굉장하지! ……간신히 성호를 긋자, 그때서야 물의 요정은 웃음을 멈추고 별안간 엉엉 울기 시작했다는 거야……. 요정은 울면서 머리카락으로 눈물을 닦고 있었는데, 그 머리카락이 또 대마처럼 새파랗더래. 가브릴라는 유심히 그 모습을 바라보다가, '얘, 산 귀신아, 넌 왜 우는 거야?' 물었더니, 물의 요정은 '당신이 성호만 긋지 않았다면 당신은 나와 죽을 때까지 재미있게 살 수 있었을 거예요. 당신이 성호를 그었기 때문에 나는 그것이 슬퍼서 울고 있는 거예요. 하지만 나 혼자서 슬퍼하진 않겠어요. 당신 또한 영원히 슬픔에 빠지게 할 테니까요'라고 대답하더니 자취를 감추었대. 그러자 곧 가브릴라도 숲을 빠져나갈 길을 알게 되었다는데……. 그때부터야, 목수는 늘 침울한 얼굴이야."

"그래!" 페쟈는 잠시 잠자코 있더니 이렇게 말했다. "하지만 어떻게 그런 산 귀신 같은 것이 기독교 신자의 영혼을 괴롭힐 수 있을까? 어쨌든 가브릴라는 귀신 말을 듣지 않은 건 사실 아냐?"

"아, 그리고 말이야!" 코스챠가 말했다. "가브릴라의 말에 따르면, 루살카의 목소리는 매우 가냘프고 슬퍼서 마치 두꺼비 울음소리 같았대."

"너의 아버지가 그런 말씀을 하시던?" 페쟈가 말했다.

"그래, 난 선반에 누워서 끝까지 들었어."

"이상한 일이야! 어째서 침울하게 지내야 할까? ……그러고 보면 물의 요정은 목수가 마음에 들었던 모양이지, 그래서 불렀을 거야."

"암, 마음에 들었을 테지!" 일루샤가 맞장구를 쳤다. "물론이지! 물의 요정은 가브릴라를 기쁘게 해주려고 했을 거야. 물귀신들은 모두 그런 수법을 쓴다니까."

"그럼 여기에도 물의 요정이 있을지 모르겠구나." 페쟈가 말했다.

"아니야." 코스챠가 대답했다. "여기처럼 깨끗하고 넓은 덴 없어. 하긴 강이 옆에 있긴 하지만."

모두 입을 다물었다. 갑자기 어디선가 멀리서 신음하는 듯한 소리가 길게 끌면서 울려 퍼졌다. 그것은 가끔 깊은 정적 속에서 일어나곤 하는 신비로운 밤의 소리였다. 그 소리는 위로 올라가서 잠시 공중에 머물렀다가는 조용히 퍼지면서 사라졌다. 귀를 기울여 들어봐도 아무 소리도 들리지 않았지만, 그래도 여전히 이상한 메아리가 울렸다. 그것은 마치 누군가가 머나먼 지평선 아래서 길게 고함을 지르면, 다른 사람이 숲 속에서 날카롭고 가느다란 웃음소리로 대답하는 것 같기도 하고, 가냘픈 메아리가 강 위를 달려가는 것 같기도 했다. 아이들은 서로 마주 보고 몸을 떨었다……

"우리에겐 하느님이 계셔!" 일루샤가 속삭였다.

"에잇, 겁쟁이들!" 폴이 외쳤다. "뭘 떨고 있어? 봐라, 감자가 다 익었다." (모두 냄비에 둘러앉아서 김이 모락모락 나는 감자를 먹기 시작했다. 그러나 바냐만은 꼼짝달싹하지 않았다.) "아니, 넌 왜 그래?" 폴이 말했다.

그래도 그는 거적 밑에서 나오려 하지 않았다. 냄비는 대번에 텅 비었다.

"얘들아, 너희들 들었니?" 일루샤가 말을 꺼냈다. "며칠 전 바르납차흐에서 있었던 일."

"아, 둑 위에서?" 페쟈가 물었다.

"그래, 그래. 그 무너진 둑 말이야. 거긴 정말 도깨비라도 나올 만큼 음침해. 사방이 웅덩이와 골짜기이고, 골짜기 안에는 언제나 뱀이 들끓고 있어."

"그래, 무슨 일이 있었어? 얘기해 봐……"

"페쟈, 넌 모르겠지만, 거기엔 물에 빠져 죽은 사람의 무덤이 있어. 아주 오래전에 빠져 죽은 사람이래. 그때만 해도 못은 깊었나 봐. 지금도 그 무덤이 보이긴 하지만, 거의 없어져 가고 있어서 흙이 조금 덮여 있을 뿐이야……. 그런데 며칠 전에 말이야, 저택 관리인이 사냥개지기 예르밀을 불러서 우체국에 다녀오라고 했대. 예르밀은 우체국에 가는 것이 일이었지. 자기가 맡고 있던 개가 죄다 죽었기 때문이야. 어떻게 된 셈인지 그 사람 손에만 가면 개가 배겨나질 못한다는 거야. 그렇지만 그는 멋있는 개지기였지, 솜씨도 대단했고. 어쨌든 예르밀은 말을 타고 우체국으로 떠났어. 그런데 시내에 오래 머물러 있다가 돌아올 무렵에는 거나하게 취해 있었다는 거야. 밤이긴 해도 주위는 달빛 덕분에 환했어……. 자, 예르밀은 둑을 건너가게 됐어, 길이 둑으로 나 있었으니까. 그런데 예르밀이 둑을 건너려니까 무덤 위에서 조그만 양이 보이더래. 귀엽고 털이 곱슬곱슬한 흰 양 한 마리가 무덤 위를 걷고 있는 거야. 여기서 생각했대. '저놈을 잡아야지, 내가 안 잡아도 다른 사람의 손에 잡히고 말 테니.' 그러고는 양을 두 손으로 안아 올렸더니 양이 가만히 있더라는 거야. 예르밀이 말이 있는 데로 오니까 갑자기 말은 콧바람을 불며 그를 피하고 자꾸만 목을 흔들더라는 거야. 그래도 겨우 말을 달래고선 양을 안은 채 말을 타고 갔다지 뭐야. 양은 가슴에 안겨 있었는데, 양을 보니 양도 말끄러미 예르밀의 얼굴을 쳐다보고 있더래. 기분이 좋질 않았대. '양이 사람의 얼굴을 쳐다보다니, 도대체 모를 일이군.' 예르밀은 이렇게 생각했지만, 별로 관심을 기울이지 않고 이렇게 털을 쓰다듬어 주면서 '뱌샤, 뱌샤(러시아어로 양을 부르는 소리)' 하니, 양도 갑자기 이를 드러내고 똑같이 '뱌샤, 뱌샤' 하더라는 거야……."

일루샤가 이 마지막 말을 끝마치자마자, 갑자기 개 두 마리가 벌떡 일어나더니 사납게 짖어대면서 어둠 속으로 달려갔다. 애들은 모두 깜짝 놀랐다. 바냐도 거적 밑에서 벌떡 일어나 앉았다. 파블루샤는 소리를 지르며 개 뒤를 쫓아갔다. 개 짖는 소리가 순식간에 멀어졌다……. 이윽고 겁에 질린 말들이 우왕좌왕 뛰어다니는 소리가 들려왔다. 파블루샤는 큰 소리로 "세르이! 주치카!" 하고 개를 불렀다……. 잠시 뒤 개 짖는 소리가 멎고, 파블루샤의 목소리만 멀리서 들려올 뿐이다……. 또 얼마쯤 시간이 흘렀다. 아이들은 무슨 일인지 궁금하다는 듯이, 어리둥절한 눈초리로 서로를 보고 있었다……. 갑자기 말이 달려오는 소리가 들리더니, 말은 바로 모닥불 옆에 멈춰 섰다. 파블루샤는 사뿐히 말에서 뛰어내렸다. 개 두 마리도 모닥불 앞으로 달려와서 빨간 혓바닥을 내밀면서 주저앉았다.

"무슨 일이야? 도대체 뭔데?" 아이들이 물었다.

"아무것도 아냐." 파블루샤는 말 쪽으로 가볍게 손을 흔들며 말했다. "개들이 무슨 냄새를 맡았나 봐. 난 승냥이인 줄 알았지." 그는 숨을 몰아쉬며 침착한 목소리로 이렇게 덧붙였다.

나는 나도 모르게 파블루샤의 모습에 반했다. 그때 그의 모습은 정말 아름다웠다. 못생긴 얼굴은 황급히 말을 달린 탓에 활기가 넘쳐흐르고, 남자답게 용감한 의지와 꿋꿋한 결단성으로 불타고 있었다. 손에 막대기 하나 없이, 더구나 밤중에 혼자 조금도 주저하지 않고 늑대를 쫓으려고 말을 몰았다……. '정말 훌륭해!' 나는 그를 바라보며 생각했다.

"너희들은 늑대를 본 일이 있니?" 겁 많은 코스챠가 물었다.

"그런 건 여기 얼마든지 있어." 파블루샤가 대답했다. "하지만 그놈들이 날뛰는 건 겨울뿐이야."

그는 다시 모닥불 앞에 등을 구부리고 앉았다. 땅에 앉아 덥수룩한 개의 목에 손을 얹었다. 그러자 개는 자랑스러운 표정으로 파블루샤를 바라보며, 언제까지나 목을 움직이려 하지 않고 가만히 웅크리고 있었다.

바냐는 다시 거적 밑으로 기어들어갔다.

"그런데 일루샤, 네가 한 말은 정말 무시무시하구나." 페쟈가 말문을 열었다. 유복한 농민의 아들답게 언제나 장단을 맞출 줄 알고 있었다(그러면서도 품위를 잃을까 두려운 듯이 그다지 말을 하지 않았다). "아까 개가 짖어 댄 것도 도깨비의 장난인가……. 그래, 나도 들었어. 거긴 도깨비가 나오는 곳이라지?"

"바르납차흐 말이니? ……그래! ……거긴 정말 도깨비가 나올 만한 곳이야! 거기선 벌써 여러 번, 옛 주인을—돌아가신 전 주인을 본 사람이 있대. 기다란 외투를 걸치고 걸어다니며, 연방 한숨을 쉬고 무엇인가를 땅 위에서 찾고 있다는 거야. 트로피미치 영감도 한 번 만난 적이 있대. '이반 이바니치 나리, 땅에서 무엇을 찾고 계십니까!'라고 물으니……."

"그 영감이 그렇게 물었어?" 페쟈가 깜짝 놀라며 말을 가로챘다.

"그래, 그렇게 물었대."

"트로피미치 영감은 용감하구나……. 그래, 나리는 뭐라고 말했대?"

"절단초(자물쇠를 여는 능력을 가졌다는 풀)를 찾고 있다고 했는데, 그 절단초라는 목소리가 아주 나직하게 들리더래. '도대체 절단초를 찾아서 뭘 하시렵니까, 나리' 물으니까 '무덤이 자꾸 나를 누르는 거야. 하도 짓눌러서 답답하기 때문에 밖으로 나오려고 하는 거지'라고 하더래……."

"말도 안 돼!" 페쟈가 말했다. "좀더 살고 싶은 모양이지."

"거 참, 이상하구나!" 코스챠가 말했다. "만성절이 아니면 죽은 사람을 보지 못하는 줄 알았는데."

"죽은 사람은 언제든 볼 수 있는 거야." 일루샤가 자신 있는 어조로 말을 받았다. 보시다시피 이 애는 누구보다도 마을의 전설을 잘 알고 있는 것 같았다……. "그러나 만성절에는 그해에 죽을 차례인 사람이라면 살아 있는 사람도 볼 수 있어. 밤에 교회 현관에 서서 물끄러미 길 쪽을 바라보기만 하면 되는 거야. 그해에 죽을 사람이라면 반드시 교회 옆 길을 지나가게 마련이거든. 저 울리야나 노파도 작년에 교회 현관에 갔었대."

"그래, 누굴 보았다든?" 코스챠가 호기심을 가지고 물었다.

"물론이지. 처음엔 무척 오랫동안 앉아서 기다렸는데, 아무도 보이지 않고 발소리도 안 들리더래……. 다만 어디선가 개 짖는 소리만 들리더라는 거야……. 그런데 갑자기 셔츠 바람의 남자애가 걸어오더래. 자세히 보니 이바시카 페도세프였다는 거야……."

"올 봄에 죽은 아이 말이니?" 페쟈가 물었다.

"그래, 그 이바시카야. 고개를 숙이고 터덜터덜 걸어오고 있었대. 그래도 울리야나는 누구라는 걸 이내 알 수 있었나 봐. 그런데 다시 보니, 이번엔 노파가 걸어오는 거야. 울리야나가 자세히 바라보니—하느님 맙소사! —길을 걸어오고 있는 노파는 자기 자신이더래. 바로 울리야나 그녀 자신 말이야."

"아니, 그런 일도 있을까?" 페쟈가 물었다.

"정말이야, 울리야나 그녀 자신이었대."

"그럼 어떻게 된 거야. 그 노파는 아직 죽지 않았는데?"

"그야, 아직 1년이 다 지나지 않았으니까. 그러나 지금 봐도 송장이나 다름없어."

그들은 다시 입을 다물었다. 폴은 마른 나뭇가지를 한 줌 불에다 던졌다. 확 타오른 불길 속에서 새까맣게 타버린 나뭇가지 끝이 고개를 들고 꿈틀거리기 시작했다. 불빛은 반사되어 경련하듯이 떨면서 사방으로 퍼졌는데, 특히 위로 많이 퍼져 올랐다. 갑자기 어디서 왔는지, 흰 비둘기 한 마리가 빛 속으로 날아들었다. 비둘기는 빛을 온몸 가득히 받으면서 잠시 한곳에서 빙글빙글 맴돌다가 날개를 퍼덕이며 사라졌다.

"아마, 자기 둥지에서 빠져나온 모양이지." 폴이 말했다. "이제 무엇에 부딪칠 때까지 날아다닐 거야. 그리고 부딪친 곳에서 밤을 새울 거야."

"그런데 파블루샤, 아까 그 비둘기는 정직한 사람의 혼이 하늘로 올라가는 것이 아닐까?"

폴은 또 나뭇가지 한 줌을 불에 던졌다.

"그럴지도 모르지." 한참 뒤에 그는 이렇게 말했다.

"그런데 파블루샤." 페쟈가 말하기 시작했다. "너의 샬라모프 마을에서도 하늘의 전조(농민들은 일식을 이렇게 말한다)가 보였니?"

"해가 보이지 않았던 것 말이지? 물론 보였다마다."

"너희들도 무척 놀랐을 테지?"

"뭐, 놀란 건 우리만이 아냐. 그 전부터 징조가 있을 거라고 말해 오던 주인 나리 자신도, 막상 날이 어두워지니까 먼저 겁을 먹더래. 이건 사실이야. 한편 하녀 방에 있던 가정부 할머니는 해가 없어지기 시작하자, 별안간 병이란 병을 모조리 때려 부수고 난로 속에 처박았대. '말세가 왔는데 누가 이런 걸 먹는단 말이야' 하는 식이지. 그래서 막 버렸어. 그때 우리 마을엔 또 이런 소문도 돌았어. 하얀 늑대가 땅 위를 돌아다니면서 사람을 잡아먹는다느니, 독수리와 매 같은 사나운 날짐승이 날아온다느니, 무서운 트리시카의 모습이 보인다느니, 이런 소문들 말이야."

"트리시카라는 건 뭔데?" 코스챠가 물었다.

"너 모르는 거야?" 일루샤가 흥분해서 말을 받았다. "트리시카를 모르다니, 도대체 넌 어디서 왔니? 우물 안 개구리구나! 트리시카라는 건 말이야, 언제고 한 번은 이 세상에 나타나는 괴물인데, 굉장히 이상한 놈이야. 정말 이상한 괴물이지. 이를테면 기독교 신자들이 그놈을 잡으려고 참나무 몽둥이를 들고 포위하면, 괴물은 곧 사람들의 눈을 보이지 않게 한단 말이다─아무것도 안 보이니까, 포위했던 사람들은 도리어 자기 동료들을 때리게 마련이지. 감옥 속에 가두어도 그자는 물이 먹고 싶다고 국자를 청해서는 그 국자 속으로 기어들어가서 흔적도 없이 사라지고 만대. 쇠사슬로 묶어도 그자가 손바닥만 치면 당장 풀어지고 만다는 거야. 이런 트리시카가 마을과 거리를 돌아다니는 거지. 그놈은 아주 장난을 좋아해서, 기독교 신자들을 얼마든지 골탕 먹일 거란 말이야……. 그래도 이쪽에서는 어떻게 할 도리가 없어……. 그야말로 교활한 괴물이야."

"정말." 폴은 침착한 어조로 다시 말을 이었다. "이상한 놈이지. 결국 우리 마을에서는 그놈을 기다리고 있었던 거야. 노인들은 하늘의 전조가 시작되는 즉시 트리시카가 온다고 했어. 드디어 하늘의 전조가 시작되자 마을 사람들은 모두 길과 들판으로 뛰쳐나가서 다음에 일어날 일을 기다렸지. 너희들도 알겠지만, 우리 마을은 환히 트인 넓은 마을이야. 그래, 모두들 바라보고 있노라니, 갑자기 이웃 마을 쪽으로부터 이상하게 생긴 사람 하나가 산비탈을 내려오는 거야. 이렇게 무서운 머리를 한 사람이…… 모두들 '야아, 트리시카가 온다! 트리시카가 온다!' 비명을 지르고 도망쳤지! 촌장은 도랑 속으로 기어들어가고, 그의 아내는 문 옆에서 어쩔 줄을 모르고 고함만 질렀지. 얼마나 큰 소리로 외쳤는지 마당에 있던 개까지 놀라서 쇠사슬을 끊고 울타리를 넘어 숲 속으로 달아났어. 쿠지카의 아버지 도로페이치는 귀리 밭에 들어가 앉아서는 메추라기처럼 우는 흉내를 내면서 '설마, 사람을 죽이는 악마라도 메추라기는 죽이지 않겠지' 하고 울더라는 거야. 모두 야단이 났어……. 그런데 그 이상한 남자는 마을 통장 바빌라였어. 새 나무 항아리를 사가지고 오는 길에 그걸 머리에 이고 왔던 거야."

아이들은 모두 웃음을 터뜨렸다. 들판에서 이야기하는 사람에겐 흔히 있는 일이지만, 또다시 얼마간의 침묵이 깃들었다. 나는 주위를 둘러보았다. 장중한 밤이 주위를 지배하고 있었다. 늦저녁의 습기 찬 냉기는 한밤중이 되자 건조하고 훈훈해졌다. 이 훈훈한 공기는 잠들고 있는 들판 위에 보드라운 장막처럼 아직 오랫동안 머물러 있어야 했다. 동틀 무렵 첫 새의 속삭임이 들리고, 첫 이슬이 내리기까지는 아직 많은 시간이 남아 있었다. 하늘에는 달도 없었다. 달이 늦게 뜨는 시기였다. 헤아릴 수 없이 많은 금빛 별들은 끊임없이 반짝이면서 조용히 은하 쪽으로 흘러가는 듯이 느껴졌다. 그 별들을 바라보고 있노라면, 쉬지 않고 움직이고 있는 지구의 운행을 희미하게나마 느끼게 되는 것이다……. 갑자기 강에서 이상하면서도 날카로운 병적인 외침 소리가 두 번쯤 계속해서 들려왔다. 잠시 뒤에는 좀더 멀리서 들려왔다.

코스챠는 부르르 몸을 떨었다……. "저건 뭘까?"

"저건 황새가 우는 거야." 폴이 침착한 어조로 대답했다.

"황새?" 코스챠가 되풀이했다. "그러면 내가 어젯밤에 들은 건 뭐지?" 그는 잠시 뒤 이렇게 덧붙였다. "너는 아마 알 거야……."

"무슨 소릴 들었는데?"

"이런 소릴 들었어. 난 어젯밤, 돌산에서 사시키노로 가던 참인데, 처음엔 마을의 호두나무 숲을 지나고, 다음에 초원을 걸어갔어—저 골짜기 속에 있는 가파르게 구부러진 길 말이야—거기에 여름에도 마르지 않는 물웅덩이가 있잖아? 너도 알겠지만, 거기엔 또 갈대가 빽빽이 자라 있지. 그래, 내가 그 물웅덩이 옆을 지나가려니까 갑자기 물웅덩이 속에서 누군가의 신음소리가 들려오는 거야. 아주 애원하듯이 슬프게 '우⋯⋯우⋯⋯우⋯⋯우!' 하고 말이야. 난 오싹 소름이 끼쳤어. 생각해 봐. 시간도 늦은 데다가, 그렇게 괴로운 듯이 신음하니 말이야. 정말 울고 싶은 심정이었어. 그런데 그건 무슨 소리였을까?"

"재작년 여름, 도둑놈들이 그 물웅덩이에서 산림지기 아킴을 빠뜨려 죽였지." 파블루샤가 말했다. "그래서, 그의 넋이 울고 있었는지도 몰라."

"아, 정말 그럴지도 모르겠다." 코스챠가 커다란 눈을 부릅뜨고 맞장구를 치며 말했다. "난 그 물구덩이에서 아킴이 빠져 죽었다는 걸 몰랐어. 그것만 알았어도 그렇게 무섭진 않았을 거야."

"혹은 조그만 개구리였을지도 모르지." 폴이 말을 이었다. "그렇게 처량하게 우는 개구리가 있거든."

"개구리라고? 아냐, 그건 개구리가 아니야⋯⋯. 개구리는 그렇잖아. (황새가 다시 강 위에서 울었다.) 에잇, 제기랄!" 코스챠가 얼결에 한 말이다. "마치 숲의 귀신이 우는 것 같다."

"숲의 귀신은 울지 않아. 그놈은 벙어리인걸." 일루샤가 말을 받았다. "귀신은 손바닥을 치고, 나뭇가지만 꺾을 뿐이야⋯⋯."

"그래, 넌 그 귀신을 봤니?" 페쟈가 비웃는 듯이 그의 말을 가로챘다.

"아니, 보진 못했어. 그걸 보면 어떡하려고. 하지만 본 사람들이 있어. 바로 요전만 해도 우리 마을에 있는 농부가 귀신에 홀려서 숲을 헤맸다는 거야⋯⋯. 똑같은 장소를 뱅글뱅글 돌았다지 뭐야? 결국 날이 밝아서야 간신히 집에 돌아올 수 있었대."

"그럼, 그 사람은 귀신을 봤겠구나."

"보고말고. 그 사람 말에 의하면 굉장히 크고 시꺼먼 놈인데, 온몸을 가리고 나무 뒤에 숨어 있어서 잘 분간할 수 없었다는 거야. 마치 달빛을 피하려는 듯이 몸을 감추고는 커다란 눈으로 바라보며 눈을 끔벅끔벅 하더라는 거야……."

"그만둬!" 페쟈는 가볍게 몸을 떨고 어깨를 움츠리면서 외쳤다. "후우!"

"도대체 무엇 때문에 그런 놈들이 세상에 나와 다닐까?" 폴이 말했다. "정말 모를 일이야!"

"욕하지 마, 엿들을지도 모르니까." 일루샤가 핀잔을 주었다. 다시 침묵이 흘렀다.

"저것 봐, 저것 봐, 애들아." 갑자기 바냐의 어린애다운 목소리가 울려 퍼졌다. "저 별들을 좀 봐. 마치 꿀벌들이 떼지어 움직이고 있는 것 같아!"

바냐는 생기가 도는 얼굴을 거적 밑에서 내밀고 조그만 주먹으로 턱을 괴고는, 크고 조용한 눈을 위로 쳐들었다. 다른 소년들의 눈도 하늘로 향했고 잠시 동안 눈길을 내리려 하지 않았다.

"바냐." 페쟈가 다정하게 말했다. "네 누이 아뉴트카는 잘 있니?"

"잘 있어." 바냐는 좀 어설프게 대답했다.

"놀러 오라고 해. 왜 오지 않는다든?"

"나도 몰라."

"놀러 오라고 해라."

"그럴게."

"내가 선물 줄 게 있다고 그래."

"나도 줄 거니?"

"당연히 주지."

바냐는 한숨을 지었다.

"난 필요 없어. 나보다 누이에게 주도록 해. 정말 좋은 아이이니까."

바냐는 다시 고개를 숙였다. 폴은 일어서서 빈 냄비를 손에 들었다.

"너 어디 가니?" 페쟈가 물었다.

"강에 물 길러 가는 거야. 물 마시고 싶어서."

개들이 일어나서 그의 뒤를 따랐다.

"조심해, 강에 떨어지지 않게!" 일루샤가 뒤에서 소리쳤다.

"떨어질 리가 있나!" 페쟈가 말했다. "얼마나 조심스럽다고."

"그야, 조심하겠지. 하지만 무슨 일이 있을지도 몰라. 몸을 구부리고 물을 길으려고 할 때, 물귀신이 그의 손을 잡고 물속으로 끌고 들어갈지도 모르거든. 나중에 사람들은 조그만 애가 물에 빠졌다고들 하지만 사실은 물에 빠진 것이 아니란 말이야! ……폴이 갈대 속으로 들어갔어." 그는 열심히 귀를 기울이며 이렇게 덧붙였다.

사실 그의 말대로 갈대숲을 헤치는 소리가 들려왔다.

"그런데 그건 사실인가?" 코스챠가 물었다. "그 바보 아쿨리나가 정신이 돈 것은 물속에 빠진 다음부터라는데?"

"그때부터야……. 요즘은 말이 아니지! 그래도 그 전엔 꽤 예뻤다던데. 물귀신이 그 앨 망쳐놨어. 아마 물귀신은 그렇게 빨리 아쿨리나가 건져지리라곤 생각지 못했나 봐. 그래서 강 밑에서 그 앨 돌게 만들었지."

(나도 이 아쿨리나를 여러 번 만난 적이 있다. 누더기 옷을 걸친 그녀는 앙상하게 마르고 석탄처럼 새까만 얼굴에 흐리멍덩한 눈을 하고 언제나 이를 드러내고 길 한복판에 서서는 몇 시간씩이나 발을 구르곤 한다. 뼈가 앙상한 두 손으로 가슴을 꽉 누르고 천천히 몸을 좌우로 흔들며 제자리걸음을 하는 모습은, 마치 우리 속에 갇힌 야수와도 흡사하다. 그녀는 무슨 말을 해도 알아듣지 못하고, 가끔 발작적으로 웃을 뿐이다.)

"소문에 의하면" 코스챠가 말을 이었다. "물에 빠진 것은 애인에게 속았기 때문이라던데."

"그래, 그 때문이야."

"저 뱌샤를 알고 있니?" 코스챠가 슬픈 어조로 물었다.

"어떤 뱌샤 말이니?" 페쟈가 되물었다.

"저, 물에 빠져 죽은 뱌샤 말이야." 코스챠가 대답했다. "역시 이 강에서 빠져 죽었대. 정말 좋은 애였는데! 정말 좋은 애였어! 그의 어머니 페클리스타는 그 애를 얼마나 귀여워했는지 몰라. 여름에 다른 애들하고 함께 뱌샤가 강에 목욕하러 가려면, 그의 어머니는 그야말로 야단법석이었다. 다른 어머니들은 빨래통을 들고 태연하게 몸을 흔들며 그 옆을 지나가지만, 그의 어머니만은 빨래통을 땅에 내려놓고, '이리 와, 이리 와, 착하지. 자, 이리 와, 뱌샤!' 하고 부르곤 했대. 그런데 어떻게 빠졌는지는 아무도 몰라. 뱌샤는 강가에서 놀고, 어머니도 그 옆에서 마른풀을 베고 있었는데 갑자기 물속에서 거품 소리가 들리더라는 거야. 어머니가 보았을 때, 이미 뱌샤의 얼굴만 둥둥 물 위에 떠 있을 뿐이었대. 그때부터 정신이 돈 거지. 아들이 빠져 죽은 곳에 와서 누운 채로 노래까지 부르는 거야. 너도 생각나지, 뱌샤가 늘 부르던 노래 말이야. 그의 어머니도 바로 그 노래를 부르면서 우는 거야. 그러면서 애타게 하느님을 원망하는 거지……."

"아, 저기 파블루샤가 온다." 페쟈가 말했다.

폴은 물이 가득 든 냄비를 들고 모닥불 곁으로 다가왔다.

"애들아." 그는 잠시 말이 없다가 입을 열었다. "안 좋은 일이 있었어."

"뭔데?" 코스챠가 서둘러 물었다.

"뱌샤의 목소리를 들었어."

순간 모두 몸을 떨었다.

"무슨 말을 하는 거야?" 코스챠가 더듬대며 말했다.

"정말이야. 내가 물을 뜨려고 몸을 굽히니, 갑자기 뱌샤가 나를 부르는 거야. 마치 물속에서 이리 들어와 하는 것 같았어. 나는 깜짝 놀라서 뒤로 물러났지만, 그대로 물은 떴어."

"아니, 저런, 저런!" 애들은 성호를 그으면서 말했다.

"그건 물귀신이 너를 부른 거야." 페쟈가 덧붙였다. "우린 방금 뱌샤 이야기를 하던 참이었어."

"아, 이건 좋지 않은 징조인데." 일류사가 느릿느릿 사이를 두며 말했다.

"뭐, 괜찮아, 내버려둬!" 폴은 결단성 있게 말하고는 다시 자리에 앉았다. "사람이란 운명에는 어쩔 수 없는 거야."

아이들은 말이 없었다. 보건대, 폴의 말이 모두에게 깊은 감명을 준 것 같았다. 그들은 자려는 듯 모닥불 앞에 드러눕기 시작했다.

"저건 뭐지?" 갑자기 코스챠가 머리를 들면서 물었다.

폴은 귀를 기울였다.

"저건 도요새들이 우는 거야."

"어디로 가는 걸가?"

"겨울이 없는 나라로 가겠지."

"정말 그런 나라가 있을까?"

"있고말고."

"멀까?"

"저 머나먼 따스한 바다 저쪽이겠지."

코스챠는 한숨을 짓고 눈을 감았다.

내가 아이들하고 있은 지도 어느덧 세 시간이 넘었다. 달이 떴는데 너무나 작고 가늘어서 눈에 띄지는 않았다. 달 없는 밤이지만, 역시 장엄하기는 마찬가지였다……. 그러나 조금 전만 해도 하늘 높이 반짝이던 무수한 별들이 어느새 지평선으로 기울어져 가고 있었다. 주위의 만물은 동틀 무렵에 흔히 볼 수 있는 정적에 싸인 채, 죽은 듯이 고요했다. 삼라만상은 새벽녘의 깊은 꿈속에 고요히 잠들고 있었던 것이다. 주위의 공기에서는 이미 전과 같은 강력한 향기는 맡을 수 없었다. 다시 공중에 습기가 퍼져가는 듯이 느껴졌다……. 여름밤은 길지 않다! 아이들의 이야기도 모닥불과 함께 꺼져 갔다. 개들마저 졸기 시작했다. 희미하게 반짝이며 흘러내리는 별빛을 통해 바라보니, 말도 머리를 숙인 채 누워 있었다……. 스르르 눈이 감기더니 나도 어느새 잠들고 말았다.

상쾌한 바람이 내 얼굴을 스친다. 눈을 떠보니 날이 새고 있었다. 아직 아침놀은 없으나 동쪽 하늘이 희끄무레 밝아오고 있었다. 나는 희미하게나마 주위의 모든 것을 알아볼 수 있었다. 창백한 잿빛 하늘은 점점 밝아져 가고 싸늘한 빛을 띤 채 푸르스름해진다. 아주 사라진 별도 있고 아직 희미하게 반짝이는 별도 있다. 대지는 습기에 차고 나뭇잎은 이슬을 머금고, 어디선가 활기찬 소리가 들려온다. 습기 찬 아침 바람이 대지 위를 서성거리며 이리저리 불기 시작한다. 나의 몸도 기쁨으로 희미하게 떨며 대답한다. 나는 벌떡 자리에서 일어나 아이들이 있는 곳으로 다가갔다. 아이들은 꺼져가는 모닥불 주위에서 죽은 듯이 잠자고 있었다. 다만 폴이 반쯤 몸을 일으키고 물끄러미 나를 바라보았다.

나는 그에게 머리를 끄덕여 보이고는, 김이 모락모락 피어오르는 강변을 따라 집으로 발길을 돌렸다. 내가 2베르스타도 채 가지 못했을 때, 이미 나의 주위에는 이슬 젖은 넓은 초원에도, 눈앞에 보이는 푸른 언덕에도, 숲이란 숲에도, 내 뒤에 길게 뻗은 먼지투성이 길에도, 주홍빛으로 빛나는 덤불 위에도, 엷어져 가는 안개 속에서 수줍은 듯이 푸른빛을 띤 시내에도—맨 처음에는 밝은 주홍빛, 다음에는 붉은빛과 황금빛으로 젊음에 약동하는 햇살이 세차게 쏟아져 내렸다……. 모든 것이 움직이기 시작하고, 눈을 뜨고 노래 부르며, 속삭이고 말하기 시작한다. 굵직한 이슬방울이 다이아몬드처럼 여기저기서 반짝거린다. 상쾌한 아침 공기에 씻긴 듯한 깨끗하고 맑은 종소리가 맞은편에서 울려온다. 갑자기 마음껏 휴식을 취한 말들이 낯익은 아이들에게 쫓기면서 쏜살같이 내 옆을 지나간다……

유감스러운 일이지만, 나는 폴이 그해에 죽었다는 것을 덧붙이지 않을 수 없다. 그는 물에 빠져 죽은 것이 아니라 말에서 떨어져 죽었다. 정말 가엾고 애처로운 일이다. 그렇게도 멋있는 소년이었는데!

크라시바야 메치의 카시얀

나는 구름 낀 무더운 여름날 더위에 완전히 녹초가 된 채, 덜커덩거리는 시골 마차를 타고 사냥에서 돌아오고 있었다(아시다시피, 이런 날의 더위는 맑게 갠 날보다 오히려 견디기 어렵다. 특히 바람 한 점 없을 때는). 나는 말라서 요란스럽게 삐걱거리는 마차 바퀴 밑에서 쉴 새 없이 일어나는 희뿌연 먼지에 온몸을 내맡긴 채 불쾌한 기분을 억누르고 마차에서 흔들리며 졸고 있었다. 그런데 지금까지 나보다 심하게 졸고 있던 마부가 갑자기 심상치 않은 표정으로 불안스레 몸을 움직였으므로 나는 퍼뜩 잠이 깼다. 마부는 고삐를 잡아당기고 마부자리에서 안절부절못하며 연방 마차 옆을 바라보고는 말에게 소리치기 시작했다. 나는 주위를 둘러보았다. 마차는 경작된 넓은 평원 위를 달리고 있었다. 역시 경작된 나직한 언덕들이 아주 완만한 비탈을 이루고 파도처럼 넘실거리며 평원으로 이어지고 있었다. 5베르스타가량의 텅 빈 벌판이 눈에 들어왔다. 멀리 보이는 조그만 자작나무 숲만이 그 톱날 같은 나무 끝을 하늘로 뻗치고 있어서, 거의 일직선이 되다시피 한 지평선의 방향을 방해하고 있을 뿐이었다. 좁다란 오솔길은 들판을 달리는가 하면, 웅덩이에 빠지기도 하고, 혹은 언덕 위를 구불구불 기어가기도 했다. 500걸음쯤 떨어진 곳에 우리 앞을 가로지르는 오솔길이 있었는데, 나는 거기서 어떤 행렬을 발견했다. 마부도 이것을 바라보고 있었다.

그것은 장례 행렬이었다. 맨 앞에는 한 마리 말이 끄는 마차 속에 목사가 앉아 있고, 그 옆에 장로가 앉아서 말을 몰고 있었다. 마차 뒤에는 농사꾼 네 명이 모자도 쓰지 않고 따르고 있었다. 그중 한 여인의 가냘프고 슬픈 목소리가 내 귀에까지 들려왔다. 자세히 들어보니, 그녀는 큰 소리로 울부짖고 있었다. 단조로우면서도 가슴을 찢는 듯이 애절한 그녀의 울음소리는 황량한 들판을 따라 처량하게 퍼졌다. 마부는 계속 채찍질을 했다. 장례 행렬을 앞지르고 싶었던 것이다. 길에서 죽은 사람을 본다는 것은 흉조이기 때문이다. 마차는 장례 행렬이 큰길에 다다르기 전에 도저히 그곳을 빠져나갈 수 없었다. 그러나 우리가 미처 100걸음도 가지 못했을 때, 갑자기 마차가 덜컹거리더니 겨우 뒤집히지만 않을 정도로 옆으로 기울어지고 말았다. 마부는 쏜살같이 달리던 말을 멈추고는, 재수가 없다는 듯 손을 저으며 침을 뱉었다.

"아니, 어떻게 된 거야?" 나는 물었다.

"굴대가 부러졌습니다……. 너무 닳아서." 마부는 불쾌한 표정으로 대답하고는, 정말 화가 나서 못 견디겠다는 듯, 느닷없이 말 엉덩이에 두른 띠를 낚아챘다. 말은 거꾸러질 듯 비틀거렸으나, 그래도 꿋꿋이 서서 콧바람을 불며 부르르 몸을 떨고 천천히 이빨로 무릎 아래를 긁기 시작했다.

나는 마차에서 내려, 잠시 허전한 불쾌감에 사로잡힌 채 큰길에 서 있었다. 완전히 마차 밑에 깔린 오른쪽 바퀴를 들어올리려고 애쓰고 있는 듯이 보였다.

"자, 어떻게 하겠나?" 나는 물었다.

"저, 저놈이 원수입니다!" 마부는 벌써 큰길로 접어들어서 우리 쪽으로 다가오고 있는 행렬을 회초리로 가리키며 말했다. "늘 주의는 하고 있습니다만." 그는 말을 이었다. "길에서 죽은 사람을 만난다는 건 정말 나쁜 징조거든요……. 틀림없어요."

이윽고 그는 다시 말에게 분풀이를 했다. 주인의 기분이 언짢고 화가 나 있는 것을 본 말은, 움직이지 않고 가만히 서 있으리라 결심한 듯이 이따금씩 겸손하게 꼬리만 흔들 뿐이었다. 나는 잠시 이리저리 거닐다가 다시 바퀴 앞에 걸음을 멈추었다.

그러는 사이에 그 관은 우리 옆에 이르렀다. 슬픔에 젖은 장례 행렬은 조용히 큰길가 풀 위로 비켜서며 우리 마차 옆을 지나갔다. 나와 마부는 모자를 벗어 목사에게 인사를 하고, 관을 메고 가는 인부들을 바라보았다. 그들은 넓은 가슴팍을 높이 추어올리고, 간신히 발을 옮기고 있었다. 관을 따르는 두 여인 가운데, 한 사람은 무척 늙고 창백했다. 비통하게 일그러진 움직일 줄 모르는 얼굴은 엄하면서도 장중한 표정을 잃지 않고 있었다. 그녀는 가끔 앙상히 여윈 손을 실룩거리는 얇은 입술로 가져가며, 묵묵히 걸음을 옮겼다. 또 한 사람은 스물다섯 살쯤 되어 보이는 젊은 여자로, 빨간 두 눈엔 눈물이 고이고, 얼마나 울었는지 얼굴 전체가 퉁퉁 부어 있었다. 그녀는 우리 옆에 이르자 울음을 그치고, 소매로 얼굴을 가리었다……. 그러나 관이 우리 옆을 통과하고 큰길로 접어들자, 가슴을 에는 듯한 비통한 노랫소리는 다시 울려 퍼지기 시작했다. 규칙적으로 흔들리는 관을 묵묵히 바라보고, 마부는 내게로 몸을 돌렸다.

"저건 목수 마틴의 장례입니다." 그는 말했다. "라바야 마을의."

"어떻게 알지?"

"저 여자들을 보고 알았죠. 나이 많은 쪽이 어머니고, 젊은 쪽이 아내입니다."

"병으로 죽었나?"

"네……, 열병을 앓았어요……. 사흘 전 관리인이 의사를 부르러 보냈는데, 공교롭게도 의사가 집에 없었대요……. 정말 좋은 목수였지요. 술을 조금 마시긴 했지만, 정말 솜씨가 대단한 목수였습니다. 저, 아내가 슬퍼하는 모습을 보십시오……. 그저 뭐 대단할 것은 못됩니다. 여자의 눈물이란 돈을 주고 산 것이 아니라서 맹물과 다를 바 없으니까요……. 그렇고말고요."

마부는 몸을 굽히더니 말고삐 밑으로 기어들어가서 두 손으로 굴레를 잡았다.

"그건 그렇고." 나는 말했다. "우린 어떻게 하지?"

마부는 먼저 무릎으로 말 어깨를 누르고, 두어 번쯤 굴레를 흔들어서 안장을 고친 뒤, 다시 옆 말의 고삐 밑을 빠져나와 말의 코를 쿡 찌르고는 바퀴 옆으로 다가갔다. 그리고 바퀴 옆에 이르자, 그는 바퀴에서 눈을 떼지 않고 천천히 옷자락 밑에서 나무껍질로 만든 담뱃갑을 꺼냈다. 마부는 노끈을 잡고 뚜껑을 열더니, 역시 천천히 두툼한 두 손가락을 담뱃갑에 찌르고(그 두 손가락이 겨우 들어갈 정도였다) 코를 실룩거리며 담배를 주무르다 폈는데, 그때마다 그는 기다란 신음소리를 내는 것이었다. 그리고는 눈물이 글썽한 실눈을 깜빡이면서 깊은 생각에 잠겼다.

"아니, 어떻게 된 거야?" 나는 마침내 물었다.

마부는 아주 소중하게 담뱃갑을 호주머니 속에 집어넣더니, 손을 쓰지 않고 머리만 움직여 모자를 눈썹 위까지 내려쓰고는 깊은 생각에 잠긴 표정으로 마부자리에 올랐다.

"어디로 가려고?" 나는 조금 놀란 표정으로 물었다.

"타십시오." 그는 침착한 어조로 대답하면서 고삐를 잡았다.

"도대체 어떻게 간다는 건가?"

"가보겠습니다."

"그래도 굴대가……."

"자, 타세요."

"아니, 굴대가 부러졌는데……."

"굴대가 부러졌어도 마을까지는 무사히 갈 수 있을 거예요……. 슬슬 가면 되니까요. 바로 저 숲만 빠지면 오른쪽에 마을이 있어요. 유즈니예라는 마을이죠."

"정말 갈 수 있다고 생각하는가?"

마부는 대답하지 않았다.

"걸어가는 편이 낫겠는걸." 나는 말했다.

"마음대로 하시죠……."

마부는 채찍을 휘둘렀다. 말은 움직이기 시작했다.

오른쪽 바퀴는 떨어질락 말락 하면서 아주 기묘하게 구르고 있었으나, 어쨌든 우리는 무사히 마을에 도착할 수 있었다. 어느 언덕에서는 하마터면 바퀴가 빠져나갈 뻔했지만, 마부가 무서운 소리로 호통치는 바람에 무사히 언덕을 내려올 수 있었다.

유즈니예 마을은 납작하고 조그만 여섯 채의 농가로 이루어져 있었다. 마을이 생긴 지도 얼마 안 되는 것 같았으나, 벌써 농가는 비스듬히 옆으로 기울어지고, 그중에는 울타리가 없는 집도 있었다. 우리는 마을로 마차를 몰았다. 그러나 마주치는 사람이라곤 한 사람도 없었다. 길에는 닭 한 마리, 개 한 마리 얼씬하지 않았다. 다만 꼬리 짧은 검정 개 한 마리가 우리를 보자 먹이통 속에서 뛰어나왔을 뿐이다. 아마 목이 말라서 통 속으로 기어들어갔던 것임에 틀림없으리라. 개는 짖지도 않고, 재빨리 문 밑으로 도망쳐버렸다. 나는 첫 번째 농가에 들러 문을 열고 주인을 찾았다. 아무도 대답하는 사람이 없었다. 한 번 더 불러보았다. 문 뒤에서 배고픈 고양이 울음소리가 들려왔다. 발로 문을 걷어차자 홀쭉한 고양이가 어둠 속에서 새파란 눈을 번뜩이며 내 옆을 스치고 지나갔다. 나는 방 안으로 머리를 들이밀고 주위를 살펴보았다. 연기가 자욱한 캄캄한 방 안은 텅 비어 있었다. 뜰로 돌아가 보았으나 거기에도 사람은 없었다. 외양간 속에서 송아지 한 마리가 낮은 소리로 울고 있었다. 잿빛 털을 한 절름발이 거위가 절뚝거리며 옆으로 도망쳤다. 두 번째 집에 들러보았으나 거기에도 역시 사람은 없었다. 나는 뒤뜰로 돌아가 보았다.

태양이 눈부시게 내리쬐는 뜰 한가운데, 흔히 말하는 '뙤약볕' 아래에서 얼굴을 땅에 묻고 외투를 뒤집어쓴 채 남자가 자고 있었다. 거기서 몇 걸음 떨어진, 짚으로 엮은 처마 밑에는 허술한 마구를 단 빼빼마른 말이 초라한 짐마차 옆에 서 있었다. 햇빛은 낡아빠진 지붕의 틈새로 물줄기처럼 흘러내리면서, 적갈색 말 위에 가느다란 빛의 반점을 수놓고 있었다. 바로 옆의 높은 새둥지에는 찌르레기들이 허공에 뜬 자기 집에서 호기심 어린 침착한 눈빛으로 아래를 내려다보고 있었다. 나는 잠자고 있는 남자 곁으로 다가가서 그를 깨웠다……

그는 머리를 들어 나를 보자, 자리에서 벌떡 일어났다……. "아니, 무슨 일이요? 왜 그러죠?" 그는 잠에 취한 목소리로 중얼거렸다.

나는 미처 대답할 겨를이 없었다. 그만큼 그의 용모는 나를 놀라게 했다. 나이는 쉰 살 안팎인데, 꺼무죽죽한 주름투성이의 조그만 얼굴에 날카로운 코를 하고, 겨우 보일 정도의 갈색 눈, 그리고 곱슬곱슬하고 숱 많은 새까만 머리칼이 버섯처럼 조그만 머리 위에 널찍하게 덮여 있는 난쟁이—한 번 이런 인간을 상상해 주었으면 좋겠다. 몸 전체가 말할 수 없이 여위고, 게다가 그 눈초리의 기묘함이란 도저히 말로는 표현할 수 없을 정도였다.

"무슨 일이요?" 그는 다시 한 번 내게 물었다.

나는 자초지종을 이야기했다. 그는 천천히 눈을 깜박이면서, 내게서 시선을 떼지 않고 내 말을 듣고 있었다.

"자, 그러니, 새 굴대를 하나 구할 수 없겠소?" 나는 말했다. "돈은 충분히 지불할 테니."

"도대체 댁은 뭘 하는 사람이요?" 그는 머리에서 발끝까지 나를 훑어보며 물었다.

"사냥하는 사람이요."

"그렇다면 하늘을 나는 새를 쏘시겠군요? ……산짐승도 죽이고? ……하느님이 만드신 새를 죽이고, 죄 없는 짐승의 피를 흘리게 하는 걸 죄라고 생각하진 않소?"

이상한 노인은 무척 길게 끌면서 말을 했는데, 그 음색이 또한 나를 놀라게 했다. 그 목소리 속에는 조금도 늙은이다운 데가 없었을 뿐 아니라, 놀랄 만큼 아름답고, 젊고, 거의 여자의 목소리라고 생각될 정도로 상냥했다.

"우리 집엔 굴대가 없어요." 노인은 잠시 침묵을 지키다 덧붙였다. "저런 건 소용도 없을 테고(그는 자기 마차를 가리켰다), 보나마나 댁의 마차는 클 테니까."

"이 마을에서 구할 순 없을까요?"

"아니, 여기가 무슨 마을이란 말이요! ……여기서 굴대를 가지고 있는 사람은 아무도 없습니다……. 게다가 지금은 아무도 집에 없어요. 모두 일터에 나갔으니까요. 자, 돌아가시오." 그는 다시 땅 위에 벌렁 누었다.

나는 이렇게 되리라고는 전혀 예기치 못했다.

"이봐요." 나는 노인의 어깨에 손을 얹으며 말했다. "제발 부탁이니 도와주시오."

"어서 돌아가십시오! 마을에 다녀왔더니 피곤해 죽겠습니다." 노인은 외투를 머리에 뒤집어썼다.

"그러지 말고, 좀 도와줘요." 나는 말을 이었다. "저…… 사례금을 드릴 테니까요."

"사례금 같은 건 필요 없습니다."

"자, 제발 부탁이요……."

그는 반쯤 몸을 일으키더니 가느다란 다리를 엇걸고 앉았다.

"정 그러시다면 벌목장에라도 데려다 드릴까요? 상인들이 저 숲을 사서는 ─천벌이 무섭지도 않은지, 나무를 자르곤 사무실을 세웠단 말이요. 정말 천벌을 받을 놈들이지. 댁도 그곳에 가서 굴대를 주문하든가, 만들어져 있는 것을 사면 될 거요."

"거, 참 좋군요." 나는 기쁜 듯이 외쳤다. "좋소! 자, 갑시다."

"참나무 굴대 좋은 놈을." 노인은 자리에 누운 채 말을 이었다.

"벌목장까지는 멉니까?"

"3베르스타 되죠."

"그럼 할 수 없군요! 영감 마차로라도 갈 수밖에."

"갈 수는 있으나……."

"자, 갑시다." 나는 말했다. "어서 떠나요. 영감! 마부가 큰길에서 기다리고 있으니."

노인은 주춤주춤 자리에서 일어나서 나를 따라 큰길로 나왔다. 마부는 몹시 화를 내고 있었다. 말에게 물을 먹이려고 했으나 우물이 너무 작아서 맛이 좋지 않았기 때문이었다. 마부들의 말에 의하면 물처럼 중요한 것은 없다고 한다……. 그러나 노인의 모습을 보자 마부는 빙그레 미소를 짓고, 머리를 끄덕이며 외쳤다.

"카샤누시카! 오래간만이군!"

"잘 있었나, 정직한 친구, 예로페이!" 카시얀은 힘없는 목소리로 대답했다.

나는 곧 노인의 말을 마부에게 알렸다. 예로페이는 그 말에 찬성해 노인의 뜰 안으로 마차를 몰았다. 마부가 생각에 잠긴 얼굴로 분주히 마차에서 말을 풀고 있을 동안, 노인은 한쪽 어깨를 문에 기댄 채, 불안한 표정으로 우리를 번갈아 보았다. 노인은 어쩐지 망설이는 듯한 표정이었는데, 내가 느낀 바에 의하면 우리가 갑자기 자기 집에 달려온 것을 그다지 달갑게 여기지 않는 것 같았다.

"아니, 영감도 이주당한 모양이로군." 예로페이는 굴레를 벗기면서 갑자기 물었다.

"그렇게 됐지."

"그래!" 마부는 말했다. "그런데 목수 마틴이……, 영감도 마틴을 알고 있겠지?"

"알다마다."

"그런데 그자가 죽었어. 우린 지금 막 그 관을 보고 오는 길이야."

카시얀은 부르르 몸을 떨었다. "죽었다고?" 그는 눈을 감았다.

"그래, 죽었어. 영감은 왜 그자의 병을 고쳐주질 않았지, 응? 소문에 의하면 영감은 병을 고쳐주는 의사라던데."

마부는 장난삼아 노인을 빈정대고 있는 것이 분명했다.

"그런데 이게 영감 마차인가?" 마부는 어깨로 마차를 가리키며 덧붙였다.

"그래."

"아니, 무슨 마차가…… 이런가!" 그는 채를 잡더니 거의 수레를 뒤집어 놓다시피 엎어버렸다. "이게 무슨 마차람! ……그런데 어느 말로 벌목장까지 갈 생각이지? ……이 채로는 내 말을 달 수 없을 거야, 너무 커서 말이야. 그건 그렇고 무슨 마차가 이래?"

"나도 모르지." 카시얀이 대답했다. "어떤 말로 갈지 알 수 없지. 내 말에라도 끌려가는 수밖에."

"이 말에?" 예로페이는 카시얀의 초라한 말 곁으로 다가가서, 깔보는 듯이 가운뎃손가락으로 목덜미를 쿡 찔렀다. "제기랄!" 그는 핀잔하는 어조로 덧붙였다. "망할 자식, 자고 있군!"

나는 예로페이에게 빨리 마차를 준비하라고 일렀다. 어쩐지 카시얀과 함께 벌목장에 가보고 싶은 생각이 들었다. 그런 곳에는 으레 멧닭이 있는 법이다. 어느새 마차 준비가 다 되었다. 내가 개를 데리고 판자가 흰 달구지 밑창에 자리를 잡고, 카시얀 역시 마음이 내키지 않는지 겁에 질린 표정으로 앞자리에 앉았는데, 예로페이가 내 옆으로 다가오더니 기묘한 얼굴로 속삭였다.

"어쨌든 나리, 함께 떠나게 돼서 다행입니다. 저놈은 정신이 좀 나갔어요. 별명이 '벼룩'이죠. 어떻게 나리께서 저놈의 말을 알아들을 수 있었는지 의심스러울 정도입니다……."

나는 예로페이에게 카시얀이 매우 사려 깊다고 말하려 했으나, 마부는 다시 같은 어조로 말을 이었다.

"나리께서는 저놈이 어디로 안내하는지 잘 살펴보셔야 합니다. 그리고 굴대는 나리께서 직접 고르도록 하세요. 될 수 있는 대로 튼튼한 걸로……. 그런데, 여보게 벼룩." 그는 큰 소리로 덧붙였다. "어때, 자네 마을에서 빵 조각을 구할 순 없나?"

"찾아봐. 얻을지도 모르니." 카시얀은 이렇게 말하고 고삐를 당겼다. 마차는 달리기 시작했다.

카시얀의 작은 말은 예상외로 잘 달렸다. 노인은 마차를 모는 동안 고집스럽게 침묵을 지키고 있어서, 내가 무슨 말을 물어도 무뚝뚝한 어조로 마지못해 대답할 뿐이었다. 우리는 곧 벌목장에 도착했으나, 거기서 사무소까지 가기가 무척 힘이 들었다. 사무소는 되는대로 둑을 둘러 못 형태로 만든 조그만 골짜기 위에 외로이 서 있는 높은 오두막집이었다. 이 사무실 안에는 치아가 눈처럼 새하얗고 달콤한 눈초리에 달콤한 미소를 풍기는, 활발한 두 사람의 젊은 사무원이 앉아 있었다. 나는 여기서 굴대의 값을 정하고, 벌목장으로 걸음을 옮겼다. 카시얀은 말과 함께 남아서 내가 돌아오기를 기다리리라 생각했으나, 뜻밖에 그는 내 곁을 따라왔다.

"저, 새를 쏘러 갑니까? 네?"

"그렇소, 새가 있으면."

"함께 가도…… 괜찮겠소?"

"암, 괜찮다마다요."

우리는 함께 떠났다. 벌목한 장소는 모두 합해서 1베르스타쯤 되었다. 솔직히 나는 내 개보다도 카시얀 쪽에 더 관심이 있었다. 그가 벼룩이라고 불리는 것도 과연 의미가 없는 것은 아니었다. 아무것도 쓰지 않은 그의 조그만 검은 머리가(하긴 그의 머리칼은 어떤 모자하고도 훌륭히 대치될 수 있지만), 덤불 속에서 번개처럼 번쩍거렸다. 그는 놀랄 만큼 발이 빨라서, 마치 벼룩처럼 톡톡 튀는 것 같았다. 노상 허리를 굽혀서는 무슨 풀인가를 뜯어 안주머니에 집어넣었다. 그러고는 무슨 말인지도 모를 말을 입속에서 중얼거리면서, 호기심에 찬 이상한 눈으로 나와 개를 바라보았다. 떨기나무와 '잔풀' 속 그리고 벌목한 장소에는 잿빛 털을 한 조그만 새들이 많이 살고 있었다. 그들은 쉴 새 없이 이 나무에서 저 나무로 옮겨 앉으며 재잘거렸는데, 어떤 때는 갑자기 내려오기도 했다. 카시얀은 그 울음소리를 흉내 내며 새들과 이야기를 나누었다. 새끼 메추라기 한 마리가 울면서 그의 발밑에서 날아올랐다. 그는 그 뒤를 이어 메추라기 울음소리를 흉내냈다. 종달새가 날개를 퍼덕이고 울면서 그의 머리 위로 내려오면, 카시얀은 또 그 노래를 받아넘겼다. 그러나 나하고는 한마디도 하지 않았다……

날씨는 아까보다도 더 좋아진 듯했으나, 여전히 더위는 참을 수 없었다. 맑게 갠 하늘에는 철 늦은 봄눈처럼 누르스름한 빛을 띤 흰 구름이, 돛처럼 편편하고 기다란 타원형을 이루며, 군데군데 높이 떠서 서서히 헤엄쳐 갔다. 솜처럼 포근하고 가벼운 여러 가지 무늬를 이룬 구름의 가장자리는 매우 완만하지만, 눈에 보이게 시시각각으로 그 모습이 변해 가고 있었다. 이들 구름은 천천히 녹아내려서 땅 위에 그림자도 비추지 않았다. 나는 카시얀과 함께 오랫동안 벌목장을 돌아다녔다. 아직 90센티미터도 채 자라지 못한 새파란 새순이 가늘고 매끄러운 줄기를 뻗쳐 거무튀튀하고 얕은 나무그루를 둘러싸고 있고, 잿빛 가장자리를 한 둥근 해면상 옹두리는 그루터기 위에 찰싹 달라붙어 있다. 그리고 장밋빛 줄기를 뻗치고 있는 뱀딸기가 있는가 하면, 바로 옆에는 버섯이 한 가족을 이루고 촘촘히 늘어서 있다. 타는 듯한 햇볕을 마음껏 들이마신 키다리 풀이 발걸음을 흐트러뜨린다. 어디를 보나, 불그죽죽한 나뭇잎의 금속성 빛 때문에 눈을 뜰 수 없을 정도였다. 하늘빛 콩꼬투리며, 금배와도 흡사한 야맹증 꽃이며, 보랏빛과 노란빛이 엇갈린 앉은뱅이꽃들이 사방에서 알록달록 얼룩지고 있다. 빨갛게 시든 풀 위에 마차 바퀴 흔적을 남기고 있는 버림받은 작은 길가에 여기저기 비바람에 그을린 장작더미들이 쌓아 올려져 있고, 그 일그러진 사각형 장작더미가 엷은 그림자를 던져주고 있을 뿐—다른 곳에서는 그림자를 구경할 수조차 없다. 가끔 산들바람이 불어오는가 하면 이내 다시 사라지고 만다. 갑자기 얼굴 앞으로 불어와서 장난을 치듯 산들거리면 모든 것이 즐거운 소음을 일으키며 흔들거린다. 주위의 모든 것이 움직이기 시작하고, 부드러운 나무고사리 끝이 흐느적거린다. 이럴 때면 마음도 한결 즐거워진다. 그러나 어느새 벌써 바람이 그치고 모든 것은 다시 정적으로 되돌아간다. 다만 짓궂은 메뚜기들만이 울어댈 뿐……. 쉴 새 없이 울어대는 답답하고 메마른 이 소리는 정신을 마비시켜 준다. 그리고 이것은 찌는 듯한 대낮 더위에 안성맞춤이다. 그것은 마치 이러한 더위 속에서 태어나고, 작열하는 대지 속에서 더위에 의해 불러 일으켜진 것 같기도 하다.

우리는 한 마리의 새도 발견하지 못한 채 드디어 새로운 벌목장에 도착했다. 거기엔 최근에 베어진 백양나무들이 떨기나무와 수풀을 짓밟은 채 처량하게 땅 위에 쓰러져 있었다. 그중에는 아직 푸른빛을 띠고 있으나 물기가 말라 잎을 움직이지 않는 나뭇가지로부터 힘없이 늘어뜨리고 있는 것도 있고, 어떤 것은 완전히 잎이 말라 시든 것도 있다. 선명하게 물기가 감도는 그루터기 옆에는 산뜻한 금백색 나뭇잎들이 산더미처럼 쌓여서, 말할 수 없이 상쾌하면서도 이상스러운 향기를 발산한다. 멀리 떨어진 숲 속 근처에서 도끼 소리가 은은히 들려오고, 때때로 고수머리 같은 나무가 두 손을 벌리고

기도를 드리듯이 장엄하게 조용히 쓰러진다……

오랫동안 나는 한 마리의 새도 발견하지 못했는데, 드디어 쑥이 가득 자란 울창한 참나무 숲에서 뜸부기 한 마리가 날아올랐다. 나는 방아쇠를 당겼다. 뜸부기는 공중에서 꿈틀하며 한 바퀴 돌더니 땅으로 떨어졌다. 카시얀은 총소리를 듣자, 황급히 한 손으로 눈을 가렸다. 그는 내가 총을 장전하고 뜸부기를 주울 때까지 옴짝달싹 안 했다. 내가 다시 앞으로 걸음을 옮기자, 그는 뜸부기가 떨어진 곳으로 다가가서 피 몇 방울이 흩어져 있는 풀 위로 허리를 굽혀, 절레절레 고개를 젓고는 겁에 질린 눈초리로 나를 바라보는 것이었다. 잠시 뒤 나는 카시얀의 목소리를 들었다. "이건 죄다! ……아, 정말 죄야!"

드디어 우리는 더위를 참다못해, 숲 속으로 들어갔다. 나는 높다란 호두 숲 밑으로 뛰어 들어갔다. 숲 위에는 균형 잡힌 어린 단풍나무가 가느다란 가지를 아름답게 펼치고 있었다. 카시얀은 벌목되어 넘어진 자작나무 밑동에 앉았다. 나는 물끄러미 그를 바라보았다. 나뭇잎이 산들산들 흔들려서, 그 연초록빛 그늘이 검정 외투를 걸친 그의 허약한 몸과 조그만 얼굴 위를 조용히 이리저리 미끄러지고 있었다. 그는 머리를 들지 않았다. 나는 그의 침묵에 싫증을 느껴 바닥에 등을 깔고 누워서 멀리 밝게 빛나는 하늘을 배경으로, 헝클어진 나뭇잎들이 서로 정답게 장난치는 모습을 바라보기 시작했다. 숲 속에 누워서 하늘을 바라보는 기분이란 정말 즐겁다! 그것은 마치 끝없는 바다 속을 들여다보는 듯한 기분이며, 바다가 넘실넘실 발밑에 펼쳐져 있는 듯한 느낌이다. 나무는 대지에서 솟아나는 것이 아니라 거대한 식물의 뿌리가 유리처럼 맑은 파도 속에 수직으로 늘어져 있는 듯이 느껴지고, 나뭇잎은 에메랄드처럼 투명해 보이기도 하고, 금빛을 띤 짙은 초록빛으로 보이기도 한다. 어딘지 먼 곳, 가느다란 나뭇가지 끝에 매달린 나뭇잎 하나가 꿰뚫을 듯이 파란 하늘에 움직이지 않고 외로이 떠 있다. 바로 그 옆의 또 하나의 나뭇잎은 장난치는 물고기의 꼬리를 연상케 하면서 하늘거리고 있다. 바람 때문에 움직이는 것이 아니라, 마치 자기 스스로 움직이는 것 같다. 둥글둥글 흰 구름이 마법의 섬처럼 조용히 왔다가 역시 조용히 흘러가 버린다. 그러자 갑자기 그 모든 바다도, 그 빛나는 공기도, 햇빛을 받은 나뭇가지와 나뭇잎들도 모든 것이 갑자기 물결치기 시작하더니 소란하게 번쩍이며 떨었다. 마치 별안간 밀어닥친 파도의 끝임없는 속삭임과도 같이 상쾌하게 떨며 소곤거린다. 가만히 누워서 이 광경을 바라보고 있노라면, 마음속이 얼마나 즐거워지며 고요한 기쁨 속에 녹아내리는지 도저히 말로는 이루다 표현할 수가 없다. 물끄러미 바라보고 있으면 끝없이 맑은 하늘은 그 모습 그대로의 순진한 미소를 스스로 입가에 불러일으켜 준다. 하늘의 구름처럼, 아니 그 구름과 함께 움직여 가듯이, 행복한 추억의 행렬이 고요히 마음속을 스쳐간다. 그리고 시선은 점점 멀리 사라져서, 바로 저 고요하게 빛나는 심연 속으로 끌려 들어가서는 높은 심연으로부터 다시는 빠져나오지 못할 것 같은 생각이 든다…….

"나리, 저, 나리!" 갑자기 카시얀이 그 울리는 목소리로 나를 불렀다.

나는 흠칫 놀라며 몸을 일으켰다. 지금까지 내가 물어봐도 제대로 대답도 하지 않던 그가 이번에는 자기 쪽에서 먼저 말을 걸어왔기 때문이다.

"왜 그러오?" 나는 물었다.

"저, 무엇 때문에 새를 죽이는 거죠?" 그는 뚫어질 듯이 내 얼굴을 바라보며 말했다.

"무엇 때문에 죽이다니? ……뜸부기는 날짐승이요. 먹을 수 있죠."

"그래서 죽이진 않았을 테죠, 나리. 그런 걸 나리께서 드실 리도 없고요! 그저 기분전환으로 죽였을 테죠?"

"하지만 영감도 거위나 닭 같은 건 먹지 않소?"

"그런 건 하느님께서 인간에게 정해 주신 새지만, 뜸부기는 숲에서 자유로이 날아다니는 새란 말이요. 아니, 그 밖에도 숲, 들판, 강, 늪, 초원, 높은 곳, 낮은 곳 할 것 없이 많은 새들이 살고 있는데 그걸 죽인다는 건 죄입니다. 그들이 살 때까지 내버려둬야 하는 거예요……. 인간에게 주어진 음식은 따로 있습니다. 마실 것과 먹을 것이 따로 있단 말입니다. 다시 말해 곡식 같은 건 하느님이 주신 음식이고, 하늘에서 떨어지는 물도 있거니와, 옛 조상 때부터 길들여 내려오는 가축도 있습니다."

나는 멍하니 카시얀을 바라보았다. 그의 말은 거침없이 술술 흘러나왔다. 별로 말을 찾지도 않고 때때로 스르르 눈을 감으면서 고요한 감흥과 정중한 위엄을 띤 어조로 말했다.

"그럼, 물고기를 죽이는 것도 죄란 말이요?" 나는 물었다.

"물고기의 피는 찹니다." 그는 자신 있게 대꾸했다. "물고기는 눈물을 모르는 동물이란 말이요. 무서운 것도 모르거니와 기쁜 것도 모르고 말할 줄도 모릅니다. 물고기는 감정이 없어서 몸속의 피도 살아 있는 것이 아닙니다……. 피는." 그는 잠시 입을 다물었다가 다시 말을 이었다. "피는 거룩한 겁니다! 피는 햇빛을 보지 않지요. 피는 햇빛을 피하고 있어서 피를 세상 밖에 보인다는 건 죄입니다. 그것처럼 큰 죄는 없어요. 아, 그야말로 큰 죄이지요!"

그는 한숨을 쉬고 눈을 내리깔았다. 고백하지만, 나는 너무 놀라서 그 신기한 노인을 다시 바라보았다. 그가 쓰는 화법은 흔히 보는 농사꾼은 물론이고, 아무리 말재주가 좋다는 사람이라도 쓰지 못한다. 그의 말은 사려 깊으면서도 장중하고 신기한 데가 있었다……. 나는 지금까지 그런 말을 들어본 적이 없었다.

"카시얀, 한 가지 물어보겠는데." 나는 약간 붉은빛을 띤 그의 얼굴에서 눈을 떼지 않으면서 물었다. "영감은 무엇으로 소일하고 있소?"

그는 바로 대답하지 않았다. 그의 눈초리는 순간적으로 불안하게 반짝였다.

"그저 하느님의 뜻대로 살고 있죠." 그는 마침내 입을 열었다. "별로 하는 일이라곤 없습니다. 어릴 때부터 무척 둔해서 이런 식으로 일하고 있습니다만, 워낙 재주가 없어서. 글쎄 어떻게 일을 하겠어요! 건장한 놈도 아닌데다 손까지 말을 듣지 않으니 말이요. 그저 봄이 되면 꾀꼬리를 잡죠."

"꾀꼬리를 잡는다고요? ……아니, 방금 숲이나 들, 혹은 그 밖의 다른 곳에 살고 있는 생물을 잡아서는 안 된다고 말하지 않았소?"

"물론 죽여선 안 되지요. 그렇지 않아도 생물이란 모두 죽게 마련이니까요. 바로 목수 마틴을 보십시오. 그는 이 세상에 태어났지만 얼마 살지도 못하고 죽었습니다. 지금 그 아내는 남편과 애들을 생각하고 울부짖고 있지요. 사람이나 생물이나 죽음이란 걸 속일 수는 없답니다. 죽음은 예정보다 빨리 닥쳐오는 것도 아니고, 그렇다고 피할 수 있는 것도 아닙니다. 따라서 죽음을 도와준다는 건 필요 없는 짓이죠. 난 꾀꼬리를 죽이는 것이 아닙니다. 당치도 않은 말입니다! 난 꾀꼬리를 괴롭히거나 죽이기 위해서 잡는 것이 아니라, 사람을 즐겁게 하기 위해서 잡는 겁니다. 위로하고 기쁘게 하기 위해서 말이요."

"노인은 꾀꼬리를 잡으러 쿠르스크로 가오?"

"쿠르스크에도 가고, 어떤 때는 더 멀리 가기도 합니다. 늪에서 밤을 새우기도 하고, 으슥한 숲 속 초원에서 혼자 자기도 합니다. 여기저기서 도요새가 우는가 하면, 토끼나 들오리가 시끄럽게 울어대지요……. 난 밤에 자리를 봐두었다가 새벽녘에 꾀꼬리의 울음소리를 들은 다음, 해가 떠오를 무렵에야 덤불 위에 새 그물을 칩니다……. 꾀꼬리 중에서도 정말 애처롭게 우는 놈이 있어요. 너무 목소리가 고와서…… 애처로울 정도지요."

"그래, 그걸 팝니까?

"친절한 사람에게 넘겨주지요."

"그 밖에 또 무슨 일을 하오?"

"무엇을 하다니요?"

"무슨 일을 하고 있냐 말이요?"

노인은 잠시 말이 없었다.

"별로 하는 일이라곤 없습니다……. 워낙 일 솜씨가 없어서. 그래도 읽고 쓸 줄은 알죠."

"아니, 글을 안단 말이요?"

"쓰고 읽는 것쯤은 하죠. 하느님과 선량한 분들 덕분에."

"그래, 영감에겐 가족이 있소?"

"천만에요. 없습니다."

"그건 또 왜 그렇죠? ……모두 죽기라도?"

"아닙니다. 그럭저럭 운이 미치지 않았기 때문이죠. 그런 건 모두 하느님의 뜻대로 되는 겁니다. 우리도 모두 하느님의 뜻대로 살고 있으니까요. 그렇지만 인간은 정직해야 합니다. 이게 제일 중요하죠! 다시 말해서 하느님의 뜻대로 살아가야 한단 말입니다."

"영감에게는 친척도 없소?"

"있긴 있습니다만…… 별로……."

노인은 말을 얼버무렸다.

"그런데." 나는 노인에게 물었다. "아까 마부가 왜 마틴을 고쳐주지 않았느냐고 묻던 것 같은데, 영감은 정말 병을 고칠 줄 아오?"

"나리의 마부는 고지식하죠." 카시얀은 생각에 잠긴 표정으로 대답했다.

"그렇지만 역시 나쁜 버릇도 가지고 있습니다. 나를 의사라고 말하지만 내가 무슨 의사겠소! ……그리고 누구나 다 병을 고치는 건 아닙니다. 그런 건 모두 하느님에게 달려 있으니까요. 물론 병에 효력이 있는 풀이나 꽃이 있긴 합니다. 저, 이를테면 만수국 같은 것은 인간에게는 고마운 풀이죠. 그리고 질경이 같은 것도. 마찬가지로 이런 풀을 말한다는 건 죄가 안 됩니다. 하느님께서 주신 깨끗한 풀이니까요. 그런데 다른 것은 그렇지 않습니다. 효력은 있으나 부정한 풀이어서 그런 말을 입에 담는 것조차 죄가 되죠. 하지만 기도를 드리면서 사용하면 그야, 물론 부정을 씻는 말이 있으니까……. 어쨌든 신앙을 가지고 있는 자는 살아나게 마련입니다." 그는 목소리를 낮추면서 덧붙여 말했다.

"영감은 마틴에게 약초를 주지 않았나요?" 나는 물었다.

"늦게야 알아서." 노인은 대답했다. "새삼스레 그런 말을 한댔자 소용없어요! 사람이란 날 때부터 자기 운명을 타고나는 것이니까요. 목수의 수명은 짧았던 겁니다. 원래 수명이 짧았으니까 어떻게 할 도리가 없는 거지요. 그렇게 짧은 수명을 지닌 사람은 다른 사람처럼 햇빛을 받을 수도 없고, 양식도 넉넉히 타고나지 못합니다. 마치 무엇이 손짓을 하며 부르는 것과 다름없지요……. 주여, 제발 그의 영혼을 안정시켜 주옵소서!"

"영감은 이곳으로 이주해 온 지 오래 됐소?" 나는 잠시 침묵을 하다가 이렇게 물었다.

카시얀은 부르르 몸을 떨었다.

"아니요, 한 4년쯤 됩니다. 옛 주인이 계실 때는 모두 본고장에서 살고 있었으나, 후견인이 온 다음에 쫓겨났지요. 옛 주인은 온순하고 조용한 분이셨는데 제발 천국에서 고이 잠드소서! 그렇다고 물론, 후견인의 처사가 틀린 것도 아닙니다. 결국 이렇게 될 운명이었겠죠."

"그 전엔 어디서 살았는데요?"

"크라시바야 메치에서 이주해 왔지요."

"여기서 먼가요?"

"100베르스타가량 될 겁니다."

"어때요, 그쪽이 더 살기 좋았죠?"

"그야, 물론 좋았지요. 그곳은 광활한 땅에 강을 끼고 있어서 보금자리나 다름없었는데, 여긴 답답하고 건조해서…… 마치 고아가 된 듯한 기분입니다. 크라시바야 메치는 언덕에 올라가기만 하면—그야말로 절경입니다! 강이 있는가 하면 초원이 있고, 숲이 있고, 저쪽에 교회가 있으면 그 앞으로는 다시 초원이 펼쳐집니다. 아주 멀리까지 보이고…… 까마득히 먼 곳까지 한눈에 들어오지요. 아무리 봐도 싫증이 나지 않습니다, 정말이에요! 그런데 여기의 땅은 확실히 저쪽보다 좋더군요. 농민들의 말마따나 좋은 점토질의 땅이라서 아무 데서나 충분히 곡식을 거둬들일 수 있으니까요."

"어떻소, 노인, 솔직히 말해 보시오. 고향에 가보고 싶은 생각은 없소?"

"한 번 가보고 싶긴 하죠. 그러나 실은 어디 있건 마찬가집니다. 전 가족도 없어서 한곳에 오래 붙어 있지 못하죠. 그렇잖아요? 집에만 있을 수 있나요? 그러나 이렇게 자꾸 걸으면." 그는 목소리를 높이며 말을 이었다. "정말 기분이 상쾌해집니다. 해님도 빛을 주시고, 하느님도 보살펴주셔서 흥겨운 노래가 저절로 흘러나오지요. 옆을 보면 아름다운 풀이 자라나 있어 눈에 보이는 대로 뜯습니다. 또 이쪽을 보면 물이 흐릅니다. 이를테면 샘 같은 성수가 흐르지요. 물론 보이는 대로 마음껏 마십니다. 하늘에서 새들이 노래하고……. 쿠르스크 저쪽에는 광활한 초원이 있는데, 정말 놀랄 만한 초원입니다. 그야말로 사람의 마음을 후련하게 해줍니다. 그런 초원을 주신 하느님께 감사를 드려야 할 정도지요! 그 초원은 소문에 의하면, 따스한 바닷가까지 이어져 있다고 합니다. 거기엔 아름다운 목소리를 가진 새가 있고, 겨울이나 가을이나 나뭇잎이 떨어질 때가 없으며, 은빛 나뭇가지엔 황금빛 사과가 무르익고, 모든 사람이 풍족하게 올바르게 살고 있다고 하더군요. 그런 곳에 한 번 가봤으면 한이 없겠어요……. 하긴 나도 꽤 많이 돌아다닌 편이죠! 로멩에도 가고, 화려한 도시 신비르스크에도 가고, 금빛 둥근 지붕들이 있는 모스크바에도 가고, 수많은 사람들을 먹여 살리는 오카 강에도, 정다운 투나 강에도, 엄마 강이라고 하는 볼가에도 가서 수많은 사람들—선량한 기독교 신자들도 보고, 여러 도시의 정직한 사람들도 봤습니다. 아, 한 번 더 그런 곳에 가봤으면……. 정말 한 번 더 가보고 싶습니다. 이런 생각을 하는 건…… 죄 많은 나만이 아닙니다. 그 밖에도 많은 신자들이 짚신을 신고 구걸을 다니면서 진리를 찾고 있으니까요……. 그렇습니다! ……집에만 처박혀 있으면 어떡합니까? 인간에겐 정직이란 것이 없습니다……. 이것이 문제란 말이요."

　카시얀은 이 마지막 말을 알아듣지 못할 만큼 빠르게 말했다. 그 뒤에도 무슨 말인가를 했지만, 나는 알아들을 수 없었다. 그의 얼굴은 말할 수 없이 이상한 표정이어서 나는 스스로 '사이비 예언자'라는 말을 생각해 냈을 정도였다. 그는 스르르 눈을 감고 기침을 한 번 하더니, 그때야 제정신으로 돌아온 것 같았다.

　"오, 저 태양!" 그는 나직한 소리로 말했다. "자비로우신 주님의 은혜여! 이 숲 속의 따사로움이여!"

　그는 어깨를 움직이고 잠시 침묵을 지키더니, 이윽고 멍청한 눈으로 주위를 바라보며 나직이 노래를 부르기 시작했다. 길게 끄는 노래를 전부 알아들을 수는 없었으나, 다음 말만은 알아들을 수 있었다.

　나의 이름은 카시얀
　별명은 벼룩이라 하지요. (……)

　'저런!' 나는 생각했다. '자기가 작사했군…….' 카시얀은 뚫어질 듯이 숲 속을 바라보며 노래를 부르다가, 갑자기 몸부림치며 노래를 멈추었다. 뒤돌아보니 파란 사라판*¹에, 바둑무늬 수건을 머리에 쓰고 볕에 그을린 손에 그물 구럭을 든, 여덟 살가량의 조그만 시골 소녀가 서 있었다. 소녀는 우리를 만나리라고는 꿈에도 생각지 못했던 것 같았다. 갑자기 우리와 맞닥뜨리게 된 소녀는 푸른 호두숲 속 그늘진 풀 위에 꼼짝달싹 않고 선 채, 까만 눈으로 나를 바라보고 있었다. 내가 소녀를 발견하자 소녀는 재빨리 나무 뒤에 숨어버렸다.

　"안누시카! 안누시카! 이리 와, 무서워할 거 없다." 노인은 다정하게 말했다.

　"무서워요." 가느다란 목소리가 울려왔다.

　안누시카는 말없이 나무 뒤에서 나와, 조용히 한 바퀴 돌아서(이때, 소녀의 조그만 발이 무성한 수풀 속에서 바스락 소리를 낸다), 노인 바로 옆의

────────────

*1 몸에 꼭 맞고 소매가 없는 몸통부와 길이가 긴 치마가 하이웨이스트의 절개선으로 결합된 러시아의 여자용 민속의상.

수풀 속에서 모습을 드러냈다. 키가 작아서 처음에는 여덟 살쯤밖에 안 되는 줄 알았으나, 자세히 보니 열서넛 남짓한 소녀였다. 몸 전체가 작고 야위었으나, 균형이 잡히고 영리해 보였다. 조그마하고 예쁘장한 얼굴은 놀랄 만큼 카시얀과 닮은 데가 있었다. 그렇다고 카시얀이 잘생겼다는 것은 아니지만, 그 날카로운 얼굴이며 능글맞으면서도 정직하고, 생각에 잠긴 듯하면서도 날카로운 이상한 눈초리, 게다가 그 하나하나의 몸놀림마저 판에 박은 듯이 꼭 닮았다……. 카시얀은 흘낏 소녀를 바라보았다. 소녀는 고개를 돌리고 서 있었다.

"버섯을 따고 있었니?" 노인이 물었다.

"네." 소녀는 수줍은 듯이 미소를 지으며 대답했다.

"많이 땄냐?"

"네." (소녀는 흘낏 노인을 쳐다보고 다시 생긋이 미소를 지었다.)

"흰 버섯도 따고?"

"네."

"어디, 좀 보여다오……. (소녀는 팔에서 구럭을 내려서 버섯을 덮은 커다란 우엉 잎을 반쯤 들어보였다) 저런!" 카시얀은 구럭 위로 몸을 굽히며 말했다. "거 참 훌륭하구나! 훌륭해, 안누시카!"

"카시얀, 이 애는 영감 딸이요?" 나는 물었다. (안누시카의 얼굴이 빨갛게 달아올랐다.)

"아니, 그저 친척입니다." 카시얀은 일부러 그러는 듯한 대수롭지 않은 어조로 말했다. "자, 안누시카, 가봐라." 그러고는 이렇게 덧붙였다. "조심해서…… 빨리 돌아가도록 해."

"아니, 왜 걸어서 보내려는 거요?" 나는 그의 말을 가로챘다. "마차로 태워다주지 않고……."

안누시카는 양귀비꽃처럼 빨갛게 상기된 채 두 손으로 구럭의 끈을 잡고, 근심스러운 눈으로 노인을 바라보았다.

"괜찮아요, 잘 갈 겁니다." 카시얀은 여전히 무관심한 어조로 느릿느릿 말했다.

"뭐 근심할 건 없습니다……. 혼자도 갈 수 있어요……. 어서, 가봐라."

안누시카는 재빨리 숲 속으로 사라졌다. 카시얀은 소녀를 바라보다 빙긋이 미소를 지었다. 그 여유 있는 미소며, 안누시카에게 말한 몇 마디 안 되는 이야기며, 그리고 소녀에게 말할 때에 그 목소리에는 도저히 말로는 형용할 수 없을 커다란 애정과 부드러움이 깃들어 있었다. 그는 소녀가 사라진 쪽을 바라보고, 다시 한 번 미소를 지었다. 그러고는 얼굴을 매만지며 여러 번 고개를 끄덕였다.

"왜 그렇게 빨리 돌려보냈소? 버섯이라도 좀 사줄 걸……."

"당신이 원하신다면 집에 가서도 사줄 수 있습니다. 카시얀은 처음으로 '당신'이란 말을 쓰면서 이렇게 대답했다.

"애가 참 착해 보이던데."

"뭐…… 그저…… 그렇죠……." 어쩐지 마음이 내키지 않는 듯이 대답하고는 다시 아까처럼 침묵을 지켰다.

다시 한 번 카시얀의 말을 들어보려고 여러모로 애를 썼지만 도무지 효과가 없자, 나는 벌목장으로 발을 옮겼다. 아까보다는 더위도 심하지 않았다. 그러나 계속 사냥에 실패해서(흔히 이 지방에서는 불운이 계속된다고 말한다), 결국 나는 뜸부기 한 마리와 새 굴대만을 가지고 마을로 되돌아왔다. 마차가 마당 옆에 이르렀을 때, 카시얀은 별안간 내게로 몸을 돌렸다.

"나리, 저 나리." 그는 말했다. "정말 죄송합니다. 새를 못 잡게 해드려서."

"그건 또 무슨 뜻이요?"

"난 새 쫓는 법을 알고 있답니다. 그래서 나리의 개가 아무리 잘 훈련돼 있다 하더라도, 어떻게 할 도리가 없었던 거예요. 생각해 보면, 인간이란 보잘것없는 존재지요. 그렇잖아요? 바로 짐승에게 나쁜 버릇을 가르쳐주는 것도 인간이니 말입니다."

나는 카시얀에게 들새를 쫓을 수는 없다고 말하고 싶었으나 아무 소용도 없으리라는 것을 알고 있었기 때문에 별로 대꾸를 하지 않았다. 게다가 마차는 이미 대문 안으로 들어서고 있었다.

안누시카는 집에 없었다. 벌써 집에 돌아와서 버섯이 담겨 있는 구럭을 놓아둔 채, 어디론가 나가버렸던 것이다. 예로페이는 먼저 새 굴대의 가격이 너무 비싸다며 투덜대고 굴대를 마차에 달았다. 한 시간 뒤에 우리는 마을을 떠났다. 떠날 때, 나는 얼마의 돈을 카시얀에게 쥐어주었다. 카시얀은 처음에는 그 돈을 받으려고 하지 않았으나, 잠시 생각하더니 손바닥 위에 얹었다가 안주머니에 집어넣었다. 우리가 떠날 때까지 그는 거의 한마디도 하지 않았다. 여전히 문에 기대선 채, 마부의 핀잔에도 대꾸하려 하지 않고 나에게도 매우 싸늘한 작별의 인사를 했다.

나는 벌목장에서 돌아오자, 마부 예로페이의 기분이 좋지 않다는 것을 알아차릴 수 있었다. 그것도 그럴 것이, 이 마을에서는 아무것도 먹을 것을 구할 수 없었고, 말에게 먹일 물조차 없었던 것이다. 우리는 마차를 몰았다. 마부 예로페이는 그의 뒷모습에까지 불만의 빛을 나타내면서 마부대에 앉아 있었다. 그는 나와 이야기하고 싶어하면서도 내 쪽에서 말을 걸어오기를 기다리면서, 낮은 소리로 중얼거리기도 하고 말에게 설교를 하기도 하고 혹은 독설을 퍼붓기도 했다.

"마을이라고!" 그는 투덜거렸다. "그래가지고 무슨 마을이야! 크바스를 사려 해도 없으니 정말 한심하지! 물에는 균이 득실거리고! (그는 침을 뱉었다.) 오이도 없고 크바스도 없어—아무것도 없으니 에잇, 이놈아!" 그는 오른쪽 말을 향해 큰 소리로 덧붙였다. "네 놈의 뱃속을 잘 안다, 이 게으름뱅이 같으니! 또 게으름을 피우려고. (이렇게 말하고 그는 회초리를 내리쳤다.) 아주 약아빠졌어. 전에는 그렇지 않았는데. ……이놈아, 정신 차려!"

"저, 예로페이." 나는 말문을 열었다. "도대체 카시얀은 어떤 사람인가?"

예로페이는 이내 대답하지는 않았다. 그는 생각이 깊고 침착한 남자였다. 그러나 나는 곧, 나의 질문이 그를 즐겁게 해주는 한편, 마음을 풀어주는 데도 효력이 있다는 것을 알아차릴 수 있었다.

"벼룩 말입니까?" 예로페이는 고삐를 잡아당기며 한참 뒤에 이렇게 말했다. "그는 별난 사람이죠. 정말 괴짜예요. 그런 괴짜는 이 세상에 둘도 없을 겁니다. 이를테면 바로 이 노랑말처럼 말을 듣지 않습니다. 다시 말해서 일을 할 줄 모르거든요. 그야 물론, 그를 일꾼이라 할 순 없지요. 목숨만 붙어 있을 정도니까요. 그러나 어쨌든 그는 어릴 때부터 그 모양이랍니다. 처음엔 자기 아저씨들하고 마차를 몰았지요. 세 필 마차를 가지고 있었는데, 얼마 뒤 싫증이 나서 집어던지고 말았습니다. 그러고 나서 집에서 살게 되면서도 역시 붙어 있질 못했습니다. 정말 벼룩처럼 한곳에 붙어 있질 못해요. 그런데 다행히 마음씨 좋은 주인을 만나서 고생은 하지 않았지요. 이런 식으로,

그때부터 지금까지 들판을 헤매는 양처럼 떠돌아다니고 있는 신세입니다. 이상한 놈이라서, 그루터기처럼 말이 없는가 하면 또 어떤 때는 갑자기 지껄이기도 합니다. 그런데 무슨 말인지 통 알아들을 수 없단 말입니다. 도대체 이렇게 예의 없는 일이 어디 있겠어요? 이건 예라고 할 수도 없지요. 정말 생각도 못할 괴짜예요. 그래도 노래만은 잘 부른답니다. 이렇게 거드름을 피우면서 말예요. 곧잘 부르지요."

"그런데 그가 병을 고친다는 건 사실인가?"

"병을 고치다뇨! ……어림도 없습니다! 그럴 위인이면 괜찮게요. 하긴 내 결핵 목 림프샘염을 고쳐주긴 했습니다만 어림도 없어요! 그야말로 천치입니다." 그는 잠시 말을 그쳤다가 다시 이렇게 덧붙였다.

"오래전부터 그를 알고 있었나?"

"오래 됐지요. 크라시바야 메치는 스이쵸프카에서 이웃이었으니까요."

"그런데 저 숲에서 만난 안누시카라는 소녀는 누구지, 그의 친척인가?"

예로페이는 어깨 너머로 나를 바라보고 크게 입을 벌리며 웃어댔다.

"헤헤! ……그렇죠, 친척입니다. 그 앤 고아라서, 어머니가 없습니다. 도대체 누가 그 애의 어머니인지도 모르지요. 그래도 카시얀의 친척임엔 틀림 없을 겁니다. 판에 박은 듯이 닮았으니까요. 어쨌든 그의 집에서 살고 있습니다. 아주 약삭빠르고 좋은 애죠. 카시얀은 끔찍이도 그 앨 사랑합니다. 그 앤 정말 귀엽지요. 그런데 나리께선 믿지 않으시겠지만 글쎄 그자는 안누시카에게 글을 가르쳐 주겠다고 생각한답니다. 그자라면 할 수 있을지도 모르죠. 워낙 괴짜가 돼서. 어쨌든 걷잡을 수 없는 변덕쟁이니까…… 어, 어, 어!" 마부는 갑자기 이야기를 중단하고 말을 멈추었다. 그러고는 마차 옆으로 몸을 내밀고 코를 실룩거리며 냄새를 맡기 시작했다. "이건 확실히 타는 냄샌데? 틀림없군! 새 굴대라 할 수 없어……. 그렇게 기름칠을 했는데도 ……. 물을 떠와야겠는데, 아, 마침 여기 못이 있군."

예로페이는 천천히 마부대에서 내려서 물통을 들고 못가로 걸어갔다. 이윽고 마차 옆으로 돌아와서는 갑자기 물을 끼얹는 바람에 달았던 바퀴통에서 쉬쉬 소리가 나는 것을 만족스러운 표정으로 듣고 있었다……. 10베르스타씩 갈 때마다, 그는 뜨거워진 굴대에 여섯 번이나 물을 끼얹어야 했다. 우리는 완전히 날이 저문 뒤에야 겨우 집에 돌아올 수 있었다.

지배인[*1]

내 영지에서 15베르스타쯤 떨어진 곳에 근위 장교 출신의 젊은 지주, 아르카티 파블리치 페노치킨이라는 지인이 산다. 그 영지에는 날짐승이 많고, 집은 프랑스인 건축가가 설계했으며, 하인들은 영국식 옷을 입고, 손님이 오면 훌륭한 요리로 극진히 대접한다. 그럼에도 사람들은 그를 찾아가는 것을 꺼렸다. 그는 똑똑하고 씩씩한 사나이였다. 고등교육을 받고 군대에도 근무했으며 상류 사회에서도 어울렸으나, 지금은 영지 경영에 힘쓰며 꽤 많은 성과를 거두고 있다. 아르카티 파블리치는, 그의 말을 빌려 표현하자면 엄격하기는 하나 공평하고, 아랫사람들을 잘 위할 줄 알며, 그러기에 벌도 잘 준다. 그리고 그럴 때면 이렇게 말한다. "농민은 애들처럼 다루어야 합니다. 그들이 무식하다는 점도 고려해야 하거든요." 그러나 정작 본인은 난처한 일이 생기면 난폭하고 격앙된 행동을 피하고 언성도 높이지 않은 채 상대방을 느닷없이 쿡 찌르고서 "아니, 내가 그렇게 일러줬는데도" 또는 "왜 그러나, 다시 생각해 보게"라고 침착하게 말하는 것이었다. 그럴 때면 이를 살짝 깨물고 입술을 일그러뜨렸다. 그의 키는 결코 큰 편이 아니지만 풍채 좋고 잘생겼으며, 손과 손톱은 늘 깨끗이 손질되어 있었고, 붉은 입술과 뺨은 한눈에도 건강해 보였다. 웃을 때는 호탕하게 껄껄대며 맑은 갈색 눈으로 인자하게 눈웃음을 지었다. 또한 멋스러운 옷을 입었으며, 프랑스 책, 그림, 신문 등을 주문해서 봤다. 그러나 책은 좋아하는 편이 아니어서, 《방랑하는 유대인》[*2]조차 읽었는지 의심스럽다. 그러나 카드놀이만큼은 명수였다. 요컨대

[*1] 지주 소유의 대영지를 관리하는 사람으로, 비교적 돈벌이가 좋은 농민 중에서 뽑았다.

[*2] 그리스도가 십자가에 못 박히기 전에 그리스도를 모욕한 죄로 영원히 떠돌이 생활을 하게 된 유대인의 이야기. 이런 숙명을 짊어진 유대인의 이야기는 여러 곳에서 다루어졌는데, 근대에 이르러서는 괴테의 서사시, 레나우의 시, 슐레겔의 2부극, 외젠 쉬의 장편 등이 유명하다. 여기서는 쉬(1804~1857)의 사회소설 《방랑하는 유대인》(도스토옙스키에게도 영향을 주었다고 전해진다)을 가리킨 것으로 추정된다.

아르카티 파블리치는 이 고장에서 가장 교양 있는 귀족으로, 신랑감으로도 가장 물망에 오르는 사람이었다. 여자들은 그에 대해 이야기할 때면 시간 가는 줄 몰랐고, 특히 그의 태도를 칭찬했다. 그는 놀랄 만큼 행실이 바르고, 고양이처럼 조심성 많았으며, 태어나서 단 한 번도 남에게 손가락질받을 만한 짓을 한 적이 없었다. 그러나 때와 경우에 따라서는 기백 있게 겁쟁이를 당황하게 하거나 혼쭐을 내주기도 했다. 명예를 더럽힐까 봐 나쁜 친구들은 사귀지 않았다. 기분이 좋을 때면 에피쿠로스의 제자를 자청하지만, 대개는 철학이 독일 학자들의 안개처럼 덧없는 양식이나 잠꼬대라고 하는 등 그다지 좋게 말하지 않는다. 음악도 좋아해서, 카드놀이를 할 때면 멍하니, 그러나 감정이 담긴 목소리로 노래한다. 〈루치아(Lucia)〉나 〈솜남불라(Somnambula)〉 같은 곡도 조금은 알지만, 늘 음정을 너무 높이 잡고 만다. 겨울은 페테르부르크에 가서 보냈다. 저택은 놀라울 정도로 깨끗이 정리되어 있었다. 마부들도 그 영향을 받아서 날마다 말고삐를 청소하거나 외투를 깨끗이 손질할 뿐 아니라 틈만 나면 세수를 했다. 아르카티 파블리치의 하인들은 어딘가 세슴츠레한 표정을 하고 있는데, 본디 우리 러시아에서는 기분 나쁜 표정과 졸린 표정이 구별이 안 된다. 아르카티 파블리치는 말할 때 상냥하고 시원시원한 목소리로 천천히 간격을 두어가며, 향수 냄새 나는 멋진 수염 사이로 한마디 한마디를 만족스럽게 흘려보냈다. 또한 "Mais c'est impayable(아주 훌륭합니다)!"라든가 "Mais comment donc(물론이지요)!" 등과 같은 프랑스식 표현을 이것저것 썼다. 그는 이렇게 훌륭한 점이 많지만, 나는 조금도 자진해서 방문할 마음이 들지 않는다. 그의 영지에 멧닭이나 자고새가 없었더라면 완전히 교제를 끊었을지도 모른다. 그의 집에 가면 왠지 모를 불안감에 사로잡힌다. 극진한 대접을 받아도 조금도 기쁘지 않다. 저녁마다 머리카락을 지진 하인이 문장 새겨진 단추 달린 하늘색 제복을 입고 나타나 아주 정중하게 장화를 벗겨줄 때면 이 창백하고 바싹 야윈 얼굴 대신, 갓 머슴에서 격상했으며 받은 지 얼마 안 되는 무명 윗도리를 벌써 열 군데나 실밥을 터트린 젊고 건강한 사내의 샛노란 광대뼈와 좀체 보기 드문 주먹코가 불쑥 나타나 주었으면 하고 바란다―실제로 그렇게 된다면 이루 표현하지 못할 만큼 기뻐서, 장화와 함께 내 허벅지부터 아래가 뽑혀 나갈 정도로 위험한 행위조차 허락해도 좋을 것 같은 생각이 든다……

이처럼 아르카티 파블리치를 싫어했음에도 언젠가 그의 집에서 어쩔 수 없이 하룻밤을 보내야 했던 적이 있었다. 다음 날 나는 아침 일찍 마차를 대기시켰지만, 그는 영국식 아침식사를 대접하지 않고는 보낼 수 없다며 나를 자기 서재로 데리고 갔다. 차와 함께 커틀릿과 달걀 반숙, 버터, 벌꿀과 치즈 등이 나왔다. 아무 말 하지 않아도, 깨끗하고 새하얀 장갑을 낀 하인 두 명이 가려운 곳을 긁어주듯 뭐든 신속하게 가져다주었다. 우리는 페르시아식 소파에 앉아 있었다. 아르카티 파블리치는 헐렁한 터키풍 비단 바지에 까만 벨벳 재킷을 입었으며, 파란 술이 달린 멋진 터키식 모자를 쓰고, 뒤축이 없는 중국식 노란 슬리퍼를 신고 있었다. 그는 차를 음미하고, 웃고, 손톱을 지긋이 바라보고, 쿠션을 옆구리 밑에 대고서 무척 즐거워했다. 자못 만족스럽게 아침식사를 잔뜩 하고서 아르카티 파블리치는 스스로 적포도주를 잔에 따라 입술로 가져가다가 불현듯 미간을 찌푸렸다.

"이 포도주는 왜 데우지 않았지?"

그가 꽤 날카로운 목소리로 한 하인을 꾸짖었다.

하인은 어쩔 줄 몰라 하며 새파랗게 질린 채 꼼짝도 하지 않고 우두커니 서 있었다.

"내 말이 안 들리나?" 하인에게 시선을 고정한 채 아르카티 파블리치가 침착하게 말을 이었다.

운 나쁜 하인은 안절부절못하며 냅킨만 비비 꼴 뿐 아무 말이 없었다. 아르카티 파블리치가 머리를 숙이고 이마 너머로 의미심장하게 하인을 노려보았다.

그러다가 내 무릎을 인자하게 만지고는 밝은 미소를 띠며 말했다. "Pardon, mon cher(실례했습니다)." 그러고는 다시 하인을 노려보더니, 잠시 입을 다물고 있다가 "그만 가 봐" 하고는 눈썹을 치켜뜨고 벨을 울렸다.

곧 검은 머리에, 거무튀튀하고, 이마가 좁으며, 살찐 눈두덩이로 눈을 뒤덮은 뚱뚱한 사내가 들어왔다.

"표도르는…… 적당한 곳으로 옮겨 둬." 아르카티 파블리치가 침착하고 낮은 목소리로 말했다.

"네, 알겠습니다." 뚱뚱한 사내는 대답하고 나갔다.

"Voilà, mon cher, les désagréments de la campagne(시골에서는 이래저래

못마땅한 일이 많답니다)." 아르카티 파블리치가 유쾌하게 말했다. "왜 벌써 일어나십니까? 더 계시다 가세요."

"아니요, 이제 가야지요." 내가 대답했다.

"오호라, 사냥을 가시는군요! 뭐, 총 쏘는 일은 사냥도 아니지만요! 그런데 어디로 가십니까?"

"여기에서 40베르스타 떨어진 랴보요로 갑니다."

"랴보요? 아, 잘됐군요. 저와 함께 가시죠. 랴보요는 제 영지 슈피로프카에서 5베르스타밖에 안 되거든요. 좀처럼 갈 기회가 없어서 가본 지 꽤 오랩니다. 마침 잘됐어요. 오늘 랴보요에서 사냥하신 뒤에 밤에 저를 찾아오세요. Ce sera charmant(이거 참 재미있게 됐군요). 저녁식사를 함께 하시죠. 저희 요리사를 데리고 갈 테니까요. 저희 집에서 주무세요. 신나는군, 신이나!" 그는 내 대답을 기다리지도 않고 덧붙였다. "C'est arrangé(그럼 결정한 겁니다). ……거기 누구 없나? 마차를 준비 시켜, 서둘러서. 슈피로프카는 처음이시죠? 지배인의 오두막에서 묵으시게 하기에는 부끄럽습니다만, 당신은 그런 건 신경 쓰는 분이 아니니까 괜찮겠지요? 거기다 어차피 랴보요에 가시면 초가에서 묵으셔야 하지 않습니까……. 자, 갑시다, 가요!"

이렇게 말하고 아르카티 파블리치는 웬 프랑스 노래를 흥얼대기 시작했다.

"당신은 모르시겠지만," 그가 선 채로 몸을 흔들거리며 말했다. "저는 그쪽 농민들에게 소작제를 적용하고 있답니다. 관습이 그러니 어쩔 수 없지요. 물론 소작료를 꼬박꼬박 받습니다. 솔직히 저는 부역제를 오래전부터 생각해 왔지만, 땅이 너무 적어서 말이지요. 사실 농민들이 어떻게 수지를 맞춰 가는지 저로서는 신기할 정도랍니다. 하지만 c'est leur affaire(그건 제가 알바 아니지요). 그곳에 둔 제 지배인은 일을 썩 잘해요. une forte tête(자기 고집대로 하는 사내)여서 수완이 좋죠! 만나 보면 아실 테지만……. 이 얼마나 좋은 기회입니까!"

그렇게 할 수밖에 없었다. 아침 9시에 떠날 예정이었으나 우리는 오후 2시가 되어서야 겨우 집을 나섰다. 사냥꾼들이라면 내 초조한 기분을 잘 이해할 것이다. 자기 말마따나 이따금 멋 부리기 좋아하는 아르카티 파블리치는 속옷이며 갈아입을 옷, 향수, 쿠션, 각종 화장도구 등을, 검소하고 알뜰한 독일인이었다면 1년은 족히 쓸 정도로 많이 챙겼다. 비탈을 내려갈 때마다 아르카티 파블리치는 마부에게 간결하고도 단호하게 주의하라고 경고했다. 나는 그가 어지간한 겁쟁이임을 짐작할 수 있었다. 그렇지만 우리는 무사히 목적지에 도착했다. 사건이 있었다면, 요리사를 태운 마차가 보수한 지 얼마 안 된 작은 다리 위에서 기우뚱하는 바람에 요리사가 마차 뒷바퀴에 깔렸다는 것 정도였다.

아르카티 파블리치는 집에서 키운 카렘*3이 마차에서 떨어진 것을 보고 매우 놀라 재빨리 사람을 보내 팔이 괜찮은지 묻게 했다. 무사하다는 대답을 듣자 그는 금세 안도했다. 이런 이유로 우리는 도중에 꽤 많은 시간을 허비했다. 나는 아르카티 파블리치와 같은 마차에 탔는데, 여행이 끝날 무렵에는 참을 수 없을 만큼 따분했다. 마지막 몇 시간은 그가 완전히 넋을 놓고 자유주의자 행세를 하는 바람에 더욱 그랬다. 마침내 우리는 도착했다. 그런데 랴보요가 아니라 슈피로프카로 바로 와버린 것이었다. 영문은 알 수 없지만 그렇게 돼버렸다. 그날은 그렇지 않아도 사냥을 할 수 없었으므로 나는 마지못해 '이것도 운'이라고 생각하고 체념해 버렸다.

요리사는 우리보다 일찍 도착해서 이것저것을 준비했다. 중요한 사람들에게도 언질을 주었는지, 우리가 마을 어귀로 들어서자 작업반장(지배인의 아들)이 우리를 맞이하러 나와 있었다. 붉은 머리카락에 키가 훌쩍 크고 다부진 사나이였다. 말을 타고, 모자를 썼으며, 새 저고리를 단추도 잠그지 않은 채 입고 있었다. "소프론은 어디에 있지?" 아르카티 파블리치가 그에게 물었다. 작업반장은 말에서 훌쩍 뛰어내리더니 주인에게 공손하게 절하고 인사했다. "어서 오십시오, 아르카티 파블리치 님." 그러고는 머리를 들고 몸을 들썩이면서, 소프론은 페로프에 갔는데, 그를 데려 오라고 이미 사람을 보냈노라고 보고했다. "좋아, 우릴 따라와." 아르카티 파블리치가 말했다. 작업반장은 공손하게 자기 말 옆으로 물러나 말에 걸터앉더니 모자를 손에 든 채 마차 뒤를 종종걸음으로 따라왔다. 우리는 마을의 큰길을 지나갔다. 빈 달구지를 탄 농부 몇 명과 마주쳤다. 그들은 탈곡장에서 오는 길로, 몸을 들썩이고 다리를 흔들면서 노래를 부르고 있었다. 그러다가 우리가 탄 마차

---

*3 프랑스의 대표적인 요리사(1748~1833). 솜씨 좋은 요리사의 대명사가 되었다.

와 작업반장을 보더니 이내 입을 다물고 저마다 겨울 모자(그때는 여름이었다)를 벗고서, 명령을 기다리듯이 일어섰다. 아르카티 파블리치는 정답게 고개를 까딱했다. 온 마을이 불안감으로 술렁이는 것 같았다. 바둑무늬 치마를 입은 아낙들은 눈치도 없이 짖어대는 개에게 막대기를 집어 던졌다. 거의 눈 바로 밑부터 얼굴 전체에 수염을 기른 절름발이 노인은 물을 마시던 말을 우물가에서 억지로 떼어내더니, 무슨 사정이 있었는지는 알 수 없으나 말 옆구리를 후려갈긴 뒤 공손하게 절했다. 긴 셔츠를 입은 아이들은 비명을 지르며 집 안으로 뛰어들어갔다. 그러더니 높은 문지방에 배를 대고 머리를 숙이고 두 발을 허공에서 버둥거려 한 바퀴 굴러 문 뒤로 사라지더니, 어두운 현관에 숨어 두 번 다시 모습을 드러내지 않았다. 암탉마저 대문 밑으로 쏜살같이 도망쳤다. 자수를 놓은 조끼처럼 가슴 털이 까맣고, 빨간 꽁지털이 볏 끄트머리까지 말려 내려간 겁 없는 수탉만이 큰길에 버티고 서서 홰를 치려고 준비하다가 금세 마음이 바뀌어 내빼고 말았다. 지배인의 오두막은 다른 집들과 떨어져 푸르게 우거진 대마밭 가운데에 있었다. 우리는 문 앞에서 말을 세웠다. 페노치킨 씨가 일어서서 맵시 있게 망토를 벗고는 인자한 눈길로 주위를 둘러보며 마차에서 나갔다. 지배인의 아내가 공손히 절하면서 우리를 맞이하고, 주인의 입에 손을 맞추려고 걸어 나왔다. 아르카티 파블리치는 입맞춤하도록 손을 내준 뒤 계단을 올라갔다. 어두침침한 현관 구석에는 농부 대표의 아내가 서 있었다. 그녀도 정중히 절했지만, 주인의 손에 입을 맞추려고는 하지 않았다. 이른바 여름용 방[4]—현관 오른쪽 방—에서는 다른 두 여자가 부지런히 움직이고 있었다. 보기 흉한 물건이며 빈 병, 나무처럼 딱딱해진 털가죽 외투, 기름때 낀 단지, 누더기를 잔뜩 깐 위에 부스럼투성이 갓난애를 눕힌 요람 따위를 밖으로 내가고 빗자루로 먼지를 쓸어내는 것이었다. 아르카티 파블리치가 여자들을 내보내고, 성상 아래 놓인 의자에 앉았다. 마부들이 무거운 장화 소리를 내지 않도록 저마다 조심하면서 여행 가방이며 궤짝, 그 밖에 잡다한 물건들을 방으로 들여놓기 시작했다.

그러는 사이 아르카티 파블리치는 작업반장에게, 작황이며 파종이며 그 밖에 여러 가지 농사일에 관해서 물었다. 작업반장은 분명 나무랄 데 없이

---

*4 난로가 없는 방.

대답을 했으나, 어쩐지 말투에 기운이 없고 불안해 보였다. 뿐만 아니라 그에게서는 곱은 손가락으로 저고리 단추를 채우는 듯한 답답함이 느껴졌다. 그는 문간에 서서 흘끔흘끔 뒤를 돌아보고는 재빨리 하인들에게 길을 내주었다. 그 다부진 어깨 너머로 지배인의 아내가 현관에서 어떤 여자에게 주먹질하는 것이 보였다. 갑자기 마차 소리가 나더니 계단 앞에서 멈추었다. 지배인이 들어왔다.

아르카티 파블리치의 '수완가'인 그는 키가 크지 않은 대신 어깨가 떡 벌어지고, 머리가 희끗희끗했으며, 붉은 코에 작고 푸른 눈을 가졌으며, 부채꼴로 수염을 기른 사나이였다. 참고로 말하자면, 러시아가 생긴 이래 부귀영화를 누린 사람에게 짙고 풍성한 수염이 없었던 예는 없다. 평생 한 줌도 안 되는 쐐기 모양 수염밖에 길러본 적 없던 사람도 생활이 풍요로워지면 곧 후광처럼 얼굴 전체에 수염이 자란다—대체 어디에서 그렇게 풍성한 털이 나오는지! 어쨌든 지배인은 페로프에서 한잔 걸치고 왔는지 얼굴이 벌겋고 술 냄새를 물씬 풍기고 있었다.

"어이쿠, 우리 아버지나 다름없는 자비로우신 나리." 그가 노래라도 부르는 것처럼 당장에라도 눈물을 쏟을 듯 감격에 겹다는 표정으로 말했다. "오래간만에 왕림하시는 영광을 베풀어 주셨군요! ……손을, 제발 손을 주십시오!" 그는 입술부터 내밀며 덧붙였다.

아르카티 파블리치가 그의 소원을 들어주었다.

"소프론, 요즘 어떤가? 별일은 없고?" 그가 인자한 목소리로 물었다.

"아, 나리!" 소프론이 외쳤다. "여부가 있겠습니까! 우리 아버지나 다름없는 자비로우신 나리께서 친히 방문하시어 이 가난한 마을을 밝혀주시고 죽을 때까지 행복하게 해주시는데요. 정말 고맙습니다, 아르카티 파블리치 님, 고맙습니다! 나리의 자비 덕분에 모두 탈 없이 지낸답니다."

여기서 소프론은 입을 잠시 다물고 주인의 얼굴을 쳐다보다가 다시 감격에 겨운 듯이(술기운도 한몫하여) 다시 한 번 손을 달라고 애원했다. 말투는 아까보다 더 노래하듯이 바뀌었다.

"아, 아버지나 다름없는 은혜로우신 분. ……아니, 새삼 이런 말을 할 필요는 없지요! 저도 참, 기쁜 나머지 머리가 어떻게 됐나 봅니다. ……이렇게 눈을 들어 나리의 얼굴을 보면서도 믿기지가 않습니다. ……아, 우리 아버지나 다름없는 분……."

아르카티 파블리치가 나를 흘끔 돌아다보고는 미소지으며 물었다. "N'est—ce pas que c'est touchant(안쓰럽지 않습니까)?"

"그런데 아르카티 파블리치 나리." 지배인은 조금도 서슴지 않고 말을 계속했다. "이게 대체 어찌 된 일입니까? 오신다는 전갈을 주시지 않고 저를 이렇게 무안 주시다니요. 오늘 밤은 어디서 주무십니까? 여기는 더럽고 먼지도……."

"됐네, 소프론." 아르카티 파블리치가 미소를 지으며 대답했다. "여기면 충분해."

"하지만 나리, 누구에게 충분하단 말씀이십니까? 우리 같은 농사꾼에게야 충분하지만 나리는, 자비로우신 나리는, 아, ……나리는 우리 아버지나 다름없는 분이십니다! ……제발 이 바보를 용서하세요. 너무 기뻐서 돌았나 봅니다. 정말로 바보가 되었어요."

그러는 사이에 저녁식사가 차려졌다. 아르카티 파블리치가 먹기 시작했다. 노인이 술 냄새가 지독하다며 아들인 작업반장을 내쫓았다.

"그런데 영감, 경계선은 정했소?" 페노치킨 씨가 내게 눈짓하며 명랑하게 농부 말투를 흉내내어 물었다.

"정했습니다. 나리, 이것도 다 나리의 은혜입니다. 엊그제 대장(臺帳)에 써넣었지요. 처음에는 흘리노프 패거리가 인정하지 않았어요. ……절대로 인정하지 않았죠. 이렇게 해달라…… 저렇게 해달라…… 말도 안 되는 주문을 해대지 않겠습니까? 그런데 놈들은 바보 천치 집단이거든요. 어쨌든 우리는 중개를 해주셨던 니콜라이 미콜라이치 씨에게 감사를 드리고 섭섭지 않게 사례를 해드렸습니다. 모두 나리의 지시대로 했습니다. 나리 지시대로 에고르 드미트리치에게 사전 승인을 받고서 모든 일을 진행시켰죠."

"에고르한테서 보고가 있었네." 아르카티 파블리치가 엄숙하게 말했다.

"그러실 테죠, 나리. 에고르 드미트리치라면 그랬을 겁니다."

"어쨌든 이제 너희도 만족하겠지?"

소프론은 이 말을 기다리고 있었던 듯했다. "아, 우리 아버지나 다름없는 은혜로우신 분!" 그는 다시 읊기 시작했다. "부디 저희를 어여삐 여겨 주십시오. ……저희도 밤낮으로 하느님께 나리를 보살펴 달라고 기도한답니다…

…. 아, 물론 땅이 좀 부족하긴 합니다만……."

페노치킨이 가로막았다. "됐네, 됐어. 소프론, 자네가 열심히 일한다는 건 아네. ……그런데 보리 작황은 어떻지?"

소프론이 한숨을 쉬었다.

"저, 작황은 그다지 좋지 않습니다. 그건 그렇고 아르카티 파블리치 님, 말씀드릴 게 있는데요. 요전에 좀 난처한 사건이 있었습니다. (소프론은 여기서 두 손을 벌리고 페노치킨 씨에게 다가가서 허리를 숙이고 한쪽 눈을 가늘게 떴다.) 저희 땅에서 시체가 발견되었습니다."

"그게 무슨 말인가?"

"아버지나 다름없는 나리, 저도 영문을 모르겠습니다. 아무래도 적이 꾸민 짓 같아요. 하지만 다행히도 땅 경계 가까이에서 발견되었지요. 물론 정확히 따지자면 우리 쪽 땅인 건 분명해요. 그래서 문제가 생기지 않도록 재빨리 밭두둑으로 끌어내서 감시를 붙이고, 농부들에게는 '입 다물고 있으라'고 일러두었죠. 어쨌든 지서장에게는 사정을 설명하고 음식을 대접한 뒤 얼마쯤 쥐여 주었습니다. ……그런데 나리, 어떻게 생각하십니까? 우리 쪽 책임이 저쪽으로 넘어간 것 아닙니까? 어쨌거나 시체 하나 치우려면 200루블은 거뜬히 드니까요."

페노치킨 씨는 지배인의 교묘한 계략에 한바탕 웃어댄 뒤, 머리로 그를 가리키며 내게 몇 번이고 이렇게 말했다. "Quel gaillard(대단한 놈이죠)?"

그러는 사이에 문밖은 완전히 캄캄해졌다. 아르카티 파블리치가 식탁을 치우고 마른풀을 가져오라고 지시했다. 하인이 우리를 위해 마른풀 위에 자리를 깔고 베개도 나란히 놓아 주었다. 우리는 누웠다. 소프론은 다음 날 어떻게 하라는 지시를 듣고 자기 방으로 물러갔다. 아르카티 파블리치는 졸린 것을 꾹 참고서, 러시아 농민의 훌륭한 성질에 관해 조금 이야기하고, 소프론이 관리를 맡은 뒤로는 슈피로프카에서 농부들이 한 푼도 체납하지 않게 되었다고 말해 주었다. ……야경꾼이 막대기를 두드리기 시작했다. 지주님이 오셨으니 자중해야 한다는 마음이 없는 듯한 갓난아이가 오두막 어딘가에서 빽빽 울기 시작했다. ……우리는 어느새 잠이 들었다.

이튿날 아침, 우리는 매우 일찍 일어났다. 나는 랴보요로 떠날 생각이었으나, 아르카티 파블리치가 자기 영지를 보여주고 싶어했으므로 나는 그 청을 받아들였다. '수완가' 소프론의 훌륭한 성질을 직접 확인하는 것도 나쁘지 않다고 생각한 것이다. 이윽고 지배인이 나타났다. 그는 축 늘어진 파란 외투에 빨간 스카프를 허리에 매고 있었다. 어제보다 훨씬 말수가 적었다. 날카로운 눈빛으로 주인의 눈을 빤히 쳐다보며 조리 있고 막힘없이 대답했다. 우리는 그와 함께 탈곡장으로 갔다. 여러 면에서 부족해 보이는 키다리 작업반장, 즉 소프론의 아들도 우리 뒤를 따라왔다. 마을 서기인 페드세예비치도 함께 갔다. 퇴역 군인으로 덥수룩한 수염을 기른 그는 조금 묘한 표정을 한 사나이였다. 마치 오래전에 무슨 일에 몹시 놀란 이후 제정신이 돌아오지 않은 듯한 표정이었다. 우리는 탈곡장이며 곡식 창고, 건조장, 헛간, 풍차, 가축우리, 채소밭, 대마밭 등을 돌아보았는데, 들은 대로 모든 것이 잘 정리되어 있었다. 다만 농민들의 무표정한 얼굴이 얼마간 의심을 불러일으켰다. 소프론은 실속 외에 풍경에도 신경 쓰고 있었다. 도랑 가에는 버드나무를 빽빽이 심었으며, 탈곡장 낟가리 사이에는 오솔길을 내고 고운 모래를 깔았다. 물레방앗간에는 아가리를 벌리고 새빨간 혀를 내민 곰 모양 풍향계를 설치했으며, 벽돌로 만든 가축우리에는 아랍식 박공널 같은 것을 붙이고 그 아래에는 "1840년 슈피로프카 마을에 건립"이라고 흰 글자로 써 놓았다. 아르카티 파블로치는 신이 나서 프랑스어로 소작료 제도의 이점을 떠들어대기 시작했다. 그렇지만 지주로서는 부역을 시키는 편이 훨씬 유리하다고 덧붙였다―이런 일은 줄줄이 이어졌다! ……또 지배인에게는 감자 재배법이며 가축 사료 만드는 법, 그 밖에 시시콜콜한 조언을 했다. 소프론은 주의 깊게 주인의 말을 들었다. 가끔은 이의를 제기했지만, 이제는 아르카티 파블리치를 아버지나 다름없는 은혜로운 분이라며 치켜세우지는 않았다. 다만 땅이 좁아 문제가 많으니 조금 더 사들여도 나쁘지 않을 거라는 말만 조르듯이 했다. "음, 사면 되잖나." 아르카티 파블리치가 말했다. "내 명의로 말이야. 나는 반대하지 않네." 이 말에 소프론은 아무 말 없이 수염만 쓰다듬었다. "참, 숲을 둘러보는 것도 나쁘지 않겠군." 페노치킨 씨가 불쑥 말했다. 즉시 안장을 곧게 얹은 말이 끌려 나왔다. 우리는 숲, 즉 우리가 말하는 '금벌림(禁伐林)'으로 갔다. 이 '금벌림'에서도 나무가 빽빽이 우거진 곳에 다다르자 들새가 엄청나게 많았다. 그것을 본 아르카티 파블리치가 소프론을 칭찬하며 가볍게 어깨를 두드려 주었다. 페노치킨 씨는 삼림에 관한 한 러시아식을 고집했던 것이다. 그때 그가 매우 재미있는—그의 말을 빌리자면—사건을 이야기해 주었다. 어느 재미있는 지주가 자기 삼림지기를 벌주기 위해 그의 구레나룻을 반쯤 뽑고서, 숲을 이렇게 벌목해 버리면 절대로 그전처럼 자라지 않는다는 것을 증명해 보였다는 이야기였다. 그러나 다른 일에서는 소프론이나 아르카티 파블리치나—둘 다 새로운 방법을 절대로 경시하지 않았다. 마을로 돌아오자, 지배인은 얼마 전 모스크바에서 들여온 풍구(風具)를 보여주겠다며 우리를 안내했다. 풍구는 확실히 성능이 좋았다. 그러나 이 산책이 끝난 뒤 얼마나 불쾌한 일이 자신과 주인을 기다리고 있는지 알았더라면 소프론은 아마도 우리와 함께 집에 남았을 것이다.

　이런 일이 일어났던 것이다. 우리가 곡식 창고에서 나오자 다음과 같은 광경이 보였다. 문간에서 몇 발짝 떨어진 곳에 물웅덩이가 있고 그 안에서 집오리 세 마리가 한가로이 물장구를 치고 있었는데, 그 물웅덩이 옆에 농부 두 사람이 서 있었다—한 사람은 예순 줄의 노인이고, 다른 한 사람은 스무 살쯤 되어 보이는 젊은이였다—둘 다 누덕누덕 기운 루바시카*5를 입고, 맨발이었으며, 허리는 새끼줄로 동여매고 있었다. 서기 페드세예비치가 그 옆에서 열심히 무슨 말을 하고 있었다. 우리가 창고 안에서 좀더 있었더라면, 분명 농부들을 설득해서 집으로 돌려보냈을 것이다. 페드세예비치는 우리를 보더니 넋이 나간 듯 멀뚱히 서서 멈춰버렸다. 또 바로 옆에는 작업반장이 입을 떡 벌린 채 주먹을 힘없이 늘어뜨리고 서 있었다. 아르카티 파블리치가 얼굴을 찌푸리고 입술을 깨물고서 탄원자 쪽으로 다가갔다. 두 사람은 잠자코 그의 발치에 엎드렸다.

　"무슨 일이지? 뭘 부탁하러 왔나?" 그가 얼마간 비음 섞인 엄숙한 목소리로 물었다(농부들은 얼굴을 마주 보며 한마디도 못했다. 햇살이 눈부신 듯 눈을 가늘게 뜨고서 점점 숨을 몰아쉴 뿐이었다).

　"뭐야, 무슨 일이야?" 아르카티 파블리치가 반복하며, 동시에 소프론을 돌아보았다. "어느 집 사람인가?"

　"토볼레프네 가족입니다." 지배인이 꾸물꾸물 대답했다.

　"그래, 무슨 일로 왔지?" 페노치킨 씨가 다시 물었다. "혀가 없는 거야,

---

*5 러시아 남자가 착용하는 블라우스풍의 윗옷.

응? 자, 어떤 용건인지 말해 봐." 노인에게 턱짓하며 덧붙였다. "겁먹을 것 없어, 바보 같으니."

노인이 새까맣게 볕에 탄 주름투성이 목을 길게 뽑고, 푸르스름한 입술을 천천히 열어 쉰 목소리로 말했다. "나리, 살려주십시오!" 그러고는 다시 이마를 땅바닥에 납작 붙였다. 젊은 농부도 따라 절했다. 아르카티 파블리치는 거들먹거리며 농부들의 목덜미를 내려다보면서 몸을 뒤로 젖히고 다리를 벌린 채 서 있었다.

"뭐야, 누구를 불평하러 온 거지?"

"나리, 자비를 베풀어 주십시오! 숨통 좀 트게 해주세요. ……짓밟히다 못해 죽을 지경입니다." (노인이 겨우 말했다.)

"누가 자네를 괴롭히나?"

"저 소프론 야코블리치입니다, 나리."

아르카티 파블리치는 잠시 아무 말이 없었다.

"자네 이름이 뭔가?"

"안치프입니다."

"이쪽은 누구야?"

"제 아들놈입니다."

아르카티 파블리치는 다시 입을 다물고 콧수염을 가볍게 잡아당겼다.

"그렇군. 그래, 어떤 짓을 당했지?" 그는 수염 너머로 노인을 내려다보며 말했다.

"집안을 아주 풍비박산 냈답니다, 나리. 순번도 오지 않았는데 두 아들놈을 군대에 보내버리더니, 이젠 셋째마저 데려가려 하질 않겠습니까. 어제는 한 마리밖에 없는 암소마저 빼앗기고, 제 마누라는 마누라대로 실컷 얻어터졌습니다—저기 저분이 그랬지요." (그러면서 작업반장을 가리켰다.)

"흠!" 아르카티 파블리치가 대답했다.

"제발 자비를 베푸시어 저희 집을 박살내지 말아주세요."

페노치킨 씨는 얼굴을 찌푸렸다. "이게 대체 무슨 영문인가?" 지배인에게 불쾌한 얼굴로 나직이 물었다.

"주정뱅이가 틀림없습니다요." 그는 처음으로 극존칭으로 대답했다. "게다가 게으름뱅이여서 소작료를 내지 않은 지 벌써 5년이나 되었습죠."

"소프론 야코블리치는 틀림없이 제 미납금을 받아갔습니다." 노인이 계속 말했다. "그게 벌써 5년 전 일이에요, 나리. 그런 주제에 우리를 맘대로 부려 먹고 게다가⋯⋯."

"애초에 미납은 왜 발생했지?" 페노치킨 씨가 위협하듯 물었다. (노인은 고개를 꺾었다.) "분명히 술집을 돌아다니며 술을 퍼마시길 좋아하겠지? (노인은 입을 열려고 했다.) 나는 너희 같은 놈들을 잘 알지." 아르카티 파블리치가 틈을 주지 않고 말을 이었다. "술을 마시고 벽난로 위에서 뒹구는 게 너희 일이잖아. 그러니까 성실하게 일하는 사람이 너희 몫까지 부담해야 한다고."

"거기다 버릇도 없지요." 지배인이 주인 말에 끼어들었다.

"그런 건 진작 알고 있어. 늘 그렇지 않나. 나도 한두 번 겪은 게 아니야. 1년 내내 빈둥거려 놓고 인제 와서 건방지게 찾아와 발밑에서 굽실거리기나 하고."

"나리, 아르카티 파블리치 님." 노인은 필사적으로 말했다. "자비를 베푸시어 저희를 굽어살펴 주십시오. 어째서 제가 무례하다는 겁니까? 하느님께 맹세코 저는 절대로 무례한 짓은 못 합니다. 소프론 야코블리치는 우릴 미워합니다. 우릴 미워해요. 왜 그런지—그건 하느님만이 아십니다! 우리 집을 아주 짓밟으려고 해요⋯⋯. 하나 남은 막내놈까지⋯⋯ 그⋯⋯ (노인의 누렇고 쭈글쭈글한 눈에서 눈물이 빛났다). 나리, 부디 자비를 베푸시어 저희를 굽어살펴 주십시오⋯⋯."

"게다가 저희만 이렇게 당하는 게 아닙니다." 젊은 농부가 말했다.

아르카티 파블리치가 벌컥 성을 냈다.

"누가 네놈한테 물었느냐! 네놈 따위한테 물은 게 아니다. 그러니 가만 있어. ⋯⋯대체 왜들 이러는 거야? 가만 있으라면 가만 있어! ⋯⋯아, 참을 수 없군! 이건 모반 사건이야. 아무럼, 내 영지에서 모반 따위를 내버려 둘 수야 없지. ⋯⋯내 영지에서⋯⋯." 아르카티 파블리치는 한 발짝 앞으로 나갔다가 내가 있다는 사실을 떠올렸는지 다시 돌아와 두 손을 호주머니에 찔러 넣었다. "Je vous demande bien pardon, mon cher(대단히 실례했습니다)" 하고 내게 억지웃음을 지어 보이더니 의미심장하게 속삭였다. "C'est le mauvais côté de la médaille(이건 농사꾼의 나쁜 면이죠). ⋯⋯이제 됐네,

됐어." 농부들에게는 눈길도 주지 않고 말을 이었다. "내가 단단히 일러두지. ……그러니 그만 가봐. (농부들은 일어나려 하지 않았다.) 그만 됐다잖나. 자, 가봐, 그만 가라고. 가라는 말 안 들리나?"

아르카티 파블리치는 그들에게서 등을 돌렸다. "그저 자나깨나 불만이지." 그는 이 사이로 내뱉듯 말하고 집으로 성큼성큼 걸음을 옮겼다. 소프론이 그 뒤를 따라갔다. 서기는 아직도 어딘가 아주 먼 곳으로 뛰어가려는 사람처럼 눈을 부릅뜨고 있었다. 작업반장은 물웅덩이에서 집오리를 몰아냈다. 탄원자는 조금 더 그 자리에 서서 얼굴을 마주 보다가 뒤도 돌아보지 않고 저희 집을 향해 조용히 걸어갔다.

두 시간쯤 지났을 때 나는 이미 랴보요에 도착해서, 친한 농부 안파지스트와 함께 사냥 준비를 하고 있었다. 페노치킨은 내가 떠나기 직전까지 소프론에게 성을 내고 있었다. 나는 안파지스트에게 슈피로프카의 농부며 페노치킨 씨 이야기를 들려주고 나서 그곳 지배인을 아느냐고 물어보았다.

"소프론 야코블리치 말입니까? ……아, 그놈!"

"그래, 어떤 사람인가?"

"사람이 아니라 개자식이죠. 그런 개자식은 쿠르스크까지 샅샅이 뒤져도 없을 겁니다."

"아니, 왜?"

"슈피로프카는 명의가, 그 뭐였더라, 옳지, 페노치킨 씨로 되어 있지만, 실질적인 주인은 그 사람이 아니라 소프론이거든요."

"설마."

"자기 재산인 양 행세하고 다닌다니까요. 그곳 농부들은 그들한테 모두 빚이 있어서 일꾼이라도 되는 것처럼 그들을 위해 일하지요. 달구지를 끌기도 하고, 뭐 별일을 다 해요……. 보통 욕보는 게 아니라니까요."

"그곳은 땅이 부족하다던데?"

"부족하다고요? 흘리노프 마을에서만 80데샤치나*[6]를 빌리고 있고, 이 마을에서도 120데샤치나, 그리고 그쪽 땅과 개인 소유까지 합쳐서 150데샤치나나 되는걸요. 게다가 어디 수확물만 있습니까? 말 기르지, 가축 치지, 타

─────────────

*6 1918년까지 러시아에서 쓰이던 단위. 1데샤치나는 1.0925헥타르.

르 만들지, 버터 만들지, 삼베 짜지, 이거 하지, 저거 하지……. 영악하긴 더럽게 영악한 데다 돈도 있지! 또 나쁜 버릇은 농부들을 때린다는 겁니다. 아, 인간이 아니라 짐승이라니까요. 아까도 말씀드렸지만, 개 중에 갭니다. 들개요. 진짜 들개 같다니까요.”

“아니, 그런데 왜 지주에게 이르지 않나?”

“어림없는 소리죠! 나리께서 보시기엔 아무 문제 없지 않습니까! 미납이 없으니 처벌할 이유가 없지요. 게다가 말입니다.” 조금 뜸을 들인 뒤 덧붙였다. “일러바치는 날엔 호되게 당할 테니까요. ……한번 두고 보세요……. 그러면 그놈들이 어떤 짓을 하는지…….”

나는 안치프를 떠올리고, 본 그대로를 이야기해 주었다.

“거보세요.” 안파지스트가 말했다. “곧 놈이 그들을 잡아먹을 겁니다. 남자 하나는 없애고 말 거에요. 작업반장은 무지막지하게 주먹을 휘두르겠죠. 그 사람 참 운도 없지, 생각해 보면 불쌍해요! 그게 웬 봉변이냔 말이에요. ……어떤 모임에서 그 지배인과 말다툼을 했기 때문이랍니다. 그것도 참다 참다 폭발한 거겠지만……. 뭐 대단한 일도 아니었답니다! 그런데도 놈은 안치프를 못살게 굴기 시작했죠. 곧 잡아먹고 말 겁니다. 아, 오죽하면 들개랍니까? 하느님, 제가 욕하는 걸 용서해 주소서—놈은 잡아먹을 상대를 정확히 알죠. 조금이라도 돈이 있고 가족이 많은 노인은 좀체 건드리지 않아요, 몹쓸 놈! 하지만 그렇지 않은 사람에게는 인정 사정 없죠! 그래서 안치프의 아들들을 순번도 오지 않았는데 군대에 보낸 거예요. 그 피도 눈물도 없는 사기꾼, 들개 자식, 하느님, 욕하는 걸 용서해 주소서!”

우리는 사냥을 하러 나갔다.

슐레지엔 잘츠부르크에서

1847년 7월

사무소

가을이었다. 나는 벌써 몇 시간째 총을 둘러메고 들판을 헤매고 있었다. 쿠르스크 가도에 있는 여관에는 삼두마차를 대기시켜 놓았지만, 해가 지기 전에 돌아갈 수 있을 것 같지 않았다. 거기다 차가운 가랑비가 노처녀처럼 꼭두새벽부터 줄기차고 무미건조하게 나를 따라다니는 통에 드디어 아무 데 나 가까운 곳으로 가서 잠시 비를 피하지 않으면 안 되었다. 어느 쪽으로 갈 까 생각하던 차에 우연히 완두콩 밭 옆에 있는 나지막한 오두막이 눈에 들어 왔다. 오두막으로 다가가, 짚으로 이은 처마 밑을 들여다보니, 로빈슨 크루 소가 무인도 동굴 안에서 발견했다는 죽어가는 암산양을 연상시킬 만큼 늙 어빠진 할아버지가 있었다. 노인은 앉아서 흐리멍덩한 작은 눈을 반쯤 감은 채, 딱딱하게 말린 콩을 입안에서 굴리며 토끼처럼 부지런히, 그러나 꼭꼭 (가엾게도 이가 하나뿐이었다) 씹어 먹고 있었다. 어찌나 열심히 씹는지 내 가 들어온 것도 눈치채지 못할 정도였다.

"영감! 여보, 영감!" 나는 불렀다.

노인은 씹기를 멈추고 눈썹을 추켜세우고서야 겨우 눈을 떴다.

"뭐요?" 갈라진 목소리로 웅얼웅얼 말했다.

"이 근처에 마을이 있습니까?" 내가 물었다.

노인은 다시 열심히 씹기 시작했다. 내 말을 못 알아들은 것이다. 나는 아 까보다 큰 목소리로 다시 한 번 물어보았다.

"마을? ……무슨 볼일이오?"

"다른 게 아니라 비를 좀 피하려고요."

"뭐를?"

"비를 피한다고요."

"아! (그러더니 볕에 탄 목덜미를 긁었다.) 그렇다면 이렇게 가시오." 기 운 없이 손을 저으며 대뜸 말했다. "저…… 저 숲을 따라 가면—좀 가다 보

면 금방 길이 나오거든. 그 길 오른쪽으로, 오른쪽으로, 오른쪽으로, 오른쪽
으로 가면…… 거기가 아나니예오 마을이라오. 시트프카로 빠져도 되고."

노인 말은 잘 알아들을 수 없었다. 그의 수염이 걸리적거리는 데다 혀가
잘 굴러가지 않은 탓이었다.

"영감은 어느 마을 사람이오?" 내가 물었다.

"뭐요?"

"어느 마을 사람이냐고요."

"아나니예오 사람이오."

"그래, 여기서 뭘 하시오?"

"지키지."

"뭘 지키죠?"

"완두콩요."

나는 나도 모르게 웃음을 터트렸다.

"그렇군요. 한가로운 이야기군요―그래, 나이는 몇이나 되셨소?"

"모르오."

"눈이 침침한 것 같은데."

"뭐요?"

"눈이 침침한 것 같다고요."

"귀도 안 들릴 때가 있다오."

"그런데 어떻게 파수꾼 노릇을 하시오?"

"그거야 상전들이 상관할 일이지."

'상전!' 나는 측은한 마음이 들어 불쌍한 노인을 바라보았다. 노인은 안주
머니를 뒤져 딱딱해진 빵조각을 꺼내더니, 움푹 꺼진 뺨을 더욱 홀쭉하게 만
들면서 어린애처럼 녹여먹기 시작했다.

나는 노인이 가르쳐준 대로 숲 쪽으로 가서 오른쪽으로 꺾어진 다음 오른
쪽으로 오른쪽으로 계속 걸어갔다. 마침내 커다란 마을에 도착했다. 마을에
는 신식 석조 교회가 있었다. 신식이란 원주가 늘어서 있다는 뜻이다. 그곳
에는 역시 원주가 있는 넓은 지주 저택도 있었다. 그물처럼 촘촘한 빗줄기
사이로, 굴뚝이 두 개 달린 판자 지붕의 조그만 집이 다른 집보다 훨씬 높은
곳에 있는 것이 저 멀리 보였다. 작업반장이 사는 곳 같았다. 작업반장네 가

면 사모바르와 차, 설탕, 너무 시지 않은 크림 정도는 있으리라는 생각에 그쪽으로 걸어갔다. 추위에 떠는 개를 데리고 계단을 올라가 현관문을 열어 보니, 시골에서 흔히 볼 수 있는 가재도구는 없고 서류가 산더미처럼 쌓인 책상 몇 개와 붉은 찬장, 지저분한 잉크병, 1푸드*¹는 나가 보이는 흡수모래*²가 담긴 주석함, 엄청나게 긴 깃털 펜이 보였다······. 한 책상 위에 병자처럼 퉁퉁 부은 얼굴에 눈은 단춧구멍처럼 작고, 기름기로 번들거리는 이마에 구레나룻이 끝없이 이어진 스물쯤 되어 보이는 젊은이가 앉아 있었다. 너무 오래 입어서 옷깃과 배 부분이 반질거리는 잿빛 무명 저고리 차림이었다.

"무슨 일이시죠?" 느닷없이 콧등을 잡힌 말처럼 머리를 세차게 흔들며 젊은이가 물었다.

"여긴 집사 나리의 집인가요······? 아니면······."

"여긴 지주댁의 사무소입니다." 그가 내 말을 가로막았다. "저는 당번이고요······. 간판 안 보셨습니까? 보라고 걸어둔 건데요."

"옷을 말릴 곳은 없을까요? 이 마을에서 사모바르가 있는 집이 어디죠?"

"사모바르가 없을 리 있습니까?" 잿빛 저고리를 입은 젊은이가 거드름피우며 대꾸했다. "사모바르를 찾는다면 티모페이 장로 댁이나 고용인의 집이나 나자르 타라스이치네나 새지기 아그라페나네 가보시오."

"누구랑 떠드는 거냐, 이 머저리 자식! 도대체 잠을 잘 수가 없잖아, 이 얼간이야!" 옆방에서 고함이 들렸다.

"지금 어떤 나리가 오셔서, 옷을 말릴 곳이 없느냐고 물으시기에."

"어떤 나리?"

"잘 모릅니다. 개와 총을 가진 분이에요."

옆방에서 침대가 삐걱대는 소리가 났다. 문이 열리고, 땅딸막한 쉰 줄의 사나이가 들어왔다. 목은 황소같이 굵고, 눈은 퉁방울눈이며, 볼은 뒤룩뒤룩 살찌고, 얼굴이 온통 번들번들했다.

"무슨 일이오?" 그가 내게 물었다.

"몸을 좀 말리려고요."

---

*1 옛 러시아에서 썼던 중량 단위. 1푸드는 약 16.38kg.
*2 잉크가 잘 마르지 않을 때 종이 위에 뿌려 잉크를 흡수시키는 고운 모래. 보통은 후추병 같은 것에 넣어 놓는다. 1푸드라면 꽤 많은 양을 나타낸다.

"여기선 안 됩니다."

"사무소인 줄 몰랐습니다. 하지만 사례금은 틀림없이 드릴 테니……."

"물론 여기라고 안 될 것 없죠." 뚱뚱한 사나이가 내 말을 채 갔다. "자, 이리로 들어오시지요. (그러고서 자기가 나온 방과는 다른 방으로 나를 안내했다.) 여기면 되시겠습니까?"

"좋군요……. 그런데 크림이 들어간 차를 부탁해도 될까요?"

"알겠습니다. 옷을 벗으시고 좀 쉬고 계시는 동안 차를 준비하지요."

"그런데 여긴 누구의 영지지요?"

"로스냐코바 부인과 옐레나 니콜라예브나 님의 영지입니다."

그는 나갔다. 나는 주위를 둘러보았다. 이 방과 사무실을 구분하는 칸막이를 따라 커다란 가죽 소파가 놓여 있고, 큰길로 난 유일한 창 양쪽에는 높은 등받이의 가죽 의자가 두 개 있었다. 장미꽃 무늬가 들어간 녹색 벽지를 바른 벽에는 커다란 유화가 석 점 걸려 있었다. 첫 번째 그림에는 파란 목줄을 한 세터견이 그려져 있었는데, 목줄에는 '나의 위안'이라고 적혀 있었다. 개 발치에는 강이 흐르고, 강 건너편 소나무 밑에는 유달리 큰 토끼가 귀를 쫑긋 세우고 웅크리고 있었다. 다음은 두 노인이 수박을 먹는 그림이었는데, 수박 밑으로 멀리 '만족의 전당'이라고 새겨진 아랍식 주랑이 보였다. 세 번째 그림에는 발을 움츠린(en raccourci) 자세를 취한, 빨간 무릎에 뒤꿈치가 몹시 살찐 반라의 여인이 그려져 있었다. 내 개는 방에 들어오자마자 곧장 소파 밑으로 기를 쓰고 기어들어갔으나, 어지간히 먼지가 많은 모양인지 계속 코를 킁킁거렸다. 나는 창가로 갔다. 지주 저택에서 사무소로 난 길을 가로질러 비스듬히 판자가 놓여 있었는데, 정말 기발한 생각이었다. 주변은 이 지방 특유의 흑토질 지반이어서, 줄기차게 쏟아지는 비 탓에 온통 진창이 되어 있었던 것이다. 길을 등지고 서 있는 지주 저택 주위로는, 지주 저택 근방에서 흔히 보이는 풍경이 펼쳐져 있었다. 빛바랜 사라사 저고리를 입은 하녀가 이리저리 뛰어다니고, 하인은 진창을 느릿느릿 걷다가 우뚝 멈춰 서서는 생각에 잠긴 듯 등을 긁었다. 붙들어 매인 지배인의 말은 나른하게 꼬리를 흔들며 콧등을 높이 쳐들고 울타리를 깨물었다. 암탉은 꼬꼬 울고, 폐병 걸린 듯한 칠면조들은 끊임없이 서로를 불렀다. 화장실로 보이는 어두침침하고 다 쓰러져 가는 별채 계단에는 기타를 든 다부진 젊은이가 앉아 제멋대로 유명한 노래를 부르고 있었다.

아, 화려한 도시를 뒤로하고
나는 황야의 풀이 되리.

뚱뚱한 사나이가 방으로 들어왔다.

"차를 가져왔습니다." 그가 방긋 웃으며 말했다.

잿빛 저고리를 입은 당번 청년이 카드놀이용 낡은 탁자 위에 사모바르와 주전자, 깨진 접시에 올린 찻잔, 크림 단지, 부싯돌처럼 딱딱한 볼호프 빵*3을 늘어놓았다. 뚱뚱한 남자가 나갔다.

"저 사람은 누구지?" 나는 당번에게 물었다. "집사인가?"

"아니요. 전에는 회계 주임이었는데, 지금은 사무소장으로 승진했지요……."

"그럼 여긴 집사는 따로 없나?"

"네, 미하일 비쿨로프라는 지배인만 있고 집사는 없습니다."

"그럼 관리인은?"

"물론 있습니다. 린더만돌이라는 독일인*4으로, 이름은 카를로 카를리치라고 합니다만―그는 딱히 관리 일을 하지 않습니다."

"그럼 누가 관리 일을 하지?"

"마님께서 직접 하시죠."

"그래! ……이 사무소에는 사람이 많이 있나?"

"여섯 명 있습니다."

"누구랑 누구지?" 내가 물었다.

"이렇지요. 먼저 바실리 니콜라예비치, 이 사람이 회계 주임입니다. 그리고 사무원 표트르와 표트르의 동생 이반, 그도 사무원입니다. 이반이 또 한 사람 있는데, 그 역시 사무원이죠. 코스켄킨 나르키조프, 그도 사무원이고요. 또 저하고―다 헤아리기는 어렵습니다."

"여긴 하인도 많겠지?"

---

*3 볼호프는 오룔에 있는 지방 이름. 볼호프 빵은 그 지방 특산품.
*4 당시 러시아에서는 대개 관리인으로 독일인을 고용했다.

"아니요, 많다고 할 정도는 아닙니다……."

"얼마나 있나?"

"대충 백오십 명 정도 있을걸요?"

우리는 잠시 말이 없었다.

"그건 그렇고, 자네, 글은 잘 쓰나?" 내가 다시 물었다.

젊은이는 활짝 웃으며 고개를 끄덕이더니 사무실로 가서, 글자가 빼곡히 적힌 종이 한 장을 들고 나왔다.

"이게 제가 쓴 겁니다." 여전히 웃으며 말했다.

잿빛 사절지에는 깔끔하고 굵직굵직한 글씨로 이렇게 쓰여 있었다.

명령서
아나니예오 저택 제1사무소에서 지배인 미하일 비쿨로프에게
제29호

이 명령서를 받은 즉시 다음 사건을 조사할 것. 어젯밤 만취해서 조잡한 노래를 부르며 영국식 정원에 침입하여 프랑스인 가정교사 안젠 부인의 숙면을 방해한 자가 누구며, 문지기는 누구였기에 그런 추태를 묵인했는가. 이상의 사건을 상세히 조사한 뒤 곧장 사무소로 보고할 것.

사무소장 니콜라이 흐보스토프

이 명령서에는 커다란 문장이 들어가고 '아나니예오 저택 제1사무소 인'이라고 새겨진 도장이 찍혀 있었으며, 그 밑에는 '엄밀히 집행할 것. 옐레나 로스냐코바'라는 추서가 붙어 있었다.

"이건 마님이 직접 쓰신 건가?" 내가 물었다.

"물론 직접 쓰신 거지요. 늘 직접 쓰십니다. 안 그러면 명령서에 효력이 없거든요."

"이 명령서는 지배인에게 보내는 건가?"

"아닙니다. 지배인이 이쪽에 와서 읽지요. 정확히 말하자면 그에게 읽어주는 겁니다. 여기 지배인은 글자를 모르거든요." (당번은 다시 한동안 입을 다물었다.) "그런데 어떻습니까?" 웃으면서 덧붙였다. "괜찮게 썼나요?"

"잘 썼군."

"실은 문장을 만든 건 제가 아닙니다. 문장은 콘스켄킨이 잘 만들죠."

"응? ……그럼 이 명령서는 자네들끼리 먼저 작성하나?"

"그렇습니다. 안 그러면 어떻게 쓰겠습니까? 단번에 깔끔하게 쓰기란 무리입니다."

"그런데 자네, 월급은 얼마를 받지?" 나는 물어보았다.

"35루블하고 신발값으로 따로 5루블을 받습니다."

"그걸로 살 만한가?"

"충분하죠. 사무소는 아무나 들어올 수 있는 데도 아니니까요. 솔직히 말해 이것도 다 하느님 은총입니다. 저의 숙부가 지주댁에서 꽤 높은 하인이거든요."

"그래, 불만은 없나?"

"없다마다요. 하지만 사실은." 그가 한숨을 쉬며 말을 이었다. "이를테면 상인 밑에서 일하면 같은 신분이라도 대우가 훨씬 낫다, 이 말입니다. 상인 밑에서 일하는 놈들은 정말 복 받은 놈들이에요. 어젯밤에도 베네프에서 상인이 왔는데, 함께 온 일꾼의 말을 듣자 하니…… 참 부럽던데요. 부러운 정도가 아니에요."

"상인 밑에서 일하는 편이 급료가 높다는 건가?"

"천만에요! 상인에게 급료를 달라고 했다가는 당장 쫓겨나는걸요. 상인 집에서는 눈치껏 해야 해요. 그러면 밥도 주고, 술도 주고, 옷도 주고, 뭐든지 다 해주죠. 잘만 보이면 더한 것도 해주고요……. 급료 따위는 댈 것도 아니죠! 그런 건 없어도 된다니까요……. 게다가 상인은 우리처럼 소박하게 러시아식으로 사니까 함께 여행을 떠나도 주인이 차를 마시면 우리도 마실 수 있죠. 주인이 먹으면 우리도 먹을 수 있고요. 상인은…… 비교가 안 돼요. 상인은 나리들과는 격이 달라요. 상인은 황당한 짓도 하지 않죠. 화가 나도 주먹 한 방이면 만사가 해결된답니다. 시시콜콜 잔소리하거나 비꼬는 일도 없죠……. 하지만 나리들 밑에서 일하면 재앙이 따로 없습니다! 뭘 해도 못마땅해서 이것도 안 된다, 저것도 맘에 안 든다고 투덜대니까요. 물이 든 컵이나 음식을 가져간다고 쳐 봐요. 그러면 '이 물은 비리구나. 이 요리는 냄새가 고약하구나!' 하는 식이지요. 할 수 없이 도로 가지고 나와서 문

밖에 잠시 서 있다가 그대로 들고 들어가면 이번에는 '음, 이 물은 괜찮군. 이번에는 냄새가 안 나' 하는 거예요. 마님은 말할 것도 없죠. ……아가씨는 또 어떻고요!"

"페주시카!" 사무실에서 뚱뚱한 사내의 목소리가 들렸다.

당번은 황급히 나갔다. 나는 차를 한 잔 마시고 소파 위에 드러누웠다가 그대로 잠이 들고 말았다. 나는 세 시간쯤 잤다.

잠에서 깨어 일어나려 했으나 몸이 나른해 견딜 수가 없었다. 다시 눈을 감았지만, 잠은 오지 않았다. 칸막이 너머 사무실에서 소곤대는 소리가 들렸다. 나는 나도 모르게 귀를 기울였다.

"그렇습니다, 그렇습니다, 니콜라이 예레메비치." 누가 말하고 있었다. "그렇고말고요. 그걸 계산에서 뺄 수는 없어요. 암요, 없고말고요……. 에헴!" (그가 헛기침을 했다.)

"내게 맡기시오, 가브릴라 안토니치." 뚱뚱한 사나이가 대꾸했다. "이 고장 관습을 어찌 모르겠습니까. 생각 좀 해보세요."

"그야 당신이 모르면 누가 알겠습니까, 니콜라이 예레메비치. 당신은 이곳에서 손꼽히는 사람이니까요. 그건 그렇고, 어떻게 하시겠습니까?" 낯선 목소리가 계속 말했다. "어떻게 결론 내릴까요, 니콜라이 예레메비치? 그걸 듣고 싶은데요."

"결론이라니요, 가브릴라 안토니치? 그거야 당신이 결정할 일 아닙니까? 뭔가 내키지 않는 모양이군요."

"당치 않습니다, 니콜라이 예레메비치, 무슨 말씀을 그렇게 하십니까? 사고파는 게 우리 장사꾼의 일인걸요. 사고파는 일로 먹고산다 그겁니다, 니콜라이 예레메비치."

"그렇다면 푸드당 8루블로 합시다." 뚱뚱한 사나이가 힘주어 말했다.

한숨 소리가 들렸다.

"니콜라이 예레메비치, 그건 너무 비싸잖소."

"가브릴라 안토니치, 어쩔 수 없소. 하느님 앞이라 해도 어쩔 수 없는 건 어쩔 수 없는 거요."

침묵이 흘렀다.

나는 살며시 일어나서 칸막이 틈으로 훔쳐보았다. 뚱뚱한 사나이는 이쪽을 등지고 앉아 있었다. 그 맞은편에 깡마르고 창백하며 아마인유라도 바른 듯한 얼굴의 마흔쯤 되어 보이는 상인이 앉아 있었다. 그는 줄곧 수염을 쓰다듬으며 부지런히 눈을 깜빡이고는 입술을 일그러뜨렸다.

"사실 올해는 풍년 아닙니까." 그가 다시 말했다. "저도 이리 오는 도중에 쭉 관찰했답니다. 볼로네슈부터 이 일대가 다 풍작이던걸요. 모두 일등품이에요."

"확실히 작황이 나쁘진 않죠." 사무소장이 대꾸했다. "하지만 가브릴라 안토니치, 당신도 알다시피 가을 농사는 봄에 달린 것 아니겠습니까?"

"그야 물론이지요, 니콜라이 예례메비치. 모두 하느님의 은총이죠. 옳은 말씀입니다. ……그런데 손님이 눈을 뜨신 것 같군요."

뚱뚱한 사나이가 고개를 돌리고…… 귀를 기울였다…….

"아직 자는 것 같은데요. 그래도 혹시 모르니 어디 볼까……."

그가 문간으로 다가왔다.

"역시 자고 있군요." 그는 뒤돌아 그 자리로 되돌아갔다.

"그래서 어써시겠습니까, 니콜라이 예례메비치?" 상인이 다시 말을 꺼냈다. "이런 귀찮은 일은 후다닥 해치워야 해요……. 그럼 말씀대로 하죠. 니콜라이 예례메비치, 그대로 하겠습니다." 줄곧 눈을 깜빡이며 말을 이었다. "회색 두 장하고 흰색 한 장*5이 당신 몫이고, 저쪽에는(그는 저택 쪽을 턱으로 가리켰다) 푸드당 6루블 반 드리겠습니다. 이렇게 계약하시죠."

"회색 넉 장으로 하죠." 사무소장이 대꾸했다.

"석 장!"

"흰색 없이 회색 넉 장."

"석 장으로 하시죠, 니콜라이 예례메비치."

"석 장 반, 여기서 1코페이카도 뺄 수 없소."

"석 장으로 합시다, 니콜라이 예례메비치."

"일없소, 가브릴라 안토니치."

"이런 벽창호를 봤나." 상인이 중얼거렸다. "차라리 마님하고 직접 담판을 지어야겠군."

---

*5 상인들은 지폐 액수를 색깔로 표현했다. 회색은 50루블이고, 흰색은 25루블 지폐를 가리킨다.

"맘대로 하시오." 뚱뚱한 사나이가 대꾸했다. "진작 그러지 그랬소? 쓸데없이 신경을 소모하지 않아도 되었을 텐데. ……그러는 편이 훨씬 좋겠구먼!"

"아닙니다, 아니에요, 니콜라이 예레메비치. 홧김에 그냥 한번 해본 말입니다!"

"아니요, 그렇게 하세요……."

"아니라는데도 그러시네……. 농담 한번 한 걸 가지고. 자, 받으세요, 석장 반입니다. 당신한테는 못 당하겠군요."

"넉 장을 받을 수 있었는데 서두르다 일을 그르쳤군." 뚱뚱한 사나이가 중얼댔다.

"그럼 지주댁에는 6루블 반입니다, 니콜라이 예레메비치. 보리는 6루블 반에 사는 계산 맞죠?"

"6루블 반이라고 했잖소."

"그럼 계약하신 겁니다, 니콜라이 예레메비치. (상인은 앙상한 손가락으로 사무소장의 손바닥을 쳤다.) 그럼 안녕히 계십시오! (상인이 일어섰다.) 니콜라이 예레메비치, 이제 마님을 찾아뵙고, 니콜라이 예레메비치와 6루블 반에 계약했다고 보고합니다."

"그러세요, 가브릴라 안토니치."

"그럼 잘 부탁합니다."

상인은 그리 두툼하지 않은 지폐 뭉치를 사무소장에게 건넨 뒤 고개 숙여 인사했다. 그리고 머리를 흔들더니 손가락 두 개로 모자를 집어 들고는 어깨를 움츠리고 몸을 굽힌 채 아주 품위 있게 장화 소리를 내며 나갔다. 니콜라이 예레메비치는 벽에 바짝 붙어, 상인에게 건네받은 지폐를 확인하는 것 같았다. 잠시 뒤 문 뒤에서 짙은 구레나룻에 빨간 머리칼을 가진 머리가 불쑥 나왔다.

"어때?" 빨간 머리가 물었다. "잘됐나?"

"응."

"얼마야?"

뚱뚱한 사나이가 귀찮다는 듯이 한 손을 들어 내가 있는 방을 가리켰다.

"오호라, 잘됐군!" 빨간 머리는 이렇게 대꾸하더니 사라져버렸다. 뚱뚱한 사나이가 책상으로 걸어와 앉았다. 그는 장부를 펴고 주판을 꺼내어 튕겼는데, 집게손가락이 아니라 가운뎃손가락을 썼다. 그러는 편이 더 잘나 보이기 때문이다.

당번이 들어왔다.

"무슨 일이야?"

"골로플묘키에서 시도르가 왔습니다."

"아! 들여보내. 잠깐, 잠깐 기다려……. 손님이 아직 주무시는지 눈을 뜨셨는지 좀 보고 와."

당번이 살그머니 내 방으로 들어왔다. 나는 베개 대신 사냥 자루를 베고 눈을 감았다.

"아직 주무십니다." 당번은 사무실로 돌아가 소곤댔다.

뚱뚱한 사나이가 투덜댔다.

"그럼 시도르를 들여보내." 이윽고 그가 말했다.

나는 다시 일어났다. 서른쯤 되어 보이는 키 큰 농부가 들어왔다. 건장하고, 볼이 붉었으며, 머리카락은 황갈색이고, 짧고 곱슬곱슬한 수염이 난 사나이였다. 그는 성상에 기도한 뒤 사무소장에게 고개 숙여 절하고 모자를 두 손으로 든 채 허리를 곧추세웠다.

"시도르, 잘 지냈나?" 뚱뚱한 사나이가 주판을 튕기며 말했다.

"안녕하십니까, 니콜라이 예례메비치."

"길은 상태가 좀 어떤가?"

"그리 나쁘지 않습니다, 니콜라이 예례메비치. 진창도 별로 없고요." (농부는 느릿느릿하고 그리 높지 않은 목소리로 말했다.)

"마누라도 무고하고?"

"아주 잘 지냅니다!"

농부는 한숨을 쉬고 한쪽 발을 앞으로 내디뎠다. 니콜라이 예례메비치는 깃털 펜을 귀에 꽂고 코를 풀었다.

"그래, 무슨 일로 왔지?" 그가 바둑무늬 손수건을 호주머니 속에 넣으며 물었다.

"실은 말입니다, 니콜라이 예례메비치, 지주댁에서 우리 마을에 목수를 보내라고 하십니다."

"그게 왜? 자네 마을에는 목수가 없다는 건가?"

"목수야 있습죠, 니콜라이 예레메비치. 아시다시피 우리 마을은 숲 속에 있으니까요. 하지만 지금은 한창 바쁜 때 아닙니까."

"한창 바쁜 때라고! 그럼 남의 일은 기꺼이 하면서 마님 일은 하기 싫다는 건가? ⋯⋯일이 다 똑같지 뭘 가리는 거야!"

"그야 똑같은 일이죠, 니콜라이 예레메비치⋯⋯ 하지만⋯⋯ 그러니까⋯⋯
⋯⋯."

"그러니까 뭐?"

"품삯이⋯⋯ 그러니까⋯⋯."

"인제 와서 왜 이래! 불평도 이치에 맞게 해야지. 어이가 없군!"

"한 가지 더 있습니다, 니콜라이 예레메비치. 일주일치 일거리밖에 없는데도 한 달이나 동원한답니다. 재료가 부족하다고 불러내는가 하면 정원 길을 청소해야 한다고 불러내는 식으로요."

"그게 뭐 새삼스러운 일이라고! 마님께서 직접 지시하시는 일에 나나 자네가 토를 달 순 없지 않은가."

시도르는 입을 다물었다. 그리고 양발을 번갈아 내밀며 쉬기 시작했다.

니콜라이 예레메비치는 고개를 갸우뚱하고 열심히 주판을 튕겼다.

"우리 마을⋯⋯ 농부들이⋯⋯, 니콜라이 예레메비치⋯⋯." 시도르는 한마디 한마디 더듬대다가 마침내 말문을 열었다. "당신한테 잘 말해 달라고⋯⋯ 그러면서⋯⋯, 여기⋯⋯ 저⋯⋯." (그는 큼직한 손을 외투 안주머니에 넣어 빨간 꽃무늬 손수건에 싼 것을 꺼냈다.)

"뭐라는 거야, 뭐라고! 이 등신, 머리라도 돈 거야?" 뚱뚱한 사나이가 당황한 농부를 떠밀며 계속 말했다. "내 집으로 가서 마누라한테 말해. ⋯⋯차 정도는 대접할 테니. 나도 곧 갈 테니 먼저 가 있으라고. 아, 어서 가라니까."

시도르는 나갔다.

"세상에, 원⋯⋯ 저런 미련퉁이 같으니!" 그가 나가자 뚱뚱한 사나이는 이렇게 중얼거리고는 머리를 흔들며 다시 주판을 튕겼다.

갑자기 길 쪽에서 "쿠프랴! 쿠프랴! 쿠프랴를 죽일 순 없다!" 외치는 소리가 들리더니 계단 위에서도 들려왔다. 이내 작달막하고 폐병이라도 앓는 것처럼 보이는 사나이가 사무소 안으로 들어왔다. 별스럽게 코가 길고, 커다란 눈은 움직이지 않았다. 어쩐지 몹시 으스대는 것처럼 보였다. 플러시*6 옷깃에 아주 작은 단추가 달린 연청색—우리 고장에서 말하는 오델로이드 색의 다 해진 프록코트를 입고 있었다. 그리고 어깨에는 장작을 잔뜩 짊어지고 있었다. 하인 다섯 명이 그를 둘러싸고 저마다 "쿠프랴, 쿠프랴! 쿠프랴를 죽일 순 없다! 쿠프랴가 화부(火夫)로, 화부로 출세했다!"고 외치고 있었다. 그러나 플러시 옷깃 달린 프록코트를 입은 사나이는 친구들의 못된 장난에도 까딱하지 않고 낯빛 하나 바꾸지 않았다. 그는 뚜벅뚜벅 난로 앞으로 걸어가 어깨의 짐을 던지듯 내려놓은 다음 허리를 펴고 뒷주머니에서 담뱃갑을 꺼내더니 눈을 크게 뜨고서, 피우다 만 돈니크*7 잎을 코에 쑤셔 넣기 시작했다.

이 떠들썩한 패거리가 들어오자 뚱뚱한 사나이는 이맛살을 찌푸리고 자리에서 일어났다. 그러나 그 연유를 알자 빙그레 웃으며, 사냥 나온 나리가 옆방에서 주무시고 계시니 소란 떨지 말라고 주의만 주었다. "사냥 나온 나리라니, 그게 누굽니까?" 두 명이 입을 모아 물었다.

"지주님이시지."

"맙소사!"

"떠들 테면 떠들어 봐." 플러시 옷깃을 단 사나이가 두 손을 벌리며 말했다. "뭐든 맘대로 하라고. 나만 안 건드리면 돼. 난 화부로 출세했거든……."

"화부로! 화부로!" 그들은 일제히 장난스럽게 뒤를 받았다.

"마님 명령이야." 그는 어깨를 으쓱하며 말을 이었다. "하지만 두고 보라고. ……곧 너희는 돼지나 치게 될 테니까. 나는 이래 봬도 모스크바에서 제일가는 스승님 밑에서 실력을 갈고닦은 재봉사로서 나리의 옷까지 지은 적이 있다고. ……이것만큼은 틀림없는 사실이지. 그런데 너희는 뭐가 잘났다고 떠드는 거야? ……대체 뭐가? 밥벌레나 기생충 정도의 가치밖에 없는 것들이. 나는 여기서 쫓겨나도 굶어 죽진 않아. 길거리에서 비참하게 죽진 않는다고. 나한테 여행 허가증만 줘 보라고. ……멋지게 연공을 가지고 와

*6 실크나 면직물을 우단보다 털이 좀더 길게 두툼히 짠 것.
*7 담배 대용 풀.

서 나리를 기쁘게 해드릴 테니. 그런데 너희는 뭐야? 파리 새끼처럼 픽 쓰러져 죽는 게 고작일걸!"

"웃기고 있네." 곰보에 눈썹이 새하얗고 빨간 넥타이를 매고 양쪽 팔꿈치가 떨어진 옷을 입은 젊은이가 끼어들었다. "넌 여행 허가증을 받고서도 나리께 연공을 바치기는커녕 땡전 한 푼 벌지 못해 다리를 질질 끌면서 겨우 돌아왔잖아. 그 뒤로 옷 한 벌로 버티고 있으면서 뭘."

"그건 어쩔 수 없었어, 콘스탄친 나르키지치!" 쿠프랴가 대꾸했다. "여자한테 홀리면 헤어나지 못하는 법이거든. 너도 나 같은 일을 겪어 봐, 콘스탄친 나르키지치. 그러고서 나를 비난하든 말든 하라고."

"대체 어떤 여자를 만났기에 홀렸다는 거야! 분명 귀신 같은 계집년이겠지!"

"그런 말 마, 콘스탄친 나르키지치."

"내가 그 말을 믿을 것 같으냐? 그 여자를 직접 봤는걸. 작년에 모스크바에서 이 두 눈으로 똑똑히 봤다고."

"그 여자, 작년에는 확실히 미모가 조금 떨어졌었지." 쿠프랴가 변명했다.

"다들 주목해 봐." 키 크고 깡마른 사내가 거친 목소리로 깔보듯이 말했다. 얼굴은 여드름투성이였는데, 머리를 지져 향유를 바른 것을 볼 때 시종이 틀림없었다. "쿠프랴 아파나시이치의 노래를 한번 들어 보자고. 어서 불러 봐, 쿠프랴 아파나시이치!"

"그래, 그래!" 모두 맞장구쳤다. "알렉산드라에게는 적역이야! 쿠프랴에게는 딱 맞는데, 아주 좋아. 자, 불러 봐, 쿠프랴! ……알렉산드라, 잘한다! (가끔 하인들은 남자를 부를 때도 부드럽게 여성 어미 a*8를 썼다.) 자, 노래해!"

"여긴 노래하기에 알맞은 장소가 아니야." 쿠프랴가 단호히 대꾸했다. "여긴 지주댁 사무소라고."

"그게 어쨌다는 거야? 너, 사무원이라도 되고 싶은 거구나?" 콘스탄친이 무례하게 웃으며 대꾸했다. "틀림없어!"

"다 주인 나리 뜻에 달린 거지." 불쌍한 사나이가 말했다.

---

*8 알렉산드르는 남성이지만, 여성 어미 a를 붙여 알렉산드라가 된 것.

"이것 봐라, 이 자식, 허황한 꿈을 꾸고 있잖아! 와하하!"

모두 배를 잡고 굴렀다. 깡충깡충 뛰는 사람도 있었다. 가장 크게 웃어댄 사람은 열다섯 살 소년이었는데, 하인 중에서도 돈푼깨나 있는 집 아들인 것 같았다. 청동 단추가 달린 조끼에 연보라색 넥타이를 매고 있었으며, 배는 이미 조끼 밖으로 불뚝 튀어나와 있었다.

"사실대로 말해 봐, 쿠프랴." 재미있게 듣고 있는 사이에 기분이 완전히 누그러진 듯한 니콜라이 예레메비치가 껍죽거리며 말했다. "화부 일이 참 짜증나지? 아무리 생각해도 따분한 일 아닌가?"

"무슨 말씀이십니까, 니콜라이 예레메비치." 쿠프랴가 말했다. "당신도 지금은 지주댁 사무소장 노릇을 하고 있지만, 쫓겨나서 오막살이에서 산 적이 있지 않습니까."

"말조심해. 누구 앞이라고 감히 나불대는 거야?" 뚱뚱한 사나이가 발끈해서 끼어들었다. "그렇게 멍청하니까 다들 농담이라도 한마디 걸어주는 줄 알아. 모자란 놈, 가슴에 손을 얹고 생각해 봐. 너 같은 바보를 상대해 주는 것만으로도 고맙게 생각하라고."

"제가 입을 잘못 놀렸습니다, 니콜라이 예레메비치. 고정하세요……."

"그렇지? 입을 잘못 놀린 게지?"

문이 열리더니 시동이 뛰어들어왔다.

"니콜라이 예레메비치, 마님께서 부르십니다."

"마님 댁에 누가 와 있는데?" 시동에게 물었다.

"악시냐 니키치시나와 베네프에서 온 상인이요."

"곧 찾아뵌다고 해. 그리고 너희." 명령조로 말을 이었다. "애송이 화부를 데리고 물러나 있는 게 좋을 거야. 독일인(관리인)이라도 오는 날엔 당장 불호령이 떨어질 테니."

뚱뚱한 사나이는 머리카락을 쓸어 넘기고, 프록코트 소매에 거의 감춰진 손을 입에 대고서 헛기침을 하고는 단추를 잠그고 성큼성큼 마님 댁으로 떠났다. 잠시 뒤 일동은 쿠프랴를 데리고 졸졸 뒤따라갔다. 뒤에 남은 사람은 구면인 당번뿐이었다. 그는 깃털 펜을 뾰족하게 손질하다가 의자에 앉은 채로 잠들어 버렸다. 파리 너덧 마리가 때는 이때다 하고 날아와 입가에 앉았다. 모기 한 마리도 이마에 앉더니 다리를 안정감 있게 넓게 벌리고 보드라운 살에 침을 천천히 찔러 넣었다. 구레나룻이 있는 빨간 머리가 다시 문간에 나타나 줄곧 방 안을 살피더니 이윽고 사무실로 들어왔다. 얼굴도 못생겼지만, 몸매도 볼품없었다.

"페주시카! 이봐, 페주시카! 어째 늘 잠만 자는지, 원!" 빨간 머리가 말했다.

당번이 눈을 뜨고 의자에서 일어섰다.

"니콜라이 예레메비치는 마님 댁에 가셨나?"

"네, 바실리 니콜라예비치."

'아하, 그렇군!' 나는 생각했다. '이자가 회계 주임이군.'

회계 주임은 방 안을 거닐기 시작했다. 걷는다기보다는 고양이처럼 살금살금 돌아다녔다. 품이 몹시 좁은 다 해진 검정 연미복이 어깨 부근에 늘어져 있었다. 한쪽 손을 가슴에 대고, 다른 한 손으로는 꼭 졸라 묶은 말 털 넥타이를 붙잡고서 힘겹게 고개를 돌렸다. 그리고 소리나지 않는 염소 가죽 구두를 벗고서 아주 조심스럽게 걸었다.

"오늘 야구쉬킨 지주께서 당신을 찾아오셨었습니다." 당번이 덧붙였다.

"흠, 날 찾아오셨다고? 무슨 일로?"

"오늘 밤 추추레프에서 당신을 기다리시겠대요. 바실리 니콜라예비치와 할 이야기가 있다고 하셨지만, 무슨 내용인지는 말씀하지 않으셨습니다. 바실리 니콜라예비치는 무슨 일인지 알 거라면서요."

"흠!" 회계 주임은 창가로 갔다.

"니콜라이 예레메비치는 사무소에 있나?" 현관에서 우렁찬 목소리가 들렸다. 순간, 화난 듯한 표정의 키 큰 사나이가 문지방을 넘어들어왔다. 못생겼지만, 표정이 풍부한 활기찬 얼굴에 깔끔한 차림이었다.

"여기 없어?" 그는 재빨리 주위를 둘러보더니 물었다.

"니콜라이 예레메비치는 마님 댁에 갔는데." 회계 주임이 대답했다. "무슨 일인가, 파벨 안드레비치? 내가 대신 듣지……. 어떤 용건인가?"

"어떤 용건? 어떤 용건인지 듣고 싶나? (회계 주임은 힘없이 고개를 끄덕였다.) 그놈을 잡아 죽이려고 그러네. 망할 놈의 뚱보 자식, 험담이나 하는 비겁한 놈……. 그놈이 신나게 내 험담을 하고 다녔다고!"

파벨이 의자에 털썩 앉았다.

"그게 무슨, 무슨 말인가, 파벨 안드레비치? 목소리 좀 죽이게. 무섭지도 않은가? 상대가 누구인지 잘 생각해 보게, 파벨 안드레비치!" 회계 주임이 벌벌 떨며 말했다.

"상대가 누구냐고? 그놈이 사무소장이 됐다고 해서 내가 무서워할 것 같아? 참 훌륭하신 양반을 사무소장으로 만들어 드렸어, 응? 이게 바로 돼지 목에 진주 목걸이라는 거라고!"

"진정하게, 진정해. 파벨 안드레비치, 그만 진정해! 그런 말 말게……. 왜 그런 쓸데없는 말을 하나!"

"흥, 여우 같은 놈, 다시 꼬리를 치기 시작했단 말이지! ……난 여기서 놈을 기다려야겠네……." 파벨이 이를 부득부득 갈며 말하고는 책상을 쾅 쳤다. "아, 놈이 오는군." 그는 창가로 눈을 돌리며 덧붙여 말했다. "호랑이도 제 말 하면 온다더니, 마침 잘 왔군, 잘 왔어!" (그는 일어섰다.)

니콜라이 예레메비치가 사무소로 들어왔다. 기쁨으로 가득한 얼굴이었지만, 파벨을 보자 흠칫 놀라면서 당황했다.

"안녕하시오, 니콜라이 예레메비치." 파벨이 의미심장하게 말하고, 천천히 니콜라이에게 다가갔다.

사무소장은 아무런 대꾸도 하지 않았다. 출입구에 상인 얼굴이 보였다.

"왜 대꾸가 없지?" 파벨이 추궁했다. "아, ……그렇지……. 이러면 안 되지. 윽박지르면 될 일도 안 되지. 당신도 솔직하게 말해 주시오. 니콜라이 예레메비치, 어째서 나를 못살게 구는 거요? 어째서 나를 못 잡아먹어서 안달인 거요? 자, 말해 보시오, 말해 보라니까."

"여긴 자네와 대화를 나눌 만한 장소가 못돼." 사무소장이 조금 흥분해서 대꾸했다. "시간도 적절하지 않고. 그런데 솔직히 말해 궁금한 게 딱 하나 있네. 내가 자네를 못살게 군다거나 못 잡아먹어 안달이라는 생각을 도대체 어떻게 하게 된 거지? 내가 자네를 어떻게 괴롭힌단 말이야? 자네가 이 사무소에서 일하는 것도 아닌데."

"물론이지!" 파벨이 대답했다. "내가 미쳤나, 이 사무소에서 일하게? 시치미 떼지 마, 니콜라이 예레메비치. ……무슨 말인지 다 알면서 왜 이래?"

"아니, 난 모르겠네."

"아니, 알걸."

"아니, 신께 맹세코 몰라."

"정말 몰라?! 도무지 모르겠다면, 하느님이 두렵지 않은 모양이군! 그래, 도대체 그 불쌍한 애한테 왜 그랬지? 그 애가 뭘 잘못했다고!"

"누굴 말하는 건가, 파벨 안드레비치?" 뚱뚱한 사내는 끝까지 시치미를 잡아뗐다.

"뭐라고! 모를 리 없을 텐데! 타티야나 말이야. 이젠 신을 좀 두려워하는 게 좋을 거야. 대체 무슨 원수를 졌다고 그런 거야? 부끄러운 줄 알라고. 당신은 마누라도 있고, 나만큼 큰 자식도 있잖아. 나는 그저…… 어엿한 마누라를 얻고 싶을 뿐인데. ……난 잘못한 일도 없다고."

"그게 왜 내 잘못이라는 건가, 파벨 안드레비치? 자네들의 결혼을 허락하지 않는 건 마님이라고. 주인마님이 싫어하신다니까! 나더러 대체 어쩌라는 건가?"

"어쩌라는 거냐고? 그럼 그 늙은 마녀 같은 가정부와 놀아난 건 누구지? 쓸데없는 험담을 한 게 누구야? 말해 보라고. 그 힘없는 애를 있지도 않은 사실로 헐뜯은 게 누군지! 하루아침에 그 애가 세탁 담당에서 설거지 담당으로 바뀐 게 당신 탓이 아니란 말이야? 얻어맞거나 초라한 옷을 입고 서 있는 벌을 받는 것도 당신 잘못이 아니란 말이야? ……나잇살이나 처먹었으면 수치라는 걸 좀 알아! 중풍으로 한순간에 가게 될지도 모른다는 걸 생각하라고. ……하느님의 심판을 받을 날이 머지않았다는 걸 아셔야지."

"억지도 정도껏 부려야지, 파벨 안드레비치. ……언제까지고 나불댈 수 있을 것 같아?"

파벨이 발끈했다.

"뭐야? 지금 위협하는 거야?" 노기등등하게 외쳤다. "내가 네놈을 무서워할 줄 알아? 안됐지만, 잘못 짚었어! 네놈 따위는 하나도 안 무서워! ……난 어딜 가든 밥걱정은 안 하는 놈이야. 네놈이랑은 다르다고! 네놈이 죽치고 앉아 남을 험담하고 도둑질할 수 있는 곳은 고작 여기뿐이지……."

"듣자 듣자 하니 못 참겠구먼." 인내심에 한계를 느낀 사무소장이 그의 말을 끊었다. "이 의사 조수가, 고작 조수나 하는 놈이, 이 고약이나 바르는 조수가 ……못하는 말이 없네. 그래 너 잘났다!"

"그래, 난 의사 조수요. 그래도 이 조수가 없었으면 지금쯤 당신은 무덤 안에서 썩고 있을걸. ……그런 놈을 고쳐주다니, 내가 뭐에 씌웠던 게지." 파벨이 이를 부득부득 갈며 덧붙였다.

"네놈이 날 고쳐? ……어이가 없군. 독살하려고 알로에를 먹인 주제에." 사무소장이 맞받아쳤다.

"알로에 말고 네놈한테 듣는 약이 없는 날엔 어쩔 수 없잖아!"

"의사법에 알로에 사용은 금지되어 있다고." 니콜라이가 계속 추궁했다. "네놈한테 할 말이 더 남았다. ……넌 날 죽일 생각이었어. 틀림없어! 하지만 하느님은 그렇게 되도록 놔두지 않으셨지."

"그만들 해요, 그만들 해." 회계 주임이 끼어들었다.

"가만있어 봐!" 사무소장이 버럭 고함질렀다. "이놈은 날 독살하려 했어. 자네도 알잖아?"

"그런 건 아무래도 좋아. ……니콜라이 예레메비치." 파벨이 얼마쯤 자포자기하여 말했다. "마지막으로 다시 한 번 당부하는데, ……이것도 다 네놈이 자초한 일이야. ……난 더는 참을 수 없어. 우릴 내버려둬, 알겠어? 그러지 않으면, 맹세컨대 우리 중 누군가에게 재앙이 닥칠 테니 그리 알아. 물론 그 누군가는 네놈이 되겠지만!"

뚱뚱한 사나이는 분노로 길길이 날뛰었다.

"네놈 따위는 무섭지 않아! 알아듣겠나, 이 애송이! 난 네놈 아비도 때려눕힌 사람이야, 녀석의 코뼈를 뭉개버렸지—본보기 삼아 조심하라고!"

"아버지를 들먹이지 마, 니콜라이 예레메비치!"

"얼씨구! 네놈이 감히 내게 이래라저래라 하는 거냐?"

"분명히 말했다!"

"그럼 나도 말해 두지. 너무 우쭐대지 않는 게 좋아. ……네놈이 아무리 지주댁에 필요한 존재라 해도, 우리 중 하나만 고르라면 마님께서는 너 따윈 거들떠도 안 보실 거다! 상전에게 대드는 걸 용서할 사람은 없으니까 조심하라고! (파벨은 분노로 부들부들 떨었다.) 그리고 두고 봐라, 그 타티야나라는 계집애는 더 심한 꼴을 당하게 될 테니. ……인과응보라는 거지."

파벨이 두 손을 휘두르며 달려들었다. 사무소장은 마룻바닥에 처참하게 내팽개쳐졌다.

"저놈을 묶어라, 저놈을 묶어라." 니콜라이 예레메비치가 신음하며 말했다.

이 장면의 결말을 말하고 싶지는 않다. 이만큼 쓴 것만으로도 독자의 부드러운 감정을 상하게 하지는 않았을까 걱정스럽기 때문이다.

나는 그날 당장 집으로 돌아갔다. 그리고 그로부터 일주일쯤 지나, 로스냐코바 부인이 파벨과 니콜라이는 저택에 그대로 두고, 하녀 타티야나만 다른 곳으로 보냈다는 소식을 들었다. 타티야나에게는 볼일이 없어져서인지도 모르겠다.

외로운 늑대

어느 밤 경주용 사륜마차를 타고 홀로 사냥을 나갔다가 돌아오는 길이었다. 집까지는 아직 8베르스타쯤 남아 있었다. 발 빠른 내 말은 가끔 이히힝 울고 귀를 실룩거리면서, 먼지가 풀풀 피어오르는 길을 힘차게 달렸다. 지친 개는 마차에 매이기라도 한 듯이 마차 뒷바퀴에서 한 발자국도 뒤처지지 않고 달려왔다. 소나기가 내릴 것 같았다. 맞은편 숲 뒤로 연보랏빛 커다란 소낙구름이 뭉게뭉게 피어올랐다. 긴 잿빛 구름이 머리 위로 떨어지듯 떠다니기 시작했다. 버들이 이리저리 흔들리며 싸르르 소리를 냈다. 숨 막히는 더위는 이내 습기 머금은 냉기로 변하고, 그림자들은 점점 짙어졌다. 나는 고삐를 당기고 말을 채찍질하여 계곡을 내려갔다. 들버들이 빽빽이 자란 메마른 계곡물을 건너고 산을 올라 숲으로 들어갔다. 앞에는 벌써 어둠에 싸인 호두나무 숲 사이로 길이 구불구불 이어져 있었다. 나는 겨우 말을 진정시켰다. 마차가 깊은 홈—농부들의 마차 바퀴 자국—이 수없이 가로지른 오래된 떡갈나무와 보리수의 딱딱한 뿌리를 타고 넘어갔다. 마침내 말도 다리가 풀리기 시작했다. 갑자기 거센 바람이 높게 울고 나무들이 바스락거리는가 싶더니 굵은 빗방울이 후드득 떨어지며 나뭇잎을 때렸다. 번개가 번쩍이고 찢어지는 천둥 소리가 울렸다. 비가 폭포처럼 쏟아졌다. 조금 더 말을 몰아보았지만, 곧 멈출 수밖에 없었다. 말이 쓰러지기라도 했다가는 한 치 앞을 예상할 수 없었다. 겨우겨우 넓은 수풀로 피했다. 몸을 말아 얼굴을 가리고서 폭풍우가 멎기를 기다렸다. 그때 불현듯 섬광에 비친 길에서 키 큰 사람 그림자가 보였다. 나는 그에게서 눈을 떼지 않았다—마차 근처 땅속에서 솟아나오기라도 한 것처럼 생각되었다.

"누구냐!" 쩌렁쩌렁 울리는 목소리로 물었다.

"당신이야말로 누구요?"

"난 산지기다."

나는 이름을 댔다.

"아, 나리군요. 돌아가시는 길입니까?"

"그렇네. 그런데 이렇게 비가 내려서야 원……."

"그렇지요. 참 많이도 퍼붓네요." 목소리가 대답했다.

하얀 섬광이 산지기 머리끝에서 발끝까지 비추었다. 이내 고막을 찢는 듯한 천둥소리가 뒤이어 울렸다. 비가 한층 거세게 쏟아졌다.

"당장 그칠 것 같진 않군요." 산지기가 계속 말했다.

"느닷없이 웬 비가……."

"괜찮으시면 제 오두막으로 안내할깝쇼?" 산지기가 더듬더듬 말했다.

"그래 주겠나?"

"여기 타십시오."

그는 말 머리로 가서 고삐를 쥐고 끌어당겼다. 마차가 움직였다. 나는 '바다에 표류하는 통나무배처럼' 흔들리는 마차에서 쿠션에 몸을 기대고서 개를 불렀다. 가엾게도 말은 힘겹게 진창에 발을 철벅거리며 가까스로 걸음을 옮기면서 휘청댔다. 산지기는 마차 앞에서 유령처럼 좌우로 흔들거리며 갔다. 우리는 꽤 오랫동안 달렸다. 마침내 내 안내인이 멈추었다. "나리, 여기가 이놈 집입니다." 그가 침착한 목소리로 말했다. 나무문이 삐걱거렸다. 강아지 몇 마리가 일제히 짖어댔다. 머리를 들고 섬광 속에서 바라보니, 울타리 친 넓은 마당 한가운데에 작은 오두막이 있었다. 작은 창문으로 등불이 희미하게 새어나왔다. 산지기는 현관 계단까지 말을 몰고 가서 문을 두드렸다. "네, 나가요!" 가느다란 목소리가 들렸다. 탁탁 뛰어오는 소리가 들리고 이윽고 빗장이 삐걱거리더니, 남루한 옷을 입고 천 조각으로 허리를 질끈 동여맨 열두 살 남짓의 여자아이가 등불을 들고 문턱에 나타났다.

"나리를 비춰 드려라." 산지기가 딸에게 말하고, 내게는 "마차는 처마 밑에 넣어 두겠습니다" 하고 말했다.

여자아이는 나를 힐끔 보고 안으로 들어갔다. 나는 따라 들어갔다.

산지기의 오두막은 연기에 그을고 천장이 낮았으며 침대도 없었다. 벽도 없이 휑뎅그렁한 단칸방이 있을 뿐이었다. 벽에는 다 떨어진 털가죽 외투가 걸려 있었다. 의자에는 단발총이 놓여 있고, 한쪽 구석에는 넝마 조각이 산더미처럼 쌓여 있었다. 난로 옆에는 커다란 단지가 두 개 있었다. 탁자 위에서는 관솔불*¹이 처량하게 피어올랐다 꺼져 들어갔다 하며 타고 있었다. 오두막 한가운데에는 장대 끝에 요람이 매달려 있었다. 여자아이는 등불을 끄고 작은 의자에 앉더니 오른손으로는 요람을 흔들고 왼손으로는 관솔을 헤집기 시작했다. 나는 주위를 둘러보고 가슴이 뭉클해졌다. 늦은 저녁에 농사꾼 집에 들어오는 것은 기분 좋은 일이 아니다. 요람 안의 갓난아기는 쌕쌕거리며 힘겹게 숨 쉬고 있었다.

"이곳에 혼자 있니?" 나는 여자아이에게 물었다.

"네." 들릴락 말락 한 목소리로 말했다.

"너, 산지기의 딸이냐?"

"네." 속삭이듯 말했다.

문이 삐걱거리더니 산지기가 머리를 숙이면서 문턱을 넘어들어왔다. 마룻바닥에서 등불을 집어 들고 탁자로 가더니 초에 불을 붙였다.

"관솔불에는 익숙하지 않으실 테죠?" 하고는 고수머리를 흔들었다.

나는 그를 바라보았다. 보기 드문 미남이었다. 키가 크고, 어깨 폭이 넓으며, 한눈에 봐도 균형 잡힌 몸매였다. 젖은 옷 밑으로 다부진 근육이 불끈불끈 솟아 있었다. 검고 곱슬곱슬한 구레나룻은 남자다운 얼굴을 위엄 있게 절반쯤 뒤덮고, 양쪽이 서로 이어진 굵은 눈썹 아래로는 그리 크지 않은 갈색 눈이 대담한 시선을 던졌다. 그가 허리춤에 가볍게 손을 올리고 내 앞에 섰다.

나는 고맙다고 말하고 이름을 물었다.

"포마라고 합니다." 그가 대답했다. "별명은 비류크(늑대)*²고요."

"아, 자네가 비류크인가?"

나는 한층 호기심이 생겨 그를 바라보았다. 예르몰라이와 다른 사람들에게서 이 근방 농부라면 누구나 벌벌 떠는 산지기 비류크에 관한 소문을 자주 들었기 때문이다. 그들이 말하기로는 이 세상을 다 뒤져도 그처럼 자기 일을 훌륭하게 수행하는 사람은 없을 거라는 것이었다. "녀석은 마른 나뭇가지 하나도 가지고 나가지 못하게 하지. 그랬다가는 부지불식간에, 아니 오밤중이라 해도 눈사태처럼 순식간에 쳐들어오지. 녀석에게 대들 생각은 아예 하

---

*1 송진이 많이 엉긴 소나무 가지나 옹이를 모아 불을 붙여 램프 대용으로 쓰는 것.

*2 오룔 지방에서는 외따로 사는 까다로운 사람을 이렇게 불렀다. (작가주)

지 말아야 해―악마처럼 힘이 세고 민첩하거든……. 또, 무슨 수를 쓰더라
도 절대로 그를 매수할 수 없지. 술을 대접하고 돈푼을 쥐어 주고 해도 소용
없어. 벌써 마을 사람들이 그를 마을에서 쫓아내려고 몇 번이나 시도했지만,
헛수고였어. 마음대로 되질 않았지."

이 근방 농부들은 비류크에 관해 이렇게 떠들어댔다.

"자네가 비류크로구먼." 나는 되뇌었다. "자네에 관해서는 가끔 들었네.
누구에게건 인정사정없다지?"

"정직하게 할 일을 할 뿐입니다." 그가 무뚝뚝하게 대답했다. "공짜로 지
주님의 밥을 얻어먹을 순 없으니까요."

그는 허리띠에 끼워 두었던 도끼를 빼서 마룻바닥에 앉아 관솔을 패기 시
작했다.

"그런데 부인은 없나?" 나는 물어보았다.

"네." 대답하고는 힘껏 도끼를 휘둘렀다.

"죽었나 보군."

"아니요…… 네, 죽었습니다." 그는 이렇게 덧붙여 말하고는 옆으로 돌아
앉았다.

나는 그만 입을 다물었다. 그가 눈을 들고 말했다.

"실은 장돌뱅이랑 눈이 맞아 달아났습니다." 그는 쓸쓸한 미소를 지었다.
여자아이는 머리를 숙였다. 갓난아이가 잠에서 깨어 울기 시작하자 여자아
이가 요람 옆으로 갔다. "이걸 줘라." 비류크가 더러운 노리개젖꼭지를 딸
손에 슬그머니 건네며 말했다. "이 어린것까지 버리고 가다니." 갓난아이를
가리키면서 나직이 말했다. 그러고는 문간으로 다가가 멈춰 서더니 내 쪽으
로 몸을 돌렸다.

"나리께서는……" 그가 입을 열었다. "우리가 먹는 딱딱한 빵을 드시지
않겠지만, 여기는 그것밖에 없어서……."

"배는 고프지 않네."

"그럼 편한 대로 하십시오. 사모바르 정도는 준비해 드리고 싶지만, 공교
롭게도 차가 떨어져서……. 저는 가서 말을 좀 보고 오겠습니다."

그는 밖으로 나가 문을 쾅 닫았다. 나는 다시 주위를 둘러보았다. 오두막
은 아까보다 을씨년스러워 보였다. 싸늘한 그을음 냄새가 너무나 불쾌하게

주위를 감싸고 있어서 숨이 막혔다. 여자아이는 눈도 들지 않고 그 자리를 지켰다. 이따금 요람을 밀면서, 자꾸만 흘러내리는 옷을 서툰 동작으로 끌어올렸다. 맨다리가 꿈쩍도 않은 채 늘어져 있었다.

"이름이 뭐냐?" 내가 물었다.

"율리타요." 여자아이가 수심 어린 얼굴을 더욱 수그리고서 말했다.

산지기가 들어와 의자에 앉았다.

"천둥도 멎었습니다." 잠시 입을 다물었다가 말했다. "숲을 나가실 때까지 동행해 드리지요."

나는 일어섰다. 비류크는 총을 들고 탄약통을 확인했다.

"총으로 뭘 어쩌려고?" 내가 물었다.

"숲 속에 못된 놈들이 있어요. ……'말 골짜기'에서 나무를 베어 가거든요." 내가 의아한 눈빛으로 묻자 이렇게 덧붙였다.

"허허, 그 소리가 여기에서도 들린단 말인가?"

"밖에선 들리지요."

우리는 함께 밖으로 나왔다. 비는 멎어 있었다. 저 멀리에는 아직 먹구름이 무겁게 내려앉아 있고, 이따금 긴 섬광이 번쩍였다. 그러나 하늘을 올려다보니 쪽빛 하늘이 활짝 펼쳐져 있고, 빠르게 흘러가는 구름 뒤로 별들이 듬성듬성 반짝이고 있었다. 비에 젖은 채 바람에 흔들리는 나무들의 형상이 어둠 속에서 또렷이 보이기 시작했다. 우리는 귀를 기울였다. 산지기가 모자를 벗고 고개를 숙였다. "아…… 저겁니다." 그가 불쑥 말하며 손을 뻗었다. "보십시오. 이런 밤을 골라서 온 겁니다." 나에게는 나뭇잎 바스락거리는 소리밖에 들리지 않았다. 비류크가 처마 밑에서 말을 끌어냈다. "아, 하지만 이러다간." 우렁차게 말했다. "자칫 놓칠지도 모르죠." "나도 함께 가지. ……괜찮겠지?" "그러시죠." 이렇게 대답하고 말을 다시 잡아맸다. "금방 놈들을 잡은 다음에 배웅해 드리죠. 그럼 갈까요?"

우리는 출발했다. 비류크가 앞장서고 내가 뒤따랐다. 그가 어떻게 길을 분간해 내는지 전혀 알 수 없었다. 두어 번 걸음을 멈추었으나, 그것은 도끼 소리에 귀를 기울이기 위해서였다. "보십시오." 그가 이를 앙다물며 속삭였다. "들리죠? 들리시죠?" "모르겠는데?" 비류크는 어깨를 으쓱했다. 우리는 계곡 아래로 내려갔다. 한동안 바람이 잠잠해졌다. 그제서야 박자에 맞춰

나무에 찍어 내리는 도끼 소리가 내 귀에도 똑똑히 들리기 시작했다. 비류크가 나를 흘끗 보고 머리를 흔들었다. 우리는 젖은 양치식물과 쐐기풀을 헤치며 성큼성큼 나아갔다. 낮고 둔탁한 소리가 들려왔다……

"넘어뜨렸군……." 비류크가 중얼거렸다.

그사이에 하늘은 점점 개어 숲 속이 희미하게 밝아지기 시작했다. 우리는 겨우 골짜기로 나왔다. "여기서 잠깐 기다리십시오." 산지기는 내게 속삭이더니 몸을 구부리고서 총을 세워 든 채 덤불 속으로 사라졌다. 나는 숨을 죽이고 귀를 쫑긋 세웠다. 줄기찬 바람 소리에 섞여 아주 가까이에서 희미한 소리가 들리는 것 같았다. 주위를 경계하며 나뭇가지를 털어내는 도끼 소리, 수레바퀴가 삐걱대는 소리, 말이 콧김 뿜는 소리……. "어딜 가느냐! 거기 서라!" 갑자기 비류크의 쩌렁쩌렁한 고함이 울려 퍼졌다. 또 한 사람의 목소리가 들렸다. 덫에 걸린 토끼처럼 겁에 질린 처량한 비명이었다……. 몸싸움이 벌어졌다. "어딜 감히! 어딜 감히!" 비류크가 숨을 헐떡이며 반복했다. "놓칠까 보냐……." 나는 덤불이 요동치는 곳을 향해 뛰어갔다. 한 발짝 디딜 때마다 휘청거리며, 격투가 벌어진 곳으로 달려갔다. 산지기가 땅바닥에 쓰러진 나무 옆에서 끙끙대고 있었다. 도둑을 깔고 앉아, 도둑의 허리를 등 뒤로 돌려 끈으로 묶고 있었다. 나는 곁으로 다가갔다. 비류크가 일어나 도둑을 일으켜 세웠다. 누더기를 걸치고 긴 구레나룻을 아무렇게나 기른, 젖은 쥐새끼 같은 꼴을 한 농부였다. 결이 다 일어난 멍석을 반쯤 덮은 볼품없는 말이 텅 빈 짐수레에 매인 채 서 있었다. 산지기는 한마디 말도 없었다. 농부도 입을 꾹 다문 채 머리를 내저을 뿐이었다. "놔 주게." 나는 비류크의 귀에 속삭였다. "나뭇값은 내가 치르지."

비류크는 잠자코 왼손으로 말갈기를, 오른손으로 도둑의 허리띠를 움켜쥐었다. "어서 가, 이 쥐새끼 같은 도둑놈!" 그가 거칠게 말했다. "저기 있는 도끼 좀 주워 주시오." 농부가 잠꼬대처럼 중얼거렸다. "이걸 잃어버리면 안 되지!" 그렇게 말하고 산지기는 도끼를 주워 올렸다. 모두 걷기 시작했다. 나는 뒤에서 따라갔다……. 빗방울이 다시 뚝뚝 떨어지더니 이내 억수같이 퍼붓기 시작했다. 우리는 겨우 오두막에 도착했다. 비류크는 끌고 온 말을 마당 한가운데에 내팽개치고 농부를 방으로 데리고 들어가서 노끈 매듭을 헐겁게 한 다음 방구석에 앉혔다. 난로 옆에서 깊은 잠에 빠져 있던 여자아이가 부스스 일어나 아무 말 없이 겁먹는 눈으로 우리를 바라보았다. 나는 의자에 앉았다.

"비도 참 지독하게 오는군요." 산지기가 말했다. "그칠 때까지 기다리셔야겠는걸요? 좀 누워 쉬세요."

"고맙네."

"나리 쉬시는 데 방해되니까 이놈을 헛간에라도 처박아두고 싶지만," 농부를 가리키며 말했다. "헛간 빗장이……."

"거기 두게. 그냥 놔둬." 나는 비류크의 말을 잘랐다.

농부는 눈을 치켜뜨고 나를 힐끔 쳐다보았다. 나는 마음속으로 무슨 일이 있어도 이 불쌍한 사내를 풀어주기로 결심했다. 농부는 꼼짝도 않고 의자에 앉아 있었다. 등불에 비추어, 볼이 움푹 꺼진 쭈글쭈글한 얼굴, 축 처진 노란 눈썹, 불안스레 두리번거리는 눈, 깡마른 팔다리를 볼 수 있었다. 여자아이는 농부 바로 옆 마룻바닥에 누워 다시 잠들어버렸다. 비류크는 두 손으로 볼을 감싸고서 탁자에 앉아 있었다. 구석에서 귀뚜라미가 울었다. ……비는 지붕을 두드리고 창을 따라 미끄러져 내렸다. 우리는 모두 말이 없었다.

"포마 쿠지미치." 농부가 힘없는 목소리로 불쑥 말했다. "포마 쿠지미치."

"뭐야?"

"좀 봐줘."

비류크는 대꾸도 하지 않았다.

"좀 봐줘……. 배고파서 한 짓이야……. 한 번만 봐줘."

"내가 너희를 모를 것 같아?" 산지기가 쌀쌀맞게 쏘아붙였다. "너희 마을 놈들은 다 그래……. 도둑놈 천지라고."

"좀 봐줘." 농부는 그 말만 되풀이했다. "지주댁 집사가 어찌나 지독한지……. 우리는 쫄딱 망했어. 정말이야……그러니 좀 봐줘!"

"쫄딱 망했다고? ……아무리 그래도 도둑질하란 법은 없어."

"좀 봐줘, 포마 쿠지미치. ……날 좀 살려줘. 자네도 알겠지만, 그 집사는 분명 날 비틀어 죽일 거야."

비류크는 고개를 돌렸다. 농부는 열병에 걸린 사람처럼 부들부들 떨고 있었다. 턱을 딱딱 부딪치며 숨을 헐떡였다.

"좀 봐줘." 농부가 잔뜩 낙담하여 되풀이했다. "좀 봐줘, 제발 부탁이니

한 번만 봐줘! 값은 틀림없이 치르지, 약속하네. 정말이지 배고파서 한 일이야. 새끼들이 하도 울어대서 그만…… 자네도 알잖나. 궁지에 몰려서 한 짓이라고."

"그렇다고 해도 훔치란 법은 없어."

"그럼 저 말만이라도." 농부가 계속 말했다. "저 말만이라도 놓아주게. ……우리 집에 하나밖에 없는 짐승이라네……. 말만이라도 놓아주게!"

"아, 안 된다잖아. 나도 매인 몸이라 의무라는 게 있어. 그랬다가는 오히려 내가 벌을 받고 말걸. 그러니 네놈 말대로 할 수는 없어."

"좀 봐줘! 어쩔 수 없이 한 짓이야, 포마 쿠지미치. 어쩔 수가 없었어. 정말로 다른 이유는 없어. ……좀 봐줘!"

"알아!"

"이봐, 좀 봐줘!"

"제길, 네놈 따위하고 이러쿵저러쿵해 봐야 소용없는 일이지. 얌전히 앉아 있어. 안 그러면 어떻게 되는지 알지? 여기 나리께서 계시는 게 안 보여, 앙?"

가엾은 사내는 고개를 푹 꺾었다……. 비류크는 하품을 하고 탁자 위에 머리를 얹었다. 비는 그칠 기색이 없었다. 나는 사태를 지켜보았다.

갑자기 농부가 상체를 꼿꼿이 세웠다. 눈이 이글거리고, 얼굴은 붉은 물감을 푼 듯 새빨개졌다. "그래, 네 마음대로 해. 삶든지 굽든지 마음대로 하라고." 도끼눈을 뜨고 입을 씰룩이며 내뱉었다. "이 천벌 받을 살인자. 그리스도교인의 피를 빨아먹을 수 있을 것 같으면 어디 해보라……."

산지기가 몸을 홱 돌렸다.

"네놈한테 하는 말이다, 네놈한테. 이 극악무도한 놈, 짐승만도 못한 놈!"

"어디서 나불대는 거야, 술이라도 취한 거야?" 산지기가 기가 차서 말했다. "머리라도 돌았나, 응?"

"취했느냐고? ……취하든 안 취하든 네놈 술을 얻어먹은 것도 아니잖아, 이 천벌 받을 놈, 짐승만도 못한 놈!"

"이놈 보소! ……좋아, 네놈한테……."

"날 어쩔 건데! 어차피 그른 건 마찬가지야. 말을 빼앗기면 끝이라고!

날 죽여라. 차라리 때려죽여. 굶어 죽든 여기서 죽든 똑같은 일 아니냐. 다 죽어버려, 마누라도 자식새끼도 다 뒈져버려……. 하지만 네놈만은 기다려라, 가만 놔두지 않을 테니!"

비류크가 일어섰다.

"때려라, 때려죽여." 농부가 살기등등한 목소리로 몰아붙였다. "죽여, 자, 죽여, 죽여!" (여자아이가 깜짝 놀라 일어나 농부를 쳐다봤다.) "죽여! 죽여!"

"입 닥쳐!" 산지기가 고함을 지르며 두어 발짝 내디뎠다.

"됐네, 그만 됐어, 포마." 내가 외쳤다. "그를 놔두게……. 내버려둬."

"입 다물곤 못 있지." 불행한 사나이가 계속 말했다. "매한가지야. 어차피 한 번은 죽게 돼 있으니. 이 짐승 같은 놈, 네놈은 영원히 살 것 같으냐. ……기다려라, 잘난 척할 날도 머지않았다! 내 끝까지 쫓아가서 네놈 목도 졸라버릴 테니 기다려라!"

비류크가 농부의 어깨를 움켜쥐었다. 나는 달려가 농부를 도우려고 했다…….

"나리, 상관하지 마십시오!" 산지기가 내게 고함쳤다.

나는 이 위협에도 아랑곳하지 않고 이미 손을 뻗고 있었다. 그런데 놀랍게도 산지기는 농부를 휙 끌어당겨 노끈을 풀어준 뒤 멱살을 붙잡고서 모자를 깊숙이 씌워주고는 문을 열고 바깥으로 떠미는 것이었다.

"말을 데리고 썩 꺼져!" 그가 농부 뒤통수에 대고 소리쳤다. "하지만 조심해, 다음에 또 걸리면 국물도 없을 테니……."

그는 오두막으로 되돌아와서 구석에서 무언가를 찾기 시작했다.

"비류크." 나는 가까스로 입을 열었다. "깜짝 놀랐네. 이제 보니 자네…… 꽤 괜찮은 사람이구먼."

"그만두세요, 나리." 그가 성난 말투로 내 말을 가로막았다. "그 말씀만은 하지 마세요. 그보다 이제 슬슬 배웅해 드려야겠군요." 그러고는 덧붙였다. "비가 잦아들었으니 더 기다리실 필요는 없겠지요……."

밖에서 농부의 마차 바퀴가 삐걱거렸다.

"이제야 가는군!" 그가 중얼대듯 말했다. "하지만 난 녀석을……!"

30분쯤 뒤 그는 숲 출구에서 내게 작별을 고했다.

두 지주

호의적인 독자 여러분, 나는 이미 이웃 몇 명을 소개하는 영광을 누렸지만, 그 김에(우리 작가들은 '그 김에'라는 말을 즐겨 쓴다) 두 지주를 더 소개하겠다. 나는 이 두 사람의 영지로 자주 사냥을 나가는데, 둘 다 매우 훌륭하고 착한 사람들로 이 지방 사람들에게 존경받고 있다.

먼저 퇴역 육군 소장 뱌체슬라프 일라리오노비치 흐발린스키를 소개하고자 한다. 키 크고, 옛날에는 풍채가 좋았지만 지금은 얼마간 살도 처지고 기력도 떨어졌으나, 늙은 티 안 나는 이른바 '한창 꽃필 나이의' 장년 사나이를 상상해 보기 바란다. 물론 젊은 시절의 단정한 얼굴은 지금도 호감을 주지만, 분위기는 확실히 조금 바뀌었다. 볼은 늘어지고, 눈 주위에는 주름이 생겼다. 치아는 푸시킨이 인용한 사디의 말*1처럼 '어떤 것은 이미 없어졌다.' 그나마 남은 황갈색 머리카락은 연보라색으로 변했다. 롬누이 마시장에서 아르메니아인을 자칭하던 어느 유대인에게서 산 조제약 탓이다. 그러나 뱌체슬라프 일라리오노비치는 걸음걸이도 확실하고 웃음소리도 호탕하다. 박차를 울리고 콧수염을 뽐내며 스스로 노기병이라고 말하지만, 알다시피 진짜 나이 먹은 사람은 자신을 노인이라고 말하지 않는다. 그는 늘 프록코트를 입고 맨 위까지 단추를 채우며, 빳빳하게 풀 먹인 옷깃에 넥타이를 풍성하게 매고, 희끄무레한 군대식 바지를 입었다. 모자는 이마를 덮을 정도로 앞으로 기울여 써서 뒷머리는 그대로 드러나 보였다. 본디 심성은 곱지만, 아주 괴상한 생각과 버릇을 가졌다. 재산이 없거나 지위가 없는 귀족을 자신과 동격으로 취급하지 않는 것도 그 일례이다. 그런 귀족과 대화할 때면 으레 빳빳하고 흰 목깃에 뺨을 딱 기대고서 곁눈으로 상대방을 바라본다. 그러

---

*1 "자고로 사디의 말처럼 어떤 것은 이미 세상에 없고, 어떤 것은 멀리 떠났으니." …푸시킨의 《오네긴》 8장 51절에 나오는 구절. 푸시킨은 이 말을 서사시 《바흐치사라이의 분수》에서도 썼다. 사디는 페르시아의 시인(1184~1291).

다가 불쑥 자세를 바로 하고서 날카로운 눈초리를 보내며 머리카락 밑의 피부를 말없이 씰룩거린다. 또한, 그는 여러 말을 할 때 자기 식대로 발음한다. 이를테면 "고맙습니다, 파벨 바실리예비치"나 "이리 오세요, 미하일 이바누이치"라고 말하지 않고, "고맙습니다, 파를 아실리치" "오세요, 이리로, 미하일 바누이치"라고 말한다. 자기보다 사회적 지위가 낮은 사람들을 상대할 때면 더욱 기묘한 태도를 보인다. 상대방을 거들떠보지도 않은 채 자기 희망을 이야기한다. 어떤 명령을 내리기 전에는 수심 가득한 얼굴로 "네 이름은 뭐라고 하지? ……뭐라고 부르지, 네 이름은?" 하고 몇 번이고 계속 되풀이했는데, 그 "뭐라고"라는 말에 잔뜩 힘을 주고 그 뒷말은 재빨리 말해 버리는 탓에 전체적으로 수컷 메추라기가 우는 소리처럼 들렸다. 오지랖 넓고 이것저것 욕심이 많았지만, 영지 경영자로서는 꽝이었다. 그는 소러시아 출신의 세상에 둘도 없는 바보인 퇴역 상사를 지배인으로 맞아들였다. 그러나 이 근방에서 영지 경영이 어이없기로는 페테르부르크의 어느 고관을 따라잡을 사람이 없었다. 이 관리는 영지 내 곡물건조장에 이따금 불이 나서 많은 곡식이 까마귀밥이 되고 말았다는 집사의 보고서를 보고, 화기가 완전히 사라질 때까지 낟가리를 건조장에 넣지 말라는 엄중한 명령을 내렸다. 또한, 주판을 튕겨 황당무계한 계산을 내고는 온 밭에 양귀비를 심기로 했다. 양귀비는 쌀보리보다 값이 나가니 양귀비를 심는 편이 훨씬 이익이라는 것이었다. 거기에다가, 그는 페테르부르크에서 주문한 인형이 쓰고 있는 것과 같은 두건을 쓰라고 여자 농부들에게 명령했다. 그래서 실제로 오늘날까지 그의 영지 내의 농부 아낙들은 머릿수건을 쓰고 있다……. 평소 쓰는 두건 위에…….

다시 뱌체슬라프 일라리오노비치 이야기로 돌아가자. 뱌체슬라프 일라리오노비치는 대단한 호색한이어서 읍내로 산책을 나섰다가 예쁜 여자를 발견하면 즉시 뒤따라가는데, 이내 절름거리는 걸음걸이가 된다. 여기가 주목해야 할 점이다. 카드놀이는 좋아하지만, 자기보다 신분이 낮은 사람하고만 했다. 그런 사람들은 자기를 "각하"라고 불러주며, 자기는 자기대로 마음껏 욕하고 호통칠 수 있기 때문이다. 어쩌다가 지사나 다른 높은 지위에 있는 사람을 상대하게 되면 놀랍도록 태도가 바뀐다. 의미심장하게 웃고, 고개를 끄덕이고, 눈치를 살피며 쓸개라도 내줄 듯이 구는 것이다……. 지더라도 불평은 하지 않는다. 뱌체슬라프 일라리오노비치는 책을 잘 읽지 않는다. 어쩌다 읽을 때면 얼굴이 아래에서 위로 물결치는 것처럼 쉴 새 없이 콧수염과 눈썹을 꿈틀거린다. 뱌체슬라프 일라리오노비치의 얼굴에 나타나는 이 파상운동은 (물론 손님 앞에서)〈주르날 데 데바(Journal des Débats)〉*2의 몇 단락을 힘들게 읽어 내려갈 때 특히 심해진다. 선거철에는 꽤 중요한 자리에 앉지만, 돈이 되지 않는 귀족단장*3 같은 명예직은 깨끗이 거절해 버렸다. 그는 자신을 따라다니는 귀족들에게 "제군(諸君)"이라는 단어를 예사로 썼다. 그러나 자못 겸손하고 자존심 있는 목소리로 말하는 것이었다. "이 영광에 매우 감사하지만, 나는 여생을 고독하게 보내기로 마음먹었습니다." 이렇게 말하며 머리를 몇 번쯤 좌우로 흔든 다음 점잔을 빼며 턱과 볼을 넥타이 위에 얹는다. 소싯적에는 어느 고관의 부관으로 있었다고 하는데, 언제나 그 사람을 친근하게 이름으로 불렀다. 소문에는 부관 노릇만 했던 것은 아니었다고 한다. 예복을 입고 단추까지 채운 채 목욕탕에서 장관의 목욕까지 도왔다는 것이다―물론 소문을 전적으로 믿을 수는 없다. 어쨌든 흐발린스키 장군은 자신의 근무 경험을 말하고 싶어하지 않는다. 이것도 퍽 묘한 이야기이다. 실전에 투입된 적은 없는 것 같다. 흐발린스키 장군은 크지 않은 집에서 홀로 산다. 결혼 생활의 행복이란 것을 맛본 적이 없어서 아직도 일등 신랑감으로 꼽힌다. 그 대신 집에는 눈도 검고 눈썹도 검고, 뚱뚱하지만 싱그러운 인상을 주며 코밑에 솜털이 자란 서른다섯 살가량의 여자를 가정부로 두고 있다. 이 여인은 평소에도 풀을 빳빳하게 먹인 옷을 입고 다니며, 일요일에는 모슬린 소매가 달린 옷까지 입는다. 뱌체슬라프 일라리오노비치는 지주들이 지사나 그 밖의 고관들을 초대해 성대한 연회를 열 때면 매우 기분이 좋아진다. 그런 자리에서야말로 그의 본성이 모조리 드러나는 것이다. 그런 자리에서는 대개 지사의 오른편까지는 아니더라도, 적어도 지사에게서 그리 멀지 않은 자리에 앉는다. 연회 초반에는 크게 위엄을 보이려고 상체를 거만하게 한껏 젖힌 채 손님의 둥근 뒤통수며 빳빳이 세운 목깃 따위를 곁눈질로

---

*2 제2차 세계대전 전에 발행되었던 프랑스의 유력한 일간신문. 보수적 경향의 정치·문예지였다.

*3 여제 예카테리나 치세 이래 귀족들은 자신들을 대표하여 귀족 고아의 재산을 관리할 단장을 선출할 권리를 가졌다.

내려다본다. 그러나 식사가 끝날 무렵에는 기분이 잔뜩 좋아져서 어느 누구에게나 미소를 던진다(지사에게는 식사가 시작될 때부터 빙긋이 웃지만). 그는 여성을 지구(地球)의 장식품으로 여기지만, 가끔 이 여성들의 명예를 위해 축배를 들자고 제안하기도 한다. 흐발린스키 장군은 엄숙한 공적 의식이나 품평회나 집회나 전람회 등에도 흔쾌히 참석했다. 축복을 받을 때도 그에 걸맞은 태도를 보였다. 뱌체슬라프 일라리오노비치의 하인들은 연극이 끝났을 때나 선착장 같은 번잡한 곳에서도 절대로 소란을 피우거나 큰 소리로 떠들지 않는다. 그와는 반대로 군중 사이를 헤치고 나가거나 마차를 부를 때는 듣기 좋은 중저음으로 "미안합니다, 미안합니다. 흐발린스키 장군님이 지나가십니다"라거나 "흐발린스키 장군의 마차가……"라고 말한다. 사실 흐발린스키의 마차는 아주 낡았고, 마부는 다 해진 옷을 입었다(가장자리를 빨갛게 두른 회색 제복임은 새삼 말할 필요도 없을 것이다). 말도 지금까지 오랜 세월을 실컷 혹사당한 늙어빠진 말이었다. 그러나 뱌체슬라프 일라리오노비치는 전혀 사치를 부리려 하지 않았으며, 부자처럼 보이려고 허세를 떠는 것은 자기 분수에 맞지 않는다고 생각했다. 흐발린스키는 그다지 말재주가 있는 편이 아니었다. 아니면, 혹 웅변 솜씨를 발휘할 기회가 없었는지도 모른다. 단순히 논쟁뿐만 아니라 누가 자기 의견에 반대하는 것을 몹시 싫어해서 긴 대화를, 특히 젊은이들하고는 긴 대화를 나눌 기회를 극구 피하기 때문이다. 과연 이것은 정말 완벽한 방법이다. 그렇게 하지 않는다면 젊은이들과의 논쟁에서 무참히 질 것이며, 일단 그들이 복종하지 않게 되면 더 이상 존경하지도 않을 것이기 때문이다. 흐발린스키 장군은 자기보다 지위가 높은 사람을 찾아가면 대개 꿀 먹은 벙어리가 된다. 그러나 명백히 경멸하면서도 관계만은 유지하는 아랫사람을 대할 때면 더듬대며 퍽 신랄하게 말을 한다. 뿐만 아니라 다음과 같은 말을 시도 때도 없이 한다. "하지만 지금 자네가 한 말은 참으로 시시하군." "이렇게 되면, 결국 나도 어쩔 수 없이, 핀잔을 주어야겠어." "하지만 결국, 자네도 상대방이 누구인지, 기억해둘 필요가 있어." 우체국장이나 군사무소의 하급 관리, 역장 등은 특히 그를 무서워했다. 그는 자기 집에서 누구를 만나는 법이 없었는데, 소문에는 꽤나 지독한 구두쇠라고 한다. 이런 면이 있기는 하지만 그는 명실상부 훌륭한 지주였다. 이웃들은 그를 가리켜 "청렴하고 행실 바른 노병이며 vieux grognard(늙은 투덜꾼)"라고 말했다. 다만, 현의 검사들은 사람들이 훌륭하고 위엄 있는 흐발린스키 장군의 성품을 칭찬할 때면 옆에서 남몰래 냉소를 짓는다―하지만 질투란 어쩔 수 없는 것이다!

이제 다른 지주 이야기로 넘어가자.

마르달리 아폴로니치 스체그노프는 어느 모로 보나 흐발린스키와 닮은 구석이 없다. 그는 근무 경력이 확실하지 않으며, 미남 소리를 한 번도 듣지 못했다. 마르달리 아폴로니치는 땅딸막하고 머리가 벗겨진 왜소한 노인으로, 이중 턱에다 손은 부드럽고 배가 뒤룩뒤룩 살쪘다. 손님을 매우 좋아하고 익살스러워서 하루하루를 재미나게 보낸다. 또한 겨울이고 여름이고 늘 줄무늬가 들어간 면 잠옷을 입는다. 흐발린스키 장군과 일맥상통하는 면이 딱 하나 있으니, 그 역시 독신이라는 점이다. 그는 오백 명의 농노를 거느렸다. 마르달리 아폴로니치는 자기 영지를 그야말로 표면적으로 관리한다. 시대에 뒤떨어지지 않도록 10년 전쯤에 모스크바 부체노프에서 탈곡기를 사들여 헛간 안에 처박아 놓고는 시대 흐름을 따라잡았다고 안심하고 있다. 맑은 여름날이면 경주 마차를 준비시켜 들판으로 나가지만, 작물을 둘러보거나 수레국화를 잡아 뜯는 것이 고작이다. 마르달리 아폴로니치는 아주 구식으로 산다. 집도 옛날에 지은 것이며, 현관에 들어가면 어김없이 크바스며 동물 기름으로 만든 초며 무두질한 가죽 냄새가 난다. 현관 오른편에는 담뱃대며 행주가 놓인 선반이 있다. 식당에는 조상의 초상화가 파리똥에 범벅된 채 걸려 있고, 커다란 제라늄 화분과 조율하지 않은 피아노가 놓여 있다. 응접실에는 안락의자가 세 개, 탁자가 세 개, 거울이 두 개, 조각한 청동 바늘이 달리고 법랑을 검게 칠한 목쉰 시계가 있다. 서재에는 서류가 쌓인 책상과, 지난 세기에 출판된 여러 책에서 그림을 오려 붙인 푸르스름한 병풍과, 곰팡내 나는 책이 빽빽이 꽂힌 거미줄이 쳐진 먼지 쌓인 검은 책장이 있다. 푹신한 팔걸이의자, 이탈리아식 창문, 밀폐된 정원 출입문……. 한마디로 말해 모든 것이 구태의연하다. 마르달리 아폴로니치는 많은 하인을 두었는데, 모두 구식 옷차림을 하고 있었다. 높은 깃이 달린 푸른 카프탄과 탁한 색깔의 바지에 짧고 누르스름한 조끼를 입었다. 그들은 손님을 '나리님'이라고 불렀다. 털가죽 외투 끝자락에 닿을 듯이 턱수염을 길게 기른 농부 출신의 지배인이 집안 경제를 돌보았다. 살림을 지휘하는 사람은 연노랑 두건으로 머리를 감싼 주름투성이 구두쇠 노파이다. 마르달리 아폴로니치의 마구간에는 크고 작은 말이 서른 마리쯤 있다. 주인은 외출할 때, 무게가 150푸드나 나가는 포장마차를 탄다. 이 마차는 집에서 만든 것이다. 그는 손님을 아주 정중히 맞이하며, 훌륭한 음식을 대접한다. 즉, 정신을 몽롱하게 하는 러시아 요리의 특성을 이용해서, 해가 질 때까지 카드놀이라도 하지 않고는 못 배기게 만드는 것이다. 그는 아무것도 안 하고 빈둥거리며, 해몽 책조차도 읽지 않고 지낸다. 그런데 우리 러시아에는 그런 지주들이 질리도록 많다. "어떤 이유로, 어떤 목적으로 이 사내의 이야기를 꺼냈는가?" 이렇게 묻는 독자가 계실지도 모르겠다⋯⋯. 이 질문에 대답하는 대신, 마르달리 아폴로니치의 집을 방문했던 어느 날의 이야기를 하겠다.

나는 어느 여름 저녁 7시 무렵에 그를 찾아갔다. 저녁 기도가 막 끝난 시각으로, 최근 신학교를 졸업한 듯한 젊고 아주 수줍음 많은 목사가 응접실 문간에 놓인 의자 끄트머리에 걸터앉아 있었다. 마르달리 아폴로니치는 으레 그렇듯 아주 정중하게 나를 맞이했다. 그는 어떤 손님이 와도 진심으로 기뻐했다. 게다가 매우 마음씨 착한 사람이기도 했다. 목사는 일어나서 모자를 들었다.

"아, 기다리세요, 목사님." 마르달리 아폴로니치가 내 손을 잡은 채로 말했다. "아직 가지 마세요⋯⋯. 지금 보드카를 가져오라고 시킬 테니."

"저는 마실 수 없습니다." 목사가 우물쭈물 작은 목소리로 말했다. 귀까지 새빨개졌다.

"무슨 말씀을!" 마르달리 아폴로니치가 대답했다. "미쉬카! 유쉬카! 보드카를 가져와!"

키 크고 홀쭉한 여든 노인 유쉬카가 황색 반점으로 잔뜩 얼룩진 거무스레한 쟁반에 보드카 잔을 받쳐 들고 들어왔다.

목사가 다시 사양했다.

"그러지 말고 한잔 드세요. 너무 사양하는 것도 좋지 않습니다." 지주가 타이르듯이 말했다.

가엾게도 젊은 목사는 마침내 꺾이고 말았다.

"자, 이젠 가 보십시오."

목사가 허리 굽혀 인사했다.

"아, 됐습니다. 그냥 가세요⋯⋯."

"괜찮은 사람입니다." 마르달리 아폴로니치가 목사의 뒷모습을 바라보며 말을 이었다. "저 사람에게 나는 무엇하나 불만이 없지요. 다만 한 가지— 아직 어리다는 게 흠이지만. 그런데 당신은 어떻습니까? 네? ⋯⋯안 되지요, 무슨 말씀을 하십니까? 자, 발코니로 갑시다—아주 멋진 밤이잖습니까."

우리는 발코니로 나가 앉아서 이야기를 나누었다. 흘끔 아래를 내려다본 마르달리 아폴로니치가 갑자기 길길이 날뛰기 시작했다.

"저게 누구네 닭이지? 누구네 닭이야?" 그가 고함을 질렀다. "우리 정원을 돌아다니는 저 닭이 누구네 거야? ⋯⋯유쉬카! 유쉬카! 정원을 돌아다니는 게 누구네 닭인지 보고 와. ⋯⋯대체 누구네 닭이야? 들여보내지 말라고 그렇게나 이야기했는데!"

유쉬카가 뛰쳐나갔다.

"관리 한번 잘하는군!" 마르달리 아폴로니치가 내뱉듯 말했다. "어이가 없어서, 원!"

지금도 기억나는데, 운 나쁜 수탉 중 두 마리는 반점이 있는 놈이고, 한 마리는 하얗고 볏이 달린 놈이었다. 이따금 홰를 쳐서 감정을 드러내며 사과나무 아래를 유유히 걷고 있었다. 그때 갑자기, 모자도 쓰지 않은 채 몽둥이를 든 유쉬카와 혈기왕성한 다른 세 하인이 일제히 닭들에게 달려들었다. 볼만한 광경이었다. 수탉들은 꼬꼬댁거리며 날개를 푸드덕거리고, 펄쩍 뛰어오르며 귀 아프게 비명을 질렀다. 하인들은 닭을 쫓아 뛰어다니면서 발이 걸리고 넘어졌다. 주인은 이성을 잃은 듯이 발코니 위에서 고함을 질러댔다. "붙잡아, 붙잡아! 붙잡아, 붙잡아! 붙잡아, 붙잡아, 붙잡아! ⋯⋯누구네 닭이냐, 누구네 닭이야?" 마침내 한 하인이 볏이 있는 닭을 위에서 덮쳐 붙잡았다. 바로 그때, 머리가 마구 헝클어진 열한 살쯤 되어 보이는 소녀가 손에는 마른 나뭇가지를 들고 큰길에서 정원 울타리를 뛰어넘어 들어왔다.

"옳거니, 누구네 닭인지 알겠구먼!" 지주가 의기양양하게 소리쳤다. "마부 옐미르네 닭이었어! 그놈이 닭을 몰아오라고 나타르카를 보냈구먼. ⋯⋯과연 파라샤를 보낼 수는 없었던 게지!" 지주가 나직이 덧붙이며 의미심장하게 웃었다.

"유쉬카! 닭은 내버려두고 나타르카를 잡아 와."

그러나 유쉬카가 완전히 겁을 집어먹은 소녀에게 다가가기 전에 어디에선가 가정부 노파가 나타나 소녀의 손을 휙 낚아채더니 불쌍한 아이의 등을 후려갈겼다.

"옳지, 잘한다." 지주가 옆에서 거들었다. "딱, 딱, 딱! 딱, 딱, 딱! ……그리고 닭도 빼앗아, 아브도치아." 우렁차게 소리 지르고는 개운한 얼굴로 나를 돌아보았다. "지금 사냥을 보신 소감이 어떻습니까? 보고 있자니 땀까지 납니다그려, 이것 보세요."

이렇게 말하더니 마르달리 아폴로니치는 껄껄 웃어댔다.

우리는 계속 발코니에 있었다. 정말이지 보기 드물게 유별난 밤이었다.

차가 나왔다.

"저, 한 가지 묻겠습니다만." 내가 입을 열었다. "마르달리 아폴로니치, 저 건너 골짜기로 강제이주 보낸 사람들이 댁의 소작농인가요?"

"그렇습니다. ……왜 그러시죠?"

"당신답지 않아서요, 마르달리 아폴로니치. 그건 죄 아닙니까? 소작농들에게 주어진 오두막은 더럽고 좁고, 주변에는 나무 한 그루 연못 하나 없어요. 우물이 하나 있나 했더니 무용지물일 뿐이고 말이죠. 다른 적당한 이주지가 없던가요? ……게다가 소문에 듣자하니 본디 농부들 소유이던 대마밭까지 빼앗았다고요?"

"현행 경지 제도로는 어쩔 수 없었답니다." 마르달리 아폴로니치가 대답했다. "나도 경지정리 계획은 여기에 확실히 들어 있어요(이렇게 말하면서 자기 뒤통수를 가리켰다). 현행 경지 제도에는 이로운 점이 하나도 없어요. 또 대마밭을 빼앗았다든가 못을 파주지 않았다든가 하는 이야기를 하셨죠? ─ 그런 건 나도 잘 압니다. 하지만 난 단순한 인간이어서 옛날식으로 하거든요. 내 머리로는 지주는 지주답고, 농민은 농민다워야 하지요. ……암요, 그렇고말고요."

이렇게 단호하고 청산유수 같은 말솜씨에는 대꾸할 방도가 없는 법이다.

"게다가," 그가 말을 이었다. "그곳 농부들은 지독하게 말을 안 듣는 놈들이죠. 그중에서도 심한 집이 두 군데 있어요. 돌아가신 아버지도─천국에서 편히 쉬게 하소서─놈들에게는 두 손 두 발 다 들었을 정도지요. 당신한테니까 말하는 거지만, 나도 이렇게 생각한답니다. 부모가 도둑놈이면 자식도 도둑놈이라고요. 당신은 어떻게 생각하실지 모르겠지만. ……그 핏줄이란 게 정말 무서운 겁니다!"

이런 대화를 나누는 사이에 주위는 완전히 고요해졌다. 가끔 산들바람이 불어와 집 근처에서 잠잠해졌다가, 마구간 쪽에서 규칙적으로 무언가 두드리는 소리를 우리 귀까지 실어다 주었다. 차를 따른 찻잔 받침을 막 입술로 가져가서 콧구멍을 벌리고 향기를 맡으려던 마르달리 아폴로니치가—토종 러시아인이라면 누구나 알겠지만, 러시아인은 이런 수고를 들여 차를 음미한다—갑자기 동작을 멈추고 귀를 기울이더니 고개를 끄덕이고 나서 차를 마셨다. 그러고는 접시를 탁자 위에 놓고 자못 사람 좋은 미소를 지으며, 저도 모르게 그 두드리는 소리에 맞추듯이 말했다. "찰싹, 찰싹, 찰싹! 찰싹, 찰싹, 찰싹!"

"왜 그러십니까?" 내가 놀라 물었다.

"내 지시로 말썽꾸러기를 벌주고 있거든요……. 식당에서 일하는 바샤를 아시죠?"

"바샤요?"

"왜 요전 식사 때 음식을 나르던 하인 있잖습니까. 구레나룻을 덥수룩하게 기른."

마르달리 아폴로니치의 맑고 상냥한 눈빛을 보면, 제아무리 비분강개한 사람이라도 어찌할 바를 모를 것이다.

"왜 그러십니까?" 그가 머리를 저으며 말했다. "꼭 내가 악당이라도 되는 듯이 노려보시는군요? 하지만 사랑하니까 혼낸다는 말이 있지 않습니까. 아시죠?"

그 뒤로 10분쯤 있다가 나는 마르달리 아폴로니치에게 작별인사를 했다. 마차를 타고 마을을 지나가는데 급사 바샤가 보였다. 그는 호두를 깨물며 한길을 걷고 있었다. 나는 마부에게 말을 멈추라 이르고 그를 불렀다.

"이보게 자네, 오늘은 매를 맞았다지?"

"어떻게 아시는지요?" 바샤가 대답했다.

"자네 주인이 내게 말해 주었네."

"주인님이 직접이요?"

"어쩌다 주인에게 매를 맞게 되었지?"

"다 제 잘못입니다. 전 맞아도 싸요. 우리 주인님은 하찮은 일로는 벌을 주지 않으시죠. 우리 나리는 절대로 그러지 않아요. 나리는 그런 분이 아니에요. 우리 주인님은…… 이 현 내에 그런 주인은 어디를 찾아봐도 없을 겁니다."

"자, 가세." 나는 마부에게 일렀다.

"이것이 바로 전통적인 러시아군!" 나는 집으로 돌아가며 생각했다.

레베잔

친애하는 독자 여러분, 사냥의 주요 이점 중 하나는 사람을 끊임없이 여기 저기로 돌아다니게 한다는 점인데, 이는 한가로운 사람에게 아주 즐거운 일이다. 말할 것도 없이 가끔 (특히 장마철에) 시골길을 헤매거나, 길 없는 들판을 가로지르거나, 농부를 만날 때마다 불러 세워서는 "이보게! 모르도프카로 가려면 어떻게 해야 하나?" 묻거나, 모르도프카에 도착해서는 멍청한 농부 아낙네를 다그치고 얼러서(일손은 모두 들판에 나가 있으므로) 길가 여관까지는 아직 멀었는지 어떻게 가야 하는지 알아내거나, 거기에서 10베르스타나 갔는데 여관 대신 지주 소유의 몹시 황폐한 브도부브노프라는 작은 마을이 나오고, 길 한가운데에 있는 암갈색 진창에 무릎까지 빠져서는 전혀 그럴 의도가 없었는데도 돼지 떼를 몹시 깜짝 놀라게 하는 일은 그다지 재미있는 일은 아니다. 또한 발밑에서 출렁거리는 다리를 건너 골짜기 아래로 내려가, 흙탕물이 흐르는 강의 여울을 건너는 것도 유쾌한 일은 아니다. 마차를 타고 밤낮으로 푸른 풀이 바다처럼 끝없이 펼쳐진 길을 간다든지, (이런 일은 정말 끔찍하지만) 한쪽에는 '22', 한쪽에는 '23'이라는 숫자가 적힌 알록달록한 이정표 앞에서 진흙투성이가 된 채 몇 시간씩 오도 가도 못하는 것도 기분 좋은 일은 아니며, 달걀과 우유와 호밀빵으로 몇 주를 버티는 일도 즐겁지는 않다. 그러나 이런 불편함과 실패는 다른 이득과 만족감으로 완전히 보상된다. 그럼 본론으로 들어가겠다.

이만큼 설명했으니, 내가 5년 전 어떻게 레베잔 마시장의 소음 한복판에 있게 되었는지 독자들에게 설명할 필요는 없을 것이다. 우리 사냥꾼들은 화창한 아침에 대대로 내려오는 영지를 떠나 다음 날 밤까지는 돌아올 생각으로 길을 나선다. 그러나 도요새를 쏘며 자꾸 멀어지다 보면 어느덧 비옥한 페초라 강기슭까지 가버리기도 한다. 그리고 엽총이나 사냥개를 좋아하는 사람은 어김없이 이 세상에서 가장 고상한 동물인 말을 귀하게 여기는 법이다. 어쨌든, 레베잔에 도착한 나는 여관에 들어가 옷을 갈아입고 시장으로 갔다. (키가 훌쩍 크고 호리호리하며 아름다운 코맹맹이 목소리로 말하는 스무 살가량의 젊은 급사에게서 **연대의 마필 보급관인 N공작 각하가 이 여인숙에 묵고 있다는 사실과, 그 밖에도 귀족들이 많이 와 있다는 사실과, 밤마다 집시가 노래하고 극장에서는 트바르돕스키의 연극을 하고 있다는 사실과, 요즘 말 시세가 싸지만 좋은 말이 상당히 나온다는 사실을 미리 들어 알고 있었다.)

시장 광장에는 헤아릴 수 없을 만큼 많은 마차가 늘어서 있고, 그 뒤에는 가지각색의 말이 있었다. 경주마, 종마, 짐 나르는 말, 마차에 맬 말, 농사 일을 할 말 등등. 그중 살찌고 윤기나는 말들이 있었다. 말들은 털 색깔별로 나뉘어 알록달록한 마의(馬衣)를 입고 높은 말뚝에 고삐가 짧게 매여 있었는데, 뒤에 있는 저희 소유주 거간꾼이 쥐고 있는 낯익은 채찍을 겁먹은 눈 초리로 곁눈질하고 있었다. 100베르스타, 200베르스타 너머 광야에 사는 귀족이 늙어빠진 마부나 돌대가리 마부 두셋을 시켜 보낸 말들은 긴 모가지를 휘휘 젓고 발을 구르며 지루함을 견디려는 듯이 울타리를 씹고 있었다. 잿빛 뱟카산 말은 서로 딱 달라붙어 있었다. 꼬리털이 탐스럽고 발에 털이 북슬북슬한 말과 엉덩이가 튼실한 희고 검은 준마는 사자처럼 늠름하게 서 있었다. 눈썰미 좋은 사람들은 그 앞에 와서 감탄하며 걸음을 멈추었다. 마차 열을 따라 자연스럽게 형성된 통로는 부유한 사람, 가난한 사람, 늙은 사람, 젊은 사람 등 온갖 사람으로 북새통을 이루었다. 파란 카프탄에 챙 없는 높은 모 자를 쓴 거간꾼들은 교활한 얼굴로 눈치를 살피며, 살 사람을 기다렸다. 커 다란 눈을 한 곱슬머리 집시들은 미친 듯이 여기저기를 헤집고 다니며 말 이 빨을 살피고, 발과 꼬리를 들어올리고, 소리 지르고, 욕지거리를 주고받고, 거래를 중개하고, 제비를 뽑았으며, 그런가 하면 군모를 쓰고, 비버 털로 깃 을 단 외투를 입고, 마필 보급관에게 알랑거렸다.

다부져 보이는 카자흐 병사 한 사람이 사슴처럼 모가지가 가느다란 여윈 거세마에 올라타고는 얼굴을 내밀고 그 말을 '통째로', 즉 안장과 굴레까지 모두 끼워서 팔려고 했다. 농부들은 겨드랑이 아래가 터진 털외투를 입고 북 새통 틈을 막무가내로 밀치고 나아가서는. '시험'해 본다며 말 한 마리를 마 차에 매고 마차 위에 수십 명씩 올라탔다. 한쪽에서는 교활한 집시의 중개로 서로 자기가 부른 값을 고집하며 손뼉만 수백 번도 넘게 쳐대면서 흥정에 진을 빼고 있었다. 그러나 그 옆에서는 그 흥정의 대상이 된 볼품없는 말이 올이 다 일어난 거적때기를 걸친 채 남의 일이라는 듯 눈만 겨우 껌뻑거렸다……. 아닌 게 아니라 누구 손에 넘어가든 말에게는 그게 그거다! 수염을 물들이고, 엄숙한 표정을 짓고, 폴란드식 삼각모를 쓰고, 긴 양털로 짠 짧은 상의를 한쪽 소매만 꿴 이마가 훤한 지주들은 깃털 모자에 녹색 장갑을 낀 배불뚝이 상인들과 허물없는 대화를 하기 시작했다. 각지 연대에서 온 사관들도 여기저기를 어슬렁거렸다. 키가 어마어마하게 큰 독일 출신 철기병이 절름발이 거간꾼을 붙잡고서 무심한 말투로 "이 갈색 말을 얼마에 팔겠나?" 하고 물었다. 열아홉 살쯤 되어 보이는 머릿결 좋은 경기병은 앙상한 마차 마에 짝을 지어 줄 보조 말을 고르고 있었다. 공작 깃털을 꽂은 낮은 모자에 황토색 웃옷을 입고, 가느다란 녹색 허리띠에 가죽 장갑을 찔러 넣은 우편 마차 마부는 수레에 쓸 말을 찾고 있었다. 마부들은 말 꼬리를 땋기도 하고, 갈기를 적셔주기도 하고, 자기 주인에게 뭐라고 귀띔하기도 했다. 거래를 마친 사람들은 저마다 신분에 맞는 요릿집이나 술집으로 재빨리 사라졌다……. 이렇게 모두가 분주하게 돌아다니고, 고함지르고, 기웃거리고, 말싸움하다가 화해하고, 욕하다가 웃고, 무릎까지 진흙투성이가 되거나 했다. 그 무렵 내 말이 영 신통치 않게 달렸으므로, 나는 포장마차에 맬 적당한 말 세 필을 살 생각이었다. 두 필은 찾았지만, 나머지 한 필은 도무지 찾을 수가 없었다.

지금 여기에 설명하고 싶지도 않은 맛없는 식사를 마치고서(슬픈 옛 기억을 떠올리는 것이 얼마나 괴로운지 아이네이아스[1]는 이미 오래전에 알고 있었다) 나는 마필 보급관이며 사육장 주인이며 그 밖의 손님이 밤마다 모이는 '카페'라는 곳에 갔다. 담배 연기가 납빛 물결을 이루며 피어오르는 당구방에는 스무 명가량의 손님들이 모여 있었다. 그들 가운데 헝가리식 재킷에 쥐색 바지를 입고, 구레나룻을 길게 길렀으며, 턱수염에는 기름을 바른 쾌활한 젊은 지주가 있었다. 그는 품위 있고 거리낌 없이 주위를 둘러보고 있었

---

*1 그리스 로마 신화에 나오는 영웅. 안키세스와 아프로디테의 아들로, 트로이 성이 함락되자 로마로 피신하여 그곳의 왕녀를 배필로 맞이하고, 세력을 확대, 로마 건국의 기초를 쌓았다.

다. 짧은 카자흐식 웃옷을 입고, 목이 엄청나게 굵으며, 살찐 얼굴에 눈이 파묻힐 것만 같은 다른 귀족들은 괴로운 듯이 숨 쉬고 있었다. 소상인들은 한쪽 귀퉁이에서 '잔뜩 경계하는 자세로' 앉아 있었다. 사관들은 서로 제멋대로 떠들어댔다. 당구를 치고 있는 사람은 N공작이었다. 그는 스물두세 살쯤 되는 젊은이로, 쾌활하긴 하지만 방약무인한 얼굴을 하고 있었다. 프록코트의 단추를 한 개도 잠그지 않아 새빨간 견직 루바시카가 들여다보였다. 헐렁한 벨벳 바지를 입고서 퇴역 육군 중위 빅토르 흘로바코프와 당구를 치고 있었다.

퇴역 육군 중위 빅토르 흘로바코프는 왜소한 몸집에 거무튀튀하고 깡말랐으며, 납작코에 검은 머리카락과 갈색 눈을 가진 서른쯤의 사나이로, 선거장소나 정기 시장에는 반드시 나타났다. 그는 주먹을 힘차게 휘두르며 껑충껑충 뛰는 듯이 걸었으며, 모자를 뒤로 젖혀 쓰고, 짙은 남빛 면직물로 안감을 덧댄 군복 소매를 접어 올리고 다녔다. 흘로바코프는 페테르부르크에서 오는 돈 많은 도락가의 마음에 드는 방법을 알고 있어서 담배도 피우고 술도 마셨으며 함께 카드놀이도 했다. 그리고 그들을 부를 때는 친근하게 "자네"라고 불렀다. 나는 그들이 대체 그의 어디가 마음에 들어서 그를 후원하는지 도무지 이해할 수가 없었다. 그다지 영리한 것도 아니고 애교스럽지도 않아서 어릿광대 축에도 끼지 못했던 것이다. 실제로 부자들은 그를 착하기는 하나 조금은 모자란 사람으로 여기고 잠깐 어울려 줄 뿐이어서 세 시간은 친하게 어울리지만 이내 인사도 건네지 않게 되어버린다. 그러면 그도 그대로 아는 체하지 않는다. 육군 중위 흘로바코프가 특이한 점은 때와 장소를 가리지 않고 1년 내내, 때로는 2년 내내 똑같은 문구를 되풀이한다는 것이다. 딱히 재미있는 문구도 아닌데 왠지 모르게 사람을 웃겼다. 8년 전쯤에는 어디를 가나 "삼가 감사드리는 바이올시다"라는 문구였다. 그 무렵 그를 후원하던 사람들은 늘 배를 잡고 웃으며 일부러 "삼가 감사드리는"을 반복해서 말하게 했다. 그 다음에는 "이런, 세상에, 그, 뭐더라, 일이 이렇게 되었으니"라는 매우 장황한 말투를 쓰기 시작했는데, 이것이 큰 인기를 끌었다. 2년쯤 지나 새로운 말장난을 생각해 냈다. "그대, 화내지, 마십시오. 인간은 신의 얼굴과, 양의 가죽을 썼으니까요"라는 것이었다. 어떤가! 보시다시피 기발하지도 않은 이런 하찮은 문구로 먹고 마시고 입기까지 하는 것이다(그는 벌써 오래전에 재산을 탕진하고 지금은 친구에게 의지하면서 살아갔다). 다시 말해 두지만, 그에게는 사람을 끌 이렇다 할 구석이 조금도 없었다. 사실 주코프 담배를 하루에 담뱃대로 100모금쯤은 빨고, 당구를 칠 때는 오른발을 머리보다 높게 쳐든 채 공을 겨냥하고서 한 손으로 가당찮게 당구대를 내지르는 재주는 있다. 그러나 그런 재주를 재미있게 여기는 사람은 없을 것이다. 그는 술도 잘 마셨다. ……그러나 러시아에서 주량으로 두각을 나타내기란 쉬운 일이 아니다. 한마디로 말해 그의 성공은 내게 도저히 풀 수 없는 수수께끼이다……. 단, 한 가지 주의할 점이 있다. 그는 신중해서 비밀을 외부로 퍼트리지 않는다는 점과 남 험담을 전혀 하지 않는다는 점이다…….

'그런데' 나는 흘로바코프를 보며 생각했다. '저자, 요즘은 어떤 문구를 쓸까?'

공작이 하얀 공을 쳤다.

"30 대 0." 눈 밑에 푸른 멍 자국이 있는, 폐병 환자 같은 어두운 표정의 카운터가 우는 듯한 목소리로 말했다.

공작이 노란 공을 가장 앞쪽 포켓에 한 번에 집어넣었다.

"오오!" 구석에서 한쪽 다리가 건들거리는 탁자에 앉아 있던 통통한 상인이 우렁찬 감탄사를 내질렀다가 이내 아차 싶었는지 한숨을 쉬더니 안절부절못했다. 그러나 다행히 아무도 그 소리를 눈치채지 못했다. 그는 안심하고 턱수염을 쓸어내렸다.

"36 대 0!" 카운터가 코맹맹이 소리로 외쳤다.

"어떤가, 친구?" 공작이 흘로바코프에게 물었다.

"어떠냐고? 확실히 루루루라카리오오온이야. 물론 둘도 없이 멋진 루루루라카리오오온이지!"

공작이 웃음을 터트렸다.

"뭐라고? 다시 한 번 말해 보게!"

"루루루라카리오오온!" 퇴역 육군 중위가 자랑스레 반복했다.

'저것이 요즘 쓰는 문구로군!' 나는 생각했다.

공작이 빨간 공을 포켓으로 보냈다.

"앗! 틀립니다, 공작님. 틀렸어요." 희끗희끗한 머리카락에 눈이 붉고 코가 작으며 우스꽝스러운, 자다 깬 얼굴을 한 젊은 사관이 쩔쩔매며 느닷없이 끼어들었다. "그렇게 하시면 안 됩니다……. 이렇게 하셔야지요……. 꼭이요!"

"어째서?" 공작이 어깨 너머로 물었다.

"이렇게 하셔야 합니다……. 그…… 그 공 세 개로요."

"그런가?" 공작이 중얼거렸다.

"그런데 공작님, 오늘 저녁 집시의 노래를 들으러 오시지 않겠습니까?" 젊은이가 허둥대며 재빨리 다음 말을 했다. "스초쉬카가 노래할 겁니다. ……일류쉬카도요……."

공작은 대답하지 않았다.

"자네, 루루루라카오오온이군." 흘로바코프가 왼쪽 눈을 찡긋하며 말했다. 공작이 박장대소했다.

"39 대 0." 카운터가 점수를 알렸다.

"0이라……. 좋아, 잘 보라고. 이 노란 공을 멋지게 넣어줄 테니……."

흘로바코프는 손안에서 당구봉을 살살 굴리며 공을 겨냥한 뒤 힘껏 쳤다.

"쳇, 루라카리온이잖아." 아쉬워하며 외쳤다.

공작이 다시 웃었다.

"뭐, 뭐, 뭐라고?"

그러나 흘로바코프는 같은 말을 다시 하려 들지 않았다. 적당히 비싸게 굴 필요가 있기 때문이었다.

"빗나갔군요." 카운터가 말했다. "초크칠을 하시죠……. 40 대 0!"

"참, 그렇지. 여러분." 공작이 거기 있는 모든 사람에게, 그러나 딱히 누구를 꼭 집어 보지 않고 골고루 시선을 보내며 말했다. "오늘 저녁에는 베르젬비츠카야를 무대에 올리는 게 어떻겠습니까?"

"아주 좋은 생각인데요. 베르젬비츠카야를 꼭……." 몇 사람이 공작의 말에 대답할 수 있다는 사실에 무한히 감격해하며 앞다투어 외쳤다.

"베르젬비츠카야는 훌륭한 여배우죠. 소브냐코바보다 훨씬 나아요." 안경을 끼고 턱수염을 기른 못생긴 사나이가 구석에서 모기만 한 목소리로 말했다. 가엾게도! 그 사나이는 남몰래 소브냐코바를 열렬히 짝사랑하고 있던 것이다. 공작은 그를 거들떠보지도 않았다.

"웨이터, 담뱃대를 가져와!" 키 크고 위풍당당한 잘생긴 한 신사가 불쑥 말했다―어느 모로 보나 전문 카드놀이꾼이었다.

웨이터가 담뱃대를 가지러 달려갔다가 이윽고 돌아오더니, 우편마차를 모는 바클라가 공작님을 뵙고 싶어한다고 알렸다.

"그래? 그럼 잠시 기다리라고 해. 그에게 보드카를 갖다주고."

"알겠습니다."

나중에 들은 말에 의하면, 바클라가는 젊고 잘생긴 사내로, 여기저기서 귀여움을 많이 받아 아주 버르장머리 없는 마부였다. 공작도 그를 귀여워해서 말도 주고 함께 삼두마차도 탔으며, 같이 밤을 지새운 날도 하루 이틀이 아니었다……. 지금이야 '공작이 설마!'라고 생각하겠지만, 그도 예전에는 도락 가서 돈 씀씀이가 헤펐다고 한다……. 지금은 더할 나위 없이 훌륭하고 성실하고 똑 부러지는 사람이다! 자기 직무도 그토록 열심히 하고―무엇보다 눈치가 빠르다!

한편 나는 담배 연기 때문에 눈이 따가워지기 시작했다. 마지막으로 홀로바코프의 우스개 문구와 공작의 박장대소를 한 번 더 들은 뒤 나는 내 방으로 돌아왔다. 휘고 높은 등받이가 달리고 모직물로 씌우개를 한 좁다랗고 스프링이 꺼진 안락의자 위에 담당 사환이 벌써 잠자리를 만들어 놓았다.

다음 날 나는 마구간으로 말을 보러 나갔다. 먼저 명성이 자자한 쉬트니코프라는 거간꾼의 말부터 보기로 했다. 문을 지나, 모래가 깔린 마당으로 들어갔다. 활짝 열린 마구간 문 앞에 주인인 그가 서 있었다. 나이가 지긋하고 키가 크며 뚱뚱한 사내로, 높은 깃을 꺾어 접은 작은 토끼 가죽 외투 차림이었다. 나를 보더니 천천히 내게 다가와 두 손으로 모자를 누르고서 말꼬리를 길게 끌며 말했다.

"어서 오십시오. 말을 보러 오셨죠?"

"응, 말을 보러 왔네."

"어떤 말을 찾으시는지요?"

"우선 좀 둘러보고 싶네만."

"네, 그렇게 하십시오."

우리는 마구간으로 들어갔다. 하얀 강아지 몇 마리가 마른풀 안에서 일어나 꼬리를 흔들며 우리에게 달려왔다. 긴 수염이 난 늙은 숫양은 불만스러운 듯이 저쪽으로 가버렸다. 튼튼하지만 반질반질하게 손때가 긴 털외투를 입은 마부 세 명이 말없이 우리에게 허리 숙여 인사했다. 좌우로 바닥보다 한 단 높게 만든 우리에는 정성껏 손질한 말이 30여 마리나 있었다. 비둘기가 가로목에서 가로목으로 날아다니며 구구 울었다.

"말을 어디에 쓰시려고요? 마차를 끌게 하실 겁니까? 아니면 종마로?"

"마차도 끌게 하고 종마로도 써야지."

"아, 좋은 생각이십니다. 좋은 생각이에요." 거간꾼이 한마디 한마디 힘주어 말했다. "페차, 나리께 '노란 족제비'를 보여드려."

우리는 마당으로 나갔다.

"집에서 의자를 가져다 드릴까요? ……필요 없으시다고요? ……그럼 그러십시오."

널빤지를 밟는 말발굽 소리가 들리고 채찍 소리가 나더니, 마흔 살쯤 되어 보이고 거무튀튀한 곰보 얼굴을 한 페차라는 사나이가 퍽 잘생긴 잿빛 수말을 끌고 마구간에서 불쑥 나왔다. 그는 먼저 말을 뒷발로 서게 한 다음, 마당을 두어 바퀴 돌게 한 뒤, 적당한 위치에 솜씨 좋게 세웠다. '노란 족제비'는 기지개를 켜고, 콧김을 푸르르 내뿜고, 꼬리를 휘휘 돌리고, 머리를 가볍게 흔들고, 나를 쳐다보았다.

'잘 길든 녀석이군!' 나는 생각했다.

"이제 놔줘, 놔줘." 쉬트니코프가 말하고 나를 물끄러미 바라보았다.

"저놈은 어떻습니까?" 마침내 그가 물었다.

"나쁘지 않군. 하지만 앞발이 좀 시원치 않은데."

"다리는 튼튼합니다!" 쉬트니코프가 확신에 찬 어조로 대꾸했다. "게다가 저 허리는…… 보십시오……. 꼭 페치카 같지 않습니까? 저기서 너끈히 잠도 잘 정도라니까요."

"발목이 너무 긴데."

"무슨 말씀을 하십니까―당치도 않습니다! 페차, 뛰게 해봐, 뛰게. 종종걸음으로, 종종걸음으로……. 달리게 하면 안 돼."

페차는 다시 '노란 족제비'를 끌고 마당을 돌았다. 우리는 잠자코 지켜보았다.

"이제 됐어. 다시 마구간에 넣어." 쉬트니코프가 말했다. "'매'를 끌고 와."

'매'는 딱정벌레처럼 새까맣고 허리가 처진 네덜란드 종의 야윈 수말이었는데, '노란 족제비'보다 나아 보이는 구석은 딱히 없었다. '노란 족제비'는 말 좋아하는 사람들이 흔히 "자르고 다지고 생포한다"고 표현하는 부류에 들어갔다. 의미인즉슨, 몸을 옆으로 틀고 앞발을 좌우로 벌린 자세로 앞으로는 조금씩밖에 나아가지 않는다는 뜻이다. 연륜 있는 상인들은 이런 말을 매우 좋아한다. 걸음걸이는 눈치 빠른 사환의 씩씩한 걸음걸이를 연상케 하는데, 이런 말은 식후 산책 때 단두 마차를 끌게 하면 좋다. 이 부류의 말은 배가 터지도록 과식한 마부며 체증으로 고생하는 장사꾼이며 파란 견직 외투를 입고 자주색 두건을 쓴 병약한 그 아내가 탄 볼품없는 마차를 고개를 쳐들고서 종종걸음으로 열심히 끈다. 나는 '매'도 물리쳤다. 쉬트니코프는 몇 마리를 더 보여줬다……. 마지막으로 보여준 잿빛 보예코프 종 말이 유일하게 내 마음에 들었다. 나는 너무도 반가워 목덜미를 쓰다듬어 주었다. 쉬트니코프는 못마땅한 얼굴을 했다.

"잘 걷나?" 내가 물었다. (종종 걷는 말에게는 '달린다'는 표현을 쓰지 않는다.)

"네, 뭐." 거간꾼이 시큰둥하게 대답했다.

"한번 볼 수는 없겠나……?"

"되다마다요, 얼마든지요. 쿠자, '추월'을 마차에 매."

그 방면의 달인인 조마사 쿠자가 한길로 마차를 몰고 나가서 우리 앞을 서너 번 돌았다. 말은 제법 잘 달렸다. 이 준마는 꼬리를 높이 쳐들고 휘휘 저으며, 비틀대지도 않고 일정한 보폭으로 천천히 걸음을 뗐다.

"얼만가?"

쉬트니코프가 터무니없는 값을 요구했다. 우리는 한길에 서서 흥정을 시작했다. 그때 갑자기 아주 멋진 말 세 필이 끄는 역마차가 길모퉁이에서 요란하게 달려와서는 쉬트니코프의 집 문 앞에 멈추어 섰다. 자세히 보니, 깔끔하고 아담한 사냥용 마차에 N공작이 앉아 있고, 옆에서 흘로바코프가 어리둥절한 표정으로 얼굴을 내밀고 있었다. 바클라가가 말을 몰고 있었다……. 말을 모는 솜씨가 보통이 아니었다! 마차를 몰고 귀고리 구멍이라도 통과한다는 뚱뚱한 자였다! 다갈색 보조마는 몸집이 작고 활기 넘치고 눈과 발이 검은 놈으로, 당장에라도 달려나가려는 듯이 몸을 잔뜩 긴장하고 있었다. 휘파람을 아주 짧게라도 불었다가는—눈 깜짝할 새에 어디론가 사라질 것만 같았다! 가운데에 있는 흑갈색 말은 목을 백조처럼 쳐들고 가슴을 내밀고 다리를 화살처럼 모은 채 꼿꼿이 서 있었다. 끊임없이 머리를 흔들고는 자랑스레 눈을 깜빡였는데……. 그렇게 멋질 수가 없었다! 부활절이라 해도 이런 훌륭한 마차를 누가 탈 수 있으랴!

"공작님! 어서 오십시오!" 쉬트니코프가 외쳤다.

공작이 마차에서 껑충 뛰어내렸다. 흘로바코프는 반대편으로 조용히 내렸다.

"잘 있었나……. 좋은 말이 있나?"

"공작님이 타실 만한 말이 없을 리가 있겠습니까! 어서 안으로 드시지요 ……. 페차, '공작'을 데려와! '순한 놈'도 준비해 두라 이르고." 그리고 거간꾼은 나를 돌아보고 말을 이었다. "나중에 이야기를 마무리 짓기로 하지요……. 폼카, 공작님께 의자를 갖다드려."

먼저 나에게는 보여주지도 않았던 특별 마구간에서 '공작'을 끌고 왔다. 거무스름하고 억센 잿빛 털을 가진 튼튼한 그 말은 발이 땅에 닿지도 않는 것처럼 보였다. 쉬트니코프가 머리를 슬쩍 옆으로 돌리고 회심의 미소를 지었다.

"오, 루라카리온!" 흘로바코프가 탄성을 질렀다. "줌사!"

공작이 웃음을 터트렸다.

마부는 '공작'을 세우려고 했지만, 쉬운 일이 아니었다. '공작'은 마부를 끌고 마당을 뛰어다니더니 마침내는 벽쪽으로 밀려들었다. 그래도 계속 콧김을 내뿜고 몸을 부르르 떨며 근육을 긴장시켰다. 쉬트니코프가 채찍을 휘둘러 말을 더욱 안달나게 했다.

"대체 어딜 보는 거야? 한 대 맞아야 정신을 차리겠어, 엉?" 저도 모르게 제 말을 황홀한 듯 바라보던 거간꾼이 이윽고 으름장을 놓았다.

"얼만가?" 공작이 물었다.

"공작님한테는 특별히 5000루블에 드리죠."

"3000으로 하지."

"어림없습니다, 공작님. 농담도 참……."

"3000이면 되잖아, 루라카리온." 흘로바코프가 끼어들었다.

나는 그 흥정을 끝까지 지켜보지 않고 자리를 떴다. 큰길 맨 앞 모퉁이에 자그마한 회색 집이 있고, 대문에 커다란 종이가 붙어 있는 것이 문득 눈에 들어왔다. 위에는 펜으로 말이 그려져 있었다. 꼬리는 담뱃대 같은 모양이고 목은 쓸데없이 길었다. 말발굽 아래에는 옛 글씨체로 이런 문구가 쓰여 있었다.

"여러 빛깔의 말들을 판매합니다. 탐보프 지방의 지주 아나스타세이 이바니치 체르노바이가 소유한 유명한 초원에 있는 사육장에서 레베잔 시장으로 데리고 온 말들입니다. 모두 체격이 우수하고 완전히 길들여 있으며 성질이 온순합니다. 구매를 희망하시는 분은 아나스타세이 이바니치에게 직접 문의해 주시기 바랍니다. 아나스타세이 이바니치가 부재 중일 때는 마부 나자르 쿠비쉬킨에게 문의 주세요. 구매 희망자 여러분, 모쪼록 이 늙은이를 찾아주시면 영광이겠습니다!"

나는 멈춰서 생각했다. '유명한 초원에 있는 사육장 주인인 체르노바이 씨의 말을 어디 한번 보고 갈까?'

나는 문으로 들어가려 했지만, 이 고장의 관습과는 다르게 자물쇠가 걸려 있었다. 나는 문을 두드렸다.

"누구십니까? ……손님이신가요?" 여자의 가느다란 목소리가 들렸다.

"그렇소."

"곧 나갑니다, 나리. 곧 나가요."

문이 열렸다. 쉰쯤 되어 보이는 부인이 나타났다. 장화를 신고 털가죽 외투를 아무렇게나 걸치고 머리에는 아무것도 쓰지 않았다.

"어서 들어오세요, 나리. 당장 아나스타세이 이바니치한테 알리지요. ……나자르, 이리 좀 와요, 나자르!"

"뭔데?" 마구간 쪽에서 나이 먹은 노인의 웅얼대는 목소리가 들려왔다.

"말을 준비해요. 손님이 오셨어요."

노파가 집 안으로 서둘러 들어갔다.

"손님이 오셨군, 손님이 오셨어." 나자르가 중얼거렸다. "아직 꼬리도 다 씻지 못했는데."

'아, 도원경이로구나!' 나는 생각했다.

"안녕하십니까, 나리. 어서 오십시오." 뒤에서 싱그럽고 듣기 좋은 목소리가 천천히 들려왔다. 나는 뒤를 돌아보았다. 기다란 파란 외투를 입고 키가 적당히 크며 눈이 파란 백발노인이 친근한 미소를 지으며 눈앞에 서 있었다.

"말이 필요하시다고요? 잘 알겠습니다……. 그런데 먼저 집으로 들어가셔서 차를 한잔 드시지 않겠습니까?"

나는 고맙다고 말하고 사양했다.

"그럼 그렇게 하시지요. 부디 이해해 주세요. 제가 원체 옛날 사람이 돼놔서(체르노바이 씨는 O를 느릿느릿 그대로 발음했다*²). 우리 집에서는 이렇게 다 공개하거든요. ……나자르, 이보게, 나자르." 그다지 목소리를 높이지도 않고, 말꼬리를 끌며 덧붙였다.

자그마한 매부리코에 턱수염을 뾰족하게 기른 주름투성이 노인 나자르가 마구간 문턱에 나타났다.

"그래, 어떤 말이 필요하십니까?" 체르노바이 씨가 말을 이었다.

"별로 비싸지 않고 포장마차를 끌 수 있는 놈이면 좋겠네."

"그렇군요. ……그런 놈도 있지요. 알겠습니다……. 나자르, 나자르. 나리께 그 잿빛 거세마를 보여드리게. 가장 안쪽 구석에 있네. 흰 점이 있는 밤색 말하고 그냥 밤색 말도. '미인'의 새끼 말이야, 뭔지 알지?"

나자르가 마구간으로 물러갔다.

"고삐를 단 채로 끌고 와." 체르노바이 씨가 나자르의 뒤통수에 대고 소리쳤다. "여기선," 그가 밝고 부드러운 눈으로 나를 물끄러미 바라보며 말을 이었다. "거간꾼을 상대할 때처럼 사기당할 걱정은 안 하셔도 됩니다! 그놈들 집엔 소금이다 술지게미*³다 하는 여러 묘약이 있잖습니까. 정말 못된 놈들이지요! ……그런데 우리 집은 보시다시피 뭐든 공개하지요. 속임수를 쓰지 않으니까요."

말들이 끌려 나왔다. 모두 마음에 들지 않았다.

"이놈들은 안 되겠는걸. 도로 데리고 가." 아나스타세이 이바니치가 말했다. "다른 놈을 보여드려."

---

*2 표준어에서는 악센트 앞에 있는 O를 A로 발음한다. 이것을 글자 그대로 발음하는 것은 모스크바 북부나 동부의 시골 출신, 또는 옛날 사람임을 뜻한다. 따라서 대체로 예스럽고 소박하게 들린다.

*3 소금이나 술지게미를 먹이면 말이 금세 살찐다. (작가주)

다른 말들을 보여주었다. 마침내 나는 그 가운데서 조금 싼 말을 한 마리 골랐다. 우리는 흥정을 시작했다. 체르노바이 씨가 성을 내지 않고 신중하게 차근차근 이야기했으므로 나는 이 '노인에게 존경을' 표하지 않을 수 없었다. 결국, 나는 계약금을 건넸다.

"그럼," 아나스타세이 이바니치가 말했다. "옛날식으로 말을 소매에서 소매로 넘겨드리지요. ……나리도 제게 고맙다고 하게 될 겁니다. ……보시다시피 이렇게 팔팔하지 않습니까! 싱싱한 호두알처럼…… 사람 손을 타지 않은…… 야생마지요! 어떤 마차에 매도 괜찮습니다."

그가 성호를 긋고 외투의 소맷자락을 내 소매 위에 펼친 다음 그 손으로 고삐를 잡고 내게 말을 건넸다.

"자, 이제 나리의 말입니다……. 그런데 차 한잔, 어떠신지요?"

"고맙지만 이제 돌아갈 시간이라서."

"그럼 좋도록 하십시오……. 그런데 우리 하인을 시켜서 말을 끌고 동행하게 할까요?"

"흠, 그래 주면 고맙겠군."

"물론 그렇게 하고말고요. ……바실리, 바실리. 나리를 따라가라. 이 말을 끌고 가서 잔금을 받아 와. 그럼 나리, 안녕히 가십시오."

"잘 있게, 아나스타세이 이바니치."

말은 여관까지 끌려왔다. 이튿날 보니 그 말은 실컷 혹사당한 절름발이였다. 나는 말을 마차에 매려고 했다. 그러자 말은 자꾸만 뒷걸음질을 쳤다. 채찍으로 갈기니 펄쩍 뛰고 뒷발질을 하더니 펄썩 주저앉아 버렸다. 나는 당장 체르노바이 씨네로 갔다.

"계시오?"

"네."

"이게 어떻게 된 일이오?" 내가 말했다. "실컷 부려 먹은 말을 내게 팔아먹다니?"

"부려 먹어요? ……당치도 않습니다!"

"게다가 절름발이에 성질도 고약하질 않소!"

"절름발이? 저는 전혀 모르는 일인데요. 나리댁 하인이 함부로 다루었나 보지요. ……전 하느님 앞에 나가도……."

"어쨌든 사정이 이러하니 말은 물러야겠소, 아나스타세이 이바니치."

"진정하십시오, 나리. 일단 이 마당을 떠나면 이야기는 끝난 겁니다. 그러게 사시기 전에 잘 살피셨어야죠."

나는 상황을 깨닫고 이것도 운이라는 생각에 그만 단념하고 기분 좋게 웃으며 돌아왔다. 다행인 것은 그리 비싼 값을 치르지 않고 교훈을 얻었다는 것이다.

나는 그로부터 이틀 뒤 레베잔을 떠났다가 일주일 뒤 집으로 돌아가는 길에 다시 그곳에 들렀다. 카페에 가 보니 거의 같은 사람들이 있었다. 이번에도 N공작을 당구 방에서 발견했다. 그러나 흘로바코프 씨에게는 벌써 어떤 변화가 일어나 있었다. 공작의 총애가 머릿결 좋은 젊은 사관에게 옮겨간 것이다. 불쌍한 퇴역 육군 중위는 전처럼 그의 마음에 들어 보이려는 셈이었는지 내 앞에서 그 우스개 문구를 다시 말해 보았지만, 공작은 눈곱만큼도 웃지 않고 찌푸린 얼굴로 어깨를 으쓱 추어올리기까지 했다. 흘로바코프 씨는 고개를 떨어뜨린 채 잔뜩 위축되어 슬금슬금 방구석으로 가더니 조용히 담뱃대에 담배를 눌러 담기 시작했다……

타치야나 보리소브나와 그 조카

친애하는 독자여, 나와 손잡고 함께 가자. 날씨는 화창하다. 5월의 하늘은 부드럽고 파랗게 맑다. 낭창낭창한 어린 버드나무 잎은 물에 씻은 듯 반짝인다. 넓고 평평한 길은 양들이 즐겨 먹는 불그스름한 줄기의 작은 풀로 뒤덮여 있다. 긴 언덕 비탈 양쪽으로 푸른 호밀이 조용히 물결친다. 작은 구름 그림자가 점박이 무늬를 그리며 그 위로 미끄러져 간다. 저 멀리 숲은 검게, 연못은 반짝이게, 마을은 노랗게 보인다. 종달새 수백 마리가 날아올라 노래 부르다 곤두박질치듯 내려와서는 목을 길게 뽑고 흙덩이 위에 모습을 드러낸다. 흰 주둥이 까마귀가 길 위에 내려서서 이쪽을 바라보고는 뭔가를 쪼아 먹는다. 마차가 지나갈 때는 두어 번 깡충깡충 뛰더니 귀찮은 듯이 옆쪽으로 날아가 버린다. 골짜기 너머 산 위에는 농부가 밭을 갈고 있다. 꼬리가 짧고 갈기가 부스스한 잿빛 망아지가 어미 뒤를 아장아장 쫓아다닌다. 망아지의 가느다란 울음소리가 들린다. 우리는 자작나무 숲으로 들어간다. 산뜻하고 강한 향기에 기분 좋게 숨이 막힌다. 어느덧 마을 어귀에 다다랐다. 마부가 마차에서 내린다. 말은 콧김을 내뿜는다. 좌우 말들은 주위를 두리번거리고, 가운데 말은 꼬리를 흔들고 멍에 쪽으로 머리를 쳐든다. ……커다란 문이 끼익 열린다. 마부가 앉는다. ……이랴! 마을이 우리 앞에 있다. 농가를 다섯 채쯤 지나 오른쪽으로 꺾어져 움푹한 곳으로 내려갔다가 둑 위로 올라온다. 작은 연못 저편 사과나무와 라일락 가지 틈으로, 굴뚝이 두 개 솟은, 한때는 빨간색이었던 판자 지붕이 보이기 시작한다. 마부는 나무 울타리를 왼쪽에 끼고서, 늙은 복슬개 세 마리가 힘없이 목쉰 소리로 짖는 것을 아는 척도 하지 않고 활짝 열린 문으로 들어간다. 넓은 마당에 있는 마구간과 헛간 옆을 솜씨 좋게 돌아, 열린 광 문의 높다란 턱을 비스듬히 넘는 나이 많은 가정부에게 씩씩하게 인사하고, 마침내 밝은 창이 달린 어두운 현관 앞에 말을 세운다. ……우리는 타치야나 보리소브나의 집에 온 것이다. 이윽고 그녀가 창문을 열고 우리를 향해 고개를 끄덕인다. ……"안녕하세요, 아주머니!"

타치야나 보리소브나는 커다란 잿빛 퉁방울눈에 코는 조금 뭉툭하고 뺨은 불그스레하며 이중 턱을 가진 쉰 살 정도의 부인이다. 그녀의 얼굴에는 온정과 친절함이 넘쳐흐른다. 결혼한 적은 있지만, 곧 과부가 되고 말았다. 타치야나 보리소브나는 아주 훌륭한 부인이다. 어디에 외출하는 법도 없이 작은 영지에서 살며 이웃과 어울리지도 않는다. 젊은 사람들은 반갑게 맞이하지만, 다른 사람들을 좋아하지는 않는다. 본디 무척 가난한 지주 집안에서 태어나 이렇다 할 교육도 받지 못했다. 바꿔 말하자면, 프랑스어를 하지 못한다. 모스크바도 가본 적이 없다. ……이런 결점이 있음에도 성품이 소박하며 착하고, 눈치가 빠르고, 사고방식도 자유롭고, 생활이 여유롭지 못한 부인들에게서 흔히 볼 수 있는 고약한 버릇도 거의 없다. 이것은 정말 놀라운 일이다……. 실제로 1년 내내 수풀 우거진 시골에서 살면서—남 험담도 안 하고 불평도 늘어놓지 않고, 빈말도 하지 않고, 흥분해서 떠드는 일도 없고, 공연히 풀죽는 일도 없고, 호기심에 좀 쑤셔 하는 일도 없었다. ……실로 놀라운 일이다! 언제나 회색 호박단 옷을 입고, 자줏빛 리본이 달린 흰 실내모를 썼다. 먹기는 좋아했지만, 도를 넘는 일은 없었다. 잼과 말린 과일과 소금 절임은 모두 가정부에게 맡긴다. 대체 그녀는 온종일 무슨 일을 할까? 독자는 물을 것이다……. 책을 읽을까? —아니다. 책 같은 건 읽지 않는다. 사실을 말하자면 책이 읽히고 싶어하지 않는 것이다…….

우리 타치야나 보리소브나는 손님이 없을 때 겨울이면 창가에 앉아 양말을 뜨고, 여름이면 마당에 나가 꽃을 심거나 물을 주기도 하고 새끼고양이랑 몇 시간이고 놀기도 하며 비둘기에게 먹이를 주기도 한다……. 이렇듯 집안일은 거의 신경 쓰지 않는다. 그렇지만 자기가 좋아하는 이웃의 젊은 사람이나 손님이 찾아오면 금세 활기를 띠며 의자를 권하고, 차를 대접하고, 손님 이야기에 귀를 기울이고, 빙그레 웃고, 때로는 손님의 얼굴을 쓰다듬는다. 그러나 정작 자신은 그다지 입을 열지 않는다. 가끔 가엾은 일이 있거나 슬픈 일이 있을 때는 위로하거나 적절히 조언을 해준다. 집안 사정이나 속마음을 털어놓고는 그녀의 손을 잡고 울어버린 사람이 얼마나 많은지! 그녀는 언제나 손님과 마주 앉아 조용히 팔꿈치를 괸 채 큰 동정심을 보이며 상대방의 눈을 바라보고 다정하게 미소를 짓는다. 그러면 손님은 저도 모르게 "타치야나 보리소브나, 당신은 정말 좋은 사람이에요! 제발 내 마음속 이야기를 들어 주세요"라고 말하고 싶은 기분이 드는 것이다. 작고 아담한 방에 들어서면 누구든 포근함을 느낀다. 이런 표현이 가능하다면, 그녀의 집은 늘 화창하게 맑은 날씨이다. 타치야나 보리소브나는 불가사의한 여인이다. 그러나 아무도 그녀를 불가사의하게 여기지 않는다. 그녀의 건전한 사고방식, 착실한 면과 자유분방한 면, 남의 슬픔이나 기쁨을 따뜻하게 동정하는 마음 등 한마디로 말해 그녀의 모든 미덕은 타고난 것이어서 그녀로서는 그런 일이 전혀 수고스럽지도 귀찮지도 않다. ……그러나 그 밖에 달리 생각할 일이 없기도 하다. 그래서 그다지 고마워하는 사람도 없는 것이다. 그녀는 젊은 사람들의 놀이나 짓궂은 장난을 바라보는 것을 가장 좋아한다. 가슴에 두 손을 포개 얹고 머리를 뒤로 젖히고 눈을 가늘게 뜨고 방글방글 웃으며 앉아 있는가 하면 갑자기 한숨을 쉰다. "아, 귀여운 아이들……." 사람들은 그녀 곁으로 다가가 손을 잡고 이렇게 말하고 싶어진다. "타치야나 보리소브나, 당신은 자신의 가치를 모르시는군요. 당신은 비록 부유하지도 않고 배운 것도 없지만 정말 훌륭한 분이랍니다!"

그녀의 이름은 어딘가 친근하고 그리운 인상을 준다. 사람들은 그녀의 이름을 즐겨 부르고 그들은 모두 다정한 미소를 짓는다. 예를 들어 길에서 마주친 농부에게 이렇게 물었다고 치자. "여보게, 그라체프카에 가려면 어떻게 가야 하나?" 몇 번을 물어도 "나리, 먼저 뱌조보예로 가셨다가 거기서 타치야나 보리소브나 님이 사는 곳을 찾아가십시오. 그러면 그다음에는 아무에게나 물어도 가르쳐 줄 겁니다"라고 대답할 것이 분명하다. 게다가 농부들은 타치야나 보리소브나의 이름을 말하며 유달리 머리를 흔든다. 그녀는 신분에 걸맞게 하인을 몇 명만 거느리고 있다. 집과 곳간, 세탁장, 부엌에서는 본디 타치야나 보리소브나의 유모 노릇을 하던 매우 착하고 눈물 많고 이가 몽땅 빠진 아가피야라는 가정부가 하녀들을 지휘한다. 그 지휘를 받는 것은 안토노프 능금처럼 통통하고 빨간 볼을 가진 튼튼한 두 하녀이다. 식당 관리 일은 몸종 겸 집사인 일흔두 살의 하인 폴리카르프가 맡아서 했다. 그는 바이올린 연주가였던 유식한 노인으로, 비오티*1를 숭배하고 나폴레옹, 아니 그의 표현으로는 보나파르트 놈을 철전지원수로 여겼으며, 나이팅게일을 밥보다 더 좋아하는 괴짜이다. 언제나 자기 방에서 나이팅게일을 대여섯 마리 길렀는데, 초봄이 되면 첫 지저귐을 기다리느라 몇 날 며칠을 새장 옆에 딱 붙어서 지낸다. 드디어 지저귐을 들으면 두 손에 얼굴을 묻고 "아, 가엾어라! 가엾어라!" 울부짖으며 하염없이 눈물을 흘린다. 폴리카르프는 고수머리에 눈빛이 날카로운 바샤라는 열두 살 난 자기 손자를 조수로 썼다. 그는 이 아이를 무척 귀여워해서 아침부터 밤까지 돌봐준다. 교육도 직접 한다. "바샤! 보나파르트 놈이 악당이라고 말해." 그가 말한다. "그럼 뭘 줄 건데요, 할아버지?" "뭘 줄 거냐고? ……주긴 뭘 줘! ……너는 어떻게 생각하느냐? 너도 러시아인이잖냐?" "난 아므찬이에요, 할아버지. 아므첸스크*2에서 태어났는걸요." "이 바보 같은 녀석! 아므첸스크가 어디에 있는데!" "내가 그런 걸 어떻게 알아요?" "러시아에 있잖냐, 러시아에! 이 얼간이야." "그래서 뭐 어쩌라고요?" "뭘 어쩌냐고? 돌아가신 미하일로 일라리오노비치 골레니시체프 쿠투조프 스몰렌스키 대공 각하께서 하느님의 도움으로 이 러시아 땅에서 보나파르트 놈을 쫓아내셨단 말이다. '보나파르트르, 춤추기는커녕 양말 대님까지 잃어버렸네'라는 노래가 나온 게 이 무렵이다. 알겠느냐? 대공 각하께서 너희가 태어난 나라를 구해 주신 거다." "그래서 저더러 어쩌라고요?" "아, 이 머저리, 이 머저리 같은 녀석아! 잘 들어라, 미하일로 일라리오노비치 대공 각하께서 보나파르트 놈을 몰아내 주시지 않았더라면 넌 지금쯤 어느 이름도 모를 프랑스인에게 지팡이로 머리통을 맞고 있을 거다. 그 사람이 네게 다가와 '코망 부 포르테 부(기분은 어떠냐)?'라고 물어보고는 딱딱 칠 거란 말이다." "그럼 내가 옆구리에 한 방 세게 먹이죠." "하지만 놈이 '봉주르, 봉주르, 비에네 지시(안녕, 안녕, 이리 오너라)' 하고는 머리털을 쥐어뜯을걸." "그럼 난 놈의 황새 다리를 걸어차 주죠." "그렇지, 그래. 놈들의 다리는 가느댕댕한 황새 다리지. ……그런데 놈들이 네 손을 묶으면 어쩔래?" "그렇게 하도록 내버려두지 않죠. 마부 미헤이를 불러서 같이 싸울 거예요." "하지만 바샤, 프랑스 녀석하고 미헤이는 상대가 되지 않을걸" "안 되긴 왜 안 돼요! 미헤이가 얼마나 센데요."

---

*1 이탈리아의 바이올린 연주자·작곡가(1753~1824). 바이올린 연주법을 확립해 후세의 연주에 큰 영향을 끼쳤다.

*2 민족 사이에서는 므첸스크를 아므첸스크로 부른다. 그곳 젊은이는 민첩하다. (작가주)

"못 이기면 어떡할래?" "내가 뒤에서 공격하면 돼요, 뒤에서." "그러면 '파동(미안)' 할걸. '파동, 파동, 시 부 프레(미안, 미안, 제발)!'라고." "그러면 '시 부 프레고 나발이고 집어치워라. 이 머저리 같은 프랑스 녀석아!' 말해 주죠……." "훌륭하구나, 바샤! 그러면 '보나파르트 놈은 악당이다!'라고 소리 질러라." "소리 지를 테니 사탕 주세요!" "이 녀석……!"

타치야나 보리소브나는 여지주들과 거의 만나지 않는다. 여지주들도 먼저 찾아오려 하지 않는다. 타치야나는 그녀들을 재미있게 해줄 수가 없다. 그녀들이 시끄럽게 떠드는 것을 듣고 있노라면 그만 졸음이 온다. 퍼뜩 정신이 들어 눈을 뜨려고 노력하지만, 다시 잠이 쏟아진다. 타치야나 보리소브나는 여자 자체를 싫어한다. 친구 중에 성품이 아주 훌륭하고 얌전한 청년이 있는데, 그에게 누나가 한 명 있다. 서른아홉이나 된 노처녀로, 마음씨는 곱지만 지금은 미모도 많이 퇴색하고 무모한 데가 있으며 한편으로는 들뜨기 잘하는 여자였다. 동생이 가끔 근처에 사는 타치야나의 이야기를 들려주었다. 어느 화창한 아침, 이 노처녀는 무작정 말에 안장을 얹고 타치야나 보리소브나를 찾아갔다. 길이가 긴 옷을 입고, 모자를 쓰고, 노란 베일을 쓴 차림으로 머리카락을 휘날리며 현관으로 들어섰다. 물의 요정이 나타난 줄 알고 잔뜩 겁을 집어먹은 바샤를 곁눈질로 보고서 그녀는 응접실로 성큼성큼 걸어갔다. 타치야나 보리소브나는 놀라서 일어서려 했지만 다리가 말을 듣지 않았다. "타치야나 보리소브나." 이 손님이 애원하는 듯한 목소리로 말을 꺼냈다. "무례를 용서하세요. 전 당신의 친구 알렉세이 니콜라이비치 K……의 누나랍니다. 동생한테서 당신의 말씀을 많이 들은 터라 꼭 친하게 지내고 싶었어요." "어머나, 잘 오셨어요." 주인은 어리둥절해서 우물우물 말했다. 손님은 모자를 벗고, 지진 머리를 나풀거리며 타치야나 보리소브나 옆에 앉더니 그 손을 잡았다……. "아, 이분이셨어." 그녀가 생각에 잠긴 듯이 감격에 겨운 목소리로 말했다. "이분이 바로 그 마음씨 착하고 호탕하고 고상하고 신앙심 깊은 분이셨어! 아, 맞아. 이분이 바로 시원시원하고 속 깊은 분이야! 아이, 기뻐라, 아이, 기뻐라! 우리는 서로 진심으로 좋아하게 될 거야! 이제 안심했어……. 이런 분이셨다니, 상상했던 것 그대로야." 그러더니 타치야나 보리소브나의 눈을 물끄러미 바라본 채 속삭이듯 덧붙여 말했다. "정말 화나신 것 아니죠? 그렇죠, 네?" "천만에요. 정말 기쁘답니다…

…. 저, 차라도 드시겠어요?" 손님이 조심스레 미소 지었다. "Wie wahr, wie unreflectiert(정말 허물없고 정말 시원시원한 분이야)." 그녀가 혼잣말했다. "당신을 포옹하게 해주세요!"

노처녀는 타치야나 보리소브나의 집에서 쉴 새 없이 떠들며 세 시간이나 있었다. 그녀는 이 새로운 친구에게 자신의 좋은 점을 설명하려고 애쓰고 또 애썼다. 이 느닷없는 손님이 돌아가기를 기다리다 지친 여지주는 손님이 돌아가기가 무섭게 목욕을 하고 보리수 차를 많이 마신 다음 잠자리에 들었다. 그러나 다음 날 노처녀는 다시 찾아와 네 시간이나 죽치고 있더니, 이제부터는 날마다 만나러 오겠노라는 말을 남기고 돌아갔다. 짐작건대 그녀의 말을 빌리자면, 그녀는 타치야나 보리소브나의 풍부한 재능을 최대한 발휘시켜 완벽하게 교육할 생각인 것이었다. 그리하여 첫째, 두 주가 지나기 전에 자기 동생 친구에게 '완전히' 환멸을 느끼지 않았더라면, 둘째, 때마침 놀러 온 젊은 학생에게 반해 그 즉시 틈틈이 열렬한 연애편지를 주고받기 시작해 늘 정해진 문구로 상대방을 거룩하고 아름다운 존재로 치켜세우고 '온몸을 바쳐' 희생하겠노라고 말하거나, 그저 자기를 누나라고 불러 달라고 하거나, 자연 묘사에 심취하거나, 괴테나 실러, 베티나 독일 철학에 관해 사설을 늘어놓아 끝내 그 가엾은 젊은이를 우울한 절망으로 내몰지 않았더라면, 타치야나는 틀림없이 피골이 상접해졌을 것이다. 아무튼, 젊은 학생은 젊음 덕분에 눈을 떴다. 어느 화창한 아침, 그는 자신의 "누나이자 가장 가까운 친구"에게 난폭한 증오심을 불태우며 잠에서 깼다. 어찌나 성이 나는지 하마터면 애꿎은 몸종을 때릴 뻔했다. 그로부터 오랫동안, 숭고하고 순결한 사랑에 대해서는 한마디만 들어도 화를 억누를 수 없게 되었다…… 어쨌든, 이런 일이 있고부터 타치야나 보리소브나는 이웃 여자들과의 교제를 전보다 더 피하게 되었다.

슬프도다! 이 세상에 덧없지 않은 것은 없다. 내가 지금까지 이야기한 착한 여지주의 삶은 모두 지난 일이다. 그녀 집에 자리잡고 있던 정적은 영원히 깨져버린 것이다. 지금 그녀 집에는 페테르부르크에서 온 화가 조카가 벌써 1년째 살고 있다. 사정은 이러했다.

8년 전쯤 타치야나 보리소브나는 죽은 오빠의 아들인 안드류샤라는 열두 살짜리 고아 사내아이를 거두어 키웠다. 안드류샤는 부리부리하고 윤기 있는 눈과 작고 귀여운 입, 반듯한 코, 아름답고 흰한 이마를 가졌다. 조용하고 깨끗한 목소리로 말하고, 늘 단정한 옷차림을 했으며, 손님에게 응석을 부리거나 애교를 떨 때도 예의가 바르게 행동했고, 고아답게 가련한 태도로 고모 손에 입맞춤했다. 누가 찾아오면 재빨리 안락의자를 내왔다. 못된 장난을 하지도 않았고 소리도 내지 않았으며, 책을 가져와 방구석으로 가서 얌전히 의자에 앉을 때도 등받이에 기대는 일조차 없었다. 손님이 오면 벌떡 일어나 수줍게 웃으며 얼굴을 붉혔다. 손님이 돌아가면 다시 앉아 호주머니에서 머리빗과 손거울을 꺼내 머리를 빗었다. 그는 아주 어렸을 때부터 그림에 소질이 있었다. 종이만 보면 곧 가정부 아가피아에게 부탁해 가위를 빌려서는 그 종이를 조심조심 네모 반듯하게 오리고 테두리를 치고 나서 그림을 그렸다. 눈망울이 커다란 눈, 아랍인의 코, 집 굴뚝에서 나선형 연기가 피어오르는 모습, 벤치처럼 보이는 앞쪽을 향한 개의 얼굴, 비둘기 두 마리가 앉은 작은 나무 따위를 그리고 그 위에 "몇 년 몇 월 며칠 마뤼예 브뤼키 마을에서 안드레이 베로브조로프 그림"이라고 서명했다. 타치야나 보리소브나의 명명일(命名日)을 2주일 앞두고는 더욱 열심히 그렸다. 명명일 날이 되자 맨 처음으로 축복의 말을 하러 나가서, 장미색 리본으로 묶은 두루마리를 고모에게 주었다. 타치야나 보리소브나는 조카의 이마에 입 맞추고 리본을 풀었다. 두루마리가 펼쳐졌다. 원주가 있고 중앙에 제단이 있는, 대담하게 음영을 넣어 그린 신전이, 호기심으로 가득 찬 고모의 눈앞에 나타났다. 제단에는 심장이 불타오르고 있고 꽃다발이 놓여 있었으며, 그 위쪽의 꼬불꼬불하게 장식한 테두리 위에 "존경과 사랑을 바치는 조카가 은인이신 타치야나 보리소브나 고모에게 깊은 애정의 표시로 드립니다"라는 문구가 또박또박 쓰여 있었다. 타치야나 보리소브나는 다시 조카에게 입 맞추고 1루블 은화를 주었다. 그러나 그녀는 조카를 사랑하는 마음이 우러나오지 않았다. 안드류샤의 야비한 속내가 너무도 마음에 들지 않았기 때문이다. 그러는 동안 안드류샤는 무럭무럭 자랐다. 타치야나 보리소브나는 조카의 장래가 걱정되기 시작했다. 그때 뜻하지 않은 사건이 일어나 얼마 동안 그녀를 그 걱정에서 구해 주었다……

즉, 이런 일이었다. 지금으로부터 8년 전쯤 어느 날, 육등문관에 훈장까지 받은 표트르 미하일리치 베네볼렌스키라는 사람이 찾아왔다. 베네볼렌스키 씨는 그곳에서 그리 멀지 않은 군청소재지에서 관리로 일한 적이 있는데, 그때 타치야나 보리소브나의 집으로 자주 놀러 왔다. 그 뒤 페테르부르크에 있는 본청으로 옮겨 제법 중요한 지위를 얻었다. 그는 자주 출장을 다녔는데, 마침 옛 친구를 떠올리고, '마을의 정적에 휩싸여' 이틀쯤 공무의 피로를 풀고자 그녀의 집에 들른 것이었다. 타치야나 보리소브나는 여느 때처럼 친절하게 그를 맞이했다. 베네볼렌스키 씨도 마찬가지였다……. 그런데 친애하는 독자 여러분, 이 이야기를 진행하기에 앞서 이 새로운 인물을 좀 소개할까 한다.

베네볼렌스키 씨는 적당한 체격에 얌전해 보이는 통통한 사람으로, 다리는 짧고 손은 투실투실했다. 품이 넉넉하고 말쑥한 연미복에 폭이 넓은 넥타이를 높이 매고, 눈처럼 새하얀 와이셔츠를 입고, 견직 조끼에 금 시곗줄을 차고, 집게손가락에는 보석 반지를 끼고, 금발 가발을 썼다. 남을 설득하는 듯한 부드러운 말투로 조근조근 이야기하고, 걸을 때도 소리를 내지 않았다. 유쾌한 미소를 짓고, 눈을 유쾌하게 움직이며, 목깃 안에 턱을 파묻는 자세도 유쾌한 인상을 주었다. 요컨대 그는 유쾌한 사나이이다. 천성이 착해 작은 일에도 눈물을 흘리거나 감동하며, 특히 예술에는 앞뒤 가리지 않고 열정을 불태운다. 앞뒤 가리지 않는다는 표현은 사실이었다. 솔직히 말해 베네볼렌스키 씨는 예술을 전혀 모르기 때문이다. 그런데도 어디서 그런 열정이 끓어오르는지, 신비롭고 불가사의한 법칙이 작용하는 건지 참으로 놀라울 정도였다. 보기에는 그저 독선적이고 오히려 평범한 사람인데 말이다……. 하긴 우리 러시아에는 그런 사람이 정말 많다.

예술과 예술가에 대한 이러한 종류의 애정은 이루 말할 수 없는 악착스러움을 띤다. 이런 사람들과 사귀거나 대화하는 것은 그야말로 고역이다. 그들은 꿀을 발라 놓은 통나무와도 같다. 이를테면 그들은 라파엘로를 그냥 라파엘로라고 부르거나 코레지오를 그냥 코레지오라고 부르는 법이 없다. "신과도 같은 산치오, 비할 데 없는 데 알레그리스"*3라고 부르고, 반드시 O에 악센트를 넣어 발음한다. 대개 그들은 자부심 강하고 능청스럽기 그지없는 평범한 자기 민족을 천재라고 부른다. 더 정확히 말하자면 천재로서 치켜세

---

*3 라파엘로의 풀네임은 라파엘로 산치오, 코레지오의 본명은 안토니오 알레그리.

운다. "이탈리아의 푸른 하늘" "남국의 레몬나무" "브렌타 강변에 부는 향기로운 바람" 따위의 말을 입에 달고 산다. 뿐만 아니라 "아, 바냐, 바냐"라든가 "사샤, 사샤"*4 하고 서로 정을 담아 부른다. "남국으로, 남국으로 가자. ……우리는 정신적으로 아랍인, 고대 아랍인 아니더냐!" 전람회에서 러시아 화가 작품 앞에 가면 이런 사람들을 볼 수 있다(이런 신사들의 대부분이 열렬한 애국자라는 사실에 주의해야 한다). 그들은 두 발짝 정도 뒤로 물러나 고개를 젖히거나 그림에 가까이 다가간다. 그들의 눈은 기름처럼 번들거린다……. "거참 기가 막히는군!" 마침내 감격에 겨워 말한다. "영혼이, 정말로 영혼이! 아, 살아 있어! 살아 있어! 아, 영혼이 담겨 있어! 방탕한 영혼이! ……이런 구상을 해내다니! 정말이지 대가의 구상이야!" 한편, 그들의 집 응접실에 있는 그림은 어떠한가! 저녁마다 그들을 찾아와 차를 마시고 그들 이야기에 귀 기울이는 화가들은 어떠한가! 그들의 방이 드러내 보이는 원근법을 보라. 전경에는 오른쪽에 빗자루가 있고, 반질반질한 마룻바닥에는 먼지가 살포시 쌓여 있고, 창가 탁자에는 노란 사모바르가 놓여 있고, 집주인은 잠옷을 입고 두건을 쓴 채 뺨에 밝은 햇살을 맞고 있다! 열병에 걸린 듯한 천박한 미소를 지으며 그들을 찾아오는 더벅머리 뮤즈의 제자들은 어떠한가! 그 집 피아노 앞에서 까꺄 호들갑 떠는 파리한 얼굴의 여자들은 어떠한가! 바로 이것이 우리 러시아에 흔히 있는 광경이다. 러시아인은 미술에만 몰두하는 것이 아니다─이것저것 손대지 않는 분야가 없다. 따라서 이런 아마추어 신사들이 러시아 문학, 특히 희곡을 크게 후원한다는 사실은 전혀 놀랄 일이 아니다……. 《자콥 칸나자르》는 그들을 위해 쓰인 작품이다. 수백 편을 썼지만 인정받지 못한 천재와 세상 사람들, 전세계와의 갈등에 그들은 진심으로 감동한다.

베네볼렌스키 씨가 찾아온 다음 날 타치야나 보리소브나는 차를 마시면서 조카에게, 네가 그림을 손님에게 보여드리라고 말했다. "이 아이가 그림을 그립니까?" 베네볼렌스키 씨가 조금 놀라 말하고는 호기심에 찬 눈으로 안드류샤를 바라보았다. "그럼요, 잘 그리지요." 타치야나 보리소브나가 말했다. "그래, 어서 보여주렴. 보여줘." 베네볼렌스키 씨가 얼른 말했다. 안드

---

*4 바냐는 이반, 사샤는 알렉산드르의 애칭.

류샤는 얼굴을 붉히고 미소를 지으면서 화첩을 가져와 손님에게 내밀었다. 베네볼렌스키 씨는 자못 미술에 조예가 깊다는 표정으로 화첩을 넘겨보았다. "너, 잘 그리는구나." 마침내 그가 말했다. "훌륭해, 제법 솜씨가 좋아." 그러고는 안드류샤의 머리를 쓰다듬었다. 안드류샤는 재빨리 그 손에 입을 맞추었다. "정말 훌륭한 솜씨에요! ―참 좋으시겠습니다, 타치야나 보리소브나. 좋으시겠어요." "표트르 미하일리치, 여기서는 적당한 선생을 찾을 수가 없어요. 읍내에서 모셔오자면 돈이 너무 많이 들고요. 이웃에 사는 아르타노모프 씨 댁에는 아주 훌륭한 화가가 계시다는데, 그 댁 부인이 다른 집 애들은 못 가르치게 한대요. 솜씨가 무뎌진다나요." "저런." 베네볼렌스키 씨는 이렇게 말하고 생각에 잠긴 채 눈을 치켜뜨고서 가만히 안드류샤를 쳐다보았다. "이 문제에 관해 나중에 다시 의논하시죠." 그는 서둘러 이렇게 덧붙이며 손을 비볐다. 그날 그는 타치야나 보리소브나에게 단둘이서 할 이야기가 있다고 말했다. 두 사람은 한 방으로 들어갔다. 30분쯤 지나자 두 사람은 안드류샤를 불렀다. 안드류샤가 들어왔다. 베네볼렌스키 씨가 살짝 홍조를 띤 채 눈을 빛내며 창가에 서 있었다. 타치야나 보리소브나는 방구석에 앉아 눈물을 훔치고 있었다. "안드류샤!" 이윽고 그녀가 입을 뗐다. "표트르 미하일리치 씨께 고맙다고 인사해라. 이분께서 너를 페테르부르크로 데리고 가주신대." 안드류샤는 정신이 아득해지는 것만 같았다. "솔직히 말해 보렴." 베네볼렌스키 씨가 위엄에 찬, 그러나 어루만지는 듯한 부드러운 어조로 말했다. "화가가 되고 싶지 않니? 예술에 정진하는 것이 거룩한 네 사명이라고 생각하지 않아?" "전 화가가 되고 싶어요, 표트르 미하일리치." 안드류샤가 목소리를 떨며 입을 열었다. "그렇게 된다면 기쁘겠다. 물론 너도 기쁘겠지." 베네볼렌스키 씨가 말을 이었다. "네 소중한 고모와 헤어지기는 괴롭겠지. 넌 진심으로 고모에게 감사해야 한다." "전 고모를 숭배해요." 안드류사가 말을 가로채며 눈을 깜빡거렸다. "암, 그렇겠지. 그 마음 이해한다. 그런 마음가짐이 중요하다. 하지만 생각해 보렴. 앞으로 얼마나 기쁜 일이 일어날지…… 네가 성공해서……." "안드류샤, 이리와 안아 주렴." 사람 좋은 부인이 울먹이며 말했다. 안드류샤는 고모 목에 매달렸다. "자, 이번에는 네 은인에게 감사하다고 말하고." 안드류샤는 베네볼렌스키 씨의 배를 껴안고, 발뒤꿈치를 들어 그의 손에 입 맞추었다. 은인은 안드류샤가 하는 대로 내버려두었지만, 적극적으로 그 입맞춤에 응하지는 않았다……. 아이를 진정시키고 만족감을 주어야 했기에 참은 것이었다. 이틀 뒤 베네볼렌스키 씨는 새 문하생을 데리고 그 집을 떠났다.

처음 3년 동안 안드류샤는 아주 자주 편지를 보냈다. 그림을 동봉할 때도 있었다. 베네볼렌스키 씨도 대부분은 칭찬의 말을 간단히 적어 보냈다. 그러나 그 뒤 편지는 차츰 드물어지더니 마침내 완전히 끊기고 말았다. 1년이 다 가도록 조카에게서 아무 소식이 없었다. 타치야나 보리소브나는 궁금해지기 시작했다. 그때 느닷없이 다음과 같은 편지가 도착했다.

보고 싶은 고모께!
사흘 전에 저의 보호자 표트르 미하일리치 씨가 돌아가셨습니다. 지독한 뇌내출혈 발작이 제 지팡이자 기둥인 분을 빼앗아 간 겁니다. 아시겠지만, 이제 저도 스무 살이 되었습니다. 저는 7년 동안 눈부신 발전을 했습니다. 제 실력에 자신감을 느끼고 있으며, 그것으로 생계도 꾸려나갈 수 있습니다. 저는 궁색하지 않습니다. 그렇지만 형편이 되신다면 최대한 빨리 250루블만 보내주세요. 삼가 키스를 보내며 이만…….

타치야나 보리소브나는 조카에게 250루블을 보냈다. 두 달 있다가 그는 다시 돈을 보내달라는 편지를 썼다. 그녀는 가진 돈을 모조리 긁어모아 보내주었다. 그러나 두 번째 송금한 지 6주도 지나지 않아, 그는 공작부인 체르체레셰네바가 주문한 초상화를 그리는 데 필요한 물감을 사야 한다며 세 번째로 요구를 해왔다. 타치야나 보리소브나는 거절했다. "그렇다면" 그는 고모에게 편지를 보내왔다. "시골로 돌아가 요양을 좀 할까 합니다." 정말로 그해 5월에 안드류샤는 마뤼예 브뤼키로 돌아왔다.

처음에 타치야나 보리소브나는 누구인지 알아보지 못했다. 조카의 편지로 미루어 보아 병약하고 야윈 사람을 상상했었는데 눈앞에 나타난 사람은 혈색 좋은 커다란 얼굴에 윤기 도는 고수머리를 가진, 어깨가 떡 벌어지고 뚱뚱한 젊은이였던 것이다. 가녀리고 파리하던 안드류샤는 다부진 체격의 안드레이 이바노비치 베로브조로프로 변해 있었다. 바뀐 것은 겉모습만이 아니었다. 예전의 소심하고 내성적이며 세심하고 깔끔한 체하는 성격은 자취를 감추고, 덜렁거리고 조심성 없으며 칠칠치 못한 면이 두드러졌다. 좌우로 비틀거리며 걷고, 안락의자에 풀썩 주저앉고, 탁자 위에 벌러덩 드러눕고, 커다란 입을 벌리고 하품하는 등 고모와 하인들에게 안하무인의 행동을 보였다. "나는 화가다, 자유로운 영혼이다! 우리는 다 이렇게 산다!"고 말했다. 때로는 며칠이고 붓을 들지 않았다. 그러다가 영감인지 뭔지를 받으면, 술 취한 사람처럼 잘 돌아가지 않는 혀로 고래고래 자기 자랑을 해댔다. 새빨간 얼굴과 멍청하게 흐린 눈빛으로 자신의 재주와 성공과 자신이 계속 발전하고 있다고 떠벌렸다……. 그러나 실제로 그는 아주 작은 초상화조차 제대로 그릴 실력이 없다는 것을 뼈저리게 알았다. 그는 책이라곤 읽어 본 적도 없다. 하긴 화가가 책을 읽어 무엇하랴? 화가를 구성하는 것은 자연과 자유와 시이다. 고수머리를 내젓고, 꾀꼬리처럼 재잘대고, 주코프 담배나 피우면 되는 것이다! 러시아인의 호방한 성격은 매우 바람직하다. 그러나 그것도 사람 나름이다. 소질도 없는 같잖은 인간들이 폴레자예프*5를 흉내내는 것은 정말 역겹다. 안드레이 이바노비치는 고모 댁에 그대로 눌러앉았다. 무위도식이 성격에 맞는 것 같았다. 손님들은 그를 벌레 보듯 싫어했다. 그는 이따금 피아노 앞에 앉아(타치야나 보리소브나의 집에는 피아노도 있었다) 〈쏜살같은 썰매〉라는 곡을 손가락 하나로 친다. 박자에 맞춰 건반을 두드리며 몇 시간이고 줄기차게 바를라모프의 〈외로운 소나무〉나 〈싫어요, 싫어요, 의사 선생님, 오지 마세요〉 따위의 연가를 신음하듯 고통스럽게 부른다. 그러면 그의 눈 밑과 볼이 북처럼 번들거리기 시작한다……. 그런가 하면 느닷없이 "잠잠해져라, 물결치는 내 연모의 마음아!" 소리 지른다……. 타치야나 보리소브나는 흠칫 놀라 몸서리쳤다.

"정말 이상해요." 어느 날 그녀가 내게 말했다. "요즘은 왜 저런 절망적인 노래만 만들까요? 우리 젊었을 때랑은 딴판이에요. 슬픈 노래도 있긴 있었지만, 듣기 좋은 노래뿐이었잖아요. ……예를 들면 이런 거요.

오너라, 무덤 안으로

---

*5 1806~1638. 요절한 러시아 시인. 어린 나이에 사악한 전제정치를 풍자하고 자유를 동경하는 훌륭한 시를 썼다가 니콜라이 1세의 심기를 건드려 비극적인 생애를 보내야 했다. 그의 시는 레르몬토프의 시와 자주 비교된다.

헛되이 너를 기다리는 무덤으로
오너라, 무덤 안으로
하염없는 눈물은 누구 때문인가……
아, 네가 무덤 안으로
들어올 그때에 밤도 지나가리.

타치야나 보리소브나는 사악한 미소를 지어 보였다.

"아, 괴로워라, 고통스러워라." 옆방에서 조카가 울부짖기 시작했다.

"안드류샤, 이제 그만 해라."

"그대와 헤어져 내 마음 탄식하며 슬퍼하네." 그는 질리지도 않고 노래를 계속했다.

타치야나 보리소브나는 머리를 내저으며 말했다.

"아, 이제 화가라면 지긋지긋해요!"

그 뒤로 1년이 흘렀다. 베로브조로프는 여전히 고모 집에서 기거하며 다시 페테르부르크로 가고 싶어했다. 그는 시골에 있는 동안 더욱 뚱뚱해졌다. 고모는—이렇게 될 줄 누가 알았으랴—그가 제멋대로 행동하도록 내버려두었으며, 이웃 처녀들은 그를 사랑했다……

타치야나 보리소브나의 오랜 친구들은 그녀의 집을 찾지 않게 되었다.

죽음

우리 집 가까이에 사냥을 좋아하는 젊은 지주가 산다. 화창한 7월의 어느 아침, 나는 그와 함께 꿩 사냥을 하고 싶어 마차를 타고 그를 찾아갔다. 그는 동의했다. '단' 그가 말했다. "우리 집 잡목 산을 지나 주샤로 가는 게 어떻겠습니까? 가는 김에 차플리기노를 둘러봤으면 해서요. 거기 우리 떡갈나무 숲이 있는데 아십니까? 지금 벌목 중이거든요." "그럼 같이 가지요." 그는 말에 안장을 얹고, 멧돼지 머리를 돋을새김으로 새긴 청동 단추가 달린 녹색 웃옷을 입고, 털실로 짠 사냥 자루와 은제 물통을 허리에 차고, 어깨에는 신식 프랑스 총을 메고서 자못 만족스럽게 거울을 본 다음 '에퍼스런스'라는 이름의 사냥개를 불렀다. 이 개는 아주 마음씨 착한, 그러나 이제는 머리카락이 한 가닥도 남지 않은 노처녀 사촌 누이에게서 선물로 받은 것이었다. 우리는 집을 나섰다. 내 이웃 젊은 지주는 마을을 감독하는 아르힘프라는 농부와 고트리프 폰 데 코크라는 관리인을 대동했다. 아르힘프는 네모진 얼굴에 광대뼈가 어색하게 불거진 땅딸막한 사나이였고, 고트리프는 얼마 전 발틱 연안에서 고용되어 온 사람으로 깡마르고 머릿결이 좋으며 눈빛이 탁하고 처진 어깨에 목이 긴 열아홉쯤 되는 젊은이였다. 내 이웃은 얼마 전에 이 땅을 손에 넣었다. 오등문관 부인인 카르동 카타예바라는 숙모가 유산으로 그에게 물려준 것이다. 이 숙모는 무척 뚱뚱해서 침대에 누워 있을 때도 끊임없이 앓는 소리를 했다. 우리는 잡목 산에 도착했다. "자네들은 이 풀밭에서 기다리게." 아르달리온 미하일리치(내 이웃)가 동행에게 말했다. 독일인은 꾸벅 인사하고 말에서 내린 다음 호주머니에서 책을 꺼내—요한나 쇼펜하우어*1의 소설인 듯했다—덤불 그늘에 앉았다. 아르힘프는 양달에서 한 시간이나 꼼짝도 하지 않았다. 우리는 덤불마다 뒤지고 다녔으나 새끼 한

---

*1 1766∼1838. 유명한 철학자의 어머니. 그녀의 작품은 낭만적인 것이 많다.

마리 찾지 못했다. 아르달리온 미하일리치는 숲으로 가보겠다고 말했다. 나도 어쩐지 그날은 사냥이 시원찮을 것 같은 기분이 들어 그의 뒤를 어슬렁어슬렁 따라갔다. 우리는 풀밭으로 돌아왔다. 독일인이 읽던 곳에 책갈피를 끼우고 일어나 책을 호주머니에 집어넣고, 꼬리가 짧고 말 안 듣는 암말에 간신히 올라탔다. 이 말은 조금만 건드려도 울어대고 뒷발질하는 까다로운 녀석이었다. 아르힘프가 몸을 부르르 떨고 양쪽 고삐를 동시에 홱 잡아당기며 박차를 가하자, 잠시 멍하니 있던 말이 놀라 무기력하게 터벅터벅 걸음을 내디뎠다. 우리는 그곳을 떠났다.

아르달리온 미하일리치가 소유한 숲은 나도 어릴 적부터 잘 아는 곳이었다. 데지레 플뢰리 씨(Monsieur Désiré Fleury)라는 마음씨 착한 프랑스인 가정교사(이 선생이 밤마다 내게 르루(Leroux) 물약을 먹인 바람에 내 건강은 영영 나빠지긴 했지만)를 따라 차플리기노에 자주 가곤 했던 것이다. 숲은 아름드리 떡갈나무와 물푸레나무 2, 300여 그루로 이루어져 있었다. 곧고 당당한 검은 줄기가 호두나무와 마가목의 금빛으로 투명하게 빛나는 푸른 잎사귀 위로 화창한 하늘에 시원스럽고 아름다운 선을 그리며 싱싱하고 높게 뻗어 있고, 그 줄기를 뒤덮듯이 울퉁불퉁한 잔가지들이 천막처럼 펼쳐져 있었다. 대머리독수리, 참매, 황조롱이 따위가 한 치의 흔들림도 없이 고요한 나뭇가지 사이를 소리 높여 울며 날아다녔다. 쇠딱따구리가 두꺼운 나무껍질을 딱딱 쪼아대고, 우거진 나뭇잎 속에서 불현듯 검은지빠귀의 청아한 노랫소리가 꾀꼬리의 지저귐에 이어 들려왔다. 아래쪽 덤불에서는 할미새며 검은머리 방울새며 도요새가 노래한다. 오솔길을 따라 되새가 바쁘게 날아갔다. 흰 토끼가 조심스레 '다리를 절며' 숲가를 살금살금 지나가고, 황적색 다람쥐가 이 나무에서 저 나무로 신나게 건너뛰었다가 나무 꼭대기에 꼬리를 얹고 우뚝 멈춰 섰다. 잘게 가위질한 것처럼 예쁜 고사리의 옅은 그림자와 봉긋한 개밋둑 옆에 자란 풀 틈에는 제비꽃과 은방울꽃이 피고, 나팔버섯, 그물버섯, 느타리버섯, 붉은광대버섯 등이 자랐다. 수풀 사이의 넓은 잔디밭에는 딸기가 붉게 익어 있었다……. 숲 속 그늘은 또 어땠는지! 그곳에 있으면 아무리 무더운 대낮도 밤처럼 느껴졌다. 그 정적, 그 향기, 그 시원함……. 차플리기노에서 나는 즐거운 시간을 보냈다. 그러기에 솔직히 말해 나는 이토록 속속들이 잘 아는 숲 속에 들어왔을 때 왠지 모를 서글픔을 느겼다. 눈이 내리지 않았던 1840년의 그 저주스러운 겨울*²은 내 오랜 친구인 떡갈나무와 물푸레나무들에게도 무자비했던 것이다. 나무들은 말라비틀어지고 속살을 드러내고, 폐병을 앓는 듯이 허약한 병든 이파리에 군데군데 감싸인 채 '옛 정취를 재현해 내지는 못하지만 어쨌든 그 뒤를 이은' 어린나무들 위로 처량하게 서 있었다.

아래쪽에만 이파리를 무성하게 피우고 하늘을 원망하며 절망에 빠진 듯, 힘없이 꺾인 가지를 높이 쳐든 나무도 있거니와, 풍요롭고 풍성한 옛 흔적은 없으나 나름대로 무성하게 자란 나뭇잎 사이로 굵고 메마른 가지를 내민 나무도 있었다. 껍질이 다 떨어진 것도 있고, 시체처럼 흙바닥에 쓰러져 썩어 있는 것도 있었다. 그 옛날에는 이렇게 될 줄 그 누가 꿈에나 상상했으랴. 지금은 차플리기노의 어디를 둘러봐도 나무 그늘이 보이지 않았다! '아, 너희는 얼마나 수치스럽고 서글프냐?' 나는 말라가는 나무를 바라보며 생각했다……. 문득 콜리초프*³의 시가 떠올랐다.

높은 음성
자랑스러운 힘
왕자의 강직함
지금은 어디에 숨었느뇨?
그 푸른 이파리의
생기는 지금 어디메뇨?

"어째서 이걸 그냥 놔뒀지요, 아르달리온 미하일리치?" 내가 입을 열었다. "어째서 이 나무들을 바로 다음 해에 베어버리지 않았습니까? 지금은 그때 값의 10퍼센트도 받지 못할 것 같은데요."

그는 어깨를 으쓱해 보일 뿐이었다.

---

*2 1840년에는 혹한이 찾아왔지만 12월 말까지 눈이 전혀 내리지 않은 탓에 식물이 모두 얼어붙고 말라버려 수많은 아름다운 나무숲이 죽어갔다. 한번 죽은 나무는 되살리기 어려웠고, 토지의 생산력도 눈에 띄게 떨어졌다. '금벌림(성체 행렬이 지나간 곳)'에도 예전처럼 위엄 있는 나무들은 사라지고 지금은 자작나무나 버드나무가 제멋대로 자라고 있다. 러시아에서는 그 밖의 다른 식목법을 모르는 것이다. (작가주)

*3 1808~1842. 러시아의 유명한 국민시인.

"그런 일은 숙모님께 물으십시오—상인들이 돈을 들고 찾아와 귀찮게 따라다녔지만 팔지 않으셨지요."

"Mein Gott! Mein Gott!(맙소사! 맙소사!)" 폰 델 코크가 한 걸음마다 외쳤다.

"참으로 못된 장난이로군! 참으로 못된 장난이야!"

"뭐가 못된 장난이라는 거지?" 이웃이 빙그레 웃으며 말했다.

"아, 그러니까 애석하단 뜻이죠. 그 말을 하려던 겁니다."*4

땅 위에 쓰러져 있는 나무를 보고 그는 몹시 애석함을 느꼈던 것이다. 방앗간 주인이 있었으면 절구를 만들겠다며 큰돈을 내고 사 갔을 것이다. 그러나 감독 아르힘프는 눈곱만큼도 슬퍼하는 기색 없이 아주 태연하게, 오히려 잘됐다는 듯이, 쓰러진 나무들을 넘어다니며 회초리로 찰싹찰싹 때려 보았다.

우리가 벌목 현장에 이르렀을 때, 갑자기 나무 쓰러지는 소리가 들리더니 이어 비명과 뭔가 소란스러운 소리가 들렸다. 그러더니 이내 수풀에서 새파랗게 질린 채 머리를 풀어 헤친 젊은 인부가 우리 앞으로 불쑥 튀어나왔다.

"무슨 일인가? 어디 가는 거지?" 아르달리온 미하일리치가 말했다.

인부가 즉시 멈춰 섰다.

"아, 아르달리온 미하일리치 님, 큰일났습니다!"

"왜 그러는데?"

"막심이 나무에 깔렸어요."

"아니, 어쩌다? ……도급업자 막심 말인가?"

"네. 그는 우리가 물푸레나무를 자르는 걸 구경하고 있었지요……. 잠시 서서 보고 있다가 물을 마시러 샘 쪽으로 걷기 시작했어요. 갑자기 목이 말랐나 보죠. 그런데 갑자기 물푸레나무가 우지직우지직하더니 그 사람을 덮친 겁니다. 우리는 피하라고 수없이 고함을 질렀지요. ……그런데 옆으로 피해야 할 것을 앞으로 곧장 내달린 거예요. ……너무 겁을 먹어 그랬던 거겠죠. 물푸레나무의 꼭대기 쪽 가지가 그를 덮쳤어요. 왜 그렇게 빨리 쓰러졌는지—전혀 영문을 모르겠습니다……. 아마 속이 썩어 있었나 봐요."

---

*4 독일인은 러시아어의 유성음을 무성음으로 발음하기 때문에 때로 전혀 다른 뜻이 된다. 여기서도 같은 실수를 한 것.

"그래서 막심이 깔렸다고?"

"네, 그렇습니다."

"죽었나?"

"아니요, 아직 숨은 붙어 있습니다. 하지만 가망이 없어요. 팔다리가 다 부러졌거든요. 저는 의사 셀리베스토이치 씨를 부르러 가는 길입니다."

아르달리온 미하일리치는 감독에게도 읍내에 있는 셀리베스토이치를 데리고 오라고 이르고, 자신은 서둘러 개간지로 말을 달렸다. ……나도 뒤따라갔다.

우리가 그곳에 도착해 보니 가엾게도 막심은 바닥에 드러누워 있었다. 열 명 남짓한 인부가 그를 에워싸고 서 있었다. 우리는 말에서 내렸다. 그는 힘겹게 숨을 쉬며 신음했다. 가끔 눈을 크게 뜨고 깜짝 놀란 듯이 주위를 두리번거리고는 파리한 입술을 깨물었다……. 턱이 덜덜 떨리고, 머리카락은 이마에 달라붙어 있었으며, 가슴은 불규칙하게 들썩였다. 숨이 끊어질 징조였다. 어린 보리수의 옅은 그림자가 조용히 그의 얼굴 위에서 일렁였다.

우리는 허리를 구부리고 그를 들여다보았다. 막심은 아르달리온 미하일리치의 얼굴을 알아보았다.

"나리." 들릴락 말락 한 목소리로 그가 말했다. "신부님을…… 모셔 오라고…… 명령해 주십시오……. 하느님께서…… 벌을 내리셔서…… 팔다리가 모두 가루가 되었어요……. 오늘은…… 일요일인데…… 그런데도…… 인부들에게 일을 시켰더니……."

그는 입을 다물었다. 숨이 벅찼던 것이다.

"그리고 제 돈은…… 마누라한테…… 마누라한테 주십시오……. 누구한테…… 얼마를 줘야 하는지는…… 여기 있는 오니심이 아니까…… 그걸 뺀 나머지를……."

"막심, 지금 의사를 불러 오라고 사람을 보냈으니 죽지 않을 걸세."

그가 눈을 뜨려고 억지로 눈꺼풀을 들어올렸다.

"아니요, 이제 틀렸어요. 저기 벌써 죽음의 사자가 오는군요……. 아, 아……. 여보게들 내가 잘못한 것이 있다면 용서해 주게……."

"하느님이 용서해 주실 걸세, 막심 안드레비치." 인부들이 울먹이며 일제히 말했다. 그리고 모자를 벗어들고 덧붙였다. "자네도 우리를 용서해."

그는 절망한 듯 머리를 흔들고 괴로운 듯이 가슴을 쭉 내밀었다가 이윽고 몸을 축 늘어뜨렸다.

"여기서 이렇게 죽게 할 순 없어!" 아르달리온 미하일리치가 외쳤다. "자네들, 저기 마차에서 돗자리를 가지고 오게. 병원으로 데리고 가야겠어."

두 사내가 마차로 곧장 뛰어갔다.

"어제 시요브카에 사는 에핌에게서……" 죽어가는 사내가 중얼거렸다. "……말을 샀습니다. ……계약금은 주었죠……. 그러니 그 말은 내 겁니다……. 그것도…… 마누라한테……."

인부들이 그를 멍석 위로 옮기기 시작했다……. 그가 상처 입은 새처럼 온몸을 부들부들 떨더니 몸을 길게 뻗었다.

"죽었어." 인부들이 웅얼거렸다.

우리는 말없이 말을 타고 그곳을 떠났다.

불쌍한 막심의 죽음은 나를 깊은 상념에 잠기게 했다. 러시아의 하층민은 참으로 놀라운 방식으로 죽음을 맞이한다! 죽을 때의 심경을 무관심하다거나 우둔하다고는 할 수 없다. 그들은 무슨 의식이나 치르는 것처럼 차분하고 담담하게 죽어간다.

몇 년 전쯤, 또 다른 이웃의 영지에서 살던 한 농부가 곡식 건조 창고에서 심한 화상을 입었다. (마침 그 앞을 지나가던 마을 사람이 반죽음이 된 그를 끌어내지 않았더라면 그는 창고에서 그냥 검게 타 죽고 말았을 것이다. 마을 사람이 물통에 들어갔다가 나와 냅다 돌진해, 불타는 창고 문의 아래쪽을 부숴버린 것이다.) 나는 그를 병문안하러 그의 집을 방문했다. 오두막 안은 컴컴하고, 숨이 막힐 정도로 연기가 자욱했다. "병자는 어디 있소?" 내가 물었다. "저 페치카 위에 있습니다." 손에 얼굴을 묻고 있던 아내가 말꼬리를 길게 끌며 대답했다. 다가가 보니, 농부는 털외투를 덮고 쌕쌕대며 자고 있었다. "다친 덴 좀 어떤가?" 환자가 난로에 기대어 일어나려고 했다. 하지만 온몸에 화상을 입어 다 죽어가는지라 여의치 않았다. "됐네, 그대로 누워 있게. ……그런데 ……상태는 좀 어떤가?" "나쁩니다." 그가 말했다. "많이 아픈가?" 대답이 없었다. "필요한 건 없나?" 그래도 대답이 없었다. "차라도 보내줄까?" "됐습니다." 나는 곁에서 물러나 의자에 앉았다. 15분, 30분…… 계속 앉아 있었다. 오두막 안은 무덤처럼 고요했다. 구석에 있는 성상 아래 탁자 밑에 다섯 살쯤 되어 보이는 여자아이가 숨어서 빵을 먹고 있었다. 어머니가 이따금 무서운 눈초리를 보냈다. 문간방에서는 사람들이 왔다 갔다 하고, 문을 두드리고, 대화를 나누곤 했다. 형수는 양배추를 자르고 있었다. "악시냐!" 마침내 환자가 입을 열었다. "왜요?" "크바스 좀 줘." 악시냐가 환자에게 크바스를 주었다. 다시금 조용해졌다. 나는 나지막이 물어보았다. "성찬은 받았나?" "네." 그렇다면 모든 절차가 끝난 셈이다. 이제 죽기만 기다리면 되는 것이다. 나는 그만 견딜 수 없어서 그 집을 나왔다……….

또 생각나는 게 있다. 어느 날 나는 크라스노고리예에 있는 병원에서 대진의(代診醫)로 일하는 카핀톤을 찾아갔다. 전에 알고 지내던 사람으로, 사냥을 매우 좋아했다.

그 병원은 본디 지주댁의 바깥채이던 것을 안주인이 병원으로 바꾼 것이다. 바꿔 말하면, 대문 위에 흰 글씨로 '크라스노고리예 병원'이라고 쓴 파란 판자를 붙이고, 환자 명부를 카핀톤에게 직접 넘긴 게 전부이다. 이 명부 맨 앞장에는 정 많은 부인의 식객이자 남 돌보기 좋아하는 사나이가 다음과 같은 문구를 적어 놓았다.

Dans ces beaux lieux, où règne l'allégresse,
Ce temple fut ouvert par la Beauté ;
De vos seigneurs admirez la tendresse,
Bons habitants de Krasnogorié!

풍요로운 쾌락의 고장에
훌륭한 사람이 이 전당을 지었노라
네 주인의 따뜻한 마음씨를 찬양하라
크라스노고리예의 착한 주민들이여!

다른 신사는 그 밑에 이렇게 썼다.

Et moi aussi j'aime la nature!

Jean Kobyliatnikoff

나 또한 이 자연을 사랑하노라!
잔 코빌리야트니코프

대진의는 자기 돈으로 침대 여섯 대를 산 다음, 하느님의 자녀들을 치료하겠다는 갸륵한 마음가짐으로 일을 시작했다. 병원에는 직원이 두 명 더 있었다. 머리가 좀 이상한 조각사 파벨과 손을 잘 못 쓰지만 요리사로 일하는 멜리키트리사라는 아낙이었다. 이 두 사람은 약을 조합하기도 하고 약초를 말리기도 하고 물에 담그기도 했으며, 발작을 일으키는 병자들을 진정시키기도 했다. 머리가 좀 이상한 조각사는 늘 찡그린 인상이었으며 좀처럼 말을 하지 않았다. 저녁마다 〈아름다운 베네레의 노래〉를 부르고, 길 가는 사내만 보면 다가가서는 벌써 오래전에 죽은 말라냐라는 딸과 결혼해 달라고 졸랐다. 손을 잘 못 쓰는 아낙은 그를 닦달하여 칠면조를 지키게 했다. 어느 날 나는 대진의 카핀톤과 함께 있었다. 우리는 얼마 전 갔었던 사냥 이야기를 하고 있었다. 그때 갑자기 방앗간 주인이나 갖고 있을 법한 매우 뚱뚱한 점박이 말이 끄는 작은 마차가 안마당으로 들어왔다. 마차 안에는 새로 지은 웃옷을 입은, 머리가 희끗희끗하고 체격이 다부진 사람이 앉아 있었다. "바실리 드미트리치 씨, 안녕하십니까……." 창문으로 카핀톤이 외치고 내게 "뤼보프시노의 방앗간 주인입니다"라고 속삭였다. 그가 끙끙대며 마차에서 나와 대진의의 방으로 들어와서는 눈을 부릅뜨고 성상을 찾더니 성호를 그었다. "그래, 어떻습니까, 바실리 드미트리치 씨? 어디가 이상한가요? ……저런, 몸이 안 좋으신 모양이군요. 안색이 좋지 않은데요." "네, 카핀톤 치모프예비치. 왠지 좀 안 좋아요." "무슨 일이 있었나요?" "그게, 이런 일이 있었습니다, 카핀톤 치모프예비치. 제가 얼마 전에 읍내에서 절구를 샀어요. 아, 그걸 집까지 싣고 와서 마차에서 내리려고 억지로 힘을 쓰는데 갑자기 창자가 끊어지는 것 같고, 어지럽지 않겠습니까……. 그 뒤부터 몸이 예전 같지 않아요. 오늘은 특히 이상하고요." "흠." 카핀톤은 이러더니 코담배를 피웠다. "탈장이 분명하군요. 그렇게 된 지가 오래됩니까?" "네. 벌써 열흘째예요." "열흘? (대진의는 이 사이로 숨을 들이마시고 머리를 흔들었다.) 어디 좀 볼까요?" 그러더니 이윽고 입을 열었다. "바실리 드미트리치. 안됐지만, 상태가 아주 좋지 않군요. 어려운 병에 걸리셨어요. 입원하셔야겠습니다. 최선을 다하죠. 물론 장담은 못하지만." "그렇게 나쁜가요?" 놀란 방앗간 주인이 중얼중얼 말했다. "네, 나쁩니다, 바실리 드미트리치. 이틀만 빨리 오셨더라면 좋았을걸. 그랬다면 금방 고쳤을 텐데. 지금은 염증을 일으켰어요. 세균이 다른 곳으로 번지지 말아야 할 텐데." "하지만 그럴 리 없습니다, 카핀톤 치모프예비치." "아니요, 지금 말씀드린 대로입니다." "어떻게 그런 일이……? (대진의는 어깨를 으쓱했다.) 겨우 이까짓 일로 죽어야 한단 말입니까?" "그런 말은 하지 않았습니다……. 아무튼 입원하세요." 그는 침상을 바라보며 깊은 생각에 잠기더니 이윽고 우리를 흘끔 쳐다보고 머리를 긁적이며 모자를 쥐었다. "어디 가십니까, 바실리 드미트리치?" "어디냐니요? 뻔하잖습니까. 그렇게 안 좋다면 집에 가야지요. 만일을 대비해 신변을 정리해야지 않겠습니까?" "그건 스스로 병을 악화시키는 거나 다름없어요, 바실리 드미트리치. 말도 안 되는 소리 마세요. 도무지 여기까지 뭘 하러 왔는지 모르겠군요. 잔말 말고 입원하세요." "아니요, 카핀톤 치모프예비치. 어차피 죽는다면 집에서 죽고 싶어요. 뭐 하러 여기서 죽습니까? 집이 있는데. 이깟 일로 죽는다면 그것도 천명이죠, 뭐." "꼭 죽는 건 아니라니까요, 바실리 드미트리치…… 물론 위험한 상태인 건 사실입니다……. 하지만 그러니까 여기에 계셔야 하는 거예요." (그는 머리를 저었다.) "아닙니다, 카핀톤 치모프예비치. 나는 집으로 가겠습니다. ……그런데 처방전은 써주시나요?" "약만 드릴 수는 없습니다." "집으로 갈 거라니까요." "그럼 맘대로 하십시오……. 나중에 원망이나 하지 말고요!"

대진의는 장부에서 종이 한 장을 찢어 처방전을 쓰고, 그 이상은 불가능할 정도로 꼼꼼히 주의사항을 전달했다. 그는 처방전을 받아 들고 카핀톤에게 50코페이카 은화를 건넨 다음 방을 나가 마차에 올라탔다. "안녕히 계세요, 카핀톤 치모프예비치. 기분 상하지는 마시고요. 무슨 일이 생기면 남은 아이들을 부탁합니다……." "이봐요, 바실리, 입원하세요!" 그는 다만 고개를 젓고, 고삐로 말 등을 때려 마당을 나갔다. 나는 큰길로 나가 그 뒷모습을 지켜보았다. 길은 질척거리고 울퉁불퉁했다. 방앗간 주인은 능란한 솜씨로 천천히 말을 몰며, 만나는 사람마다 인사하면서 사라졌다……. 나흘 뒤 그는 세상을 떠났다.

　러시아인은 일반적으로 놀라운 방식으로 죽음을 맞이한다. 이미 죽은 수많은 사람들이 내 기억에 되살아난다. 대학을 중퇴한 옛 친구 아베니르 솔로코모프 군, 잘생기고 고상했던 너, 나는 너를 떠올린다! 폐병을 앓아 누렇게 뜬 얼굴, 그 연한 금발머리, 그 다정한 미소, 그 꿈꾸는 듯한 눈동자, 그 기다란 팔다리를 지금도 본다. 그 가녀리고 부드러운 목소리를 지금도 듣는다. 너는 대러시아의 지주 구르 쿠르비아니코프의 저택에 살며 그의 자식 포파와 조자에게 러시아어 읽기와 지리와 역사를 가르치고, 주인 구르의 뜬금없는 말장난과 집사의 부담스러운 친절함과 버릇없는 꼬마들의 못된 장난도 묵묵히 견뎠으며, 무료함에 지친 여주인의 변덕스러운 요구에도 불평은커녕 미소까지 지어가며 흔쾌히 들어주었다. 그 대신, 해가 떨어지고 저녁식사가 끝난 뒤에 너는 얼마나 큰 홀가분함을 느꼈는가. 행복감에 젖어들었을 것이다. 그럴 때면 모든 책임과 일에서 해방되어 창가에 앉아 생각에 잠긴 채 담배를 피우거나, 너덜너덜하고 손때 묻은 두꺼운 잡지를 통째로 삼키듯 읽었다. 너처럼 집도 없는 불쌍한 측량사가 갖다준 잡지이다. 그때 너는 모든 시와 모든 소설에 얼마나 기뻐했던가, 얼마나 자주 눈물을 글썽거렸던가, 얼마나 흡족하게 웃었던가! 얼마나 많은 순수한 인간애가, 모든 선한 것에 대한 얼마나 많은 거룩한 동정심이 너의 젊고 깨끗한 영혼에 스며들었던가!

　솔직히 말하면, 너는 결코 남들보다 뛰어난 재능을 가진 사람이 아니었다. 남보다 기억력이 뛰어난 것도 아니고, 부지런하지도 않았다. 대학 시절에는 열등생으로 분류되었다. 강의 때는 늘 졸기 일쑤였고, 구두시험 때는 당연하다는 듯이 침묵을 지켰다. 그러나 친구들의 발전이나 성공 소식을 듣고서 기쁨으로 눈을 반짝이고 가슴 벅차했던 사람은 누구였던가? 바로 아베니르였다……. 친구의 출세를 무조건 확신했던 사람은, 친구를 자랑스레 칭찬하고 분연히 옹호했던 사람은 또 누구였던가? 시기심이나 이기심도 부릴 줄 모르고, 자기 이익은 뒷전인 채 자신을 희생하며, 눈곱만큼도 얻을 것 없는 사람을 기꺼이 따른 것은 누구였던가? 그 모두가 너였다, 내 착한 친구, 아베니르! 네가 가정교사 일을 하러 시골로 내려갈 때 쓰라린 가슴을 안고 우리와 헤어졌던 것을 지금도 기억한다. 나쁜 예감이 너를 괴롭혔던 것이리라……. 실제로 시골에 가보니 좋지 않은 일들만 있었다. 마을에는 공손하게 귀 기울일 만한 사람도, 경탄할 만한 사람도, 사랑을 바칠 만한 사람도 없었다……. 마을 사람이고 교양 있는 지주들이고 하나같이 너를 흔한 가정교사로 여기고 어떤 이는 무례하게, 어떤 이는 푸대접에 가깝게 대했다. 더구나 너는 풍채로 사람을 끄는 유형도 아니었다. 늘 주눅이 들어 얼굴을 붉히고 땀을 흘리고 말을 더듬었다……. 시골의 공기도 건강에 도움이 되지 않았다. 아, 가엾게도 너는 꼬챙이처럼 말라 갔다! 네 방은 정원과 맞닿아 있어서 앵두나무, 사과나무, 보리수 따위가 네 방 탁자와 잉크병과 책 위로 꽃잎을 하늘하늘 떨어뜨렸다. 벽에는 파란 비단으로 만든 회중시계 주머니가 걸려 있었다. 그것은 아름다운 고수머리와 파란 눈을 가진 착하고 정 많은 독일인 여자 가정교사가 헤어질 때 선물한 주머니이다. 때로는 옛 친구가 딴 사람의 시나 자기가 쓴 시를 가지고 모스크바에서 찾아와 기쁘게 해주었다. 그러나 고독이란, 가정교사라는 노예와도 같은 처지란, 자유로워질 가망도 없다는 허무함이란, 끊임없이 되풀이되는 가을과 겨울이란, 그 집요한 병마란! 아, 불쌍한 아베니르!

나는 솔로코모프가 죽기 얼마 전에 그를 방문했다. 그는 그때 이미 거의 걷지도 못하는 상태였다. 지주 그루 쿠르비아니코프는 그를 굳이 내쫓지도 않았지만, 월급도 주지 않았다. 조자에게는 다른 가정교사를 두었다. …… 포파는 육군유년학교에 입학했다. 아베니르는 창가에 놓인 낡은 안락의자에 앉아 있었다. 모처럼 맑은 날씨였다. 낙엽 진 보리수가 짙은 갈색 열을 이루는 위로 화창한 가을 하늘이 눈부신 푸른빛을 띠고, 군데군데 남아 황금색으로 빛나는 나뭇잎이 살랑거리며 속삭였다. 서리가 내려앉은 대지는 햇볕을 받아 촉촉이 젖어들며 질척이기 시작했다. 비스듬히 비쳐드는 붉은 태양 빛이 희끄무레한 풀잎에 잔잔하게 와 닿았다. 공중에서는 가볍고 무언가 탁 터지는 듯한 소리가 울리고, 정원에서는 일꾼들의 목소리가 또렷하게 들려왔다. 아베니르는 부하라*5로 지은 다 떨어진 실내복을 입고 있었다. 녹색 목도리가 무섭게 수척한 얼굴을 죽은 사람의 얼굴처럼 보이게 했다. 그는 나를 보고 매우 반가워하며 손을 내밀고 몇 마디 하더니 이내 기침을 하기 시작했다. 나는 그를 진정시키고 그 옆에 앉았다……. 아베니르의 무릎 위에는 콜

---

*5 모스크바나 카잔에 살던 타타르계 러시아인이 마나 아마의 찌꺼기로 짠 싸구려 직물로, 그들은 러시아 곳곳을 돌아다니며 이것을 팔았다.

리초프의 시를 정성껏 베껴 쓴 공책이 있었다. 그가 빙그레 웃으며 그 공책을 탁 쳤다. "콜리초프는 진짜 시인이야." 그는 터져 나오는 기침을 가까스로 억누르며 중얼대듯 말했다. 그러고는 겨우 들릴 만한 목소리로 암송하기 시작했다.

> 솔개는 날개를
> 결박당했는가?
> 드높은 하늘로 가는 길이 모조리
> 가로막혔는가?

나는 그를 말렸다. 의사가 말을 하지 말라고 했기 때문이다. 나는 그를 기쁘게 하는 방법을 알고 있었다. 솔리코모프는 학술을 '추종'한 적이 단 한 번도 없었다. 그러나 위대한 학자들의 학문이 어디까지 도달했는지는 알고 싶어했다. 전에도 아무 데서나 친구를 붙잡고서 꼬치꼬치 캐묻곤 했다. 유심히 듣고, 감탄하고, 상대방의 말을 믿고, 나중에 앵무새처럼 그 말을 되풀이했다. 그는 특히 독일 철학에 대단히 관심이 많았다. 내가 헤겔의 이야기를 시작하면(물론 이것은 예전의 일화이다) 아베니르는 고개를 주억거리고 눈썹을 치켜뜨고 미소지으며 "그렇군, 그렇군! ……아! 멋지군, 정말 멋져!" 하고 속삭였다. 죽음을 앞두고도 돌아갈 집이 없는 외롭고 불쌍한 남자의 애처로운 호기심에 나는 눈물이 나도록 감동했다. 덧붙여 둘 것이 있다. 아베니르는 여느 폐병 환자와는 달리 자기 병을 꿋꿋이 감당해 냈다. 어디 그뿐이랴? 탄식도 내뱉지 않았으며, 조금이나마 자기 운명을 불평한 적도 단 한 차례 없었다…….

점점 기력이 돌아오면서 그는 모스크바, 친구, 푸시킨, 극장, 러시아 문학 따위에 관해 말하기 시작했다. 예전에 참석했던 연회며 친구들끼리 벌였던 격한 논쟁을 떠올리고 서글픈 표정으로, 먼저 죽은 친구 두어 명의 이름을 뇌까렸다…….

"다샤 기억나?" 마지막에 이렇게 덧붙였다. "아주 귀여웠던 그 여자 말이야! 그 고운 마음씨! 그녀가 날 얼마나 사랑했다고! 지금은 어떻게 변했을까? 분명히 살이 빠졌겠지, 불쌍하게 삐쩍 말랐겠지?"

나는 차마 병자의 환상을 깨뜨릴 수 없었다. 사실 다샤는 펑퍼짐하게 살쪄서 장사꾼 콘다치코프 형제와 어울려 다니며 허연 분과 빨간 연지를 바른 채 온갖 교태와 추태를 부린다고 굳이 알릴 필요가 어디 있으랴?

'그런데' 나는 수척한 그의 얼굴을 바라보며 생각했다. '이 친구를 이곳에서 데리고 나갈 수는 없을까? 아직 병을 고칠 수는 있을 텐데…….' 그러나 아베니르는 내 제안을 끝까지 들으려 하지도 않았다.

"고마워." 그가 말했다. "하지만 어디서 죽든지 마찬가지야. 나는 겨울까지도 못 버틸 것 같아……. 그런데 남한테 쓸데없는 걱정을 끼쳐서 뭐 하겠어? 난 이 집이 편해. 물론 이 집 사람들은…….

"고약하게 하는구나?" 내가 끼어들었다.

"아니, 고약하지는 않아. 그냥 뭐, 정이 없다고나 할까? 하지만 그들을 탓할 순 없지. 그들 말고도 이웃은 많아. 카사트킨이라는 지주한테는 딸이 있는데, 제법 예의도 바르고 상냥하고 착한 아가씨지……. 거만하지도 않아 ……."

솔로코모프는 다시 쿨룩거리며 기침을 했다.

"난 이제 아무것도 바라지 않아." 그는 한 숨 쉬었다가 다시 말을 이었다. "담배 한 대만 피우게 해주면……. 한 대 피우기 전엔 못 죽을 것 같아!" 그러더니 악령에 홀린 듯 눈을 깜빡거리고는 덧붙였다. "그래도 꽤 괜찮은 인생이었어. 좋은 사람도 많이 사귀었고…….

"그런데 적어도 친척한테는 편지를 쓰는 게 좋지 않겠나?" 내가 그의 말을 자르고 말했다.

"뭐 하러? 그래 봐야…… 도와줄 형편도 못 되는데. 죽으면 소식쯤은 가겠지. 하지만 이런 얘기 해서 뭣 하겠나? ……그것보다 외국에서 구경하고 온 이야기나 좀 해주게."

나는 이야기했다. 그는 매우 열심히 들었다. 나는 해질녘에 그곳을 떠났다. 그로부터 열흘 뒤 쿠르비아니코프 씨에게서 다음과 같은 편지를 받았다.

삼가 아룁니다. 저희 집에서 기거하던 귀하의 친구분, 대학생 아베니르 솔로코모프 씨가 그저께 오후에 세상을 떠나셨습니다. 오늘 제 비용 부담으로 교구 내 교회에서 장례식을 치렀습니다. 고인의 유언에 따라 책과 수

첩 등을 보냅니다. 물론, 고인이 남긴 25루블 50코페이카는 다른 유품과 함께 친척들에게 보낼 것입니다. 친구분은 임종 직전까지 의식이 또렷했습니다. 우리 가족 모두에게 마지막 인사를 할 때조차 아주 덤덤했으며, 아쉬운 기색 없이 세상을 떠나셨습니다. 제 아내 클레오파트라 알렉산드로브나도 귀하께 안부를 전해 달라 했습니다. 물론 친구분의 죽음에는 제 아내도 몹시 슬퍼하고 있습니다. 마지막으로, 저는 덕분에 별 탈 없이 지내고 있으니 안심하십시오. 그럼 이만.

G. 쿠르비아니코프

이 밖에도 이런 예가 무수히 뇌리에 떠오르지만, 그것을 모두 적을 수는 없다. 그중 한 가지만 더 이야기하겠다.

나는 어느 늙은 여지주가 임종할 때 그 자리에 있었다. 신부가 이 부인을 위해 마지막 기도문을 읽기 시작했다. 그때 갑자기 부인이 숨을 거두려는 듯이 보였으므로 신부는 황급히 그녀에게 십자가[7]를 건넸다. 여지주는 불쾌한 듯이 고개를 돌렸다. "신부님, 왜 그렇게 서두르시는 거죠?" 그녀가 잘 돌아가지 않는 혀로 말했다. "천천히 해도 돼요."⋯⋯그녀는 십자가에 입 맞추고 베개 밑에 손을 넣은 채 숨을 거두었다. 베개 밑에는 1루블 은화가 있었다. 자기에게 임종의 기도를 해준 신부에게 헌금하려던 것이었다⋯⋯.

정말이지 러시아인은 놀라운 방식으로 죽음을 맞이한다!

---

[7] 임종 때 십자가를 주어 입 맞추게 한다.

명창

한때 콜로토프카라는 작은 마을은 괄괄하고 빈틈없는 성격 때문에 '깐깐이'(본명은 아무도 기억하고 있지 않았다)라고 불리는 여지주의 소유였지만, 지금은 페테르부르크에 사는 어느 독일인의 것이다. 마을은 풀 한 포기 나무 한 그루 없는 구릉 비탈에 있었으며, 험준한 골짜기가 언덕 꼭대기부터 기슭까지 마을 한가운데를 절단하듯 가로질렀다. 이 골짜기는 눈사태에 파이고 비에 씻겨 내려가 심연처럼 아가리를 쩍 벌린 채 마을 한가운데를 구불구불 지나갔다. 강이라면 적어도 다리는 놓을 수 있지만, 강보다 폭이 넓어, 가난한 마을을 두 쪽으로 갈라놓아 버렸다. 하늘하늘한 버드나무 대여섯 그루가 모래 절벽에 조심스레 가지를 드리우고, 바싹 말라 놋쇠처럼 누레진 골짜기 바닥에는 점토질의 평평한 바위가 굴러다닌다. 두말할 것 없이 주위 경관이 그다지 좋은 건 아니지만, 이 근방 사람들은 누구나 콜로토프카로 가는 길을 잘 알고 있다. 그들은 즐거운 마음으로 자주 이 마을을 찾는다.

골짜기가 점점 넓어지기 시작하는 지점에서 불과 몇 걸음 떨어진 곳에 작고 네모진 오두막이 서 있다. 다른 집들과 완전히 떨어져서 외따로 있다. 초가지붕에 굴뚝이 하나 달려 있고, 창문 하나가 날카로운 눈처럼 골짜기 쪽으로 나 있다. 겨울밤이면 이 창문 안쪽에 불이 켜진다. 흐릿하고 차가운 안개를 뚫고 멀리서도 바라보이는 이 불빛은 그곳을 지나가는 농부들의 눈에 별처럼 깜빡거린다. 오두막 문간에는 파란 간판이 붙어 있다. 이 오두막은 '안락집'이라는 이름의 술집이다. 이 술집은 술을 정가보다 싸게 파는 것도 아닌데, 그 근처의 다른 술집보다 훨씬 북적거린다. 술집 주인 니콜라이 이바니치의 성품 때문이다.

니콜라이 이바니치는 예전에는 날씬하고 곱슬머리를 가진 뺨이 붉은 미소년이었다. 그러나 지금은 남보다 두 배는 뚱뚱하고, 동그란 얼굴에, 영리하고 착해 보이는 작은 눈에다가, 기름이 번들거리는 이마에 잔주름이 자글자글한 백발노인이다. 콜로토프카에는 벌써 20년도 넘게 살았다. 대다수 술집 주인이 그렇듯이, 니콜라이 이바니치는 민첩하고 영리한 사나이였다. 별로 애교가 있는 것도 아니고 말수가 많은 것도 아니지만, 손님을 끌어당기고 놓치지 않는 재주가 있다. 무뚝뚝한 주인이 날카로운 눈초리를 보내기는 하나 그 속에 침착함과 따스함이 깃들어 있기에, 손님들은 그가 판매대 앞에 앉아 있으면 무척 기분이 좋아진다고 한다. 그는 상식이 풍부해서 지주와 농부와 소시민의 삶을 모두 잘 이해한다. 골치 아픈 일이 생기면 매우 논리정연한 조언도 해주지만, 자못 조심성 많은 이기주의자답게 되도록 사건을 먼발치에서 바라보려고 노력한다. 기껏해야 손님에게—그것도 단골손님에게만 문득 생각났다는 듯이 에둘러 암시하여 올바른 길을 가르쳐 주는 정도이다. 또한, 그는 러시아인이 중요하게 생각하고 흥미 있어하는 것은 뭐든 알고 있다. 말을 비롯한 가죽, 삼림, 벽돌, 도자기, 직물, 가죽 제품 따위에서 노래, 춤에 이르기까지 뭐든지 정통하다. 손님이 없을 때면 집 앞마당에 가느다란 다리를 꼬고 편하게 앉아, 지나가는 사람들과 친근하게 인사를 주고받는다. 그는 여태껏 살며 많은 일을 보아왔다. 그에게 '청주'를 사러 온 소지주 중에는 이미 죽은 사람이 수십 명이나 된다.

지금은 100베르스타 이내에서 일어나는 일이라면 뭐든 꿰뚫고 있지만, 입밖에 내는 일은 없다. 눈치 빠른 군내 경찰서 지서장조차 못 보고 지나치는 일까지도 알고 있지만, 아는 내색은 전혀 하지 않는다. 남의 일이라는 양 시치미를 뚝 떼고 입을 다문 채 웃으며 술잔만 만지작거린다. 이웃 사람들은 그를 존경한다. 이 마을에서 신분이 가장 높은 지주로, 지금은 문관이면서 장군으로 불리는 쉬체레스페첸코도 그의 집 앞을 지나갈 때면 먼저 정중히 인사를 건넨다. 니콜라이 이바니치는 남을 설득하는 재주가 있다. 명성이 자자한 말 도둑이 어느 지인의 마구간에서 말을 훔쳤을 때는 그를 설득해 말을 돌려주도록 하고, 새 관리인을 따르기 싫어하던 이웃 마을 농부들을 설득하는 등 여러 일을 했다. 그렇다고 그런 행동을 뜨거운 정의감이나 헌신적인 이웃사랑으로 착각해서는 안 된다. 그런 생각은 당치도 않다! 그는 그저 자신의 안위를 위협하는 일이라면 무엇이 됐건 되도록 예방하려는 것이다. 니콜라이 이바니치는 아내도 있고 자식도 있다. 아내는 코가 뾰족하고 눈매가 날카로운 깐깐한 여자로, 최근에는 남편처럼 몸집이 좀 뚱뚱해졌다. 남편은 아내를 전적으로 믿고 있어서 금고 열쇠까지 맡긴다. 그녀는 술이 취해 횡설수설하는 치들을 두려워한다. 그런 주정꾼들은 고래고래 고함만 질러댈 뿐 매상에는 전혀 도움을 주지 않기에 싫어하는 것이다. 차라리 말 없고 무뚝뚝한 손님들을 좋아한다. 니콜라이 이바니치의 자식들은 아직 어리다. 먼저 태어났던 네 명의 아이들은 차례차례 죽었지만, 남은 아이들은 부모를 똑 닮았다. 이 아이들의 영리하고 건강한 얼굴을 바라보노라면 흐뭇해진다.

견딜 수 없이 무더운 7월의 어느 날이었다. 나는 개를 데리고 콜로토프카의 골짜기를 따라 '안락집'으로 느릿느릿 올라갔다. 어느덧 하늘에서는 태양이 맹위를 떨치듯 이글이글 불타며 집요하게 내리쬐었다. 공기에는 숨 막히는 모래 구름이 자욱했다. 흰부리까마귀와 갈까마귀가 윤기나는 깃털을 햇빛에 반짝이며 깍깍거리고, 지나가는 사람들에게 동냥을 바라는 시선을 던졌다. 참새만은 지친 기색 없이 날개를 펼치고 전보다 더욱 힘차게 지저귀며 울타리를 쪼고, 먼지 길에서 일제히 날아올라 푸른 대마밭에 회색 구름을 흩뿌리듯이 날아다녔다. 나는 목이 말라 견딜 수가 없었다. 주변에는 물이 없었다. 허허벌판에 있는 마을이 으레 그렇듯, 콜로토프카에는 샘물은 물론이고 우물도 하나 없었기에 주민들은 연못에서 떠온 뿌연 물을 마셨다……. 그러나 가축들이나 마실 법한 그런 구정물을 물이라고 부를 사람이 어디 있으랴? 나는 니콜라이 이바니치의 집으로 가서 맥주나 크바스를 한 잔 얻어 마시기로 했다.

솔직히 말해, 콜로토프카 마을은 1년 내내 어떤 계절이 찾아와도 사람 눈을 즐겁게 해주는 풍경은 전혀 볼 수 없다. 특히 반쯤 칠이 벗겨진 갈색 집들, 깊은 골짜기, 닭들이 앙상하고 긴 다리로 하릴없이 어슬렁대는 메마른 먼지투성이 목장, 한때는 지주 저택이었으나 지금은 온통 가시덤불과 잡초와 쑥 따위만 무성하고 창문 대신에 구멍이 숭숭 뚫린 잿빛 사시나무 골조, 반쪽은 바싹 마른 진흙이고 반쪽은 무너져 내린 둑(그 가장자리의 단단하게 밟아 다진 재 같은 흙 위에서는 암양들이 괴롭게 헐떡이고 더위에 재채기하며 슬픈 얼굴로 옹기종기 모여서, 이 견디기 어려운 더위가 어서 물러가기를 기다리는 것처럼 고개를 잔뜩 수그리고 불안한 인내를 계속한다)에 둘러싸이고 집오리 깃털로 뒤덮인, 부글부글 끓어오르는 것 같은 시커먼 연못에 7월의 새빨간 태양이 가차 없이 내리쬘 때 이 마을에 오면 몹시 우울해진다.

나는 지친 다리를 끌며 니콜라이 이바니치의 집 쪽으로 갔다. 여느 때처럼 마을 아이들은 놀라 아무런 이유도 없이 나를 물끄러미 바라보았고, 개도 놀라 짖었다. 화가 난 개들은 사나운 목 쉰 소리로 창자가 터져라 짖어대다가 이윽고 헉헉거렸다. 그때 술집 문간에 키 큰 사나이가 불쑥 나타났다. 모자도 쓰지 않은 채 모직 외투를 입고 파란 허리띠를 낮게 매고 있었다. 지주댁 하인처럼 보였다. 백발 섞인 짙은 색 머리카락이 수척하고 쭈글쭈글한 얼굴에 덥수룩이 나 있었다. 황급하게 누군가를 불렀는데, 분명히 그 손은 자기 자신이 생각한 것보다 훨씬 높은 데서 허우적거리는 듯했다. 벌써 꽤 마신 기색이 역력했다.

"이봐, 빨리 와!" 짙은 눈썹을 힘겹게 추켜올리고 혀 꼬부라진 소리로 말했다. "이봐, '눈깜빡이', 빨리 와! 왜 그리 꾸물거리는 거야, 내참. 정신 차려! 다들 기다리는데 왜 그렇게 꾸물대는 거야! ……얼른 와!"

"알았어, 가네, 가." 떨리는 목소리가 들리더니, 오두막 왼편 덤불에서 땅딸막한 절름발이 사내가 나타났다. 제법 깔끔한 나사(羅紗)*¹ 웃옷을 한쪽 소매만 걸치고 있었다. 챙이 없고 끝이 뾰족하고 높은 모자를 푹 눌러 쓰고 있어 투실투실한 얼굴이 교활하면서도 우스꽝스럽게 보였다. 작고 누런 눈을 쉴 새 없이 움직이고, 얇은 입술에는 억지웃음을 띠고, 뾰족하고 긴 코는 배의 키처럼 불쑥 튀어나와 있었다. "지금 간다고, 가." 그가 술집 쪽으로 절뚝절뚝 걸으며 말을 이었다. "왜 나를 부르는 거야? ……누가 나를 기다리는데?"

"왜 부르느냐고?" 모직 외투를 입은 사나이가 따지듯이 말했다. "이거 웃기는 녀석일세. 이봐, 눈깜빡이. 술집에 좀 오라는데 '왜 부르느냐'니? 멋진 친구들이 기다리고 있다고. '터키인' 야쉬카도 있고, '야만인 대장'도 있고, 지즈드라에서 온 도급업자도 있지. 야쉬카는 도급업자와 내기를 했어, 맥주 한 잔을 걸고서. 누가 더 노래를 잘하느냐 하는 내기지. ……알겠어?"

"야쉬카가 노래를 해?" 눈깜빡이라는 별명으로 불리는 사내가 흥미를 보였다. "그거 거짓말은 아니겠지, '얼간이'?"

"거짓말 아니야." 얼간이가 위엄 있게 대답했다. "어디서 그런 정신나간

---

*¹ 양털에 무명·명주·인조 견사 등을 섞어 두툼하게 짜서 양복감으로 쓰는 모직물의 하나.

소릴 하는 거야? 내기를 했으면 노래하는 건 당연하잖아. 왜 심술을 부리는 거냐, 이 사기꾼 눈깜빡이야!"

"그럼 가자, 이 바보야!" 눈깜빡이가 맞받아쳤다.

"그럼 나한테 입을 맞춰 줘야지, 자 어서, 이놈아." 얼간이가 두 팔을 활짝 벌리며 웅얼거렸다.

"이 이솝*²이 어디서 엉겨 붙어!" 눈깜빡이가 팔꿈치로 한 방 먹이며 경멸하듯 대꾸했다. 그러고서 두 사람은 몸을 구부리고 낮은 문으로 들어갔다.

나는 두 사람의 대화를 우연히 듣고 강한 호기심을 느꼈다. 터키인 야쉬카가 이 근방에서 으뜸가는 명창이라는 소문은 익히 들었다. 그런데 오늘 다른 명창과의 대결을 듣게 될 기회가 뜻하지 않게 찾아온 것이다. 나는 서둘러 술집으로 들어갔다.

독자 여러분 중에 시골 술집을 자세히 관찰할 기회가 있었던 분은 많지 않으리라 생각한다. 그러나 우리 사냥꾼들은 들르지 않는 곳이 없다! 술집은 구조가 매우 간단하다. 먼저 대개는 어두운 입구와 굴뚝 달린 난로가 있는 홀로 구성된다. 홀은 칸막이로 이등분되어 있는데, 칸막이 안쪽으로는 어떤 손님도 들어갈 수 없다. 이 칸막이에는 길쭉하게 도려낸 구멍이 있고, 그 앞에는 넓은 떡갈나무 탁자가 놓여 있다. 탁자라고 해야 할지 판매대라고 해야 할지는 모르겠지만, 아무튼 그 위에서 술을 판다. 칸막이 구멍 정면 선반에는 뚜껑을 열지 않은 각양각색의 술병이 진열되어 있다. 손님들로 가득한 방 앞쪽에는 벤치와 술통이 서너 개 있고, 구석에는 탁자가 있다. 시골 술집은 안이 무척 어두워서, 손님들은 대개 어느 술집 판자벽에나 걸려 있는 울긋불긋한 싸구려 그림조차도 몇 시간이 지나도록 알아보지 못한다.

내가 '안락집'에 들어갔을 때는 제법 많은 사람이 모여 있었다.

알록달록한 사라사 루바시카를 입은 니콜라이 이바니치가 칸막이 구멍을 꽉 막고서 판매대 뒤에 서 있었다. 투실투실한 볼에 나른한 웃음을 띠고 살찐 흰 손으로, 지금 막 들어온 눈깜빡이와 얼간이에게 술을 따라 주었다. 그 뒤쪽 창가 구석에 눈매가 매서운 그의 아내가 보였다. 방 한가운데에는 터키인 야쉬카가 서 있었다. 스물두셋쯤 되는 홀쭉한 사나이로, 기다란 하늘색

＊2 러시아어에서는 '이솝'이라는 단어에 '벽창호'라는 뜻도 있지만, 여기서는 눈깜빡이가 이솝의 진짜 뜻은 모르고 그저 경멸을 담아 한 말이다.

무명 카프탄을 입고 있었다. 의협심 강한 하급 직공 같았는데, 아무래도 그다지 몸이 튼튼한 편은 아닌 것 같았다. 움푹 들어간 뺨, 커다랗고 불안스러워 보이는 잿빛 눈, 작은 콧구멍을 벌름거리는 오뚝한 코, 희고 밋밋한 이마 뒤로 빗어 넘긴 옅은 황갈색 고수머리, 크지만 잘생긴 싱싱한 입술—전반적인 생김새가 감수성 강하고 다정다감한 사람임을 나타내고 있었다. 그는 퍽 흥분해 있었다. 눈을 깜빡이고, 숨을 씩씩대고, 열병에 걸린 듯이 손을 부들부들 떨어댔다. 그는 분명히 열병에 걸려 있었다. 사람들 앞에서 연설하거나 노래하는 사람이면 누구나 아는, 그 급작스럽고 불안한 열병에 걸린 것이다. 그 옆에는 마흔쯤 되어 보이는 사나이가 서 있었다. 어깨가 떡 벌어지고, 광대뼈가 불거지고, 낮은 이마에 타타르인처럼 눈이 찢어지고, 코는 짧고 납작하고, 턱은 네모지고, 검게 빛나는 머리카락이 빗자루처럼 뻣뻣한 사나이였다. 납빛을 띤 거무튀튀한 그 얼굴은, 특히 파리한 입술은, 침착하고 사색에 잠긴 표정만 없었더라면 흉악하다는 표현이 어울릴 것 같았다. 그는 거의 꼼짝도 하지 않은 채, 멍에에 매인 황소처럼 주위를 느릿느릿 둘러보기만 했다. 미끈한 놋쇠 단추가 달린 낡아빠진 프록코트를 입고, 낡은 검정 비단 손수건을 굵은 목에 감고 있었다. 그는 야만인 대장이라 불렸다. 이 사나이 정면에 있는 성상 아래 벤치에는 야쉬카와 대결을 벌일 지즈드라의 도급업자가 앉아 있었다. 크지 않은 키에 둥근 들창코, 생기 넘치는 갈색 눈동자, 듬성듬성한 턱수염, 얽은 얼굴에 고수머리를 한 서른쯤 되는 사나이였다. 두 손을 엉덩이 밑에 깐 채 주위를 살펴보며, 가장자리가 장식된 멋진 장화를 신은 발을 무심하게 흔들거리기도 하고 서로 부딪쳐 탁탁 소리를 내기도 했다. 그는 얇고 벨벳 깃이 달린 새 회색 나사 아르먀크*3를 입고 있었는데, 목까지 단단히 단추를 채운 붉은 루바시카의 단을 그 벨벳 깃이 뚜렷하게 강조했다. 반대편 구석, 즉 문간 오른쪽에는 한 농부가 어깨에 커다란 구멍이 뚫린 작고 낡은 작업복을 입고 탁자 앞에 앉아 있었다. 햇빛이 먼지가 뽀얗게 낀 두 개의 작은 유리창으로 엷고 누르스름한 물줄기처럼 비쳐 들어왔지만, 늘 어두운 방을 밝게 하기에는 역부족인 것 같았다. 모든 사물이 반점처럼 빛을 받고 있을 뿐 다 흐릿해 보였다. 그 대신 방 안은 서늘할 정도여서

---

*3 러시아 농민이 입는 두루마기 비슷한 외투.

이 집 문턱을 넘는 순간, 숨이 턱턱 막히는 더위는 어깨에서 무거운 짐을 내려놓듯 온데간데없이 사라졌다.

내가 들어가자—나는 분명히 알아챌 수 있었다—처음에 니콜라이 이바니치의 손님들은 당황해했으나, 니콜라이가 오랜 벗처럼 친근하게 내게 인사하는 것을 보고 긴장을 풀더니 이윽고 내게는 신경도 쓰지 않았다. 나는 맥주를 주문하고, 다 떨어진 작업복을 입은 농부 옆 구석 자리에 앉았다.

"뭣들하고 있어!" 얼간이가 술을 단숨에 들이켜고 이상한 모양으로 손을 휘휘 내저으며 소리 질렀다. 그런 손짓을 하지 않고는 한마디도 못하는 모양이었다. "뭘 그리 꾸물대는 거야? 할 거면 어서 하라고, 응? 야샤?"

"시작해라, 시작해." 니콜라이 이바니치도 맞장구쳤다.

"그럼 시작하지." 도급업자가 자신만만한 미소를 띠며 차갑게 말했다. "난 언제든 상관없어."

"나도 마찬가지야." 야코프가 흥분해서 말했다.

"자, 그럼 어서들 시작하라고." 눈깜빡이가 가느다란 목소리로 말했다.

그러나 이렇게 입을 모아 성화하는 데도 두 사람 다 노래를 시작하지 않았다. 도급업자는 벤치에서 일어나지도 않았다. 둘 다 무언가를 기다리는 모양이었다.

"시작해라!" 야만인 대장이 무뚝뚝하고 엄숙하게 말했다.

야코프가 흠칫 놀랐다. 도급업자가 일어서서 허리띠를 추켜올리며 기침했다.

"그런데 누구부터 시작하지?" 그가 목소리를 바꾸어 야만인 대장에게 물었다. 야만인 대장은 살진 다리를 쩍 벌리고, 헐렁한 바지 호주머니에 우락부락한 팔을 팔꿈치까지 깊이 찔러 넣으며, 여전히 방 한가운데에 꼼짝도 않은 채 우뚝 서 있었다.

"당연히 너지. 너부터 시작해." 얼간이가 웅얼거리며 말했다. "너라고, 형제."

야만인 대장이 치켜뜬 눈으로 그를 쳐다보았다. 얼간이는 가느다란 신음 소리를 내더니 천장으로 눈길을 돌리고 어깨를 움찔하고는 입을 다물어 버렸다.

"제비를 뽑아." 야만인 대장이 힘주어 말했다. "그리고 판매대 위에 술 한

잔.”

니콜라이 이바니치가 숨을 헐떡이며 허리를 굽혀 맥주잔을 집어 들더니 탁자 위에 놓았다.

야만인 대장이 야코프를 흘끔 보고 말했다. “얼른!”

야코프가 호주머니에서 2코페이카 동전을 꺼내어 꽉 깨물어 이 자국을 남겼다. 도급업자는 카프탄을 뒤져 새 가죽 주머니를 꺼내더니 조심스레 끈을 풀어 잔돈을 손바닥 위에 탈탈 털고는 2코페이카짜리 새 동전을 집었다. 얼간이가 차양이 꺾이다 못해 떨어져 나가려 하는 후줄근한 모자를 내밀었다. 야코프가 모자 안에 자신의 동전을 집어넣었다. 도급업자도 그렇게 했다.

“그 안에서 하나를 골라.” 야만인 대장이 눈깜빡이에게 말했다.

눈깜빡이가 히죽 웃고는 두 손으로 모자를 들고 흔들었다.

일순간 방 안이 쥐 죽은 듯이 고요해졌다. 동전이 서로 부딪쳐 짤랑짤랑 소리를 냈다. 나는 주의 깊게 주위를 둘러보았다. 모두의 얼굴에 팽팽한 긴장감이 떠올라 있었다. 야만인 대장은 눈을 가볍게 깜빡거렸다. 내 옆에 앉아 있는 누더기 작업복 차림의 농부는 호기심조차 드러내며 목을 길게 빼고 있었다. 눈깜빡이가 모자 안에 손을 넣어 도급업자의 동전을 집었다. 모두 휴 하고 숨을 내쉬었다. 야코프는 얼굴이 새빨개졌다. 도급업자는 머리를 한 번 쓸어 넘겼다.

“거봐, 내가 너부터 하랬지.” 얼간이가 외쳤다. “내가 바로 말했지 않느냐!”

“조용히들 해!” 야만인 대장이 아랫사람 대하듯 말했다. “시작해.” 이번에는 도급업자에게 고개를 끄덕이며 말했다.

“어떤 노래를 할까?” 도급업자가 흥분한 기색으로 물었다.

“하고 싶은 걸로 해.” 눈깜빡이가 대답했다. “생각나는 걸 하면 되잖아.”

“그래, 하고 싶은 걸로 해.” 니콜라이 이바니치가 가슴 위로 천천히 팔짱을 끼며 덧붙였다. “누가 하라는 걸 할 필요는 없어. 좋아하는 걸 부르면 돼. 잘만 부르면 되지. 우리는 노래를 듣고서 공정하게 평가할 거니까.”

“암, 공정하게 하고말고.” 얼간이가 뒤따라 말하고, 빈 술잔 가장자리를 혀로 핥았다.

“잠깐 목 좀 풀고.” 도급업자가 카프탄 깃을 매만지며 말했다.

"이봐, 뜸들이지 말고 어서 시작해!" 야만인 대장이 단호하게 말하고 고개를 숙였다. 도급업자가 잠시 생각하더니 고개를 흔들며 앞으로 나왔다. 야코프가 그에게 시선을 고정시키고 뚫어지게 쳐다보았다……

그런데 이 노래 경연을 묘사하기에 앞서, 이 이야기에 등장하는 인물 한 사람 한 사람을 조금씩 소개하는 것도 나쁘지 않을 것 같다. 그중 몇 사람의 신상에 관해서는 내가 여기 '안락집'에 들어오기 전부터 알고 있던 사이이고, 나머지 사람들에 관해서는 나도 나중에 들은 사실이다.

먼저 얼간이부터 소개하겠다. 이 사나이의 본명은 예브그라프 이바노프이다. 그러나 이 근방에서는 어디에서나 그를 얼간이라는 별명으로 불렀다. 그 자신도 이 별명을 매우 자랑스러워했다. 그 정도로 이 별명은 그와 아주 잘 어울렸다. 아닌 게 아니라 아무런 장점도 없고 늘 수선만 피우는 그의 성격에는 더할 나위 없이 잘 어울리는 별명이었다. 그는 방탕한 독신으로 한때 하인으로 일했지만, 아주 오래전 주인들에게 쫓겨나 지금은 하는 일이 없다. 땡전 한 푼 벌지 못하므로 날마다 남의 돈으로 먹고 마시며 하는 일 없이 논다. 그에게는 술이나 차를 사주는 친구들이 많았는데, 그는 왜 자기에게 선심을 베푸는지 몰랐다. 그도 그럴 것이, 그가 딱히 친구들의 흥을 돋워 주는 역할을 하는 것도 아니고, 오히려 뜬금없는 말을 지껄이고, 귀찮게 들러붙고, 열병에 걸린 사람처럼 행동하고, 시종 억지스럽게 큰 소리로 웃어젖히는 데는 누구나 진절머리를 내는 것이다. 그는 노래도 춤도 서툴렀다. 세상에 태어난 이래 재치 있는 말은커녕 조리에 맞는 말조차 해본 적이 없다. 늘 주절주절 닥치는 대로 지껄이는, 그야말로 얼간이였다! 그런데도 40베르스타 이내에서는 어느 술집에서건 손님들 사이를 누비는 그 키다리를 볼 수 있었다. 그리하여 모두 그에게 익숙해져 잘못 걸렸다 단념하고는, 그가 오더라도 싫은 내색을 하지 않게 되었다. 물론 함부로 대하기는 한다. 그러나 그의 시도 때도 없는 오지랖도 야만인 대장에게 걸리면 꼼짝 못했다.

눈깜빡이는 얼간이와 전혀 판판이었다. 남보다 유난히 눈을 더 깜빡거리는 것도 아니지만, 이 눈깜빡이라는 별명은 그에게 아주 잘 들어맞았다. 누구나 아는 사실이지만, 러시아 민중은 별명 짓기의 달인이다. 나는 이 사나이의 과거를 더 자세히 조사하려고 했지만, 그의 생애는 내게—어쩌면 다른 사람들에게도 그럴 테지만—이상한 구석, 학자들이 말하는 "어둠에 묻힌"

구석이 있었다. 내가 겨우 알아낸 바에 의하면, 그는 일찍이 자식이 없는 노부인 댁에서 마부로 일했다. 그러다가 자기가 돌보던 말 세 마리를 가지고 달아난 채 꼬박 1년 동안 자취를 감추었지만, 방탕한 생활의 덧없음과 불행함을 몸소 절실히 깨달았는지 자기 발로 다시 돌아왔다. 그러나 그때는 절름발이가 되어 있었다. 그는 여주인 발치에 몸을 던졌다. 그로부터 수년간, 남의 본보기가 되려고 행실을 바로 하고 그간의 죄를 갚으며 점점 주인의 총애를 받게 되었다. 마침내는 완전히 신용을 얻어 집사가 되기에 이르렀다. 이윽고 부인이 죽자 어찌 된 영문인지 자유의 몸이 되어 소시민 대열에 끼게 되었으며, 이웃 농부들에게 땅을 빌려 장사를 시작하면서 조금씩 재산을 불려 갔다. 지금은 아무런 부족함 없이 행복하게 지낸다. 그는 산전수전 다 겪은 음흉한 사나이로, 착하고 못되고를 떠나 타산적인 사람이었다. 사람을 두루 알고, 그들을 이용할 줄 아는 능구렁이였다. 여우처럼 조심성 많고, 그러면서도 모험심이 강했다. 나이 많은 여자처럼 수다스러운 반면 남한테는 속내를 털어놓게 하면서 자기는 죽어도 속을 드러내지 않았다. 대개 이런 교활한 사람은 바보처럼 행동하는 법인데, 그는 그러지는 않았다. 하긴 오히려 바보처럼 행동하기가 더 어려웠을 것이다. 나는 여태껏 이 사나이의 쭉 찢어지고 교활한 눈보다 더 날카롭고 총기 넘치는 눈을 본 적이 없다. 그 눈은 언제나 그냥 보는 것이 아니라 뱃속까지라도 들여다볼 것처럼 좌우를 두리번거린다. 눈깜빡이는 얼핏 사소해 보이는 일을 몇 주일이나 계속 곰곰이 생각하는 버릇이 있다. 그런가 하면 아주 과감하게 행동하기도 한다. 이런 행동은 남이 하면 실패하기에 십상이다. ……그러나 그가 하면 만사가 술술 풀린다. 그는 재수 좋은 사나이다. 그 자신도 좋은 운세를 타고났다고 믿으며, 길조니 흉조니 하는 것을 믿는다. 한마디로 말해 대단한 미신가이다. 그를 좋게 보는 사람은 없지만, 일로 말썽을 일으킨 적은 없어서 얼마간 존경은 받는다. 가족이라곤 외아들뿐이다. 그는 그 아들을 눈에 넣어도 아프지 않을 정도로 귀여워하는데, 그런 아버지 밑에서 자랐으니 아마 그 아이도 크게 될 것이다. "눈깜빡이의 아들은 제 아빌 쏙 빼닮았군." 노인들은 여름밤 흙더미*4 위에 앉아 세상살이 이야기를 나누며 이렇게 속닥거린다. 그 본뜻

---

*4 눈을 치워 추위를 막기 위해 집 주변에 쌓아 올린 흙.

을 모르는 사람이 없기에 그 이상은 아무 말도 하지 않는다.

터키인 야쉬카와 도급업자에 관해서는 길게 이야기할 만한 것이 없다. 포로로 실려 온 터키인 여자의 배 속에서 나왔다고 하여 터키인으로 불리는 야코프는 글자 그대로 예술가 기질을 타고났지만, 직업은 어느 상인이 소유한 제지공장의 노동자였다. 도급업자에 관해 말하자면, 솔직히 나는 그의 과거에 관해 아는 바가 없다. 수완 좋고, 꼼꼼하고, 대도시에 산다는 정도는 짐작하지만. 하지만 야만인 대장에 관해서는 좀더 자세히 설명해야 한다.

이 사나이의 첫인상은 어딘가 모르게 거칠고, 둔중하고, 힘이 어마어마하게 세다는 것이었다. 균형 잡히지 않은, 우리 고장에서 말하는 "생기다 만" 몸매였지만, 불사신과도 같은 건강함이 느껴졌다. 그리고 신기하게도 그 곰 같은 모습에는, 아마도 자신의 힘에 대한 확신에서 오는 것이겠지만, 특별한 우아함 같은 것이 깃들어 있었다. 한눈에 이 헤라클레스가 어떤 계급에 속하는지 판단하기란 어려웠다. 어느 댁 하인 같지도 않고, 소시민 같지도 않았으며, 퇴직 후 가난하게 지내는 하급 관리로 보이지도 않았다. 몇 뙈기 땅밖에 없는 귀족으로, 파산해서 사냥개지기나 싸움꾼이 된 사람처럼도 보이지 않았다. 그는 정말 독특한 사람이었다. 그가 어쩌다가 이 군으로 굴러 들어오게 되었는지 아는 사람은 없었다. 소문에는 본디 이 고장 출신으로서 다른 지역에서 관리 노릇을 했다고 하지만, 정확한 것은 아무도 모른다. 애초에 그런 것을 누구에게 묻는단 말인가—그렇다고 본인에게 물을 수도 없는 노릇이다. 그처럼 말수 없고 무뚝뚝한 사람은 드물기 때문이다. 그가 어떻게 먹고사는지에 관해서도 확실히 말할 수 있는 사람은 없었다. 무슨 일을 하는 것도 아니고, 친구를 방문하는 일도 없었으며, 거의 누구하고도 교류하지 않았다. 그러나 돈만큼은 갖고 있었다. 비록 얼마 되지 않는 돈이지만. 딱히 소극적으로 사는 것도 아니고—본디 소극적인 면도 없는 것 같긴 하나 늘 조용히 지냈다. 주위 사람은 안중에도 없다는 듯이, 또 남에게는 볼일이 없다는 듯 살았다. 야만인 대장(이것은 별명으로, 본명은 페레블레소프이다)은 이 일대에서 대단한 권력을 갖고 있었다. 누구에게 명령을 내릴 권리도 없었고, 우연히 만난 사람에게 자기 말을 들으라고 강요한 일도 결코 없었지만, 누구든 그의 말이라면 기꺼이 즉시 따랐다. 그가 입을 열면 모두 고분고분 따랐다. 사실 힘이란 어느 순간에나 효력을 발휘하는 법이다. 그는 거의 술을 입에 대지 않았으며 여자도 멀리했다. 노래 부르는 것이 유일한 취미였다. 이 사내에게는 수수께끼 같은 구석이 많다. 그는 자기 몸에 뭔가 굉장한 힘이 뿌리 깊게 숨어 있으며 그 힘이 한번 고개를 쳐들고 분출되는 날에는 자기 자신을 비롯한 모든 사람을 닥치는 대로 부숴버리지 않으면 견디지 못할 거라는 사실을 알고 있는 듯하다. 이 사내가 과거에 그런 폭발을 일으킨 적이 없다면, 또 그렇게 신세를 망칠 뻔한 경험을 교훈 삼아 지금은 그처럼 아주 엄격하게 자신을 억누르고 지내는 게 아니라면, 나는 대단한 착각을 하는 셈이 된다. 특히 내가 놀란 것은 그에게 타고난 난폭함과 고결함이 공존한다는 점이다. 나는 이런 두 성질이 혼합된 사람을 그 말고는 본 적이 없다.

아무튼, 도급업자는 몇 걸음 앞으로 나가 눈을 게슴츠레 감고 팔세토*5 창법으로 노래를 부르기 시작했다. 조금 잠긴 듯하지만 제법 듣기 좋은 목소리였다. 팽이처럼 목소리를 굴리며 쉴 새 없이 노래했다. 높은 소리에서 낮은 소리로 떨어뜨렸다가는 곧이어 높은 음정으로 되돌아가서 그 음을 유지했다. 그 부분에서 특히 주의해서 목청을 길게 뽑다가 뚝 끊는가 싶더니 이내 호쾌하고 힘찬 목소리로 본디 가락으로 돌아갔다. 그의 창법은 때로는 제법 대담하고 때로는 픽 우스꽝스러웠다. 전문 가수들은 감탄하고, 독일인*6은 분개할 실력이었다. 그것은 러시아의 tenore di grazia(가볍고 아름다운 테너), ténor léger(경쾌한 테너)였다. 그는 밝은 무도곡을 노래했다. 끝없는 장식음과 덧붙여가는 단선율(單旋律), 환성(換聲) 사이에서 내가 겨우 알아들은 가사는 다음과 같은 것이다.

> 어여쁜 그대 위해서라면 작은 밭도
> 기꺼이 갈아 주리.
> 어여쁜 그대 위해서라면 작고 붉은 홍화
> 씨도 뿌려 주리.

---

*5 성악에서 두성(頭聲)을 사용하는 보통의 고성부보다 더 높은 소리를 내는 기법, 또는 그렇게 해서 얻어진 성역을 뜻한다.
*6 당시 러시아인은 독일인이 정통적인 음악에 가장 익숙한 국민이라고 생각했다.

그는 노래했다. 일동은 진지하게 귀 기울였다. 확실히 그는 음악을 이해하는 사람들 앞에서 부른다고 생각했기에 아주 열심히 노래했다. 실제로 이 지방 사람들은 노래에 정통했다. 올로프 가도에 있는 세르기예프스코예 마을이 매우 아름다운 가락으로 그 이름을 러시아 전역에 알린 것도 우연은 아니다. 도급업자는 아주 길게 노래했지만, 특별히 청중에게 깊은 감동을 주지는 못했다. 그의 노래를 뒷받침해 줄 합창단이 없었기 때문이었다. 그러나 그 무뚝뚝한 야만인 대장조차 미소를 짓게 할 만큼 훌륭한 마지막 한 구절에 이르러서는 얼간이도 그만 탄성을 내질렀다. 모두 전율했다. 얼간이와 눈깜빡이는 나지막이 따라 부르고, 가락을 길게 늘이고, 중간마다 고함을 치기 시작했다. "잘한다! ……똑바로 해, 이 엉터리! ……똑바로 해, 뒤를 더 끌라고, 이 자식! 더 늘려! 더 파고들어, 에라이, 빌어먹을 놈, 개자식! ……뒈져버려라, 제길!" 등등. 니콜라이 이바니치는 판매대 건너편에서 감탄하며 머리를 좌우로 흔들었다. 마침내 얼간이는 발을 탕탕 구르고, 다리를 이쪽에 두었다가 저쪽에 두었다가 하고, 어깨를 들썩이기 시작했다. 야쉬카의 눈은 석탄불처럼 이글거렸다. 그는 나뭇잎처럼 온몸을 떨며 불안한 미소를 지었다. 그런 중에서도 야만인 대장만은 낯빛 하나 변하지 않은 채 여전히 우뚝 서 있었다. 입술에는 깔보는 빛이 남아 있었지만, 도급업자를 바라보는 그의 눈은 얼마쯤 부드러워졌다. 모두가 흡족해하는 모습에 용기를 얻은 도급업자는 휘몰아치듯 노래하기 시작했다. 점점 더 휘몰아치듯 목소리를 바꾸며 혀를 차고 울리고 목이 찢어져라 목청을 높이더니, 마침내 녹초가 되어 얼굴은 새파래지고 진땀으로 범벅이 되어버렸다. 이윽고 몸을 뒤로 홱 젖히며 숨넘어갈 듯이 꽥 소리를 지르자 모두 일제히 뜨거운 박수갈채를 보냈다. 얼간이는 그의 목에 매달려, 길고 앙상한 두 팔로 그를 껴안았다. 니콜라이 이바니치의 번들번들한 얼굴은 회춘이라도 한 듯이 홍조를 띠었다. 야코프는 미친 사람처럼 "잘했어, 잘했어!" 하고 외쳤다. 내 옆에 앉아 있던 누더기 작업복을 입은 농부조차 흥분을 이기지 못하고 주먹으로 탁자를 탕탕 치며 "과연! 훌륭하군, 정말 기가 막히게 잘해!" 하더니 '과연 그럴 줄 알았다'는 듯이 고개를 돌리고 침을 탁 뱉었다.

"형제, 정말 흥겨웠어!" 얼간이는 녹초가 된 도급업자를 꽉 껴안은 채 소리질렀다. "정말 흥겨웠어! 이겼어, 형제. 네가 이겼어! 축하해! 이제 저술은 네 거야! 야쉬카 따위는 어림도 없어. ……정말이라니까……. 내가 장담하지!" (그러고는 다시 도급업자를 끌어안았다.)

"그를 놔줘, 놔주라니까. 귀찮게 왜 그래……." 눈깜빡이가 성내며 말했다. "그를 앉게 해줘, 저렇게 피곤해하잖아……. 넌 도대체 왜 그렇게 멍청한 짓만 하는 거냐! 대체 왜 그렇게 거머리같이 들러붙어 있는 거야!"

"응, 그렇다면 앉게 해주지. 자, 축배를 들자." 얼간이가 이렇게 말하며 판매대 쪽으로 걸어갔다. "술값은 네가 계산해, 형제." 도급업자를 돌아보며 덧붙였다.

도급업자는 고개를 끄덕이고 벤치에 앉더니 모자 안에서 손수건을 꺼내어 얼굴을 닦기 시작했다. 얼간이는 재빨리 한 잔 걸치고는, 지독한 술꾼들이 흔히 하는 것처럼 꺼억 트림하며 근심에 잠긴 슬픈 표정을 했다.

"잘하는군, 형제, 훌륭해." 니콜라이 이바니치가 다정하게 말했다. "야샤, 이번엔 네 차례다. 겁먹지 말고 잘하라고. 누가 이기는지 지켜보겠어……. 그런데 도급업자는 아주 잘하는군, 아주 잘해."

"정말 기막힌 솜씨군요." 니콜라이 이바니치의 아내가 방긋 웃으며 야코프를 흘끔 보았다.

"거참 잘한다, 햐아!" 내 옆에 앉은 사나이가 작은 목소리로 되풀이했다.

"여기 망석중이*7 같은 산사람*8이 와 있었구나!" 얼간이가 뜬금없이 외쳤다. 그러고는 어깨에 구멍이 난 농부에게 다가와 그를 손가락질하며 껑충껑충 뛰고 목소리를 떨어대며 소란을 피웠다. "산사람! 산사람! 햐아, 어디성을 내봐라. 햐아, 망석중이야. 무엇 하러 왔느냐, 망석중이야?" 얼간이는 깔깔 웃어대며 난리를 떨었다.

가엾게도 농부는 안절부절못하며 일어나 밖으로 나가려고 했다. 그때 갑자기 야만인 대장이 천둥 같은 고함을 질렀다.

"뭐가 어쨌다고 이 난리야!" 그는 이를 으드득 갈며 말했다.

"아, 아무것도." 얼간이가 우물쭈물했다. "그냥…… 아무 일도……."

"그만 닥쳐!" 야만인 대장이 쏘아붙였다. "야코프, 시작해!"

---

*7 둔중하고 의심 많은 성격을 가지고 있다 해서 이렇게 부른다. (작가주)

*8 볼호프 군과 지즈드라 군 경계에서 남쪽에 걸쳐 길게 이어지는 삼림지대의 주민을 가리킨다. 생활양식이 독특하며, 말과 풍습도 다르다. 말끝마다 "햐아"라고 덧붙인다. (작가주)

야코프가 목에 손을 갖다 댔다.

"그런데 형제, 저…… 뭘…… 그러니까…… 뭘 불러야 좋을지 정말 모르겠는데……."

"꼴 보기 싫게 벌벌 떨지 마! ……뭘 망설이는 거야? 잘하는 걸 부르면 되잖아."

야만인 대장은 더 이상 못 기다리겠다는 듯이 고개를 수그렸다.

야코프는 한동안 잠자코 있다가 주위를 둘러본 다음 한 손으로 얼굴을 가렸다. 사람들의 눈이 일제히 그에게 쏠렸다. 특히 도급업자는 눈을 접시처럼 크게 뜨고 지켜보았다. 그 얼굴에서는 자신감 넘치는 당당함 뒤로 어쩔 수 없는 불안감이 엿보였다. 벽에 등을 기댄 채 다시 두 손을 엉덩이 밑에 깔았지만, 이제 다리는 떨지 않았다. 마침내 야코프가 얼굴에서 손을 떼었는데, 얼굴은 죽은 사람처럼 창백했으며, 눈은 내리깐 눈꺼풀 속에서 반짝 빛났다. 그는 깊은 한숨을 쉬더니 노래를 시작했다……. 첫 음성은 힘이 없고 전혀 고르지 않았다. 마치 마음에서 우러나온 소리가 아니라 어딘가 먼 곳에서 흘러들어온 것처럼, 뜻하지 않게 이 방으로 날아 들어온 소리 같았다. 하지만 떨리는 맑은 그 음성은 기묘한 감동을 주었다. 우리는 얼굴을 마주 보았다. 니콜라이 이바니치의 아내는 자세를 바로 했다. 그 첫 음에 이어지는 다음 음은 전보다 분명하고 숨도 골랐다. 손가락 끝으로 세게 튕겨져 느닷없이 소리를 냈다가 마지막에는 한동안 희미한 여운을 남기는 현악기처럼 그의 목소리는 더욱 선명하게 떨렸다. 두 번째 음에 이어 세 번째 음, 이런 식으로 점점 열기를 더하고 폭을 넓히며 애수 띤 곡조가 이어졌다. "들판으로 통하는 길이 어디 이 길뿐이랴." 그는 노래했다. 우리는 마음이 포근해지기도 했지만 괴로워지기도 했다. 고백하자면, 나는 이런 목소리를 들은 적이 별로 없었다. 조금 더듬거리는 듯한 그의 목소리는 뚝뚝 끊기는 것처럼도 들려 처음부터 병적인 인상을 주었다. 그러나 진심에서 우러나오는 깊은 정열도, 젊음도, 힘도, 달콤함도, 혼을 쏟아부은 듯한 순수한 애수도 담겨 있었다. 러시아인의 진실하고 뜨거운 영혼이 울리고 숨 쉬어 듣는 이의 마음속에, 러시아인의 마음속 현(絃)에 마냥 스며드는 것이었다. 가락이 고조되고 성량이 풍부해졌다. 야코프는 분명히 무아지경에 있었다. 이제는 조금도 주눅이 든 기색 없이 행복에 취해 있었다. 목소리도 떨리지 않았다. 물론 조금은 떨렸지만, 그것은 듣는 이의 영혼을 화살처럼 관통하는 정열의 떨림, 그것도 분간해 내기 어려운 떨림이었다. 그의 목소리는 힘차고 야무지게 폭을 넓혀갔다.

나는 어떤 기억이 떠올랐다. 예전 어느 저녁 썰물 때 먼 파도가 무시무시하고 육중하게 철썩이는 백사장에서 커다란 흰 갈매기를 보았다. 갈매기는 하얀 비단 같은 가슴에 붉은 노을빛을 받으며 꼼짝 않은 채 이따금 정겨운 바다를 향해, 저물어가는 붉은 태양을 향해 한가로이 큰 날개를 펼쳤다. 나는 야코프의 노래를 들으며 문득 그 갈매기를 떠올렸다. 그는 경쟁 상대도, 우리 청중도 완전히 잊고 노래했다. 그러나 파도에 힘입어 헤엄치는 용감한 수영 선수처럼, 그는 우리의 뜨겁고 묵묵한 공명에 기운을 얻는 것 같았다. 그 음성 하나하나에서, 한없이 멀리 이어진 정든 광야가 눈앞에 펼쳐지듯이, 뭔가 친근하고 끝없는 광활한 느낌이 전해져 왔다. 나는 가슴에서 눈으로 눈물이 끓어오르는 것을 느꼈다. 그러다 불현듯 희미한 흐느낌에 깜짝 놀랐다 ……. 뒤돌아보니 술집 여주인이 가슴을 창문에 대고 울고 있었다. 야코프는 그쪽으로 슬쩍 눈길을 주었다가 전보다 더 높고 구슬프게 노래했다. 니콜라이 이바니치는 고개를 떨어뜨렸고, 눈깜빡이는 얼굴을 돌렸다. 서글퍼진 얼간이는 바보처럼 입을 헤벌리고 울었다. 초라한 몰골의 농부는 서럽게 기침하고 고개를 내저으며 구석에서 훌쩍거렸다. 야만인 대장의 쇳덩어리 같은 얼굴에는 높이 추켜올라간 눈썹 아래로 닭똥 같은 눈물방울이 뚝뚝 떨어졌다. 도급업자는 움켜쥔 주먹을 이마에 댄 채 꿈쩍도 안 했다……. 야코프가 높고 매우 날카로운, 목청이 찢어질 듯이 째지는 목소리로 별안간 노래를 끝내지 않았더라면 우리는 계속 그 상태로 괴로워했을 것이다. 아무도 입을 열지 않았으며, 아무도 움직이지 않았다. 모두 야코프가 더 노래하기를 기다리는 것 같았다. 그러나 그는 우리가 잠자코 있는 데에 놀랐는지 눈을 휘둥그레 뜨고 무언가를 묻는 듯한 의혹의 눈빛으로 청중을 둘러보았다. 그러다 마침내 승리가 자기 것임을 깨달았다…….

"야샤." 야만인 대장이 그의 어깨에 손을 얹으며 입을 열었지만, 다음 말을 잇지 못했다.

우리는 굳은 것처럼 서 있었다. 도급업자가 조용히 일어나 야코프에게 다가갔다. "네가…… 네가…… 네가 이겼다." 겨우 말하고 서둘러 밖으로 나갔다.

재빠르고 결단성 있는 그의 이 한마디에 황홀경이 깨진 듯이 모두 일제히 입을 열어 즐겁게 떠들기 시작했다. 얼간이는 무슨 말을 뇌까리며, 방앗간 풍차 돌아가듯이 팔을 붕붕 돌리며 펄쩍펄쩍 뛰었다. 눈깜빡이는 절뚝거리며 야코프에게 다가가 입맞추기 시작했다. 니콜라이 이바니치는 일어서서, 자기도 맥주를 한 잔 사겠노라고 말했다. 야만인 대장은 흐뭇한 미소를 보였는데, 나는 그의 얼굴에서 그런 웃음을 볼 줄은 꿈에도 생각하지 못했다. 초라한 행색의 농부는 줄곧 구석 자리에서 눈과 뺨과 코와 턱수염을 양쪽 소매로 훔치며 "아, 잘한다. 누가 뭐래도 정말 잘한다!" 하고 되뇌었다. 니콜라이 이바니치의 아내는 얼굴이 새빨개진 채 쓱 일어나더니 저쪽으로 갔다. 야코프는 어린애처럼 자신의 승리를 기뻐했다. 표정이 아까와는 딴판이었다. 특히 눈은 행복감으로 빛났다. 사람들이 그를 판매대로 끌고 갔다. 그는 울고 있는 초라한 농부를 부르고, 도급업자도 불러오라고 주인집의 어린 아들을 보냈다. 그러나 도급업자는 자취를 감춘 뒤였다. 이윽고 술잔치가 벌어졌다. "한 곡 더 뽑아야지. 밤까지 불러줄 거지?" 얼간이가 팔을 번쩍 쳐들며 이 말을 계속 반복했다.

나는 야코프를 한 번 더 보고 가게에서 나왔다. 그곳에 더 있고 싶지 않았다. 모처럼 받은 감동이 깨질까 두려웠기 때문이다. 그러나 더위는 여전히 견딜 수 없을 정도로 지독했다. 더위가 뭉게뭉게 겹겹이 층을 이루며 지상에 머물러 있는 것 같고, 새파란 하늘에는 작고 밝은 불꽃 같은 것이 거의 검게 보이는 쪼끄만 먼지 사이에서 빙글빙글 돌고 있는 것 같았다. 주위는 고요했다. 이 무기력한 자연의 깊은 고요 속에는 불안하고 억압적인 그 무엇이 있었다. 나는 간신히 마른풀 창고까지 가서, 막 베어 들여놓았지만 거의 다 마른 풀 위에 누웠다. 나는 오래도록 잠들지 못했다. 내 귀에는 야코프의 힘찬 목소리가 오래오래 맴돌았다……. 그러나 덥고 지쳤으므로 나는 마침내 어느샌가 곯아떨어지고 말았다. 눈을 떴을 때 주위는 깜깜해져 있었다. 여기저기 흩어진 마른풀이 희미하게 습기를 머금은 강한 향기를 내뿜었다. 반쯤 열린 지붕의 가느다란 서까래 사이로 창백한 별이 힘없이 빛나고 있었다. 나는 창고에서 나왔다. 석양은 진작 사라지고, 마지막 노을이 지평선 위에 희끄무레하게 걸려 있었다. 서늘한 밤바람이 불었지만, 조금 전까지 이글대던 공기에서는 아직 열기가 느껴졌다. 가슴은 여전히 냉기를 갈망했다. 바람 한 점 없고, 구름 한 점 없었다. 검은 하늘은 끝없이 투명하고 맑았으며, 헤아릴 수 없이 많은 별이 드문드문 흩어져 조용히 깜빡였다.

마을에는 작은 불빛이 띄엄띄엄 보였다. 그리 멀지 않은 곳에 있는 밝은 등불을 내건 선술집에서는 왁자지껄한 소리가 들렸다. 나는 야코프의 목소리가 섞여 있는 것을 알 수 있었다. 이따금 와하하 하고 커다란 웃음소리가 들려 왔다. 나는 창문으로 다가가 유리창에 얼굴을 바싹대고 안을 들여다보았다. 흥겹고 활기는 넘쳤으나 불쾌한 광경이었다. 모두가 취해 있었다. 야코프를 비롯해 한 사람도 빠짐없이. 야코프는 앞가슴을 드러낸 채 벤치에 앉아 쉰 목소리로 무도곡 같은 것을 부르며 힘겹게 기타 줄을 퉁기고 있었다. 땀에 젖은 머리카락이 무섭도록 창백한 얼굴 위로 뭉텅뭉텅 흘러내렸다. 술집 한가운데에는 웃통을 벗어 던진 만취한 얼간이가 잿빛 아르먀크를 입은 농부 앞에서 깡충거리며 춤추고 있었다. 농부는 농부대로 다리를 구르고 휘청대는 발을 비벼대고, 산발이 된 머리카락 사이로 의미 없는 웃음을 지으며, "될 대로 되라!" 말하듯이 가끔 한 손을 내저었다. 그 얼굴만큼 우스꽝스러운 것도 아마 없으리라. 아무리 눈썹을 추켜올려도 무거운 눈꺼풀은 들려 올라가지 않고, 겨우 알아볼 수 있을 정도로 엷은 노란빛을 띤 역겨운 눈을 완전히 뒤덮고 있었다. 지나가던 사람이 그를 본다면 어김없이 "아주 신이 나셨군!" 하고 말할 게 틀림없을 정도로 그는 만취한 채 흥에 겨워 있었다. 눈깜빡이는 새우처럼 얼굴이 새빨개져서 콧구멍을 크게 벌린 채 구석에서 히죽히죽 웃고 있었다. 니콜라이 이바니치만이 술집 주인답게 냉정함을 유지했다. 술집 안에는 못 보던 얼굴도 많았지만, 야만인 대장은 보이지 않았다.

나는 발길을 돌려 콜로토프카 마을이 있는 언덕을 빠른 걸음으로 내려가기 시작했다. 이 언덕 끝자락에는 넓고 평평한 들판이 있었다. 평야는 밤안개가 이루는 깊은 물결에 잠겨 한층 적막하고, 캄캄한 하늘에 녹아든 듯이 보였다. 나는 골짜기를 따라 성큼성큼 내려갔다. 그때 들판 저 멀리 어디에선가 사내아이의 목소리가 똑똑히 들려왔다. "안트로프카! 안트로프카아아……!" 그 사내는 마지막 음절을 길게 끌며, 울먹이는 목소리로 끈덕지게 불렀다.

아이는 잠시 부르기를 멈추었다가 다시 외치기 시작했다. 선잠이 든 고요한 공기 속에서 그 목소리가 또렷하게 울렸다. 아이는 적어도 서른 번은 안트로프카의 이름을 외쳤다. 불현듯 들판 저 너머 끝에서, 다른 세상에서 들려오듯이 희미한 목소리가 들려왔다.

"왜 불러어?"

곧 사내아이가 기쁨과 분노가 섞인 목소리로 외쳤다.

"이리 와, 이 도깨비 같은 놈아아!"

"왜 그러는데에?" 잠시 뒤 저쪽 목소리가 대꾸했다.

"너, 아버지한테 죽을 줄 알아라아!" 이쪽 목소리가 얼른 되받아쳤다.

저쪽에서는 그 이상 아무런 대꾸가 없었다. 사내아이가 다시금 안트로프카를 부르기 시작했다. 그 목소리는 점점 멀어지고 점점 희미해지면서도 여전히 내 귀에 와서 닿았다. 어느덧 주위가 캄캄해졌다. 나는 콜로토프카에서 4베르스타 떨어진, 내 영지를 에워싼 숲 기슭을 돌았다……

"안트로프카아아!" 밤의 그림자로 가득한 공기 속에서도 그 목소리가 여전히 내 귀에는 들리는 듯했다.

표트르 페트로비치 카라타예프

5년여 전 어느 가을날, 모스크바에서 툴라로 가던 도중, 바꾸어 탈 말이 없어서 어쩔 수 없이 거의 꼬박 하루를 역참*¹에서 머무른 적이 있었다. 사냥에서 돌아오던 길이었는데, 별생각 없이 내 삼두마차를 먼저 돌려보내고만 것이었다. 역장은 나이가 지긋한 퉁명스러운 사나이로, 머리카락을 코 바로 위까지 늘어뜨리고 있었는데 그의 작은 눈은 활기를 잃어 졸려 보였다. 내가 아무리 하소연하고 애원해도 툭툭 말대꾸하며, 자기 직업을 저주라도 하는 듯이 화난 태도로 문을 쾅쾅 닫았다. 그리고 현관으로 나가며 마부들을 야단쳤다. 마부들은 두 손에 무거운 멍에를 들고 진창 속을 유유자적 어슬렁거리거나, 벤치에 앉아 하품하거나 몸을 벅벅 긁었는데, 주인의 호통은 한 귀로 듣고 한 귀로 흘려버렸다. 나는 벌써 세 번이나 차를 청해 마시고 몇 번인가 잠을 자려 애썼지만 헛수고였다. 창문이나 벽에 휘갈겨 쓰여 있는 낙서도 모조리 읽어버렸다. 정말이지 나는 따분해서 죽을 지경이었다. 냉소적이고 속절없는 절망감을 느끼며 나는 내 여행마차의 끌채를 뚫어지게 바라보고 있었다. 그때 갑자기 방울 소리가 들리더니, 녹초가 된 말 세 필이 끄는 작은 마차가 현관 앞에 섰다. 새로 온 손님이 마차에서 뛰어내리며 "어서 말을 바꿔주게!" 하고 외치면서 여관 안으로 들어왔다. 주인이 말이 없다고 대답하는 것을 그는 누구나처럼 놀란 표정으로 들었다. 그동안 나는 따분한 사람이 으레 그러듯 질릴 줄 모르는 호기심으로 이 새 손님을 머리끝부터 발끝까지 재빨리 훑어보았다. 그는 서른쯤으로 보였다. 멋없고 무뚝뚝하기까지 한 누런 얼굴에는 지울 수 없는 흉측한 구릿빛 곰보 자국이 남아 있었다. 검푸르고 기다란 머리카락은 뒤로는 옷깃까지, 앞으로는 관자놀이까지 꼬불거리며 내려왔다. 작고 부은 듯한 눈은 게슴츠레 뜨고 있을 뿐이고, 윗입술

---

*1 승합마차와 말들이 있는 역. 마차를 기다리는 여행자를 위해 여인숙도 겸했다.

위에는 푸르스름하게 깎은 수염이 보였다. 그는 마시장 따위에 찾아오는 건들건들하는 지주처럼 알록달록하고 손때가 심하게 묻은 짧은 웃옷, 색 바랜 자줏빛 비단 넥타이에 놋쇠 단추가 달린 조끼, 무릎에 아주 커다란 가죽을 덧댄 회색 바지를 입고 있었다. 그 아래로 닦지 않은 장화 끝이 빼꼼히 내다보였다. 담배와 보드카 냄새가 지독하게 풍겼다. 웃옷 소매에 거의 가려진 빨갛고 통통한 손가락에는 은제 반지며 투라산 반지를 끼고 있었다. 이런 차림을 한 사나이는 러시아에 수십 명이 아니라 수백 명은 있는데, 솔직히 말해 이런 부류와는 알고 지내봤자 좋을 게 없다. 그러나 이 새 손님을 처음 봤을 때는 그런 선입견을 갖고 있었지만, 나는 그의 얼굴에 나타난 천진하고 선량하며 정열적인 표정을 보고 도저히 모르는 척할 수 없었다.

"다른 분들도 한 시간째 기다리고 계십니다." 나를 가리키며 역장이 말했다.

'한 시간이라니! 어이가 없군, 사람을 바보로 아나.'

"아마 저분께서는 그리 바쁘지 않으신가 보지." 새 손님이 대꾸했다.

"그야 저는 모르죠." 역장이 퉁명스럽게 말했다.

"아무래도 안 되겠나? 말이 한 마리도 없어?"

"네, 한 마리도 없습니다."

"음, 그럼 사모바르를 가져오라 이르게. 잠시 기다리지. 방도가 없으니."

새 손님은 벤치에 앉아 탁자 위에 모자를 벗어 던지고 머리카락을 쓸어 올렸다.

"저, 그쪽은 차를 벌써 드셨습니까?"

"네."

"그래도 한잔 더 드시지요?"

나는 동의했다. 이로써 묵직한 주홍색 사모바르가 탁자에 네 번째로 등장했다. 나는 럼주 병을 꺼냈다. 내가 예상한 대로, 이 새 손님은 그다지 부유하지 않은 귀족이었다. 그의 이름은 표트르 페트로비치 카라타예프였다.

우리는 이야기를 나누었다. 온 지 30분도 채 안 되어 그는 속내까지 털어놓으며 자신의 이야기를 들려주었다.

"전 모스크바로 가는 중입니다." 네 번째 잔을 비우며 말했다. "이제 시골에서는 살 수가 없게 됐거든요."

"어째서요?"

"어째서랄 게 있겠습니까. 그저 일이 잘 안 풀려서 그러지요. 영지 경영이 엉망이 돼서 소작농들을 파산시키고 말았어요. 솔직히 말하자면, 계속 이어지는 흉년에 흉작이다 뭐다 해서 불행이 겹치는 바람에…… 어쨌든," 그가 힘없이 시선을 피하며 덧붙였다. "저는 정말 무능한 영주입니다!"

"그건 또 왜요?"

"세상에," 그가 내 말을 가로막았다. "영지 경영을 그따위로 하다니! 아시겠습니까?" 고개를 갸우뚱한 채 담배를 연거푸 피우며 말을 이었다. "제 꼴을 보시면…… 그렇게 생각하실 겁니다. ……하지만 솔직히 저는 대단한 교육도 받지 않았어요. 학비가 넉넉지 못했거든요. 아, 미안합니다. 제가 워낙 솔직하게 자라서. 요컨대……"

그는 말을 하다 말고 손을 내저었다. 나는 그가 잘못 생각하고 있으며 나는 그를 만나서 매우 기쁘다는 것을 열심히 설명한 뒤, 영지를 관리하는 데는 그리 높은 교육이 필요 없다는 의견을 말했다.

"동감입니다." 그가 대꾸했다. "저도 같은 생각이에요. 하지만 역시 특별한 교육은 받을 필요가 있어요. 세상에는 일을 잘 이해하고 좋은 성과를 내는 사람이 있지요! 그렇지만 나는…… 실례지만, 당신은 페테르부르크에서 오셨습니까, 모스크바에서 오셨습니까?"

"페테르부르크에서 왔습니다."

그는 콧구멍으로 담배 연기를 길게 내뿜었다.

"저는 관청에서 일하려고 모스크바로 가는 중입니다."

"어디에 취직하실 생각인가요?"

"아직 몰라요. 가봐야 알죠. 솔직히 말하자면 저는 관청에서 일하기가 무섭습니다. 바로 제 책임이 되니까요. 아시다시피 시골에서만 살다 보니 시골 생활에 익숙한데 이젠 살 수가 없게 되었으니…… 먹을 게 없어요! …… 아, 생활이 말이 아니랍니다!"

"수도로 가면 잘 풀릴 겁니다."

"수도라…… 글쎄요, 거기 간다 해도 좋은 일이 있으리란 보장은 없지만 부딪쳐 보는 수밖에요. 뜻밖에 잘 풀릴지도 모르니까요."

"그럼 이제 시골에서는 살 수 없습니까?"

그는 한숨을 내쉬었다.

"틀렸습니다. 이제 시골은 거의 제 땅이 아니에요."

"그건 또 왜요?"

"이웃에 마음 착한 사람이 있는데, 그 사람한테 넘겼거든요……. 어음 정산까지 마치고 끝났어요……."

가엾은 표트르 페트로비치는 얼굴을 손에 파묻고 잠시 생각에 잠겼다가 고개를 흔들었다.

"이렇게 됐으니 어쩔 도리가 없죠! ……하지만 사실을 말하자면," 그는 잠시 뜸을 들였다가 덧붙였다. "누굴 탓할 마음은 없습니다. 다 제 잘못이죠. 전 허세 부리기를 좋아했어요! ……분수도 모르고 허세 부리기를 좋아했지요!"

"시골에서는 즐거우셨습니까?" 내가 물었다.

"우리 집에는," 그가 내 얼굴을 빤히 들여다보며 힘주어 대답했다. "사냥개가 열두 쌍*2이나 있었는데, 보통 놈들이 아니었어요. (그는 마지막 말을 길게 늘여 강조했다.) 산토끼를 발견하면 숫제 가지고 놀았고, 여우나 이리나 담비를 노릴 때면 독사가 따로 없었죠. 아주 훌륭한 보르조이*3도 길렀어요. 하지만 다 지나간 이야기죠. 거짓말해서 뭐하겠습니까. 엽총을 들고 사냥도 다녔답니다. '콘테스카'라는 개가 있었는데, 훌륭한 세터로 냄새를 잘 맡고 사냥솜씨가 보통이 아니었죠. 예를 들어, 늪지에 가서 '찾아!' 하고 명령하지 않습니까? 그런데 녀석이 찾지 않으면 다른 개 열 마리를 풀어봐야 아무것도 찾지 못했어요. 하지만 일단 찾기 시작하면 죽을힘을 다해 찾죠! 집 안에서는 또 얼마나 점잖다고요. 왼손으로 빵을 주며 '유대인이 먹던 거다'라고 말하면 절대로 받아먹질 않죠. 그런데 오른손으로 주며 '아가씨가 먹던 거다'라고 하면 냉큼 받아 삼키는 거예요. 녀석이 낳은 새끼도 얼마나 멋진지 모스크바까지 데리고 가고 싶었지만, 친구놈이 총이랑 함께 자기에게 넘기라고 하더군요. '모스크바에 가면 그런 건 쓸모없어. 그곳은 여기랑

---

*2 사냥을 갈 때는 사냥개를 두 마리씩 엮어서 데리고 나간다. 반드시 암수 한 마리씩을 뜻하는 말은 아니다.

*3 개의 한 품종. 몸이 크고 입은 뾰족하며 네 다리는 긴 털로 덮임. 본디 늑대를 잡는 사냥개였으나 지금은 애완용으로 기른다.

전혀 딴판이라고' 이러면서요. 그래서 새끼도 주고 엽총도 주고 왔지요. 즉, 그런 것들을 모두 시골에 남기고 온 셈입니다."

"하지만 모스크바에서도 사냥은 할 수 있을 텐데요."

"해서 어디다 쓰게요? 전 제 몸 하나도 제대로 추스르지 못했어요. 그러니 지금은 참는 수밖에요. 그건 그렇고, 좀 자세히 묻고 싶은데, 모스크바에서 사는 건 어떻습니까? 돈이 많이 드나요?"

"그렇지도 않습니다."

"그렇지도 않다고요? ……그럼 그 뭐더라, 집시는 있나요?"

"집시라니요?"

"그 왜 있지 않습니까, 거리를 배회하는……."

"아, 그야 모스크바에도 있지요……."

"그렇군요. 그건 다행이군요. 전 집시를 좋아하거든요. 이런, 제가 입을 잘못 놀렸군요! 하지만 정말 좋아해요……."

잠시 자신의 처지를 잊은 듯 표트르 페트로비치의 눈동자는 즐거움에 빛났다. 그러나 그는 벤치 위로 시선을 돌리고 고개를 떨어뜨린 채 깊은 생각에 잠기더니 내게 빈 잔을 내밀었다.

"럼주를 좀 주시겠습니까?" 그가 말했다.

"하지만 차*⁴는 다 마셔버렸는데요."

"차는 됐습니다……. 아!"

카라타예프는 두 손으로 머리를 감싸 쥐고 탁자 위로 몸을 기댔다. 나는 잠자코 그를 바라보았다. 취한 사람이 으레 그러듯 주위를 아랑곳하지 않고 감상적인 탄식을 내뱉거나 눈물을 줄줄 흘려댈 줄 알았는데, 이윽고 들어올린 그의 얼굴에 깊은 슬픔이 깃들어 있는 것을 보고서 솔직히 나는 깜짝 놀랐다.

"왜 그러시죠?"

"아무것도 아닙니다……. 그냥 옛날 생각이 나서요. 별 얘긴 아니지만요……. 말씀해 드릴까요? 방해가 되지 않는다면……."

"천만에요!"

---

*4 입가심으로 마신다.

"그렇습니까." 그는 한숨을 섞어가며 말을 이었다. "세상에는 참 별일이 다 있지요……. 저만 봐도 그렇지 않습니까. 괜찮으시다면 이야기하지요. 어떻게 생각하실지 모르겠지만……."

"꼭 듣고 싶습니다, 표트르 페트로비치."

"그럼 들려드리죠. 별일은 아닙니다만……. 뭐, 정말로," 그가 또 뜸을 들였다. "어떻게 생각하실지……."

"아, 이제 그런 말은 그만하시고 어서 얘기해 보세요, 표트르 페트로비치."

"그렇다면 좋습니다. 실은 정말로 우연히 일어난 일입니다. 저는 시골에 살고 있었습니다……. 그런데 갑자기 한 아가씨를 마음에 두게 되었지요. 아, 정말이지 그 아가씨는…… 예쁘고 영리하고 마음씨까지 착한 여인이었 지요! 마트료나라는 이름이었습니다. 하지만 평범한 아가씨였습니다. 그러 니까 그, 왜 아시잖습니까, 아주 천한 농노 출신이었단 말입니다. 거기다 제 영지가 아니라…… 남의 영지에 사는. 그게 불행의 씨앗이었죠. 어쨌든, 저 는 그녀를 사랑했고, 정말 사소한 이야기지만, 그쪽도 저를 나쁘지 않게 생 각했습니다. 그러는 사이에 마트료나는 저더러 자기 여주인댁에서 자기를 빼내 달라고 간청하기 시작했죠. 실은 저도 그런 생각이 없었던 것은 아니었 습니다……. 하지만 그녀의 주인은 부자인 데다 성질이 아주 고약한 노파였 어요. 우리 집에서 15베르스타쯤 떨어진 곳에 살았지요. 어쨌든 그리하여 어느 화창한 날에 저는 삼두마차를 준비시켰습니다—보조말로는 우리 집 준 마를 썼지요. 아주 훌륭한 아시아산으로, 이름은 람플도스였어요—전 말쑥 한 옷으로 차려입고 마트료나의 여주인댁으로 향했습니다. 그곳은 별채도 딸리고 정원도 어마어마하게 넓은 집이었습니다……. 마트료나는 모퉁이에 나와 절 기다리고 있었죠. 저와 무슨 이야기를 하고 싶어하는 눈치였지만, 손에 입만 맞추고는 옆으로 사라지고 말았습니다. 저는 현관으로 가서 '마님 은 집에 계시느냐?'고 물었습니다. ……키가 훌쩍 큰 하인이 나와 '누구십니 까?' 묻기에 '카라타예프라는 지주가 의논할 일이 있어 찾아왔다고 이르게'라 고 말했습니다. 하인이 안으로 들어간 뒤 저는 혼자 기다리며 생각했습니다. '일이 과연 어떻게 될까? 분명히 저 할망구는 부자인 주제에 터무니없는 값 을 부르겠지. 어쩌면 500루블쯤 요구할지도 모른다.' 이윽고 하인이 돌아와

'안으로 드시지요'라고 말했습니다. 저는 그의 뒤를 따라 응접실로 들어갔지요. 그곳에는 살빛이 누르스름하고 왜소한 노파가 안락의자에 앉아 눈을 끔뻑이고 있었습니다. '무슨 볼일이죠?' 먼저 묻기에 '처음 뵙겠습니다. 만나서 정말 반갑습니다' 인사하는 것이 예의라고 생각했습니다……. 그러자 그녀가 '착각하시는 모양이군요. 난 이 집 주인이 아니에요. 주인의 친척이죠……. 하여간 무슨 볼일이죠?' 하는 겁니다. 저는 집주인과 의논할 일이 있다고 말했습니다. '오늘은 마리아 일리니치나를 뵐 수 없어요. 건강이 좀 안좋아서……. 무슨 일인데요?' 어쩔 수 없어 저는 상세한 내용을 털어놓았습니다. 유심히 듣고 있던 노파가 말했습니다. '마트료나요? 어느 마트료나 말이죠?' '클리크의 딸 마트료나 효도로바입니다.' '표도르 클리크의 딸이라…… 그런데 당신이 그 앨 어떻게 알죠?' '우연히 알게 됐습니다.' '그래, 당신 생각을 그 애도 아나요?' '네.' 노파는 잠시 말이 없다가 이윽고 입을 열었습니다. '요 앙큼한 년을 당장……!' 전 정말 깜짝 놀랐습니다. '고정하세요! ……전 상당한 값을 치를 생각입니다. 제발 허락해 주십시오.' 그러자 그 할망구가 중얼대는 겁니다. '정말 깜찍한 생각을 했군. 당신 돈 같은 건 필요 없어요! ……내 혼쭐을 내줘야지, 혼쭐을……. 내가 그 버르장머리를 고쳐 놓겠어!' 할망구는 심술궂게 계속 지껄여댔습니다. '이 집이 맘에 안든다 이거지? ……이 요사스러운 년! 하느님, 이런 욕을 하는 저를 용서하소서!' 저는 진심으로 화가 났습니다. '왜 그 불쌍한 처녀를 위협하는 겁니까? 그 애가 무슨 잘못을 했다고요?' 노파가 성호를 긋고 말했습니다. '오, 주여! 제가 부리는 애도 제 맘대로 못한단 말입니까…….' '하지만 그 앤 당신 것이 아닙니다!' '글쎄, 그건 마리아 일리니치나가 잘 알겠죠. 당신이 상관할 바가 아니에요. 나중에 마트료나를 불러서 자기 주인이 누구라는 걸 가르쳐 주겠어요.' 고백하자면, 저는 이 사악한 할망구에게 달려들 뻔했습니다. 그러나 마트료나를 생각하자, 올라갔던 손이 저절로 내려왔죠. 그때 얼마나 가슴이 철렁했는지 이루 다 표현할 수가 없군요. 저는 노파에게 애원하기 시작했습니다. '돈은 얼마든지 드리겠습니다.' '하지만 그 애가 당신에게 무슨 쓸모가 있다고 이러죠?' '전 그녀에게 홀딱 반했습니다. 부인, 제 처지가 되어 생각해 보세요……. 자, 당신의 그 손에 입 맞추게 해주십시오.' 그러고서 저는 그 악마 같은 노파의 손에 입을 맞추었습니다! '그럼' 사악한 노파가 중얼댔습니다. '마리아 일리니치나에게 말해 두죠. 이틀 뒤에 대답을 들으러 다시 오세요.' 저는 큰 불안감을 안고 집으로 돌아왔습니다. 괜한 짓을 해서 일을 그르쳤다, 쓸데없이 시시콜콜 이야기를 다 했다, 별생각이 다 들었지만, 이미 돌이킬 수 없었습니다. 이틀쯤 지나 저는 여지주 댁을 다시 찾아갔습니다. 이번에는 거실로 안내받았습니다. 수많은 꽃과 멋진 장식품으로 가득한 그곳에서 여지주는 정교하게 세공된 안락의자에 앉아 쿠션에 머리를 받치고 있었습니다. 그 친척이란 여자도 앉아 있었고, 풀색 옷을 입고 머리카락이 희끄무레하고 입이 비뚤어진, 말동무로 보이는 처녀도 있었습니다. 여지주가 코맹맹이 목소리로 말했습니다. '앉으세요.' 저는 앉았습니다. 그러자 여주인은 제가 몇 살이며 어디에서 근무하는지, 또 앞으로 어쩔 생각인지 따위를 고상한 말투로 거만하게 묻는 것이었습니다. 저는 성심껏 대답했습니다. 여지주가 탁자 위에서 손수건을 들어 팔랑팔랑 부채질하며 말했습니다. '……당신 생각은 카체리나 카르보브나에게 들었습니다. 하지만 우리 집은 다른 집으로 하인을 보내지 않는다는 원칙이 있죠. 그런 건 좋은 일도 아니거니와 뼈대 있는 가문에서는 있을 수도 없고 절대로 받아들일 수도 없는 일이죠. 그리고 이미 처리를 해두었으니 앞으로는 당신을 귀찮게 할 일도 없을 겁니다.' '절대로라니요. 천만에요, 귀찮다니 당치도 않습니다……. 그런데 이 댁에 마트료나 효도로바가 그렇게 필요한 사람입니까?' '아니요' 하더군요. '눈곱만큼도 필요 없지요.' '그럼 왜 제게 주시지 않는 거죠?' '도무지 내키지 않으니까요. 이유는 그뿐입니다. 게다가 이미 처리했다니까요. 그 애는 광야촌으로 보내졌을 거예요.' 저는 뒤통수를 얻어맞은 기분이었습니다. 여지주가 프랑스어로 풀색 옷 입은 여자에게 몇 마디 하자 그 여자는 나갔습니다. 여지주가 다시 제게 말했습니다. '나는 규칙을 엄격하게 지키는 사람인 데다 몸도 안 좋아서 귀찮은 일은 견딜 수가 없어요. 당신은 아직 젊고 나는 이미 늙은 몸이니 당신에게 충고할 권리가 있겠죠? 어서 자리를 잡고 좋은 배우자를 찾아 결혼하는 게 어떻겠어요? 지참금을 넉넉히 가지고 올 수 있는 신부는 그리 많지 않겠지만, 가난해도 품행이 바른 아가씨는 많이 있죠.' 저는 노파를 보고는 있었지만, 그가 무슨 말을 하는지 알 수 없었습니다. 결혼 이야기를 하고 있다는 것만은 알았지만, 제 귀에는 '광야촌'이라는 단어가 계속 맴돌았기 때문이죠. 신부를 들이라니! 어처구니가 없어서!"

여기까지 이야기하고서 그는 문득 말을 끊고 나를 물끄러미 바라보았다.

"결혼은 아직이죠?"

"네."

"그럴 줄 알았습니다."

"어쨌든 저는 그 말을 그냥 들어 넘길 수 없었습니다. '지금 무슨 말씀을 하시는 겁니까, 부인? 그런 어처구니없는 말씀을 하시다니요? 결혼이 뭐가 어째요? 저는 그저 댁의 하녀 마트료나를 제게 달라고 청하고 있는 겁니다.' 여지주가 한숨을 내쉬며 말했습니다. '아, 골치 아파! 저 사람 좀 돌려보내! 아⋯⋯.' 친척이 그 옆으로 달려가며 제게 욕을 퍼부었습니다. 여지주는 계속해서 앓는 소리를 했습니다. '왜 내가 이런 꼴을 당해야 하지? ⋯⋯내 집에서 왜 이런 꼴을 당해야 해? 아, 아!' 저는 모자를 움켜쥐고 미친 사람처럼 집 밖으로 뛰어나왔습니다."

"아마도," 그가 다시 말을 이었다. "당신은 저를 그런 천한 여자한테나 빠지는 구제불능이라고 생각하시겠지요. 저도 저 자신을, 그러니까, 정상이라고 단언할 생각은 없습니다. ⋯⋯이런 꼴이 된 건 사실이니까요! ⋯⋯거짓말 같은 이야깁니다만, 저는 밤이고 낮이고 한시도 마음이 편하지 않았습니다. ⋯⋯괴로워서 미칠 것 같았죠! 제가 그 불쌍한 애의 신세를 망쳐놨다는 생각에 더욱더요. 동시에, 그 애가 하녀복을 입고 집오리를 몰거나 주인의 지시로 학대를 받거나 수지를 칠한 장화를 신은 촌장이나 농부들에게 심한 욕지거리를 듣는 장면을 상상할 때면—온몸에 식은땀이 흐르는 것이었습니다. 저는 도저히 참을 수 없어서, 그 애가 보내진 마을을 알아내 말을 타고 그곳으로 달렸습니다. 다음 날 저녁 무렵에는 그곳에 닿았습니다. 설마 제가 그렇게 과감하게 나올 줄은 몰랐던지, 여지주 쪽에서 그 마을에는 저에 관해 어떤 지시도 내리지 않았더군요. 그래서 저는 이웃 사람인 것처럼 자연스럽게 곧장 촌장을 찾아갔습니다. 마당으로 들어가 주위를 둘러보니, 마트료나가 턱을 괴고 현관에 앉아 있었습니다. 그녀는 깜짝 놀라 소리를 지르려고 했지만, 저는 눈짓으로 조용히 하라고 이른 뒤 뒷밭을 가리켰습니다. 그러고는 오두막으로 들어가 거짓말을 늘어놓으며 촌장과 조금 이야기를 나눈 뒤 틈을 보아 마트료나가 있는 곳으로 나갔습니다. 가엾게도 그녀는 내 목에 매달려 떨어질 줄 몰랐습니다. 그 귀엽던 마트료나의 얼굴이 창백하고 여위어 있더군요. 제가 말했습니다. '이걸 고생이라고 생각하지 마, 마트료나. 괜찮아. 울지 마.' 그러나 그렇게 말하는 제 눈에서도 눈물이 하염없이 흘러내렸습니다……. 하지만 마지막에는 저도 멋쩍어져서 이렇게 말했습니다. '마트료나, 울기만 한다고 해결되는 건 아니야. 우리 이렇게 하자. 용기를 내는 거야. 나랑 같이 도망치자. 지금은 그 길밖에 없어.' 마트료나는 펄쩍 뛰었습니다. '……그럴 수는 없어요! 그랬다가는 정말로 끝장이에요. 전 맞아 죽고 말 거라고요!' '바보 같은 소리 마! 누가 널 찾아낸다고 그래?' '그들은 찾아낼 거예요, 틀림없이 찾을 거예요. 고마워요, 표트르 페트로비치. 당신의 친절은 절대로 잊지 않을게요. 하지만 지금은 좀 참으세요. 이렇게 된 것도 다 제 운명이니까.' '마트료나, 마트료나. 나는 너를 좀더 의지가 강한 여자라고 생각했어!' 사실 마트료나는 퍽 의지가 강한 여자였습니다. ……강단 있고, 나무랄 데 없이 정도 많고요! '뭐가 좋다고 여기 남겠다는 거야! 어딜 가든 마찬가지야. 여기보다 나빠지지 않는다고. 사실대로 말해 봐, 촌장한테 얻어맞은 적 있어?' 마트료나가 발끈하며 입술을 떨었습니다. '저 때문에 가족이 피해를 볼 거예요.' '너 때문에 네 가족이…… 쫓겨나기라도 한단 말이야?' '그래요. 특히 오빠는요.' '그럼 아버지는?' '아버지는 괜찮겠지요. 아버진 이 마을에서 두 명밖에 없는 솜씨 좋은 재봉사니까요.' '그것 봐. 오빠도 이런 일로 영영 사라지지는 않을 거야.' 제가 그 애를 설득하느라 얼마나 진땀을 뺀 줄 아십니까? 저더러 모든 책임을 지라고까지 하더라니까요……. '그래, 그건 네가 신경 쓰지 않아도 돼.' 저는 말해 주었습니다……. 그렇게 해서 겨우 그녀를 데리고 나왔습니다. ……그때가 아니라 다른 기회를 봐서요. 밤에 마차를 타고 가서 빼 왔지요."

"데리고 나왔군요?"

"네……. 그렇게 해서 그녀는 우리 집에서 살게 되었지요. 우리 집은 작고, 하인도 많지 않아요. 게다가 분명히 말씀드리자면, 우리 집 하인들은 저를 존경하기 때문에, 그렇게 좋은 약점을 잡고서도 저를 배신하지 않았죠. 저는 정말이지 행복한 나날을 보냈습니다. 마트료나도 안심하고 지내게 되어 마음도 전처럼 밝아졌고요. 저는 그 애에게 푹 빠져버렸습니다……. 어찌나 재주가 많던지! 그 애는 뭐든지 잘했어요! 노래도 잘하고, 춤도 잘 추고, 기타도 잘 쳤죠……. 이웃 사람들에게는 보여주지 않았습니다. 쓸데없는 소문이 퍼지면 큰일이니까요! 그녀에 대해 유일하게 아는 사람이 있었는데, 저의 아주 친한 친구 판테레이 고르노스타예프였죠. 그를 모르시나요? 그 친구는 마트료나에게 사족을 못 썼습니다. 귀부인에게 하는 것처럼 그녀 손에 입을 맞추곤 했지요. 사실 고르노스타예프는 저랑 달라서 고등교육도 받고 푸시킨도 통독한 사내였습니다. 마트료나나 저를 상대로 이야기할 때면 우리는 넋을 읽고 그의 말에 귀 기울이곤 했지요. 그녀에게 글을 가르쳐주기도 했답니다. 그 정도로 괴짜였지요! 또 그녀에게 현 지사 부인의 옷보다 훨씬 좋은 옷을 사주었지요. 가장자리에 털을 두르고 빨간 벨벳으로 안감을 댄 외투였어요. ……그 외투가 어찌나 잘 어울리던지! 모스크바의 어느 부인이 신식으로 허리가 잘록 들어가게 지어준 외투였지요. 마트료나는 정말 신기한 여자였어요! 어떨 때는 생각에 잠겨 몇 시간이고 앉아 마룻바닥을 물끄러미 응시한 채 눈썹 하나 까딱하지 않았죠. 그러면 저도 앉아 그녀를 관찰했습니다. 하지만 처음 만났을 때처럼 아무리 봐도 질리지 않는 것이었습니다……. 그러면 그녀는 빙긋 웃었습니다. 제 가슴은 누가 간질이는 것처럼 설레었지요. 그런가 하면 느닷없이 웃음을 터뜨리며 농담을 하거나 춤을 추거나 현기증이 날 만큼 절 뜨겁게 껴안았습니다. 아침부터 밤까지 저는 어떻게 하면 그녀를 기쁘게 해줄 수 있을까만 고민했습니다. 거짓말 같지만, 저는 그저 사랑스러운 그녀가 얼마나 기뻐할지를 보고 싶어서, 기뻐서 얼굴을 붉히거나, 제가 사준 옷을 입거나, 새 옷을 입고 냉큼 제게 와서 입 맞추는 모습이 보고 싶어서 이것저것 선물했습니다. 그런데 그녀의 아버지 클리크가 어떻게 알아챘는지 딸을 보러 찾아온 겁니다. 딸을 보고는 어찌나 서럽게 울던지. ……결국, 두 사람은 다섯 달을 같이 지냈습니다. 그렇게 해서 저는 영원히 그녀와 함께 살 생각이었지만, 제 저주받은 운명은 안 좋은 방향으로 흘러갔습니다!"

표트르 페트로비치가 말을 끊었다.

"대체 무슨 일이 있었는데요?"

나는 그를 동정하며 물었다.

그가 손을 내저었다.

"모든 것이 엉망이 되었습니다. 제가 그녀를 망쳐버린 겁니다. 저의 어린 마트료나는 썰매 타기를 매우 좋아했습니다. 그것도 직접 고삐를 잡고요. 외투를 걸치고 자수 놓은 토르조크*5산 장갑을 끼고는 까까 소리를 지르며 타는 것이었습니다. 우리는 언제나 밤에만 탔습니다. 아시다시피 사람 눈을 피해야 했으니까요. 그날도 좋은 날을 골라, 즉 아주 맑은 날을 골라 썰매를 탔습니다. 무척 추운 날로, 하늘은 맑고 바람은 없었죠……. 우리는 썰매를 달렸습니다. 마트료나가 고삐를 잡고요. 그런데 앞을 보니 맙소사! 쿠크예프카, 그러니까 자기 여주인의 영지로 가는 것이 아니겠습니까? 쿠크예프카 쪽이 틀림없었습니다. 저는 말했습니다. '제정신이야? 지금 어디로 가는 거야?' 그녀가 어깨 너머로 저를 힐끔 돌아다보고 방긋 웃으며 말했습니다. '좀 즐기게 놔둬요.' '아하!' 저는 생각했습니다. '에라, 될 대로 되라……!' 주인댁 앞을 썰매로 달리는 것도 재미있지 않겠습니까? 안 그래요? 우리는 더욱 속력을 냈습니다. 가운데 말은 헤엄치듯 달리고, 보조마들은 돌풍처럼 질주했습니다. 곧 쿠크예프카 교회가 보였습니다. 그때 앞쪽에서 풀색의 구식 마차가 느릿느릿 다가오는 것이 문득 눈에 띄었습니다. 뒤쪽 마부석에는 하인이 앉아 있었습니다……. 여주인, 틀림없는 여주인이 오고 있었습니다! 저는 완전히 당황하고 말았습니다. 그러나 마트료나는 고삐를 더욱 세게 당겨 여주인의 마차를 향해 썰매를 모는 것이었습니다! 저쪽 마부가 쏜살같이 달리는 우리를 발견했습니다. 그 아르키메레스*6 놈은 한쪽으로 비키려고 고삐를 획 잡아당겼지요. 그 바람에 여주인이 탄 마차가 눈에 거꾸로 처박히고 말았습니다. 유리창은 깨지고, 여주인은 '아, 아, 악! 아, 아, 악!' 비명을 지르고 몸종은 '멈춰요! 마차를 멈춰요!' 하고 악을 썼지요. 하지만 우리는 그 옆을 쏜살같이 비켜 지나갔습니다. 우리는 달렸습니다. 하지만 전 생각했지요. '이제 마트료나는 어떻게 될까? 쿠크예프카로 몰게 하는 게 아닌데.' 그리고 어떻게 되었을 것 같습니까? 두말할 것 없이 여지주가 마트료나를 찾아냈지요. 저도 함께요. 그러고는 저를 고소한 겁니다. 도망친 자기네 하녀가 카라타예프의 집에 있다고요. 저는 뇌물을 써야 했습니다. 다른 게 아니라, 군 경찰서장이 찾아오지 않았겠습니까. 스테판 세르게비치 쿠조프킨

---

*5 러시아 중서부 트베리(Tver) 주 트베리 시의 서북쪽에 있는 도시. 레이스와 자수로 유명하다.

*6 아르키메데스의 사투리. 나오는 대로 지껄인 말로, 단순히 욕으로 쓰였다.

이라는 자로, 전부터 알고 지내던 좋은 사람이었죠. 뱃속은 시커먼 인간이지만. 아무튼, 그자가 찾아와서 말하더군요. '그런데 표트르 페트로비치, 대체 어쩌자고 그런 짓을 했습니까? ……책임은 무겁습니다. 그에 관해서는 법조문에 명시되어 있으니까요.' 저는 말했습니다. '물론 그 이야기를 해야죠. 하지만 멀리서 오셨으니 먼저 뭘 좀 드시죠.' 그는 선뜻 동의하면서도 이렇게 말했습니다. '법대로 처리해야 할 사안입니다, 표트르 페트로비치. 스스로 곰곰이 생각해 보세요.' 그래서 저는 말했죠. '물론 법대로 해야지요……. 지당하신 말씀입니다. 그런데 듣자 하니 검정말을 갖고 계시다던데, 제 람플도스와 맞바꿀 생각은 없으신지요? ……아, 참고로 마트료나 효도로바라는 처녀는 우리 집엔 없습니다.' 그러자 그가 말했죠. '어허, 표트르 페트로비치, 여기에 있지 않습니까. 여긴 스위스가 아닙니다……. 내 망아지와 람플도스는 맞바꾸어도 좋습니다. 당장 가져갈까요?' 아무튼, 간신히 그를 돌려보냈습니다. 그러자 여지주는 더욱 약이 올라, 1만 루블이 들어도 좋으니 무조건 고소를 해야겠다는 겁니다. 실은 처음 그녀가 저를 봤을 때, 녹색 옷을 입고 있던 말동무 처녀와 저를 맺어주어야겠다는 생각이 문득 들더랍니다. 그건 나중에 안 사실인데, 그래서 그렇게 화를 냈던 거지요. 어째서 그런 부인들은 쓸데없는 생각만 하는지! 분명 할 일이 없어서 그러는 거겠죠. 아무튼 저는 궁지에 몰렸습니다. 그래도 돈을 아끼지 않고 마트료나를 숨겨주었습니다—그런데 맙소사—주위 사람에게 폐는 폐대로 끼치고 돈은 돈대로 쓴 뒤 빚까지 지고 건강까지 해쳤죠……. 어느 밤 저는 침대에 누워 생각했습니다. '아, 내가 전생에 무슨 죄를 지어서 이런 꼴을 당해야만 하는가? 하지만 마트료나를 단념할 수 없으니 어떻게 해야 좋단 말인가?' 그때 마트료나가 불쑥 방으로 들어왔습니다. 그때 그녀를 집에서 2베르스타쯤 떨어진 제 농장에 숨겨 놓았거든요. 저는 깜짝 놀랐습니다. '무슨 일이야? 그곳도 발각된 거야?' '아니요, 표트르 페트로비치. 부브노프에서는 아무도 절 찾아내지 못해요. 하지만 언제까지 거기에 있으라는 거죠, 네? 건강도 안 좋아지는 것 같고. 표트르 페트로비치, 전 당신이 너무 불쌍해요. 당신이 베풀어 준 친절은 평생 잊지 않을 거예요, 표트르 페트로비치. 하지만 오늘은 작별 인사를 하러 왔어요.' '뭐, 뭐라고? 헤어지다니? 왜 헤어진단 말이야? 왜?' '전 그냥…… 여지주에게 돌아가 여지주의 사람이 될래요.' '다락방에라도 묶어 놔야 정신을 차리겠어? ……날 파멸시키려고 이래? 내가 죽는 꼴 보고 싶어? 응?' 그녀는 잠자코 마룻바닥을 바라보았습니다. '뭐라고 말 좀 해 봐!' '이 이상 당신에게 피해를 줄 순 없어요, 표트르 페트로비치.' 더는 어떤 말도 씨가 안 먹힐 거라는 걸 깨달았습니다……. '왜 내 맘을 몰라주는 거야, 이 바보……. 왜 몰라주는 거야. 제정신이…… 제정신이 아닌 게지……．'"

여기서 표트르 페트로비치는 꺼이꺼이 흐느껴 울었다.

"그러고서 어떻게 됐을 것 같습니까?" 그는 주먹으로 탁자를 탕탕 치고 눈물을 참으려고 잔뜩 인상을 구기며 말을 이었다. 그러나 눈물은 그의 뜨거운 뺨을 타고 줄줄 흘러내렸다. "그녀는 제 발로 여지주를 찾아갔습니다. 제 발로 찾아가 여지주의 종이 된 겁니다……."

"말이 준비되었습니다!" 역장이 방으로 들어오며 무미건조하게 외쳤다.

우리는 일어섰다.

"마트료나는 어찌 되었습니까?" 내가 물었다.

카라타예프는 손을 내저을 뿐이었다.

*

카라타예프를 만난 지 1년 뒤에 나는 우연히 모스크바에 가게 되었다. 어느 날 정오 즈음 나는 사냥꾼 거리 맞은편에 있는 카페에 들어갔다. 이곳은 독특한 카페였다. 당구 방에는 자욱한 담배 연기 사이로 새빨개진 얼굴이며 턱수염, 머리카락, 유행 지난 짧은 웃옷, 최신 유행에 맞춰 슬라브식으로 맞춘 웃옷 등이 얼핏얼핏 보였다. 깡마른 왜소한 체격의 노인들은 수수한 프록 코트를 입고 러시아 신문을 읽고 있었다. 여기저기서 웨이터들이 쟁반을 들고 녹색 양탄자를 부드럽게 밟으며 부지런히 돌아다니는 모습이 보였다. 장사꾼들은 매우 빈틈없는 표정으로 차를 마셨다. 그때 갑자기 당구장에서 머리는 산발을 하고 다리는 휘청거리는 사나이가 나왔다. 그는 두 손을 호주머니에 찔러 넣은 채 힘겹게 고개를 가누고서 초점도 없이 아무 데나 둘러보았다.

"아니, 세상에, 이럴 수가! 표트르 페트로비치 씨 아닙니까! ……잘 지내셨습니까?"

표트르 페트로비치는 거의 내 목에 매달리다시피 한 채 다리를 허우적거리며 작은 별실로 나를 끌고 갔다.

"이쪽에 앉으세요." 그가 나를 배려해서 안락의자를 가리키며 말했다. "여기가 좋을 겁니다. 웨이터, 맥주를 가져와! 아니, 샴페인으로 가져와! 야아, 이런 곳에서 만나 뵐 줄은 정말 몰랐습니다. ……여기 오신 지는 오래되셨나요? 오래 묵으실 예정이세요? 어쨌거나 이렇게 만나게 된 것도 하느님의 은총이로군요……."

"네, 절 기억하시는군요……."

"어떻게 잊겠습니까, 당연히 기억하다마다요." 그가 성급하게 내 말을 가로챘다. "그것도 꽤 오래전 일이죠……. 오래전 일이에요……."

"그런데 이곳에서 어떻게 지내십니까, 표트르 페트로비치?"

"보시다시피 이렇게 지내죠. 여긴 아주 지내기 좋아요. 여기 오는 사람들은 다 친절하지요. 저도 여기 오면 마음이 편해진답니다."

그는 한숨을 쉬고 천장을 올려다보았다.

"취직은 하셨습니까?"

"아니요. 아직입니다. 머잖아 해야지요. 하지만 취직 같은 거, 따분하죠? ……사람들과 어울리는 게—무엇보다 최고입니다. 전 여기서 좋은 사람을 많이 사귀었어요! ……"

웨이터가 샴페인 병을 검은 쟁반에 올려 들고 왔다.

"이 아이도 퍽 괜찮은 녀석이죠. ……바샤, 넌 정말 좋은 사람이지? 네 건강을 기원하며 축배다!"

웨이터는 잠시 걸음을 멈추고 예의 바르게 고개를 저은 뒤 미소를 띤 채 나갔다.

"암요, 이 도시엔 좋은 사람들이 많아요." 표트르 페트로비치가 말을 이었다. "정 많고 진솔하고……. 괜찮으시면 소개해 드릴까요? 정말 괜찮은 사람들이죠……. 그들도 당신과 알게 되면 좋아할 겁니다. 그건 그렇고, 보브로프는 죽었답니다. 정말 안됐어요."

"보브로프요?"

"세르게이 보브로프요. 훌륭한 사람이었지요. 시골에서 자라 아무것도 모르는 저를 잘 보살펴 주었었죠. 판텔레이 고르노스타예프도 죽었어요. 다 죽어버렸어요, 다!"

"당신은 계속 모스크바에서 지내셨나요? 고향에는 가보지 않으시고?"

"고향? ……다 팔아버렸는데요."

"팔다니요?"

"팔았어요, 경매로……. 그렇지, 당신이 사주셨으면 좋았을걸!"

"그럼 이제 어떻게 살아갈 생각이지요, 표트르 페트로비치?"

"굶어죽기야 하겠어요? 문제없습니다! 돈은 없어도 친구들이 있으니까. 돈이 다 뭡니까! 그깟 거 쓰레기라고요! 황금은—쓰레기예요!"

그는 게슴츠레 눈을 감고 호주머니를 뒤지더니 손바닥 위에 15코페이카짜리 은화 두 닢과 10코페이카짜리 은화 한 닢을 올려놓고 내 쪽으로 내밀었다.

"이게 뭡니까? 쓰레기가 아니고 뭐냔 말입니다. (그는 동전을 마룻바닥에 내팽개쳤다.) 아, 그보다 묻고 싶은 게 있는데, 당신은 폴레자예프*7를 읽었습니까?"

"네, 읽었습니다."

"모찰로프*8의 햄릿은 보셨는지요?"

"아니요, 아직입니다만."

"아직이라고요? 그걸 아직 안 보셨다니……. (카라타예프는 얼굴이 파랗게 질리더니 눈알을 불안스레 이리저리 굴렸다. 그러고는 고개를 옆으로 돌려버렸다. 입술이 파르르 떨렸다.) 아, 모찰로프, 모찰로프! '이 세상을 끝내는 것은—잠.'"

그가 탁한 목소리로 중얼거렸다.

　　잠뿐이다! 이 잠.
　　슬픔과 살아 있는 자가 져야 할 온갖 괴로움
　　사라진다면…… 그것이야말로 바라지도 않던
　　임종일지니…… 죽음은…… 잠……. *9

---

*7 러시아의 시인. 1806~1838.

*8 러시아의 배우로 러시아 연극의 혁명적 낭만주의 대표자이다. 1800~1848.

"자고 싶다, 자고 싶다!" 그가 입속으로 계속 되뇌었다.

"한마디 묻고 싶은 게 있는데요." 내가 입을 열었다. 그러나 그는 자기 말만 계속했다.

> 세상의 비난과 조소
> 법의 무력함과 폭군의 압제
> 부패한 자의 능욕과 돌이킬 수 없는 사랑의 탄식
> 공적을 멸시하는 비천한 자의 태도를 그 누가 견디랴…….
> 단 한 번의 안식을 얻을 날
> 언제가 되리오…… 아, 그대가 거룩한 기도로
> 내 죄의 씻김 또한 기도해 주오……. *10

그러고는 탁자 위에 머리를 떨어뜨렸다. 그리고 알 수 없는 말을 웅얼거리기 시작했다.

"한 달이 지나!" 하더니 그는 다시 힘주어 말했다.

> 순식간에 지나간 짧은 한 달!
> 눈물을 뿌리며 내 아버지의 가엾은 상여 따르는 그녀
> 그 신발이 채 닳지도 않았다!
> 아! 분별없고 말 못하는 짐승일지라도
> 그보다는 오래 슬퍼했으리……. *11

그는 샴페인 잔을 입가로 가져갔으나 다 비우지 않고 다시 주절댔다.

> 헤큐바 때문에?
> 헤큐바는 그에게 어떤 존재냐? 또 그는 헤큐바에게 어떤 존재냐?
> 어찌하여 그가 헤큐바 때문에 눈물 흘리는가? ……

---

*9 《햄릿》 제3막 제1장에 나오는 대사.
*10 상동.
*11 《햄릿》 제1막 제3장에 나오는 대사.

허나 나는…… 비굴하고 소심한 노예—
비겁자! 나를 악한이라 부르는 건 누구냐?
거짓말쟁이라 부르는 건 누구냐?
나는 그 모욕도 참아내리라…… 그러리라!
나는 의지박약한 인간…… 내게는 분노도 없다.
내게는 모욕도 고통스럽지 않다……. *12

카라타예프는 잔을 떨어뜨리고 머리를 감싸 쥐었다. 나는 그의 심정을 알
것 같았다.

"뭐, 됐습니다." 이윽고 그가 말했다. "과하면 부족함만 못하다 했지요……
…. 그렇지 않습니까? (이렇게 말하고 그는 웃어젖혔다.) 자, 당신의 건강
을 위해 축배를 듭시다!"

"계속 모스크바에서 지낼 생각입니까?" 내가 물었다.

"여기서 한 줌 흙이 되려고요."

"카라타예프!" 옆방에서 그를 부르는 소리가 들렸다. "카라타예프, 어디
있어? 이리 와, 이봐!"

"절 부르는군요." 그는 의자에서 억지로 몸을 일으키며 말했다. "실례하겠
습니다. 시간이 되시거든 놀러 오세요. 저는 ＊＊＊에 살고 있으니까요."

그러나 그 다음 날 뜻밖의 사정이 생겨 나는 모스크바를 떠나야 했다. 그
뒤로는 표트르 페트로비치 카라타예프를 만날 수 없었다.

＊12 상동.

밀회

9월 중순 어느 가을날, 나는 자작나무 숲에 앉아 있었다. 이른 아침부터 보슬비가 내리고, 그 사이사이 따스한 햇살도 비쳤다. 정말 변덕스러운 날씨였다. 엷은 흰 구름이 하늘을 뒤덮는가 하더니 이내 군데군데 구름이 갈라지며, 그 밀려난 틈으로 청명하고 반가운 푸른 하늘이 아름다운 눈동자처럼 나타났다. 나는 앉은 채 주위를 둘러보며 귀를 기울였다. 바로 머리 위에서 나뭇잎이 바스락거렸는데, 그 소리만 들어도 계절을 느낄 수 있었다. 그 소리는 왁자하게 웃으며 전율하는 봄의 소리가 아니고, 여름의 부드러운 속삭임이나 끊임없는 말소리도 아니며, 깊은 가을의 오슬오슬한 기침 소리도 아니었다. 겨우 들릴 정도로 나른한 말장난 소리였다. 산들바람이 나무 위를 가볍게 스치고 지나간다. 비에 젖은 숲 속은 햇살이 나왔다 들어갔다 하는 것에 따라 끊임없이 변화했다. 어떤 때는 모든 사물이 갑자기 미소 짓는 것처럼 환하게 비춘다. 듬성듬성 서 있는 자작나무의 가느다란 줄기는 순식간에 흰 명주처럼 부드럽게 빛을 반사하고, 여기저기 흩어진 나뭇잎들은 금세 황금빛으로 점점이 빛난다. 높다랗고 울창하게 자란 아름다운 고사리 줄기는 무르익은 포도송이처럼 일찌감치 가을 색으로 물든 채 엉성하게 얽히고설키며 눈앞에서 끝없이 펼쳐진다. 그런가 하면 다시 주위가 어둑어둑해지고 눈부신 색채가 눈 깜짝할 새에 사라진다. 광택을 잃은 자작나무는 아직 반짝이는 차가운 겨울 햇살을 받지 못한 지금 막 내린 눈처럼 그저 희끄무레하게 서 있다. 이윽고 보슬비가 소리도 없이 조용히 내려와 숲에서 속삭인다. 자작나무 잎은 부쩍 빛바랜 모습이면서도 아직 거의 푸른빛을 간직하고 있었으나, 새빨갛게 또는 샛노랗게 물든 어린잎들이 군데군데 보였다. 그 잎들이 방금 깨끗한 비에 씻긴 가느다란 나뭇가지들 사이로 삐죽삐죽 얼굴을 내밀 때 햇살에 눈부시게 빛나는 모습은 장관이었다. 모두 어딘가에 숨어 숨죽이고 있는 듯 새 소리조차 들리지 않았다. 다만 인간을 조롱하는 듯한 박새의 노랫소리만이 강철로 만든 방울 소리처럼 이따금 숲 속에 울려 퍼졌다. 나는 이 자작나무 숲에 앉기 전에 개를 데리고 높다란 사시나무 숲을 지나왔다. 솔직히 나는 사시나무를 그다지 좋아하지 않는다. 그 희멀건 연보랏빛 줄기에 잿빛 도는 녹색 금속 같은 이파리를 한껏 높이 피워 올리고서 부채질하듯 하늘에 대고 살랑거리는 꼴도 보기 싫거니와, 기다란 잎자루에 멋없게 매달린 지저분한 둥근 잎을 계속 흔들어대는 모습도 눈에 거슬린다. 가끔 보기 좋을 때는 낮은 수풀 틈에서 높이 솟은 채 붉은 석양빛을 받아 뿌리부터 줄기 끝까지 황금빛 도는 선홍색으로 물들어 반짝반짝 빛나며 몸을 떠는 여름 저녁이나, 바람 부는 화창한 날 바람에 사각사각 나부끼며 이파리 하나하나가 서로 몸을 부대끼다 찢어져 먼 곳으로 무작정 날아가고 싶다고 말하는 듯이 보이는 순간이다. 그렇지만 대개는 좋아하지 않는다. 그래서 사시나무 숲에서는 걸음을 멈추지 않고 자작나무 숲에 도착하여, 땅에서 얼마 높지 않은 지점부터 가지가 자라 홍수 예방에도 도움이 된다는 자작나무가 만든 좋은 응달을 찾아 주위 경치를 감상하면서, 사냥꾼만이 참맛을 아는 그 평화롭고 조용한 잠에 빠져든 것이다.

얼마 동안이나 잤을까. 눈을 떴을 때는 숲 속 한가득 햇빛이 비치고 있었다. 어디로 시선을 돌려도, 기쁜 듯이 속삭이는 나뭇잎 사이로 화창한 푸른 하늘이 아른거리는 것이 꼭 불꽃놀이를 보는 것 같았다. 구름은 천방지축으로 뛰놀던 바람에 밀려 어디론가 사라지고, 하늘은 맑게 개어 있었다. 공기 속에서 어쩐지 사람의 마음을 잡아끄는, 비가 그친 뒤 고요하고 맑은 저녁을 예고하는 특별한 청량감이 느껴졌다. 나는 일어나 다시 한 번 운명을 시험해 보기로 했다. 그때 불현듯, 꼼짝 않고 앉아 있는 사람이 내 눈에 들어왔다. 자세히 보니 젊은 시골 처녀였다. 스무 걸음쯤 떨어진 곳에서 생각에 잠긴 듯이 고개를 떨어뜨리고 두 손을 무릎 위에 얹은 채 앉아 있었다. 반쯤 벌어진 한쪽 손에는 단단히 묶은 작은 들꽃 다발이 놓여 있었는데, 꽃다발은 그녀가 숨을 쉴 때마다 점점 미끄러져 격자무늬 치마 위로 떨어지려 하고 있었다. 목과 손목 끝까지 단추를 채운 깨끗한 흰 셔츠가 짧고 부드러운 잔주름을 만들며 그녀의 몸을 감싸고, 옷깃에서 가슴께까지는 알이 굵은 노란 구슬을 이중으로 늘어뜨리고 있었다. 꽤 예쁘장한 처녀였다. 정성껏 빗질한 짙고 윤기 도는 예쁜 잿빛 머리카락이, 상아처럼 하얀 이마까지 내려오는 좁다랗고 새빨간 머리띠 아래부터 반원을 그리며 좌우로 갈라져 있었다. 이마를 제외한 얼굴은 구릿빛으로 그을어 있었는데, 그것은 엷은 피부가 그을었을 때나 볼 수 있는 색깔이었다. 눈을 내리깔고 있어서 눈동자는 볼 수 없었지만, 가늘고 아름다운 눈썹은 똑똑히 보였다. 속눈썹이 촉촉하고, 한쪽 뺨에서 조금 핏기를 잃은 입술 옆으로 눈물 자국이 햇볕을 받아 반짝 빛났다. 작은 머리는 어느 모로 보나 아름다웠다. 조금 크고 너무 동그스름한 코마저도 거슬리지 않았다. 무엇보다 내 마음에 든 것은 그녀의 표정이었다. 조금도 거만한 구석이 없이 온화하면서도 자못 슬퍼 보였는데, 가슴 아픈 일을 당한 어린아이처럼 어쩔 줄 몰라 하는 기색이 역력했다. 그녀는 누군가를 기다리는 것이 분명했다. 갑자기 숲 속에서 무언가가 부스럭거렸다. 처녀가 번쩍 고개를 쳐들고 주위를 둘러보았다. 앞쪽의 투명한 나무 그늘에서 암사슴처럼 겁먹은 커다란 맑은 눈이 반짝 빛났다. 한동안 처녀는 희미한 소리가 난 쪽을 놀란 눈으로 가만히 응시하며 귀를 기울였지만, 이내 한숨을 쉬며 머리를 풀썩 떨어뜨리더니 아까보다 더 고개를 꺾고서 천천히 꽃을 골라내기 시작했다. 이내 눈두덩이 빨개지고 입술은 고통으로 떨렸다. 짙은 속눈썹 아래로 다시금 굵은 눈물방울이 떨어져 뺨을 타고 흘러내리며 반짝반짝 빛났다. 그렇게 꽤 오랜 시간이 지났지만, 가엾게도 처녀는 꼼짝도 하지 않았다. 이따금 근심스러운 듯이 손을 움직거리고, 줄곧 귀를 기울일 뿐이었다……. 다시 숲 속에서 바스락 소리가 났다. 처녀가 움찔했다. 바스락 소리는 멈추지 않고 점점 뚜렷하게 다가오더니, 마침내 분명하고 다급한 발소리로 변했다. 처녀는 다시 몸을 들었는데 어쩐지 불안스러운 눈치였다. 소리가 난 곳을 한눈 한 번 팔지 않고 바라보았으나, 몸은 부들부들 떨렸다. 눈은 간절한 기다림으로 빛났다. 곧 수풀 사이로 웬 사나이의 모습이 어른거리기 시작했다. 처녀는 그 모습을 보자마자 얼굴을 붉히며 기쁜 듯이, 아주 행복한 듯이 방긋 웃으며 일어서려다가 이내 다시 고개를 수그리고 창백해져서는 안절부절못했다. 그러다가 사나이가 바로 옆까지 와서 멈춰 섰을 때야 쭈뼛쭈뼛 거의 애원하는 눈빛으로 그 사나이의 얼굴을 올려다보았다.

　나는 호기심에 이끌려 몰래 숨어 그 사나이를 훔쳐보았다. 솔직히 말해 나는 그 사나이에게서 좋은 인상을 받지 못했다. 그의 차림새로 보아 젊고 돈 많은 지주 댁에서 일하는 되바라진 하인 같았다. 옷은 지나치게 화려하고 멋스럽게 꾸며 입었다. 청동색 짧은 외투를 끝까지 단추를 채워 입었는데, 아마도 주인이 입다 버린 옷 같았다. 끝을 자주색으로 물들인 붉은 넥타이를 매고, 금테가 둘린 챙 없는 검정 벨벳 모자를 머리 깊숙이 눌러 쓰고 있었다. 흰색 셔츠의 둥근 깃은 사정없이 귀를 밀어 올리며 볼에 파고들었고, 빳빳하게 풀 먹인 소맷동은 빨갛게 마디진 손가락이 다 가려질 정도로 손목을 뒤덮었다. 손가락에는 물망초를 본뜬 터키석이 들어간 금은 반지를 몇 개씩이나 끼고 있었다. 발그레하고 싱싱한, 다른 사람은 안중에 없다는 듯한 그 얼굴은, 내가 자세히 관찰한 한 대부분의 남자는 신물을 내지만 애석하게도 여자들은 곧잘 사랑에 빠지는 부류의 얼굴이었다. 그는 얼마간 천박해 보이는 그 얼굴에 일부러 남을 멸시하는 듯한, 따분한 듯한 표정을 지으려는 듯이, 안 그래도 작은 연회색 눈을 줄곧 가늘게 뜨고, 인상을 찌푸리고, 입술 끝을 끌어내리고, 나오지도 않는 하품을 억지로 하고, 심하게 말려 올라간 붉은 구레나룻을 아주 대범한 척하며 잡아 펴고, 두꺼운 윗입술 위에 난 노란 콧수염을 잡아당겼다—요컨대 어찌나 거드름을 피우는지 정말 눈뜨고 못 볼 지경이었다. 자신을 애타게 기다리는 순진한 시골 처녀를 보고는 거만을 떨기 시작한 것이었다. 그는 느린 걸음으로 성큼성큼 여자에게 다가와 멈춰 서더니 어깨를 한 번 털고 두 손을 외투 호주머니에 찔러 넣고서 무심한 눈길로 여자를 흘끔 바라본 뒤 털썩 주저앉았다.

"그래," 그가 시선을 다른 데로 돌린 채 다리를 건들거리고 하품을 하면서 입을 열었다. "많이 기다렸어?"

처녀는 한참만에야 입을 열었다.

"네. 퍽 오래 기다렸어요, 빅토르 알렉산드리치." 모기만 한 목소리로 처녀가 말했다.

"흠! (그는 모자를 벗은 다음, 거의 어깨 부근부터 내려온 짙고 뻣뻣한 곱슬머리를 거들먹거리며 쓸어 올리고 주위를 거만하게 둘러보고는 소중한 머리에 모자를 다시 조심스레 덮었다.) 만나기로 한 걸 완전히 잊고 있었지 뭐야. 게다가 이렇게 비까지 내리니! (그는 다시 하품을 했다.) 할 일이 많아서 일일이 다 점검할 수가 없단 말이야. 그런데도 걸핏하면 잔소리하니. 참, 우린 내일 떠날 거야……."

"내일요?" 처녀가 놀란 눈으로 그를 쳐다보았다.

"그래, 내일……. 맙소사, 이러지 말라고." 처녀가 몸을 파르르 떨며 말없이 고개를 떨어뜨리는 것을 보고 황급히 덧붙였다. "아쿨리나, 제발 울지 마. 여자가 울면 어쩔 줄 모르겠단 말이야. (뭉툭한 코를 찡그리면서) 계속 울면 당장 돌아가겠어. ……바보같이 왜 울고 야단이야!"

"이제 안 울게요." 아쿨리나가 눈물을 억지로 삼키며 당황해서 말했다. "내일 떠나신단 말이죠?" 잠시 묵묵히 있다가 다시 덧붙였다. "언제 다시 만날 수 있을까요, 빅토르 알렉산드리치?"

"언젠간 꼭 다시 만날 거야. 내년, 아니면 그 다음에라도. 우리 나리가 페테르부르크에서 일자리를 얻으시려는 것 같아." 그는 콧소리를 내며 덤덤하게 말을 이었다. "어쩌면 외국에 갈지도 모르지만."

"빅토르 알렉산드리치. 당신은 틀림없이 절 잊으시겠죠." 아쿨리나가 슬픈 듯이 말했다.

"그럴 리 있나! 잊지 않을 거야. 하지만 너도 어리석게 굴지 말고 좀 영리해지도록 해. 아버지 말씀 잘 듣고……. 난 절대로 잊지 않을 거야." (그는 태연히 기지개를 켜고 다시 하품을 했다.).

"절 잊지 마세요, 빅토르 알렉산드리치." 그녀가 간청하듯 덧붙였다. "전 이제 의지할 사람이 없어요. 모든 게 당신 때문에 존재하는걸요. ……당신은 아버지 말씀을 잘 들으라고 하지만, 빅토르 알렉산드리치, ……저는 도저히 그럴 수 없어요……."

"어째서?" (그가 팔베개를 하고 벌렁 드러누워서 내뱉듯이 말했다.)

"그런 말을 어떻게 들을 수가 있겠어요, 빅토르 알렉산드리치……." 처녀는 입을 다물어 버렸다. 빅토르는 쇠로 만든 시곗줄을 만지작거렸다.

"아쿨리나, 너도 바보가 아니니까," 마침내 입을 열었다. "어리석은 소린 그만둬. 다 너를 위해서 하는 말이야, 알아듣겠어? 물론 넌 바보가 아냐. 이른바 촌무지렁이는 아니란 얘기지. 네 어머니도 농사꾼 출신은 아니잖아. 그래도 넌 배운 게 없으니―누가 뭐라고 하면 잘 새겨들으란 말이야."

"하지만 무서운걸요, 빅토르 알렉산드리치."

"흠, 또 바보 같은 소릴. 뭐가 무섭다고 그래! 그건 뭐야?" 그는 처녀 옆으로 다가가더니 다시 말했다. "꽃?"

"네." 아쿨리나가 힘없이 대답했다. "제가 꺾어 온 마타리예요." 약간 활기를 띠며 말을 이었다. "이걸 송아지한테 먹이면 몸에 좋아요. 이건 가막사리, 기침 때문에 목이 부었을 때 잘 듣죠. 보세요, 정말 예쁘죠? 이렇게 예쁜 꽃은 난생처음 봐요. 이건 물망초고, 이건 바이올렛…… 그리고 이건 당신께 드리려고 꺾어 왔어요." 노란 마타리 밑에서 가느다란 풀로 묶은 작은 들국화 다발을 꺼내며 덧붙였다. "어때요?"

빅토르가 귀찮다는 듯이 마지못해 손을 뻗어 꽃을 받아들었다. 건성으로 냄새를 맡더니 생각에 잠긴 듯한 우수 깃든 표정으로 하늘을 올려다보며 손끝으로 꽃다발을 빙글빙글 돌리기 시작했다. 아쿨리나는 물끄러미 그를 바라보았다……. 그 슬픈 눈동자에서는 몸과 마음을 그에게 다 바치고도 순종적으로 복종하겠다는 의지와 애정이 넘쳐흘렀다. 처녀는 그가 두려워 울음도 꾹 참고 작별인사를 했으나, 마지막까지 그에게서 눈을 떼지 못했다. 그는 술탄처럼 길게 드러누워, 자기를 숭배하는 여자의 눈길을 특별히 참고 허락하겠다는 듯한 거만한 표정으로 있었다. 태연한 척하지만 속에서 품고 있는 경멸감 뒤로 건방진 자만심을 숨김없이 드러낸 남자의 붉은 얼굴을 보니 솔직히 나는 화가 났다. 아쿨리나는 이때도 아름다웠다. 그녀는 그를 완전히 믿고서 간이고 쓸개를 모조리 그 앞에 다 꺼내놓은 채 애절한 사랑을 호소하고 있었다. 그런데 남자는……그 남자는 풀 위에 들국화를 떨어뜨리고는 외투 옆 주머니에서 청동 테로 된 외눈 안경을 꺼내어 눈에 끼우기 시작했다. 그러나 아무리 미간을 찡그리고 코까지 들어 올려가며 뺨으로 받치려고 갖은 애를 써 봐도 안경은 자꾸만 떨어졌다.

"그게 뭐예요?" 마침내 의아해진 아쿨리나가 물었다.

"안경이지." 거들먹거리며 대답했다.

"눈에 대면 어떻게 되는데요?"

"더 잘 보이게 되지."

"저도 볼래요."

빅토르는 인상을 조금 찌푸렸으나 그래도 안경을 건네주었다.

"망가뜨리지 않도록 조심해."

"걱정하지 마세요, 안 망가뜨려요. (처녀는 안경을 조심스레 눈으로 가져갔다.) 어머나, 전 아무것도 안 보이는걸요." 순진하게 말했다.

"눈을 가늘게 떠야지." 그가 심기 불편한 선생처럼 꾸짖듯 말했다. "그쪽 눈이 아니야. 이쪽이라고, 이쪽! 이 바보 같으니!" 빅토르는 호통을 치고서 실수를 바로잡아 주지도 않고 그녀에게서 안경을 빼앗았다.

아쿨리나는 낯을 붉히고 배시시 웃었으나 고개를 돌리고 말았다.

"우리 같은 사람이 쓰는 물건은 아닌 것 같은데요."

"당연하지!"

가엾게도 처녀는 입을 다물고 깊은 한숨을 내쉬었다.

"아, 빅토르 알렉산드리치. 당신이 떠나시면 전 어쩌면 좋아요!" 처녀가 불쑥 말했다.

빅토르는 옷자락으로 안경알을 닦더니 다시 호주머니에 집어넣었다.

"그야 뭐." 잠시 뒤 그가 말했다. "처음에는 힘들겠지. (그러면서 동정하듯 처녀의 어깨를 다독였다. 그러자 처녀는 자기 어깨에 얹힌 사나이의 손을 들어 조심스레 입을 맞추었다.) 음, 넌 정말 착한 여자야." 그는 흡족한 듯이 빙그레 웃으며 말을 이었다. "하지만 어쩔 수 없잖아! 곰곰이 생각해 봐! 나나 나리나 이곳에 영원히 있을 수는 없잖아. 곧 겨울이 오는데, 시골의 겨울은—너도 알다시피—참을 수 없이 춥잖아. 게다가 페테르부르크는 모든 것이 달라! 거긴 너 같은 시골뜨기는 꿈에도 보지 못했을 멋진 것들로 가득하다고. 으리으리한 집에 멋진 거리, 어울리는 사람들, 사교 모임······ 그야말로 환상적이라니까! (아쿨리나는 어린아이처럼 입을 헤 벌리고 열심히 들었다.) ······하긴," 그가 돌아누우며 덧붙였다. "아무리 이런 말을 한들 너한테 무슨 소용이 있겠어! 어차피 이해도 못 할 텐데."

"아니에요, 빅토르 알렉산드리치! 저 이해했어요, 다 이해했다니까요."

"오호라, 그거 신통하군!"

아쿨리나는 고개를 수그렸다.

"전에는 그런 식으로 말하지 않았잖아요, 빅토르 알렉산드리치." 처녀가 눈을 들지 않은 채 말했다.

"전에는? ······'전에는'이라니? ······어이가 없군······. '전에는'이라니!" 남자가 성내듯이 말했다.

둘 다 잠시 말이 없었다.

"어쨌든 이제 가 봐야겠다." 빅토르가 팔꿈치로 땅을 짚고 일어서려고 했다.

"조금만 기다려요." 아쿨리나가 애원조로 말했다.

"기다려서 뭐 하라고? ……벌써 작별인사도 끝났잖아."

"조금만 더 있어 줘요."

빅토르는 다시 드러누워 휘파람을 불기 시작했다. 아쿨리나는 다시 그를 물끄러미 바라보았다. 처녀가 점점 흥분하는 것이 이쪽에서도 똑똑히 보였다. 그녀 입술이 파르르 떨리고 파리한 뺨은 홍조가 들기 시작했다……

"빅토르 알렉산드리치." 마침내 처녀가 떨리는 목소리로 말을 꺼냈다. "당신은 너무해요……. 정말 너무해요, 빅토르 알렉산드리치!"

"뭐가 너무해?" 사나이가 눈썹을 찡그리며 묻고는 고개를 조금 기울이고서 여자를 돌아보았다.

"너무해요, 빅토르 알렉산드리치. 이제 서로 헤어지는데 뭔가 따뜻한 말이라도 한마디 건네주면 좋잖아요. 한마디쯤은……. 이제 의지할 사람도 없는데……."

"무슨 말을 하란 거야?"

"그걸 제가 어떻게 알아요? 뻔히 알면서, 빅토르 알렉산드리치. 이제 멀리 떠나가는데 한마디쯤은……. 제게 왜 이런 시련이 생기는 걸까요?"

"정말 이해할 수가 없군! 무슨 말을 하란 거지?"

"적어도 한마디쯤은……."

"같은 말만 하는군." 남자가 짜증 내듯이 내뱉고는 일어났다.

"화내지 마세요, 빅토르 알렉산드리치." 그녀는 겨우 눈물을 눌러 참으며 당황해서 말했다.

"화내는 거 아니야. 알 수 없는 말을 하니까 그렇지. ……대체 어떻게 해달라고 이러는 거야? 그렇다고 너와 결혼할 순 없잖아? 그렇지 않아? 그럼 나더러 어쩌라는 거야? 응?" 그는 대답을 기다린다는 듯이 얼굴을 내밀고 손바닥을 펼쳐 보였다.

"아무것도…… 아무것도 바라는 건 없지만." 처녀가 떨리는 손을 조심스레 사나이에게 내밀며 웅얼웅얼 대답했다. "작별하는 길에 단 한마디라도……."

그녀의 눈에서는 눈물이 하염없이 흘렀다.

"울었다 이거지? 이제 나도 모르겠다." 빅토르가 모자를 깊숙이 눌러쓰며 차갑게 말했다.

"전 아무것도 바라지 않아요." 처녀가 두 손에 얼굴을 묻고 흐느끼며 계속 말했다. "하지만 이제 홀로 남은 저는 무슨 꼴을 당할까요? 무슨 꼴을? 제 운명은 어떻게 될까요? 네? 사랑하지도 않는 사람에게 억지로 시집을 가야 하겠죠……. 아, 불행해라!"

"실컷 지껄여 봐, 뭐든 지껄여 보라고." 빅토르가 뭉그적거리며 나직이 중얼거렸다.

"하지만 단 한마디, 단 한마디쯤은……. '아쿨리나, 난'……." 그가 채 말을 다 하기 전이었다.

갑자기 그녀가 꺼이꺼이 우는 바람에 말이 끊겼다. 처녀는 풀 위에 엎드려 격렬하게 울기 시작했다……. 몸이 들썩거리고, 뒤통수가 심하게 요동쳤다. ……참고 참았던 서러움이 마침내 봇물 터지듯 나온 것이다. 빅토르는 그 모습을 조용히 내려다보며 잠시 서 있다가 이윽고 어깨를 으쓱하더니 몸을 홱 돌려 성큼성큼 사라져 버렸다.

한참이 지났다. ……이윽고 가슴을 진정하고 고개를 든 처녀가 벌떡 일어나 주위를 두리번거리더니 깜짝 놀라 손바닥을 쳤다. 그를 뒤쫓아가려고 내달렸으나 다리가 휘청거려 무릎을 풀썩 꿇고 넘어졌다……. 나는 보다못해 처녀에게로 곧장 달려갔다. 그러나 처녀는 나를 보자마자, 어디서 그런 힘이 솟았는지, 가냘프게 비명을 지르더니 발딱 일어나 나무 뒤로 자취를 감추고 말았다. 남은 자리에는 풀꽃이 아무렇게나 흩어져 있었다.

나는 잠시 멍하니 서 있다가 들국화 다발을 주워들고 들판으로 나왔다. 해는 연푸른 하늘에 낮게 걸려 있었다. 햇살도 어딘지 모르게 약하고 차가워져 있었다. 눈부시게 빛나는 것이 아니라 전체적으로 물빛으로 넘치고 있었다. 해가 지기까지는 30분밖에 남지 않았지만, 노을빛도 아주 흐릿하게 보일 뿐이었다. 세찬 바람이 누렇게 메마른 그루터기 위를 지나 똑바로 휘몰아쳐 왔다. 작은 이파리가 바람에 팔랑팔랑 뒤집히며 길을 따라, 또는 길을 가로질러, 또는 숲 가장자리를 따라 춤추며 날아갔다. 들판을 향해 벽처럼 솟은 숲 가장자리가 일제히 흔들리며, 눈부시지는 않지만 분명하고 희미하게 반짝였다. 붉어지기 시작한 풀, 길가 잡초, 지푸라기 등 보이는 곳마다 가을의 거미줄이 반짝이며 일렁거렸다. 나는 발걸음을 멈추었다……. 공연히 슬퍼지기 시작했다. 쓸쓸해져 가는 자연의 차갑지만 즐거운 미소 뒤로, 곧 닥칠 겨울의 무시무시한 공포가 스며들기 시작한 듯이 느껴졌다. 묵직하게 바람을 가르며 날갯짓하여 내 머리 위로 높이 날아가던 소심한 까마귀가 머리를 돌려 나를 흘끗 보더니 갑자기 솟구쳐 올랐다가 깍깍 울며 숲 너머로 사라져 버렸다. 몇 마리인지도 모를 비둘기 떼가 탈곡마당에서 힘차게 날아와 느닷없이 원기둥처럼 맴돌더니 황급히 들판으로 흩어져 버렸다―완연한 가을인 것이다! 누군가가 풀도 나무도 없는 언덕 저편을 지나가는지 빈 달구지 소리가 요란스레 들렸다.

나는 집으로 돌아왔다. 그러나 그 가엾은 아쿨리나의 모습은 오래도록 내 머리에서 떠나지 않았다. 들국화는 벌써 오래전에 시들었지만, 아직도 나는 그 꽃을 보관하고 있다……

시치그로프 군(郡)의 햄릿

언젠가 멀리 사냥을 나갔을 때, 부유한 지주이자 사냥 애호가인 알렉산드르 미하일리치 G.라는 사람의 집에 식사 초대를 받았다. 그의 영지는 내가 머물던 작은 마을에서 5베르스타쯤 떨어진 곳에 있었다. 나는 연미복—이것만큼은 외출할 때, 사냥을 나갈 때에도 꼭 챙겨 가라고 사람들에게 곧잘 권한다—을 입고 알렉산드르 미하일리치의 집으로 향했다. 식사는 6시에 시작될 예정이었다. 나는 그 집에 5시에 도착했는데, 이미 제복이나 사복, 그밖에 뭐라고 형용하기 어려운 복장을 한 귀족들이 잔뜩 모여 있었다. 주인은 나를 정중히 맞이해 주었지만, 이내 하인방으로 달려가 버렸다. 그는 어느 고관을 기다리고 있었는데, 사회에서 그만한 독립된 지위와 부를 가진 사람에게는 전혀 어울리지 않을 정도로 안절부절못했다. 알렉산드르 미하일리치는 결혼 경험이 없으며, 여자를 사랑해 본 적도 없었다. 또한, 그의 집에 모이는 사람들은 독신자뿐이었다. 그는 대대로 내려온 저택을 더욱 확장하고, 장식을 늘리고, 해마다 모스크바에서 사들이는 술만 해도 1만 5천 루블에 달할 정도로 호화롭게 살았으므로 사람들에게서 절대적인 존경을 받았다. 알렉산드르 미하일리치는 오래전에 퇴직한 뒤로는 어떠한 자리도 맡으려 하지 않았다…… 그렇다면 어째서 굳이 고관들을 초대해 놓고, 엄숙하게 행동해야 할 날에 만찬 시작 훨씬 전부터 저렇게 안절부절못하는 걸까? 이에 대해, 나와 안면이 있는 어느 변호사가 '자발적으로 들어온 뇌물을 받느냐'는 질문에 자주 쓰던 말로 대답하자면, 그 이유는 "어둠 속에 묻혀 있다."

나는 주인이 가버린 뒤 이 방 저 방을 기웃거렸다. 손님은 대부분 처음 보는 사람이었다. 스무 명 남짓은 벌써 카드놀이 탁자 앞에 앉아 있었다. 카드놀이를 좋아하는 그 사람들 중에는 귀공자처럼 생겼지만 얼굴이 조금 초췌한 군인 두 명과 좁고 높은 넥타이를 매고 과감하지만 보수적인 사람에게서만 볼 수 있는 축 늘어진 염색 수염을 한 고관이 몇 명 있었다(이들은 거드름을 피우며 카드 패를 집고, 다가오는 사람들에게 고개도 돌리지 않은 채 곁눈질로 힐끔 쳐다봤다). 볼록 튀어나온 배에, 살찐 손은 땀에 젖고, 얌전하게 다리를 딱 고정한 채 앉아 있는 군청 관리도 대여섯 명 있었다(이들은 나긋나긋한 목소리로 말하고, 붙임성 좋게 여기저기에 미소를 던졌으며, 카드를 셔츠 가슴팍에 꼭 붙이듯이 들고 있었다. 패를 던질 때도 탁자에 내동댕이치듯이 던지는 법이 없이 녹색 탁자 위에 살며시 펼쳐 놓았고, 거둘 때도 듣기 싫은 소리가 안 나도록 최대한 조심하며 아주 우아하게 거두었다). 다른 귀족들은 소파에 앉아 있거나 문간이나 창가에 모여 있었다. 나이 지긋하고 여성스럽게 생긴 지주 한 사람이 구석에 서 있었다. 그는 아무도 쳐다보는 사람이 없는데도 혼자 어쩔 줄 몰라 하고, 얼굴을 붉히고, 시계에 달린 장식 인장을 쭈뼛거리며 만지작만지작했다. 다른 신사들은 대대로 이름난 모스크바의 재단사로 필스 크류힌이라는 이름을 가진 장인이 지은 둥그스름한 연미복에 격자무늬 바지를 입고, 기름기로 번들거리는 대머리를 함부로 휘두르며, 아주 활발하고 기운찬 토론을 하고 있었다. 머리끝부터 발끝까지 온통 까맣게 차려입고 꽤 심한 근시에 엷은 황갈색 머리카락을 가진 스무 살 남짓한 청년은 위축된 기색이 역력했으나 성깔 있는 미소를 띠고 있었다……

내가 따분함을 느끼기 시작했을 때, 아직도 대학을 졸업하지 못한 보이니친 어쩌고 하는 젊은이가 불쑥 찾아왔다. 뭐라고 딱 꼬집어 말하기는 어렵지만……. 어쨌든 알렉산드르 마하일리치의 집에서 무슨 일을 하며 지내는 사나이였다. 그는 사격의 명수로, 사냥개를 길들이는 솜씨도 보통이 아니었다. 나는 그를 모스크바에 있을 때부터 알았다. 그는 시험을 칠 때마다 '꿀 먹은 벙어리'가 된다. 즉, 교수의 질문에 한마디도 답을 못하는 젊은이 중 하나였다. 이런 부류는 부르기 좋도록 장단을 맞춘 '바켄바르지스트(수염 서생)'라는 별명으로 통했다(아시다시피 이것도 아주 오래전 이야기이다). 잠깐 당시 상황을 이야기하겠다. 먼저 보이니친의 이름이 불렸다고 치자. 머리끝부터 발끝까지 진땀으로 범벅된 채 초점 없이 불안한 눈만 뒤룩뒤룩 굴리며 꼼짝 않고 조용히 자기 자리에 앉아 있던 보이니친이 일어나 재빨리 제복 단추를 끝까지 채운 뒤 시험관 자리까지 빠른걸음으로 쩔쩔매며 걸어간다. "시험표*1를 뽑게." 교수가 명랑하게 말한다. 보이니친은 손을 뻗어 떨리는 손가락으로 시험표 다발을 만져 본다. "그렇게 오래 고르면 안 되네!" 직접 관계는 없지만 발끈하기 잘하는 다른 과 노교수가 이 가엾은 수험생의 모습을 보고 갑자기 부아가 치밀어 떨리는 목소리로 호통친다. 보이니친은 오늘은 이쯤 하자 단념하고 시험표 한 장을 뽑아 번호를 보여주고 창가로 가서 앉는다. 그사이, 먼저 시험표를 뽑은 학생이 질문에 대답한다. 창가에 앉은 보이니친은 여전히 눈을 뒤룩뒤룩 굴릴 때를 빼고는 시험표에서 눈을 조금도 떼지 못한다. 손가락 하나 까딱하지 못한다. 이윽고 먼젓번 학생이 끝난다. 성적에 따라 "돌아가도 좋네"라든가 "잘 대답했네, 정말 잘 대답했어"와 같은 격려의 말까지 듣는다. 이번에는 보이니친의 이름이 불린다. 보이니친은 자리에서 일어나 시험관 앞으로 뚜벅뚜벅 걸어간다. "문제를 읽게!" 교수가 말한다. 보이니친은 두 손으로 시험표를 코끝까지 들어 올리고서 천천히 읽은 뒤 맥없이 손을 내린다. "자, 대답하게." 같은 교수가 상체를 뒤로 젖히며 팔짱을 끼고서 느릿느릿 말한다. 방 안은 쥐죽은 듯 고요하다.

"왜 그러나?" 보이니친은 말이 없다. 늙은 입회 교수가 성을 내기 시작한다. "무슨 말이든 하게!" 그래도 보이니친은 넋이 나간 사람처럼 말이 없다. 꼼짝도 하지 않는 짧게 깎은 뒤통수가 동급생들의 호기심 어린 눈길을 잡아끈다. 늙은 입회 교수의 눈은 당장에라도 튀어나올 듯하다. 노교수는 보이니친이 괘씸해서 견딜 수가 없다. "참으로 이상하군." 다른 시험관이 말한다. "어째서 자네는 벙어리처럼 말을 못하지? 답을 모르겠나? 모르면 모른다고 말을 하게." "다른 문제를 뽑게 하시지요." "그러는 게 좋겠군요." 담당 시험관은 이젠 질렸다는 듯이 손을 내저으며 대꾸한다. 보르니친은 다른 종이를 뽑아 다시 창가 자리로 돌아갔다가 시험관석으로 돌아와 다시 죽은 사람처럼 아무 말도 하지 않는다. 늙은 입회 교수는 그를 산 채로 잡아먹을 기세이다. 결국, 그는 집으로 돌아가라는 말과 함께 0점을 받는다. 여러분은 생각할 것이다. '이렇게 된 이상 집으로 가겠지.' 그러나 천만의 말씀! 그는 자기 자리로 돌아가, 그 시험이 끝날 때까지 계속 꼼짝 않고 앉아 있다. 이윽고 시험 시간이 모두 끝나면 외친다. "아, 진땀 뺐네! 진땀 뺐어!" 그리고 그날 하루는 툭하면 머리를 싸잡고서, 불행한 자신의 운명을 한탄하고 또

＊1 구두시험 때는 각각 다른 문제가 쓰인 여러 장의 카드 중 수험생이 제비 뽑듯 한 장을 뽑게 되어 있다.

한탄하며 모스크바 거리를 방황한다. 물론 책 같은 건 거들떠보지도 않는다. 그리고 다음 날 아침이 되면 같은 일이 되풀이된다.

바로 그 보이니친이 내 곁으로 다가온 것이다. 우리는 모스크바며 사냥에 관해 이야기를 나누었다.

"어떻습니까," 그가 느닷없이 속삭였다. "이 지역에서 으뜸가는 익살꾼을 소개해 드릴까요?"

"좋습니다."

보이니친은 갈색 연미복에 꽃무늬 넥타이를 매고 앞머리를 높이 세우고 콧수염이 있는 왜소한 사람에게 나를 데리고 갔다. 그의 누르스름하고 변화무쌍한 얼굴에서는 확실히 기지와 해학이 느껴졌다. 문득 신랄한 미소를 머금은 입술은 줄곧 비뚜름하고, 가늘게 뜬 까맣고 작은 눈은 고르지 않은 속눈썹 아래에서 안하무인처럼 뻔뻔스럽게 들여다보였다. 그 옆에는 여유롭고 부드럽고 나긋나긋한 인상을 주는—그야말로 사르 메도비치*² —외눈박이 지주가 서 있었다. 그는 왜소한 사나이가 농담을 하기 전부터 웃고 있었는데, 즐거움에 몸과 마음을 모두 잊고 있는 것처럼 보였다. 보이니친이 익살꾼에게 나를 소개했다. 그의 이름은 표트르 페트로비치 루피힌이었다. 우리는 서로 이름을 대며 친근하게 첫인사를 주고받았다.

"제 둘도 없는 친구를 소개하죠." 루피힌이 그 나긋나긋해 보이는 지주의 손을 잡으며 날카로운 목소리로 불쑥 말했다. "키릴라 셀리파니치 씨, 그렇게 꽁무니 빼지 마십시오. 누가 잡아먹기라도 한답니까? 자, 그럼……." 한편 키릴라 셀리파니치는 당혹스러운 얼굴로, 배가 푹 꺼지기라도 한 것처럼 어색하게 허리 숙여 인사했다. 루피힌이 계속 말했다. "자, 그럼 소개해 올리겠습니다. 이쪽으로 말할 것 같으면 훌륭한 귀족이올시다. 쉰 살까지는 아주 건강했지만, 느닷없이 눈 치료를 받겠다고 나섰다가 그만 애꾸가 되고 말았지요. 그 뒤 자기 영지의 농부들도 손수 치료하고 다니는데, 결과는 이 사람과 같지요. ……물론 농부들은 그에 상응하는 경의를 가지고……."

"맙소사, 이건 뭐……." 키릴라 셀리파니치가 웅얼거렸다. 그리고 웃음을 터트렸다.

---

*2 사탕·꿀이란 말을 사람 이름처럼 부른 것. 남의 비위를 잘 맞추는 무골호인을 일컫는 말.

"망설이지 말고 말하게, 어서 말하라니까." 루피힌이 물고 늘어졌다. "자네는 재판관으로 선출될지도 모르잖나. 진짜로 선출될지도 몰라. 아니, 분명히 선출될 테니 두고 보게. 물론 그래도 자네 대신 배심관들이 심사숙고해서 판결을 내리겠지만, 남의 의견이라고 해도 말은 자네가 해야 하잖아. 만일 현 지사라도 찾아와 '어째서 이 재판관은 이렇게 말을 더듬나?' 물었다고 상상해 보게. 그럼 모두 '중풍에 걸려서 그렇습니다' 하겠지. 그럼 지사는 '그럼 나쁜 피를 뽑아주게' 하겠지. 그렇게 되면 자네 체면이 말이 되지 않겠지, 안 그런가?"

나긋나긋한 지주는 배꼽을 잡고 웃었다.

"저 웃는 꼴 좀 보십시오." 루피힌이 키릴라 셀리파니치의 들썩들썩한 배를 같잖다는 듯이 바라보며 말을 이었다. "뭐, 그러거나 말거나 상관없지만." 그러고는 내 쪽으로 몸을 돌리며 덧붙였다. "이 사람은 먹을 걱정 없고, 몸 건강하고, 자식도 없고, 농노들을 저당잡힐 일도 없고, 게다가 농노들을 치료해 주기까지 하죠―이 사람의 마누라는 머리가 좀 모자라요. (키릴라 셀리파니치는 알아듣지 못한 척하며 슬쩍 딴 데를 보았지만, 여전히 깔깔대며 웃고 있었다.) 저도 이렇게 웃고는 있지만, 제 마누라를 측량사에게 빼앗긴 놈이죠. (그는 쓴웃음을 지었다.) 모르셨습니까? 아, 당연히 모르시겠죠! 아무튼, 마누라는 그놈을 데리고 도망가면서 제게 쪽지를 남겼지요. '친애하는 표트르 페트로비치, 날 용서해요. 사랑의 포로가 되어 새로운 임과 함께 멀리 떠납니다'라고요……. 그런데 그 측량사란 놈은 손톱도 깎지 않고 꽉 끼는 바지를 입는다는 이유만으로 제 마누라의 사랑을 얻은 겁니다. '뭐 이렇게까지 솔직한 녀석이 다 있담……' 하고 생각하시겠죠? 하지만 그게 아니에요! 저희같이 막 자란 사람들은 뭐든지 솔직하게 말하거든요. 그건 그렇고 옆으로 좀 물러납시다……. 미래의 재판관 나리 옆에 붙어서 있기도 송구스러우니까……."

그는 나를 끌고 창가로 갔다.

"저는 이 근방에서 익살꾼으로 통합니다." 이런저런 얘기를 하던 중에 그가 말했다. "제 말을 곧이곧대로 듣지 마세요. 곧잘 분개하는 성격이라 마구 독설을 퍼붓는 것뿐이니까. 그래서 이렇게 마음도 편하답니다. 사실 체면 같은 걸 차려서 뭐 한답니까? 저는 남이 저를 어떻게 평가하는지 눈곱만큼도 신경 쓰지 않는 데다 어디에 집착하지도 않아요. 저는 성질이 매우 고약하지요—하지만 어쩌겠어요. 성질이 고약한 사람은 적어도 공연한 데다 머리를 쓸 필요가 없지요. 성질이 고약하다는 게 얼마나 홀가분한 일인지 아마 상상도 못하실 겁니다…… 이 집 주인만 봐도 딱 알 수 있지 않습니까? 무엇 때문에 저렇게 부산한지, 원—줄곧 시계를 들여다보면서 빙글빙글 웃고, 땀을 뻘뻘 흘리며 점잖은 표정을 짓고 배를 곯리고. 고관이란 도무지 앉아 있는 꼴을 못 보겠어요! 저 보세요, 또 돌아다니는 거—보세요, 다리까지 절룩이네."

이렇게 말하고 루피힌은 키득키득 웃었다.

"한 가지 아쉬운 점은 여자가 한 명도 없다는 겁니다." 그가 깊은 한숨을 내쉬며 말을 이었다. "이거야 원, 독신자 모임도 아니고. 이래놓고 맛있는 음식이 다 무슨 소용이랍니까? 어라?" 그가 갑자기 외쳤다. "코젤리스키 공작이 왔군요. 저기 턱수염이 나고 노란 장갑을 낀 키 큰 사람 말입니다. 외국물 좀 먹었다는 걸 금방 알 수 있지요……. 저 사람은 늘 이렇게 늦게 와요. 멍청하긴 또 얼마나 멍청한지. 바보도 저런 바보가 없다니까요. 우리랑 이야기할 때 겸손을 떠는 꼴이며, 천박한 여자들의 아양에 더없이 너그러운 표정으로 웃어 보이는 꼴은 아주 볼 만합니다! ……어디 가는 길에 잠깐 이 고장에 머물 때면 가끔 농담도 해요—그런데 그 농담이란 것이 또 어찌나 걸작인지! 무딘 칼로 굵은 밧줄을 끊는 것과 같다고나 할까요. 저 사람은 절 싫어해요……. 그래도 어쨌든 인사는 하고 오지요."

그러더니 루피힌은 공작에게로 달려갔다.

"어이쿠, 저기 제 철천지원수가 왔군요." 그는 곧 돌아와서는 말했다. "저기 불그죽죽한 얼굴에 머리카락이 뻣뻣한 뚱뚱보가 보이시죠? —저기 저 모자를 움켜쥐고 벽을 따라 살금살금 걸으며 승냥이처럼 주위를 두리번거리는 놈이요. 제가 1,000루블이나 하는 말을 400루블에 넘겨주었는데도, 지금은 뻔뻔스럽게 저를 우습게 여기지요, 제길. 저렇게 경우 없는 인간도 없을 거예요. 특히 아침에 차를 마시기 전이나 점심이 막 지난 시각에 '안녕하세요' 하고 인사하면 '뭐요?' 대꾸하죠. 그런 식이라니까요. 아, 저기 칙임관 나리가 오셨군요." 루피힌이 계속 말했다. "퇴직한 문관 나리인데, 요즘은 신세가 말이 아니지요. 저이한테는 사탕수수 같은 딸과 임파선염에 걸린 공장이 있어요……. 아, 죄송합니다. 표현을 잘못했군요……. 하지만 무슨 소린지 알아들으시죠? 앗! 건축가도 왔군요! 수염을 기른 독일인인데, 자기 직업에 관해선 쥐뿔도 모르는 아주 희한한 녀석이죠! ……하긴 알아서 뭐 하겠습니까. 뇌물을 받아 원주와 기둥을 우리나라의 뼈대 있는 귀족댁에 최대한 많이 세워 주기만 하면 그만이죠!"

　루피힌은 다시 낄낄거리기 시작했다. ……그때 갑자기 집 안이 어수선해졌다. 고위 관리가 도착한 것이다. 집 주인이 허둥지둥 현관으로 달려나갔다. 주인을 진심으로 공경하는 하인과 열성적인 손님 몇 명도 뒤따라 달려나갔다. ……여태까지 왁자지껄하던 손님들의 말소리가 봄에 갓 태어난 벌집 속 꿀벌 소리처럼 부드럽고 듣기 좋은 말소리로 변했다. 그러나 성가신 말벌 루피힌과 나무랄 데 없는 수벌 코젤리스키만은 여전히 큰 소리로 떠들었다 ……. 드디어 여왕벌―고위 관리가 들어왔다. 사람들은 즉시 그 관리를 반갑게 맞이했다. 앉아 있던 사람들은 즉시 모두 일어났다. 루피힌에게 말을 싸게 산 지주조차 턱을 앞가슴에 묻으며 인사했다. 고위 관리는 흉내조차 내지 못할 만큼 심하게 거들먹거렸다. 절이라도 받는 사람처럼 머리를 뒤로 젖히고 흔들며, 한마디 꺼낼 때마다 코 먹은 소리로 길게 '아' 하는 소리 뒤에 아주 흡족하다는 뜻의 말을 짧게 덧붙였다. 그러고는 진심으로 분개하며 코젤리스키 공작의 턱수염*3을 바라보고, 공장과 딸을 가진 파산한 칙임관에게는 오른손 집게손가락만 내밀었다. 그로부터 5분 정도 흐르는 사이에 고관은 만찬에 늦지 않아 참으로 다행이라는 말을 두 번이나 했다. 이윽고 사람들은 이 세력가를 앞세우고 모두 식당으로 가버렸다.

　새삼 설명할 필요도 없겠지만, 고위 관리는 가장 상석, 곧 칙임관과 현(縣)의 귀족 대표 사이에 앉았다. 이 귀족 대표는 대단히 위엄 있는 표정을 짓고 있었는데, 풀 먹인 와이셔츠의 앞섶, 품이 큰 조끼, 프랑스 담배를 넣은 둥근 담뱃갑 등이 그 표정과 아주 잘 어울렸다. ―주인은 여기저기 뛰어다니며 손님들을 서로 소개하고, 분주하게 음식을 대접하고, 고위 관리 뒤를 지날 때마다 미소를 짓고, 어린아이처럼 방구석에 서서 수프 접시며 고기 접시를 사환 손에서 재빨리 빼앗았다. 집사가 길이가 1아르신*4 반이나 되는

---

*3 귀족의 신분으로 평민이나 기르는 보기 흉한 턱수염을 길렀다는 데에 분개하는 것이다.
*4 러시아 고유의 길이 단위. 1아르신은 71.12센티미터, 또는 28인치에 해당한다.

커다란 생선 입에 꽃다발을 물린 채 날라 왔다. 제복을 입은 뚱한 표정의 하인들은 말라가산 포도주며 마데라산 포도주를 가지고 와서 손님들 앞에 한 병씩 놓았다. 대부분의 귀족, 특히 나이 많은 귀족들은 마지못해 어울린다는 표정으로 건배를 거듭했다. 이윽고 샴페인이 펑펑 터지고 고관이 축사를 말했다. 이런 광경은 독자 여러분에게도 익숙할 것이다. 그러나 모두가 기뻐하며 경청하는 가운데 고관이 말한 일화는 특히 주목할 가치가 있는 것 같다. 누군가—아마도 파산한 귀족이었던 것 같다—현대 문학에 정통한 사람이 일반인, 특히 젊은이들에게 여성이 미치는 영향에 관해 이야기했다. 그러자 고위 관리가 맞장구치며 말했다. "그렇소, 옳은 말이오. 젊은이들에게는 엄격하게 복종하는 법을 가르쳐야 하오. 그러지 않으면 여자만 보면 환장을 하고 달려들 테니까. (어린아이처럼 밝은 미소가 손님들 얼굴에 일제히 떠올랐다. 어떤 지주는 눈에 감사하는 빛마저 떠올렸다.) 뭐니뭐니해도 젊은이란 생각이 모자라거든. (고위 관리는 거드름을 피우려고 그러는지, 이따금 엉뚱한 곳에 악센트를 주어 발음했다.) 내 아들 이반만 봐도 그렇소." 그가 말을 계속했다. "그 얼간이가 스무 살이 되자 별안간 내게 와서 이러는 거요. '아버지, 저 결혼시켜 주세요.' 나는 말했지. '이 멍청한 놈, 먼저 취직이나 해라…….' ……그랬더니 실망해서 울질 않겠소. ……하지만 난…… 그 뭐냐……. (고관은 이 '그 뭐냐'라는 말을 입술이 아니라 배로 했다. 그는 여기서 잠시 입을 다물고, 옆에 앉은 칙임관을 자못 거만한 얼굴로 바라보며 눈썹을 한껏 추켜올렸다. 칙임관은 유쾌한 듯이 머리를 조금 기울이고서, 고관 쪽을 향한 한쪽 눈을 재빨리 끔뻑해 보였다.) 아무튼, 그래서 어떻게 됐겠소?" 고관이 다시 입을 열었다. "인제 와서는 아들놈이 나한테 이런 편지를 보내질 않겠소. '아버지, 어리석었던 제 눈을 뜨게 해주셔서 고맙습니다.' ……역시 엄하게 가르쳐야 한다는 거요." 물론 손님들은 모두 이 축사에 두말할 것 없이 동의했으며, 재미있고도 유익한 이 이야기에 기운을 얻은 것처럼 보였다……. 저녁식사가 끝나자 사람들은 일제히 일어나 왁자하게, 그러나 예의를 갖추어, 이런 자리에서만 허락되는 소란을 부리며 응접실로 이동했다. ……카드놀이가 시작되었다.

　이러저러하는 사이에 해가 저물어 버렸다. 나는 마부에게 내일 아침 5시에 마차를 준비하라 이르고 내 방으로 돌아왔다. 그런데 그날 뜻하지 않게 흥미로운 또 다른 인물과 알게 되었다.

손님이 많아 누구든 방 하나를 독차지하고 잘 수는 없었다. 알렉산드르 미하일리치의 집사가 안내해 준 크고 눅눅한 녹색 방에는 벌써 어떤 손님이 와서 옷을 다 벗고 있었다. 그는 나를 보더니 황급히 담요 밑으로 기어들어가 코끝까지 담요를 뒤집어쓰고, 부드러운 깃털이불 위에서 한동안 꿈지럭대더니 이윽고 조용해졌다. 그런가 싶더니 무명으로 만든 둥근 나이트캡 밑으로 눈을 빛내며 빼꼼히 내다보았다. 나는 다른 침대(이 방에는 침대가 두 대밖에 없었다)로 다가갔다. 그러고는 옷을 벗고 눅눅한 홑이불 위에 몸을 뉘었다. 사나이가 내 침대 쪽으로 몸을 돌렸다. ……나는 그에게 잘 자라고 말했다.

30분쯤 흘렀다. 줄곧 잠을 청하려 했지만, 도무지 잠이 오지 않았다. 떨쳐낼 수 없는 상념이 꼬리에 꼬리를 물고 물레방아의 날개처럼 집요하고 단조롭고 하염없이 이어졌다.

"잠이 안 오는 모양이군요." 사나이가 입을 열었다.

"네, 보시다시피." 내가 대답했다. "당신도 그런가요?"

"저는 늘 잠이 안 온답니다."

"왜 그렇죠?"

"이유는 모르겠는데 늘 그렇답니다. 결국 잠들긴 하지만 어떻게 해서 잠이 드는지는 모르겠어요. 잠자리에 드러누워 있는 사이에 잠이 드는 거죠."

"졸리지도 않은데 어떻게 잠자리에 든단 말입니까?"

"그러면 어떻게 해야 합니까?"

나는 사나이의 질문에 대답하지 않았다.

"참 이상하군요." 잠시 말이 없다가 그가 다시 입을 열었다. "어째서 여기엔 벼룩이 없을까요? 여기에 없으면 도대체 어디에 있는 걸까요?"

"벼룩을 동정하시는군요." 내가 말했다.

"그럴 리가요. 다만 뭐든 철저한 걸 좋아하거든요."

'어럽쇼.' 나는 생각했다. '별 희한한 말을 다 하는군.'

사나이는 다시 한동안 말이 없었다.

"저랑 내기 하나 하시렵니까?"

그가 큰 목소리로 불쑥 말했다.

"무슨 내기를요?"

나는 그 사나이가 재미있어졌다.

"흠…… 무슨 내기라? 그렇지, 이게 좋겠군. 사실 당신은 절 바보라고 생각하죠?"

"천만의 말씀을." 나는 깜짝 놀라 웅얼거렸다.

"무식하다, 눈뜬장님이다……라고요. 솔직히 말씀해 보세요……."

"처음 뵙는 분에게 어떻게……." 내가 대꾸했다. "왜 그런 결론을 내리셨죠……?"

"어떻게는요! 말투만 보면 금방 알죠. 건성으로 대답하고 계시니까……. 하지만 전 당신이 생각하는 그런 사람이 아닙니다……."

"실례합니다만……."

"아니, 제 말을 끝까지 들어보세요. 첫 번째로, 저는 프랑스어라면 당신만큼 말할 줄 알고, 독일어라면 당신보다 잘합니다. 두 번째로, 저는 외국에서 3년이나 살았답니다. 베를린에서만 여덟 달이죠. 헤겔을 연구했거든요. 괴테는 모두 암기한답니다. 게다가 오랫동안 독일 교수의 딸을 사모하다가 귀국해서 폐병 걸린 처녀와 결혼했지요. 머리숱은 좀 없지만, 인물은 꽤 괜찮은 여자였습니다. 그러고 보면 당신하고 조금도 다를 바 없죠? 난 당신이 생각하는 그런 무식쟁이가 아니랍니다……. 저 역시 반성으로 골머리를 앓아온 인간인지라 충동적인 면은 조금도 없습니다."

나는 고개를 들고 이 기묘한 사나이를 자세히 관찰하려고 했다. 하지만 어둠침침한 등불 탓에 그의 생김새를 자세히 뜯어보기란 불가능했다.

"당신은 지금 절 보고 계시는군요." 그가 나이트캡을 고쳐 쓰며 말을 이었다. "분명 이상하게 생각하고 있겠죠. 어째서 오늘 이 친구가 눈에 띄지 않았을까 하고. 어떻게 제가 눈에 띄지 않을 수 있었는지 말씀드리죠. 실은 제가 말을 하지 않았기 때문입니다. 남의 말소리에 묻힌 채 문간 뒤에 서서 아무하고도 대화를 나누지 않았죠. 집사가 쟁반을 들고 제 앞을 지나갈 때는 제 가슴 높이까지 팔꿈치를 들었기 때문에 얼굴이 안 보였던 거고요……. 그럼 왜 그랬냐? 그 이유는 두 가지입니다. 첫째는 제가 가난해서이고, 둘째는 제가 세상을 포기했기 때문이죠. ……아닌 게 아니라 당신도 저를 못 보셨죠?"

"네. 끝까지……."

"아, 그럴 겁니다, 그럴 거예요." 그가 내 말을 가로막았다. "잘 압니다."

그가 일어나 팔짱을 꼈다. 모자 그림자가 벽에서 천장까지 길게 꺾이며 드리워졌다.

"그리고 솔직하게 말씀해 주세요." 그는 곁눈질로 나를 힐끔 보며 덧붙여 말했다. "분명 당신 눈에는 제가 엄청난 괴짜, 이른바 기인, 아니 어쩌면 그보다 더 이상한 놈으로 보이겠지요. 혹 제가 일부러 괴짜인 척한다고 생각하십니까?"

"아까도 말씀드렸다시피 난 당신을 전혀 모르는데 어떻게 그런 생각을 하겠습니까……."

그는 일순간 눈을 내리깔았다.

"어쩌다 난생처음 보는 당신과 이런 뜻하지 않은 대화를 하고 있는지—정말 이상하군요, 정말 이상해요! (그는 한숨을 내쉬었다.) 의기투합한 사이도 아니고, 저나 당신이나 존경할 만한 사람도 아닌데 말입니다. 즉, 이기주의자란 말입니다. 당신은 저한테 조금도 볼일이 없고, 저도 당신한테 아무 볼일이 없습니다. 그렇지 않습니까? 그런데 둘 다 잠을 못 이루지요……. 그래서 대화 좀 나눈다는데 뭐가 이상하지요? 제가 아까부터 지껄이고는 있습니다만, 자주 그러는 건 아닙니다. 전 뭐랄까요, 시골뜨기라거나 지위가 없고 가난해서가 아니라 엄청나게 자존심이 세서 수줍음이 아주 많습니다. 하지만 언제 어디서라고 딱 꼬집어 이야기할 수도 없고 예상도 할 수 없지만, 때와 장소에 따라서 그런 부끄러움 따위는 오늘 밤처럼 온데간데없이 사라지고 말지요. 지금 같아선 달라이라마한테도 태연하게 코담배를 한 모금 달라고 조를 수 있을 것 같아요. 그건 그렇고, 이제 좀 졸린가 보군요?"

"천만에요." 나는 황급히 대답했다. "오히려 당신과 대화를 나누는 게 퍽 유쾌한걸요."

"제 이야기가 재미있다는 말씀이군요……. 그렇다면 저도 만족스럽습니다. 아무튼 말이죠. 아까 말씀드렸다시피 사람들은 저를 기인이라고 부른답니다. 다시 말해, 시시한 잡담을 나누는 사이에 어쩌다 제 이야기가 나오면 완전히 저를 기인 취급하는 거예요. 딱 '남의 운명에 가슴 아파하는 사람은 없다'라는 격언 꼴이지요. 그들은 저를 모욕하려는 겁니다……. 아, 슬픈 일입니다! 하지만 그들이 어찌 알겠습니까……. 저한테는 조금도 별난 구석이 없다는 것을요. 지금처럼 신이 나서 떠들기 시작하는 일도 있기는 하지만, 그럴 때를 빼고는 멍한 구석이 조금도 없는데요. 그래서 제가 피해를 보는 겁니다. 게다가 지금 말한 것 같은 기행은 거론할 가치도 전혀 없는데 말입니다. 아주 유치하고 저급한 기행이니까요."

그는 내 쪽으로 몸을 돌리고 손을 흔들었다.

"그런데!" 그가 소리를 질렀다. "전 이렇게 생각해요. 즉 세속 생활은 대체로 기인에게만 가치가 있다는 거지요. 기인만이 살아갈 권리를 갖는다고요……. Mon verre n'est pas grand, mais je bois dans mon verre(내 잔은 크지 않지만, 나는 내 잔으로 마시리라). 누군가가 말했지요. 어떻습니까," 그가 목소리를 낮추어 덧붙였다. "프랑스어 발음이 깨끗하지요? 아무리 두뇌가 크다 해도, 아무리 이해력이 좋고 지식이 풍부하고 시대에 뒤처지지 않는다 해도, 자기만의 것, 독자적인 것, 고유의 것을 갖지 못한다면 그게 다 무슨 소용이겠습니까! 그것이야말로 이 세상의 낡은 것을 저장할 창고를 하나 더 늘리는 거나 다름없습니다―그래서 누가 어떤 만족을 얻을 수 있을까요? 어리석을지언정 너 자신의 모습으로 살아라! 자기만의 체취, 자기 자신만의 체취를 가져라, 그것이 중요하다! ―그렇다고 제가 대단한 체취를 요구한다고는 생각하지 마십시오……. 절대로 그런 건 아니랍니다! 저 같은 기인은 수두룩합니다. 어디를 가나 기인은 있지요. 살아 있는 인간은 죄다 기인이에요. 더구나 전 그 기인 축에도 못 끼죠!"

잠시 잠자코 있다가 그가 다시 말을 시작했다. "그건 그렇고 젊었을 때는 얼마나 큰 포부를 가졌던지요! 외국으로 가기 전, 아니 돌아와서도 한동안은 나 자신을 얼마나 과대평가했던지요! 전 외국에 가서 열심히 귀를 기울였습니다. 하지만 언제나 독불장군이었어요! 저처럼 뭐든지 혼자 지레짐작하다가 결국에는 낫 놓고 기역자도 모르게 되는 사람들이 흔히 그러듯이 말이죠."

"기인, 기인!" 그는 자책하듯이 머리를 흔들며 말을 이었다……. "사람들은 저더러 기인이라고 하죠……. 하지만 저 같은 사람이 기인이라면 이 세상에는 기인이 아닌 사람이 없을 겁니다. 전 남들이 태어나니까 덩달아 태어난 게 아닌가 싶습니다. ……분명히 그럴 겁니다! 여태껏 배운 작가들을 홍

내내며 살고 있고요. 얼굴에 구슬땀을 흘리며 말이죠. 공부도 해보고, 사랑도 했습니다. 결국에는 마누라도 얻었고요. 그러나 제 의사로 하는 게 아닌 것처럼, 어떤 의무나 교훈을 지킨다는 식으로 말입니다—그런 걸 누가 알아채겠어요!"

그는 머리에 쓴 나이트캡을 움켜쥐더니 마룻바닥에 내팽개쳤다.

"제 인생 이야기를 들어 주시겠습니까?" 그가 더듬더듬 물었다. "아니, 인생 이야기라기보다는 제 인생에서 좀 유별났던 사건을 짤막하게?"

"네, 그러지요."

"아니, 그것보다도 먼저 어떻게 결혼했는지 그 이야기를 하는 편이 좋겠군요. 결혼이란 퍽 중요한 일이잖습니까. 한 사람의 인생 전체를 시험하는 시금석이니까요. 결혼이란 사물을 비추는 거울과도 같지요……. 하지만 이 비유는 너무 케케묵었군요……. 실례합니다만, 코담배를 한 모금 피워도 되겠습니까?"

그가 베개 밑에서 담뱃갑을 꺼내어 뚜껑을 열고 통째로 흔들면서 다시 말하기 시작했다.

"당신이 제가 되었다고 상상해 보십시오……. 그리고 스스로 판단해 보세요. 제가 헤겔의 백과사전에서 어떤, 과연 어떤 이익을 얻었겠습니까? 그 백과사전과 러시아인의 삶에 어떤 공통점이 있겠습니까? 그리고 우리의 삶에 그것을, 그 백과사전만이 아니라 모든 독일철학을…… 더 나아가 과학을 어떤 식으로 적용해야 좋겠습니까?"

그는 마룻바닥에 발을 쿵쿵 구르고 분하다는 듯이 이를 바득바득 갈며 빠르게 주절대기 시작했다.

"아, 그거다, 바로 그거야! ……그렇다면 너는 뭣 하러 외국 같은 델 나간 거냐? 어째서 고향에 얌전히 눌러앉아, 너를 둘러싼 삶을 차분히 연구하지 않은 거냐? 삶에 무엇이 필요한지 가려내고 나아갈 방향도 가려내어 이른바 네 사명이란 것을 똑똑히 이해할 수 있었을 텐데. ……이렇게 말씀하실지도 모르지만, 천만의 말씀이죠." 쭈뼛쭈뼛 자기변명이라도 하듯이 다시금 그의 말투가 바뀌었다. "아직 그 어떤 천재도 책으로 써내지 못한 것을 무슨 수로 연구하란 말입니까! 저는 그것에서, 그러니까 러시아의 삶에서 그 어떤 가르침도 얻지 못했습니다. 스승이 되어야 할 상대방은 유감스럽게도 아무 말이 없었죠. 알아서 깨달으라는 식으로요. 하지만 저에겐 역부족이었죠. 저는 추론과 결론을 제시해 주길 바랐죠……. 그러면 상대방은 '결론? 여기에 결론이 있으니 우리 모스크바 사람에게 물어보아라. 모스크바 사람은 밤 뻐꾸기처럼 유창하게 말할 줄 아니까'라는 겁니다. 그러나 애석하게도 그들은 쿠르스크의 밤 뻐꾸기처럼 지저귈 줄만 알았지 사람처럼 말하는 법을 몰랐습니다……. 그래서 저는 생각하고 또 생각했지요. 안개는 어디를 가나 매한가지이듯 진리도 하나다—이렇게 생각하고는 고향을 떠나 낯선 이국의 이교도들 틈으로 뛰어들었습니다……. 왜 그랬을까요! 혈기와 자만심에 취해서지요. 사람들은 기름기가 도는 것도 건강한 증거라고들 하지만, 저는 때가 오기도 전에 자만심에 빠져 기름기부터 돌게 하고 싶지 않았습니다. 물론 서서히 살이 오르기도 전에 지방질부터 붙을 리도 없지만요!"

"그건 그렇고." 잠시 생각한 뒤 그가 덧붙였다. "어떻게 결혼하게 됐는지 이야기해 드리기로 했었죠. 그럼 들어 주십시오. 먼저 말씀드릴 것은 아내가 이미 이 세상에 없다는 사실입니다. 두 번째는…… 두 번째는, 아무래도 제 청년 시절 이야기를 먼저 해야겠군요. 그러지 않으면 뭐가 뭔지 제대로 이해하지 못하실 테니까요. 그런데 아직도 정말 졸리지 않으십니까?"

"네, 졸리지 않습니다."

"그럼 됐습니다. 자, 들어 보세요……. 옆방에서 칸타그리힌 씨가 코를 고는군요, 품위 없기는! 저는 그리 부유하지 않은 부모 사이에서 태어났습니다. 제가 굳이 '부모'라고 말하는 건, 사람들 말로는 저에게 어머니 외에 아버지도 있었다고 하니까요. 저는 기억나지 않지만, 아버지는 그리 영리하지 못한 사람으로, 코가 크고, 주근깨가 있고, 머리털이 붉고, 한쪽 콧구멍으로 코담배를 피웠다고 해요. 어머니 침실에는 검은 목깃을 귀까지 세우고 붉은 옷을 입은 아주 볼품없이 생긴 아버지 초상화가 걸려 있었지요. 저는 그 앞으로 끌려가 어머니에게 얻어맞곤 했습니다. 어머니는 그때마다 아버지 초상화를 가리키며 '아버지가 계셨다면 이 정도로 끝나지는 않을 거다!' 하셨죠. 그 말이 얼마나 제게 용기를 주었는지 상상하실 수 있나요? 저에겐 형제가 없었습니다. 실은 남동생이 하나 있었습니다만, 후두부에 척수염이 걸려 내내 누워 지내다가 일찍 죽어버렸지요……. 어째서 영국에서 건너온 척수염이란 병이 쿠르쿠스 현 시치그로프 군에까지 들어왔는지 궁금합니다.

하지만 이건 중요한 이야기가 아닙니다. 제 교육은 어머니가 맡아서 하셨는데, 배운 것 없는 여자의 몸으로 열심히 가르쳐 주셨지요. 태어난 바로 그날부터 열여섯 살이 될 때까지 가르쳐 주셨답니다……. 제 이야기를 듣고 계신가요?"

"물론입니다. 계속하세요."

"좋습니다. 제가 열여섯이 되자 어머니는 기다렸다는 듯이, 제가 프랑스어를 가르쳐 주던 네진의 아랍인 구역에서 온 필리포비치라는 독일인 가정교사를 내쫓고 저를 모스크바에 있는 대학에 보냈죠. 그러나 곧 큰아버지 손에 저를 남기고, 돌아오지 못할 길을 떠나신 겁니다. 큰아버지는 시치그로프군뿐 아니라 다른 곳에도 이름난 유능한 변호사로, 코르툰 바브라라는 이름이었지요. 이 큰아버지이자 변호사인 코르툰 바브라가, 흔히 있는 일이지만, 제 재산을 몽땅 가로채 버렸습니다……. 하지만 이것도 중요한 이야기가 아니군요. 대학에 들어간 저는—그제야 어머니의 고마움을 깨달을 수 있었습니다—제법 교양을 갖추고 있었습니다. 하지만 독창력이 부족하다는 사실은 그때부터 확실히 깨달았죠. 제 소년 시절은 다른 사람의 그것과 조금도 다를 바가 없었습니다. 저도 온실 속의 화초처럼 소심하고 약골로 자랐으며, 어려서부터 시 암송 따위를 해댄 탓에 몸이 허약했죠. 툭하면 공상에 빠지기나 하고……. 네? 무슨 공상을 했냐고요? —글쎄요, 아름다움이라든가…… 뭐 그런 거요. 대학에 들어가서도 크게 다른 길을 걸은 것은 아니었습니다. 저는 곧 학회에 들어갔습니다. 당시는 지금과 달랐어요……. 당신은 학회가 어떤 건지 모르실 테죠? 실러가 어디선가 이런 말을 했을 겁니다.

Gefährlich ist's den Leu zu wecken
Und schrecklich ist des Tigers Zahn
Doch das schrecklichste der Schrecken
Das ist der Mensch in seinem Wahn!
위험한 일은 사자의 잠을 깨우는 것
무서운 것은 호랑이의 이빨
그보다 더욱 무서운 것은
분수를 모르는 사람!

그러나 사실 실러는 Das ist ein 'Krujok'……in der Stadt Moskau(무서운 것은 모스크바의 학회)라고 말하고 싶었을 겁니다."

"학회*5가 뭐가 무섭다는 거죠?" 내가 물었다.

그러자 사나이는 나이트캡을 휙 줍더니 코까지 눌러 썼다.

"뭐가 무섭냐고요?" 그가 외쳤다. "그야 학회가 모든 독창적 발달을 파탄으로 몰고 가니까 그렇죠. 학회는 사회나 여성이나 삶을 추하게 바꿔 놓은 모습입니다. 학회는…… 아, 잠깐만요. 학회가 어떤 건지 말씀드리죠! 학회란 밖에서 보면 아주 그럴싸하고 합리적인 일을 하는 것처럼 보이지만, 실은할 일 없는 자들이 빈둥거리는 모임일 뿐입니다. 이 학회는 평범한 이야기를 논의거리로 만들고, 아무짝에도 쓸모없는 만담이나 연습하고, 혼자 조용히유익한 일을 하려고 하면 방해나 놓지요. 게다가 문학적 옴을 옮겨 마침내는맑은 영혼이나 생기를 앗아가 버립니다. 또한, 동포애다 우정이다 하는 듣기좋은 말을 내세우지만, 실상은 어리석고 따분한 모임이에요. 속내를 털어놓는다, 동정한다는 말은 그럴듯하게 하지만, 오해와 궤변의 연속이지요. 학회에서는 고맙게도 모든 회원이 저마다 언제든 다른 회원의 마음속 깊숙이 더러운 손을 쑤셔 넣어도 좋도록 되어 있어서, 마음에 때묻지 않은 순결한 부분을 가진 사람은 아무도 없죠. 학회에서는 구차한 수다쟁이나 자만심 강한천재나 늙은이 행세하는 젊은이를 숭배하고, 재능은 없어도 '깊이가 있어 보이는' 사상을 지닌 시인을 대단하게 여깁니다. 학회에서는 고작 열일곱 먹은

---

*5 1825년 12월, 이른바 '데카브리스트(12월 당원)'가 반란을 일으켰다. 가장 진보적인 사상을 논하는 사람에게 대대적인 탄압이 가해졌지만, 폭력은 새로운 지식계급의 지적 활동을 억압하지 못했다. 1830년이 되자 당시 새로운 사상의 중심지였던 모스크바에서는 대학마다 각종 학회가 생겨났다. 특히 주목할 것은 스탄케비치(1813~1840)를 중심으로 한 스탄케비치회와 게르첸(1812~1870)을 중심으로 한 게르첸회였다. 전자는 독일 관념철학(특히 셸링, 나중에는 헤겔)에 공감하고, 독일 낭만주의 사상—"예술을 통한 자아와 세계정신의 융합"—을 신봉하며, 주관적인 자기완성을 목표로 하는 대학생을 주축으로 형성되었다. 후자는 프랑스의 공상적 사회주의자 생시몽의 사상에 감명받아 다수의 공존공영을 꿈꾸고, 지극히 관념적으로 러시아의 현실을 부정하며, 공상적 사회주의자의 한없는 사회이상에 불타는 청년 학생들로 구성되었다. 꽤 나중의 일이지만, 투르게네프는 전자에 가입했다. 후자는 1834년에 해산을 명령받았다. 여기서 이 햄릿의 말을 보면, 그가 한때 스탄케비치회에 속했으며, 심미적인 이상주의 경향과 러시아의 현실 사이의 괴리에 절망한 1840년대의 진보적 귀족이었음을 유추할 수 있다.

애송이라도 여자가 어쩌고 사랑이 어쩌고 하고 건방을 떨며 잘난 체하지요. 그런 주제에 정작 여자 앞에 서면 꿀 먹은 벙어리가 되거나 책에서 읽은 말이나 늘어놓습니다. 하지만 금방 밑천이 드러나죠! 학회에서는 시건방진 웅변이 빈번합니다. 학회에서는 경찰관처럼 서로가 서로를 탐색합니다……. 아, 학회, 넌 학회(쿠르조크)가 아니라 어엿한 인간을 남김없이 멸망으로 이끄는 순환원(쿠르그)*6이다!"

"실례입니다만, 그건 좀 과장된 것 같은데요." 내가 끼어들었다.

사나이는 잠자코 나를 바라보았다.

"글쎄요, 그럴지도 모르죠. 우리에게 남은 유일한 즐거움은 과장되게 말하는 버릇이니까요. 아무튼, 저는 그런 식으로 모스크바에서 4년을 보냈습니다. 그 세월이 얼마나 후다닥 지나갔는지 이루 다 표현할 수 없답니다. 돌이켜보면 슬프기도 하고 분하기도 합니다. 아침에 눈을 떴나 싶으면, 썰매를 타고 산을 내려오듯이…… 문득 정신을 차리면 어느새 기슭에 와 있고 다시 해가 집니다. 졸려 보이는 하인이 겉옷을 입혀주면 친구네로 외출을 하죠. 담배를 피우고, 연한 차를 벌컥벌컥 들이켜고, 독일 철학이며 연애며 영혼의 영원한 광명이며 그 밖에 뜬구름 잡는 문제를 논하곤 했죠. 그러나 그런 와중에도 저는 독자성을 지닌 독창적인 사람들을 만났습니다. 그런 사람들은 자기 자신을 아무리 죽이고 아무리 압박해도 본성이 저절로 나타나게 마련이죠. 그렇지만 애석하게도 저는 쓸모없게 태어난 인간이어서, 아무리 저 자신을 말랑말랑한 밀랍처럼 주물럭거려도 그 모양 그대로 있는 것이었습니다! 그러는 사이에 어느덧 저는 스물세 살이 되었습니다. 그때 부모님의 유산을 상속받았죠. 솔직히 말해 유산이라고 해봐야, 후견인이 '이 정도는 남겨 줘도 되겠지' 하고 맘대로 정한 일부에 불과했지만요. 저는 농노 신분에서 해방된 바실리 쿠드랴셰프에게 제 전재산의 관리를 맡기고 멀리 베를린으로 떠났습니다. 그리고 표면상으로는 앞서도 말씀드렸다시피, 그곳에서 3년을 살았지요. 실생활은 어땠느냐? 그쪽에서도 저는 독창력 없는 인간이었습니다. 먼저 제가 유럽에 관해서도 유럽의 생활에 관해서도 털끝만큼도 배우지 않았다는 건 새삼 말할 필요도 없겠지요. 저는 독일인 교수의 강의를

*6 쿠르조크, 쿠르그 모두 영어로는 circle로, 원·범위·집단·학회·당·동아리 등의 뜻이 있다.

듣고, 독일어 책을 본고장에서 읽었습니다……. 굳이 남들과 다른 점을 꼽자면 이것 정도입니다. 저는 수도사처럼 고독한 생활을 했습니다. 그나마 친하게 지냈던 사람이라고는 퇴직한 육군 중위 정도였는데, 그도 저처럼 솟구치는 지식욕에 괴로워했지만, 이해력이 떨어지고 원체 말주변도 없는 사람이었습니다. 저는 펜자*7나 그 밖의 다른 비옥한 시골에서 온 멍청한 가족들과 사귀고, 카페에 드나들고, 잡지를 읽고, 저녁에는 연극을 보러 갔습니다. 토박이들과는 거의 사귀지 않았고, 누구와 대화를 나누기도 어쩐지 거북스러워서 집에는 아무도 초대하지 않았습니다. 다만 끈질기게도 유대계 청년 두세 명은 줄곧 찾아와 제게서 돈을 빌려갔죠—der Russe(러시아인)이 남의 말을 잘 믿는 점을 이용해서요. 그러던 중 뜻하지 않던 묘한 계기로 저는 한 교수의 집에 드나들게 되었습니다. 즉, 이렇습니다. 처음에는 제가 그 교수의 강의를 듣고 싶어 허락을 받으려고 찾아갔습니다. 그런데 왜 그랬는지는 모르지만, 그 교수가 저를 그날 저녁식사에 당장 초대한 겁니다. 그 교수에게는 딸이 둘 있었는데, 둘 다 나이는 스물일곱쯤 되었습니다. 땅딸막하고—사실이 그랬습니다—잘생긴 코에, 아름답게 물결치는 머리카락에, 옅은 파란색 눈에, 분홍색 손에 손톱이 희었지요. 한 사람은 린헨이라고 하고, 또 한 사람은 민헨이라고 했습니다. 아무튼 저는 교수의 집을 자주 방문하게 되었습니다. 사실 이 교수는 딱히 우둔하지는 않으나 어딘가 얼빠진 듯한 사람이었습니다. 강단에서는 명확하고 조리 있게 이야기하지만, 집에 돌아오면 늘 안경을 이마 위로 올리고서 혀 꼬부라진 소리를 했지요. 그래도 꽤 박식한 사람이었습니다……. 그래서 어떻게 되었을까요? 문득 정신을 차리고 보니 저는 린헨을 짝사랑하고 있는 것 같았습니다. 그로부터 여섯 달 동안 줄곧 그런 기분이었지요. 실제로는 그녀와 그다지 이야기를 주고받지도 않았습니다. 대화를 나누기보다는 서로의 얼굴을 보고 있을 때가 많았죠. 그러나 감동적인 글들을 목청껏 읽어주거나, 남몰래 그녀 손을 잡거나, 저녁마다 그녀와 나란히 끈질기게 달을 바라보며 달이 없을 때는 그저 하늘을 올려다보며 공상에 빠지곤 했습니다. 게다가 그녀는 커피를 아주 맛있게 끓였지요! 그 이상 뭘 더 바라랴 싶었지요. 단, 혼란스러운 것이 하나 있었습니

---

*7 모스크바 동남부에 있는 도시. 곡물의 대집산지이자 다양한 공장이 있다.

다. 형용할 수 없이 행복한 그 순간이 되면 어찌된 영문인지 가슴이 답답하고 오슬오슬 오한이 드는 것이었습니다. 마침내 저는 그것을 견디지 못하고 도망쳤습니다. 저는 그로부터 꼬박 2년을 더 외국에서 보냈습니다. 이탈리아에서는 로마의 〈그리스도의 변모〉와 피렌체의 〈비너스〉 앞에 서자마자 한없는 환희에 휩싸여 무아지경이 되었습니다. 그야말로 귀신에 홀린 기분이었지요. 밤이 되면 시도 끼적이고, 일기도 썼습니다. 말하자면 저는 거기서도 남들 흉내나 냈다 이 말입니다. 그러니 고작 이 정도로 기인이라고 한다면, 기인이란 참 되기 쉬운 것이겠죠. 결론부터 말하자면 저는 그림이나 조각은 흥미조차 없었습니다……. 그러면 그렇다고 솔직히 말해 버리면 좋을 텐데…… 그게 좀처럼 되질 않았어요! 그래서 안내인을 고용해서 프레스코 벽화 따위를 보러 다녀야 했지요……."

그는 다시 고개를 수그리고 나이트캡을 벗어 던졌다.

"마침내 저는 귀국했습니다." 지친 목소리로 이야기를 계속했다. "저는 모스크바에 도착했습니다. 그러자 놀라운 변화가 일어났습니다. 외국에 있을 때는 거의 입을 다물고 살던 제가 그곳으로 돌아가자마자 이상하리만치 활기차게 알아서 지껄이기 시작한 것입니다. 동시에 꼴사납게도 저 자신이 아주 대단한 사람이라는 자만심에 빠졌습니다. 저를 거의 천재로 생각했던 관대한 사람들도 있었습니다. 여자들은 제 허튼소리에 열심히 귀 기울여 주었지요. 그러나 높은 명성을 영원히 유지하기란 불가능했습니다. 어느 화창한 아침, 저에 관한 추문이 퍼졌습니다. (누가 그런 말을 꾸며냈는지는 모르겠습니다만, 아마 소심하고 용기 없는 놈일 테지요—모스크바에 그런 놈은 지천으로 깔렸으니까.) 한번 소문이 일어나자, 딸기밭의 딸기처럼 순식간에 싹을 틔우고 덩굴을 뻗어나갔습니다. 그 덩굴에 몸이 칭칭 감긴 저는 어떻게든 그것에서 벗어나려고 발버둥쳤지만—소용없었습니다. ……마침내 저는 모스크바를 도망치듯 떠났습니다. 그곳에서도 저는 별 볼 일 없는 인간이었던 겁니다. 급성 두드러기가 나면 그것이 가라앉기를 기다리듯 얌전히 그 재앙이 지나가기를 기다렸어야 했는데 말입니다. 그랬다면 분명 관대한 친구들은 다시 두 팔을 활짝 벌려 저를 받아들이고, 여자들은 다시 내 이야기에 웃는 얼굴을 보여주었을 텐데…… 그렇지만 무엇보다도 제가 독창적인 인간이 아니었던 게 잘못이었습니다. 한번 상상해 보세요. 저는 갑자기 진지해졌습니다. 지껄이는 게, 쉬지도 않고 지껄이는 게, 어제는 아르바트에서 오늘은 트루바에서 내일은…… 시프체프 브라조크에서, 이런 식으로 지껄여대는 게 왠지 부끄러워졌습니다……. 그런데 말입니다, 그래도 사람들이 내 얘길 듣고 싶다고 하면? 이 방면의 진짜 투사들을 보십시오. 그런 감정은 눈곱만큼도 신경 쓰지 않아요. 오히려 지껄이는 게 당연하다고 생각하지요. 그러니까 어떤 사람은 20년을 하루같이, 그것도 매번 똑같은 말만 되풀이하지 않습니까? 자기 자신에 대한 신념과 자부심은 무서운 힘을 갖고 있어요! 저한테도 자부심은 있었습니다. 지금도 완전히 자취를 감춘 건 아니지요……. 그러나 불행이 또 하나 있었습니다. 저는 독창적인 인간이 아니었기에 무슨 일이든 흐지부지 끝내버렸다는 거지요. 어차피 자부심을 지니고 태어났다면 계속 갖고 있던지, 그러지 않을 바엔 아예 갖고 있지 말았어야 했는데. 하여튼 처음에는 많은 고생을 했습니다. 더구나 외국에서 지내느라 재산도 탕진하고 말았죠. 그렇다고 아직 젊은 주제에 몸이 젤리처럼 흐물흐물한 상인의 딸과 결혼할 배짱도 없었지요. 그래서 저는 제 영지로 낙향해 버렸습니다." 여기까지 쉴새없이 말하던 사나이는 다시 나를 힐끔 바라보고 덧붙였다. "전원생활의 첫인상, 즉 자연의 아름다움이라든가 은거 생활의 조용한 매력 같은 이야기는 생략해도 되겠지요……?"

"네, 되고말고요." 나는 대답했다.

"게다가," 그가 말을 계속했다. "적어도 저는 그런 것들에는 별로 관심이 없거든요. 전 시골에서는 우리에 갇힌 강아지처럼 쓸쓸했습니다. 물론 솔직히 말해서 시골로 돌아오는 도중에, 그리웠던 봄의 자작나무 숲을 지날 때는 머리가 이상해지고 가슴은 막연하고 달콤한 기대감으로 두근거렸습니다. 하지만 아시다시피 이런 어렴풋한 기대감은 실현된 예가 없죠. 도리어 뜻밖의 사소한 사건이 일어나기 마련입니다. 이를테면 전염병, 체납, 경매 같은 거요. 저는 지배인 야코프의 도움으로 힘겨운 하루하루를 버텨냈습니다. 이 사나이는 예전 관리인 대신 고용한 사람인데, 그 관리인보다 덜하긴 해도 점점 엇비슷한 수준이 되어 갔습니다. 더구나 타르를 칠한 그의 장화 냄새가 아침부터 밤까지 저를 괴롭혔죠. 아무튼 그렇게 쪼들리는 나날을 보내는 사이에, 문득 근처에 친하게 지냈던 가족이 산다는 사실이 문득 떠올랐습니다. 죽은 퇴직 육군 대령의 부인과 두 딸이었죠. 저는 마차를 준비시켜 그 집을 찾아갔습니다. 아마 그날은 영원히 잊을 수 없을 겁니다. 여섯 달 뒤, 그 과부의 둘째딸과 제가 결혼한 것입니다······!"

사나이는 머리를 숙이고 두 팔을 공중으로 쳐들었다.

"아무튼," 그가 부지런히 말을 이었다. "저는 망자에 관한 싫은 기억은 말하고 싶지 않습니다. 그런 일은 딱 질색이거든요. 그녀는 더없이 고상하고 마음씨 고운 여인이었습니다. 사랑 많고, 어떤 희생에도 견딜 수 있는 사람이었지요. 지금 말하는 것이지만, 솔직히 제가 그녀를 잃는 불행을 겪지 않았더라면 오늘 이렇게 당신과 대화를 나누는 일은 없었을 겁니다. 즉, 지금도 우리 집 헛간에 남아 있는 들보에 목을 매려고 여러 번 시도했었으니까요!"

"어떤 배는," 잠시 말을 끊었다가 다시 입을 열었다. "참맛이 나오기 전까지는 오히려 잠시 흙을 덮어 두는 편이 좋지요. 확실히 죽은 제 아내는 그런 여자였습니다. 저는 이제야 겨우 그녀의 진정한 가치를 깨달았답니다. 이제는 결혼 전에 함께 보냈던 숱한 밤을 떠올려도 조금도 비통한 기분이 들지 않고, 오히려 눈물을 글썽일 정도가 되었지요. 그 집 사람들은 유복하지 않았습니다. 집은 아늑하긴 하지만, 심하게 낡은 목조건물이었습니다. 황량한 안뜰과 초목이 우거진 바깥뜰 사이에 있는 언덕 위에 세워져 있었지요. 언덕 끄트머리에는 시냇물이 흐르고, 무성한 이파리 사이로 물이 얼핏얼핏 보였습니다. 넓은 테라스가 집에서 안뜰 쪽으로 이어져 있고, 테라스 앞에는 장미꽃으로 둘러싸인 기다란 화단이 아름다움을 뽐내고 있었지요. 화단 양쪽 끝에는 죽은 남편이 나무모일 때 나선형으로 가지를 꼬아 놓은 아카시아 두 그루가 있었습니다. 조금 더 가면, 손질도 하지 않은 채 제멋대로 자라게 내버려둔 딸기나무 덤불 한가운데에 정자가 서 있었습니다. 안쪽은 아주 정교하게 장식되었지만, 바깥은 잠깐만 봐도 기분이 나빠질 정도로 퍼렇게 썩어 있었죠. 테라스에서 유리문을 열면 응접실이 나옵니다. 그 응접실로 들어가면, 보는 이의 호기심 어린 눈에 이런 물건들이 들어옵니다. 구석마다에는 화려한 타일로 만든 난로, 오른편에는 조율이 안 된 피아노, 그 위에는 겹겹이 쌓인 손수 그린 악보, 빛바랜 하늘색 비단 바탕에 희끄무레해진 꽃무늬 천을 덧댄 안락의자, 견고한 탁자, 예카테리나 왕조 시대의 자기며 유리구슬로 만든 장난감이 늘어놓아진 진열장 두 개, 벽에는 희끄무레한 머리카락을 가진 소녀가 가슴에 비둘기를 안고 차가운 눈을 한 흔해빠진 초상화, 탁자 위에는 선명한 장미꽃을 꽂은 꽃병……. 어때요, 묘사가 제법 자세하죠? 이 응접실에서, 이 테라스에서 제 사랑의 희비극이 진행되었습니다. 과부는 심술궂은 노파였습니다. 언제나 매몰차게 쇳소리로 말하고, 남의 눈에서 눈물을 쏙 빼기 좋아하는 싸움꾼이었지요. 첫째딸은 베라라는 처녀로, 흔하디흔한 시골 아가씨였습니다. 둘째딸은 소피아였는데, 저는 이 소피아와 사랑에 빠진 겁니다. 이 자매는 따로 작은 방 하나를 썼습니다. 공동 침실로, 사랑스러운 목조 침대가 두 개 놓여 있었죠. 또 누렇게 변색한 낡은 사진첩, 목서초(木犀草), 연필로 대충 그린 친구로 보이는 남녀의 초상화(그중 유달리 정력적인 표정으로 더욱 정력적인 서명을 한 신사 한 명이 눈에 띄었습니다. 그도 젊었을 때는 젊어지기에도 버거울 정도로 많은 희망을 품었겠지만, 결국은 저처럼 보잘것없는 신세로 전락한 겁니다), 괴테와 실러의 반신상, 독일어로 된 책, 마른 꽃다발, 그 밖에 많은 기념물로 장식되어 있었습니다. 그러나 저는 이 방에 되도록이면 들어가지 않았습니다. 마음이 내키지 않았기 때문이죠. 이 방에 있노라면 왠지 모르게 갑갑해지는 겁니다. 그리고 이상하게도 저는 소피아와 등을 돌리고 앉았을 때 그녀가 참을 수 없이 좋았거든요! 아, 그보다도 소피아를 떠올릴 때, 더 나아가 특히 저녁때 테라스에서 그녀를 공상할 때 더욱요. 그럴 때면 저녁놀을 바라보고, 나무를 바라보고, 이미 어두워졌는데도 오히려 또렷이 장밋빛 하늘에 떠오른 가녀린 녹색 이파리를 바라보았습니다. 응접실에서는 소피아가 피아노 앞에 앉아 베토벤의 곡 중 자신이 좋아하는 정열적이고 비장한 한 소절을 계속해서 되풀이해 칩니다. 심술궂은 노파는 안락의자에 앉아 아주 늘어지게 코를 골며 잡니다. 붉은 석양이 한가득 비쳐드는 식당에서는 베라가 열심히 차를 준비합니다. 사모바르는 기쁜 일이라도 있는 듯 즐겁게 쉭쉭 소리를 냅니다. 크렌델리*8는 쾌활하게 탁탁 소리를 내며 잘리고, 숟가락은 짤그랑짤그랑 경쾌한 소리를 내며 찻잔에 부딪힙니다. 온종일 시끄럽게 재잘댄 카나리아는 갑자기 얌전해져서, 이따금 뭔가를 바라듯이 짹짹 울 뿐입니다. 투명할 정도로 얇은 구름에서 느닷없이 소나기가 후드득 빗방울을 뿌립니다……. 저는 가만히

*8 우유, 버터 등을 넣어 만드는 도넛 모양의 빵.

앉아 열심히 귀 기울이며 주위를 둘러봅니다. 그러면 제 마음은 탁 트입니다. 다시금, 사랑에 빠졌다는 실감이 납니다. 이런 몽환적인 저녁 분위기에 이끌려, 어느 날 저는 노부인에게 딸을 달라고 청했습니다. 그로부터 두 달쯤 지나 저는 결혼했습니다. 당시 저는 그녀를 아꼈다고 생각했습니다…… 하지만 지금 돌이켜보면, 진짜로 소피아를 아꼈었는지 잘 모르겠습니다. 이제 알 때도 됐건만. 그녀는 착하고, 영리하고, 말수가 적고, 따뜻한 여자였습니다. 그렇지만 어찌 된 영문인지, 자세한 건 하느님만이 아시겠지만, 시골에서 오래 산 탓인지 다른 이유가 있어서인지, 그녀의 영혼 밑바닥에는 (영혼에 밑바닥이라는 게 있다면) 한 가지 상처가 숨겨져 있었습니다. 더 분명히 말하자면, 어떻게 해도 치유할 수 없는, 더구나 본인조차 뭐라 이름 붙일 수 없는 작은 상처가 피를 흘리고 있었습니다. 물론 그 상처는 결혼 뒤에 발견한 것입니다. 저는 그것 때문에 수없이 고민했지만, 도무지 어쩔 도리가 없었습니다! 저는 어렸을 때 방울새를 키운 적이 있는데, 한번은 고양이 발톱에 걸리고 말았습니다. 방울새는 구출되어 치료를 받았지만, 가엾게도 마음의 상처는 아물지 않았습니다. 얼이 빠진 듯 비쩍 말라가고 노래도 부르지 않고요…… 그러던 어느 밤, 열려 있던 새장 안으로 쥐새끼가 숨어들어 방울새를 물어버렸습니다. 결국, 방울새는 그 때문에 죽었죠. 제 아내도 어떤 고양이가 발톱으로 할퀸 건지 모르겠지만, 어쨌든 가엾은 그 방울새처럼 넋이 나간 채 비쩍 말라갔습니다. 가끔은 자기도 날개를 퍼덕여 신선한 대기 속에서 햇살을 담뿍 받으며 마음껏 활개를 쳐보기는 했던 모양입니다. 그러나 이내 본디대로 돌아와 움츠러드는 것이었습니다. 그래도 그녀는 저를 사랑해 주었습니다. 이 이상 바라는 게 없다고 몇 번이나 제게 말했는지 모릅니다. 그렇지만 당혹스럽게도 그럴 때마다 그녀의 눈은 흐려졌습니다. 과거에 무슨 일이 있었나? 저는 생각했습니다. 그래서 이것저것 캐묻기도 했지만, 무엇 하나 속 시원히 알아내지 못했습니다. 그건 당신이 알아서 판단하세요. 제가 독창적인 사람이었다면 어깨를 조금 으쓱하고 두 번 정도 한숨을 내쉰 뒤 제 분수에 맞는 생활을 시작했겠지요. 그렇지만 저는 본디 그런 인간이 아닌지라 들보 따위에 마음을 빼앗기게 되었습니다. 제 아내는 노처녀 때처럼—베토벤이다, 밤 산책이다, 목서초다, 남자친구와 편지 교환이다, 사진첩이다 하는 버릇이 배어 있어서 다른 방식의 삶에는, 특히 한 가정의 주부로 사는 삶에는 전혀 익숙해지지 못했습니다. 아무리 그렇더라도 여염집 부인이 주체할 수 없는 우수에 젖어 밤마다 〈임이여, 새벽 꿈을 깨우지 마소서〉 같은 노래를 부르는 건 우스꽝스러운 일이죠.

그런 식으로 우리는 3년을 꿈결같이 보냈습니다. 그러다 4년째에 소피아가 첫아이를 낳다가 죽고 말았습니다. 이상한 이야기지만, 저는 처음부터 그녀가 아들딸을 낳아줄 리가 없다, 이 세상에 새 식구를 낳아줄 리가 없다는 생각을 했었습니다. 저는 아직도 장례식을 기억합니다. 때는 봄이었습니다. 우리 교구 성당은 작고 낡은 건물이었는데, 성장*⁹은 시커멓게 때가 타고, 벽은 칠이 다 벗겨지고, 벽돌을 깐 바닥은 군데군데 움푹 꺼져 있었습니다. 양쪽 성가대석에는 크고 낡은 성상이 놓여 있었습니다. 관은 그곳으로 운반되어 제단 앞 중앙에 놓이고 빛바랜 덮개가 씌워졌으며, 그 주변에는 촛대 세 개가 놓였습니다. 곧 장례식이 시작되었습니다. 숱 없는 머리카락을 뒤로 땋아 내리고 머리 끄트머리를 녹색 끈으로 묶은 늙은 수도사가 독경대 앞에서 비통한 표정으로 웅얼웅얼 성경을 읽었습니다. 노란 꽃무늬가 들어간 자주색 수도복을 입고 시력이 좋지 않은 인자한 인상의 늙은 신부가, 거드는 사람 없이 혼자 의식을 거행했습니다. 활짝 열린 창 밖에는 가지를 늘어뜨린 자작나무의 싱싱한 어린잎이 봄바람에 팔랑거리고, 마당에서는 풀 냄새가 풍겨 왔습니다. 싱그러운 봄 햇살 속에서 빨간 촛불이 창백해 보였습니다. 성당 위에서는 참새가 쉬지 않고 지저귀고, 둥근 지붕 아래로 날아 들어오는 제비의 노랫소리가 드문드문 들려왔습니다. 금가루처럼 반짝반짝 빛나는 햇빛을 받으며 망자를 위해 열심히 기도하는 얼마 안 되는 농부들의 짙은 황갈색 머리가 위아래로 부지런히 움직였습니다. 향로 구멍에서는 가늘고 푸르스름한 연기가 피어올랐습니다. 저는 죽은 아내의 얼굴*¹⁰을 바라보았습니다. ……아아, 죽음조차도, 죽음 그 자체조차도 그녀를 자유롭게 해주지 못했습니다! 그녀의 상처는 아물지 않았습니다. 그녀는 관 속에서도 비밀을 털어놓지 못하겠다는 듯한, 여전히 병고에 시달린 듯한 겁먹은 벙어리 같은 표정이었습니다……. 제 마음은 비통함으로 가득했습니다. 그녀는 마음씨

---

*9 비잔틴과 러시아 정교 교회에서 성당 전체 건물과 성당 내 가장 신성한 장소를 분리시키는 경계막. 규율에 따라 성화상을 장식한다.

*10 관을 묻기 전까지는 뚜껑을 열어 놓으므로 누구나 죽은 이의 얼굴을 들여다볼 수 있다.

고운, 정말로 마음씨 고운 여자였습니다. 하지만 그녀에게는 죽음이 오히려 잘된 일이었습니다!"

사나이의 얼굴은 빨개지고, 눈은 흐릿해지기 시작했다.

"아내가 죽은 뒤로," 그가 다시 입을 열었다. "완전히 실의에 빠졌지만 겨우 마음을 추스르고, 일이란 것을 해볼 마음이 생겼습니다. 그래서 현청 소재지로 나와 관리가 되었습니다. 그러나 관청의 넓은 사무실에 앉아 있으면 골치가 아프고, 눈도 나빠지는 것 같았습니다. 거기에 다른 여러 일도 겹쳐…… 관직에서 물러났습니다. 다시 모스크바로 가고 싶었습니다. 그러나 돈도 부족하고…… 아까 이야기했듯이 삶을 포기한 상태였습니다. 이 자포자기의 심정은 갑자기 찾아온 듯하지만, 사실은 그렇지도 않은 것 같습니다. 정신은 진작 삶을 포기했지만, 막상 때가 되면 아직 머리를 굽히고 싶지 않았던 겁니다. 저는 그런 열등한 기질이나 생각을 시골 생활과 불행한 인생 탓으로 돌렸습니다. 한편 이웃들은 젊은이건 늙은이건 처음에는 제 학식과 외국 유학 경험과 우월한 학력에 놀라더니, 나중에는 완전히 친숙해진 단계를 넘어 대화도 건성으로 하게 되었습니다. 그들의 말투도 예전처럼 공손하지 않다는 건 오래전부터 눈치채고 있었지요. 아, 이 말을 잊었군요. 저는 결혼한 첫해에 문단에 진출할 요량으로 어느 잡지에 원고를 보냈습니다. 제 기억이 틀림없다면, 소설 한 편이었지요. 얼마 뒤 편집자에게서 정중한 편지가 왔습니다. 장황한 내용 중에 이렇게 쓰여 있더군요. '당신은 재치가 없지는 않다. 그러나 재능이 없다는 사실은 분명히 말해 두어야겠다. 재능이 없으면 문학은 할 수 없다.' 한 가지 더 말해 둘 게 있습니다. 모스크바에서 온 어떤 사람이―본디 아주 착한 젊은이입니다만, 그가 현지사의 집에서 열린 만찬에서 저를 가리켜 얼빠지고 실속 없는 인간이라고 평했다는 이야기가 들려왔습니다. 그렇지만 그런 말을 듣고서도 저는 자만심을 버리지 못했지요. 말하자면 차마 제 손으로 제 뺨을 칠 수는 없었던 거지요. 그러나 어느 눈부신 아침, 마침내 제 눈은 번쩍 뜨였습니다. 계기는 이렇습니다. 제 영지에는 도저히 수리할 엄두도 못 내던 무너진 다리가 있었는데, 군 경찰서장이 그에 관해 주의를 주려고 저를 찾아왔습니다. 그와 훈제 철갑상어를 안주로 보드카를 한 잔씩 하는데 이 의젓한 경관은 아버지가 자식을 타이르듯이 제 무책임함을 꾸짖었습니다. 그러면서 제 딱한 처지를 동정하며, 버려진 목재라도 가져다가 백성들을 시켜 다리를 이으라고 권했습니다. 그러고는 담배에 불을 붙이고, 코앞으로 닥친 선거 이야기를 시작했습니다. 그 무렵 현의 귀족 대표라는 명예직 후보로 오르바사노프 어쩌고 하는 사람이 물망에 올라 있었는데, 그는 천박하고 말이 많은 데다 뇌물까지 받아먹는 자였습니다. 게다가 재산으로 보나 명예로 보나 그리 대단한 사람은 아니었습니다. 저는 그에 대한 제 의견을 말했습니다. 그런데 그만 '나는 솔직히 오르바사노프 씨를 좋게 보지 않는다'고 아무 생각 없이 내뱉어 버린 겁니다. 서장이 제 얼굴을 보고 상냥하게 제 어깨를 두드리며 경쾌하게 말했습니다. '바실리 바실리비치, 당신이나 나나 그런 사람을 이러쿵저러쿵 평가할 처지가 못 됩니다. 당치 않은 일이죠. ……사람은 모름지기 자기 분수를 알아야 해요.' '웃기는 소리.' 저는 화가 나서 대꾸했습니다. '나랑 오르바사노프 씨가 어디가 다르다는 겁니까?' 그러자 서장은 입에서 담뱃대를 떼고 눈을 휘둥그레 뜨더니 웃음을 터트렸습니다. '참 재미있는 사람이군.' 마침내는 눈물까지 흘리며 '아주 재미난 사람이야……. 내 참, 별난 사람을 다 보겠군!' 하는 겁니다. 그러더니 팔꿈치로 제 옆구리를 찌르기도 하고 저를 '자네'라고 부르기까지 하면서, 돌아갈 때까지 신이 나서 놀려대더군요. 마침내 그는 돌아갔습니다. 그때까지 아슬아슬하게 지켜오던 제 자만심은 그로써 와르르 무너지고 말았습니다. 저는 방 안을 몇 번이고 오락가락하다가 거울 앞에 서서 얼빠진 제 얼굴을 언제까지고 언제까지고 들여다보며 느릿느릿 혀를 내밀고 쓴웃음을 지으며 머리를 흔들었습니다. 흐릿하던 눈은 완전히 맑아졌습니다. 저는 똑똑히, 거울에 비친 제 얼굴보다 제가 얼마나 천박하고 모자라고 쓸모없고 독창성 없는 인간인지를 깨달은 겁니다."

사나이는 잠시 입을 다물었다.

"볼테르의 어느 비극 중에," 그가 낙담한 말투로 말을 이었다. "어떤 신사가 극도의 불행에 빠진 것을 기뻐하는 장면이 있지요. 제 운명에는 비극적인 구석이 조금도 없지만 있는 그대로 말씀드리자면, 저는 그와 비슷한 경험을 했습니다. 저는 차가운 절망의 쓰디쓴 환희를 맛보았지요. 아침에 이불 속에 그대로 누운 채, 제가 태어난 날과 시간을 저주하는 일이 얼마나 기분 좋은지를 경험했습니다. ─저는 깨끗이 체념할 수가 없었습니다. 그렇지만 헤아려 보세요. 실제로 저는 돈이 없어서 지긋지긋한 시골에 처박혀 있어야 했습니다. 토지 경영도 관청 일도 문학도 무엇하나 제대로 해내지 못했습니다. 지주들과는 멀어지고, 책도 읽기 싫어졌습니다. 수다 떨기와 우쭐거리기를 그만둔 뒤로는, 곱슬머리를 휘날리며 열띤 소리로 '인생'이라는 단어를 되풀이하는 병적이고 감상적인 어린 귀족 아가씨들에게도 완전히 흥미를 잃었습니다. 그렇지만 완전히 고독해지는 것도 견디기 어려웠고, 그럴 수도 없었습니다……. 그래서 뭘 시작했는지 아십니까? 이웃들을 집집이 찾아다니기 시작한 겁니다. 완전한 자기 경멸에 빠진 것처럼 일부러 사람들한테 모욕을 받으러 다닌 거지요. 그들의 식탁에 앉으면 비난을 듣고, 홀대받았습니다. 마침내는 아무도 제게 눈길을 주지 않았으며, 이야기에 끼워 주지도 않게 되었습니다. 그래서 저는, 모스크바에 있을 때 제 발의 때나 외투 자락에 입이라도 맞출 듯이 저를 숭배하던 어느 멍청한 수다쟁이가 말할 때마다 한쪽 구석에서 '옳지, 옳지' 하고 장단을 맞추어 주었습니다. ……그러면서도 정작 저 자신은 이런 익살로 쓰디쓴 만족감을 얻고 있다는 생각은 꿈에도 하지 못했습니다……. 기가 막힐 노릇이지요, 아무도 상대해 주지 않는데 익살이라니! 저는 이런 식으로 몇 년을 한결같이 살아온 겁니다. 지금도 그런 생활이 계속되고 있고요……."

"시끄러워서 견딜 수가 없군." 옆방에서 칸타그리힌 씨가 자다 깬 목소리로 투덜대는 소리가 들렸다. "어떤 바보가 오밤중에 떠드는 거야?"

사나이는 황급히 담요 속으로 파고들더니 겁먹은 눈을 빠끔히 내밀고 손가락을 꺼내어 내게 경고의 신호를 보냈다.

"쉿…… 쉿……." 하고는 사죄하듯이 칸타그리힌 씨가 있는 벽 쪽으로 머리를 조아리며 공손하게 말했다. "예, 예, 알겠습니다. 용서해 주십시오……. 저 사람도 잠을 잘 자격이 있지요. 자야하고말고요." 이번에는 내게 소곤거렸다. "저 사람도 원기를 회복해야지요. 내일 맛있게 식사하기 위해서라도. 우리는 저 사람을 방해할 권리가 없어요. 저도 할 얘기는 다 한 거 같고 당신도 졸릴 테니 이만 주무십시오."

그는 저쪽으로 홱 돌아누워 베개에 머리를 파묻었다.

"저," 내가 물었다. "당신 이름이라도 좀 알고 싶은데요……."

그가 재빨리 고개를 쳐들었다.

"제발," 내 말을 가로막으며 말했다. "제게든 누구에게든 제 이름만은 묻지 마십시오. 다만 운명에 상처 입은 정체 모를 사나이 바실리 바실리비치로 기억해 주세요. 독창성도 없는 놈이 이름은 가져서 뭐 한답니까……. 그래도 꼭 호칭이 필요하시다면…… 시치그로프 군(郡)의 햄릿이라고 불러주십시오. 저 같은 햄릿은 어느 군에나 수두룩하지요. 당신은 만난 적 없을지 모르겠지만……. 그럼 안녕히 주무세요."

그는 다시 깃털이불 안으로 파고들었다. 이튿날 아침 사람이 와서 나를 깨웠을 때 그는 이미 방 안에 없었다. 날이 밝기도 전에 떠난 것이다.

체르토프하노프와 네도퓌스킨

그 더운 여름날, 나는 마차를 타고 사냥에서 돌아오는 길이었다. 예르몰라이는 내 옆에 앉아 꾸벅꾸벅 졸고 있었다. 우리 발치 아래에서 죽은 듯이 늘어진 개들은 마차가 흔들릴 때마다 몸을 들썩거렸다. 마부는 말 등으로 날아드는 쇠파리를 채찍질로 연신 쫓아냈다. 마차 뒤에서 뿌연 흙먼지가 구름처럼 뭉게뭉게 피어올랐다. 우리는 수풀 안으로 들어갔다. 길은 점점 울퉁불퉁해지고, 마차 바퀴는 잔가지에 걸리기 시작했다. 예르몰라이가 부르르 몸을 떨며 주위를 둘러보았다……. "엇!" 그가 입을 열었다. "이 근처에 멧닭이 있는 게 분명합니다. 내려서 보고 가시죠." 우리는 마차를 세우고 평평한 곳으로 들어갔다. 사냥개가 둥지에 있는 새끼들을 발견했다. 내가 한 방을 쏘고 다시 장전하려는데 갑자기 뒤에서 부스럭 소리가 나더니 말을 탄 사나이가 두 손으로 덤불을 헤치며 내게 다가왔다. "이보쇼, 잠깐 묻겠는데," 그가 오만한 목소리로 내게 말을 걸었다. "대체 무슨 권리로 여기서 사냥을 하는 거요?" 낯선 사나이가 코 먹은 소리로 아주 빠르게 말했다. 나는 그를 쳐다봤다. 그런 얼굴은 난생처음 보았다. 친애하는 독자 여러분, 노란 머리털에 빨간 들창코, 매우 기다랗고 불그죽죽한 콧수염을 가진 작달막한 사람을 상상해 보라. 앞쪽에 왕관 모양의 다홍색 천 조각이 달린 뾰족한 페르시아식 모자를 눈썹까지 눌러썼다. 헐어빠진 노란 민소매 셔츠를 입었는데, 가슴에는 우단으로 만든 검은색 탄환집이 달려 있고, 꿰맨 곳마다 빛바랜 은색 몰이 붙어 있었다. 어깨 뒤로 뿔피리를 넘겨 메고, 허리띠에는 단검이 보였다. 코가 크고 비쩍 마른 다갈색 말은 정신이 나가기라도 한 듯 그를 태운 채 비척거리고, 앙상하고 다리가 흰 보르조이*1 두 마리가 말 다리 사이를 정신없이 뛰어다녔다. 생김새로 보나 눈빛으로 보나 말투로 보나 동작으로

---

*1 개의 한 품종. 몸이 크고 입은 뾰족하며 네 다리는 긴 털로 덮임. 본디 사냥개였으나 지금은 집 지키는 번견으로 사육한다. 러시아 원산.

보나, 이 낯선 사나이의 모든 것에서 광기 어린 대담함과 안하무인에 가까운 오만함이 느껴졌다. 유리알처럼 옅은 푸른색 눈은 술주정꾼의 눈처럼 불안하게 흔들렸으며, 곁눈질로 사물을 보았다. 또한 몸을 뒤로 젖히고 볼에 바람을 넣고 콧바람을 씩씩거리고 넘치는 위엄을 보이려는 듯 온몸을 부르르 떠는 모습은 아무리 봐도 칠면조와 다름없었다. 그가 같은 질문을 되풀이했다.

"여기서 사냥을 하면 안 되는 줄 몰랐습니다." 내가 대답했다.

"여긴," 그가 계속 말했다. "내 땅이오."

"이거 실례했습니다. 그럼 어서 나가지요."

"한 가지 더 묻겠는데," 그가 말했다. "당신 혹시 귀족이오?"

나는 이름을 댔다.

"아, 그럼 마음껏 사냥하십시오. 나도 귀족인지라 귀족의 편의를 봐드리는 건 기쁘게 생각합니다……. 난 판테레이 체르토프 하노프*2라고 합니다."

그가 허리를 굽히고 고함을 지르며 말 목덜미에 채찍을 내리쳤다. 말이 머리를 흔들고 뒷다리로 일어서며 옆으로 물러서다가 개의 발을 밟았다. 개가 깨갱 하고 비명을 질렀다. 체르토프하노프가 발끈 성을 내며 입에 거품을 물고서 말의 귀 사이를 주먹으로 내리치더니 번개처럼 빠르게 뛰어내렸다. 그러고는 개의 발을 살펴보고 상처에 침을 바른 뒤, 개의 비명을 멈추게 하려고 개의 옆구리를 걷어찬 다음, 말갈기를 움켜쥐고 등자에 발을 얹었다. 말이 고개를 쳐들고 꼬리를 휘두르며 게걸음으로 수풀로 들어갔다. 그는 한 다리로 껑충대며 말에 끌려갔다. 그래도 가까스로 안장에 앉더니 이성을 잃은 듯 마구 채찍질하고 뿔피리를 불며 달려갔다. 뜻하지 않게 체르토프하노프가 나타나 놀란 가슴을 진정시키기도 전에 이번에는 다른 사나이가 수풀에서 거의 소리도 내지 않고 불쑥 튀어나왔다. 마흔쯤 되어 보이는 뚱뚱한 남자였다. 작고 검은 말에 걸터앉아 있었다. 그가 말을 멈추고 챙 없는 녹색 가죽 모자를 벗더니 아주 가느다랗고 부드러운 목소리로, 밤색 말을 탄 사람을 보지 못 했느냐고 물었다. 나는 보았다고 대답했다.

"어느 쪽으로 갔습니까?"

---

*2 '체르토프하노프'라고 붙여서 발음해야 하지만 일부러 띄어서 발음했다.

그는 모자를 벗은 채로 같은 말투로 물었다.

"저쪽으로 갔습니다."

"고맙습니다."

그는 휙 하고 휘파람을 불더니 말 옆구리에 두 발을 대고 종종걸음으로—천천히 흔들리며, 내가 가르쳐 준 방향으로 달려갔다. 나는 뿔처럼 뾰족한 모자가 나뭇가지에 가려 안 보이게 될 때까지 그 뒷모습을 지켜보았다. 이 새로운 낯선 사람은 아까 본 사람하고 전혀 달랐다. 공처럼 둥글둥글 살찐 얼굴은 수줍고 착하고 부드럽고 겸손한 성품을 드러냈다. 역시 둥글둥글 살찌고 푸른 핏줄이 얼기설기 들여다보이는 코는 그가 호색가임을 말해 주었다. 이마에는 머리털이 한 올도 없고, 뒤쪽에도 옅은 황갈색 머리카락이 듬성듬성 있을 뿐이었다. 골풀 잎을 잘라 놓은 듯이 가늘고 작은 눈은 다정하게 깜빡이고, 촉촉한 빨간 입술에는 기분 좋은 미소가 떠올라 있었다. 깃에 놋쇠 단추가 달린 프록코트를 입고 있었는데, 몹시 낡기는 했지만 깔끔했다. 나사 바지를 높다랗게 둘둘 말아 올려, 장화의 노란 가장자리 장식 위로 통통한 종아리가 내다보였다.

"저 사람은 누군가?" 나는 예르몰라이에게 물어보았다.

"저 사람이요? 네도퓌스킨 티혼 이바니치입니다. 체르토프하노프네서 살지요."

"어떤 사람인데? 가난뱅이인가?"

"부자는 아니지요. 하지만 체르토프하노프도 한 푼 없을걸요?"

"그럼 왜 그의 집에 얹혀살지?"

"둘이 절친하거든요. 어딜 가나 꼭 붙어 다니죠……. 말하자면 단짝입니다……."

우리는 수풀 밖으로 나왔다. 갑자기 바로 옆에서 하운드 두 마리가 짖어댔다. 거의 동시에 커다란 흰 토끼가 벌써 훌쩍 자란 귀리 밭에서 튀어나왔다. 그 뒤를 따라 보르조이와 하운드 등 몇 마리나 되는 사냥개가 덤불에서 달려나왔다. 개들 뒤에서 체르토프하노프도 뛰어나왔다. 그는 개들에게 명령을 내리지도 못한 채 숨을 헐떡이며 침만 삼켰다. 크게 벌어진 그의 입에서 의미 없는 말이 드문드문 흘러나왔다. 그러더니 눈을 부릅뜨고 쏜살같이 달리며 가엾은 말에게 채찍질해댔다. 보르조이가 뒤를 바짝 쫓자 토끼는 순간 몸을 웅크리더니 느닷없이 뒤로 돌아 덤불을 향해 예르몰라이의 옆을 빠져나 갔다……. 보르조이가 다시 뒤를 쫓기 시작했다. "쫓, 아, 가! 쫓, 아, 가!" 기진맥진해진 사냥꾼이 더듬더듬 간신히 말했다. "어이, 조심해!" 예 르몰라이가 한 발 쏘았다……. 총에 맞은 토끼가 부드러운 마른풀 위에서 팽이처럼 빙글빙글 돌더니 펄쩍 뛰어올랐다. 이윽고 달려온 사냥개 이빨에 물려 구슬프게 비명을 질렀다. 하운드 떼가 즉시 숨통을 끊어버렸다.

체르토프하노프가 공중제비를 도는 비둘기처럼 말에서 뛰어내리더니 단검 을 빼들고 개들 틈으로 성큼성큼 파고들어, 갈기갈기 찢긴 토끼를 고함을 지 르며 낚아챘다. 이윽고 그는 얼굴을 잔뜩 찌푸리면서 토끼 목에 칼자루가 박 힐 정도로 칼을 푹 꽂았다……. 그러고는 "호오, 호오" 외치기 시작했다. 티혼 이바니치가 수풀에서 나타났다. "호오, 호오, 호오, 호오, 호오, 호오, 호오, 호오!" 체르토프하노프가 다시 한 번 외쳤다……. "호오, 호오, 호 오, 호오." 친구가 조용히 따라 했다.

"그런데 여름에는 사냥을 안 하는 편이 좋지 않은가요?" 내가 짓밟힌 귀 리 밭을 가리키며 체르토프하노프에게 말했다.

"뭐 어때요, 내 밭인데." 겨우 숨을 고르며 체르토프하노프가 대답했다.

그는 토끼 뒷다리를 잘라내더니 몸통은 안장에 매달고 개들에게는 다리만 주었다.

"지금 쏜 탄환은 나중에 갚겠소." 사냥꾼의 관례에 따라 그가 예르몰라이 에게 말했다. "그리고 당신에겐," 역시 날카로운 목소리로 무뚝뚝하게 덧붙 였다. "감사를 드립니다."

그는 말에 올라탔다.

"아, 그렇지. ……아까 묻는다는 걸 그만……. 성함이 어떻게 되시죠?"

나는 다시 내 이름을 댔다.

"알게 되어 기쁘군요. 시간이 나시면 한번 놀러 오세요……. 그런데 티혼 이바니치 폼카는 어디 간 거야?" 성을 내며 말을 이었다. "그 녀석이 없는 사이에 토끼를 잡았잖아."

"말이 지쳐 쓰러지는 바람에." 티혼 이바니치가 빙그레 웃으며 대답했다.

"지쳐 쓰러져? 오르바산이 쓰러졌다고? 쳇! ……그래, 지금 어딨는데?"

"숲 저쪽에."

체르토프하노프는 말의 콧잔등을 채찍으로 후려갈겨 쏜살같이 달려갔다. 티혼 이바니치는 내게 두 번이나 허리 숙여 인사했다. 정확히 말하자면, 한 번은 내게, 한 번은 내 친구에게. 그러고는 다시 수풀 속으로 종종 달려갔다.

나는 이 두 신사에게 강한 호기심을 느꼈다. ……무엇이 저토록 다른 두 사람을 끈끈한 우정으로 붙들어 맸을까? 내가 이리저리 수소문해서 알아낸 사실은 다음과 같다.

판테레이 예레메비치 체르토프하노프는 이 근방에서 사납고 머리가 돌고 오만하고 사냥을 좋아하기로 소문나 있었다. 한때 아주 잠깐 군대에 있었지만 불상사를 일으켜, 사관이라 할 수도 없는 준위 계급으로 제대했다. 집안은 뼈대 있는 가문으로 한때 부유했으나, 조상들은 초원 지대의 대지주들이 그렇듯 돈을 물 쓰듯 썼다. 즉 초대했든 초대하지 않았든 손님이면 무조건 반갑게 맞이해 물릴 때까지 음식을 대접하고, 손님의 마부들에게는 말에게 먹이라며 귀리를 듬뿍 주고, 집에는 악사며 가수, 광대 등을 두고 개를 기르고, 축젯날에는 아무에게나 맥주와 토속주를 대접하고, 겨울이면 말에 무거운 대형 마차를 달고서 모스크바로 갔다. 그런가 하면 땡전 한 푼 없이, 자기 영지에서 나는 작물로만 몇 달을 버티기도 했다. 판테레이 예레메비치의 아버지가 유산을 상속받았을 때는 이미 가세가 기울어 있었다. 그러나 그 역시 마구 흥청거리며 산 탓에 그가 죽었을 때 외아들 판테레이에게 남긴 것은 베스소노보라는 저당 잡힌 작은 마을과 그 마을에 속한 남자 농노 서른다섯과 여자 농노 열여섯, 콜로브로도바라는 황무지에 있는 아무짝에도 쓸모없는 1만 9,000평짜리 땅이었다. 이 땅에 딸린 농노는 선대(先代)의 유언에 들어 있지 않았다. 선대는 실로 희한한 방법으로 가산을 탕진했다. 이른바 '자가 경영'을 하다 패가망신한 것이다. 그는 모름지기 귀족이란 장사꾼이나 소시민이나 그에 준하는 '날도둑놈들(그는 이런 말을 사용했다)'과 어울리면 안 된다고 생각했다. 그래서 자기 영지 내에 가게와 공방을 설치하고는, "이편이 보기에도 좋고 값도 싸게 먹힌다"는 말을 입버릇처럼 했다. "이것이 경영의 모범이다!" 그는 그런 치명적인 생각을 죽는 날까지 버리지 못했다. 결국 이 생각 때문에 자멸하고 말았지만, 그 대신 재미있는 일도 많이 해보았다. 그는 한번 떠오른 생각은 무슨 일이 있어도 실행에 옮기고야 말았다.

예를 들자면 수두룩한데, 어느 날은 자기 취향대로 어마어마하게 큰 자가용 마차를 만든 다음 마을 농부들의 말이란 말은 모두 모아다 잡아매고, 그 주인들까지 거들게 하여 몰다가 언덕길에 접어들자마자 홀랑 뒤집혀 산산조각이 나고 말았다. 예레메이 루키치(이것이 판테레이의 아버지 이름이다)는 그 언덕길에 기념비를 세우게 했는데, 그런 일을 하면서도 전혀 기가 죽지 않았다. 또 어떤 때는 교회를 짓겠다는 계획을 세웠다. 물론 건축가의 손을 빌리지 않고 손수 짓겠다는 계획이었다. 그래서 숲 하나를 몽땅 불태워 나무 벽돌을 만들고, 현(縣) 의사당이라도 짓는 것처럼 어마어마하게 넓은 토대를 세우고, 벽을 둘렀다. 마지막으로 둥근 지붕을 올리려고 했으나, 애석하게도 지붕이 무너지고 말았다. 다시 한 번 시도했으나, 지붕은 또 무너졌다. 세 번째로 시도했으나, 지붕은 또 무너져 내렸다. 그러자 천하의 예레메이 루키치도 마음이 살짝 흔들렸다. 일이 마음먹은 대로 되지 않는데……. 저주가 내린 게 틀림없어. ……이렇게 판단한 그는 즉시 온 마을의 나이 든 농부들[*3]을 모조리 잡아다 채찍질하라고 지시했다. 농부들은 채찍질을 당했다. 그러나 지붕은 여전히 올라가지 않았다. 이번에는 새로운 설계에 따라 농부들의 집을 고쳐 짓기 시작했는데, 이것도 다 '자가 경영'의 일환이었다. 먼저 집 세 채를 삼각형으로 이어 놓고 그 한가운데에 기둥을 세운 다음, 그 기둥에 색칠한 찌르레기 새장과 깃발을 매달았다. 이런 식으로 그는 날마다 새로운 생각을 해냈다. 우엉으로 수프를 만들게 하지를 않나, 어떤 때는 하인들에게 줄 모자를 만든다며 말 꼬리를 자르지 않나, 쐐기풀로 아마의 대용품[*4]을 만들겠다고 하지를 않나, 버섯으로 돼지를 키우겠다고 하지를 않나……. 한번은 《모스크바 통신》에서 하리코프의 지주 프랴크 프르표르스키가 쓴 〈농민 생활에서 도덕의 필요성〉이란 논문을 읽고서, 그 다음 날 모든 영노에게 이 하리코프의 지주가 쓴 논문을 그날 내로 암기하라는 지령을 내렸다. 농부들은 그 논문을 암기했다. 그가 그 논문의 내용을 이해했느냐고 묻자, 집사는 그 정도도 모르면 어떡하겠느냐고 대답했다. 그와 같은 시기에, 질서 유지와 합리적인 자가 경영을 이유로 하인들에게 한 사람도 빠짐없이 옷깃

*3 늙은 농부들은 미신을 맹신해서 자주 주술 행위를 하기 때문에, 뭔가 나쁜 일이 생기면 곧잘 의심을 받았다. 지방 풍습.
*4 쐐기풀이 아마보다 훨씬 싸다.

에 번호를 박아 넣으라고 명령했다. 주인과 마주치면 하인들은 우렁차게 "몇 번입니다!" 소리쳐야 했고, 주인은 상냥한 목소리로 "음, 좋아 좋아!" 하고 대답했다.

질서도 세우고 합리적인 자가 경영 방식도 취했지만, 그럼에도 예레메이 루키치는 점점 곤경에 빠져들었다. 처음에는 영지를 저당잡히는 데 그쳤지만, 나중에는 남의 손에 넘어가고 말았다. 무엇보다도 세상에 둘도 없는 대대로 물려 내려온 집도, 짓다 만 교회가 있는 마을도 당국에 넘어가 경매 처분을 당했지만, 다행히 그것은 예레메이 루키치가 죽은 뒤의 일이었다—그는 이 충격을 도저히 감당하지 못했을 것이다. 그렇다고는 하나 그가 죽은 지 2주 뒤에는 이미 이런 지경이 되었다. 그는 자기 집, 자기 침대에서 가족과 하인들에게 에워싸여, 전속 의사의 간호를 받으며 임종을 맞이할 수 있었다. 그러나 가엾게도 판테레이에게 남은 것은 베스소노보뿐이었다.

판테레이가 아버지의 병을 알게 된 것은 군대에 들어간 뒤였는데, 앞서 말한 '불상사'가 한창 벌어지고 있었다. 갓 열아홉 살이 되었을 때였다. 그는 어려서부터 집을 떠나 본 일이 없으며, 마음씨는 비단결 같으나 그 대신 우둔하기 짝이 없는 어머니 바실리사 바실리예브나의 손에 응석받이로 자랐다. 교육은 어머니가 도맡아 했다. 예레메이 루키치는 자가 경영 계획을 세우는 데 바빠 아들의 교육을 돌볼 여유가 없었다. 한번은 아들이 P(루치)를 '아르치'로 발음하는 것을 보고 직접 아들에게 매질한 적이 있는데, 그날 예레메이 루키치는 남모를 깊은 슬픔을 맛보아야 했다. 가장 아끼는 개가 나무에 부딪혀 죽은 것이다. 사실 바실리사 바실리예브나가 사랑하는 아들 판테레이의 교육을 도맡아 했다고는 하지만, 실제로는 공연히 속 끓이고 헛수고한 일밖에 없다. 먼저 그녀는 발에 땀이 나도록 수소문하고 다닌 끝에, 알자스 출신의 퇴역 군인 비류코프 어쩌고 하는 사람을 가정교사로 들였는데, 죽을 때까지 이 사람 앞에서는 전전긍긍했다. '이 사람이 그만두는 날엔 난 끝장이다! 만일 그러면 어쩌지? 어디서 다른 선생을 구하지? 이 사람을 어떻게 해서 이웃집에서 빼 왔는데!' 이렇게 생각했기 때문이었다. 영리한 비류코프는 자신이 독점적 위치에 있음을 즉시 간파하고는 코가 비뚤어지도록 술을 퍼마시고 아침부터 저녁까지 잠만 잤다. '학업 과정'을 끝마치고 판테레이는 군대에 들어갔다. 그때 이미 바실리사 바실리예브나는 이 세상 사람이 아니었다. 그녀는 이 중대한 사건이 있기 반 년 전에 공포에 휩싸인 채 세상을 떠났다. 꿈에서 가슴에 '마귀'라는 패를 달고 곰에 올라탄 새하얀 사람을 보았던 것이다. 예레메이 루키치도 곧 반려자의 뒤를 따랐다.

판테레이는 아버지가 위독하다는 소식을 듣자마자 단숨에 집으로 달려왔지만, 임종은 지키지 못했다. 게다가 지금까지 생각했던 대로 막대한 재산의 상속자가 아니라 뜻밖에도 가난뱅이로 전락했음을 알았을 때, 이 귀족댁 자제의 놀라움은 어떠했으랴! 웬만한 사람이 아니면 이런 급격한 변화는 견디지 못하는 법이다. 그 뒤부터 판테레이는 거칠고 차가워졌다. 응석받이로 자라 걸핏하면 화를 내기는 했지만 정직하고 너그럽고 착했던 그는 오만한 싸움꾼으로 돌변했으며, 이웃들과의 교제도 아예 끊어버렸다. 뿐만 아니라 재산가에게는 열등감을 느끼고, 가난뱅이는 경멸했으며 누구에게든 거만하게 굴었다. 지방 당국도 그런 태도로 대했다. "나는 뼈대 있는 집안의 귀족이다"라는 것이 그의 입버릇이었다. 한번은 모자를 쓴 채 방에 들어왔다는 이유로 군(郡) 경찰지서장을 총으로 쏘려고 했다. 물론 당국도 그를 못마땅하게 여겨 기회가 있을 때마다 권력을 느끼게 해주었다. 그러나 여전히 그를 어려워했다. 워낙 흥분을 잘해서 두 마디째에는 칼로 결투하자고 덤비는 꼴이기 때문이었다. 누가 조금이라도 말대답을 하면 체르토프하노프는 눈을 번득이며 말을 더듬기 시작한다…… "뭐, 뭐, 뭐, 뭐, 뭐, 뭐가 어쩌고 저쩌!" ……그러면서 발광 직전이 되는 것이다! 그런 데다 정직한 사람이어서 무슨 일에든 손해를 보지 않았다. 물론 아무도 그의 집을 방문하지 않았다. 그래도 그는 착한 성품을 지녔으며, 독특하고도 위대한 신조도 갖고 있었다. 불의나 압제는 남의 일이라도 그냥 넘어가지 않았다. 더욱이 그것이 자기 영지 사람의 일이면 만사를 제쳐놓고 그를 보호했다. "뭐라고?" 그는 자기 머리를 쾅쾅 쳐대며 말한다. "감히 내 사람을 건드리다니, 내 사람을! 이 체르토프하노프를 뭘로 보고……."

티혼 이바니치 네도퓨스킨은 판테레이 예레메비치와는 달리 별로 가문을 자랑할 처지가 못 되었다. 아버지는 농민 출신으로 40년간 관청에서 근무한 끝에 겨우 귀족으로 신분이 상승했다. 아버지 네도퓨스킨 씨는 저주라도 내린 것처럼 한시도 불행에서 헤어나오지 못하는 부류의 인간이었다. 태어난 순간부터 죽는 날까지 꼬박 60년을, 평탄치 못한 인생에 따르기 마련인 빈곤, 질병, 재난과 싸우며 살았다. 살아 있는 동안 내내 얼음 위에 던져진 물고기처럼 팔딱거리고, 침식을 잊고, 굽실거리고, 분주하게 뛰어다니다가 낙담하고, 삶에 지치고, 단돈 한 푼에도 벌벌 떨고, 관청에서는 누명을 뒤집어쓰고 쫓겨나 마침내는 다락방이나 움막 같은 데서 자기는 물론이고 자식들 입에 풀칠할 끼니도 변변히 얻지 못한 채 죽어갔다. 운명은 그를 궁지에 몰린 토끼처럼 옴짝달싹 못할 지경으로 만든 것이다.

　그는 착하고 정직한 사람이었다. 뇌물을 받은 적은 있지만, 고작해야 10코페이카에서 많아야 2루블 정도였다. 네도퓌스킨에게는 폐병에 걸린 깡마른 아내가 있었다. 자식도 있었으나, 다행히도 아들 티혼과 딸 미트로도라만 빼고 나머지는 모두 어려서 죽어버렸다. 딸은 '가겟집 멋쟁이'라는 별명을 가졌으며 온갖 희비를 다 겪은 뒤에 일을 그만둬 버린 변호사에게 시집을 갔다. 아버지 네도퓌스킨 씨는 생전에 아들 티혼을 어느 관리의 비서로 취직시켜 주었다. 그러나 아버지가 죽자 그는 즉시 일을 그만두었다. 끝을 알 수 없는 낭패감, 추위와 굶주림, 비통한 투쟁, 어머니의 근심에 찬 낙담, 아버지에 대한 걱정에서 오는 절망감, 집주인과 가게 주인의 무례한 빚 독촉―하루도 빠짐없이 되풀이되는 이와 같은 고통이 티혼을 겁쟁이로 만들어간 것이다. 그는 상사의 그림자를 보기만 해도 붙잡혀 버린 새처럼 몸이 떨리고 정신이 아득해져서 일을 그만둘 수밖에 없었다. 냉정하지만 장난을 좋아하는 자연은 사람들에게 그들의 사회적 위치나 재산과는 전혀 다른 다양한 능력과 취향을 심어준다. 즉 자연은 특유의 배려심과 애정으로 가난한 관리의 아들 티혼을 다감하고 게으르고 온화하고 감수성 강한 사람으로, 다시 말하면 향락을 즐기기에 적합하도록 후각과 미각만 발달한 사람으로 빚은 것이다. 이렇게 빚어 놓고 공들여 완성하여, 자기 작품이 시큼한 양배추와 썩은 물고기만 먹고 자라도록 내버려두었다. 이윽고 작품은 성장했다. 이른바 '삶'을 시작한 것이다. 장난이 시작되었다. 그토록 집요하게 아버지 네도퓌스킨을 괴롭혔던 운명은 단 그의 아들에게도 손을 뻗쳤다. 아들을 정확히 노린 것이었다. 그러나 티혼은 다르게 취급했다. 운명은 그를 괴롭히지 않았다. 다만 가지고 놀았다. 운명은 한 번도 그를 절망으로 내몰지도 않았고, 굶주림이라는 수치스러운 고통을 맛보게 하지도 않았다. 단, 벨리키 우스추크*⁵에서 차례보 코크샤이스크*⁶까지 온 러시아로 끌고 다니며 온갖 비천하고 비굴한 경험을 하게 했다. 싸우기 좋아하고 신경질적인 여자 자선가의 집에서 관리인으로 일하게도 하고, 돈 많은 구두쇠 상인 집에서 식객으로 있게도 하고, 영국식으로 머리를 깎고 눈이 불거져 나온 귀족의 집에서 주임 비서로 일하게도 하고, 개를 좋아하는 귀족의 집에서 집사 겸 어릿광대 노릇을 하게도 했다……. 요컨대 운명은 불쌍한 티혼에게 기생(寄生) 생활의 쓰디쓴 독즙을 한 방울도 남김 없이 다 마시게 한 것이다. 그는 우울함이나 졸린 얼굴을 한 성질 고약한 귀족의 따분함을 달래느라 좋은 시절을 다·보냈다……. 수많은 손님에게 실컷 희롱만 당하다가 '물러가도 좋다'는 말을 듣고 혼자 자기 방으로 돌아와서는 수치심에 얼굴을 붉히고 눈에는 절망의 차가운 눈물을 글썽이며, '내일은 이 집을 몰래 도망쳐 도시로 가서 운을 시험해 보자. 하다못해 하찮은 서기 자리라도 얻자. 그러지 못할 바엔 차라리 길거리에서 굶어죽자'고 다짐하곤 했다. 그러나 첫째로는 하느님이 그에게 그만한 능력을 주지 않으셨고, 둘째로는 겁쟁이가 되어 있었으며, 셋째로는 과연 자기가 좋은 일자리를 찾을 수 있을지, 누구에게 부탁해야 좋을지 알 수 없었다. "누가 내 일을 찾아주겠어?" 불행한 사나이는 침대에서 몸을 뒤척이며 중얼거리곤 했다. "아무도 찾아주지 않을 거야!" 그러고는 이튿날이면 다시 죽기보다 싫은 일을 시작하는 것이었다. 게다가 아주 세심한 조화의 신조차도 비굴한 직업에 없어서는 안 될 재능이라든가 소질을 그에게 눈곱만큼도 주지 않으니 그의 처지는 더욱 비참해져 갔다.

그는 곰 가죽 외투를 뒤집어 입고서 기진맥진해질 때까지 춤을 추는 재주도 없었고, 귓전에서 기다란 채찍이 쉭쉭 소리내는 것을 들으며 우스갯소리를 하거나 아부를 하는 재주도 없었다. 영하 20도의 추위에 발가벗긴 채 내쫓겨 감기에 걸린 일도 가끔 있었다. 그의 위장은 잉크를 비롯한 더러운 것들을 섞은 술이며 잘게 다져 식초를 뿌린 버섯을 소화할 능력이 없었다. 그의 마지막 은인이자 돈 많은 어떤 상인이 기분 좋은 상태에서 충동적으로 유언장에 다음과 같은 말을 적어 넣지 않았더라면, 그 뒤 티혼의 운명이 어찌되었을지 알 수 없다. 유언장에는 이렇게 쓰여 있었다. "조자(티혼) 네도퓌스킨에게 내가 정당한 방법으로 영구소유권을 얻은 베스세렌제프카 및 모든

---

*5 유그 강과 수혼 강이 만나는 지점에 있는 오래된 마을.
*6 마리스키 자치주의 중심을 이루는 도시. 지금의 요시카르올라 시.

부속지를 양도한다." 그로부터 며칠 뒤 은인은 철갑상어 수프를 먹은 게 탈이 나 뇌졸중을 일으켜 죽고 말았다. 엄청난 소동이 빚어졌다. 관리가 찾아와 재산권을 봉인했다. 친척들이 몰려와 유언장을 개봉하고 읽었다. 사람을 보내 네도퓌스킨을 불렀다. 네도퓌스킨이 왔다. 모인 사람들의 대부분은 티혼 이바니치가 이 은인의 집에서 어떤 역할을 담당했는지 알고 있었다. 그는 방에 들어서자마자 떠나갈 듯한 함성과 비웃음 섞인 축하 인사를 들었다. "지주 나리다. 새 지주 나리가 오셨다!" 다른 유산 상속자들이 외쳤다. "이 사람이 그러니까," 익살꾼으로 통하는 한 사내가 끼어들었다. "음, 그러니까…… 진짜…… 그러니까…… 진짜…… 바로 그…… 진짜 상속인이군." 일동이 와 하고 웃음을 터트렸다. 네도퓌스킨은 한동안 이 행운을 믿으려 하지 않았다. 사람들이 유언장을 보여주었다. 그는 얼굴을 붉히고, 눈을 반쯤 감은 채 두 손을 떨며 눈물을 펑펑 흘렸다. 일동의 웃음소리는 즉시 격한 노성으로 바뀌었다. 베스세렌제프카는 농노가 스물두 명밖에 살지 않는 작은 마을이었으므로 그것을 아까워하는 사람은 없었다. 그러니 어찌 이런 상황이 재미있지 않으랴? 유일한 페테르부르크 태생의 상속인으로 아랍인 같은 코와 매우 고상한 생김새를 가진 로스티슬라프 아다미치 슈토페리라는 위엄 있는 사내만이 그 분위기를 참지 못하고 네도퓌스킨에게 슬금슬금 다가가 그를 깔보듯이 내려다보았다. 그리고 경멸하듯이, 아예 잡아먹을 듯이 입을 열었다. "내가 본 바로는 당신은 표도르 표도르비치 씨의 집에서 어릿광대, 그러니까 가복 노릇을 하던 사람 같은데?" 페테르부르크 태생의 신사가 듣기 거북할 정도로 명료하고 당당하고 정확한 어조로 말했다. 잔뜩 흥분한 네도퓌스킨은 보도 듣도 못한 신사의 말 따위는 귀에 들어오지 않았다. 슈토페리 씨는 손을 비비며 똑같은 질문을 되풀이했다. 네도퓌스킨이 황급히 눈을 뜨고 입을 열었다. 로스티슬라프 아다미치가 가증스럽다는 듯이 눈을 깜빡거렸다. "축하하오, 축하하오." 그가 계속 말했다. "이런 방법으로 일용할 식량을 소, 소, 소, 손에 넣을 생각은 아무나 하는 게 아니니까. 하지만 de gustibus non est disputandum(남의 방식에 이러쿵저러쿵할 수 없다), 즉 누구나 나름의 방식이 있는 법이니까……. 안 그렇소?"

뒤쪽에 있던 누군가가 빠른 말투로, 그러나 정중하게 놀라움과 광기 어린 기쁨을 담아 목청껏 찬사를 보냈다.

"대체," 슈토페리 씨가 좌중의 웃음소리에 힘입어 입을 열었다. "당신은 어떤 특별한 재주가 있어 이런 행운을 만났소? 부끄러워하지 말고 말해 보시오. 여기 있는 사람은 모두 가족, en famille(가족)이니까. 자네, 안 그런가? 여기 있는 사람은 en famille이 아니냐 이 말일세."

로스티슬라프 아다미치가 갑작스레 질문의 화살을 돌린 상속인은 공교롭게도 프랑스어를 몰랐으므로, 찬성의 의미로 가느다란 신음만 냈다. 그 대신 이마에 노란 반점이 있는 젊은 다른 상속인이 얼른 "위, 위(네, 네), 그렇다마다요" 하고 맞장구쳤다.

"아마," 슈토페리 씨가 다시 입을 열었다. "당신은 발을 천장으로 쳐들고 물구나무 자세로 걷는 재주가 있는 모양이오?"

네토퓌스킨은 우울한 눈빛으로 주위를 둘러보았다. 얼굴마다 악의에 찬 웃음이 떠올라 있고, 너무 웃어서 눈들에는 눈물이 고여 있었다.

"수탉처럼 꼬끼오 하고 우는 법도 알겠고?"

다시 요란한 웃음소리가 터져 나왔으나, 다음 말을 기다리듯이 이내 잠잠해졌다.

"그리고 코끝으로……."

"닥치시오!" 느닷없이 높고 날카로운 목소리가 로스티슬라프 아다미치를 가로막았다. "약한 자를 괴롭히다니 부끄럽지도 않소!"

일제히 고개를 돌렸다. 문간에 체르토프하노프가 서 있었다. 죽은 상인의 오촌 조카뻘인 그도 친족회의에 참석하라는 초대장을 받았으나, 유언장이 읽히는 동안에는 언제나처럼 거만하게 무리에 끼지 않았던 것이다.

"그만두시오!" 몸을 뒤로 한껏 젖히고 그는 다시 말했다.

놀라 뒤를 돌아본 슈토페리 씨는 더럽고 초라한 차림을 한 사나이를 보고, 옆에 있던 사람에게 나지막이 물었다(조심성이 많아 나쁠 건 없기 때문이다).

"누구요?"

"체르토프하노프라고, 대단한 사람은 아닙니다." 상대방이 귓전에 속삭였다. 로스티슬라프 아다미치의 얼굴이 거만해졌다.

"그보다, 주제 넘는 참견을 하는 당신은 누구요?" 그가 거만하게 말하며 눈을 가늘게 떴다. "어떤 사람인지 어디 들어나 봅시다."

체르토프하노프가 불붙은 화약처럼 폭발했다. 분노 때문에 숨도 제대로 쉬지 못하는 지경이었다.

"누, 누, 누, 누," 목이라도 졸린 듯 꺽꺽대다가 이내 천둥처럼 고함을 질렀다. "누구냐고? 누구냐고? 나는 판테레이 체르토프하노프다! 뼈대 있는 집안의 귀족이란 말이다! 5대조 할아버지께서는 황제 폐하를 모셨다. 그러는 너는 누구냐?"

로스티슬라프 아다미치는 새파랗게 질려서 뒷걸음질쳤다. 이렇게 격렬한 반응은 예상 밖이었던 것이다.

"난 귀족이다, 난 귀족이다! ……겨, 겨, 겨……!"

체르토프하노프가 씩씩거리며 앞으로 나왔다. 슈토페리가 질겁하여 껑충 뒤로 물러났다. 손님들은 화가 머리끝까지 오른 지주를 달래려고 우르르 몰려갔다.

"결투다, 결투다! 손수건만 놓고서 결투다!"*7 격노한 판테레이가 고래고래 악을 썼다. "그게 싫다면 사과해라. 그리고 저 사람에게도……."

"어서 사과하세요, 어서요." 슈토페리 곁에서 안절부절못하던 상속인들이 얼른 귀엣말을 했다. "보시다시피 미친 작자입니다. 자칫 잘못하다간 칼에 맞아 죽을 거예요."

"잘못했습니다, 용서하세요. 그만 몰라 뵙고……." 슈토페리가 웅얼웅얼 말했다. "그만 몰라뵌 탓에……."

"저 사람한테도 사과해!" 분이 가라앉지 않은 판테레이가 버럭 소리를 질렀다.

"미안합니다." 열병에라도 걸린 듯 부들부들 떨고 있는 네도퓌스킨에게 로스티슬라프 아다미치가 덧붙였다.

그제야 겨우 마음이 가라앉은 체르토프하노프는 티혼 이바니치에게 다가가 그의 손을 마주잡고 주위를 획 둘러보았다. 그러나 아무도 그와 눈을 마주치지 않자, 정당하게 베스세렌제프카를 손에 넣은 새 지주의 손을 잡고 무겁고 깊은 침묵을 헤치며 방에서 나갔다.

그날 이후부터 두 사람은 언제나 꼭 붙어 다녔다. (베스세렌제프카는 베

---

*7 권총을 쥔 두 사람의 손을 손수건으로 가리고 마주 쏘는 결투 방법.

스소노보에서 불과 8베르스타 거리였다.) 네도퓌스킨의 한없는 감사의 마음은 이윽고 농노처럼 경건한 마음으로 바뀌었다. 나약하고 솔직하고 매우 정직한 티혼은 물욕에 흔들리지 않는 청렴결백한 판테레이 앞에 진심으로 머리를 조아렸다. '보통내기가 아니야!' 이따금 혼자 생각한다. '지사 나리를 똑바로 바라보며 대화를 하는 건…… 정말 쉬운 일이 아닌데, 판테레이는 하잖아!'

그는 완전히 판테레이에게 감복하여 그를 세상에서 보기 드문 총명하고 박식한 사람이라고 여겼다. 체르토프하노프가 받은 교육이 아무리 보잘것없다 하더라도 자신이 받은 교육에 비하면 훌륭해 보였다. 실제로 체르토프하노프는 러시아어로 쓰인 글도 조금은 읽었고 프랑스어도 알았지만, 그 실력은 옛날 스위스 태생의 가정교사가 "Vous parlez français, Monsieur?(당신은 프랑스어를 할 줄 압니까?)"라고 질문하면 "네, 압니다"라고 대답하고 조금 생각했다가 "pa(네)"라고 덧붙일 정도로 형편없었다. 그러나 어쨌건 아주 기지에 넘친 작가 볼테르가 이 세상에 있었다는 사실이나, 프러시아의 프리드리히 대왕이 전쟁터에서도 위대했다는 사실쯤은 알고 있었다. 러시아 작가로는 데르자빈[8]을 숭배하고, 마를린스키[9]를 사랑해서 가장 영리한 수캐에게 암말라트 베크[10]라는 이름을 붙여 주었을 정도였다…….

이 두 사람을 만나고 며칠 지나 나는 판테레이 예레메비치를 방문하러 베스소노보로 갔다. 저 멀리 그의 작은 집이 보였다. 집은 마을에서 반 베르스타쯤 떨어진 나무 한 그루 없는 이른바 '바람받이'에, 밭에 내려앉은 독수리처럼 우두커니 서 있었다. 저택이라고는 하지만 크기가 다른 낡은 오두막 네 채와 바깥채, 마구간, 헛간, 목욕탕이 있을 뿐이었다. 모든 건물이 서로 떨어져 있고, 주위에는 울타리도 대문도 없었다. 내 마부는 말을 어디에 대야 할지 몰라, 반쯤 썩고[11] 먼지로 뒤덮인 우물가에 말을 세웠다. 헛간 옆에서 털이 지저분하게 뭉친 말라빠진 보르조이 몇 마리가 죽은 말을 뜯어먹고 있었다. 오르바산인 것 같았다. 보르조이 한 마리가 피묻은 코를 들고 컹컹 짖

---

*8 예카테리나 왕조의 가장 대표적인 서정시인(1743~1816).
*9 낭만파 대중작가로, 한때는 푸시킨보다 유명했다(1797~1837).
*10 마를린스키의 대표작이자 주인공 이름.
*11 러시아 시골에 있는 우물은 대개 나무로 만들어졌다.

다가, 뼈가 다 드러난 갈비뼈를 다시 물어뜯었다. 말 옆에는 열일곱쯤 되어 보이는 소년이 누렇게 부은 얼굴을 한 채 카자흐스탄식 옷을 입고 맨발로 서 있었다. 소년은 자기가 맡아 기르는 개를 점잖게 바라보며, 가장 게걸스럽게 먹는 개에게 이따금 회초리질을 했다.

"나리는 안에 계시냐?" 내가 물었다.

"모르겠는데요!" 소년이 대답했다. "문을 두드려 보세요."

나는 마차에서 내려 바깥채 현관으로 갔다.

체르토프하노프의 집은 아주 처량해 보였다. 통나무는 시커멓게 그을린 채 불룩한 배를 앞으로 불쑥 내밀고 있었다. 굴뚝은 무너져 내리고, 집 구석구석은 눅눅하고 썩어서 흔들거렸다. 더러운 청회색 창문이, 칠이 벗겨진 채 무너져 내린 지붕 아래로 이루 말할 수 없이 애처롭게 들여다보였다. 대체로 늙은 쏙독새가 그런 눈빛을 하고 있다. 나는 문을 두드렸다. 대꾸가 없었다. 그때 문 너머에서 날카로운 목소리로 무슨 말을 하는 소리가 들렸다.

"아즈, 부키, 베지, 이런 바보 같은 놈!" 갈라진 목소리가 말하고 있다. "아즈, 부키, 베지, 글라골리…… 그게 아니야! 글라골리, 도브로, 예스티! 예스티! *¹² ……에라, 이 바보 놈아!"

나는 다시 문을 두드렸다.

같은 목소리가 외쳤다. "누구요? 들어오시오……."

나는 휑한 작은 현관으로 들어갔다. 활짝 열린 문 너머에 체르토프하노프의 모습이 보였다. 그는 손때 묻은 부하라*¹³ 실내복에 헐렁한 바지를 입고 빨간 둥근 모자를 쓰고 의자에 앉아 있었다. 한 손으로는 복슬강아지의 코를 쥐고, 한 손으로는 빵 한 조각을 개 코 위로 바짝 쳐들고 있었다.

"아!" 그가 자리에 그대로 앉은 채 위엄을 유지하며 말했다. "어서 오세요. 그리 앉으시지요. 지금 벤조르를 훈련하는 중입니다. ……티혼 이바니치!" 한층 목소리를 높여 덧붙여 말했다. "이리 와. 손님이 오셨어."

"지금 가네, 지금 가." 옆방에서 티혼 이바니치가 대답했다. "마샤, 넥타이를 꺼내 줘요."

---

*12 러시아 알파벳 각 첫머리로 시작하는 단어를 말해 개를 훈련시키는 것.
*13 모스크바나 카잔에 살던 타타르계 러시아인이 마나 아마의 찌꺼기로 짠 싸구려 직물로, 그들은 러시아 곳곳을 돌아다니며 이것을 팔았다.

체르토프하노프가 다시 벤조르를 보고 콧잔등에 빵조각을 얹었다. 나는 주위를 둘러보았다. 길이가 들쭉날쭉한 다리가 열세 개 달린 접었다 폈다 할 수 있는 탁자 하나와 짚으로 짠 찌그러진 의자 네 개 말고 다른 가구는 없었다. 옛날에는 하얗게 칠해져 있었을 벽도 별처럼 드문드문 반점을 찍으며 군데군데 벗겨져 있었다. 창과 창 사이에는 커다란 마호가니 틀에 끼워진 뿌연 거울이 금 간 채 걸려 있었다. 구석에는 담뱃대와 총이 세워져 있고, 천장에서는 굵은 거미줄이 시커멓게 늘어져 있었다.

"아즈, 부키, 베지, 글라골리," 체르토프하노프는 천천히 이름을 부르더니 느닷없이 고함을 질렀다. "예스티! 예스티! 예스티! ……에잇, 이 멍청한 개새끼! ……예스티란 말이다!"

그러나 가엾은 강아지는 부들부들 떨기만 할 뿐 입을 열려고 하지 않았다. 잔뜩 겁에 질려 꼬리를 엉덩이 밑에 감추고 앉은 채, 콧등을 찡그리고 눈을 황망히 끔뻑거렸다가 가늘게 떴다 했다. "어서 뜻대로 하십시오!"라고 혼잣말을 하는 것처럼 보였다.

"자, 어서 먹어! 받아먹어!" 주인은 지치지도 않고 되풀이해 소리쳤다.

"겁이 나서 그럽니다." 내가 끼어들었다.

"그럼 쫓아내야지!"

그가 개를 발로 밀쳤다. 가엾게도 개는 슬그머니 일어나, 콧등에 있는 빵을 떨어뜨리고, 까치발로 가듯이 잔뜩 의기소침해져서 현관 쪽으로 가버렸다. 처음 보는 사람 앞에서 그런 모욕을 당했으니 의기소침하지 않고 어찌 배기랴.

옆방과 연결된 문이 조심스레 삐걱거리더니 네도퓌스킨 씨가 다정하게 인사하고 미소를 지으며 들어왔다.

나도 일어나 머리 숙여 인사했다.

"아, 앉으십시오. 그냥 앉아 계세요." 그가 우물우물 말했다.

우리는 앉았다. 체르토프하노프는 옆방으로 갔다.

"우리 고장에 오신 지 오래되셨습니까?" 네도퓌스킨이 얌전하게 입에 손을 대고 기침을 하고는 예의를 갖춰 입술에 손가락을 댄 채 부드럽게 물었다.

"지난달에 왔습니다."

"아, 그렇습니까."

잠시 침묵이 흘렀다.

"요즘은 계속 날씨가 좋아서," 네도퓌스킨이 날씨가 좋은 것이 내 덕이라는 듯이 고마운 눈길로 나를 바라보며 다시 입을 열었다. "작물이 잘 자란다고 합니다."

나는 그 말이 맞다는 표시로 고개를 주억거렸다. 다시 짧은 침묵이 이어졌다.

"판테레이 예레메비치는 어제 산토끼를 두 마리 잡았습니다." 네도퓌스킨이 겨우 입을 열었다. 대화가 이어지기를 바라는 눈치였다. "토끼가 어찌나 크던지. 정말 큰 토끼였답니다."

"체르토프하노프 씨가 좋은 사냥개를 갖고 있나요?"

"정말 훌륭한 놈을 갖고 있지요!" 네도퓌스킨이 신이 나서 대답했다. "현에서 으뜸일걸요. (그는 내 쪽으로 몸을 기울였다.) 그건 그렇고, 판테레이 예레메비치는 정말 대단한 사람입니다! 뭐든 원하는 게 있으면, 그러니까 뭐든 마음만 먹으면 즉시 모든 준비를 마치고 마음먹은 대로 척척 해내니까요. 판테레이 예레메비치는 정말이지……."

체르토프하노프가 방으로 들어왔다. 그러자 네도퓌스킨이 빙긋 웃으며 입을 다물었다. 그러고는 "직접 보시면 더 잘 아실 겁니다"라고 말하고 싶은 듯이 그를 쳐다보라고 내게 눈짓했다. 우리는 사냥 이야기에 빠졌다.

"우리 집 개를 보여드릴까요?" 체르토프하노프가 내게 묻더니, 대답도 기다리지 않고 카르프를 불렀다.

하늘색 옷깃에 문장이 들어간 단추가 달린 녹색 무명 저고리를 입은 건장한 청년이 들어왔다.

"폼카에게 일러." 체르토프하노프가 무뚝뚝하게 말했다. "암말라트와 사이가를 데려오라고. 잘 손질해서. 알겠지?"

카르프는 싱긋 웃고, 알 수 없는 말을 하더니 나갔다. 폼카가 머리카락을 단정히 빗어 넘기고, 단추를 단단히 잠그고, 장화를 신고, 개들을 데려 들어왔다. 나는 예의상 그 멍청한 짐승들을 칭찬했다(보르조이는 어느 것이나 멍청하다). 체르토프하노프가 암말라트의 콧구멍에 침을 뱉어주었다. 그러나 개는 별로 달가워하지 않았다. 네도퓌스킨도 암말라트를 뒤에서 쓰다듬어 주었다. 우리는 다시 잡담을 시작했다. 이야기가 끝나갈 무렵에는 체르토프하노프도 완전히 마음을 열어, 더는 으스대거나 콧바람을 거칠게 뿜어대지 않게 되었다. 갑자기 표정이 달라졌다. 그는 나를 흘끗 보더니 다시 네도퓌스킨을 보았다……

"그래!" 그가 느닷없이 외쳤다. "혼자 있게 할 거 없지! 마샤! 마샤! 이리 와!"

누군가가 옆방에서 움직이는 기척이 들렸다. 그러나 대꾸는 없었다.

"마샤!" 체르토프하노프가 부드럽게 다시 말했다. "이리 와. 어색해할 것 없어."

문이 조용히 열리더니, 타르처럼 까만 머리카락을 땋아 내리고 까무잡잡한 얼굴에 황갈색 눈동자를 한 스무 살쯤 되어 보이는 늘씬한 집시 여성이 들어왔다. 커다란 이가 도톰하고 새빨간 입술 틈에서 하얗게 빛났다. 여자는 새하얀 옷을 입고 있었다. 옷깃 언저리에서 금색 핀으로 고정한 하늘색 숄이 집시답게 가녀리고 청초한 팔을 반쯤 덮고 있었다. 여자는 길들여지지 않은 야생의 소녀처럼 쭈뼛거리며 두어 발짝 다가오다가 걸음을 멈추고 고개를 수그렸다.

"소개하겠습니다." 판테레이 예레메비치가 말했다. "정식으로 결혼한 것은 아니지만, 제 아내나 다름없는 사람입니다."

마샤가 얼굴에 홍조를 띠며 부끄러운 듯 미소 지었다. 나는 되도록 깊숙이 머리를 숙였다. 나는 그녀가 무척 마음에 들었다. 맑고 볼록한 콧방울에 독수리처럼 끝이 뾰족하고 미끈한 코, 힘찬 곡선을 그리도록 다듬은 눈썹, 약간 꺼져 들어간 새하얀 뺨―모든 이목구비가 자유분방한 정열과 당찬 성격을 보여주었다. 땋아 내린 머리카락 밑 노르스름한 목덜미에 정욕과 힘을 연상케 하는 가느다랗고 윤기나는 잔털 두 가닥이 실처럼 자라 있었다.

여자는 창가로 가서 앉았다. 나는 그 이상 그녀를 불편하게 하고 싶지 않았으므로 체르토프하노프와 이야기를 시작했다. 마샤가 살며시 고개를 돌리고 즐거운 듯이, 그러나 경계를 풀지 않고 의심쩍은 눈길로 재빨리 나를 훑어보았다. 그 눈동자가 뱀의 혓바닥처럼 날름거렸다. 네도퓌스킨이 그녀 옆에 앉아 뭐라 귓속말을 했다. 여자가 다시 방그레 웃었다. 코를 살짝 찡그리고 윗입술을 조금 들어 올린 모양으로 웃었는데, 그러자 고양이처럼도 보이고 사자처럼도 보이는 오묘한 표정이 되었다······.

'건드리면 부서질 것만 같은 여자로구나.' 이번에는 내가 그녀의 날씬한 몸매, 여윈 가슴, 힘차고 재빠른 동작을 즐겁게 관찰하며 생각했다.

"마샤," 체르토프하노프가 물었다. "손님한테 뭘 좀 대접해야 하지 않겠어?"

"과일 절임이 있어요." 여자가 대답했다.

"그럼 과일 절임을 내와. 보드카도 좀 내오고. 아, 그렇지. 마샤." 그가 황급히 덧붙였다. "기타도 가져와."

"기타는 뭐 하게요? 난 노래 부르지 않을 거예요."

"어째서?"

"부르고 싶지 않으니까요."

"별 시답지 않은 이유를. 막상 기타를 잡으면 시키지 않아도 부를 거면서······."

"뭐라고요?" 순간 마샤가 인상을 찌푸리며 다그쳤다.

"내 말은, 부탁하면 말이야." 체르토프하노프가 멋쩍어하며 다시 말했다.

"아, 내가 그랬던가요!"

여자가 나가더니 곧 과일 절임과 보드카를 가지고 돌아와 다시 창가에 앉았다. 이마에는 아직 작은 주름이 잡혀 있고, 양쪽 눈썹은 말벌의 더듬이처럼 올라갔다가 내려갔다가 했다······. 독자 여러분, 여러분은 말벌이 얼마나 심술궂게 생겼는지 본 적이 있는가? 나는 생각했다. '폭풍전야로군.' 대화에 좀처럼 흥이 나지 않았다. 네도퓌스킨은 입을 꾹 다문 채 억지웃음을 짓고 있었다. 체르토프하노프는 얼굴이 새빨개져서 거칠게 숨을 몰아쉬며 눈을 부릅뜨고 있었다. 나는 그만 돌아가야겠다고 생각했다······. 그때 마샤가 벌떡 일어나 창문을 홱 열고 머리를 내밀더니, 지나가던 아낙을 성난 목소리로 불렀다. "악시냐!" 아낙이 깜짝 놀라 고개를 돌리다가 미끄러져 벌렁 자빠졌다. 마샤가 몸을 뒤로 젖히고 깔깔대며 웃었다. 체르노프하노프도 껄껄 웃었다. 네도퓌스킨은 좋아서 어쩔 줄 몰라 하며 쇳소리를 질렀다. 우리는 긴장을 떨치려는 듯 모두 몸을 부르르 털었다. 폭풍은 순식간에 지나가고······ 하늘은 다시 쾌청해졌다.

그 뒤로 30분가량은 정신없었다. 우리는 어린아이처럼 떠들고 장난쳤다.

그중에서도 마샤가 가장 신이 났다. 체르토프하노프는 한순간도 마샤에게서 눈을 떼지 않았다. 마샤의 얼굴은 더욱 창백해지고, 콧구멍은 더욱 커졌으며, 눈동자는 더욱 까맣게 빛났다. 야생의 여인이 흥겹게 놀고 있었다. 네도퓨스킨은 수오리가 암오리 꽁무니를 따라다니듯, 살찌고 짧은 다리를 기우뚱기우뚱 절며 여자의 뒤를 쫓아다녔다. 벤조르조차 현관에 놓인 자기 집에서 기어 나와 문지방 위에 서서 우리를 한참 동안 쳐다보다가 갑자기 껑충껑충 뛰며 짖어댔다. 마샤가 옆방으로 뛰어가 기타를 가지고 오더니 숄을 벗어 던지고 날쌔게 앉아 고개를 쳐들고 집시 노래를 부르기 시작했다. 목소리는 금 간 유리 종처럼 갸릉갸릉 울리며 격정적으로 고조되는가 하면 점점 잦아들었다…… 곡조에 따라 신이 나기도 했다가 으스스해지기도 했다. "아, 말하라, 불같이 뜨거운 말을……!" 체르토프하노프는 정신없이 춤을 추었다. 네도퓨스킨은 발을 쿵쿵 구르고 박자에 맞춰 앞뒤로 다리를 뻗었다……. 마샤가 불 위에 올린 자작나무 껍질처럼 몸을 크게 휘었다. 유연한 손가락이 기타 위를 빠르게 스치고, 까무잡잡한 목은 두 겹으로 감은 호박 목걸이 밑에서 천천히 부풀어 올랐다. 그러더니 노래를 뚝 끊고서 축 늘어져, 귀찮다는 듯이 기타 줄만 퉁겼다. 체르토프하노프는 벌떡 일어나더니 어깨만 들썩이거나 몸의 어느 한 부분만 꿈지럭거리거나 했다. 네도퓨스킨은 도기로 만든 중국 인형처럼 고개를 흔들었다. 마샤가 다시 몸을 곧추세우고 가슴을 펴고서 미친 듯이 노래했다. 그러자 체르토프하노프도 다시 엉덩이가 땅에 닿을 듯 주저앉기도 하고, 천장을 찌를 듯 펄쩍 뛰어오르기도 하고, 팽이처럼 뱅뱅 돌며 "더 빠르게!" 하고 외쳤다…….

"더 빠르게, 더 빠르게, 더 빠르게, 더 빠르게!" 네도퓨스킨이 빠른 어조로 맞장구쳤다. 나는 밤이 깊어서야 베스소노보를 떠났다…….

체르토프하노프의 최후

1

내가 방문한 지 2년쯤 지나 판테레이 예레메비치에게 재앙이—진짜 재앙이 닥치기 시작했다. 지금까지 수많은 궁핍, 실패, 심지어 불운까지 겪어 오면서도 전혀 굴하지 않고 변함없이 '제왕처럼 당당하게' 행동하던 그였다. 그러나 이번에 닥친 첫 재앙은 가장 견디기 힘든 것이었다. 마샤가 그를 떠나버린 것이다.

그토록 익숙해 보이던 이 집을 그녀는 무엇 때문에 버리고 떠난 것일까—그것은 설명하기 어렵다. 체르토프하노프는 야프라고 불리는 이웃의 젊은 퇴역 창기병 대위 때문에 마샤가 변심한 것이라고 죽는 날까지 굳게 믿었다. 판테레이 예레메비치의 말을 빌리자면, 이 사나이는 줄기차게 콧수염을 비비 꼬고, 포마드를 처덕처덕 바르고, 야릇한 미소를 짓는 것 따위로 마샤의 마음을 빼앗았다. 그러나 그보다는 마샤의 혈관에 흐르는 집시의 방랑 기질을 더 큰 원인으로 봐야 한다. 어쨌든, 아주 맑은 여름날 저녁 무렵, 마샤는 얼마 안 되는 소지품을 작은 보퉁이에 싸서 체르토프하노프의 집을 나가버렸다.

이 일이 있기 사흘 전쯤, 마샤는 상처 입은 여우처럼 잔뜩 웅크린 채 벽에 몸을 딱 붙이고 방구석에 앉아 있었다—끊임없이 눈을 깜빡이고, 골똘히 생각에 잠기고, 눈썹을 꿈틀거리고, 입술을 가볍게 물고, 몸을 감추듯이 두 팔로 몸을 감쌀 뿐이었다. 이런 '기분'에 빠져드는 일은 전에도 있었지만, 결코 오래가지는 않았다. 체르토프하노프는 그것을 잘 알고 있었다—그러기에 전혀 걱정하지도 않았고, 여자에게도 이러쿵저러쿵 캐묻지 않았다. 그런데 사냥개지기가 마지막 남은 하운드 두 마리가 '죽었다'고 하기에 상태를 살펴보고 돌아오는 길에 하녀와 맞닥뜨렸다. 하녀는 떨리는 목소리로 마리아 아킨피예브나 님이 "자신은 이제 돌아오지 않을 것이니 부디 안녕히 지내시기 바란다"는 인사를 남기고 떠나버렸다고 알렸다. 체르토프하노프는 제자리에서 두 바퀴쯤 빙그르르 돌고 짐승처럼 포효하더니, 바람이 나서 집을 나가버린 여자의 뒤를 곧장 뒤쫓았다—권총을 집어 들고서.

그는 자기 집에서 군청소재지로 통하는 큰길을 따라 2베르스타쯤 떨어진 자작나무 숲 어귀에서 그녀를 따라잡았다. 해가 지평선 위로 낮게 걸려 주위가 온통 선명한 진홍색으로 물들어 있었다—나무도, 풀도, 땅도 똑같이.

"야프 놈한테 가는 거지? 내 말이 맞지?" 체르토프하노프는 마샤의 그림자를 발견하자마자 고함을 질렀다. "야프 놈한테 가는 거지?" 마샤 옆으로 휘적휘적 달려가면서 되풀이했다.

마샤가 걸음을 멈추고 뒤를 돌아 그와 마주 섰다. 해를 등지고 선 탓에, 검은 나무로 조각한 것처럼 온몸이 시커멓게 보였는데 두 눈의 흰자위는 은빛 아몬드처럼 떠올라 보였다. 그러나 눈 자체—눈동자—는 전보다 한층 짙어 보였다.

마샤가 작은 보퉁이를 옆으로 내던지고 팔짱을 꼈다.

"야프 놈한테 가는 거지, 이 갈보 년!" 계속 같은 말을 하며 체르토프하노프가 여자의 어깨를 움켜쥐려고 했다. 그러나 마샤와 눈이 마주치자 주춤하더니 그 자리에 멈춰 서고 말았다.

"나는 야프 씨한테 가는 게 아니에요, 판테레이 예레메비치." 마샤가 침착하게 대답했다. "당신과 더 이상 같이 살 수 없을 뿐이에요."

"왜 같이 살 수 없지? 뭣 때문에? 내가 무슨 잘못이라도 했나?"

마샤는 고개를 저었다. "그런 일 없어요, 판테레이 예레메비치. 다만, 그 집이 지겨워졌어요……. 지금까지 살게 해줘서 고마워요. 하지만 더는 있을 수 없어요—도저히!"

체르토프하노프로서는 너무나도 뜻밖의 말에 깜짝 놀라지 않을 수 없었다. 그는 허벅지를 철썩철썩 때리기까지 하며 펄펄 뛰었다.

"갑자기 왜 그래? 지금까지 아무 불만도 부족함도 없이 잘 지내더니 갑자기 지겨워져서 날 버리겠다고? 도대체 무슨 바람이 불어서 머릿수건을 뒤집어쓰고 집을 나가느냔 말이야. 모두들 마나님 못지않게 떠받들어 주잖아……."

"난 그런 거 바란 적 없어요." 마샤가 끼어들었다.

"왜 바라지 않아? 떠돌이 집시에서 마나님이 되었는데 그런 걸 바라지 않아? 그게 왜 싫다는 거야, 이 천박한 계집! 내가 그런 말을 믿을 것 같아? 나를 배신하려고 이러는 거잖아, 배신!"

그는 입에 거품을 물고 씨근거렸다.

"배신 같은 건 한 번도 생각한 적 없어요." 마샤는 분명한 어조로 단호하게 말했다. "이유는 이미 말했잖아요. 지겨워서 견딜 수가 없다고."

"마샤!" 체르토프하노프가 주먹으로 가슴을 탕탕 치며 외쳤다. "됐어, 그만해. 이만큼 날 괴롭혔으면 됐잖아. ⋯⋯이제 됐어! 정말로! 티샤*¹가 뭐라고 말할지 생각해 봐. 그 녀석을 생각해서라도 이러면 안 되잖아!"

"티혼 이바니치 씨에게 안부와 함께 이 말을 전해 주세요⋯⋯."

체르토프하노프가 손을 번쩍 쳐들었다. "쓸데없는 소리는 집어치워! 넌 절대로 못 가! 야프 놈은 널 기다리지 않아!"

"야프 씨는─" 마샤가 무슨 말을 하려고 했다⋯⋯.

"야프 '씨'는 무슨 얼어 죽을!" 체르토프하노프가 비아냥대며 말했다. "놈은 악랄한 사기꾼이야. 비열한 놈이라고. 상판대기는 꼭 원숭이 같잖아!"

체르토프하노프는 꼬박 30분을 마샤와 실랑이했다. 그는 마샤 곁으로 다가섰다가 멀어졌다가, 여자에게 손을 치켜들었다가 머리를 조아렸다가, 울었다가 욕지거리를 내뱉다가 했다⋯⋯. "아무리 그래도 소용없어요." 마샤가 되풀이했다. "난 정말이지 슬프고⋯⋯ 지겨워서 견딜 수가 없어요." 체르토프하노프가 혹시 독초라도 먹은 거냐고 물어볼 정도로 여자의 얼굴이 점점 넋이 나간 듯한, 거의 잠에 취한 듯한 표정이 되었다.

"지겨워요." 마샤는 열 번도 넘게 같은 말을 되풀이했다.

"그렇다면 내가 죽여주지, 어때?" 그가 별안간 외치며 품에서 권총을 빼들었다.

마샤가 생긋 웃었다. 얼굴에 활기가 돌아왔다.

"그거 좋겠네요. 죽여줘요, 판테레이 예레메비치, 당신 맘대로 해요. 하지만 난 절대로 돌아가지 않아요."

"돌아가지 않는다고?" 체르토프하노프가 공이치기를 올렸다.

---

*1 티혼의 애칭.

"돌아가지 않아요. 살아 있는 동안에는 절대로 돌아가지 않을 거예요. 내 생각은 변하지 않아요."

체르토프하노프가 느닷없이 여자에게 권총을 쥐여 주고는, 자신은 땅바닥에 털썩 주저앉았다.

"그렇다면 네가 날 죽여! 네가 없으면 난 살아갈 의미가 없어. 네가 나를 싫다고 하니, 나도 세상만사가 다 싫어졌어!"

마샤가 허리를 굽혀 보퉁이를 집어 들더니, 총구를 체르토프하노프에게서 돌린 채 권총을 풀밭에 내려놓고서 그의 곁으로 다가갔다.

"뭘 그렇게 슬퍼하세요? 집시가 이런 줄 모르셨어요? 우리 집시는 원래 이래요, 이게 당연한 거라고요. 지겨움이 찾아와 모든 인간관계를 다 깨버리고 머나먼 낯선 곳으로 가자고 영혼을 부르고 있는데 어떻게 한 곳에 가만히 있겠어요? 마샤를 기억해 주세요. 이런 여자는 두 번 다시 못 만날 테니. 나도 당신을 잊지 않을 거예요. 하―지만, 이제 둘만의 생활은 끝났어요!"

"나는 널 사랑했어, 마샤." 체르토프하노프가 얼굴을 파묻고 있는 손가락 사이로 중얼거렸다…….

"나도 사랑했어요, 정다운 판테레이 예레메비치!"

"나는 널 사랑했어. 지금도 미칠 듯이 사랑해―. 그런데도 이렇게 아무런 이유도 없이 맨 정신으로 날 버리고 세상을 떠돌겠다니. ―그래, 이제 알겠군. 내가 이렇게 빈털터리가 아니었다면 날 버리지 않았겠지!"

이 말에 마샤는 엷은 미소만 지었다.

"언제는 저더러 돈 욕심 없는 여자라고 하시더니!" 여자는 말하고, 체르토프하노프의 어깨를 픽 때렸다.

그가 벌떡 일어났다.

"그렇다면 돈이라도 가지고 가―이렇게 한 푼도 없이 어쩌겠다는 거야? 아니, 그런 것보다, 어서 날 죽여! 진심이야, 단숨에 날 죽이라고!"

마샤는 다시 고개를 저었다. "당신을 왜 죽여요? 나는 시베리아 같은 데로 유형 가기 싫은걸요."

체르토프하노프가 진저리쳤다. "고작 그런 이유로, 고작 유형 가기가 무서워서 싫다는 거군……."

그는 다시 풀밭에 몸을 던졌다.

마샤가 묵묵히 그 옆에 가서 섰다. "당신이 가엾어요, 판테레이 예레메비치." 그녀는 한숨 섞인 목소리로 말했다. "당신은 좋은 사람이에요. ……하지만 나도 어쩔 수 없어요. 안녕!"

여자가 몸을 돌려 두어 걸음 옮겼다. 어느새 밤이 되어 주위에 어스름이 내려앉았다. 체르토프하노프가 황급히 일어나 뒤에서 마샤의 두 팔꿈치를 붙잡았다.

"이대로 야프 놈한테 가는 거냐, 이 독사 같은 년!"

"안녕!" 마샤는 마음을 담아 날카롭게 되풀이하고, 남자의 손을 뿌리치고 다시 걸음을 옮겼다.

그 뒷모습을 지켜보던 체르토프하노프는 권총이 놓여 있던 곳으로 달려가 권총을 집어 들더니 여자를 겨냥하고 즉시 방아쇠를 당겼다……. 그러나 공이치기에 손을 올리기 전에 손이 위로 삐끗하는 바람에 탄환은 마샤의 머리 위를 휙 스치고 지나갔다. 그녀는 계속 걸으며 어깨 너머로 그를 돌아다봤지만, 놀리기라도 하는 듯 몸을 흔들며 점점 멀어져갔다.

그는 얼굴을 가리고 무작정 내달렸다……

그러나 오십 걸음도 채 달리지 않아, 갑자기 돌이 된 듯 그 자리에 우뚝 멈춰 섰다. 친숙한, 너무나도 친숙한 목소리가 들려왔다. 마샤가 노래를 부르는 것이었다.

"젊은 날은 아름다워라." 그녀가 노래했다. 음정 하나하나가 애절하면서도 정열에 불타는 듯 저녁 하늘 속으로 잠겨들었다. 체르토프하노프는 귀를 기울였다. 목소리는 점점 멀어지다가 사라지는 듯하더니 되돌아왔다. 겨우 알아들을 정도로 작기는 하지만, 불타오르는 열정이 담겨 있었다……

'날 놀리려고 저러는군.' 체르토프하노프는 이렇게 생각했으나, 곧 생각을 고치고서 신음하듯 말했다. "아, 아니다! 마샤는 내게 영원한 작별을 노래하고 있는 것이다." —그러고는 눈물을 뚝뚝 흘렸다.

$$* \quad * \quad * \quad * \quad *$$

이튿날, 그는 야프 씨의 거처에 나타났다. 시골에서 혼자 지내기를 꺼려하는 야프 씨는 아주 평범한 사람으로, 그의 말을 빌리자면 "되도록 여자들을 가까이하고 싶어서" 군청이 있는 마을에서 살았다. 그런데 체르토프하노프는 야프를 만날 수 없었다. 하인이 말하길 그가 지난밤 모스크바로 떠났다는 것이었다.

"그렇게 된 거로군!" 체르토프하노프가 격분하여 외쳤다. "연놈이 함께 짜고 도망간 거야……. 이놈들, 어디 두고 보자!"

그는 하인의 제지를 뿌리치고 젊은 기병 대위의 방으로 뛰어들었다. 소파 위에 창기병 제복을 입은 주인의 유화 초상화가 걸려 있었다. "아, 여기 있구먼, 이 꼬리 없는 원숭이 같은 놈!" 체르토프하노프는 고래고래 고함을 지르며 소파 위로 뛰어올랐다—그러고는 팽팽한 화폭에 주먹을 날려 커다란 구멍을 뚫어버렸다.

"네 멍청한 주인에게 이렇게 일러라." 그가 하인에게 말했다. "그 더러운 상판대기가 자리를 비운 사이에 귀족 체르토프하노프 님이 이 잘난 그림의 면상에 구멍을 뚫어 놓았으니 결투를 신청하고 싶으면 언제든지 찾아오라고! 체르토프하노프 님이 어디에 사시는지는 놈이 잘 알고 있을 거다. 모른다면 내가 직접 찾아오지! 원숭이 같은 놈, 바다 밑바닥에 숨더라도 반드시 찾아낼 테다!"

이렇게 말하고 체르토프하노프는 소파에서 뛰어내려 의기양양하게 그 집에서 나왔다.

그러나 기병 대위 야프한테서는 아무 기별이 없었을 뿐만 아니라 아무 데서도 만날 수 없었다. 체르토프하노프도 원수를 굳이 찾아 돌아다니지 않았으므로 결투는 이루어지지 않았다. 그 뒤 마샤도 완전히 소식이 끊겼다. 체르토프하노프는 술만 퍼마셨으나 결국 '제정신으로 돌아왔다.' 그런데 이때 두 번째 재앙이 닥쳤다.

2

그의 막역한 벗 티혼 이바니치 네도퓌스킨의 죽음이었다. 죽기 2년 전쯤부터 그의 건강이 예전 같지 않았다. 천식을 앓고 밤낮없이 잠만 잤는데, 눈을 떠도 곧바로 제정신을 회복하지 못했다. 군(郡) 공의는 '중풍'이라고 진단했다. 마샤가 집을 나가기 사흘 전, 즉 마샤가 우울증에 걸리기 사흘 전 네도퓌스킨은 자신의 영지인 베스세렌제프카에서 누워 있었다. 독감에 걸린 것이었다. 그래서 마샤의 돌발 행동은 그에게 더욱 충격적이었다. 당사자인 체르토프하노프보다도 깊이 상처받았을 정도였다. 천성이 온순하고 소심한 탓에, 자기 친구에 대한 따뜻한 연민과 병적인 의혹 말고는 아무 감정도 드러내지 않았다……. 그러나 마음속에서는 모든 것이 갈기갈기 찢어져 재기 불능의 상태에 빠져버렸다. "그녀는 내 영혼을 송두리째 앗아가 버렸어." 그는 자기가 좋아하는 작은 가죽 소파에 앉아서 손가락을 비틀며 중얼거렸다. 체르토프하노프가 제 생활을 되찾았을 때도 네도퓌스킨은 그러지 못하고 공허함을 느꼈다. "여기가 허전해." 그는 명치 위쪽을 가리키며 말하곤 했다. 그러고는 겨울까지 쭉 누워 지냈다. 서리가 내릴 무렵이 되자 천식은 가벼워졌으나 이번에는 중풍이 심해졌다. 그러나 대번에 의식을 잃은 것은 아니었다. 체르토프하노프도 알아보고 그가 "티샤, 정신 차려. 내 허락도 받지 않고 날 버릴 셈이야? 그건 마샤보다 더 심한 짓이라고" 하면서 절망적으로 외치자, 잘 굴러가지 않는 혀로 대답했다. "하지만, 파……데……레이 예……에……비치, 나……난, 느……늘……네……말을……잘……듣잖아." 그러나 이 말을 한 바로 그날에, 의사가 도착하는 것도 기다리지 않고 그는 세상을 뜨고 말았다. 의사는 아직 온기가 남아 있는 몸을 보고 인생의 덧없음을 한탄하면서 "훈제 철갑상어를 안주로 보드카 한 잔이 마시고 싶다"고 말했을 뿐이었다. 예견된 일이었으나, 티혼 이바니치는 가장 존경하는 은인이자 든든한 보호자였던 '판테레이 예레메비치 체르토프하노프 님'에게 전재산을 유산으로 남겼다. 그러나 그 유산은 가장 존경하는 은인에게 이렇다 할 이득이 되지 못했다. 곧 공매에 부쳐져, 일부는 그의 묘비에 세울 석상을 조각하는 비용으로 쓰였기 때문이다. 이 석상은 체르토프하노프가(그의 아버지가 열광했던 괴상한 취미가 그에게도 나타났다는 증거이다!) 친구의 무덤 위에 세우기로 생각한 것이었다. 그는 기도하는 천사를 표현한 석상을 모스크바에 주문했다. 그러나 그가 소개받은 중개업자는 시골 따위에 조각상을 잘 알아볼 사람은 없으리라 단정하고서, 천사 대신 플로라 여신상을 보내왔다. 그것은 예카테리나 왕조 때 모스크바 근교에 만든 정원, 지금은 흔적도 없는 어느 정원을 오랫동안 장식하던 것이었다―제법 역사도 깊고, 통통하고 작은 팔이며, 물결치는 머리카락, 다 드러난 가슴께를 장식한 장미꽃, 부드럽게 흐르는 몸의 곡선 등이 로코코풍으로 아주 정교하게 조각된 것이었으나 이 중개업자는 공짜로 손에 넣은 물건이었다. 이리하여 이 신화 속 여신은 우아하게 한쪽 발을 들고서 티혼 이바니치의 무덤 위에 아직도 놓여 있다. 그렇게 자못 고매하고 신비로운 자태로, 날이면 날마다 묘지를 찾아와 주위를 헤매고 다니는 송아지 떼며 양 떼를 지켜보고 있다.

3

친구를 잃고 나서 체르토프하노프는 다시 술독에 빠졌다. 이번에는 전보다 훨씬 정도가 심했다. 모든 일이 풀리지 않았다. 사냥을 하려고 해도 사냥감이 없고, 그나마 조금 남아 있던 돈도 바닥이 났으며, 하인들마저도 뿔뿔이 도망가 버렸다. 판테레이 예레메비치는 완벽한 외톨이가 되었다. 속내를 털어놓기는커녕 말 한마디 나눌 사람이 없었다. 그러나 오만한 기질은 조금도 사라지지 않았다. 상황이 나빠질수록 오히려 그는 더 거만하고 더 뻣뻣하고 더 다가가기 어려운 사람이 되어갔다. 그는 마침내 사람을 혐오하게 되었다. 하지만 그에게는 유일한 위안이자 기쁨이 남아 있었다. 돈 품종*[2]의 훌륭한 잿빛 말로, 그가 말렉 아델리라고 이름 붙인 명마였다.

그가 이 말을 손에 넣은 계기는 이렇다.

어느 날 체르토프하노프가 말을 타고 이웃 마을을 지나는데, 어느 술집 앞에 농부들이 잔뜩 모여 고함을 지르고 있는 것이 보였다. 군중 한가운데에서 억센 팔뚝들이 한데 엉켜 쉴 새 없이 오르락내리락하고 있었다.

"무슨 일인가?" 체르토프하노프가 오두막 앞에 서 있는 한 노파에게 특유의 명령조로 물었다.

노파는 서서 졸기라도 하는 것처럼 입구 기둥에 기대어 술집 쪽을 힐끔거리고 있었다. 사라사 루바시카를 입고 머리카락이 희끄무레한 장난꾸러기 사내아이는 측백나무로 만든 십자가를 맨살이 다 드러난 작은 가슴에 걸고서 작은 다리를 쩍 벌리고 앉아 있었다. 이 아이의 굳게 쥔 작은 주먹은 노파의 짚신 사이에 놓여 있었다. 주위에는 작은 병아리가 바싹 마른 호밀빵 껍질을 구멍이 뚫리도록 쪼고 있었다.

"글쎄올시다." 노파가 대답했다. 그러고서 허리를 굽혀 주름살투성이 손을 사내아이 머리에 얹고서 말했다. "마을 젊은이들이 유대인을 패고 있지요."

---

*2 말 품종의 하나로, 흑해 서쪽과 카스피해 북쪽의 볼고그라드를 중심으로 한 비옥한 지역에서 자란다.

"유대인을? 아니, 왜? 어떤 유대인인데?"

"그야 모르죠. 어떤 유대인이 우리 마을에 나타났는데, 어디서 온 사람인지는 아무도 몰라요. 바샤, 이 녀석, 워이워이, 엄마한테 가거라, 이 녀석들!"

노파가 병아리를 내몰았다. 그동안 바샤는 할머니의 손뜨개 치마를 꼭 쥐고 있었다.

"그래서 지금 패고 있지요."

"이유가 뭔데? 무슨 짓이라도 했나?"

"그걸 어떻게 압니까. 맞을 만한 짓을 했겠지요. 하지만 안 그랬어도 맞는 게 당연하지 않습니까? 유대인들은 그리스도를 십자가에 매달았으니까요."

체르토프하노프는 이랴 하고 고함을 지르고 말 목덜미에 채찍을 휘두르면서 곧장 군중 쪽으로 달려갔다. 그리고 그 안으로 파고들어 똑같이 고함을 지르며 양쪽으로 채찍을 휘둘러 농부들을 후려갈겼다. "무모한…… 것들! 무모…… 한…… 것들! 처벌은 법률이 하는 거지…… 개인이 하는 게…… 아니다! 법률이! 법률이! 법…… 률…… 이! !" 숨을 헐떡거리며 고함을 질렀다.

2분도 지나지 않아 군중은 여기저기로 줄행랑을 쳤다. 그러자 술집 문 앞 바닥에 거무스름한 얼굴을 한 작고 여윈 사람이 무명 카프탄을 입고 머리는 산발이 된 채 고통에 신음하며 기진맥진해 있는 것이 보였다. ……파리한 얼굴, 초점 없는 눈, 헤벌린 입. ……뭐지? 너무 무서워서 기절했나? 아니면 죽은 건가?

"왜 유대인을 죽였지?" 체르토프하노프가 굵은 채찍을 무섭게 휘둘러대며 목청 높여 외쳤다.

군중은 대답 대신 무기력한 신음을 냈다. 어떤 이는 어깨를 감싸 안고, 어떤 이는 옆구리를 문지르고, 어떤 이는 콧등을 어루만졌다.

"사정없이 패더군!" 뒤쪽에서 어떤 목소리가 말했다.

"유대인을 왜 죽였느냐고 묻잖아. 이 뻔뻔스러운 이단아들아!" 체르토프하노프가 되풀이했다.

그때, 땅바닥에 죽은 듯 뻗어 있던 사람이 벌떡 일어나 체르토프하노프 뒤쪽으로 달려와 덜덜 떨면서 안장에 매달렸다.

군중들이 일제히 웃음을 터트렸다.

"살아 있잖아!" 다시 뒤쪽에서 목소리가 들렸다. "꼭 고양이 새끼 같군!"

"나리, 절 구해 주십시오, 살려주십시오!" 가엾은 유대인이 체르토프하노프의 다리에 가슴을 꼭 붙이고서 가느다랗게 말했다. "안 그러면 전 죽습니다요. 저들이 저를 죽일 거예요, 나리!"

"왜 얻어맞은 거지?" 체르토프하노프가 물었다.

"저도 모르겠습니다! 이 부근의 기르던 닭이며, 다른 가축이 죽기 시작했다면서…… 그걸 제 탓으로 돌리면서……. 하지만 전 절대로……."

"그런 말은 나중에 해!" 체르토프하노프가 말을 가로막았다. "그보다 안장을 단단히 붙들고 내 뒤를 따라와! 그리고 너희!" 군중을 향해 덧붙였다. "내가 누군지 아느냐? 난 지주 체르토프하노프다. 베스소노보 마을에 살지. 그러니 날 고소해라. 여기 이 유대인과 함께!"

"고소라니요, 당치도 않으십니다!" 턱수염이 하얗고 점잖은 장로같이 생긴 농부가 아주 정중하게 말했다(그러나 그는 유대인을 때릴 때 남들보다 더하면 더했지 못하진 않았다). "판테레이 예레메비치 님, 저희는 나리의 친절을 잘 아는걸요. 좋은 걸 가르쳐 주셔서 정말 고맙습니다!"

"왜 고소 같은 걸 하겠습니까!" 다른 사람도 맞장구쳤다. "하지만 저 이교도놈한테는 반드시 본때를 보여줘야 해! 놓칠까 보냐! 들판의 토끼처럼 똑똑히 보이는걸."

체르토프하노프는 턱수염을 잡아당기고 씨근덕대며—그 옛날 티혼 이바니치를 구해 주었을 때처럼 박해자들의 손에서 구해낸 유대인을 데리고 유유히 자기 마을로 돌아갔다.

4

며칠 뒤, 체르토프하노프의 집에 남은 유일한 하인이 누군가가 말을 타고 와서 나리를 뵙고 싶어한다고 전했다. 현관 계단으로 나가 보니, 전에 봤던 그 유대인이었다. 유대인은 돈종 말을 타고 왔는데, 말은 마당 한가운데에 늠름하게 서 있었다. 유대인은 모자를 쓰지 않은 채 옆구리에 끼고, 발은 등자가 아니라 등자 끈에 걸고 있었다. 다 해진 기다란 카프탄 자락이 안장 양쪽으로 늘어져 있었다. 그는 체르토프하노프를 보더니 휘릭 휘파람을 불고 으스대며 다리를 건들거렸다. 그러나 체르토프하노프는 그의 인사에 응하기는커녕 분개하고 말았다. 점점 화가 치밀어 올랐다. 재수 없는 유대인 놈, 일부러 이런 훌륭한 말을 타고 오다니. ……무례하기 짝이 없구나!

"이 귀신같은 에티오피아놈! 진흙탕에 처박히기 싫으면 썩 내려오지 못하겠느냐!" 체르토프하노프는 고함을 질러댔다.

그 말을 듣자마자 유대인은 안장에서 포대가 굴러떨어지듯 미끄러져 내려왔다. 그러고는 한 손에 고삐를 쥐고 배시시 미소를 띤 채 인사하면서 체르토프하노프에게 다가왔다.

"무슨 볼일이냐?" 판테레이 예레메비치가 위엄 있게 물었다.

"나리, 이 말이 어떤지 좀 봐 주십시오."

유대인은 연방 굽실거리며 말했다.

"음…… 어디보자. ……아주 쓸 만한 말이군. 어디서 끌고 왔지? 틀림없이 훔쳐낸 것이겠지?"

"나리, 당치 않습니다! 전 정직한 유대인입니다. 도둑질 따위는 하지 않아요. 이 말은 나리께 드리려고 산 겁니다. 정말입니다! 얼마나 고생을 했다고요! 하지만 이 말을 좀 보십시오! 이런 말은 돈 지방을 다 뒤져도 못 찾을 겁니다! 보세요, 정말 훌륭한 말이지 않습니까? 자, 이리 오십시오! 이리…… 이리로 빙 돌아서 옆에서 보세요! 아, 안장을 뺄깝쇼? 어떻습니까, 나리?"

"아주 좋은 말이야." 체르토프하노프는 태연한 척하며 말했지만, 심장은 벌렁벌렁했다. 평소 말에 일가견이 있던 그는 말을 본 순간 훌륭한 말임을 알아차렸던 것이다.

"나리, 한번 쓰다듬어 보십시오! 볼때기를 좀 쓰다듬어 보세요, 헤헤헤! 이렇게요."

체르토프하노프는 마지못해 한다는 듯이 말 목덜미에 손을 얹고 툭툭 두드린 다음 손가락을 갈기에서 등 쪽으로 옮겼다. 이윽고 손가락이 콩팥이 있는 급소에 이르자, 말에 정통한 사람답게 그곳을 가볍게 눌렀다. 말이 곧 등뼈를 구부리고, 사람을 잡아먹은 듯한 까만 눈으로 체르토프하노프를 곁눈질하며 코를 힝힝 울리면서 앞다리를 움직거렸다.

유대인이 웃음을 터트리며 가볍게 손뼉을 쳤다. "주인을 알아보는군요.

나리가 주인인 줄 알아요!"

"시답잖은 소리를 하는군." 체르노프하노프가 퉁명스럽게 말을 가로막았다. "난 말을 살 돈이 없어. 준다 해도 유대인한테 받기는 싫고. 하느님이 주신다 해도 거저 받기는 싫다고!"

"어이쿠, 제가 언제 거저 드린답니까?" 유대인이 외쳤다. "저한테 사십시오, 나리. ……돈은 나중에 받을 테니까요."

"얼만데?" 이윽고 그가 중얼대듯 말했다.

유대인이 어깨를 추켜올렸다.

"제가 산 값만 주시지요. 200루블입니다."

말은 그 두 배는 값어치가 있었다―아니, 세 배까지 될 것도 같았다.

체르토프하노프는 고개를 옆으로 돌리고 열병 환자처럼 하품을 쩍 했다.

"그런데 돈은…… 언제 주면 되지?" 그가 유대인 쪽으로는 눈길도 주지 않고 억지로 인상을 찌푸린 채 물었다.

"형편이 되시는 대로 아무 때나 주십시오."

체르토프하노프는 고개를 뒤로 젖혔지만, 눈은 들지 않았다. "그건 대답이 안 되는데. 분명히 말해야지! 네놈한테 계속 빚을 지고 있으라는 거냐?"

"아, 그렇다면 확실히 말씀드리겠습니다." 유대인이 황급히 말했다. "여섯 달 뒤가…… 어떠시겠습니까?"

체르토프하노프는 대꾸가 없었다.

유대인은 체르토프하노프의 얼굴색을 살피려고 했다. "그렇게 하면 되겠지요? 저놈은 마구간에 넣어 놓을까요?"

"안장은 필요 없어." 체르토프하노프가 퉁명스럽게 말했다. "안장은 벗겨 놓아. 알아들어?"

"예, 예, 벗겨 놓겠습니다요." 유대인은 기뻐 어쩔 줄 몰라서 웅얼거리면서 안장을 어깨에 둘러멨다.

"그럼 값은," 체르토프하노프가 못을 박았다……. "여섯 달 뒤에 치르지. 200루블이 아니라 250루블을 쳐주겠어. 입 다물어! 250루블을 줄 테니 그리 알아! 그만큼 빚진 거야."

체르토프하노프는 여전히 눈을 들고 싶지 않았다. 여태껏 이렇게 자존심에 심한 상처를 받은 적은 한 번도 없었다. '선물로 바칠 셈이야.' 속으로 생각했다. '이자는 지난번 일에 대한 보답으로 끌고 온 거야!' 이 유대인을 꼭 끌어안아 주고 싶은 마음과 두들겨 패고 싶은 마음이 교차했다.

"나리," 유대인이 벙글거리며 기운차게 말했다. "러시아식으로 소매에서 소매로 넘겨 드려야겠지요……."

"어디 더 지껄여 봐. 히브리인 주제에…… 감히 러시아식으로 하겠다고! ……건방진 놈, 어서 말을 끌고 가서 마구간에 잡아매! 귀리라도 좀 깔아 주고. 나도 곧 가서 볼 테니. 그리고 이름은 말렉 아델리로 한다!"

체르토프하노프가 계단을 올라가려다 말고 갑자기 뒤돌아서서 유대인에게 종종 달려와 그의 손을 꼭 잡았다. 유대인이 허리를 숙이고 입술을 내밀었다. 그러나 체르토프하노프는 뒤로 물러나 나지막하게 "아무한테도 말해선 안 돼!" 하고 속삭이면서 집 안으로 사라졌다.

5

그 뒤부터 체르토프하노프가 밤낮으로 주로 하는 일, 주로 신경 쓰는 일, 주로 기뻐하는 일은 말렉 아델리에 관한 것이었다. 어찌나 애지중지하는지, 마샤조차도 그 정도로는 사랑하지 않았다고 생각될 정도였으며, 네도퓌스킨에게 보낸 사랑보다 더한 사랑을 보냈다. 사실 이렇게 훌륭한 말은 또 없었다! 불, 그야말로 불이었다. 화약이었다. 또한, 옛 귀족처럼 의젓했다! 아무리 끌고 다녀도 피곤한 줄 모르고 끈기가 있었으며 온순한 데다 사료값도 별로 들지 않았다. 딱히 먹을 게 없으면 발밑의 흙이라도 기꺼이 씹어 먹을 정도였다. 천천히 걸을 때면 누구의 품에 안겨 가는 기분이었고, 달릴 때면 잔물결에 일렁이는 느낌이었으며, 나는 듯이 달릴 때면 바람도 쫓아오지 못할 정도였다! 숨을 헐떡인 적도 없었다. 숨이 빠져나갈 구멍이 많기 때문이다. 다리는 강철과 같아서, 어디에 걸려 넘어진 적이 있는지 떠올려 보아도 도무지 생각나지 않았다! 도랑이나 울타리 뛰어넘기는 식은 죽 먹기다. 게다가 어찌나 영리한지! 주인 목소리를 들으면 머리를 흔들며 달려오고, 꼼짝 말고 서 있으라고 명령하면 주인이 곁을 떠나도 그 자리에서 꿈쩍도 하지 않는다. 그러다 주인이 되돌아오면, 자기 위치를 알리려는 듯 조용히 울기 시작한다. 또, 뭘 무서워하는 법이 없다. 어두컴컴한 곳에서도, 눈보라가 휘몰아치는 가운데서도 길을 찾아낸다. 무슨 일이 있어도 낯선 사람이 옆에 다가오지 못하게 한다. 다가오는 자가 있으면 물어뜯어 버린다! 사냥개조차도 접근하지 못하게 한다. 섣불리 다가갔다간 즉시 앞발에 머리통이 채여 숨이 끊어진다. 패기가 있는 말이어서 채찍은 그냥 멋으로 휘두르면 된다. 이 말에게 채찍질이라니 가당치 않은 일이다! 일일이 열거하자면 끝도 없다—이건 말이 아니라 완전한 보물 덩어리이다!

체르토프하노프는 온갖 미사여구를 갖다 붙여도 말렉 아델리에 대해 다 설명할 수가 없었다. 쓰다듬고 애지중지하기는 또 얼마나 심한지! 털은 은빛—그것도 오래된 은이 아니라 새것 같은 눈부신 광택을 머금은 은빛—으로 빛났다. 털을 결 따라 쓰다듬으면 벨벳을 만지는 것 같다! 안장, 등자, 재갈—모든 마구가 흠 잡을 데 없이 잘 손질되어 있어 마치 그림을 보는 듯하다! 체르토프하노프는—여러 말 할 필요도 없지만—손수 애마의 앞머리를 땋아 주기도 하고, 갈기며 꼬리털을 맥주로 씻어주기도 했으며, 발굽에까지 연고를 발라준 적도 한두 번이 아니었다…….

그는 말렉 아델리를 타고 자주 집을 나섰다—이웃들을 찾아가는 것은 아니었다. 그는 여전히 그들을 피했다—그저 그들의 밭이며 저택을 지나간다…….. 그 바보들이 멀리서 칭찬해 주기를 바라는 것이다! 어디에서 누가 사냥 중이라거나 어느 돈 많은 지주가 어디 먼 들판에서 사냥할 계획이라는 소문을 들으면 그는 즉시 그리로 가서 머나먼 지평선 위를 곧장 내달려, 그 아름다움과 빠른 속도로 보는 이들을 경탄케 하면서도 누구 한 사람 가까이 다가오지 못하게 했다. 한번은 사냥을 좋아하는 어느 지주가 하인들을 모두 이끌고 뒤를 쫓았지만, 아니나 다를까 체르토프하노프가 멀리 사라져 가는 것을 보고 그는 젖 먹던 힘을 다해 전속력으로 말을 달리며 뒤에서 외쳤다. "여보시오! 내 말 좀 들으시오! 당신이 원하는 걸 드릴 테니 그 말을 내게 파시오! 천 루블이라도 아깝지 않소! 마누라도 드리고, 자식도 드리리다! 내 재산을 다 줘도 좋소!"

체르토프하노프가 갑자기 말렉 아델리의 고삐를 당겼다. 사냥 좋아하는 지주가 따라잡았다. "여보시오!" 그가 외쳤다. "뭘 드리면 되겠소? 말만 하시오!"

"내가 황제였다면," 체르토프하노프가 엄숙하게 말했다(그러나 그는 평생 셰익스피어*³의 이런 대사는 들어본 적도 없었다). "당신은 이 말 대신 당신의 왕국을 통째로 바쳤을지도 모르지만, 그래도 나는 사양하겠소!" 그는 이렇게 말하고 껄껄 웃으며 고삐를 당겨 말렉 아델리를 뒷발로 세웠다. 그런 다음 팽이처럼 뒷발을 축으로 몸을 뱅그르르 돌게 하고는 "이랴! 이랴!" 하고 힘차게 외쳤다. 말은 그루터기들을 뛰어넘으며 전광석화처럼 달렸다. 사냥 좋아하는 그 신사(소문을 따르면 아주 돈 많은 공작이었다고 한다)는 모자를 땅바닥에 패대기치고 풀썩 엎드려 얼굴을 모자에 묻었다! 그 자세로 30분이나 땅바닥에 쓰러져 있었다.

체르토프하노프가 이 말을 어찌 아끼지 않을 수 있었으랴? 주위 사람들에게 그가 다시 콧대를 세우고 마지막 긍지를 과시할 수 있었던 것은 바로 이 말 덕분이 아니었겠는가.

6

그러는 동안에 어느새 시간이 흘러 값을 치를 날짜가 다가왔다. 그러나 체르토프하노프는 250루블은커녕 50루블도 없었다. 어쩌면 좋지? 어떻게 이 위기를 넘긴담? 마침내 그는 결심했다. '그래! 만일 유대인이 더는 기다릴 수 없다고 단호하게 나온다면 집이든 땅이든 넘겨버리자. 그리고 나는 말을 타고 마음 내키는 대로 떠나는 거다! 굶어 죽는 한이 있어도 말렉 아델리는 포기할 수 없다!' 체르토프하노프는 몹시 안절부절못했으며, 공상에 잠기기까지 했다. 그런데 운명의 신은 그의 인생에서 딱 한 번, 즉 바로 이때 그에게 다정한 미소를 보여주었다. 그는 이름조차 몰랐던 촌수가 먼 한 친척 아주머니가 그에게는 막대한 금액으로 보이는—정확히 2,000루블을 유산으로 남기고 돌아가신 것이다! 게다가 그는 이 돈을 위기일발의 순간에 받았다. 다시 말해, 유대인이 찾아오기 전날에 받았다. 체르토프하노프는 기뻐서 어쩔 줄을 몰랐다. 그러나 보드카는 생각도 하지 않았다. 말렉 아델리를 손에 넣은 그날부터 술은 한 방울도 입에 대지 않았던 것이다. 그는 마구간으로 달려가 이 다정한 친구의 양쪽 콧등부터 부들부들한 콧구멍 위에까지 마구 입을 맞추었다. "이제 헤어지지 않아도 돼!" 그는 말렉 아델리의 깨끗하게 빗어 내린 갈기가 달린 목덜미를 두드리며 외쳤다. 집으로 돌아와 250루블

＊3 셰익스피어의 《리처드 3세》에 "내 말과 내 왕국"이라는 대사가 있다.

을 떼어 작은 봉투에 넣었다. 그러고는 벌렁 드러누워 담배를 피우면서, 나머지 돈을 어디에 쓸지 공상에 잠겼다. '어떤 개를 살까? 그래, 순종 코스트로마 종으로 붉은 반점이 있는 놈을 사자!' 그는 페르피시카와도 이야기해서 그에게는 노란 실로 박음질 된 새 외투를 사주기로 약속했다. 그러고는 더없이 좋은 기분으로 잠자리에 들었다.

뒤숭숭한 꿈을 꾸었다. 말렉 아델리가 아니라 낙타같이 생긴 괴상한 동물을 타고 사냥을 나간 꿈이었다. 문득, 눈처럼 새하얀 여우가 이쪽을 향해 달려왔다……. 그는 개들에게 채찍을 휘둘러 여우에게 덤벼들게 하려고 했다. 하지만 손에 든 것은 채찍이 아니라 보리수 껍질로 만든 수세미였다. 여우는 그의 앞을 가로지르며 얄밉게 혀를 날름거렸다. 그는 낙타에서 뛰어내리다가 무릎이 꺾여 넘어지고 말았다……. 그런데 떨어진 곳은 웬 헌병의 품이었다. 헌병은 그를 총독에게 끌고 갔다. 자세히 보니 그 총독은 야프였다…….

체르토프하노프는 잠에서 깼다. 방 안은 캄캄했다. 두 번째 닭이 울었다……. 어딘가 아주 먼 데에서 말이 우는 소리가 났다.

체르토프하노프는 머리를 들었다……. 다시 한 번 아주 희미한 울음소리가 들려왔다.

'말렉 아델리의 울음소리잖아!' 속으로 생각했다……. '녀석의 울음소리야! 그런데 왜 저렇게 멀리서 들리지? 설마…… 아냐, 그럴 리 없어…….'

체르토프하노프의 온몸이 갑자기 얼음장처럼 차가워졌다. 그는 침대에서 벌떡 일어나 장화와 옷을 더듬어 찾아 신고 입었다. 그러고는 베개 밑에 넣어 두었던 마구간 열쇠를 움켜쥐고 마당으로 달려나갔다.

7

마구간은 마당의 가장 끝에 있었다. 벽 한쪽은 들판을 향해 있었다. 체르토프하노프는 열쇠를 열쇠 구멍에 꽂으려고 했으나 좀처럼 되지 않았으며, ―손이 떨렸기 때문이다―꽂아 넣고서도 돌리는 데 애를 먹었다……. 그는 숨을 죽인 채 꼼짝도 하지 않고 우두커니 섰다. 안쪽에서 뭔가가 움직이는 기척이 들리지나 않을까! "말레시카! 말렉!" 나지막하게 외쳐 보았다. 죽음과도 같은 정적이었다! 체르토프하노프는 무의식중에 문을 열었다. 문이 삐걱거리며 스르륵 열렸다……. 분명 잠가 두지 않았던 모양이었다. 문지방을 넘으며 다시 한 번 말을 불러 보았다—이번에는 "말렉 아델리!"라고 분명히 이름을 불렀다. 그러나 새 친구는 아무런 대답이 없었다. 생쥐들이 짚더미 속에서 부스럭거리는 소리만 들릴 뿐이었다. 체르토프하노프는 세 개의 칸 중 말렉 아델리를 넣어 두었던 칸으로 허겁지겁 달려갔다. 한 치 앞도 내다보이지 않는 어둠을 뚫고 칸막이 안으로 재빨리 들어갔다. ……아무것도 없었다! 체르토프하노프는 현기증이 났다. 머릿속에서 종이 뎅그렁뎅그렁 울리는 것만 같았다. 뭔가 말을 하려고 했지만 씨근거리는 소리밖에 나오지 않았다. 무릎을 꺾고 위아래 여기저기를 더듬으며 첫 번째 칸에서 다음 칸으로…… 이윽고, 마른풀을 천장까지 쌓아 놓은 세 번째 칸으로 들어갔다. 이쪽저쪽 벽에 부딪히다가 벌러덩 나동그라져 거꾸로 처박혔다가 벌떡 일어나더니, 반쯤 열린 문으로 허둥지둥 달려나갔다.

"도둑이다! 페르피시카! 페르피시카! 도둑이 들었다!" 그는 고래고래 고함을 질렀다.

어린 하인 페르피시카가 자고 있던 헛간에서 셔츠 한 장만 걸친 채 쏜살같이 튀어나왔다…….

주인과 이 집의 유일한 하인은 마당 한가운데에서 주정뱅이처럼 서로 맞부딪친 채 미친 사람처럼 빙글빙글 돌았다. 주인은 정황을 설명할 정신이 없었고, 하인은 하인대로 뭐가 어떻게 돌아가는 건지 알 수가 없었다. "큰일이다! 큰일이다!" 체르토프하노프가 말하자 하인도 "큰일이다! 큰일이다!" 하고 따라 했다. "등불을! 빨리 등불을 켜! 불! 불을 켜란 말이야!" 마침내 체르토프하노프의 텅 빈 마음에서 지시가 흘러나왔다. 페르피시카는 집 안으로 뛰어들어갔다.

그러나 초롱에 불을 붙이는 것은 여간 어려운 일이 아니었다. 당시 러시아에서는 성냥을 구하기가 좀처럼 어려웠고, 부엌에 가도 불씨는 이미 꺼진 뒤였다—부시와 부싯돌도 한참 만에 찾았으며, 찾은 뒤에도 도무지 불이 붙지 않았다. 체르토프하노프는 이를 바득바득 갈며, 쩔쩔매는 페르피시카의 손에서 부시를 빼앗아 직접 부딪치기 시작했다. 수많은 불똥이 튀었다. 그리고 그에 못지않게 많은 욕설과 신음이 사방으로 튀었다. 그래도 불은 좀처럼 붙지 않았고, 붙었는가 싶으면 사그라졌다. 두 사람이 볼과 입술을 잔뜩 부풀리고서 힘을 합쳐 후후 불었지만 소용없었다! 드디어 5분쯤 지나 납작한 초록 바닥에 있는 더러운 심지에 불이 붙었다. 체르토프하노프는 페르피시카를 데리고 마구간으로 뛰어들어갔다. 등불을 머리 높이 쳐들고 둘러보았지만……

역시 아무것도 없었다!

그는 마당으로 뛰어나와 샅샅이 뒤지고 다녔다—그러나 말은 어디에도 없었다! 판테레이 예레메비치의 마당을 에워싼 울타리는 오래전에 다 썩어서 기울어진 데도 있고 주저앉은 데도 있었다……. 마구간 옆쪽 울타리가 두 자가량 쓰러져 있었다. 페르피시카가 체르토프하노프에게 그곳을 가리켜 보였다.

"주인님! 이것 보십시오, 여기요. 낮에는 이렇지 않았습니다. 보세요, 말뚝이 아주 뽑혀 있습니다. 누가 일부러 뽑은 것 같은데요."

체르토프하노프가 등불을 들고 얼른 달려와 땅바닥을 비추었다…….

"발굽, 발굽, 편자 자국이다! 방금 지나간 자국이야!" 미친 듯이 중얼거렸다. "이리로 끌어낸 거야. 이리로. 바로 여기야!"

그는 순식간에 울타리를 뛰어넘어 "말렉 아델리! 말렉 아델리!" 외치며 들판으로 곧장 달려갔다.

페르피시카는 울타리 옆에 귀신에 홀린 듯 멍하니 서 있었다. 동그란 불빛은 별도 달도 없는 깊은 어둠 속으로 순식간에 빨려 들어갔다.

체르토프하노프의 절망적인 외침도 점점 희미해져 갔다…….

8

먼동이 틀 무렵에야 그는 집으로 돌아왔다. 꼴이 말이 아니었다. 옷은 진흙투성이고, 얼굴은 사나운 짐승처럼 무서운 형상이었으며, 눈빛은 음산하면서도 멍했다. 갈라진 목소리로 페르피시카를 내쫓고는 방 안에 틀어박혀 버렸다. 녹초가 되어 서 있을 수조차 없었지만, 그렇다고 침대에 눕지도 않은 채 문간에 놓인 의자에 앉아 머리를 감싸 쥐고 있었다.

"도둑맞았어! ……도둑맞았어!"

그런데 도둑은 어떤 수법으로 한밤중에 잠긴 마구간으로 들어가 말렉 아델리를 훔칠 계획을 짰을까? 대낮에도 낯선 사람은 곁에 얼씬도 못하게 하는 말렉 아델리를 아무 소리도 못내게 하고 훔쳐낼 계획을? 게다가 개들이 한 마리도 짖지 않은 건 어떻게 해석해야 좋을까? 하기는 고작 두 마리밖에 없고 아직 어린 데다 추위와 굶주림에 지쳐 자고 있었을 테지만—그렇다 하더라도!

'말렉 아델리가 없어졌으니 이제 나는 어쩐담?' 체르토프하노프는 생각했다. '오직 하나뿐인 낙을 잃었으니, 드디어 죽을 때가 온 게로군. 아니, 마침 돈이 생겼으니 한 마리 더 살까? 하지만 그런 말을 또 어디에 가서 찾지?'

"판테레이 예레메비치 님! 판테레이 예레메비치 님!" 문 너머에서 조심스러운 목소리가 들렸다.

체르토프하노프는 벌떡 일어났다.

"누구냐?" 딴사람 같은 목소리로 외쳤다.

"접니다, 주인님이 고용하신 페르피시카요."

"무슨 일이야? 말을 찾았나? 말이 돌아왔어?"

"아닙니다, 판테레이 예레메비치 님. 그 말을 팔았던 유대인 놈이……."

"그자가 뭐?"

"왔습니다."

"호오, 호오, 호오, 호오, 호오!" 체르토프하노프가 괴상한 소리를 내며 문을 벌컥 열어젖혔다. "놈을 이리로 끌고 와. 어서 끌고 오라니까!"

머리는 산발을 하고 야수와도 같은 형상을 한 '은인'이 불쑥 나타난 것을 보고 페르피시카의 뒤에 서 있던 유대인이 주춤주춤 내빼려 했다. 그러나 체르토프하노프는 비호처럼 그에게 껑충 덤벼들어 멱살을 움켜쥐었다.

"아하! 돈을 받으러 오셨군! 돈을 받으러 오셨어!" 유대인의 목을 조르며, 반대로 자기 목이 졸리는 듯한 쉰 목소리로 말했다. "한밤중에 말을 훔쳐내고 날이 밝으니 돈을 받으러 온 게지! 응? 안 그래?"

"무슨 말씀이십니까, 나……으……리……." 유대인이 캑캑거렸다.

"말해라, 내 말은 어디 있느냐? 어디에 감췄어? 누구한테 팔았지? 냉큼 고하지 못하겠느냐, 냉큼!"

이제 유대인은 캑캑거리지조차 못했다. 푸르죽죽한 얼굴에서는 공포의 빛마저 사라져 버렸다. 두 팔은 축 늘어지고, 온몸은 체르토프하노프가 격렬하게 흔들어대는 대로 갈대처럼 앞뒤로 왔다 갔다 했다.

"돈은 다 주마! 한 푼 남김 없이 다 치러 주마!" 체르토프하노프가 악을 썼다. "하지만 바른대로 말하지 않으면 병아리처럼 모가지를 비틀어 죽일 테다……."

"나리, 벌써 그렇게 하셨잖아요." 페르피시카가 차분하게 말했다.

체르토프하노프는 그제야 퍼뜩 정신이 들었다.

그는 유대인의 목을 놓았다. 유대인은 바닥에 풀썩 쓰러졌다. 체르토프하노프는 그를 안아 일으켜 벤치에 앉히고 보드카를 한 잔 목에 흘려 넣어 정신을 차리게 했다. 그는 정신이 든 유대인과 이야기를 시작했다.

이야기를 해보니 유대인은 말렉 아델리가 도난당한 일을 전혀 모르고 있었다. 사실 '가장 존경하는 판테레이 예레메비치'를 위해 손수 구한 말을 훔칠 이유가 어디 있겠는가?

체르토프하노프는 그를 마구간으로 데리고 갔다.

두 사람은 칸막이며 구유며 자물쇠 등을 살펴보고 마른풀과 짚더미를 헤집어 보고 나서야 마당으로 나왔다. 체르토프하노프는 유대인에게 울타리 옆에 난 말발굽 자국을 보여주었다. 그러다가 갑자기 자기 무릎을 탁 쳤다.

"잠깐!" 그가 소리쳤다. "자네, 그 말을 어디서 샀지?"

"마로아르한겔리스크 군의 베르호셴스크 마시장에서요." 유대인이 대답했다.

"누구한테서?"

"카자흐 사람한테서요."

"잠깐! 젊은이였나 늙은이였나?"

"차분한 중년 남자였습니다."

"그래, 어떤 사람이던가? 겉모습은? 분명 교활한 사기꾼이겠지?"

"분명 사기꾼이었겠지요, 나리."

"그래, 그 사기꾼 놈이 뭐라고 하면서 말을 팔던가? 자기가 오래 기르던 것처럼 말하던가?"

"오래 기른 것처럼 말하던뎁쇼."

"그럼 그자가 훔친 거다. 그자가 틀림없어! 자네 생각도 그렇지 않은가? 응? 그런데…… 자네 이름이 뭐지?"

유대인은 흠칫 놀라며 작고 까만 눈을 체르토프하노프에게 돌렸다.

"제 이름이 뭐냐굽쇼?"

"그래, 자넬 뭐라고 불러야 해?"

"모셰리 레바라고 합니다요."

"그럼 친애하는 레바, 자네도 알다시피 말렉 아델리는 자기 주인 말고는 아무한테도 몸을 맡기지 않는 녀석일세! 도둑은 안장을 얹고 재갈을 물리고 마의*⁴를 벗긴 게 틀림없어. 봐, 마른풀 위에 마의가 떨어져 있잖아! …… 집안사람인 양 행동했지 않는가 말이야! 말렉 아델리는 본디 주인이 아니면 누가 오더라도 밟아 죽였을 텐데! 온 마을에 쩌렁쩌렁 울릴 정도로 큰 소리로 울었을 거라고! 그렇지 않은가?"

"지당하신 말씀입니다요, 나리……."

"그렇다면 무슨 수를 써서라도 그 카자흐 놈을 찾아내야지!"

"하지만 어떻게 찾습니까, 나리? 저도 딱 한 번 봤을 뿐인걸요. 지금 어디 있는지, 이름은 뭔지 전혀 모르는뎁쇼." 유대인은 흘러내리는 머리카락을 슬픈 듯이 흔들며 덧붙였다.

"레바!" 체르토프하노프가 느닷없이 외쳤다. "레바, 날 봐! 난 분별력을 잃었네. 난 제정신이 아니야! 자네가 도와주지 않으면 난 엄두가 안 나!"

"하지만 저 같은 미천한 것이 무슨……."

"나랑 같이 가서 도둑을 찾아보세."

"하지만 어디로 가자는 것인지……?"

"마시장, 큰길, 오솔길, 말 도둑의 집, 읍내, 도시, 농장 등등 어디든, 어디든 가 봐야지! 돈 걱정은 말게. 형제, 난 유산을 상속받았네! 빈털터리가 되는 한이 있더라도 소중한 말을 찾고야 말겠어! 그 카자흐 놈, 그 원수 같은 놈을 놓칠까 보냐! 어디든 따라갈 테다! 땅 밑에 숨었으면 나도 따라 땅 밑으로 들어갈 테다! 악마한테 갔으면 난 악마의 왕 사탄을 찾아가겠다!"

"왜 사탄을 찾아갑니까?" 유대인이 말했다. "그렇게까지 하지 않으셔도 되지 않습니까."

"레바!" 체르토프하노프가 말을 가로챘다. "레바, 자네는 유대인이고, 자네는 이단이야. 하지만 자네의 영혼은 수많은 그리스도교도보다 훨씬 훌륭

---

*4 말 등에 덮는 천.

해! 그러니 날 불쌍히 여겨 주게! 난 혼자서는 아무것도 못해. 혼자서는 도저히 엄두가 안 나. 난 흥분을 잘하지. 하지만 자네는 아주 멋진 두뇌를 가졌어! 자네 민족은 다들 그렇지. 따로 공부하지 않아도 모르는 게 없어! 자네는 분명 내가 어디에서 돈을 조달할지 궁금하겠지. 자, 내 방으로 가세. 가진 돈을 모조리 보여줄 테니. 그 돈을 다 가져가도 좋네. 내 목에서 십자가까지 빼줄 수 있어. 하지만 말렉 아델리만은 되찾아 주게. 꼭 되찾아 줘!"

체르토프하노프는 열병에 걸린 사람처럼 몸을 부들부들 떨었다. 얼굴에서 땀이 줄줄 흘러내려 눈물에 섞여 수염 속으로 사라졌다. 그는 레바의 두 손을 꼭 쥐고, 입맞춤도 불사할 기세로 간절히 애원했다……. 그는 제정신이 아니었다. 유대인은 자기 일을 해야 해서 도저히 집을 비울 수 없다며 거절하려 했지만…… 소용없었다! 체르토프하노프는 어떤 말도 들으려고 하지 않았다. 불쌍한 레바는 울며 겨자 먹기로 동의할 수밖에 없었다.

다음 날 체르토프하노프는 영노(營奴)의 마차를 빌려 타고 레바와 함께 베스소노보를 떠났다. 유대인은 몹시 내키지 않는 얼굴로 한 손으로 난간을 붙잡고, 덜컹대는 의자 위에서 바싹 야윈 몸을 들썩였다. 다른 한 손으로는 신문지에 싼 어음 꾸러미가 든 안주머니를 지그시 누르고 있었다. 체르토프하노프는 조각상처럼 우두커니 앉아서 눈알만 뒤룩뒤룩 굴리며 숨을 크게 몰아쉬었다. 허리에는 단도를 차고 있었다.

"나와 말 사이를 갈라놓은 악당 녀석, 조심하는 게 좋을 거다!" 마차가 큰길로 접어들자 그가 중얼거렸다.

집은 페르피시카와 그가 처지를 딱히 여겨 집으로 데려온 귀먹은 식모 할멈에게 맡겨 두었다.

"내 반드시 말렉 아델리를 타고 돌아오겠다." 그는 두 사람과 헤어질 때 이렇게 말했다. "아니면 절대로 돌아오지 않을 거야!"

"그렇게 되면 난 할멈과 결혼하겠어!" 페르피시카가 식모의 옆구리를 팔꿈치로 쿡 찌르며 농담을 했다. "돌아오지 않는 나리를 기다리건, 우울해서 죽어버리건 마찬가지거든!"

9

꼬박 1년이 지났다……. 판테레이 예레메비치는 감감무소식이었다. 식모 할멈은 죽고, 페르피시카도 이 집을 버리고 읍내로 떠날 생각이었다. 읍내 이발소에서 수습생으로 일하는 사촌이 있었는데, 그가 자기에게 오라고 페르피시카를 꼬드기곤 했던 것이다. 그런데 갑자기 주인이 돌아온다는 소문이 퍼졌다. 교구 보좌신부는 판테레이 예레메비치에게서 직접 편지를 받았다. 거기에는 베스소노보로 돌아올 예정이라는 소식과 머잖아 돌아갈 테니 자기를 맞이할 만반의 준비를 해놓으라고 하인들에게 미리 전해 달라는 부탁이 쓰여 있었다. 페르피시카는 이 말을 먼지나 좀 털어 두라는 의미로 해석했으며, 보좌신부의 말을 곧이곧대로 믿지 않았다. 대여섯 날이 지나 판테레이 예레메비치가 말렉 아델리를 타고 마당에 나타났을 때에야 비로소 보좌신부가 사실을 말했음을 눈앞에서 확인했다.

페르피시카는 주인에게 달려가 말에서 내려오는 것을 도우려고 등자를 손으로 받쳤으나, 주인은 자기 힘으로 뛰어내렸다. 그러고는 의기양양한 눈빛으로 주위를 둘러보고 우렁차게 외쳤다.

"내가 말렉 아델리를 찾아온다고 했지! 원수의 방해, 운명의 방해조차 아랑곳하지 않고 이렇게 찾아왔다!"

페르피시카는 그의 곁으로 얼른 다가가 손에 입맞춤했다. 그러나 체르토프하노프는 자기 하인의 뜨거운 충심에는 전혀 관심이 없었다. 말렉 아델리의 고삐를 끌고서 그는 성큼성큼 마구간으로 걸어갔다. 주인을 유심히 관찰하던 페르피시카는 무서운 마음이 들기 시작했다.

'아, 불과 1년 사이에 저렇게 수척해지다니. 저렇게 늙어버리다니. 표정도 무시무시하게 변해 버렸구나!'

얼핏 판테레이 예레메비치는 소기의 목적을 달성했으니 기뻐할 게 틀림없다고 생각되었다. 확실히 기뻐하고는 있었다⋯⋯. 그러나 페르피시카는 겁도 나고 이상한 생각도 들었다. 체르토프하노프가 본디 자리에 말을 넣고 엉덩이를 툭툭 치며 말했다. "자, 집으로 돌아왔다! 이제 조심해야 한다⋯⋯!" 그날 그는 납세 의무가 없는 소작농 가운데 믿을 만한 사람을 뽑아 마구간을 지키게 하고, 자신은 자기 방에 틀어박혀 전과 같은 생활을 시작했다⋯⋯.

그러나 하나부터 열까지 전과는 달랐다. 이 얘기는 뒤로 미루기로 한다⋯⋯.

돌아온 다음 날 판테레이 예레메비치는 페르피시카를 불렀다. 딱히 다른 이야기 상대가 없었으므로—두말할 것 없이 전처럼 자신의 위엄을 보이기 위해 목소리를 낮게 깔려고 노력하면서—말렉 아델리를 어떻게 찾았는지 이야기를 들려주었다. 이야기 내내 체르토프하노프는 창문을 바라보고 앉아 긴 담뱃대로 담배를 피웠고, 페르피시카는 문지방 위에 뒷짐을 지고 서 있었다. 그는 공손한 눈으로 주인의 뒤통수를 바라보면서 이야기를 들었다. 이야기에 따르면 판테레이 예레메비치는 갖은 고생을 해가며 여기저기를 들쑤시고 다닌 끝에 드디어 롬니 마시장에 도착했다. 그때는 이미 혼자였고, 유대인 레바는 없었다. 의지가 약한 레바는 며칠 견디지 못하고 도망쳐 버렸던 것이다. 그로부터 닷새 뒤, 그곳을 떠나기 전에 마지막으로 작은 마차가 늘어선 옆을 둘러보다가, 세 필의 말 중 수레에 무명으로 잡아 매단 말을 발견했다. 말렉 아델리였다. 그는 한눈에 그 말을 알아보았다. 말렉 아델리도 그를 보고 이히힝 울며 그곳에서 벗어나려고 발굽으로 땅을 찼다고 한다. "하지만 카자흐 놈이 데리고 있던 것이 아니었어." 체르노프하노프가 고개도 돌리지 않고 저음으로 계속 말했다. "집시 거간꾼이 갖고 있었지. 물론 나는 당장 내 것이 된 기분이 들어 억지로 되찾아 오려고 했지만, 그 망할 놈의 집시가 불에 데기라도 한 듯 온 광장이 쩌렁쩌렁 울리게 난리법석을 부리며, 이 말은 신께 맹세코 어느 집시한테 산 것이라고 말하는 거야. 자기가 훔친 게 맞다면 증인을 불러오라고 하더군……. 나는 화가 나 견딜 수 없어서 승강이를 하다가 결국 값을 치렀어, 그런 건 아무래도 좋았어! 나한테는 내 말과 마음의 평안을 되찾았다는 사실이 무엇보다 중요했으니까. 카라체프에서는 이런 일도 있었네. 레바의 말을 곧이듣고 어떤 남자를 말을 훔친 카자흐 놈이라 착각하고서 놈의 얼굴을 흠씬 두들겨 패버렸지. 그런데 알고 보니 그자는 카자흐 놈이 아니라 신부의 아들이었던 거야. 그래서 합의금을 물어 줬지—120루블이나. 하지만 돈이야 있다가도 없고 없다가도 있는 거 아닌가. 나한테는 돈보다도 말렉 아델리를 되찾는 것이 우선이었어! 난 지금 행복하네. 이제부터는 평화로운 삶을 즐길 거야. 그런데 페르피시카, 한마디 해두겠는데, 혹시 그럴 일은 없겠지만, 혹시 이 근방에서 카자흐 사람을 한 번이라도 보거든 즉시 달려와 아무 말 없이 내게 총을 건네게. 그럼 다음 일은 내가 알아서 할 테니까!"

판테레이 예레메비치는 페르피시카에게 이런 식으로 이야기했다. 입으로는 마음의 평안을 되찾았다고 하면서 속마음은 말처럼 평안하지 않았던 것이다.

슬프게도 마음속 깊은 곳에서는 데리고 돌아온 이 말이 진짜 말렉 아델리라는 확신이 없었던 것이다!

10

판테레이 예레메비치는 마음이 편할 날이 없었다. 바꿔 말하면, 그는 거의 평화를 누릴 수 없었다. 물론 평화로운 날도 며칠은 있었다. 그런 날이면 마음에 품은 의혹이 부질없는 헛소리처럼 여겨져, 귀찮은 파리를 쫓아버리듯이 어리석은 생각을 떨쳐낼뿐더러 자기 자신을 비웃기까지 했다. 그러나 그렇지 않은 날도 찾아왔다. 끈질긴 의혹이 마루 밑 생쥐처럼 다시 몰래 찾아와 그의 마음을 구멍 내기도 하고 갉아먹기도 했다—그러면 그는 남모를 고통에 괴로워했다. 말렉 아델리를 되찾은 잊지 못할 그날, 체르토프하노프는 그저 넘치는 기쁨에 어쩔 줄 몰랐다……. 그러나 말 옆에서 하룻밤을 자고 일어나 이튿날 아침 여인숙의 낮은 처마 밑에서 안장을 올려놓았을 때 처음으로 그 어떤 것이 그를 쿡쿡 찔렀다……. 그는 머리를 세차게 흔들었다. 그렇지만 씨앗은 이미 뿌려진 뒤였다. 돌아오는 동안에는(여정은 일주일 남짓 계속되었다) 의혹이 별로 고개를 쳐들지 않았다. 그런데 베스소노보에 도착하자마자, 진짜 말렉 아델리가 살았던 그 마을에 도착하자마자 의심은 점점 강해지고 점점 분명해지기 시작했다……. 영지로 돌아올 때는 말 위에서 천천히 흔들리며 주변 풍경을 구경하고 짧은 담뱃대로 담배를 피우고 하느라 아무 생각도 하지 않았다. 불쑥 '체르토프하노프의 핏줄을 이어받은 사람은 뭐든 마음만 먹으면 해내는 법이지' 생각하고는 미소를 머금을 뿐이었다. 그런데 집에 돌아와 보니 모든 것이 달라져 있었다. 물론 그는 그런 생각을 마음속에만 담아 두었다. 자존심 때문에라도 마음속 공포를 말로 표현하기 싫었던 것이리라. 만약 되찾은 말렉 아델리가 전하고 다른 것 같다는 말을 빙 돌려서라도 암시하는 사람이 있었다면 그를 '두 동강 내버렸을' 것이다. 그는 부득이 만나야 하는 몇몇 사람에게서 "용케도 되찾았다"는 축하의 말을 들었다. 그러나 그런 축하 인사를 강요한 적은 없었다. 그는 전보다 더 사람 만나기를 꺼려했다—그것은 나쁜 징조였다! 그는 끊임없이, 이런 표현이 가능하다면, 말렉 아델리를 시험해 보았다. 조금 먼 들판으로 타고 나가 시험하기도 하고, 마구간에 살그머니 들어가 문을 걸어 잠그고 말 앞에서서 물끄러미 그 눈을 바라보며 나지막하게 "너니? 너 맞니? 응……?" 하고 묻기도 했다. 그렇지 않을 때는 몇 시간이고 입을 꾹 다문 채 말을 관찰했다. 어떤 때는 아주 기쁜 듯이 "맞아! 네가 확실해! 틀림없이 너야!" 중얼거리는가 하면, 어떤 때는 아무래도 의심스럽다는 듯이 안절부절못하고 관찰했다.

체르토프하노프는 이 말렉 아델리와 그 말렉 아델리의 외형적 차이에는 그다지 신경 쓰지 않았다……. 물론 차이점이 아주 없는 것은 아니었다. 그놈의 꼬리와 갈기는 더 연한 색깔이었다. 귀는 더 뾰족하고, 무릎 관절은 더 짧으며, 눈빛은 더 밝았다. 그러나 이런 차이는 기분 탓인지도 몰랐다. 체르토프하노프는 정신적 차이에 더 신경을 곤두세웠다. 그놈의 습관은 이놈의 습관과 달랐다. 모든 버릇이 똑같지는 않았던 것이다. 이를테면 그 말렉 아델리는 체르토프하노프가 마구간에 들어서면 주위를 휘둘러보고 조용히 울곤 했다. 그러나 이놈은 태연스레 마른풀을 씹거나 고개를 떨어뜨리고 졸고 있었다. 주인이 안장에서 뛰어내릴 때 꼿꼿이 서 있는 것은 두 마리가 똑같았지만, 그놈은 이름을 부르면 목소리가 들리는 쪽으로 즉시 달려오는데 이놈은 그루터기처럼 버티고 서 있었다. 그놈도 빨리 달렸지만, 이놈보다는 높고 큰 폭으로 뛰었다. 이놈은 더 느릿느릿 걷고, 종종걸음으로 달릴 때는 휘청거렸으며 이따금 편자로 딱딱 소리를 냈다—즉, 뒷다리가 앞다리에 걸리는 것이다. 그놈은 그런 볼썽사나운 짓은 절대로 하지 않았다—가당치 않은 일이었다! 이놈은—체르토프하노프는 이렇게 생각했다—늘 바보스럽게 귀를 움찔거리지만, 그놈은 반대였다. 그놈은 한쪽 귀를 뒤로 젖힌 채 그 자세로 주인을 지켜보았다! 그리고 주변이 지저분한 것 같으면 곧바로 뒷다리를 들어 칸막이벽을 툭툭 건드렸다. 이놈은 배까지 똥이 수북이 쌓여도 태연했다. 바람이 불어오는 쪽으로 세워 놓으면 그놈은 가슴 가득 숨을 들이마시고 몸을 부르르 떨었는데, 이놈은 콧바람만 내쉴 뿐이다. 그놈은 비가 와서 습기가 차면 몸이 아팠는데, 이놈은 아무렇지도 않다. 아무래도 이놈은 훨씬 데퉁스럽다! 그놈처럼 상쾌한 구석도 없는 데다 몰기도 어렵다—그건 분명했다! 그 말은 사랑스러웠지만, 이 말은…….

체르토프하노프는 이따금 이런 생각을 했지만, 그건 그에게 무척 괴로운 일이었다. 그럴 때면 개간한 지 얼마 안 된 들판을 전속력으로 질주하거나, 비에 씻긴 깊은 골짜기를 바닥까지 달려 내려가거나, 가장 험난한 곳을 골라 달린다. 마음은 환희를 넘어 망연해진다. 입술을 비집고 우렁찬 외침이 터져 나온다. 그러면 자기가 타고 있는 이 말이 의심할 여지 없는 진짜 말렉 아델리라는 확신이 든다. 이처럼 멋지게 달리는 말이 말렉 아델리가 아니면 뭐란 말인가?

그러나 재앙이나 불행은 그냥 지나쳐 주지 않았다. 말렉 아델리를 오랫동안 찾아다닌 탓에 체르토프하노프는 꽤 많은 돈을 써버린 것이다. 이제는 코스트로마 종 사냥개는 꿈도 못 꾸고, 옛날처럼 혼자서 말을 타고 근처를 돌아다닐 뿐이었다. 그러던 어느 아침, 베스소노보에서 5베르스타쯤 떨어진 곳에서 체르토프하노프는 1년 반 전쯤 그토록 기세 좋게 말을 달리던 사냥 좋아하는 공작과 우연히 맞닥뜨렸다. 그리고 꼭 그때처럼 산토끼가 비탈에서 불쑥 튀어나와 개들 앞에 나타나는 장면이 펼쳐졌다. "저놈 잡아라, 저놈 잡아라!" 사냥꾼들이 일제히 내달렸다. 체르토프하노프도 달렸으나, 그들 옆에서 200보쯤 떨어져서 그때처럼 사람들과 거리를 두고 달렸다. 비탈을 비스듬히 가로지른, 홍수에 파인 거대한 웅덩이가 언덕을 올라가면 올라갈수록 점점 좁아지며 체르토프하노프의 앞길을 가로막았다. 건너뛰지 않으면 안 되는 지점—1년 반 전에는 틀림없이 뛰어넘었던 지점—은 여전히 넓이가 8보 정도에 깊이가 14피트 정도 되었다. 승리, 그야말로 멋지게 재현될 승리를 예감하며 체르토프하노프는 의기양양하게 함성을 지르며 채찍을 휘둘렀다. 사냥꾼들도 말을 달리며 이 용감한 기수에게 줄곧 시선을 보내고 있었다. 그의 말은 쏜살같이 달렸다. 이제 웅덩이는 코앞으로 다가왔다. 자, 그때처럼 단숨에 넘는 거다……!

그러나 말렉 아델리는 우뚝 멈춰 서더니 왼쪽으로 몸을 휙 돌려 낭떠러지를 따라 달리기 시작했다……. 체르토프하노프가 웅덩이 쪽으로 고삐를 아무리 잡아당겨도 소용없었다.

말은 겁을 먹은 것이다. 즉 자신이 없었던 것이다!

체르토프하노프는 수치심과 분노에 휩싸여 고삐를 맥없이 떨어뜨린 채 말이 가는 대로 몸을 내맡겼다. 사냥꾼들의 비웃음을 듣고 싶지 않았다. 아니, 그뿐만 아니라 그들의 가증스러운 눈길에서 한시라도 빨리 벗어나고 싶었다. 그는 그들을 피해 더욱 멀리 산속으로 말을 달렸다.

말렉 아델리는 입에 거품을 한가득 물고 옆구리는 상처투성이가 되어 집으로 허둥지둥 돌아왔다. 체르토프하노프는 곧장 자기 방으로 가서 틀어박혀 버렸다.

'저건 내가 아끼던 그 말이 아니다! 그 말이었다면 목뼈가 부러지는 한이 있어도 내게 그런 창피를 주지 않았을 것이다!'

11

여기에 또 다음과 같은 사건이 일어나 체르토프하노프의 기를 완전히 꺾어 놓고 말았다. 어느 날 그는 말렉 아델리를 타고 베스소노보에 속한 교구의 성당을 둘러싼 신부의 집 뒷마당을 지나갔다. 체르케스풍 틸가죽 모자를 깊이 눌러쓰고 등을 구부리고 두 팔을 안장 앞쪽으로 늘어뜨린 채 천천히 지나갔다. 마음은 즐겁지 않고 찌뿌듯했다. 문득 누군가가 그를 불렀다.

그는 말을 멈추고 고개를 들었다. 한때 자주 오가던 보좌신부였다. 땋아 내린 갈색 머리카락 위에 갈색 삼각모를 쓰고, 노란 무명 카프탄을 입고, 허리보다 훨씬 아래쪽에 하늘색 자투리 천을 동여맨 이 수사는 보릿짚을 살피러 왔다가 판테레이 예레메비치를 발견하고, 그에게 경의를 표한 다음 뭔가 자선을 요구하는 것이 자기 의무라고 생각했다. 널리 알려진 바와 같이, 교회에 속한 사람이 이러한 꿍꿍이 없이 세속인들에게 말을 거는 법은 없다.

그러나 체르토프하노프는 보좌신부에게 아무것도 쥐여 주지 않았다. 그는 상대방의 인사에 짧게 응했을 뿐, 입속으로 무슨 말을 중얼거리며 채찍을 휘둘렀다…….

"오호라, 아주 멋진 말이군요!" 보좌신부가 황급히 덧붙였다. "아주 자랑스럽겠습니다. 당신은 정말 현명하군요. 사자처럼 늠름하고 멋있어요!" 이 보좌신부는 대단한 웅변가였다. 그것 때문에 주임신부는 그를 미워했다. 자신은 본디 말주변이 없어서, 보드카를 마셔도 혀가 잘 돌아가지 않기 때문이다. "악당들의 간계에 걸려들어 하나의 생명을 잃고서도," 보좌신부가 계속 지껄였다. "조금도 실망하지 않고 오히려 신의 섭리를 더욱 굳게 믿으시고서, 아무 흠 잡을 데 없는 다른 말을, 아니 더 뛰어나다고 해도 과언이 아 닌 훌륭한 말을 손에 넣으셨으니 말입니다. ······그러니까······."

"무슨 말을 지껄이는 거야?" 체르토프하노프가 험악하게 말을 가로막았 다. "다른 말이라니? 이게 바로 그 말이야. 말렉 아델리라고. ······내가 도 로 찾아왔어. 어디서 입을 함부로 놀려, 이 멍텅구리가······."

"나 원 참, 무슨 소릴 하십니까!" 보좌신부는 수염을 만지작거리며 탐욕 스러운 옅은 색 눈으로 체르토프하노프를 바라보면서 설명하기 귀찮다는 듯 이 힘주어 말했다. "그럴 리가 없을 텐데요? 나리의 말은 작년 성모제*5 2 주일쯤 뒤에 도둑맞았고, 지금은 11월도 끝무렵 아닙니까."

"흠, 그게 어쨌다는 건데?"

보좌신부가 계속 수염을 만지작거리며 말했다.

"그러니까 그로부터 1년도 넘게 지났다 이 말입니다. 그리고 그때 나리의 말은 잿빛 반점이 있었는데, 지금은 오히려 진해지지 않았습니까. 그게 어쨌 다는 거냐고 물으신다면, 잿빛 말은 말입니다, 1년이 지나면 대개 옅어지는 법이거든요."

체르토프하노프는 움찔했다······. 누가 예리한 창으로 가슴을 찌른 듯한 기분이었다······. 그 말이 맞았다. 잿빛 말은 색이 변한다! 어째서 이렇게 간단한 사실을 나는 여태껏 눈치채지 못했단 말인가?

"이 건방진 놈! 썩 물러가지 못할까!" 그는 분노로 이글거리는 눈을 부라 리면서 버럭 고함을 질렀다. 그러고는 어리둥절해 서 있는 보좌신부 앞에서 눈 깜짝할 새에 사라졌다.

아! 이제 다 끝났다!

이제야말로 모든 것이 끝장나고 만 것이다! "옅어진다"는 한마디에 모든 것이 와르르 무너져 버렸다!

잿빛 말은 옅어진다!

달려라, 달려, 망할 놈의 말! 아무리 내달려도 이 한마디 말에서 벗어날 수 는 없다! 체르토프하노프는 집으로 돌아와 다시 방 안에 틀어박히고 말았다.

---

*5 매년 10월 1일에 열리는 제례.

12

이 쓸모없는 말이 말렉 아델리가 아니라는 점, 이 말과 말렉 아델리 사이에는 엇비슷한 구석조차 없다는 점, 말에 관해 조금이라도 정통한 사람이라면 한눈에 그 정도는 구분했으리라는 점, 천하의 체르토프하노프가 그런 얼렁뚱땅한 수법에 넘어갔다는 점—아니! 전부터 알고 있었으면서 일부러 자기 자신을 속이고 스스로 자기 눈을 가렸다는 점—이제 이 모든 점에는 한 치의 의심의 여지도 없었다! 체르토프하노프는 이쪽 벽에 닿으면 뱅그르르 몸을 돌려 저쪽 끝까지 가는 식으로, 우리에 갇힌 맹수처럼 방 안을 왔다 갔다 했다. 그의 자존심은 감당하기 어려울 만큼 심하게 상처 입었다. 그러나 그를 괴롭히는 것은 모욕당한 자존심의 고통만이 아니었다. 그는 절망에 사로잡혔다. 분노로 숨이 턱턱 막혔다. 복수에 대한 갈망이 불탔다. 그러나 누구에게 복수한단 말인가? 누구에게 원한을 풀어야 한단 말인가? 유대인에게인가, 야프에게인가, 마샤에게인가, 보좌신부에게인가, 카자흐인 도둑놈에게인가, 이웃 사람들에게인가, 세상 사람들에게인가, 아니면 자기 자신에게인가? 그는 머리가 혼란스러워졌다. 마지막 카드는 죽음을 당했다! (그는 이 비유가 마음에 들었다.) 그는 다시 세상에서 가장 시시하고 가장 한심한 인간, 모두의 웃음거리, 어릿광대, 바보 중의 바보가 되었다. 보좌신부에게마저 조롱거리가 되었다! 가만히 생각하노라면 그 괘씸한 수사 녀석이 잿빛 말이 어쩌고 하며 멍청한 나리를 비웃는 광경이 눈앞에 생생하게 보이는 듯했다……. 아, 분하다! ……체르토프하노프는 스멀스멀 치밀어 오르는 울분을 억누르려 애썼지만 헛수고였다. 이 말은…… 말렉 아델리가 아니라 해도…… 역시 좋은 말이고 앞으로 몇 년은 타고 다닐 수 있다고 억지로 생각하려 했지만 소용없었다. 그래서 그런 생각을 과감히 물리쳐 버렸다. 확실히 그런 생각을 하는 것은 그렇지 않아도 미안하게 생각하는 말렉 아델리에게 새로운 모욕을 주는 일이기 때문이다……. 분명히 그랬다! 이 변변찮은 느려터진 말을 그는 장님이나 바보처럼 그 훌륭한 말렉 아델리와 동등하게 보고 있지 않은가! 또한, 아직도 쓸 만한 말이라고는 하나…… 두 번 다시 희희낙락 타고 다닐 마음은 없었다! 무슨 일이 있더라도! 절대로!! …… 이 말은 타타르인한테 주든지 개한테나 던져 주자. ……그 정도 가치밖에 없다……. 그렇다, 고작 그 정도의 쓸모밖에 없다.

체르토프하노프는 두 시간도 넘게 방 안을 거닐었다.

"페르피시카!" 그가 느닷없이 호령했다. "당장 술집으로 가서 보드카를 반 베드로*6 사와. 알았지? 반 베드로야. 얼른! 지금 당장 보드카가 필요해."

보드카는 곧 판테레이 예레메비치의 책상 위에 놓였다. 그는 그것을 꿀꺽 꿀꺽 마셨다.

13

당시의 체르토프하노프를 본 사람이 있었다면, 분노로 음산한 표정을 한 채 연거푸 술잔을 들이켜는 모습을 목격한 사람이 있었다면 아마도 그 사람은 저도 모르게 공포를 느꼈을 것이다. 밤이 되었다. 수지(獸脂)로 만든 초가 책상 위에서 흐릿하게 타올랐다. 체르토프하노프는 방 안을 오락가락하다가 멈추더니 새빨간 얼굴로 의자에 앉았다. 눈은 흐리멍덩했다. 그는 그 눈을 마룻바닥으로 떨어뜨리기도 하고 컴컴한 창문으로 가만히 돌리기도 했다. 그러다가 벌떡 일어나 보드카를 따라 단숨에 털어 넣고는 도로 앉아 한곳을 뚫어지게 응시한 채 꼼짝도 하지 않았다. 차츰 숨이 거칠어지고 얼굴이 더욱 빨개질 뿐이었다. 그의 가슴에서 어떤 결심이 굳어가는 중이었다. 그 결심은 그를 당혹스럽게 했지만, 그는 점점 거기에 익숙해졌다. 이제는 한가지 생각만이 집요하고 줄기차게 밀려왔다. 같은 영상이 눈앞에 더욱 또렷하게 떠오르고 있다. 마음속에 치밀어 오르던 울분이 술기운에 이제는 잔인한 감정으로 변했다. 불길한 미소가 입가에 떠올랐다……

"시간이 됐군!" 별일 아니라는 듯이 그는 아주 무심한 투로 말했다. "해치우고 나면 마음이 홀가분해지겠지!"

그는 마지막 술잔을 탁 털어 넣고 침대 위에서 권총을—마샤를 쏘았던 권총을 들어 총알을 채우고, 만일을 대비해 탄약통 몇 개를 호주머니에 넣고서 마구간으로 향했다.

문을 열려고 하니 마구간지기가 옆으로 달려왔다. 그가 "나야! 날 모르나? 저리 비켜!" 하고 호통을 쳤다. 마구간지기가 한 걸음 옆으로 물러나자 체르토프하노프는 다시 호통쳤다. "가서 잠이나 자! 여기 지켜야 할 게 뭐

---

*6 6.818되.

가 있다고 그래! 아니, 보물이 있지, 훌륭한 보물이 있지!" 그는 마구간으로 들어갔다. 말렉 아델리, ……가짜 말렉 아델리 ……가짜 말렉 아델리는 깔아 놓은 지푸라기 위에 누워 있었다. 체르토프하노프가 "일어나, 이 등신 같은 놈!" 하며 걷어찼다. 그러고는 구유에 묶어 놓은 고삐를 풀고 마의를 벗겨 바닥에 패대기쳤다. ─이윽고 고분고분한 말을 칸막이에서 아무렇게나 끌어내어 마당으로, 또 들판으로 끌고 갔다. 마구간지기는 재갈도 물리지 않은 말을 주인이 한밤중에 어디로 끌고 가는지 영문을 알 수 없어 어안이 벙벙했다. 물론, 직접 물어보기는 겁이 났다. 그리하여 주인이 근처 숲으로 이어지는 길모퉁이로 사라질 때까지 그저 지켜보고만 있었다.

14

체르토프하노프는 한눈 한 번 팔지 않고 거침없이 성큼성큼 걸어갔다. 말렉 아델리─마지막까지 이 이름으로 부르겠다─는 순순히 따라갔다. 무척 밝은 밤이어서 체르토프하노프는 앞쪽에서 까맣게 점점이 이어진 숲의 들쭉날쭉한 윤곽도 알아볼 수 있었다. 그는 싸늘한 밤기운에 싸여 있었는데, 본디는 방금 마신 보드카에 취해 있어야 옳지만, 그러나…… 그러나 그를 어리석은 상태로 만들어 버린 또 다른 강한 취기에 휩싸여 있었다. 머리는 무거워지고, 피가 위로 치솟아 목구멍은 타들어가고 귀는 윙윙 울렸다. 그래도 그는 걸음걸이도 분명했으며 목적지도 똑똑히 알았다.

그는 말렉 아델리를 죽일 생각이었다. 종일 이 생각만 했다. ……그리고 바로 지금 마음을 먹은 것이다!

그는 태연자약하게까지는 아니지만, 의무감에 따라 움직이는 사람처럼 확고한 자신감으로, 결심한 바를 이루기 위해 척척 걸어갔다. 이 '작업'도 그에게는 수월하기 짝이 없는 일처럼 생각되었다. 가짜를 없애면 곧 '모든 것'을 청산할 수 있다. 그리하여 자신의 어리석음을 벌하고, 진짜 말렉 아델리 앞에서 죄를 씻고, 세상 사람들(체르토프하노프는 이 '세상 사람들'에게 적잖이 신경 썼다)에게 그가 결코 우스운 상대가 아님을 보여줄 수 있다……. 그리고 중요한 것은 그 자신도 이 아무짝에도 쓸모없는 말과 함께 유명을 달리할 생각이었다. 더 오래 살아 무엇하겠는가? 이런 생각이 어떻게 그의 머리에 박히게 되었는지, 왜 이런 일이 수월하기 짝이 없는 일로 생각되었는지

―아주 설명할 수 없는 것은 아니지만, 역시 설명하기란 쉽지 않다. 모욕당하고, 주위에는 누구 하나 없이 외톨이고, 돈이라고는 땡전 한 푼 없고, 게다가 지금은 들이켠 술에 온몸의 피가 들끓어 정신착란에 가까운 상태였다. 그런데 정신착란에 빠진 사람들이 아무리 이치에 닿지 않는 난폭한 행동을 한다 하더라도, 본인들은 모두 나름대로의 논리가 있고 심지어 권리마저 있다고 생각한다. 이것은 의심할 여지가 없다. 아무튼, 체르토프하노프도 자신의 권리를 확신했다. 그는 망설이지 않았다. 스스로 죄인이라 부른 것이 누구를 지칭하는지 자기 자신조차 이해하지 못한 채, 즉시 그 죄인에게 내려진 선고를 집행하려고 했다……. 사실을 말하자면, 그는 자기가 하려는 일을 차분히 생각해 보지도 않았다. '끝장을 내야 한다.' 이것이 어리석게도 자기 자신에게 단호히 되풀이하는 말이었다. '끝장을 내야 한다!'

억울한 누명을 뒤집어쓴 무고한 말은 그의 뒤에서 얌전하게 따라왔다……. 그러나 체르토프하노프의 가슴에 연민의 정은 눈곱만큼도 없었다.

15

말을 끌고 간 숲 가에서 그리 멀지 않은 곳에 떡갈나무로 반쯤 덮인 작은 골짜기가 있었다. 체르토프하노프는 그 골짜기로 내려갔다……. 말렉 아델리가 발을 헛디며 그만 그의 위로 쓰러질 뻔했다.

"날 깔아뭉갤 셈이군, 이놈의 말새끼!" 체르토프하노프가 자기를 방어하려는 듯이 호주머니에서 권총을 빼들며 버럭 고함을 질렀다. 이제 잔인한 마음은 없었다. 죄를 저지르기 전에 찾아온다는 특수한 '감정의 마비' 상태에 있을 뿐이었다. 그러나 그는 자기 목소리에 놀랐다―검은 나뭇가지에 뒤덮인 울창한 계곡의 퀴퀴하게 썩은 습기에 그의 목소리가 음산하게 메아리친 것이다. 게다가 그의 고함에 응하듯 커다란 새가 머리 위 나뭇가지에서 느닷없이 날개를 푸덕거렸기 때문이다……. 체르토프하노프는 흠칫했다. 자신이 하려는 행위의 목격자를 만들어버린 것이다―그러나 여기가 어딘가? 단 하나의 생명체도 만나서는 안 되는 적막한 장소이다…….

"어디로든 가버려, 재수 없는 놈!" 그는 이를 악물고 말했다. 그러고는 말렉 아델리의 고삐를 놓고 권총 자루로 어깨 부근을 사정없이 내리쳤다. 말렉 아델리는 재빨리 몸을 돌려 골짜기를 기어올라…… 어디론가로 달아나

버렸다. 그러나 말발굽 소리가 들려온 것은 잠시뿐이었다. 난데없이 일어난 바람이 모든 소리를 감추어 버렸기 때문이다.

체르토프하노프도 천천히 골짜기를 기어올랐다. 숲 가로 나오자 집으로 터벅터벅 걷기 시작했다. 자신이 한심스러웠다. 머리와 가슴이 그랬던 것처럼 팔과 다리가 무거워지기 시작했다. 걸으면서도 분노가 치밀어 올랐다. 마음은 어둡고 공허했으며, 시장기까지 느꼈다. 누구에게 심한 모욕을 당한 것 같은, 사냥감을 빼앗긴 것 같은, 음식을 빼앗긴 것 같은 기분이었다.

자살을 꾀하다가 무언가의 방해로 미수로 그친 경험을 한 사람은 어떤 기분인지 알 것이다.

그때 갑자기 무언가가 등을 쿡 찔렀다. 그는 뒤돌아보았다⋯⋯. 말렉 아델리가 길 한복판에 서 있었다. 주인의 뒤에서 다가와 콧등으로 주인을 건드려⋯⋯ 자신의 존재를 알린 것이다⋯⋯.

"아!" 체르토프하노프는 외쳤다. "제 발로 죽으러 오다니! 그렇다면 기다려라!"

눈 깜짝할 새에 그는 권총을 집어들고 공이치기를 올렸다. 총구를 말렉 아델리의 이마에 갖다 대고 발사했다⋯⋯.

가엾게도 말은 옆으로 껑충 떠밀렸다가 뒷다리로 버티고 일어서서 열 걸음 정도 달리다가 쿵 하고 쓰러지고 말았다. 그리고 땅 위에서 경련을 일으키며 숨을 씨근거렸다⋯⋯.

체르토프하노프는 손으로 두 귀를 막고 내달렸다. 무릎이 후들후들 떨렸다. 취기도 원망도 어리석은 자만심도 모두 순식간에 자취를 감췄다. 남은 것은 수치심과 자기혐오, 그리고 이번에야말로 스스로 숨을 끊어버리겠다는 또렷한 의식뿐이었다.

16

한 달 반가량 지나, 페르피시카는 때마침 군 경찰지서장이 집 앞을 지나는 것을 보고 의무감에서 그를 불렀다.

"무슨 일이냐?" 경찰지서장이 물었다.

"나리, 저희 집에 좀 들렀다가 가시지요." 소년이 정중히 허리를 굽히며 대답했다. "주인님이 죽기로 작정을 하신 것 같아 걱정이 돼서 그럽니다."

"뭐야? 죽다니?"

"처음에는 날마다 보드카만 드시더니 이제는 아주 자리에 누워 계세요. 어찌나 수척해지셨는지 모릅니다. 정신도 오락가락하신 것 같아요. 말 한마디도 안 하시거든요."

경찰지서장이 마차에서 내렸다. "그래, 신부님은 찾아뵀겠지? 고해성사는 하셨나? 성찬은 받았고?"

"아뇨, 아직입니다."

지서장은 얼굴을 찌푸렸다.

"대체 어쩌려고 그래? 여태 그런 것도 안 하고 뭐 했어? 그 정도도 모르나……. 그 책임이 얼마나 중대한지 몰라?"

"당연히 어제도 여쭤 보고 그제도 여쭤 봤지요." 소년이 겁먹은 목소리로 얼른 덧붙였다. "'주인님, 제가 한달음에 달려가서 신부님을 모셔 올까요?' 했더니 '닥쳐라, 건방진 놈. 준비는 나 혼자 하면 된다' 하시잖겠어요. 그런데 오늘 말을 걸었더니 주인님은 저를 쳐다보시며 수염만 움직거리시는 거예요."

"보드카는 얼마나 드셨는데?" 지서장이 물었다.

"엄청나게 많이요! 아무튼 나리, 주인님 방에 좀 가 보세요."

"그럼 안내해라!" 지서장이 내키지 않는다는 듯이 말하고 페르피시카를 따라갔다.

그러자 놀라운 광경이 그를 기다리고 있었다.

눅눅하고 어두운 구석방에는 마의로 감싼 초라한 침대가 놓여 있고, 그 위에 체르토프하노프가 베개 대신 보풀이 잔뜩 일어난 검은 외투를 베고 누워 있었다. 얼굴은 창백한 정도를 넘어 송장처럼 누르스름한 녹색이고, 눈은 푸르죽죽한 눈꺼풀 아래로 푹 꺼졌으며, 덥수룩하게 자란 콧수염 위로 보이는 홀쭉하고 뾰족한 코는 아직도 붉은 기를 띠고 있었다. 가슴에 탄약통꽂이가 달린 평소 입던 조끼를 입고, 체르케스풍의 헐렁한 파란색 바지를 입고 있었다. 끝이 새빨간 털가죽 모자가 이마를 눈썹까지 가리고 있었다. 한쪽 손에는 사냥할 때 쓰는 채찍을 들고, 다른 손에는 자수가 놓인 담뱃갑—마샤가 마지막으로 선물한 담뱃갑—을 들고 있었다. 침대 옆 탁자에는 빈 술병이 놓여 있고, 침대 머리맡에는 수채화 두 점이 벽에 핀으로 꽂혀 있었다.

한 장은 기타를 손에 든 뚱뚱한 사내를 그린 것인데—네도퓌스킨인 것 같았다. 또 한 장은 말을 달리고 있는 기수를 그린 것이었다……. 말은 아이들이 벽이나 담장에 낙서하는 기묘하게 생긴 동물을 닮았는데, 꼼꼼히 검게 칠한 둥근 반점, 기수 가슴에 있는 탄약통꽂이, 발가락이 뾰족한 장화, 풍성한 콧수염 등으로 보아 판테레이 예레메비치가 말렉 아델리를 몰고 있는 모습을 그린 것이 분명했다.

지서장은 당황해서 어찌할 바를 몰랐다. 죽음과도 같은 정적이 방 안에 감돌고 있었다. '벌써 죽지 않았는가!' 속으로 생각했지만, 목청을 쥐어짜서 불러 보았다. "판테레이 예레메비치! 판테레이 예레메비치!"

그때 놀라운 일이 벌어졌다. 체르토프하노프의 눈이 조용히 열리고 생기를 잃은 눈동자가 처음에는 오른쪽에서 왼쪽으로, 이윽고 왼쪽에서 오른쪽으로 움직이더니 손님에게 가 멎은 것이다. ……무언가가 흐리멍덩한 흰자위 안에서 움직이더니 거기에 시선과도 같은 것이 나타났다. 푸르스름한 입술이 천천히 벌어지더니, 관 속에서 새어나오는 것 같은 쉰 목소리가 들려왔다.

"뼈대 있는 가문의 귀족, 판테레이 예레메비치가 죽으려고 하는데 감히 어떤 놈이 방해하느냐! —나는 누구에게 빚진 것도 없거니와 빚을 준 적도 없다……. 다들 날 내버려두란 말이다! 썩 나가라!"

그는 채찍 든 손을 들어올리려고 했다. ……그러나 손은 올라가지 않았다. 입술이 다시 굳게 닫히고 눈이 감겼다. —그리고 아까같이 죽은 개구리처럼 몸을 길게 뻗고 발꿈치를 맞붙인 채 썰렁한 침대 위에 누웠다.

"숨을 거두거든 나한테 알려라." 지서장이 방을 나오며 페르피시카에게 속삭였다. "그리고 그만 신부님을 모셔오는 게 좋을 것 같구나. 성유식(聖油式)도 해라. 격식은 차려야 하니까."

페르피시카는 그날 신부를 부르러 갔다. 그리고 다음 날 아침에는 지서장에게 소식을 전하러 갔다. 판테레이 예레메비치가 그날 밤 죽은 것이다.

장례식 때 그의 관을 배웅한 것은 소년 페르피시카와 모셰리 레바였다. 자세한 내막은 모르겠지만, 체르토프하노프가 죽었다는 소문이 유대인 귀에도 들어갔고, 그는 장례식 참석이라는 은인에 대한 마지막 의무를 저버리지 않은 것이었다.

살아 있는 시체*[1]

> 오랜 인고의 세월을 겪어낸 내 조국
> 아, 러시아 백성의 나라여!
>
> —표도르 튜체프

프랑스에 "옷이 마른 어부와 옷이 젖은 사냥꾼만큼 가련한 꼴은 없다"는 속담이 있다. 나는 고기잡이에 특별한 흥미를 느껴본 일이 없어서, 맑은 날 어부들의 기분이 어떤지, 궂은 날 고기가 많이 잡히는 즐거움이 옷이 흠뻑 젖는 불쾌함보다 얼마나 큰지 짐작조차 하지 못한다. 그러나 사냥꾼에게 비는 실로 재앙이다. 예르몰라이와 나는 벨레프 군으로 꿩을 잡으러 가던 길에 이런 재앙을 만났다. —비는 새벽녘부터 줄기차게 퍼부었다. 우리는 비를 피하려고 온갖 방법을 동원했다! 고무를 입힌 비옷을 머리부터 푹 뒤집어쓰고 최대한 빗방울을 피하려고 나무 밑에 섰다……. 그러나 비옷은 사격에 방해가 되는 것은 둘째 치고 어이없게도 빗물이 스며들었으며, 처음엔 나무 밑에 빗방울이 떨어지지 않는 것 같더니 나중에는 나무 위에 괴었던 빗물이, 낙숫물받이에서 홈통을 타고 내려오는 것처럼 나뭇가지에서 한꺼번에 쏟아져 내렸다. 그러자 차가운 빗물이 넥타이 밑으로 파고들어 등뼈를 타고 흘러내렸다……. 예르몰라이의 말마따나 엎친 데 덮친 격이었다! "표트르 페트로비치!" 마침내 그가 소리쳤다. "안 되겠습니다……. 오늘 사냥은 글렀어요. 개 코는 젖어서 냄새를 못 맡고, 총은 불이 붙지 않을 겁니다……. 에잇! 재수가 없으려니까!"

"어쩌면 좋겠나?"

---

*[1] 직역하면 "살아 있는 썩지 않는 시체"이다. 즉, 신의 뜻을 따라 순결한 생애를 보낸 사람의 육체는 죽어서도 영원히 썩지 않는다는 것을 의미하는데, 이 글의 주인공도 그런 생애를 보냈다는 점에서 이런 별명을 붙인 것이다.

"글쎄요, 알렉세예프카로 가시지요. 나리는 잘 모르시겠지만, 거기에 나리의 어머님께서 소유하신 농장이 있거든요. 여기서 8베르스타만 가면 됩니다. 오늘 밤은 거기서 묵고 내일……."

"이리로 다시 오자고?"

"아니요. 여기가 아니라…… 알렉세예프카 너머에 제가 잘 아는 곳이 있습니다……. 꿩 사냥을 하기엔 그곳이 여기보다 훨씬 낫지요!"

나는 이 충실한 동행에게, 그렇다면 애초에 왜 그리로 안내하지 않았느냐고 따져 묻지 않았다. 그리하여 그날 우리는 어머니의 농장에 도착했다. 솔직히 말해 그런 농장이 있는 줄은 여태껏 꿈에도 몰랐다. 농장에는 작은 별채가 딸려 있었는데, 매우 낡기는 했으나 누가 살았던 적이 없어서 깨끗했다. 여기서 나는 아주 조용한 하룻밤을 보냈다.

이튿날은 일찌감치 눈을 떴다. 해가 막 떠오른 참이고, 하늘에는 구름 한점 없었다. 주위는 엊저녁 노을이 남은 자리에 신선한 아침 햇살이 비추어 환하게 빛났다. ─마차가 준비되는 동안, 예전에는 과수원이었지만 지금은 황폐해진 작은 정원으로 어슬렁어슬렁 나갔다. 별채는 정원의 키 크고 향기롭고 싱싱한 수풀로 사방이 둘러싸여 있었다. 아, 바깥 공기 속에 있는 기분이 얼마나 상쾌하던지! 화창한 하늘에서 종달새가 지저귀었다. 종소리처럼 맑은 그 소리가 은구슬처럼 또로록 내려왔다! 종달새는 날개 위에 이슬방울을 얹고서 날고 있으리라. 그 노랫소리가 이슬에 젖은 것처럼 들렸다. 나는 모자도 벗고 상쾌한 공기를 폐부 깊숙이 한가득 들이마셨다……. 그리 깊지 않은 골짜기 비탈을 따라 둘러 있는 울타리 바로 옆에 벌집이 보였다. 잔디와 쐐기풀이 담장처럼 빽빽하게 자란 사이를 오솔길이 뱀처럼 구불구불하게 이어지고, 풀들 위로는 씨앗이 어디서 날아왔는지 암녹색 대마가 뾰족한 줄기를 내밀고 있었다.

그 길을 따라가다 보니 벌집 있는 데가 나왔다. 가느다란 나뭇가지를 엮어만든 헛간이 있었다. 겨울에는 벌집을 그곳에 넣어 두는 것이다. 반쯤 열린 문틈으로 안을 들여다보았다. 안은 컴컴하고 고요하고 건조했으며, 박하와 멜리사*² 냄새가 났다. 구석에는 의자가 놓여 있었는데, 그 위에 담요에 싸

---

*2 꿀벌을 재배하기 위해 기르는 국화과의 풀로, 레몬밤이라고도 한다.

인 조그만 물건이 있었다. 나는 그만 자리를 뜨려고 했다……

"나리, 나리! 표트르 페트로비치 님." 늪지의 사초가 바람에 흔들릴 때처럼 가느다랗고 느릿한 쉰 목소리가 들렸다.

나는 걸음을 멈추었다.

"표트르 페트로비치 님! 어서 들어오세요!" 그 목소리가 다시 들려왔다. 아까 내 눈길이 멎었던 의자 근처에서 나는 소리였다.

다가가 살펴본 나는—너무나도 뜻밖의 광경에 말문을 잃고 말았다. 내 앞에 살아 있는 인간이 누워 있었던 것이다. 대체 누구란 말인가?

바싹 마른 얼굴은 온통 청동색을 띠고 있었다. 옛날에 그려진 성화와도 같은 얼굴이었다. 홀쭉한 코는 칼날처럼 뾰족하고, 입술은 거의 알아볼 수 없었으며, 치아와 눈알만이 하얗게 보였다. 머릿수건 밑으로 마구 엉킨 노란 머리카락이 이마 위로 비어져 나와 있었다. 턱 언저리에서는 역시 청동색을 띤 손이 나뭇가지처럼 앙상한 손가락을 꼬물거리며 담요를 주름이 지도록 꼭 움켜쥐고 있었다. 나는 그녀를 더욱 자세히 살펴보았다. 얼굴은 추하기는커녕 아름답기까지 했다—그러나 어쩐지 이 세상 사람의 얼굴이 아닌 것처럼 오싹해 보였다. 그렇게 보였던 것은 그 얼굴에, 금속같이 창백한 뺨 위에—애써도…… 애써도 지어지지 않는 미소가 떠올라 있었기 때문이다.

"절 모르시겠어요, 나리?" 가느다란 목소리가 다시 속삭였다. 그 목소리는 거의 움직이지 않는 입술에서 새어나오는 듯했다. "무리도 아니죠! 저, 루케리아예요. ……기억하시겠어요? 스파스코예의 어머님댁에서 원무를 지도했었지요……. 기억하시나요? 합창도 지휘했었는데요."

"루케리아!" 나는 소리쳤다. "정말 자네가 맞단 말인가?"

"네, 저예요, 나리. 제가 그 루케리아랍니다."

나는 뭐라 말해야 좋을지 몰랐다. 죽은 사람처럼 멀건 눈으로 나를 물끄러미 쳐다보는 이 미동조차 못하는 거무스름한 얼굴에 정신을 완전히 빼앗겨 버린 것이다. 이런 일이 있을 수 있을까? 이 미라가 그 키 크고 뽀얀 살결에 발그레한 뺨을 한 토실토실했던 그녀라니! 웃기 잘하고 춤 잘 추고 노래 잘하고, 하녀들 가운데 가장 미인이던 루케리아라니! 루케리아, 그 영리했던 루케리아, 온 마을 청년이 그녀의 꽁무니를 졸졸 따라다녔던 루케리아, 열여섯 소년이던 나도 남몰래 사모했던 그 루케리아라니!

"왜 이러고 있어, 루케리아?" 나는 한참 만에야 입을 열었다. "대체 어떻게 된 거야?"

"이처럼 큰 불행이 저를 덮쳤답니다! 나리, 불쾌하시더라도 제 이야기 좀 들어 주세요. 거기 있는 작은 통에 앉으셔서요. ─더 가까이 앉으세요. 그러지 않으면 잘 안 들릴 거예요……. 요즘 목소리가 잘 안 나오거든요! ……그나저나 이렇게 뵙게 되어 반가워요! 알렉세예프카에는 어쩐 일이세요?"

루케리아는 아주 가냘프고 힘없는 목소리이긴 했지만, 숨도 쉬지 않고 거침없이 이야기했다.

"사냥꾼 예르몰라이가 안내해 주었지. 그런데 나는 이런 이야기보다 어서 자네 이야기가 듣고 싶은데……."

"제 고생담을 말하라고요? ─물론 들려드리고말고요, 나리. 벌써 오래전 일이에요. 6, 7년은 된 것 같군요. 당시 저는 드디어 바실리 폴랴코프와 결혼 약속을 한 참이었답니다. 기억하세요? 잘생긴 곱슬머리 청년으로, 나리의 어머님댁에서 식당 일을 했었는데요. 하긴 그때 나리는 모스크바로 유학을 가시느라 시골에 안 계셔서 모르시겠네요. 저와 바실리는 진정으로 사랑했답니다. 저는 자나 깨나 그이 생각만 했지요. 사건이 일어난 것은 봄이었어요. 어느 밤…… 곧 동이 틀 무렵이었는데…… 저는 그때까지도 잠을 이루지 못하고 있었죠. 정원에서는 나이팅게일이 황홀하게 지저귀고 있었어요! ……저는 참을 수 없어 침대에서 일어나, 그 소리를 들으려고 현관 층계로 나갔답니다. 나이팅게일은 쉬지 않고 지저귀었어요……. 그때 문득 누가 바샤 같은 목소리로 저를 부르지 않겠어요? 상냥한 목소리로 '루샤!'라고 말이에요……. 저는 뒤를 돌아보았어요. 그런데 잠이 덜 깨서 그랬는지 첫번째 계단에서 그만 발을 헛디뎌 곧장 아래로 추락하고 말았죠. ─그리고 몸을 땅바닥에 심하게 부딪힌 거예요! 하지만 크게 다친 데는 없는 것 같았어요. 금방 벌떡 일어나 제 방으로 돌아갔을 정도니까요……. 그런데 뭔가가 안에서…… 배 속에서 끊어져 나간 것 같은 기분이 들었어요. ……나리…… 잠깐…… 숨 좀 돌릴게요."

루케리아는 입을 다물었다. 나는 놀라서 그녀를 바라보았다. 특히 놀란 점은 그녀가 한숨을 내쉬거나 넋두리를 하지 않고 동정을 구하는 기색도 없이 즐거운 투로 이야기하고 있다는 사실이었다.

"그 일이 있고 나서부터," 루케리아가 말을 이었다. "저는 빼빼 마르기 시작했어요. 건강도 안 좋아지고, 걷기가 힘들어졌어요. 그러다가 두 다리가 완전히 말을 안 듣게 되었죠. 서지도 앉지도 못해서 종일 누워 있어야 했답니다. 식욕도 없고 물도 마시기 싫어서 건강은 점점 좋지 않아졌지요. 마님은 친절하게도 의사를 불러주시고 병원에도 데리고 가주셨어요. 그렇지만 역시 건강은 회복되지 않았죠. 게다가 제 병이 어떤 병인지 정확히 설명할 수 있는 의사는 한 명도 없었어요. 물론 다들 할 수 있는 데까지는 다 해주셨지요. 인두로 등을 지지기도 하고, 얼음찜질도 했지만, 아무 소용이 없었어요. 그러다가 나중에는 몸이 뼈처럼 굳기 시작하더군요⋯⋯. 그러자 의사들도 더는 가망이 없다며 포기해 버렸어요. 그렇다고 해서 집에 병신을 그냥 놓아둘 수 없어서⋯⋯ 저를 이곳으로 보낸 겁니다. 마침 이곳엔 친척도 있으니까요. 이런 연유로 보시는 바와 같이 이렇게 지내고 있답니다."

루케리아는 다시 입을 다물었다. 그리고 억지로 웃음을 지으려고 했다.

"당신에겐 너무나 가혹한 일이었군!" 나는 울부짖었다. ⋯⋯그리고 뭐라고 말을 이어야 좋을지 몰라 이렇게 물어보았다. "그럼 바실리 폴랴코프는 어떻게 됐지?" 어리석기 짝이 없는 질문이었다.

루케리아는 시선을 약간 옆으로 돌렸다.

"폴랴코프가 어떻게 됐느냐고요? 그이는 슬퍼해 주었어요. 조금은 슬퍼해 주었지요. 하지만 다른 사람과, 그린노예에서 온 여자와 결혼해 버렸어요. 그린노예를 아세요? 여기서는 그리 멀지 않아요. 여자는 아그라페나라는 이름이었지요. 그이는 절 사랑해 주었어요. 하지만 젊은 사람이니 언제까지고 혼자 지낼 수는 없잖아요? 제가 그 사람의 배우자가 될 수도 없는 노릇이고요. 어쨌든 그이는 예쁘고 착한 신부를 얻어 지금은 아이도 낳고 잘 살아요. 그이는 이 근방에서 집사 일을 해요. 마님께서 신원보증서까지 떼어 그 댁으로 보내주신 덕분에 잘 지내고 있지요."

"줄곧 이렇게 누워 지내나?" 내가 다시 물었다.

"네, 나리. 벌써 7년째 이러고 있답니다. 여름에는 이 오두막 안에서 지내지만, 추워지면 목욕탕 옆방으로 옮겨주셔서 그곳에서 지내지요."

"누가 간호를 하지? 돌봐주는 사람이 있나?"

"네. 어디든지 그렇지만 이곳에도 친절하신 분이 계셔서 개밥에 도토리

신세는 면하고 있답니다. 하지만 그 정도로 민폐를 끼치진 않아요. 먹을 것은 변변치 않지만, 물은 저 주전자에 들어 있지요. 언제나 깨끗한 샘물을 담아주시거든요. 아직 한쪽 손은 멀쩡해서 그릇은 제가 들고 마실 수 있어요. 또 이곳에는 어린 고아 계집아이가 있는데, 고맙게도 그 아이가 가끔 보러 와 준답니다. 조금 전까지 여기 있다가 나갔는데……. 혹시 못 보셨어요? 정말 뽀얗고 예쁘게 생긴 아이예요. 그 아이가 꽃을 꺾어다 준답니다. 제가 꽃을 좋아하거든요. 이 집 정원에는 꽃이 없잖아요. 전에는 있었지만, 이젠 씨가 말라버렸죠. 하지만 들꽃도 예쁘답니다. 정원에서 기르는 꽃보다 향기가 훨씬 좋거든요. 저기 있는 은방울꽃은 어떤 것보다 향기롭답니다!"

"딱한 루케리아. 그런데 어쩌다 갑갑하거나 무서운 생각이 드는 적은 없어?"

"그렇지만 어쩌겠어요? 거짓말은 하긴 싫으니까 솔직히 말씀드리죠. 처음엔 눈앞이 캄캄했어요. 그런데 점점 익숙해지더니 나중엔 참을 만하던걸요. 이젠 아무렇지도 않답니다. 저보다 훨씬 불행한 사람도 얼마든지 있으니까요."

"그건 또 무슨 말이지?"

"비바람조차 피하지 못하는 사람도 있는걸요! 눈이 안 보이거나 귀가 안 들리는 사람도 있고요. 하지만 저는 다행히 눈도 밝고 귀도 잘 들리잖아요. 지렁이가 땅속에서 구멍을 파는 소리까지 들린다니까요. 게다가 어떤 냄새라도, 아무리 어렴풋한 냄새라도 다 맡는답니다! 밭의 장미며 정원의 보리수에 꽃이 피면, 누가 말해 주지 않아도 알 수 있을 정도지요. 오히려 제가 가장 먼저 알아챈답니다. 그쪽에서 바람이 조금이라도 불어오면 말이죠. 그런데 어떻게 신을 원망할 수 있겠어요? 저보다 불행한 사람도 많은데 말이에요. 이런 점도 있답니다. 몸이 성한 사람은 죄에 빠지기 쉽지만, 저는 죄와는 거리가 멀어졌어요. 요전엔 알렉세이 신부님께서 성찬을 주시면서 말씀하셨죠. '당신은 회개할 필요가 없소. 이러고 있는데 어찌 죄를 저지르겠소?' 하지만 저는 대답했죠. '마음속의 죄는 어떻게 하지요?' 그랬더니 '그건 대단한 죄가 아니니까요' 하시곤 웃으시더라고요."

"그러나 저는 마음속으로도 별로 죄를 짓지 않아요." 루케리아가 말을 이었다. "상념에 빠지거나, 특히 옛일을 떠올리지 않도록 스스로 단련해 왔거든요. 그러다 보니 세월도 후딱 지나갔고요."

솔직히 말해서 나는 더욱 놀라고 말았다. "루케리아, 종일 이렇게 혼자 지내면서 어떻게 머릿속에 아무 생각도 떠오르지 않도록 단련할 수 있지? 몇 시간이고 잠만 자는 건 아닐 텐데?"

"그럼요, 나리! 종일 잠만 잘 수는 없지요. 대단한 고통은 아니지만, 사실 배 속이며 뼈마디가 쑤셔서 좀처럼 잠이 들지 못하거든요……. 그냥 이렇게 여기 혼자 누워서 아무 생각도 안 해요. 그저 '나는 살아 있다, 살아서 숨 쉬고 있다'고 느끼는 것이 고작이지요. 물론 이것저것 보기도 하고 듣기도 합니다. 꿀벌이 벌집에서 붕붕 날아다니고, 비둘기가 지붕 위에 앉아 구구 울고, 암탉이 병아리들을 데리고 빵부스러기를 쪼아 먹으러 찾아오고, 참새가 날아들고, 나비가 훨훨 날아다니고―이런 것들을 보노라면 마음이 아주 흐뭇해지지요. 재작년에는 저쪽 구석에 제비가 둥지를 틀고 새끼를 깠어요. 얼마나 흥미로웠다고요! 한 마리가 둥지로 날아와 새끼들에게 먹이를 주고 다시 날아가면, 이번에는 다른 놈이 날아오지요. 열린 문 옆을 스쳐 지나갈 뿐, 둥지에는 앉지 않고 그냥 가버릴 때가 있어요. 그러면 새끼들이 즉시 주둥이를 벌리고 쩍쩍 난리가 나지요……. 저는 그 이듬해에도 제비가 오기를 기다렸지만, 듣자 하니 이 근방의 사냥꾼이 총으로 쏴버렸다더군요. 그런 걸 잡아서 무슨 부귀영화를 누리겠다고! 그래 봐야 딱정벌레만큼의 크기도 안 되는 것을 말이에요……. 사냥을 하시는 양반들은 왜 그렇게 심술 궂나 몰라요!"

"난 제비 같은 건 쏘지 않아." 나는 얼른 말했다.

"그리고 한번은," 루케리아가 다시 이야기를 시작했다. "아주 우스운 일이 있었답니다! 토끼가 뛰어들어온 거예요! 개한테 쫓기던 중이었나 봐요. 아무튼, 문으로 굴러들어오듯 들어왔어요! ……그러더니 곧바로 제 옆으로 와서 꽤 오랫동안 웅크리고 앉아 있었죠. 쉬지 않고 코를 벌름거리고 수염을 움찔대면서요―그 꼴이 꼭 군인 같지 않겠어요! 저를 쳐다보더라고요. 제가 무서운 존재가 아니란 사실을 아는 것 같았어요. 한참 있다가 일어나서 문까지 깡충깡충 뛰어가더니 문지방에 서서 주변을 두리번거렸죠―그 모습이 어찌나 우습던지!"

루케리아는 재미있지 않느냐는 듯이 나를 쳐다보았다. 나는 그녀를 기쁘게 해주려고 빙긋 웃어 보였다. 루케리아는 바짝 마른 입술을 잘근 깨물었다.

"그런데 겨울이 되면 아무래도 더 나빠지는 것 같아요. 여긴 어두우니까요. 촛불을 켜기도 처량하고. 게다가 불은 켜서 뭐하겠어요? 저는 읽기 쓰기만큼은 알고 있어서 옛날에는 몇 시간이고 책을 즐겨 읽었지만, 지금은 읽을 것도 없잖아요! 여긴 책 같은 건 한 권도 없어요. 있다고 쳐도 어떻게 그것을 들고 읽겠어요? 심심할 때 읽으라고 알렉세이 신부님께서 달력을 가져다주셨지만 아무 쓸모가 없다는 걸 아시곤 도로 가져가셨지요. 어둡기는 하지만, 종일 들을 건 많아요. 귀뚜라미가 울기도 하고, 생쥐가 어딘가에서 바스락거리기도 하고. 이러니 아무 생각도 필요 없지요!"

"하지만 기도는 한답니다." 루케리아가 잠시 숨을 골랐다가 말을 이었다. "그래 봐야 욀 수 있는 기도문은 그리 많지 않지만, 그렇다고 하느님이 진절머리를 내시는 일은 없겠죠? 그렇지만 제가 바랄 게 뭐가 있겠어요? 제가 바라는 건 저보다 하느님께서 훨씬 잘 아시는걸요. 하느님께선 제게 고난의 십자가를 주셨어요. 저를 사랑하시기 때문이죠. 우리는 그 사실을 깨달아야 해요. 그래서 전 〈사도신경〉, 〈성모송〉, 〈고뇌하는 자들을 위한 찬가〉 등을 외고 다시 아무 생각 없이 조용히 누워 있답니다. 그래서 이렇게 무사한 나날을 보내고 있는 거예요!"

2분가량이 흘렀다. 나는 침묵을 깨지 않도록 꼼짝도 않고 좁은 통 위에 그대로 앉아 있었다. 내 앞에 누워 있는 이 불행한 존재의 돌 같은 혹독한 고요함이 내게도 고스란히 전해져와 나까지 마비상태에 빠진 것 같았다.

"루케리아." 마침내 내가 입을 열었다. "한 가지 제안이 있는데, 실은 시내에 있는 좋은 병원에 자네를 데리고 가라고 지시를 내릴 생각이네만 어떤가? 혹시 병을 고칠 수 있을지 또 아나? 어쨌든 자네를 이대로 혼자 둘 수는 없어……."

루케리아가 아주 조금 눈썹을 씰룩였다. "오, 안 돼요, 나리." 조금도 고맙지 않다는 듯이 나지막이 말했다. "저를 병원에 보내지 마세요. 그냥 이대로 놔두세요. 그런 데에 가면 오히려 더 고통스러워질 뿐이니까요. 이런 지경인데 병이 나을 리가 있어요? ……언젠가 한번은 의사 선생님께서 직접 이리로 오셔서는 저를 진찰하고 싶다고 말씀하셨지요. 하지만 저는 제발 부탁이니 이대로 내버려두라고 애원했지요. 하지만 제 말은 들은 척도 하지 않았어요! 저를 이리 눕혔다가 저리 눕혔다가 다리를 주물렀다가 폈다가 하더니 이러잖겠어요. '난 학문 연구를 위해 이런 진찰을 하는걸세. 난 학문에 몸을 던진 사람이야, 의사라고! 그리고 자넨 내 말을 거역해선 안 돼. 난 여러 공적을 세워서 훈장까지 받은 몸이니까. 더욱이 무지몽매한 백성들을 위해 온 힘을 바치고 있으니까.' 그러면서 함부로 여기저기를 아프게 하더니 병명을 말했지요. 아주 복잡한 이름을요. 그러더니 그냥 가버렸어요. 그 뒤로 꼬박 일주일 동안 제 온몸의 뼈마디가 어찌나 쑤시던지. 나리는 제가 언제나 혼자 있는 것처럼 말씀하시지만, 늘 그런 건 아니랍니다. 사람들이 찾아와 주거든요. 저는 온순해서 별로 그들을 귀찮게 하지 않으니까요. 마을 처녀들이 놀러 와서 우스갯소리를 나누기도 하고, 여자 순례자가 길을 헤매다가 들어와서 예루살렘 이야기며 키예프*3 같은 성지 이야기를 해주기도 하지요. 그리고 저는 혼자 있어도 전혀 무섭지 않아요. 오히려 마음이 편하답니다! ……그러니까 나리, 제발 저를 병원 같은 데로 보내지 마시고 그냥 내버려두세요. ……나리의 친절하신 뜻은 감사합니다만, 제발 제 걱정은 그만두세요."

"그럼 좋을 대로 하게, 루케리아. 자네를 위해 해본 말이니……."

"저를 생각해서 하신 말씀이라는 건 잘 압니다. 하지만 나리, 누가 남을 돕는다는 게 가능한 일일까요? 누가 남의 마음속 깊은 곳까지 들어갈 수 있겠어요? 누구든 자기 일은 자기가 알아서 해야지요! 이런 말씀을 드리면 믿지 않으실지도 모르겠지만, 이렇게 홀로 누워 있노라면…… 세상에 저 혼자만 살아 있는 기분이 든답니다. 단지 한 사람—저밖에 살아 있지 않은 것 같은! 그러면 아주 황송한 기분이 들지요. ……그리고 아주 이상한 생각에 잠긴답니다!"

"그건 어떤 생각이지, 루케리아?"

"나리, 그건 설명하기 어렵습니다. 게다가 그때가 지나면 생각나지 않거든요. 그것은 구름 같은 것이 내려와서 확 퍼지는가 싶으면서 기분이 말할 수 없이 상쾌해지는 겁니다. 하지만 그게 뭐냐고 물으신다면 저도 전혀 모르

───────────────

*3 옛 도시로, 커다란 성당이 많이 있다.

겠어요! 다만 제 곁에 누가 있었으면 그런 상쾌한 기분은커녕 내가 불행하다는 생각밖에 못 했겠지, 하는 생각이 드는 거지요."

루케리아는 고통스러워하며 가쁜 숨을 내쉬었다. 가슴도 팔다리처럼 뜻대로 되지 않는 모양이었다.

"나리께서는 저를 무척 딱하게 보시는 것 같은데, 그러실 필요 없습니다. 너무 가엾게 보지 마세요! 마음 놓으시라고 말씀드리자면, 지금도 이따금…… 왜, 기억하시죠? 젊었을 때 제가 얼마나 명랑했던지? 그땐 정말 말괄량이였지요! ……지금도 그때처럼 이따금 노래를 부르지요."

"노래를? ……자네가?"

"네, 노래요. 옛날 노래. 원무를 출 때나 접시 점*4을 칠 때나 성탄절*5 때 등 언제든 부르죠. 저는 지금도 많은 노래를 잊지 않고 있어요. 다만 보통 때 추는 춤에 맞춰서는 노래하지 않아요. 지금 처지에는 걸맞지 않으니까요."

"그래 노래를 어떻게 부르지? ……자기 자신에게 불러주나?"

"맞아요, 소리를 내서요. 큰 소리는 내지 못하지만, 그래도 남들이 알아들을 수 있을 정도로요. 아까 말씀드렸잖아요, 왜―계집아이가 자주 놀러 온다고요. 그 애는 고아지만, 아주 영리하거든요. 그래서 저는 그 애에게 노래를 가르쳐 줘요. 그 애는 벌써 네 곡이나 배웠죠. 어째 안 믿으시는 것 같은데요? 그럼 가만있자, 당장 들려드리지요……."

루케리아는 숨을 거푸 몰아쉬었다……. 이 산송장이나 다름없는 존재가 노래를 부르려 한다고 생각하니 나도 모르게 무서운 생각이 들었다. 그러나 내가 미처 입을 열기도 전에 내 귀에는 길게 꼬리를 끄는, 들릴락 말락 하지만 맑고 깨끗하고 또렷한 목소리가 들려왔다……. 뒤이어 두 번째 음절, 세 번째 음절……. 루케리아는 〈풀밭에서〉를 불렀다. 화석처럼 표정 없는 얼굴로 눈만 한 군데를 응시한 채 불렀다. 있는 힘을 다 쏟아부은, 가느다란 연기처럼 위태롭게 흔들리는 가련한 목소리는 비길 데 없는 애절함을 띠고 있었다. 그녀는 온 영혼을 쏟아부으려는 것이었다……. 내 공포심은 씻은 듯이 사라졌다. 대신 형언할 수 없는 연민의 정이 내 가슴속을 절절하게 울렸

---

*4 접시 밑에 물건을 놓고 치는 점으로, 접시를 에워싸고 여자들이 노래를 부른다.

*5 12월 24일부터 1월 6일 주현절(主顯節)까지 예수의 성탄을 축하하는 명절.

다.

"아, 역시 안 되겠어요." 그녀가 불쑥 말했다. "기운이 달려서…… 나리를 뵌 게 너무 반가워서 가슴이 벅차올라 그만……"

그녀는 눈을 감았다.

나는 그녀의 작고 차가운 손가락 위에 내 손을 얹었다……. 그녀는 잠시 물끄러미 나를 쳐다보았다—그러나 곧 고대 석상처럼 금빛 속눈썹으로 덮인 까만 눈동자는 다시 감겨버렸다. 얼마쯤 지나자 그 눈은 어슴푸레함 속에서 다시 빛났다……. 눈이 눈물로 젖어 있었다.

나는 여전히 꼼짝 않고 앉아 있었다.

"내가 왜 이렇게 바보같이 굴까!" 루케리아가 갑자기 힘찬 목소리로 말했다. 그녀는 눈을 크게 뜨고, 눈물을 털어버리려고 깜빡였다. "창피하게! 어쩌자고 눈물을 흘렸을까요? 오랫동안 이런 일은 없었는데……. 작년 봄에 바샤 폴랴코프가 여길 찾아온 이후로요. 그이랑 나란히 앉아 이야기를 나누었을 때는 아무렇지도 않았는데, 홀쩍 가버리고 혼자가 된 다음에는 어찌나 울었던지! 왜 눈물이 났을까요? ……하긴 우리 여자들은 아무것도 아닌 일에도 툭하면 눈물을 흘리니까요." 그러더니 그녀는 "나리" 하고 덧붙였다. "손수건 갖고 계시죠? 싫지 않으시다면 제 눈 좀 닦아주시겠어요?"

나는 얼른 그 말대로 했다—손수건은 그냥 루케리아에게 주었다. 루케리아는 처음엔 사양했다. ……"이런 걸 감히 어떻게 받겠어요?" 손수건은 싸구려이긴 했지만, 새하얗고 깨끗했다. 이윽고 그녀는 가녀린 손가락으로 그 손수건을 꼭 쥐고는 절대로 놓으려고 하지 않았다. 어둠에 눈이 익기 시작하자 그녀의 얼굴이 자세히 보였다. 청동색 살갗 아래에 감도는 옅은 홍조까지 다 보였다. 적어도 내겐 그런 기분이 들었으며, 그 얼굴에서 아름다운 옛 흔적을 찾아볼 수 있었다.

"나리, 잠은 좀 자느냐고 물으셨죠?" 루케리아가 다시 입을 열었다. "때때로 잠이 오긴 하는데, 잠이 들면 꼭 꿈을 꿔요—좋은 꿈을요! 꿈속에서 저는 언제나 건강하답니다. 늘 힘이 넘치고 젊은 모습이지요……. 한 가지 슬픈 것은, 잠에서 깼을 때 늘어지게 기지개를 켜고 싶은데 기지개는커녕 쇠사슬에 꽁꽁 감겨 있는 기분이 드는 거예요. 한번은 아주 이상한 꿈을 꿨어요! 괜찮으시면 좀 들려드릴까요? 그럼 들어 보세요. 문득 주위를 둘러보니 저는 들판 한복판에 서 있었어요. 주위에는 금빛으로 잘 익은 키 큰 호밀이 있고요! ……저는 불그스름한 개를 데리고 있었어요. 그런데 어쩌나 심술이 고약한지, 계속 저를 물어뜯으려고 했죠. 또 저는 손에 낫을 들고 있었어요. 평범한 낫이 아니라, 달님이었죠. 왜 달님이 낫 모양을 하고 있을 때가 있잖아요? 저는 그 달님으로 호밀을 죄다 거둬야 했답니다. 하지만 저는 몹시 지쳐 있었어요. 눈부신 달 때문에 머리가 어질어질한 데다 어쩐지 이상하게 나른했거든요. 그런데 주위에는 탐스러운 들국화가 피어 있었어요! 국화들은 모두 제 쪽을 보고 있었지요. 저는 국화를 꺾어야겠다고 생각했어요. 바샤가 오기로 되어 있었기 때문에 화환부터 만들기로 한 거죠. 밀은 나중에 베도 되니까요……

저는 국화를 꺾기 시작했어요. 그런데 아무리 꺾어도 죄다 손가락 사이로 빠져나가 어디론가 사라져 버리는 거예요. 도대체 화환을 만들 수가 없었죠. 그러는 사이에 누가 옆에 와 서더군요. 바로 옆까지 와서 '루샤! 루샤!' 하고 부르질 않겠어요. '……아, 끝내 못 만들고 말았구나!' 저는 생각했죠. 그래서 저는 국화 대신에 달님을 머리 위에 얹었어요. 어차피 똑같다고 생각했거든요. 코코시니크*6처럼 달님을 머리에 쓴 거예요. 그러자 갑자기 온몸에서 빛이 나며 주위가 환해졌어요. 문득 보니—이삭 위를 쏜살같이 달려오는 사람은 바샤가 아니라 틀림없는 예수님이지 뭡니까! 어떻게 그분이 예수님인 줄 알아보았느냐 하시면 저도 말할 수 없어요. ……그림에서 본 모습하고는 달랐지만, 아무튼 그분은 예수님이었어요. 수염이 없고, 키가 크고, 젊은 분이었는데 온통 새하얀 차림을 하고 계셨죠—허리띠는 금색이었지만. 그분이 제게 손을 내밀며 말씀하셨어요. '두려워하지 마라. 아름답게 차려입은 어여쁜 신부여, 내 뒤를 따르라. 천국의 원무를 지휘하고 천국의 노래를 부르라.' 저는 저도 모르게 그 손에 제 몸을 맡겼어요! 개는 제 뒤를 바짝 쫓아왔죠……. 그런데 갑자기 우리는 허공으로 날아오르기 시작했어요! 그분께서 앞장을 서시고요……. 예수님께서는 갈매기처럼 긴 날개를 활짝 펼치셨고, 저는 그 뒤를 따라갔죠! 개는 어쩔 수 없이 지상에 남아야 했고요. 저는 그제야 그 개가 제 병이며, 천국에는 이제 그 개가 있을 곳이 없다는 사실을 깨달았답니다."

*6 러시아 여자들의 민속의상으로 머리에 쓰는 모자.

루케리아는 잠시 입을 다물었다.

"이런 꿈도 꾸었답니다." 그녀는 다시 이야기를 시작했다. "어쩌면 기적이었을지도 모르지만─저도 잘 모르겠어요. 저는 이 오두막 안에 누워 있는 것 같았어요. 그런데 돌아가신 부모님께서 저를 찾아오셨죠. 아버지와 어머니는 제게 정중히 절하시더니 아무 말씀도 없으셨어요. 그래서 저는 물었죠. '아버지, 어머니, 왜 제게 절을 하세요?' 그러자 이러셨어요. '실은 너는 이승에서 가혹한 시련을 겪음으로써 네 영혼을 정화했을 뿐 아니라 우리 어깨에서 무거운 짐도 내려주었다. 그 덕분에 우린 저승에서도 아주 편하게 지낸단다. 넌 이미 네 죄를 모두 씻고, 이제는 우리의 죗값까지 치러주고 있다.' 이 말을 남기시더니 부모님은 다시 저에게 절을 하시고 홀연히 사라지셨죠. 아무리 보아도 두 분이 계시던 자리엔 벽뿐이었어요. 그 뒤 저는 그게 무슨 일이었을까 궁금해졌죠. 고해성사 때 신부님께도 말씀드렸어요. 그런데 신부님은 '그건 기적이었을 리 없다. 기적은 신부에게만 보인다'라고 하셨죠."

"이런 꿈도 꾸었답니다." 루케리아는 말을 이었다. "저는 도로에 있는 버드나무 아래에 앉아 있었어요. 둥글게 깎은 작은 지팡이를 들고, 어깨에는 바랑을 메고, 머리에는 수건을 쓰고─순례자 같은 차림이었죠. 아닌 게 아니라 전 머나먼 어딘가로 순례를 떠나야 했어요. 옆으로는 순례자의 행렬이 끝없이 지나갔지요. 모두 피곤함에 지친 표정이었죠. 다 비슷비슷한 얼굴이었어요. 그때 사람들 사이를 헤집고 다니는 한 여자가 눈에 띄었습니다. 다른 사람들보다 머리 하나 정도 키가 크고, 우리 러시아 복장이 아니라 색다른 옷을 입고 있었죠. 얼굴도 삐쩍 마르고 엄하게 생긴 묘한 얼굴이었어요. 사람들은 한결같이 그녀를 피해 걸었죠. 그때 갑자기 그녀가 몸을 홱 돌리더니 곧장 제게 걸어왔습니다. 그러고는 우뚝 멈춰 서서 저를 물끄러미 바라보았어요. 그 눈은 매처럼 노랗고 부리부리하고 아주 맑았지요. '누구시죠?' 제가 묻자 대답했습니다. '너를 데리러 온 죽음의 신이다.' 저는 무섭기는커녕 기뻐서 어쩔 줄 몰라 성호를 그었습니다! 그러자 그 사신이라는 여자가 말했습니다. '루케리아, 안됐지만 나는 너를 데리고 갈 수 없다. 잘 있거라!' 아! 어찌나 슬프던지요! ……'제발 저를 데리고 가세요, 제발요!' 제가 애원하자 사신이 저를 돌아보며 말했습니다……. 제가 죽을 시각을 알려주는 것 같았는데, 영문을 알 수 없는 불분명한 말이었습니다……. '페트로푸키*7

가 끝난 다음에…….' 이 말을 듣는 순간 저는 잠에서 깼어요……. 저는 이렇게 신기한 꿈들을 꾼답니다!"

루케리아는 눈을 허공에 돌리고…… 깊은 감상에 잠겼다…….

"하지만 슬프게도 일주일 동안 한숨도 자지 못하는 때가 있어요. 작년엔 어떤 부인께서 오셔서 저를 보시더니 수면제를 한 병 주셨지요. 한 번에 열 방울씩 먹으라고 가르쳐 주시더라고요. 그 약은 효과가 좋아서 잘 잘 수 있었지만, 벌써 오래전에 빈 병이 되고 말았어요……. 그게 어떤 약이고 어떻게 구할 수 있는지 혹시 아세요?"

그 부인은 루케리아에게 아편을 준 것이 틀림없다. 나는 그런 약을 한 병 구해 주겠노라 약속했지만, 그녀의 무서운 인내심에 새삼 감탄하지 않을 수 없었다.

"나리도 참!" 그녀가 대꾸했다. "별말씀을 다 하시네요. 이까짓 걸로 인내심이 강하다니요? 인내심으로 말할 것 같으면 성 시메온인가 하는 분을 따라갈 수는 없죠. 30년이나 기둥 위에 서 계셨잖아요! 또 어떤 성인은 스스로 가슴께까지 땅속에 파묻히고는, 개미가 얼굴을 뜯어먹는 걸 그냥 참으셨대요. ……그리고 이건 어떤 선생님*8께서 들려주신 말씀인데요, 어떤 나라가 있었는데 터키인한테 침략을 당했어요. 그 나라 백성들은 마구 학살당하고 핍박을 받았죠. 그 백성들은 적의 손아귀에서 벗어나려고 죽을힘을 다해 발버둥쳤지만 소용없었어요. 그때 백성 중에서 커다란 칼을 들고 2푸드나 되는 갑주를 입은 성녀가 나타나 터키군을 공격해서 적들을 모조리 바다 너머로 내몰았대요. 그런데 적들을 몰아내고 나자 그녀가 적들에게 이러더랍니다. '이제 나를 화형에 처하세요. 난 민족을 위해 불에 타 죽기로 맹세했으니까.' 터키인들은 그녀를 붙잡아 화형에 처했답니다. 그때부터 그 민족은 영원한 자유를 누리게 되었다는군요! 이것이야말로 진짜 고행이죠! 저 같은 건 댈 것도 아니라니까요!"

잔 다르크*9 이야기가 어떤 경위로 그녀의 귀에까지 들어갔는지 참으로 놀

---

*7 성 베드로 대축일(6월 29일) 전의 정진(精進) 기간.

*8 마을 사람들에게 읽기와 쓰기를 가르쳐 주는 사람.

*9 실제로 적은 영국(앙그리차니)군이었다. 루케리아가 말한 터키인은 '아가리차니'이다. 발음이 비슷해서 혼동한 것으로 보인다.

라왔다. 나는 잠시 입을 다물고 있다가 루케리아에게 그 성녀가 몇 살이었는지 아느냐고 물어보았다.

"스물여덟인가…… 아홉…… 서른까지는 아닐 것 같은데요. 그런데 어째서 나이 같은 건 따지세요! 그보다도 저는 이야기가 아직 남아 있어요……."

루케리아가 갑자기 쿨럭쿨럭 기침을 하더니 가쁘게 한숨을 쉬었다.

"그렇게 말을 많이 하니까," 내가 말했다. "기침을 하지."

"맞아요." 그녀가 들릴 듯 말 듯 속삭였다. "이야기는 그만두어야 하겠지요. 이제 상관없어요! 나리께서 가버리시면 질리도록 입을 다물고 있을 수 있으니까요. 아무튼, 덕분에 가슴이 후련해졌어요……."

나는 작별인사를 하려고 했다. 약을 보내주겠다고 다시 한 번 약속한 뒤, 곰곰이 생각해 보고 뭐 필요한 게 있으면 말하라고 재촉했다.

"아무것도 필요 없어요. 덕분에 이대로도 부족함 없이 지내는걸요." 아주 힘겹게, 그러나 감개무량한 듯이 말했다. "다들 건강하셨으면 좋겠어요! 그런데 나리, 마님께 한 말씀만 올려주시겠어요? 이 마을 농부들은 모두 가난하니까 연공을 조금이라도 낮춰주실 순 없으신지요. 농부들은 땅도 부족하고 부수입도 없거든요……. 그렇게 말씀드려 주신다면 정말 감사하겠어요……. 하지만 저는 필요한 게 없답니다. 저는 이대로 충분해요."

루케리아의 소원을 들어주겠노라 맹세하고 문간까지 걸어갔을 때, 그녀가 다시 나를 불렀다.

"기억하시죠, 나리?" 그녀가 말했다. 그녀의 눈과 입술 위로 신비로운 빛이 스쳐 지나갔다. "제가 어떤 모양으로 머리를 땋아 내렸는지 기억하시죠? 무릎까지 내려왔잖아요! 저는 오랫동안 포기할 수 없었답니다……, 그 탐스러운 머리카락을요! ……하지만 이런 꼴로 어떻게 머리를 빗을 수 있겠어요? ……그래서 잘라버리고 말았답니다. ……그 ……그럼 안녕히 가세요, 나리! 이젠 정말 말하기가 힘드네요……."

그날 사냥을 나가기 전에 나는 농장 감독과 루케리아에 관해 이야기했다. 감독은 루케리아가 마을에서는 "살아 있는 시체"로 통한다는 이야기, 그런 처지에 있으면서도 마을 사람들에게 민폐를 끼치지 않는다는 이야기, 그녀 입에서 한 번도 불평불만을 들은 적이 없다는 이야기 등을 말했다. "자기 입으로 뭘 해달라는 말은 절대로 하지 않아요. 하지만 뭘 해주면 무척 고마워하죠. 정말 세상에서 그렇게 착한 사람은 보다보다 처음 봅니다." 감독은 이렇게 말을 맺었다. "죄를 지어서 천벌을 받은 거로 생각하는 사람도 있겠지만, 우린 그렇게 생각하지 않아요. 죄가 있는지 아닌지 따져야 한다면—아니, 우린 그러고 싶지 않습니다. 그냥 놔두는 게 좋습니다!"

＊　　＊　　＊　　＊　　＊

몇 주일 뒤 나는 루케리아가 죽었다는 소식을 들었다. 다시 말해, 죽음의 신(神)이…… "페트로푸키가 끝난 다음에" 그녀를 찾아온 것이다. 사람들 말로는 임종 때 루케리아의 귀에는 줄곧 종소리라 들렸다고 한다—그러나 알렉세예프카에서 교회는 5베르스타나 떨어진 데다 그날은 일요일도 축일도 아니었다. 더구나 루케리아는 그 소리가 교회에서 들려오는 것이 아니라 "위에서" 들려온다고 말했다고 한다—감히 "천국에서"라고 말하지 못한 것이리라.

소리가 들린다!

"잠깐 드릴 말씀이 있는데요." 예르몰라이가 오두막 안으로 들어와 말했다. 나는 식사를 막 마치고 야영용 침대에 누우려던 참이었다. 사냥한 수확물은 많았지만, 꿩을 쫓아다니느라 힘이 들어 잠깐 쉬고 싶었던 것이다. 7월 중순으로, 혹독한 더위였다……. "저, 드릴 말씀은 총알이 다 떨어졌다는 겁니다."

나는 침대에서 벌떡 일어났다.

"다 떨어졌다니! 어째서, 벌써! 마을에서 거의 30푼트*1는 가져왔잖나! 한 자루 가득 말이야."

"그야 그랬죠. 큰 자루였으니 2주일분은 족히 됐었죠. 저도 어떻게 된 일인지 통 모르겠습니다! 구멍이라도 났나? 어쨌든 총알이 없습니다……. 열 발 정도는 남아 있지만."

"그럼 어떡하지? 한창 좋을 때 이게 웬 날벼락이람—내일은 새끼를 거느린 놈 여섯 쌍쯤은 문제없었을 텐데……."

"그럼 저를 툴라까지 보내주세요. 여기서는 4베르스타쯤 되니, 그리 멀지 않습니다. 분부만 하시면 단숨에 날아가서 총알 40푼트쯤 가지고 돌아오죠."

"그런데 언제 간다는 거야?"

"당장에라도요. 꾸물거릴 거 뭐 있습니까? 다만 말을 좀 구해 주시면……."

"왜 말을 구해야 하지? 우리 말은 안 되는 거야?"

"우리 말은 달릴 수 없습니다. 가운데 말이 다리를 절기 시작했거든요. ……아주 심하게요!"

"언제부터 그리됐는데?"

---

*1 러시아에서 쓰는 무게의 단위. 1푼트는 약 407.7그램에 해당한다.

"요전에 마부가 편자를 박으러 데리고 갔는데, 편자를 박긴 박았지만 재수 없게도 대장장이가 솜씨가 형편없었나 봐요. 지금은 발도 디디지 못하는 형편입니다. 아픈 게 앞발인데, 그걸 개처럼 쳐들고 있어요."

"그럼 어째? 적어도 편자는 빼줬겠지?"

"아뇨, 아직 그대로 있어요. 곧 빼줘야겠군요. 분명 못이 살에 박힌 겁니다."

나는 마부를 불러오라 했다. 예르몰라이의 말은 사실이었다. 가운데 말은 확실히 발을 딛지 못했다. 나는 즉시 편자를 빼고 축축한 진흙 위에 세워 놓으라고 지시했다.

"저는 어쩔까요? 말을 구해서 툴라로 갈까요?" 예르몰라이가 끈덕지게 달라붙었다.

"이런 벽지에서 무슨 수로 말을 구한단 말인가?" 나는 답답한 마음에 그만 버럭 소리를 지르고 말았다⋯⋯.

우리가 머물던 마을은 인가도 드문 황량한 곳으로, 마을 주민은 모두 찢어지게 가난했다. 고생 끝에 우리는 굴뚝이 달린 난로는 없지만 그래도 제법 넓은 오두막을 발견했던 것이다.

"빌릴 수 있습니다." 예르몰라이가 여느 때처럼 태연하게 대답했다. "여긴 나리 말씀대로 황량한 곳이지만, 이런 마을에도 아주 영리하고 돈 많은 농부가 하나 살았거든요! 말을 아홉 마리나 갖고 있었죠. 그 사람은 벌써 죽고, 지금은 맏아들이 모든 일을 맡아봅니다. 그자는 세상에 둘도 없는 바보지만, 아버지가 남긴 재산을 어찌어찌 지켜내고는 있지요. 그자에게 부탁하면 말을 빌릴 수 있을 겁니다. 분부하시면 가서 데리고 오겠습니다. 동생들은 약아빠졌다고들 합니다만⋯⋯ 그래도 역시 그자가 왕이니까요."

"그건 또 왜?"

"왜냐니요? 그가 맏아들이니까 그렇죠. 아우란 모름지기 형님의 말을 잘 들어야 한다 이겁니다!" 이렇게 말하고 예르몰라이는 동생이라는 존재에 관하여 여기에 다 쓸 수 없을 정도로 장광설을 늘어놓았다. "그자를 데리고 오겠습니다. 그자는 어수룩해서 까다롭게 굴지 않을 겁니다."

예르몰라이가 그 '어수룩한' 사나이를 부르러 간 사이에, 차라리 내가 직접 툴라에 갔다 오는 편이 낫지 않을까 하는 생각이 들었다. 첫째로, 나는 지금까지의 내 경험에 비추어 예르몰라이를 그다지 신용하지 않았다. 한번은 뭘 좀 사오라고 시내로 보냈는데, 시킨 물건을 하루 만에 죄다 구해 오겠노라고 약속해 놓고 일주일이나 행방이 묘연하더니 돈은 돈대로 다 쓰고, 더구나 갈 때는 마차를 타고 갔는데 올 때는 걸어서 돌아왔다. 둘째로, 툴라에는 내가 아는 거간꾼이 살았다. 그자에게 말을 한 필 사서, 다리를 저는 말 대신 쓸까 생각했던 것이다.

'그렇게 하자!' 나는 생각했다. '직접 가자. 도중에 졸리면 잘 수도 있고 —다행히 이 여행마차는 아늑해서 자기 좋으니까.'

*   *   *   *   *

"데리고 왔습니다!" 15분쯤 지나자 예르몰라이가 오두막으로 뛰어들어오며 소리쳤다. 그의 뒤를 따라 흰 루바시카를 입고 파란 바지에 짚신을 신은 키 큰 농부가 들어왔다. 눈썹과 속눈썹이 다 희끄무레하고, 눈은 흐리멍덩하고, 기다란 주먹코에 뾰족한 붉은 수염을 기르고, 입을 헤벌리고 있었다. 확실히 '어리숙해' 보였다.

"나리," 예르몰라이가 말했다. "이자가 말을 갖고 있습니다. 벌써 빌려주겠다고 약속했어요."

"예, 그러니까, 제가……." 농부가 숱 없는 머리카락을 흔들고 두 손으로 모자 테를 만지작거리면서 조금 갈라진 목소리로 우물쭈물 말했다. "제가, 예……."

"자넨 이름이 뭔가?" 내가 물었다.

농부는 고개를 푹 수그리고 한참 동안 무엇을 생각하는 눈치였다. "제 이름 말씀이십니까?"

"그래, 뭐라고 부르지?"

"아, 제 이름은—필로페입니다."

"그래, 필로페, 자네가 말을 갖고 있다고 하던데. 말 세 필만 끌고 올 수 있겠나? 내 마차에 매려고 하네만—아, 가벼운 마차니 걱정하지 말게. 그리고 툴라까지 안내해 줄 수 있겠나? 마침 오늘 밤은 달도 밝고 날씨도 선선하니 가기 좋을 걸세. 그런데 이 근처는 길 상태가 어떤가?"

"길이요? 길은—괜찮습니다. 큰길까지는 다 합쳐서 20베르스타쯤 될 겁니다. 다만 한 군데…… 좀 으스스한 데가 있지만, 그 밖에는 뭐 괜찮습니다."

"으스스한 데라니 어떤 곳인데?"

"작은 강의 여울을 건너야 하거든요."

"그런데 나리, 직접 툴라에 가시려고요?" 예르몰라이가 물었다.

"그래."

"아니!" 내 충실한 하인이 이렇게 말하며 머리를 흔들었다. "아아니!" 그는 이 말을 되풀이하며 침을 탁 뱉고 밖으로 나갔다.

예르몰라이의 눈에서 툴라행에 대한 관심이 급속도로 떨어지는 것이 훤히 보였다. 예르몰라이에게는 이제 시시하고 별 흥미 없는 일이 되어버린 것이다.

"길은 잘 아나?" 나는 필로페에게 물었다.

"물론이죠. 길을 잘 알다마다요. 다만, 말하자면 그렇게 갑작스럽게……."

눈치를 보아하니, 예르몰라이는 필로페를 바보 취급하여 "말을 빌려주면 돈을 주겠다"고만 말했을 뿐 자세한 설명은 하지 않은 것 같았다! 필로페는 바보는 틀림없었지만—예르몰라이의 말이다—그런 두루뭉술한 말만으로는 받아들이지 않았다. 마침내 그는 내게 50루블짜리 어음을 끊어 달라고 요구했다—터무니없는 금액이었다. 나는 10루블이라면 주겠노라고 말했다. 우리는 흥정을 시작했다. 필로페는 처음에는 완강하게 버티더니 이윽고 조금씩 양보하기 시작했다. 아주 잠깐 예르몰라이가 들어와 내게 귀띔했다. "이 바보는(이렇게 말하자 필로페가 '또 시작이군!' 하고 나지막이 지껄였다) 돈 계산은 젬병이에요." 그러고는 자기 어머니가 큰길 두 개가 교차하는 번잡한 지점에 낸 여관이 20년 전쯤에 쫄딱 망했다는 이야기를 꺼내면서, 그게 다 회계를 맡아 보던 늙은 하인이 돈 헤아릴 줄을 몰라 수만 많으면 이득인 줄 알았기 때문이다—일례를 들자면, 5코페이카짜리 동화를 여섯 닢 내줘야 할 것을 25코페이카짜리 은화 한 닢을 내주고는[*2] 욕을 바가지로 해댔기 때문이

[*2] 옛날에는 5코페이카 동화 다섯 닢이 25코페이카 은화 한 닢과 같은 가치를 지녔다. 그것이 1843년 1월 1일 이후에는 동화로 25코페이카가 은화로 7코페이카 반의 가치밖에 지니지 않게 되었다. 니콜라이 1세가 정한 태환제도를 따른 것으로, 10코페이카 동화는 은화 3코

라고 설명했다.

"야, 필로페, 이 필로페 같은 녀석아!" 마침내 예르몰라이는 이렇게 외치고 화가 나서 문을 쾅 닫고 나가버렸다.

필로페는 그런 말에도 대꾸 한마디 하지 않았다. 그는 필로페*3라는 소리를 듣는 것은 별로 기분 좋은 일이 아니지만 그것은 세례 때 좀더 평범한 이름을 붙여주지 않은 신부 탓이며, 기왕 그런 이름으로 불리는 이상 놀림을 당해도 어쩔 수 없다고 포기한 듯했다.

어쨌든 우리는 마침내 20루블로 낙착을 보았다. 필로페는 말을 가지러 갔다가 한 시간이나 지나, 그중에서 고를 수 있도록 다섯 필을 끌고서 돌아왔다. 갈기와 꼬리가 심하게 엉키고 배는 불룩한 장구배 같았지만, 제법 길이 잘 든 좋은 말이었다. 필로페와 그의 두 동생도 함께 왔는데, 둘 다 형과는 조금도 닮지 않았다. 왜소한 몸집에 눈이 까맣고 코가 뾰족한 것이 확실히 '약삭빠른' 인상을 주었다. 그들은 빠른 말투로—예르몰라이의 표현을 빌리자면 쉴 새 없이 '나불거렸다.' 그래도 형의 말은 잘 들었다.

그들은 처마 밑에서 마차를 끌어내더니, 고삐를 느슨하게 풀었다가 조였다가 하면서 한 시간 반 정도 마차와 말을 돌보았다. 두 동생은 갈색 말을 가운데에 매고 싶어했다. 그 말이 내리막길을 잘 달린다는 이유에서였다. 그러나 필로페는 털이 곱슬곱슬한 말을 골랐다. 결국, 곱슬곱슬한 말을 가운데에 맸다.

마차에는 마른풀을 잔뜩 싣고, 의자 아래에는 절름발이가 된 말의 멍에를 넣어 두었다—툴라에서 새로 살 말에 씌우기 위해서였다. ……집으로 달려갔던 필로페가 아버지에게서 물려받은 길고 하얀 저고리에 높다란 밀짚모자를 쓰고, 기름칠 한 장화를 신고 돌아와서는 아주 엄숙하게 마부석에 올랐다. 나도 시계를 보면서 앉았다. 10시 15분이 지나 있었다. 예르몰라이는 인사도 하지 않은 채, 애꿎은 자기 개 발레트카를 쥐어박고 있었다. 필로페가 고삐를 당기며 기어들어가는 목소리로 말했다. "이랴, 이랴!" 동생들이 양쪽에서 달려와 보조 말들의 옆구리를 채찍으로 갈겼다. 마차가 움직였다.

페이카와 같은 가치였다. 이 예에서 하인은 은화로 17코페이카(동화로 환산하면 58코페이카 반)을 손해 본 셈이다.

*3 드문 이름으로, 듣는 이에게 경멸감을 불러일으키는 우스꽝스러운 이름.

문을 빠져나와 큰길로 들어서자 곱슬 말이 자기 집으로 방향을 틀었으나, 필로페가 채찍을 대여섯 번 휘둘러 바로잡았다. 우리는 순식간에 마을을 벗어나, 개암나무가 좌우로 울창하게 이어진 평지로 나왔다.

마차를 몰기에는 더없이 좋은 조용하고 멋진 밤이었다. 바람이 나지막한 나무 위로 살랑살랑 스치고 지나가며 나뭇가지를 흔드는가 하더니 이내 쥐 죽은 듯이 고요해졌다. 하늘에는 움직이지도 않고 제자리에 있는 은빛 작은 구름이 보이고, 달은 높은 곳에서 형형하게 빛나며 주위를 비추었다. 나는 건초 위에 누워 꾸벅꾸벅 졸았다. ……그러다가 문득 '으스스한 곳'이 생각나서 오싹해졌다.

"필로페! 여울까지 아직 멀었나?"

"여울이요? 8베르스타쯤 남았습니다.

'8베르스타.' 나는 생각했다. '그렇다면 최소한 한 시간은 걸리겠군. 한잠 잘 수 있겠어.' 나는 다시 물었다. "필로페, 길은 잘 알겠지?"

"여부가 있겠습니까. 처음 오는 길도 아닌데요……."

그러고는 몇 마디를 더 말했는데, 이미 내 귀에는 들어오지 않았다……. 어느새 잠이 든 것이었다.

*　　*　　*　　*　　*

흔히 있는 일이지만, 나는 딱 한 시간만 잘 생각이었으나 눈이 떠지지 않았다. 희미하기는 하나 철썩철썩하는 이상한 소리를 잠결에 듣고서야 겨우 잠에서 깼다. 나는 고개를 들었다……

이렇게 놀라운 일이 있을까? 나는 여전히 마차 안에 누워 있었지만, 마차 주위는 사방 한 자 이내가 온통 물바다였다. 잔물결이 달빛에 비쳐 반짝거리며 일렁였다. 앞쪽 마부석에는 고개를 수그리고 등을 구부정하게 한 필로페가 조각상처럼 앉아 있고, 그 너머에는 쏴아쏴아 소리를 내고 있는 물 위로 멍에의 곡선과 말의 머리와 등이 보였다. 모든 것이 소리도 내지 않은 채 정지 상태에 있었다—요술 나라나 꿈속이나 동화 속 꿈나라에 있는 기분이었다……. 대체 어찌 된 일일까? 나는 마차 지붕 밑으로 뒤돌아보았다……. 우리는 강 한복판에 있었다. ……기슭까지는 30보나 되었다!

"필로페!" 나는 외쳤다.

"왜 그러십니까?" 그가 대꾸했다.

"왜 그러느냐고? 기가 막히는군! 대체 여긴 어딘가?"

"강 한가운데요."

"강 한가운데라는 것쯤은 나도 아네. 그러나저러나 이러다 금세 가라앉겠네. 자넨 늘 이런 식으로 여울을 건너나? 응? 아니, 자네 졸고 있지 않나! 이봐!"

"길을 좀 잘못 들었습니다." 내 마부가 말했다. "한쪽으로 너무 치우쳐 버렸어요. 죄송합니다. 하지만 잠시 기다리는 수밖에 없어요."

"뭐? 잠시 기다려야 한다고? 대체 뭘?"

"예, 실은 이 곱슬이가 주위를 둘러보게 하고 있거든요. 녀석이 움직이는 대로 가면 됩니다."

나는 마른풀 위에서 몸을 일으켰다. 가운데 말의 머리는 물 위에서 꼼짝도 하지 않았다. 밝은 달빛에 한쪽 귀가 보일 듯 말 듯 앞뒤로 움직일 뿐이었다.

"저 곱슬 말도 졸고 있지 않은가!"

"아니요." 필로페가 대답했다. "녀석은 지금 물 냄새를 맡는 겁니다."

다시 모든 것이 고요해졌다. 여전히 졸졸 물 흐르는 소리만 들렸다. 나도 덩달아 멍해졌다.

달빛과 밤과 강과 물살에 갇힌 우리…….

"저 쉰 목소리는 뭐지?" 내가 필로페에게 물었다.

"저거요? 갈대밭에 있는 오리 소리죠. ……뱀이거나."

갑자기 가운데 말의 머리가 움찔거리고 두 귀가 쫑긋 서더니 이히힝 울며 움직이기 시작했다. "이랴, 이랴, 이랴, 이랴!" 필로페가 목소리를 쥐어짜 내 고함을 지르고는 몸을 들어 채찍을 휘두르기 시작했다. 마차가 곧 멈춰 있던 자리에서 벗어나 물살을 헤치고 덜컹덜컹 흔들리면서 앞으로 앞으로 나아갔다……. 처음에는 점점 깊이 잠기는 듯하더니 두세 번 심하게 요동치고 웅덩이에 빠지고 한 뒤에는 수면이 급격히 낮아진 듯이 느껴졌다……. 마치 마차가 물속에서 태어나 뭍으로 나오는 것처럼 수면이 계속해서 낮아졌다. ―어느새 바퀴와 말 꼬리가 보이기 시작했다. 이번에는 힘차게 물보라를 일으켜, 수많은 다이아몬드처럼―아니, 다이아몬드가 아니라 사파이어처럼 어슴푸레한 달빛 아래 물방울을 비처럼 흩뿌리면서 말들은 즐겁게 힘을 합쳐 우리를 기슭의 모래밭으로 끌어올렸다. 그러고는 달빛에 빛나는 젖은 다리를 어지럽게 움직이면서 산 쪽으로 길을 잡아 달렸다.

'필로페가' 나는 문득 생각했다. '뭐라고 말할까? "보세요, 제가 뭐랬습니까!" 이런 말을 하겠지?' 그러나 그는 아무 말도 하지 않았다. 나도 그의 부주의를 탓할 것까지는 없다는 생각에 마른풀에 드러누워 다시 한 번 단잠을 청했다.

＊　＊　＊　＊　＊

그러나 나는 잘 수 없었다. 사냥이 그다지 피로하지 않았다거나 방금 겪은 일 때문에 불안감이 졸음을 쫓아버린 것이 아니라 지금 너무나도 아름다운 곳을 달리고 있기 때문이었다. 넓고 푸른 비옥한 초원이 보였다—그 안에는 무수한 작은 풀밭, 늪과 개울과 후미진 곳이 있고, 가장자리에는 버드나무 숲이며 무성한 물버들이 보였다. —러시아인이 좋아할 만한 아주 러시아다운 곳으로, 우리나라의 옛 전설에 나오는 용사들이 말을 타고 새하얀 백조며 잿빛 물오리를 잡으러 나갔던 사냥터를 떠올리게 했다. 오가는 마차의 바퀴로 다져진 길이 노란 리본처럼 굽이쳤다. 말은 경쾌하게 달리고, 나는 잠을 잘 수가 없었다—그 경치에 홀딱 빠져 있었던 것이다! 모든 사물이 정다운 달빛을 받아 두둥실 떠올랐다가 휙 지나갔다. 필로페도 그 경치를 보고 감동한 듯 보였다.

"여긴 성 예고르의 초원이라는 곳입니다." 그가 나를 돌아보며 말했다. "이 앞에는 대공의 초원이라는 곳이 있지만, 이렇게 훌륭한 초원은 러시아 어디를 뒤져 봐도 없을 겁니다⋯⋯. 정말이지 경치 한번 기가 막히는군요!" 가운데 말이 이히힝 울더니 몸을 부르르 떨었다⋯⋯. "이놈이 왜 난리야⋯⋯!" 필로페가 나지막한 목소리로 점잖게 말했다. "정말 기가 막힌 경치로구나!" 그는 이 말을 되풀이하며 한숨을 쉬고는 긴 신음을 내뱉었다. "곧 마른풀을 베어들일 텐데 이 많은 것을 다 베려면 보통 일이 아니겠네요! 후미에는 물고기도 살지요. 이렇게 큰 잉어가요!" 그는 말꼬리를 길게 끌며 덧붙였다. "아무튼, 세상은 살고 볼 일이야."

그가 갑자기 한 손을 쳐들었다.

"어라! 저길 보세요! 늪 위에…… 저기 서 있는 게 왜가리인가요? 왜가리는 밤에도 물고기를 잡아먹나 보지요? 어이쿠! 왜가리가 아니라 나뭇가지였구먼. 아, 잘못 봤습니다. 달님한테는 늘 속아 넘어간다니까요."

우리는 그런 식으로 계속 앞으로 나아갔다……. 어느덧 초원 끄트머리에 닿아 작은 숲과 경작된 밭이 보이기 시작했다. 한쪽에는 작은 마을이 보였는데 드문드문 등불이 켜져 있었다. 이제 큰길까지는 5베르스타면 되었다. 나는 곤히 잠들었다.

이번에도 나는 스스로 눈을 뜨지 못했다. 이번에는 필로페의 목소리에 잠이 깼다.

"나리, ……저, 나리!"

나는 일어났다. 마차는 평평한 큰길 한복판에 서 있었다. 필로페가 마부석에서 나를 돌아보고 눈을 휘둥그레 뜨고서(나는 그 눈을 보고 깜짝 놀랐다. 지금까지 그의 눈이 그렇게 클 줄은 꿈에도 생각하지 못했던 것이다) 묘한 목소리로 은밀히 속삭였다.

"소리가 납니다! ……소리가 나요!"

"뭐라고?"

"소리가 난다고요! 아래로 구부리고 들어 보세요. 들리지 않으세요?"

나는 마차에서 머리를 내밀고 숨을 죽였다. 확실히 어디선가 먼 곳에서—우리보다 훨씬 뒤쪽에서—마차 바퀴 소리 같은 희미한 소리가 띄엄띄엄 들려왔다.

"들리시죠?" 필로페가 다시 물었다.

"그래, 들리네." 나는 대답했다. "마차가 오는 소리 같은데."

"아, 못 들으셨군요. ……이 소립니다! 탬버린 소리…… 그리고 휘파람 소리……. 안 들리세요? 모자를 벗고 들어 보세요. ……더 잘 들릴 겁니다."

나는 모자는 벗지 않고 대신 귀를 쫑긋 세웠다. "음, 그렇군. ……그런 것 같군. 그런데 저 소리가 어쨌다는 건가?"

필로페가 얼굴을 앞으로 돌렸다.

"마차가 오고 있어요……. 짐도 싣지 않고 쇠바퀴를 단 마차가." 이렇게 말하고 고삐를 잡았다. "나리, 못된 놈들이 오고 있어요. 여기 툴라 근방엔 악당이 많거든요…….”

“실없는 소릴! 어째서 악당이라고 확신하지?”

“틀림없다니까요. —탬버린을 가지고…… 빈 마차를 탔으니…… 뻔하지 않습니까?”

“흠. 툴라까지는 아직 멀었나?”

“아직 15베르스타 남았습니다. 이 근처엔 인가가 한 채도 없어요.”

“그럼 더 빨리 달리게. 꾸물거려 좋을 거 없으니.”

필로페가 채찍을 휘두르자 마차가 다시 움직이기 시작했다.

*　*　*　*　*

필로페의 말을 곧이곧대로 믿는 것은 아니지만, 나는 잠이 오지 않았다. ‘그 말이 사실이면 어쩌지?’—이런 불길한 생각이 들기 시작했던 것이다. 나는 마차 안에 앉아—그때까지는 누워 있었지만—사방을 두리번거리기 시작했다. 내가 잠든 동안—땅 위에는 내려앉지 않았으나—옅은 안개가 끼어 있었다. 꽤 높게 깔려 있어서 달은 그 속에 젖빛 점처럼 걸려 있었다. 자욱한 연기 안에 있는 것처럼 보였다. 지면 가까운 곳은 비교적 시야가 맑았으나, 대부분은 흐릿해서 분간할 수 없었다. 눈에 들어오는 것이라고는 휑한 벌판뿐이었고 보이는 것은 온통 밭이었다. 어쩌다 풀숲이며 골짜기가 보였지만, 다시 밭으로 바뀌었다. 그것도 대부분은 휴경지여서 잡초가 조금 자라 있을 뿐이었다. 죽음과도 같은…… 공허! 어디서 메추라기라도 울어주었으면!

우리는 반 시간가량 달렸다. 필로페는 줄곧 채찍을 휘두르고 혀를 차고 했지만, 둘 다 말은 없었다. 그러는 사이에 드디어 언덕배기에 올랐다……. 필로페가 말들을 세우고 얼른 말했다.

“소리가 납니다……. 소리가…… 납니다, 나리!”

나는 다시 마차 밖으로 얼굴을 내밀었다. 그러나 지붕 아래에 그냥 있어도 좋을 뻔했다. 그 정도로 이제는—아직 멀기는 하지만—마차 바퀴 소리, 휘파람 소리, 탬버린을 짤랑짤랑 울리는 소리, 말발굽 소리까지 똑똑히 들리기 시작했다. 이어서 노랫소리며 웃음소리까지 들리는 듯했다. 바람이 그쪽에서 불어오고 있기는 했으나, 낯선 여행객이 불과 1베르스타, 어쩌면 2베르스타 떨어진 곳에서 이쪽을 향해 다가오는 것은 사실이었다.

필로페와 나는 얼굴을 마주 보았다. 그가 모자를 이마 쪽으로 당겨쓰고, 고삐에 매달리다시피 하고서 다짜고짜 말을 채찍질하기 시작했다. 말은 쏜살같이 내달렸지만, 오래가지 못하고 다시 걸음을 늦추고 말았다. 필로페가 계속해서 채찍을 내리쳤다. 기필코 도망가야 한다!

나는 조금 전만 해도 필로페와 같은 생각을 하지 않았지만, 어찌 된 영문인지 이번에는 갑자기 뒤에서 노상강도들이 오고 있다는 강한 확신이 들었다……. 별로 새로운 소리를 들은 것은 아니었다. 똑같은 탬버린 소리, 똑같은 빈 마차 소리, 똑같은 휘파람 소리, 똑같은 노랫소리와 웃음소리……. 이제 나는 의심하지 않았다. 필로페가 틀렸을 리 없다!

다시 20분 정도를 달렸다……. 이 20분이 끝날 무렵에는 우리 마차가 덜컹대는 소리에 섞여 다른 마차가 덜컹대는 소리가 들려왔다…….

"멈추게, 필로페." 내가 말했다. "어차피 소용없어. —어차피 도망갈 길은 없어."

필로페가 겁먹은 목소리로 "워이!" 하고 말했다. 말들은 쉬게 되어 기쁘다는 듯이 우뚝 멈추었다.

이제는 꼼짝없이 죽었구나! 탬버린 소리가 바로 뒤에서 줄기차게 울렸다. 마차가 덜컹거렸다. 사람들이 휘파람을 불고, 고함치고, 노래했다. 말이 이히힝 울고, 발굽으로 땅을 찼다…….

따라잡혔다!

"운이 나쁘네요." 필로페가 나직한 목소리로 맥없이 말했다. 그러고서 혀를 끌끌 차더니 다시 말을 몰려고 했다. 그 순간 무언가가 무시무시한 소리를 내며 불쑥 튀어나왔다. 곧 앙상한 말 세 필이 끄는 커다란 마차 한 대가 돌풍처럼 잽싸게 우리를 앞질러 달려가더니 이내 속도를 늦추며 앞길을 가로막았다.

"노상강도가 틀림없습니다." 필로페가 중얼거렸다.

솔직히 나는 심장이 멎는 것만 같았다……. 하지만 용기를 내어, 안개로 뒤덮인 어슴푸레한 달빛 속을 지켜보았다. 앞 마차에는 루바시카를 입고 싸구려 외투의 앞자락을 풀어헤친 사내 여섯 명이 더러는 앉고 더러는 누워 있었다. 두 명은 모자도 쓰지 않았다. 장화를 신은 커다란 발이 마차 옆으로 늘어져 흔들거리고, 팔은 제멋대로 올라갔다 내려갔다 했다……. 몸이 앞뒤로 휘청거렸다……. 분명히 술 취한 사람들이었다. 고래고래 고함을 지르는 자가 있는가 하면, 어떤 이는 날카로운 휘파람으로 명랑한 곡조를 노래하고, 어떤 이는 욕설을 퍼붓고 있었다. 마부가 앉는 자리에는 무릎까지 오는 털가죽 외투를 입은 커다란 사나이가 고삐를 쥐고 앉아 있었다. 그들은 우리에게는 관심도 없다는 듯이 유유히 말을 달렸다.

어찌해야 좋을까? 우리도 마지못해 천천히 뒤를 따라갔다…….

2마장쯤은 이런 식으로 쫓아갔다. 무슨 일이 벌어질까 긴장하는 것은 고통스러웠다……. 도망치거나 방어하는 일은 생각조차 할 수 없었다! 저쪽은 여섯 명이지만, 이쪽은 지팡이 하나 들고 있지 않은 것이다! 되돌아갈까? 그래 봤자 순식간에 따라잡힐 것이 분명했다. 문득 주콥스키의 시(여기서 그는 카멘스키 원수*4의 비통한 죽음을 노래했다)가 생각났다.

탐욕스러운 폭도의 도끼가…….

아니면 더러운 노끈으로 목을 졸리고…… 도랑에 던져져……, 덫에 걸린 토끼처럼 쉰 목소리로 몸부림치게 될 것이다…….

이 무슨 흉한 꼴이란 말인가!

그들은 여전히 우리는 거들떠보지도 않은 채 느긋하게 달렸다.

"필로페!" 내가 속삭였다. "오른쪽으로 살짝 빠져나갈 수 있는지 한번 해 봐."

펠로페는 오른쪽으로 마차를 붙였다……. 그러자 상대방도 오른쪽으로 마차를 붙였다……. 빠져나갈 수가 없었다.

필로페가 왼쪽으로 다시 시도했다. ……그러나 상대방은 이번에도 마차를 통과시켜 주지 않았다. 오히려 배를 잡고 웃어대기까지 했다. 절대로 비켜주지 않겠다는 의미였다.

"노상강도가 분명합니다." 필로페가 어깨 너머로 내게 속삭였다.

"그런데 뭘 기다리는 거지?" 나도 속삭이듯 물었다.

---

*4 주콥스키(1783~1852)의 시 〈원수 카멘스키 백작의 죽음을 애도하며〉 마지막 행에 "탐욕스러운 폭도의 도끼가 위협적으로 사냥감을 기다린다"는 구절이 있다.

"저 앞…… 분지에 있는…… 강에 걸친…… 다리…… 거기서 우릴 어떻게 하려는 겁니다! 놈들이 늘 쓰는 수법이지요……. 다리 옆에서. 뻔한 수법이라니까요, 나리!" 이렇게 말하고 그는 한숨을 섞어 덧붙였다. "절대로 산 채로 돌려보내 주지 않을 겁니다. 정체가 들통 나면 큰일이니까요. 걱정되는 게 딱 한 가지 있습니다, 나리. 이 말이 없어지면 동생들한테 남은 말은 이제 없다는 거죠."

나는 그 말을 듣고 놀랐다. 이런 긴박한 상황에서 용케도 말 따위를 걱정하는구나 하고. ─솔직히 말해 나는 필로페를 걱정할 여유가 없었던 것이다……. '정말로 죽일까?' 나는 속으로 이 물음만 반복하고 있었다. '하지만 뭣 때문에 죽이지? 가진 건 다 내줄 텐데.'

다리가 점점 가까워져 오더니 뚜렷이 보이기 시작했다.

갑자기 날카로운 함성이 들렸다. 앞에서 달리던 삼두마차가 질풍처럼 돌진해서 다리로 가더니 길옆으로 조금 비켜서 우뚝 멈춰 섰다. 나는 완전히 절망했다.

"아, 필로페." 내가 말했다. "이제 죽는 일만 남았네. 이런 험한 꼴을 당하게 해서 정말 미안하네."

"그게 왜 나리 잘못입니까! 제가 이런 운명을 타고난 걸 어떡하겠습니까! 곱슬아, 제발 부탁이다." 필로페가 가운데 말에게 말했다. "너한테 달렸다! 이게 마지막 봉사다! 어차피 죽을 운명이야. ……앞일은…… 천명에 맡긴다!"

그러더니 말들을 채찍질하여 달리기 시작했다.

이윽고 다리가 가까워졌다─꼼짝 않고 서 있는 무시무시한 마차 쪽으로……. 마차 안은 이상스러우리만큼 조용했다. 어떤 소리도 들리지 않았다! 꼬치고기나 독수리 같은 맹수가 먹잇감에 다가갈 때와 같은 고요함이었다. ─마침내 우리는 앞 마차와 일렬이 됐다. 그러자 느닷없이 무릎까지 오는 외투를 입은 덩치 큰 사나이가 마차 위에서 뛰어내리더니 우리 쪽으로 성큼성큼 다가왔다.

그 사나이는 입도 벙긋하지 않았으나 필로페는 알아서 고삐를 당겼……. 마차가 멈췄다.

사나이가 마차 문에 두 손을 짚고─덥수룩한 머리를 앞으로 디밀고서 히죽 웃으며 조용하고 시원시원하게 공장 노동자 같은 말투로 말했다.

"나리, 저희는 술잔치를 벌이고 돌아가는 길입니다. 결혼식이 있었거든 요. 친구 한 놈을 장가보내고 오는 길입니다. 잠자리에 드는 것까지 지켜보 고 오는 길이다 이 말입니다. 우린 젊은 놈들뿐이라 혈기왕성해서 술은 진탕 마셨습니다만 해장거리가 없는데 어떻습니까, 나리? 우리 친구 놈들이 보드 카 반병씩이라도 마실 수 있도록 좀 도와주시지 않겠습니까? 그렇게 해주신 다면 나리의 건강을 기원하며 건배도 하고, 죽을 때까지 나리를 기억할 텐데 요. 하지만 싫으시다면—아, 뭐, 화내실 것까진 없고요!"

'이건 무슨 뜻이지?' 나는 생각했다……. '농담인가? 조롱인가?'

사나이는 고개를 숙인 채 계속 버티고 서 있었다. 이때 안개 속에서 달이 모습을 드러내며 그의 얼굴을 비췄다. 얼굴에는 엷은 웃음이 떠올라 있었다 —눈에도, 입에도. 그렇지만 위협하는 빛은 보이지 않았다……. 다만 경계 를 늦추지 않는 것 같았다. ……이는 유난히 새하얗고 커다랬다…….

"어려운 일은 아니군요. ……이걸 드리죠……." 나는 얼른 말하고, 호주 머니에 있던 지갑에서 1루블짜리 은화 두 닢을 꺼냈다. —당시는 아직 은화 가 러시아에서 통용되던 시절이었다. "이걸로 충분하다면……."

"정말 고맙습니다!" 사나이가 병졸처럼 우렁차게 외쳤다. 살찐 손가락이 눈 깜짝할 새에 내 손에서—지갑이 아니라—딱 2루블만 낚아채 갔다. "정 말 고맙습니다!" 그는 머리카락을 휘날리며 자기 마차로 달려갔다.

"이봐들!" 사나이가 소리쳤다. "지나가던 나리께서 은화로 2루블을 주셨 다!" 와하하 하는 웃음소리가 들려왔다. ……덩치 큰 사나이가 마부석에 휘 청대며 올라앉았다…….

"나리, 안녕히 가십시오!"

그들은 그 말만 남기고 사라졌다! 말들이 기운차게 달리자 그들의 마차는 덜컹거리며 산을 올라갔다—하늘과 땅이 맞닿는 어두운 산등성이에 한 번 모습을 드러냈지만, 이내 산을 넘어 자취를 감추었다.

바퀴 소리도, 함성도, 탬버린 소리도 더 이상 들리지 않게 되었다…….

주위는 쥐 죽은 듯이 고요해졌다.

*　　*　　*　　*　　*

필로페도 나도 한동안은 넋이 나가 있었다.

"망할 자식!" 마침내 필로페가 모자를 벗고 성호를 그으며 입을 열었다. "천하에 못된 놈." 그는 이 말을 덧붙이며 환한 얼굴로 나를 돌아보았다. "하지만 마음은 착한 녀석일 겁니다. 정말로요. 이랴, 이랴, 이랴! 어서 가자! 이제 살았다! 모두 살았어! 앞으로 지나가지 못하게 한 것도 그 녀석이고, 말을 몬 것도 그 녀석이다. 망할 자식! 이랴, 이랴, 이랴! 빨리 달려라!"

나는 잠자코 있었다. 그렇지만 속으로는 기뻤다. "살았다!" 혼자서 그렇게 말하고 마른풀에 드러누웠다. "아, 단돈 몇 푼으로 목숨을 건졌다!"

그런데 어째서 주콥스키의 시구 같은 게 떠올랐을까 생각하니 나는 부끄럽기까지 했다.

그러다 문득 어떤 생각이 떠올랐다.

"필로페!"

"왜 그러십니까?"

"자네, 결혼은 했나?"

"했지요."

"자식은 있나?"

"자식도 있지요."

"그런데 왜 처자식을 떠올리지 않았지? 말 걱정만 하고. 자네 처와 자식은 걱정되지 않던가?"

"왜 걱정합니까? 마누라랑 자식 놈들은 도둑놈한테 붙들릴 염려가 없는데요. 그래도 마음속으로는 늘 생각하고 있답니다. 지금도 생각하고 있고요……. 암요, 그렇고말고요." 필로페는 잠시 입을 다물었다. "아마…… 하느님께서 제 자식 놈들을 불쌍히 여겨 절 구해 주셨나 봅니다……."

"하지만 그들이 노상강도가 아니었다면?"

"그야 모를 일이죠. 남의 마음속에 들어가 볼 수 있는 것도 아닌데요. 그래서 열 길 물속은 알아도 한 길 사람 속은 모른다잖습니까. 하지만 하느님만 믿으면 만사형통하는 법이지요! ……아무튼, ……저는 언제든지 가족을 ……. 이랴, 이랴, 이랴! 이놈들, 빨리 달려라!"

우리가 툴라로 들어설 무렵에는 이미 동이 트고 있었다. 나는 모든 것을 잊고 누워서 반쯤 졸고 있었다…….

"나리," 필로페가 불쑥 말했다. "저것 좀 보세요. 저기 술집에 아까 그놈들이 있군요. ……놈들 마차도 있고요."

나는 고개를 들었다. ……분명 그자들이었다. 마차도 있고, 말도 있었다. 갑자기 술집 마당에 그 무릎까지 오는 외투를 입은 사내가 나타났다. "나리!" 그가 모자를 흔들며 커다란 목소리로 나를 불렀다. "나리가 주신 돈으로 마시고 있습니다! ―아, 마부 양반!" 그는 필로페를 바라보며 덧붙였다. "아까는 아마 오금이 저렸을걸, 안 그래?"

"정말 재미있는 녀석이군." 술집에서 스무 걸음쯤 벗어나자 필로페가 말했다. 드디어 툴라에 도착해 총알을 샀다. 그 김에 차와 술도 사고, 거간꾼에게서 말까지 샀다. 정오쯤 집으로 떠났다. 뒤에서 마차 소리를 들었던 지점까지 오자, 툴라에서 한잔 걸친 뒤로 몹시 수다스러워진 필로페―그는 옛날이야기까지 들려주었다―갑자기 웃음을 터트렸다.

"기억나십니까, 나리? 제가 계속 '소리가 난다…… 소리가 난다, 소리가 난다!' 했던 것을요!"

필로페는 그 말이 우스워 죽겠다는 듯이 손을 팔랑팔랑 저으면서 말했다.

우리는 그날 저녁 마을로 돌아왔다.

나는 우리가 겪었던 일을 예르몰라이에게 들려주었다. 그는 아주 진지한 표정으로 들을 뿐, 별다른 동정심을 내보이지 않았다. 칭찬의 뜻인지 비난의 뜻인지 '흠, 흠' 하고 추임새를 넣을 뿐이었다. 본인도 어떤 뜻인지 몰랐을 것이다. 그러나 이틀쯤 지나 그는 필로페와 내가 툴라로 떠났던 바로 그날 밤, 그것도 같은 길에서 어떤 장사꾼이 돈을 빼앗기고 살해당했다는 이야기를 아주 만족스러운 표정으로 들려주었다. 처음에 나는 그 이야기를 믿지 않았지만, 이윽고 믿지 않을 수 없게 되었다. 그 일을 알아보러 말을 몰고 지서장을 찾아간 결과, 예르몰라이의 이야기가 사실임을 확인했던 것이다. 그렇다면 그 혈기왕성한 사나이들은 그 끔찍한 '결혼식'에서 돌아오던 길이었을까? 그리고 그 익살스러운 사나이가 잠자리에 들게 했다는 '친구'는 그 장사꾼을 가리키는 것이었을까? 그 뒤에도 나는 필로페가 사는 마을에 닷새쯤 더 머물렀다. 그리고 그와 마주치면 어김없이 물었다. "어때, 소리가 나나?"

"재미있는 녀석이었죠." 그러면서 그는 웃음을 터트리는 것이었다.

숲과 광야여

내 마음 더욱더 끌리네

그 마을 뒤 어두운 정원에

아름드리 보리수는 짙은 그늘 드리우고

은방울꽃은 산뜻하고도 향기롭고

나란히 줄지은 버드나무는 둑에서 물 위로

낭창한 가지 드리우고

건실한 떡갈나무는 건실한 밭에 우뚝 서 있고

대마와 쐐기풀 냄새가 코를 찌르는 곳

내 마음 끌리네, 그 마을 넓은 벌판으로

벨벳처럼 까만 땅에는

온통 호밀이 잔잔하게

살랑살랑 물결치고

몽실몽실 투명하고 하얀 구름 사이로

무거운 황금빛이 떨어지는 곳

그 마을에서는 모든 것이 아름다워라⋯⋯.

(불 속에 던진 서정시 중 한 편)

　독자는 이미 내 수기에 싫증을 느꼈을 것이다. 따라서 나는 지금까지 발표한 단편들로써 이 수기를 마치겠다는 약속을 지키며 어깨의 짐을 내려놓을까 한다. 단, 독자와 작별인사를 나누기에 앞서, 사냥에 관해 몇 마디 말하지 않을 수 없다.

　어깨에 총을 걸어 메고 개를 끌고 사냥한다는 것은 옛말에도 흔히 있듯이 für sich(그 자체로서) 아름답다. 여러분은 사냥꾼으로 태어나지는 않았지만,

어쨌든 자연을 사랑하는 이상 우리 사냥꾼들을 부러워하지 않을 수 없을 것이다. ……먼저 이 사냥꾼의 말을 들어주시기 바란다.

여러분은, 예를 들어, 봄날 동트기 전에 집을 나서는 즐거움이 어떤 것인지 아시는지? 먼저 현관 계단으로 나간다……. 어두운 잿빛 하늘에는 별들이 드문드문 반짝인다. 축축한 산들바람이 이따금 가벼운 파도처럼 불어온다. 비밀스럽고 불분명한 밤의 속삭임이 들린다. 어둠에 싸인 나무들이 조용히 바스락거린다. 마차에는 양탄자가 깔리고, 발치에는 사모바르가 담긴 상자가 놓인다. 보조마가 몸을 부르르 떨고 콧바람을 내지르며 의기양양하게 걷는다. 지금 막 눈뜬 하얀 거위가 소리도 없이 느릿느릿 길을 가로지른다. 담 너머 정원 안에서는 문지기가 평화롭게 코를 골고 있다. 소리 하나하나가 오슬오슬한 새벽 공기 속에서 흐르지 않고 멈춘 듯하다. 이윽고 마차에 오른다. 말이 곧 움직인다. 마차가 덜거거리며 미끄러진다……. ―교회를 지나고, 산을 내려가 오른쪽으로 꺾여져 둑을 넘어간다……. 연못에는 지금 막 안개가 피어오르기 시작한다. 조금 공기가 차다. 털가죽 외투의 깃을 세우고 얼굴을 파묻는다. 스르르 졸음이 온다. 말이 찰박찰박 물웅덩이를 지나간다. 마부가 휘파람을 분다. 그러나 벌써 3베르스타나 와 있다. ……하늘 가장자리가 진홍색으로 붉어지며 동이 트기 시작한다. 잠 깬 갈가마귀가 자작나무숲을 푸드덕 날아 가로지른다. 참새가 거무튀튀한 낟가리 옆에서 짹짹거린다. 주변이 환해지면서 길은 더욱 또렷해진다. 하늘은 점점 맑아지고, 구름은 점점 하얘지고, 들판은 점점 푸르름이 짙어진다. 군데군데 보이는 농가에서는 관솔불이 빨갛게 타오르기 시작한다. 문 안쪽에서 졸음 가득한 목소리가 들려온다. 어느덧 아침노을이 붉게 타오른다. 하늘에는 금빛 빛줄기가 번져나가고, 골짜기에는 안개가 피어오른다. 종달새가 목청껏 노래한다. 새벽바람이 불기 시작한다. 진홍색 태양이 조용히 떠오르고 있다. 빛줄기가 힘차게 뿜어져 나온다. 가슴이 작은 새처럼 활갯짓한다. 모든 것이 상쾌하고 즐겁고 정답다! 주위는 멀리까지 훤히 내다보인다. 숲 너머에는 마을이 있다. 조금 더 가면 하얀 교회가 있는 다른 마을이 있다. 그곳 산에는 자작나무 숲이 있고, 그 뒤로는 목적지인 늪지대가 있다……. 어서 달려라, 말들아, 더 빨리 달려라! 힘차게 발을 내디뎌라! ……이제 3베르스타만 가면 된다. 태양이 순식간에 떠오른다. 하늘은 쾌청하다……. 좋은 날이 될 것 같다. 마을에서 가축 떼가 우리 쪽을 향해 줄지어 온다. 언덕을 오른다. ……그야말로 장관이다! 안개 사이로 희미하게 보이는 푸른 강은 10베르스타나 구불구불 이어져 있다. 강 너머에는 싱그러운 푸른 초원이 있다. 그 초원 너머로는 야트막한 언덕이 이어지고, 멀리 늪지 위에는 물새 떼가 끼룩끼룩 울며 날아간다. 여름은 아니지만, 하늘 가득 습기 머금은 태양 빛 너머로 멀리까지 훤히 모습을 드러낸다. 신선한 봄의 숨결을 들이마시면 인간의 가슴은 얼마나 자유로이 숨 쉬는가! 팔다리는 또 얼마나 가볍게 움직이고, 몸과 마음은 얼마나 건강해지는가!

여름날 아침, 7월의 아침은 또 어떤가! 동틀 무렵 풀숲을 거니는 것이 얼마나 즐거운지 사냥꾼이 아니라면 그 누가 알 수 있으랴? 발자국은 이슬이 하얗게 내려앉은 풀 위에 녹색 선을 남긴다. 젖은 풀숲을 헤치고 걸으면, 밤새 고여 있던 훈훈한 밤 냄새가 확 끼쳐온다. 공기는 쌉싸름한 쑥 냄새며 꿀처럼 달콤한 메밀이며 클로버 냄새를 담뿍 담고 있다. 저 멀리 성벽처럼 서 있는 나무숲이 햇볕을 받아 붉게 빛난다. 아직 선선하지만, 이미 더위가 다가왔음을 느낄 수 있다. 향기로운 냄새를 잔뜩 들이마셔서 몽롱하니 현기증이 난다. 수풀은 끝도 없이 이어져 있다……. 다만 저 멀리 군데군데 누렇게 무르익은 호밀과 좁다란 이랑을 이루며 붉게 물든 메밀이 보일 뿐이다. 갑자기 마차 소리가 들려온다. 한 농부가 소리 없이 성큼성큼 걸어가, 더위가 오기 전에 나무 그늘에 말을 매어 놓는다……. 농부가 인사를 하고 가버리면, 뒤에서 낫 소리가 서걱서걱 상쾌하게 들려온다. 태양이 점점 높아지고 풀들은 순식간에 수분을 잃는다. 벌써 더워지기 시작한다. 한 시간이 흐르고, 두 시간이 흐른다……. 지평선에 가까운 하늘은 어둑어둑해지고, 움직이지 않는 공기는 찌는 듯한 열기를 내뿜으며 불타오른다.

"여보게, 이 근처에서 물을 마시려면 어디로 가야 하나?"

풀 베던 사람에게 묻는다.

"저기 골짜기에 샘이 있습니다."

넝쿨이 빽빽하게 둘러쳐진 호두나무 숲을 빠져나와 골짜기 아래로 내려간다. 과연 절벽 바로 아래에 샘이 숨어 있다. 떡갈나무 몇 그루가 새의 발 같은 가지를 샘 위로 쭉쭉 내뻗고 있다. 이끼가 벨벳처럼 촘촘하게 자란 밑바닥에서 굵은 은구슬 같은 물거품이 퐁퐁 솟아오른다. 땅바닥에 엎드려 물을 벌컥벌컥 들이켠다. 노곤함이 몰려와 꼼짝도 하기 싫어진다. 나무 그늘로 들어가 습기 찬 풀냄새를 맡으니 기분이 상쾌해진다. 그러나 눈앞의 작열하는 풀숲은 아예 노랗게 변해 버린 듯하다. 그런데 이게 무슨 일일까? 느닷없이 바람이 일더니 순식간에 스치고 지나간다. 주위 공기가 요동친다. 우레였나? 골짜기에서 나온다…… . 저 지평선 위에 보이던 납빛 줄기는 무엇이었을까? 더위가 심해지려나? 먹구름이 일려는 것일까? ……지금 희미하게 번개가 번쩍였다…… . 아, 뇌우다! 주위에는 여전히 햇살이 빛나고 있다. 아직 사냥을 할 수는 있다. 그러나 먹구름이 빠르게 피어오르기 시작한다. 소나기구름의 끝자락이 소매처럼 뻗치더니 둥근 지붕처럼 하늘을 뒤덮기 시작한다. 풀이며 나무들, 모든 것이 어두워진다…… . 서둘러야 한다! 저쪽에 마른풀 창고가 보인 것 같다. ……어서 가자! 내달린다. 안으로 들어간다…… . 비가 억수같이 퍼붓고 천둥과 번개가 요란하다. 지푸라기로 이은 지붕을 뚫고 여기저기서 빗물이 향기로운 마른풀 위로 떨어진다…… . 그러나 벌써 태양은 다시 빛나기 시작한다. 뇌우는 지나갔다. 바깥으로 나간다. 아, 만물이 얼마나 즐겁게 빛나고 있던지! 공기는 또 얼마나 맑고 신선하던지! 하얀 뱀딸기 꽃과 버섯의 향기는……!

그러나 곧 저녁이 찾아온다. 노을빛이 옅게 불타오르며 하늘을 반쯤 덮고 있다. 해가 떨어진다. 그 주위 공기는 유난히 유리처럼 투명하다. 저 멀리에 따뜻해 보이는 부드러운 안개가 자욱하다. 조금 전까지 옅은 황금빛 햇살로 가득하던 들판에는 안개와 함께 진홍빛 햇살이 떨어진다. 나무에서, 덤불에서, 마른풀 더미에서 긴 그림자가 드리워진다. ……해가 졌다. 별 하나가 해 떨어진 붉은 바다에서 일렁인다. ……불타던 바다도 이제 빛을 잃고, 하늘은 검푸르게 변했다. 선명하던 그림자도 사라지고, 주위는 어둠에 잠긴다. 이제 하룻밤 묵을 마을 농가로 돌아가야 할 시각이다. 총을 어깨에 걸쳐 메고, 지친 다리를 빠르게 놀린다…… . 어느덧 밤이 찾아와 스무 걸음 앞도 분간할 수 없다. 어둠 속에서 개들이 희끄무레하게 보인다. 눈앞 시커먼 숲 위로 하늘 가장자리가 어렴풋하게 밝아 보인다…… . 저게 뭘까? 불이 났나? ……아니, 달이 떠오르는 것이다. 그 아래 오른쪽에서 마을의 등불이 반짝이고 있다…… . 드디어 오두막에 도착했다. 작은 창으로 새하얀 식탁보를 씌운 식탁이 보인다. 환하게 타오르는 촛불이 보인다. 저녁식사 시간이다…… .

때로는 경주 마차를 준비하여 꿩을 잡으러 숲으로 간다. 호밀이 높다란 성벽처럼 양쪽으로 자란 좁은 길을 힘들게 지나는 것은 유쾌한 일이다. 밀 이삭이 살며시 얼굴을 스치고, 팔랑개비 국화가 발목에 와서 엉킨다. 주위에서 메추라기가 지저귄다. 말들은 휘청거리며 달린다. 숲에 도착했다. 나무 그늘과 정적. 머리 위에서 날씬한 백양나무가 요란하게 나부낀다. 길게 드리워진 자작나무 가지는 거의 움직임이 없다. 늠름한 떡갈나무가 아름다운 보리수 옆에 전사처럼 서 있다. 나무 그늘로 얼룩진 푸른 오솔길을 마차를 타고 지나간다. 노랗고 커다란 꿀벌이 황금빛 공기 속에서 매달린 듯 꼼짝 않고 떠 있다가 어느새 붕 하고 날아가 버린다. 구름처럼 떼 지어 날아다니는 하루살이는 나무 그늘로 들어가면 빛나고 햇빛 아래로 나오면 거뭇거뭇해진다. 새들이 한가롭게 지저귄다. 딱새가 천진하고 청아한 목소리로 즐겁게 재잘댄다. 은방울꽃 향기에 어울리는 울음소리이다. 숲으로 더욱 깊이 들어간다……. 숲이 점점 깊어진다……. 마음은 형용할 수 없는 고요함으로 가득하다. 주위도 잠에 빠진 듯 적막하다. 그런데 갑자기 한 줄기 바람이 스치고 지나간다. 나뭇가지들이 밀려오는 파도처럼 소란해졌다. 작년에 떨어진 가랑잎 사이로 키 큰 풀들이 여기저기 자라나 있고, 버섯은 갓을 쓰고 드문드문 서 있다. 흰 토끼가 불쑥 튀어나온다. 개들이 컹컹 짖으며 뒤쫓는다…….

　가을도 깊어 멧도요새가 날아오는 계절이 되면 이런 숲의 아름다움이란 이루 말할 수가 없다! 깊은 숲에는 멧도요가 없어서 숲 가장자리를 따라 찾아야 한다. 바람도 없고, 해도 보이지 않고, 빛도 없거니와 그림자도 없고, 움직임도 없거니와 소리도 없다. 부드러운 공기 속에는 술 냄새 같은 가을 내음만 가득하다. 엷은 안개가 멀리 노란 들판 위에 깔려 있다. 꽃도 이파리도 떨어진 갈색 나뭇가지 사이로 변함없는 하늘이 희끄무레하게 보인다. 보리수 가지에는 마지막 금빛 이파리가 군데군데 매달려 있다. 축축한 지면이 발밑에서 탄력 있게 튕긴다. 키 큰 마른풀은 조금도 움직이지 않는다. 기다란 거미줄이 생기 없는 풀 위에서 반짝 빛난다. 가슴은 평화롭게 숨 쉰다. 그러나 마음속에는 알 수 없는 불안감이 밀려온다. 숲 가를 따라 걷고 개들의 뒷모습을 지켜보는 동안에도 그리운 사람, 보고 싶은 얼굴, 지금은 죽은 사람들, 아직 살아 있는 사람들의 모습이 마음에 생생하게 떠오른다. 아주 오래전에 잠들어 까맣게 잊고 있던 인상이 불현듯 되살아난다. 상상이 새처럼 날개를 활짝 펴고 날아오른다. 그리하여 모든 것이 아주 또렷하게 움직이다가 눈앞에 멈춰 선다. 갑자기 가슴이 빠르게 고동치며 앞으로 나아가려고 애쓰는가 하면, 수많은 추억에 빠져 돌아올 줄 모른다. 지금까지의 삶이 주마등처럼 스쳐 지나간다. 자신의 모든 과거, 감정, 힘, 영혼에 도달하게 된다. 주위에는 회상을 방해할 그 어떤 것도 없다. 해도 없고, 바람도 없다. 소리조차 없다……

아침마다 서리가 내리는 쾌청하고 쌀쌀한 가을 무렵이 되면 자작나무는 옛이야기에 나오는 나무처럼 온통 황금빛으로 빛나며 연노란 하늘에 아름다운 윤곽을 드러낸다. 낮게 걸린 태양은 이제 따뜻한 빛을 던져주지 않지만 여름 해보다 눈부시게 빛난다. 백양나무의 작은 가지는 벌거숭이가 되어 서 있는 것이 즐겁고 홀가분하다는 듯이 온 숲을 투명하게 빛낸다. 얼어붙은 차가운 수증기는 계곡 바닥에 아직 하얗게 남아 있고, 상쾌한 바람은 말라비틀어진 낙엽을 조용히 흔들어대며 불어온다. 푸른 강줄기가 나른함에 취한 거위와 오리를 율동적으로 들어올리고 내려주고 하면서 즐겁게 달린다. 저 멀리 버드나무에 반쯤 가린 삐걱거리는 물레방앗간에서 방아 찧는 소리가 들려오고, 그 위에서는 맑은 공기에 반점을 남기며 비둘기가 날쌔게 맴돌고 있다……

사냥꾼들은 좋아하지 않지만, 안개 자욱한 여름날도 꽤 정취 있다. 그런 날에는 총을 쏠 수가 없다. 새가 발치에서 푸드덕 날아올라 곧 움직임 없는 뿌연 안개 속으로 사라져 버리기 때문이다. 하지만 주위 만물이 말로 표현할 수 없을 정도로 고요한 풍경은 기가 막히다! 모든 것이 깨어 있으면서도 소리를 죽이고 있다. 나무 옆을 지나가도 나무는 바스락 소리 하나 내지 않는다. 정적에 도취해 있는 것이다. 하늘에 납작하게 퍼진 엷은 안개를 뚫고 눈앞에 기다란 줄이 거무스름하게 보인다. 근처 숲이려니 생각하고 다가가서 보면, 숲은 길가에 높이 쌓아올린 쑥 더미로 변한다. 머리 위에도 주위에도 …… 온통 안개이다……. 그러나 미풍이 불기 시작하면, 흩어지는 연기 같은 안개를 뚫고 누리끼리한 하늘이 빼꼼 들여다보인다. 갑자기 황금빛 햇살이 비쳐 들어와 긴 강줄기처럼 흘러내리며 들판을 비추고 숲에 와 닿는가 하면, 이내 모든 것이 다시 안개에 덮인다. 이런 싸움이 한동안 이어진다. 그러나 마침내 빛이 승리를 거둔다. 열기로 데워진 안개의 마지막 파도가 흘러

내려 식탁보처럼 펼쳐지거나 부드럽게 빛나는 산속 깊은 곳으로 굽이치며 사라져갈 때, 그날은 어떤 언어로도 표현할 수 없는 웅장하고 화려하며 화창한 날이 된다……

이번에는 멀리 떨어진 들판으로, 초원으로 간다고 생각해 보자. 10베르스타쯤 시골길을 따라 가다 보면 마침내 네거리가 나온다. 끝없는 짐수레 행렬을 지나고, 처마 밑에 사모바르가 쉭쉭 소리를 내고, 활짝 열어젖힌 문으로 우물까지 들여다보이는 여인숙도 지나고, 광활한 들판을 가로지르고 푸른 대마밭을 따라 마을에서 마을로 하염없이 말을 달린다. 까치가 버드나무에서 버드나무로 날아간다. 긴 갈퀴를 든 농부들이 밭에서 분주히 움직인다. 다 떨어진 무명 카프탄을 입은 나그네가 바랑을 짊어지고 지친 다리를 끌며 걸어간다. 피곤함에 지친 키 큰 말 여섯 필이 끄는 커다란 지주의 마차가 맞은편에서 다가온다. 창문 밖으로 쿠션 끄트머리가 삐죽 나와 있다. 뒤쪽 마부석에 간 가마니 위에는 눈썹께까지 진흙이 튀고 외투를 입은 하인이 밧줄에 기대 모로 앉아 있다. 이윽고 작은 마을에 도착한다. 그곳에는 일그러진 목조 오두막이며 끝없이 이어진 울타리, 사람이 없는 석조 상관(商館), 깊은 골짜기에 걸린 낡은 다리가 있다……. 더 멀리 마차를 달린다……! 그러면 광야가 나온다. 언덕 위에서 내려다보는 풍경은 참으로 기가 막히다! 꼭대기까지 경작해서 씨를 뿌린 야트막한 언덕들이 커다란 물결처럼 굽이굽이 이어지고, 그 사이사이를 떨기나무 우거진 골짜기가 구불구불 펼쳐진다. 작은 숲이 가늘고 긴 섬처럼 흩어져 있다. 좁다란 오솔길이 마을과 마을을 연결한다. 교회당이 희끄무레하게 보인다. 울창한 버들 숲 사이로 시냇물이 반짝이며 흐르는데, 너덧 군데가 둑으로 막혀 있다. 멀리 들판에 기러기가 줄지어 서 있다. 행랑채, 과수원, 탈곡장 따위가 있는 낡은 지주의 저택이 작은 연못가에 자리잡고 있다. 마차를 더 달린다. 언덕이 점점 작아지고, 나무는 거의 보이지 않는다. 드디어 한없이 펼쳐진 드넓은 광야에 도착한 것이다……!

겨울에는 높다란 눈더미를 헤치고 토끼를 쫓는다. 살을 에는 듯한 엄동설한의 공기를 한껏 들이마신다. 폭신폭신한 눈에서 반사되는 눈부신 빛에 나도 모르게 눈이 가늘게 떠진다. 불그스레한 숲 위에 걸린 푸른 하늘이 황홀하다! ……초봄이 되면 만물이 빛나기 시작하고, 녹아 무너진 눈 더미에서 피어오르는 무거운 수증기 속에서는 훈훈한 흙냄새가 풍긴다. 눈이 녹은 곳에서 비스듬한 햇살을 받으며 종달새가 마음껏 노래하고, 눈 녹은 계곡물은 즐겁게 아우성치면서 골짜기에서 골짜기로 소용돌이치며 떨어진다……

그나저나 이제 끝마칠 시간이다. 말하는 김에 봄 이야기까지 해버렸는데, 봄은 헤어지기 쉬운 계절이다. 봄에는 행복한 사람들도 먼 곳 어딘가로 마음이 끌리기 때문이다. 그럼 독자 여러분, 여러분의 행복을 빌며 이만 붓을 놓는다.

Pervaya Lyubor

첫사랑

P.V. 안넨코프에게 바친다

첫사랑

연회는 끝나고 다른 손님들은 이미 오래전에 돌아갔다. 시계가 밤 12시 30분을 알렸다. 방 안에 남아 있는 사람은 집주인과 세르게이 니콜라예비치, 그리고 블라디미르 페트로비치뿐이다.

주인은 방울을 울려 야식을 먹은 뒷정리를 하라고 하인에게 일렀다.

"그럼 시작해 볼까요?" 집주인이 안락의자에 몸을 깊숙이 파묻고 여송연에 불을 붙이며 말했다. "자기 첫사랑이 어땠는지 돌아가며 얘기하기로 했지요. 먼저 세르게이 니콜라예비치 씨 얘기부터 들어봅시다."

피둥피둥 살이 찌고 금발에 얼굴이 둥그런 세르게이 니콜라예비치는 집주인의 얼굴을 바라보다가 눈을 들어 천장을 올려다보았다.

"첫사랑 같은 건 없었어요." 그는 한참 만에 겨우 입을 열었다. "처음부터 두 번째 사랑이었거든요."

"그게 무슨 말입니까?"

"대단한 일은 아니에요. 열여덟 살 때였나, 처음으로 무척 귀여운 아가씨를 쫓아다녔어요. 아주 극진히 떠받들며 그런 일에 아주 익숙하다는 태도로 행동했죠. 그 뒤에도 비슷한 느낌으로 몇 명 더 사귀었어요. 사실은 여섯 살 때 유모에게 처음이자 마지막 사랑을 바쳤답니다. 하지만 아주 먼 옛날 일이지요. 유모와 사이가 어땠는지 자세한 내용은 이미 잊어버렸고, 설령 기억하고 있다 한들 그런 얘기가 재미있기나 하겠어요?"

"이거 어쩌지요?" 이번에는 주인이 말했다. "내 첫사랑 얘기도 별로 재미가 없거든요. 나는 집사람과 만나기 전까지 누구와도 사랑다운 사랑을 해보지 못했어요. 그런데 집사람과는 하나부터 열까지 박자가 척척 맞아떨어졌지요. 아버지들이 소개해 주었는데 만나자마자 서로 마음이 끌려서 곧바로 결혼했어요. 그게 다예요. 그러니 이처럼 내 첫사랑 이야기는 한마디로 정리할 수 있죠. 사실 첫사랑 얘기를 해보자고 한 건 두 분의 이야기를 기대했기 때문이에요. 두 분 다 나이가 많다고 할 수는 없지만 그렇다고 젊지도 않으신데 여전히 독신으로 계시니 말이에요. 블라디미르 페트로비치 씨라면 재미있는 얘기를 해주시겠지요?"

"확실히 내 첫사랑은 흔한 경험이 아니었지요." 조금 머뭇거리며 대답한 블라디미르 페트로비치는 사십 줄에 접어든 사내로, 검은 머리털 사이로 흰머리가 슬쩍슬쩍 들여다보였다.

"야아!" 주인과 세르게이 니콜라예비치가 입을 모아 말했다. "그럼 더욱 좋지요. 꼭 들려주시기 바랍니다."

"그러지요……. 아, 아닙니다. 역시 관두는 게 좋겠어요. 나는 말주변이 없어서 얘기가 짧고 무미건조해지거나 아니면 알맹이 없이 장황해지기 일쑤거든요. 하지만 괜찮으시다면 생각나는 대로 공책에 적어 와서 그걸 읽어드리지요. 그래도 되겠습니까?"

두 사람은 선뜻 동의하진 않았지만 결국 블라디미르 페트로비치가 말한 대로 되었다. 두 주일 뒤 세 사람이 다시 모였을 때 블라디미르 페트로비치는 약속을 지켰다.

다음은 그가 손으로 써 온 내용이다.

1

그때 나는 열여섯 살이었다. 1833년 여름이었다.

부모님이 모스크바의 칼루가 성문 근처의 네스쿠치느이 공원 맞은편에 별장을 빌려서 나도 그곳에서 함께 지내고 있었다. 대학 입시 준비를 하던 중이었지만 공부는 제대로 하지 않고 태평스레 놀면서 지냈다.

내 자유로운 생활에 아무도 잔소리하는 사람이 없었으므로 나는 하고 싶은 일만 하면서 지냈다. 특히 어느 프랑스인을 마지막으로 가정교사와도 연을 끊은 뒤로는 무엇이든지 내 마음대로 할 수 있었다. 그 가정교사는 자기가 '폭탄처럼' 러시아에 떨어졌다고 생각하자 머리끝이 쭈뼛한지 무시무시한 표정으로 며칠이나 침대 속에서 몸부림쳤다.

아버지는 나에게 무관심할 때도 있고 상냥할 때도 있었다. 자식이라곤 나하나뿐인데도 어머니는 거의 나를 방치했다. 아니, 그렇다기보다는 다른 걱정거리에 치여 아들한테까지 신경 쓸 틈이 없었다. 아버지는 아직 젊고 빼어난 미남이었는데 어머니의 재산만 보고 결혼했다. 어머니는 아버지보다 열 살이나 나이가 많다. 어머니의 생활은 비참했다. 끊임없이 걱정을 하고 질투를 하고 화를 냈다. 하지만 아버지가 없는 곳에서만 그랬다. 어머니는 아버지를 매우 무서워했기 때문이다. 아버지는 언제나 엄격하고 차갑고 쌀쌀한 태도로 일관했다. 아버지만큼 점잖고 자신감 넘치고 독선적인 사람을 나는 아직 본 적이 없다.

별장에서 지낸 첫 몇 주 동안을 나는 결코 잊지 못할 것이다. 5월 9일, 때마침 성(聖) 니콜라스 축일이던 아주 화창한 날에 우리는 모스크바 시내에서 이사를 왔다.

나는 밖으로 곧잘 다니며 별장 뜰과 네스쿠치느이 공원을 산책하거나, 칼루가 성문 너머까지 발길을 옮기곤 했다. 주로 카이다노프의 역사 교과서 같은 책을 대충 잡히는 대로 한 권 들고 나갔지만 책장을 펼쳐본 적은 한 번도 없었다. 그보다는 큰 소리로 시를 낭송하길 좋아했다. 그 시절에는 시를 꽤 많이 외고 있었다. 나는 몸속에서 피가 용솟음치고 가슴이 울렁거리며 참을 수 없이 기쁜 것 같기도 하고 우스꽝스러운 것 같기도 한 야릇한 기분에 사로잡혀 있었다.

언제나 두려움에 떨면서도 무슨 일이 일어나기를 기다리고, 무엇이 튀어나올 때마다 깜짝깜짝 놀라면서도 온몸이 만반의 준비를 마치고 대기하고 있는 느낌이었다. 생각해 보면 새벽에 제비가 종탑 주위를 날아다니듯 공상이 언제나 똑같은 이미지 주위를 빙빙 맴돌며 세차게 내달렸다. 생각에 잠겨 우울해지고 눈물이 날 때도 있었지만, 때로는 노래처럼 울려 퍼지는 시구(詩句)와 눈부시게 아름다운 저녁놀에 마음을 빼앗겨 흐르는 눈물과 애수 사이에서 싱싱한 삶의 기쁨이 봄날 새잎 돋듯 거침없이 솟구쳐 올랐다.

나는 승마용 말을 한 마리 갖고 있어서 직접 안장을 얹고 혼자 멀리까지 나가곤 했다. 전속력으로 말을 달리며 스스로를 중세 마상시합에 출장하는 기사라고 상상하기도 했다. 귓전을 스치는 바람이 얼마나 상쾌하던지! 나는 하늘을 올려다보며 가슴을 활짝 젖히고 반짝반짝 빛나는 햇빛과 새파란 빛깔을 한껏 들이마셨다.

지금도 기억하지만, 그 무렵에는 여인의 모습이나 여인과 나누는 사랑에 대한 환상이 구체적인 형태로 머리에 떠오른 적은 한 번도 없었다. 하지만 무엇을 생각하고 느낄 때마다 스스로는 크게 의식하지 못해도, 형언할 수 없을 정도로 달콤하고 싱싱하고 여성적인 것을 떠올리게 하는 조심스런 예감이 숨어 있었다.

온몸에 그러한 예감, 무언가에 대한 기대감이 가득 차올라 숨을 쉴 때마다 새어나오고, 피 한 방울 한 방울에 섞여 혈관을 타고 흐르는 듯했는데, 그 예감은 머지않아 현실로 나타날 운명이었다.

우리 집 별장에는 원기둥이 늘어서 있는 목조 원주 저택 말고도 지붕이 낮은 조그마한 별채가 두 채 있었는데, 그중 왼쪽에 있는 별채는 싸구려 벽지를 만드는 작은 공장이었다. 여름에 그 공장을 몇 번 보러 갔는데, 안을 들여다보니 깡마르고 피곤해 보이는 더벅머리 사내아이 열두 명 정도가 지저분한 작업복 차림으로 일하고 있었다. 수척해 보이는 아이들이 나무 지렛대 위에 올라타서 자기네 체중으로 압착기의 네모난 인쇄판을 눌러 벽지에 얼룩무늬를 찍어내는 것이었다. 오른쪽 별채는 빈집이라 세를 주기 위해 내놓은 상태였다.

어느 날, 5월 9일부터 3주쯤 지났을 때, 이 별채의 창문을 단단히 막고 있던 덧문이 열리더니 창가에 한 처녀의 얼굴이 보였다. 어느 가족이 이사왔나 보다고 생각했다. 그날 식사 때 어머니가 집사에게 별채에 이사 온 사람들이 누구냐고 물어보았다. 자세키나 공작부인이라는 이름을 듣고 어머니는 처음에 조금 존경하는 목소리로 "어머나, 공작부인……" 하고 중얼거리다가 곧바로 덧붙였다. "그래봐야 가난뱅이 귀족이겠지."

"합승마차 세 대로 이사 오셨습니다." 집사가 공손히 접시에 음식을 담으면서 말했다. "자가용 마차도 없는 듯하고 가구도 변변치 않았습니다."

"그래? 그래도 아주 없는 것보다야 낫겠지." 어머니가 대답했다.

아버지가 싸늘한 눈초리로 어머니를 흘겨보자 어머니는 입을 다물어버렸다.

실제로 자세키나 공작부인이 부자일 리는 없었다. 부인이 빌린 별채는 아주 낡고 비좁고 천장이 낮아서 조금이라도 생활에 여유가 있는 사람은 이런 집에 살려고 하지 않을 것이기 때문이다. 하지만 그때의 나는 이런 이야기에 도통 관심이 없었고 공작이라는 칭호가 크게 와 닿지도 않았다. 방금 전에 실러의 희곡 《도적떼》를 읽었기 때문이다.

2

저녁때가 되면 총을 들고 뜰을 어슬렁거리며 까마귀 떼를 쫓아내는 것이 내 일과였다. 조심스럽고 사납고 교활한 그 새가 나는 옛날부터 무척 싫었다. 지금 말한 그날도 역시 뜰에 나가 가로수 길을 샅샅이 뒤지며 돌아다녔지만 아무 성과도 얻지 못하고(까마귀는 내 모습을 알아보고는 이따금 멀리서 발작적으로 울어댈 뿐이었다) 어쩌다 보니 야트막한 울타리 쪽으로 가까이 다가가게 되었다. 그 울타리는 오른쪽 별채에 딸린 좁고 긴 뜰과 우리 가족이 사는 본채의 뜰을 가르는 경계선이다. 고개를 숙이고 터벅터벅 걷고 있는데 갑자기 사람 목소리가 들려왔다. 울타리 너머를 바라보며 무심코 발걸음을 멈추고 말았다. 기묘한 광경이 내 눈앞에 펼쳐지고 있었다.

내가 있는 곳에서 몇 걸음밖에 떨어지지 않은 푸르른 나무딸기 수풀로 둘러싸인 공터에 키가 크고 호리호리한 처녀가 서 있었다. 그녀는 분홍색 줄무늬 드레스를 입고 머리에는 하얀 스카프를 두르고 있었다. 그런데 청년 네 명에게 둘러싸여 있는 그녀가 작은 회색 꽃다발로 남자들의 이마를 차례차례 때리고 있는 것이 아닌가. 이름은 모르지만 아이들에게는 매우 낯익은 꽃인데, 조그만 자루처럼 생긴 그 꽃으로 무언가 단단한 것을 때리면 탁 소리를 내며 꽃망울이 터졌다.

청년들은 아주 기쁜 듯이 이마를 내밀고 있었다. 그녀의 몸짓은(나는 그녀의 옆 모습을 보고 있었다) 어딘지 모르게 매력적이고 거부할 수 없으며, 부드럽게 애무하면서도 놀리는 듯하여 귀엽기까지 했다.

나는 너무 놀랍고도 기뻐서 하마터면 소리를 지를 뻔했다. 나도 저 아름다운 손가락으로 이마를 맞을 수만 있다면 이 세상의 모든 것을 다 버려도 좋다고 생각했던 것 같다. 손에 쥐고 있던 권총이 풀밭 위로 툭 떨어지는 것도 깨닫지 못하고, 나는 넋을 놓은 채 그 늘씬한 몸매와 가느다란 목, 아름다운 두 팔, 하얀 스카프 아래에서 살짝 헝클어진 금빛 머리칼, 가늘게 내리뜬 총명해 보이는 눈, 속눈썹과 아래쪽의 부드러워 보이는 뺨을 뚫어지게 바라보았다.

"이봐, 거기, 자네." 느닷없이 귓전에서 누군가의 목소리가 울렸다. "남의 집 아가씨를 그렇게 빤히 바라보면 되겠어?"

나는 화들짝 놀라 어리벙벙한 채 서 있었다. 울타리 너머 바로 앞에서 검은 머리칼을 짧게 자른 남자가 조롱하는 눈초리로 나를 보고 있었다. 그 순간 처녀도 이쪽을 돌아보았다. 표정이 풍부한 생기 있는 얼굴에 커다란 잿빛 눈동자. 갑자기 그 얼굴이 작게 흔들리며 웃음을 터뜨리자 하얀 이가 반짝이고 눈썹이 재미난 모양으로 추켜올라갔다. 나는 얼굴이 화끈 달아올라 얼른 총을 주워들고, 높고 카랑카랑한 웃음소리(나쁜 뜻이 있는 것 같지는 않다)에 쫓기듯 단숨에 내 방으로 도망쳐서는 침대에 몸을 던지고 두 손으로 얼굴을 감쌌다. 내 심장은 터질 듯이 쿵쾅거렸다. 굉장히 부끄러우면서도 너무 즐거운, 이제껏 느껴본 적 없는 색다른 흥분이 나를 사로잡았다.

한숨 돌리고 나서 나는 머리를 빗고 옷매무새를 가다듬고 차를 마시러 아래층으로 내려갔다. 아까 본 처녀의 얼굴이 눈앞에 아른거리며, 흥분이 가라앉았는데도 가슴이 죄어드는 것이 이상하게 기분 좋았다.

"왜 그러느냐?" 갑자기 아버지가 물었다. "까마귀라도 잡았느냐?"

아버지에게 사실대로 털어놓을까 생각하다가 꾹 참고 혼자서 싱그레 웃기만 했다.

잘 준비를 하면서 스스로도 왜 그랬는지 모르겠지만 한쪽 다리로 세 번 정도 빙그르르 돌고 나서 머리에 포마드를 듬뿍 바르고 침대에 누워 아침까지 죽은 사람처럼 푹 잠들었다. 동틀 녘에 잠깐 깨어나 고개를 들고 멍하니 주위를 둘러보고는 다시 잠에 빠졌다.

3

어떻게 하면 그 사람들과 사귈 수 있을까? 이튿날 아침 눈을 뜨자마자 제일 먼저 이 생각이 머리에 떠올랐다. 차를 마시기 전에 뜰에 나가보았지만 울타리 쪽으로 가지 않도록 조심해서인지 아무도 만나지 못했다.

차를 마시고 나서 별장 앞쪽으로 난 길을 자꾸만 왔다 갔다 하며 멀리서 창문만 바라보고 있는데, 커튼 너머로 그 처녀의 얼굴이 보인 듯한 기분이 들어 깜짝 놀라 허둥지둥 그 자리를 떠나고 말았다.

"어떻게 해서든 그녀와 아는 사이가 되어야 해." 나는 네스쿠치느이 공원 앞에 펼쳐진 모래밭을 무턱대고 걸으며 생각에 빠졌다. "하지만 어떻게 하면 좋을지가 문제야."

전날 마주쳤을 때의 일을 꼼꼼히 되짚어 보니 어째서인지 나를 보며 웃던 그 처녀의 모습이 유독 선명하게 떠올랐다.

그런데 내가 애태우며 이런저런 계획을 세우고 있는 사이에 운명이 나를 위해 이미 움직이기 시작하고 있었다.

내가 밖에서 어슬렁거리는 동안 어머니가 새로 이사 온 이웃집 부인에게서 편지를 받은 것이다. 회색 종이에 편지를 써서 갈색 봉랍으로 봉했는데, 그 봉랍은 우체국 통지서나 싸구려 와인 마개에나 쓰일 듯한 것이었다. 문법도 엉망이고 글씨도 지저분했지만 공작부인이 어머니에게 도움을 부탁하는 내용이었다.

그 부인의 말에 따르면, 부인은 지금 아주 중요한 소송을 벌이고 있는 중인데 어머니가 친하게 지내는 어떤 유력자가 부인과 그 자녀들의 앞날을 움켜쥐고 있다는 것이다. 편지에는 이렇게 쓰여 있었다.

"안녕하세요. 귀부인인 당신에게 같은 귀부인으로서 편지를 씁니다. 먼저 이런 기회를 얻게 되어 진심으로 기쁘게 생각하는 바입니다." 그리고 편지 마지막에는 인사를 하러 찾아가도 좋을지 어머니에게 방문 허락을 구하고 있었다.

내가 집에 돌아왔을 때 어머니는 초조해하고 있던 터라 기분이 썩 좋지 않았다. 아버지가 안 계셔서 의논할 상대가 없었기 때문이다. 상대가 '귀부인'이고 더구나 공작부인이니 답장을 안 쓸 수 없는데, 어떻게 써야 할지 몰라 난감했던 것이다.

이 편지에 프랑스어로 답장을 쓰는 것은 적절하지 않다고 생각하지만, 그렇다고 러시아어로 쓰자니, 어머니도 러시아어 철자법은 잘 모르는 데다 스스로도 그 점을 잘 알고 있기 때문에 창피를 당하고 싶지 않았던 것이다.

그래서 어머니는 내 얼굴을 보자마자 매우 기뻐하며 공작부인 댁에 심부름을 다녀오라고 말했다. 가서, 힘이 닿는 한 언제든지 부인을 도울 생각이며 오늘 1시에 방문해 주시기를 바란다고 전하라는 것이다.

남몰래 바라던 일이 뜻밖에 빨리 이루어지자 나는 기쁘기도 하고 어쩐지 두렵기도 했다. 하지만 조금도 내색하지 않고 일단 내 방으로 올라가 새 넥타이를 매고 프록코트를 걸쳤다. 집에서는 옷깃이 접힌 짧은 상의를 입고 있었는데 나는 그 옷이 싫어서 견딜 수 없었다.

4

별채 현관은 좁고 지저분했으며, 안으로 들어갈 때는 긴장한 탓에 온몸이 부들부들 떨렸다. 늙은 하인이 맞이하러 나왔는데, 머리는 새하얗고 볕에 그을린 구릿빛 얼굴에 돼지 눈처럼 작은 눈은 깐깐해 보이고, 이마와 관자놀이에는 이제껏 한 번도 보지 못한 굵은 주름이 깊게 파여 있었다. 하인은 다 먹고 청어 뼈만 남은 접시를 든 채 옆방으로 이어진 문을 한쪽 발로 살짝 닫으면서 무뚝뚝한 말투로 물었다. "무슨 일이십니까?"

"자세키나 공작부인 계십니까?" 내가 물었다.

"보니파치!" 그때 문 너머에서 화난 듯한 카랑카랑한 여자 목소리가 들렸다.

하인은 아무 말도 하지 않고 나에게서 등을 휙 돌렸는데, 오래 입어 해어진 제복 등에는 불그죽죽하게 녹슨 문장이 새겨진 단추 하나만 덩그러니 남아 있었다. 하인은 접시를 바닥에 내려놓고는 안으로 들어가 버렸다.

"경찰서에 다녀왔어?" 아까와 같은 여자 목소리가 들리자 하인이 뭐라고 나직하게 중얼거리며 대답했다. "뭐? 누가 왔다고?" 되묻는 소리가 들렸다. "옆집 도련님? 그럼 들어오시라고 해."

"응접실로 드시지요." 하인이 내가 있는 곳으로 돌아와 바닥에서 접시를 치우며 말했다.

나는 옷매무새를 가다듬고 '응접실'이라는 곳으로 들어갔다.

그곳은 빈말로도 아름답다고 할 수 없는 비좁은 방으로, 볼품없는 가구들을 서둘러 대충 이리저리 늘어놓은 모양새였다. 창가에 놓인 안락의자에는 한쪽 팔걸이가 떨어져 있었고, 그 의자에 나이 쉰쯤 되어 보이는 못생긴 여인이 앉아 있었다. 머리에는 아무것도 쓰지 않았으며 낡아빠진 녹색 드레스를 입고 줄무늬가 있는 모직 목도리를 두르고 있었다. 부인의 작고 검은 눈이 나를 집어삼킬 듯이 뚫어지게 바라보았다.

나는 부인 곁으로 다가가 인사를 했다.

"실례지만 자세키나 공작부인이십니까?"

"그래요. 내가 자세키나 공작부인이에요. 당신이 V 씨의 아드님이신가요?"

"그렇습니다. 어머니 심부름으로 왔습니다."

"앉아요. 보니파치! 내 열쇠 어딨지?"

나는 부인의 편지에 대한 어머니의 대답을 전했다. 내 말을 들으면서 부인은 통통하고 붉은 손가락으로 창틀을 가볍게 두드려대다가, 이야기가 끝나자 또다시 내 얼굴을 빤히 바라보았다.

"잘 알았어요. 꼭 찾아뵙겠어요." 마침내 부인이 입을 열었다. "그런데 그대는 아직 어리군요. 실례지만 몇 살이죠?"

"열여섯입니다." 나도 모르게 더듬대면서 대답하고 말았다.

부인은 호주머니에서 무엇인가를 빼곡히 적은 지저분한 종이를 몇 장 꺼내더니 코앞에 들이대고 살펴보기 시작했다.

"한창 좋을 때로군요." 부인이 느닷없이 말하면서 의자에 앉은 채 쉴 새 없이 몸을 비틀고 들썩거렸다. "편히 앉아요. 우리 집은 격식을 따지지 않으니까요."

나는 '격식을 따지지 않는 것도 정도가 있지'라고 생각하며 혐오감을 숨기지도 않고 부인의 볼썽사나운 모습을 위아래로 빤히 훑어보았다.

이때 응접실의 또 다른 문이 벌컥 열리더니 전날 뜰에서 본 그 처녀가 들어서면서 한 손을 들어 올렸다. 그 얼굴에 옅은 미소가 스쳤다.

"내 딸이에요." 부인이 팔꿈치로 딸을 가리키면서 말했다. "지나, 옆집 V 씨네 아드님이셔. 실례지만 이름이 뭐죠?"

"블라디미르입니다." 나는 자리에서 벌떡 일어나 흥분한 나머지 더듬거리며 대답했다.

"부친의 이름은요?"

"페트로비치입니다."

"그래요! 내가 잘 아는 분 중에 경찰서장이 계신데 그분 성함도 블라디미르 페트로비치예요. 보니파치! 열쇠 그만 찾아도 돼. 내 호주머니 안에 있으니까."

딸은 아까와 같은 옅은 미소를 지으며 눈을 약간 가느다랗게 뜨고 고개를 옆으로 살짝 기울이며 나를 가만히 바라보았다.

"무슈 볼데마르와는 이미 만났어요." 그녀가 입을 열었다(은쟁반에 옥구슬 굴러가는 목소리가 감미롭고 차가운 무엇처럼 내 몸속을 훑고 지나갔다). "그렇게 불러도 되겠죠?"

"네. 그야, 물론이죠." 나는 더듬거리며 대답했다.

"어디서 만났는데?" 어머니가 물었지만 딸은 대답하지 않고 나에게서 눈을 떼지 않은 채 물었다. "지금 바쁘세요?"

"조금도 바쁘지 않아요."

"그럼 털실 감는 일을 도와주시겠어요? 이리 오세요. 내 방으로 가요."

그녀는 나에게 가볍게 고개를 끄덕여 보이고 응접실에서 나갔다. 나는 그녀 뒤를 따랐다.

그녀의 방은 가구도 좀 나은 편이고 훨씬 보기 좋게 배치되어 있었다. 하지만 그때 나는 주위를 둘러볼 여유라곤 거의 없었다. 둥실둥실 떠올라 꿈속을 걷고 있는 것만 같았고, 바보스러울 만큼 긴장한 채로 머리끝부터 발끝까지 행복감에 푹 젖어 있었다.

그녀는 자리에 앉아 붉은 털실 다발을 꺼내더니 자기 앞에 있는 의자에 앉으라고 권하고는 열심히 털실 다발을 풀어 내 두 손에 걸었다. 그러는 동안에는 한마디도 하지 않고 이상할 만큼 천천히 움직였는데, 가볍게 벌어진 입술에 여전히 명랑하고 장난기 가득한 웃음을 머금고 있었다. 그러더니 구부러진 카드에 털실을 감으면서 갑자기 투명한 눈망울로 나를 힐끗 바라보았는데, 그 모습이 너무도 눈부셔서 나도 모르게 고개를 숙이고 말았다. 그녀는 대체로 눈을 살짝 가늘게 뜨고 있는데, 동그랗게 뜰 때면 얼굴 전체가 달라지면서 광채가 넘쳐흘렀다.

"어제 날 보고 어떻게 생각했어요, 무슈 볼데마르?" 얼마 뒤 그녀가 물었다. "틀림없이 못된 여자라고 생각하셨을 테죠?"

"나는…… 저…… 나는 그렇게 생각하지 않았어요……. 내가 어떻게 감히 그런……." 나는 더듬거리며 횡설수설했다.

"있잖아요." 그녀는 딱 잘라서 말했다. "아직 잘 모르시겠지만 나는 아주 별난 여자예요. 그러니까 나한테는 언제나 진실만 말해 주셔야 해요. 아까 들었는데 나이가 열여섯이라고 하셨죠? 나는 스물하나예요. 봐요, 내가 나이도 훨씬 많잖아요. 그러니까 나한테는 언제나 진실만을 말해야 해요. 그리고 내가 하는 말은 무엇이든 들어주셔야 해요." 그리고 나서 덧붙였다. "내 얼굴을 똑바로 봐요. 왜 날 보지 않죠?"

나는 더욱더 당황했지만 간신히 눈을 들어 그녀를 보자 그녀가 생긋 웃었다. 아까의 엷은 미소와 달리 힘을 북돋아주는 웃음이었다.

"나를 똑바로 봐요." 그녀가 다정하게 속삭였다. "당신이 나를 봐도 전혀 싫지 않아요. 당신의 얼굴이 마음에 들거든요. 우린 좋은 친구가 될 수 있을 것 같은데, 당신도 내가 마음에 들어요?" 그녀는 장난스러운 말투로 덧붙였다.

"아가씨……." 내가 말하려는데 그녀가 가로막았다.

"먼저, 앞으로 나를 지나이다라고 불러주세요. 그리고 아직 어린데(이렇게 말했다가 다시 고쳐 말했다), 아직 젊은데 마음속으로 느낀 점을 솔직하게 말하지 않는 건 나쁜 버릇이에요. 어른이라면 어쩔 수 없겠지만 말이에요. 어때요? 당신도 나를 좋아하죠?"

지나이다가 이토록 거침없이 얘기해 주어서 기쁘긴 했지만 그래도 조금 불끈했다. 어떻게든 어린애처럼 다루지 못하게 해야겠다는 생각에, 되도록 스스럼없으면서도 진지한 표정으로 말했다.

"물론 아주 좋아해요. 지나이다 씨. 이 마음을 숨길 생각은 없습니다."

지나이다는 천천히 고개를 끄덕였다. 그러더니 별안간 다른 이야기를 꺼냈다.

"가정교사는 있나요?"

"아뇨. 꽤 오래전부터 가정교사를 두지 않고 있습니다."

이렇게 대답했지만 사실은 거짓말이었다. 그 프랑스인이 그만둔 뒤로 아직 한 달도 지나지 않았던 것이다.

"아, 어쩐지, 그렇군요. 이제 완전히 어른이네요." 지나이다는 내 손가락을 가볍게 두드렸다.

"두 손을 똑바로 세워주시겠어요?" 그러고는 부지런히 털실을 감기 시작했다.

나는 지나이다가 눈을 내리깔고 있는 틈을 타서 찬찬히 살펴보았다. 처음에는 흘끔흘끔 훔쳐보는 정도였으나 이윽고 갈수록 대담하고 뻔뻔해졌다. 지나이다의 얼굴은 어제보다 더 아름다웠다. 얼굴 생김새 하나하나가 아주 수려하고 총명해 보이고 사랑스러웠다. 하얀 커튼이 쳐진 창 쪽으로 등을 돌리고 앉아 있었는데, 커튼을 통해 들어온 햇빛이 그녀의 탐스러운 금빛 머리칼과 귀여운 목덜미와 매끈하게 떨어지는 어깨와 부드럽고 조용하게 숨 쉬는 가슴 언저리를 부드럽게 비추고 있었다.

그녀를 뚫어지게 바라보고 있는 사이에 점점 더 지나이다가 더없이 소중하고 친밀한 사람처럼 느껴졌다. 오랜 옛날부터 지나이다와 알고 지내온 듯했고, 그녀를 만나기 전의 나는 아무것도 몰랐으며 살아가는 보람도 느끼지 못했던 것만 같았다. 지나이다가 입고 있는 초라한 드레스와 앞치마의 주름 하나하나를 어루만져주고 싶다고 생각했다. 치맛자락 밖으로 빼꼼히 나와 있는 구두코 앞에 공손히 무릎을 꿇고 싶을 정도였다.

나는 지금 정말로 그녀 앞에 앉아 있다. 마침내 아는 사이가 된 것이다. 아, 얼마나 행복한가! 너무 기뻐서 하마터면 의자에서 굴러떨어질 뻔했지만, 맛있는 음식을 먹은 아이처럼 다리만 조금 파닥거리며 꾹 참았다.

마치 물속의 금붕어처럼 행복했으므로 평생 이 방에서 나가고 싶지 않고 이 자리에서 움직이고 싶지 않다고 생각했다.

지나이다의 눈꺼풀이 살짝 말려 올라가며 환한 눈동자가 내 앞에 부드럽게 반짝이더니 그녀가 다시 엷은 미소를 지었다.

"그렇게 뚫어지게 쳐다보면 어떡해요." 지나이다가 천천히 말하면서 위협하듯 집게손가락을 내밀어 보였다.

나는 얼굴이 새빨개졌다. 지나이다는 모든 것을 알고 있고 모든 것을 꿰뚫어본다는 생각이 머리를 스치고 지나갔다. 틀림없이 지나이다는 모르는 것도 없고 꿰뚫어보지 못하는 것도 없을 것이다!

갑자기 옆방에서 쿵쿵거리는 소리가 나더니 허리에 찬 검이 쩔그럭거리는 소리가 들렸다.

"지나!" 응접실에서 공작부인이 불렀다. "벨로브조로프 씨가 새끼고양이를 가지고 오셨구나."

"새끼고양이!" 지나이다는 의자에서 벌떡 일어나며 소리치더니 털실 뭉치를 내 무릎 위에 던져놓고 달려 나갔다.

나도 일어나 손에 들고 있던 털실 다발과 무릎 위의 털실 뭉치를 창가에 올려놓고 응접실로 나가다가 어안이 벙벙해서 그 자리에 우뚝 멈춰 서고 말았다. 응접실 한가운데에 줄무늬 고양이가 다리를 벌리고 누워 있고 지나이다가 그 앞에 무릎을 꿇고 앉아 조심스럽게 그 조그만 얼굴을 들어 올리고 있었다. 공작부인 옆에는 구불거리는 금발의 사내가 창문과 창문 사이의 벽을 거의 다 가리고 서 있었다. 혈색 좋고 눈이 부리부리한 경기병이었다.

"어쩜 이렇게 귀여울까!" 지나이다가 같은 말을 몇 번이나 되풀이했다. "눈동자도 회색이 아니라 녹색이고 귀도 이렇게나 크다니. 정말 고마워요, 벨로브조로프 씨! 당신은 정말 친절하시군요."

이 경기병이 전날 본 사내들 중 하나임을 깨달았다. 벨로브조로프가 빙그레 웃으면서 꾸벅 인사를 하자 박차가 쩔그렁 울리면서 검 손잡이가 철컥 소리를 냈다.

"어제 귀가 큰 줄무늬 고양이를 기르고 싶다고 말씀하셨지요? 그래서 이렇게 구해 온 겁니다. 당신의 말에는 언제나 복종해야 하니까요." 벨로브조로프는 다시 한 번 인사를 하며 말했다.

새끼고양이가 가냘프게 울며 바닥 냄새를 맡기 시작했다.

"배가 고픈가 봐요!" 지나이다가 소리쳤다. "보니파치! 소냐! 우유를 좀 가져와요!"

낡아빠진 노란 옷에 빛바랜 목도리를 두른 하인이 우유가 든 작은 접시를 들고 와 고양이 앞에 내려놓자, 고양이는 깜짝 놀라 몸을 움찔거리더니 눈을 가늘게 뜨고 우유를 핥기 시작했다.

"분홍색 혓바닥이 정말 귀여워요." 지나이다는 머리가 바닥에 거의 닿도록 몸을 굽히고 옆에서 고양이 주둥이 언저리를 들여다보았다.

새끼고양이는 배가 빵빵하게 차오르자 기분 좋게 고르릉고르릉 목을 울리며 앞발로 번갈아가며 바닥을 꾹꾹 다졌다. 지나이다는 일어서서 하인을 돌아보고 쌀쌀하게 말했다.

"저리 데려가."

"고양이를 구해 온 상으로 손을." 경기병은 이를 드러내고 웃으면서 건장한 몸을 한껏 뒤로 젖혔다. 새로 맞춘 군복이 몸을 단단히 죄고 있었다.

"두 손 다예요." 지나이다는 거부하듯 말하며 두 손을 내밀었다. 그리고 벨로브조로프가 손에 입을 맞추는 동안 어깨 너머로 나를 바라보았다.

나는 그 자리에 움직이지도 않고 선 채 어찌할 바를 몰랐다. 웃어야 할까, 한마디 해야 할까, 아니면 그대로 잠자코 있어야 할까? 그때 활짝 열린 현관문 너머로 우리 집 하인 표도르의 모습이 보였다. 표도르가 내게 신호를 보내기에 자연스럽게 그쪽으로 나가보았다.

"왜 그래?"

"마님께서 불러오라고 하셨습니다." 표도르가 작게 속삭였다. "아무리 기다려도 도련님이 대답을 가지고 돌아오지 않으셔서 몹시 화를 내고 계세요."

"내가 그렇게 오래 있었나?"

"여기에 한 시간 남짓 계셨어요."

"한 시간 남짓!" 나는 엉겁결에 되뇌고 응접실로 돌아가 작별인사를 했다.

"어딜 가시려고요?" 경기병의 등에 가려져 있던 지나이다가 고개를 내밀고 물었다.

"이만 집에 가 봐야 해서요." 나는 지나이다에게 대답하고 공작부인을 바라보며 덧붙였다. "그럼 1시 넘어서 오실 거라고 어머니에게 전하겠습니다."

"그래요, 그렇게 말씀드려 주세요."

공작부인은 말하면서 부산스럽게 담배쌈지를 꺼내더니 요란한 소리를 내며 코담배를 빨아들이는 바람에 나는 소스라치게 놀라고 말았다.

"그렇게 말씀드려 주세요." 공작부인은 거듭 말하면서 눈물 맺힌 눈을 깜빡거리고 목에서 이상한 소리를 냈다.

나는 다시 한 번 인사하고 휙 돌아서 방을 나왔는데 멋쩍고 등이 따끔거려서 견딜 수가 없었다. 젊은 시절에 등 뒤에서 자신을 보고 있는 눈길을 느낄 때면 누구나 이런 기분이 들지 않을까.

"무슈 볼데마르, 또 놀러 오세요. 아셨죠?" 지나이다는 큰 소리로 말하고 또다시 웃어댔다.

어째서 지나이다는 저렇게 웃기만 할까. 나는 돌아오면서 생각했다. 표도르는 한마디도 하지 않고 나무라는 태도로 내 뒤에서 따라왔다. 집에 오자 어머니가 공작부인 댁에서 이렇게 오랫동안 무얼 했느냐며 기가 차다는 표정으로 잔소리를 했지만 나는 대답하지 않고 내 방으로 들어갔다. 갑자기 슬픔이 왈칵 밀려와 울지 않으려고 온 힘을 다해 꾹 참았다. 벨로브조로프가 너무 부럽고 미웠던 것이다.

5

공작부인은 약속시간에 맞춰 어머니를 찾아왔지만 어머니는 그 부인이 마음에 들지 않는 것 같았다. 나는 두 사람이 만나 이야기할 때 그 자리에 함께 있진 않았지만 식사 때 어머니가 아버지에게 이야기한 바에 따르면, 그 자세키나 공작부인은 아주 속된 사람인 듯했다. 세르게이 공작에게 자신을 소개해 달라고 끈질기게 졸라대는 통에 넌더리가 나더라는 것이다. 게다가 끊임없이 소송이나 분쟁에 휘말려 있는데 하나같이 볼썽사나운 금전문제와 관련되어 있다는 것이다. 어지간히 재판을 좋아하는 성가신 양반임에 틀림없다고 하면서도 어머니는 공작부인에게 내일 딸과 함께 식사하러 오라고 초대했다고 말했다('딸과 함께'라는 말을 듣고 나는 접시에 코를 처박고 말았다). 이러니저러니 해도 이웃사촌인 데다 이름 있는 분이기 때문이라고 했다. 그러자 아버지가 그 공작부인이 누구인지 이제야 생각났다고 어머니에게 말했다. 아버지는 젊었을 때 지금은 고인이 된 자세킨 공작과 아는 사이였다. 그는 훌륭한 교육을 받았지만 실속 없는 시시한 사내로, 파리에 오래 살았던 탓에 동료들에게 '파리 사람'이라고 불렸다. 큰 부자였는데 도박에 빠져 재산을 모조리 날리고, 아마도 돈이 목적이었던지 더 괜찮은 상대를 고를 수도 있었을 텐데 어째선지 하급관리의 딸과 결혼했다고 한다(아버지는 이렇게 말하며 차갑게 웃었다). 그런데 결혼하고 나서 이번에는 투기에 손을 대는 바람에 끝내 파산하고 말았다고 덧붙였다.

"돈을 빌려달라는 얘기는 꺼내지 말았으면 좋겠는데." 어머니가 말했다.

"충분히 그럴 수 있지." 아버지는 태연하게 말했다. "부인은 프랑스어를 할 줄 압디까?"

"아주 형편없었어요."

"흠. 뭐, 아무래도 상관없지. 아까 딸도 함께 초대했다고 했잖소? 누군가가 그 딸은 아주 사랑스럽고 교양 있는 처녀라고 강조하더군."

"어머나, 그래요? 그럼 어머니와는 전혀 닮지 않았나 보네요."

"아버지와도 닮지 않은 모양이오. 그 아버지도 교양은 갖췄지만 머리가 나빴으니까."

어머니는 한숨을 내쉬며 생각에 잠겼다. 아버지도 입을 다물었다. 이런 대화가 이어지는 내내 나는 가시방석에 앉아 있는 기분이었다.

식사를 마치고 뜰로 나왔지만 그날은 총은 갖고 나가지 않았다. '자세킨가(家)의 뜰' 쪽으로는 가지 않기로 다짐했지만 거스를 수 없는 힘에 이끌려 어슬렁어슬렁 그쪽으로 걸음을 옮겼는데, 과연 간 보람이 있었다. 울타리 근처까지 채 가기도 전에 지나이다의 모습이 눈에 들어왔다. 그녀는 혼자였다. 책을 읽으면서 오솔길을 천천히 거닐고 있었다. 나를 보지 못한 듯했다.

나는 그녀를 스쳐 지나가기 직전에야 아차 싶어서 헛기침을 했다.

지나이다는 돌아보긴 했지만 걸음을 멈추지 않고, 둥근 밀짚모자에 달려 있는 폭이 넓은 하늘색 리본을 한 손으로 젖히며 나를 보고 생긋 미소짓고는 다시 책으로 눈을 돌렸다.

나는 챙이 달린 모자를 벗고 얼마 동안 그 자리에 서서 머뭇거리다가 우울한 마음으로 돌아섰다. 'Que suis-je pour elle? (나는 그녀에게 뭘까?)' (왜 그런지 신은 아시겠지만) 프랑스어로 생각에 잠겼다.

등 뒤에서 익숙한 발소리가 들리기에 돌아보니 언제나 경쾌하고 시원시원하게 걷는 아버지가 오고 있었다.

"저 아이가 공작부인 따님이냐?" 아버지가 물었다.

"네, 맞아요."

"이미 아는 사이니?"

"오늘 아침에 공작부인 댁에서 만났어요."

아버지는 걸음을 멈추고 발길을 돌려 방금 걸어온 길을 되돌아가더니 지나이다와 어깨를 나란히 할 때까지 쫓아가 정중하게 인사를 건넸다. 지나이다도 공손하게 인사를 하면서 조금 놀란 표정으로 책을 내려놓았다.

그 뒤에도 지나이다가 아버지의 뒷모습을 가만히 바라보고 있었다. 아버지의 옷매무새는 언제나 우아하고 말끔하며 아버지 특유의 분위기가 배어 있었지만, 이때만큼 그 모습이 늠름하게 보인 적이 없었고, 그 회색 모자가 조금 듬성듬성해지기 시작한 고수머리와 그토록 멋지게 어울린다고 생각한 적도 없었다.

나는 지나이다 쪽으로 갈지 잠깐 망설였지만 그녀는 나에게 눈길도 주지 않고 다시 책을 펼쳐들고 반대쪽으로 가버렸다.

6

그날 저녁부터 이틀날까지 줄곧 입도 뻥긋하기 싫을 만큼 우울한 기분으로 지냈다. 공부라도 하려고 마음을 다잡고 카이다노프의 유명한 교과서를 펼쳤지만 글자와 글자 사이가 널찍하게 편집된 행간과 책장이 눈앞에서 어른거리기만 할 뿐 조금도 머리에는 들어오지 않았다. "율리우스 카이사르는 무예가 뛰어났다"라는 문장을 내리 열 번이나 읽었지만 도무지 무슨 말인지 전혀 이해가 되지 않아 결국 책을 던져버리고 말았다. 식사시간이 다가오자 나는 또다시 머리에 포마드를 잔뜩 바르고 프록코트와 넥타이로 차려입었다.

"대체 무슨 생각을 하고 있니?" 어머니가 물었다. "너는 아직 대학생도 아니고 시험에 붙을지 떨어질지도 모르는 상황이잖니. 그리고 그 짧은 상의는 바로 얼마 전에 새로 맞춘 건데 버리면 아깝잖아."

"오늘은 손님이 오시잖아요." 나는 거의 포기하는 마음으로 중얼거렸다.

"바보 같은 소리 마라! 그 사람들이 무슨 대단한 손님이라고!"

나는 얌전히 항복하고 시키는 대로 따르는 수밖에 없다. 마지못해 프록코트를 짧은 상의로 갈아입었지만 넥타이는 풀지 않았다.

공작부인과 딸은 식사시간 30분 전에 도착했다. 부인은 전날 입었던 녹색 드레스 위에 숄을 두르고 불꽃처럼 새빨간 리본이 달린 유행 지난 실내용 모자를 쓰고 있었다.

그 부인은 인사도 하는 둥 마는 둥 하고 어음이 어쩌고저쩌고하는 이야기부터 꺼내더니 한숨을 내쉬고 자신의 가난한 처지를 푸념하면서 예의도 염치도 없이 끈질기게 '도움'을 요구했다. 게다가 제 집인 양 거리낌 없이 수선스럽게 코담배를 피우고 의자에 앉은 채 몸을 이리저리 뒤척이고 들썩거렸다. 자신이 공작부인이라는 사실 따위는 까맣게 잊은 것 같았다. 반면 지나이다는 오만해 보일 만큼 의젓해서 과연 공작 영애다웠다. 쌀쌀하고 웃음기 없는 표정으로 점잔을 빼고 있어서 완전히 다른 사람으로 착각할 정도였다. 다정한 눈길과 미소는 전혀 찾아볼 수 없었지만 처음 보는 이런 새로운 모습도 내 눈에는 역시 훌륭하게 보였다. 하늘색 꽃무늬가 그려진 얇은 드레스를 입고, 머리는 영국식으로 양쪽 볼 언저리에서 둥글게 말아 내렸는데 이 머리모양이 싸늘한 표정과 아주 잘 어울렸다.

식사 때는 아버지가 지나이다 옆에 앉아 평소의 우아하고 침착한 태도로 정중하게 지나이다를 상대했다. 때때로 아버지가 지나이다의 얼굴을 힐끗 쳐다보았다. 지나이다도 이따금 아버지를 마주 바라보았는데 그 눈빛이 참으로 야릇하고 밉살스럽기까지 했다. 두 사람은 프랑스어로 이야기를 나누었는데 지나이다의 발음이 너무 훌륭해서 깜짝 놀란 기억이 있다.

공작부인은 식사를 하는 동안에도 여전히 제멋대로 굴면서 체면도 차리지 않고 요리를 칭찬하며 마구 먹어댔다. 어머니는 한눈에 보기에도 부인을 껄끄러워하는 듯했다. 언짢은 태도로 깔보며 마지못해 건성으로 대꾸만 하자 아버지가 이따금 얼굴을 찡그렸다. 지나이다도 어머니 마음에는 들지 않았다.

"애가 좀 거만하더군요." 이튿날 어머니가 말했다. "기가 막히지 않아요? 자기가 그렇게 거만 떨 게 뭐가 있다고. 딱 봐도 그리제트(프랑스에서 점원으로 일하는 풍기 문란한 젊은 여자들을 말함) 같아 보이는데."

"당신은 그리제트를 본 적도 없잖소." 아버지가 꼬집었다.

"아주 다행스럽게도 말이죠!"

"그야 다행스러운 일이지. 하지만 보지도 못했는데 어떻게 그들에 대해 함부로 말할 수 있단 말이오?"

지나이다는 식사 하는 내내 단 한 번도 내게 눈길을 주지 않았다. 식사가 끝나자 공작부인은 곧바로 작별인사를 했다.

"앞으로도 부인과 바깥어른께서 잘 좀 도와주세요." 부인은 아버지와 어머니에게 마치 노래하듯 말했다. "어쩌겠어요? 한때는 좋은 시절도 있었지만 이미 다 지난 일인걸요. 내가 아무리 공작부인이라도 입에 풀칠조차 못하면 명예가 다 무슨 소용이겠어요?" 부인은 큰 소리로 간사하게 웃으며 말했다.

아버지는 부인에게 공손하게 인사를 하고 현관문까지 배웅했다. 나는 짧은 상의를 신경 쓰면서 마치 사형선고를 받은 사람처럼 자리에 멀뚱히 서서 바닥만 내려다보고 있었다. 지나이다의 쌀쌀한 태도에 완전히 풀이 죽은 것이다. 그래서 지나이다가 내 앞을 스쳐 지나가면서 전에 보여주던 그 부드러운 표정으로 재빨리 속삭였을 때는 세상이 뒤집히는 줄 알았다.

"8시까지 우리 집으로 오세요. 알았죠? 꼭이에요."

너무도 갑작스러운 일이라 두 손을 벌렸을 때는 이미 지나이다가 하얀 스카프를 머리에 쓰고 가버린 뒤였다.

7

8시 정각, 프록코트를 입고 앞머리를 높이 빗어 올린 나는 공작부인이 사는 별채 현관으로 들어섰다. 늙은 하인이 못마땅한 눈초리로 나를 노려보며 붙박이 소파에서 마지못해 일어났다. 응접실에서 떠들썩한 소리가 들려왔다. 문을 여는 순간 나는 깜짝 놀라 뒷걸음쳤다. 응접실 한가운데에 놓인 의자 위에 남자 모자를 손에 든 지나이다가 서 있고, 의자 주위로 다섯 사내가 둘러서서 앞다투어 모자에 손을 넣으려 하고 있었다. 지나이다는 모자를 높이 치켜들고 힘껏 흔들어대다가 나를 보자 큰 소리로 말했다.

"잠깐만, 기다려요! 새로운 손님이 오셨어요. 이분에게도 표를 드려야 해요." 지나이다는 의자에서 가볍게 뛰어내려 내 프록코트의 소맷자락을 잡았다.

"자, 이리 오세요. 왜 가만히 서 있기만 하세요? 여러분, 소개할게요. 이분은 옆집 아드님인 무슈 볼데마르예요." 그리고 이번에는 나에게 손님들을 차례차례 소개해 주었다. "말레프스키 백작, 의사 루쉰 씨, 시인 마이다노프 씨, 예비역 대위인 니르마츠키 씨, 그리고 경기병 벨로브조로프 씨는 이미 만났죠? 그럼 친하게들 지내세요."

나는 너무나 당황하여 아무에게도 인사를 하지 못했다. 그래도 피부가 가무잡잡한 의사 루쉰이 그때 뜰에서 나에게 매몰차게 창피를 준 사람이라는 것은 알았으나 나머지는 처음 보는 사람들이었다.

"백작!" 지나이다가 말을 이었다. "볼데마르 씨에게도 티켓을 만들어 주세요."

"그건 불공평해요." 백작은 폴란드 사투리가 살짝 섞인 말투로 이의를 제기했다. 멋스럽게 차려입은 백작은 흑발에 빼어난 미남으로, 표정이 풍부한 밤색 눈, 하얗고 날렵한 코, 작은 입술에 옅은 콧수염을 기르고 있었다. "이 친구는 벌금놀이에 참가하지 않았으니까요."

"그래요, 불공평해요." 예비역 대위라는 사내와 벨로브조로프가 입을 모아 맞장구쳤다. 예비역 대위는 보기 흉할 만큼 곰보이며 흑인 같은 곱슬머리에 안짱다리인 데다 등이 굽은 마흔 줄의 사내로 견장을 달지 않은 군복 단추를 풀어헤쳐 놓고 있었다.

"티켓을 만들어 주라니까요." 지나이다가 한 번 더 말했다. "내 말에 반대하는 거예요? 무슈 볼데마르는 처음이니까 오늘은 특별대우를 해드릴 거예요. 여러 말 말고 만들어 주세요. 내가 그렇게 하고 싶으니까 말이에요."

백작은 어깨를 으쓱하더니 순순히 고개를 숙이고 보석반지를 잔뜩 낀 하얀 손으로 펜을 들고 종이를 찢어 무언가를 적어 넣었다.

"그럼 볼데마르 씨에게 우리가 무얼 하고 있는지 설명해 드려야겠군요." 루쉰이 빈정대는 투로 말을 꺼냈다. "안 그래도 이렇게 당황스러워하고 있으니. 우린 지금 벌금놀이를 하고 있는데 아가씨가 벌금을 낼 차례라 뽑기에 당첨된 사람은 아가씨의 손에 입을 맞출 권리를 얻게 되는 거요. 무슨 말인지 알아듣겠소?"

나는 루쉰을 계속 쳐다보면서 여전히 멀뚱히 서 있었다. 그러는 사이에 지나이다가 다시 의자 위로 뛰어올라 모자를 흔들어대기 시작했다. 다들 지나이다 쪽으로 손을 뻗었으므로 나도 뒤에서 똑같이 따라했다.

"마이다노프 씨!" 지나이다는 키가 크고 빼빼한 얼굴에 눈이 작고 근시이며, 검은 머리를 길게 기른 젊은 사내를 불렀다. "당신은 시인이니까 틀림없이 마음이 넓을 거예요. 무슈 볼데마르에게 당신의 티켓을 양보해 주세요. 그럼 무슈는 한 번이 아니라 두 번의 기회를 얻게 되니까요."

하지만 마이다노프는 싫다는 뜻으로 고개를 휘휘 가로저으며 기다란 머리칼을 세차게 흔들어댔다. 나는 맨 나중에 모자에 손을 넣어 티켓을 뽑는데 펼쳐보니…… 세상에! 티켓에 '키스'라고 적힌 글자를 보았을 때의 내 기분이 어땠을지 상상할 수 있겠는가.

"키스!" 나는 무심코 크게 소리쳤다.

"브라보! 이분이 당첨되셨군요." 지나이다가 내 말을 이어받았다. "아이, 기뻐라." 의자에서 내려와 더없이 밝고 달콤한 눈동자로 내 눈을 똑바로 보자 나는 가슴이 터질 것만 같았다. 게다가 지나이다가 이렇게 물었다. "당신도 기뻐요?"

"나요?" 나는 말도 잘 나오지 않았다.

"그 티켓을 나한테 파시오." 갑자기 내 귓가에서 벨로브조로프가 검을 쩔 그렁거리면서 말했다. "100루블 주겠소."

내가 대답 대신 분개한 눈빛으로 경기병을 노려보자 지나이다는 손뼉을 쳤고 루쉰은 "그렇지!" 하고 외쳤다.

"그런데 나는 사회자로서 모든 일이 순조롭게 진행되도록 이끌어갈 책임이 있지요. 자, 무슈 볼데마르, 한쪽 무릎을 꿇으시오. 규정이 그러합니다."

지나이다는 내 앞에 서서 나를 더 자세히 보려는 듯이 고개를 옆으로 살짝 기울이고 정중하게 한 손을 내밀었다. 나는 눈앞이 어찔하여 한쪽 무릎을 꿇는다는 것이 양쪽 무릎을 다 꿇어버린 데다, 손가락에 입술을 대려다가 너무 서툴러서 그녀의 손톱에 코끝을 긁히고 말았다.

"이제 됐어요!" 루쉰이 큰 소리로 말하며 나를 일으켜 세웠다.

벌금놀이는 그 뒤로도 계속되었다. 지나이다는 나를 옆에 앉혀두고 온갖 벌칙을 끊임없이 생각해 냈다!

참고로 지나이다가 '동상(銅像)'이 되는 벌칙을 받을 때는 못생긴 니르마츠키를 '대좌(臺座)'로 삼겠다고 말하며 엎드리라는 둥, 대좌답게 얼굴을 가슴에 갖다 붙이라는 둥 명령하여 웃음소리가 끊이지 않았다.

나는 격식을 중시하는 귀족 가문에서 태어나 친구도 없이 혼자 고지식한 교육만 받아온 터라 이런 떠들썩한 놀이를 하며 흥겹고 자유로운 축제 기분을 만끽하거나, 또 처음 보는 사람들과 갑자기 친해지거나 하는 경험이 처음이었기 때문에 완전히 흥분하고 말았다. 꼭 와인을 거나하게 마시고 취한 사람 같았다. 내가 누구보다도 큰 소리로 웃고 떠들어대는 바람에 옆방에 있던 공작부인이 일부러 내 상태를 보러 올 정도였다. 부인은 이베르스키 성문 쪽에서 불러들인 하급 관리와 이야기를 나누고 있었다.

하지만 나는 행복감에 흠뻑 취해 '눈에 보이는 것이 없는' 상태였으므로 누가 나를 비웃건 한심하게 보건 조금도 신경 쓰지 않았다. 지나이다는 그 뒤로도 계속 나를 봐주고 자기 곁에서 떼어놓지 않았다. 우리는 둘이서 이런 벌을 받기도 했다. 지나이다와 나란히 앉아 비단 스카프를 함께 덮어쓰고 그 안에서 내 비밀을 지나이다에게 털어놓는 것이었다. 지금도 그 상황이 눈에 선하다. 우리 머리 위에 갑자기 숨 막힐 듯이 향기롭고 반투명한 어둠이 내려앉자, 그 어둠 속에서 지나이다의 눈동자가 내 바로 앞에서 부드럽게 반짝이고 반쯤 벌어진 입술에서 뜨거운 입김이 새어나오며 하얀 치아가 어슴푸레하게 보였다. 지나이다의 머리칼이 내 뺨을 간질이자 그 부분이 불에 덴 듯 화끈거렸다. 내가 아무 말도 하지 않자 신비롭고 장난스럽게 미소짓고 있던 지나이다가 마침내 "왜 그래요?" 하고 속삭였다. 나는 얼굴을 붉히고 멋쩍게 웃었는데 숨이 끊어질 것 같아 고개를 돌릴 수밖에 없었다.

벌금놀이에 싫증이 나자 이번에는 줄을 가지고 놀이를 시작했다. 아! 술래가 된 지나이다가 동그랗게 둘러친 줄 안에서 멍청하게 서 있는 내 손가락을 힘주어 찰싹 때리자 얼마나 황홀하고 기쁘던지! 그 뒤 일부러 멍하게 있는 척했지만 지나이다는 내가 내민 손은 거들떠보지도 않고 나를 안달나게 했다.

이 밖에도 그날 밤 참으로 다양한 놀이를 했다.

피아노를 치고 노래를 부르고 춤추고 집시 흉내를 냈다. 니르마츠키는 곰 흉내를 내며 소금물을 마셔야 했고, 말레프스키 백작은 여러 가지 카드마술을 선보인 뒤 휘스트라는 게임을 하자며 카드를 고루 섞어서 나누어 주었는데 좋은 패는 모두 자기한테 오게 하는 묘기를 보여주자, 루쉰이 "솜씨가 절묘하십니다" 하고 칭찬했다. 마이다노프는 그가 지은 이야기시(詩) 〈살인자〉의 한 구절을 낭독했는데(낭만주의 전성기가 배경이었다) 실제로 검은 바탕에 피처럼 붉은 글씨로 제목을 쓴 표지를 달아 출판할 예정이었다. 이베르스키 성문 쪽에서 온 관리가 무릎에 모자를 올려놓고 있었는데 그것을 몰래 빼앗아 와서 돌려받고 싶으면 민속춤을 추라고 억지를 부리고, 늙은 보니파치에게 여자용 실내 모자를 씌우고, 지나이다가 남자 모자를 쓰기도 했다.

하나하나 말하자면 끝이 없을 정도였다. 벨로브조로프만 혼자 인상을 찌푸리고 언짢은 표정으로 점점 구석진 곳으로 밀려났다. 이따금 눈에 핏발이 서고 얼굴이 새빨갛게 달아올라서는 금방이라도 달려들어 우리를 나무토막 쓰러뜨리듯 사방으로 던져버릴 것만 같았지만, 지나이다가 그쪽을 힐끗 보며 집게손가락을 세워 위협하는 시늉을 하자 벨로브조로프는 풀이 죽어 원래 있던 구석으로 되돌아갔다.

끝내는 너나 할 것 없이 모두 녹초가 되고 말았다. 공작부인은 말하기를 자기는 매우 너그러운 성격이라 우리가 아무리 떠들어도 전혀 신경 쓰지 않는다고 했는데, 그런 부인조차도 지쳐서 쉬고 싶다고 말했을 정도였다.

12시가 지나자 밤참이 나왔다. 오래되어 딱딱하게 굳은 치즈와 얇게 자른 햄을 넣은 피로시키(러시아의 고기 파이)였는데, 이미 차갑게 식어 있었지만 내 입에는 그 어떤 고급스러운 파이보다도 맛있었다. 와인은 한 병밖에 없었다. 하지만 그마저도 거무죽죽한 병의 목 부분이 이상하게 부풀어 있는 데다 내용물도 분홍색으로 변해 있었다. 역시 그 와인에는 아무도 손을 대지 않았다.

지친 다리를 이끌고 말할 수 없는 행복감을 느끼며 나는 별채를 나섰다. 헤어질 때 지나이다가 내 손을 꼭 잡고 또다시 그 불가사의한 미소를 보여주었다.

달아오른 뺨을 스치는 밤공기가 무겁고 축축했다. 비가 한바탕 퍼붓겠다고 생각했더니, 정말로 검은 먹구름이 뭉게뭉게 피어올라 연기처럼 선명하게 모양을 바꾸며 하늘을 뒤덮고 있었다. 스산한 바람이 시커먼 숲을 뒤흔들고 지평선 너머 어딘가에서 마치 혼잣말하듯 천둥이 화난 목소리로 낮게 웅얼거렸다.

나는 뒷문을 통해 살그머니 내 방으로 들어갔다. 내 몸종 할아범이 바닥에 누워 자고 있었으므로 그 위로 넘어가야 했다. 할아범이 잠에서 깨어 나를 보고는 마님이 또다시 화를 내시며 사람을 보내 불러오겠다고 하시는 걸 나리가 말리셨다고 말해 주었다(나는 지금까지 자기 전에 어머니에게 문안 인사를 드리고 축복을 받는 일을 한 번도 걸러본 적이 없었다). 하지만 어쩔 수 없지 않은가!

할아범에게 내가 옷을 갈아입을 테니 그만 자라고 말하고 촛불을 껐다. 하지만 나는 옷을 벗지도 않았고 눕지도 않았다.

그리고 마법에 걸린 사람처럼 의자에 가만히 앉아 있었다. 가슴속에 아주 새롭고 말할 수 없이 감미로운 감정이 가득 차올랐다. 주위를 살짝 둘러보고는 꼼짝도 하지 않고 천천히 호흡했다. 다만 이따금 즐거웠던 기억이 떠올라 소리 죽여 킥킥거리거나 '나는 사랑에 빠졌어, 사랑, 이게 바로 사랑이야' 하고 생각하며 마음속이 서늘해지는 것을 느꼈다.

어둠 속에서 지나이다의 얼굴이 떠오르더니 사라지지 않고 계속 둥둥 떠다녔다. 입가에 여전히 야릇한 미소를 띠고 조금 떨어진 곳에서 궁금한 듯도 하고 생각에 잠긴 듯도 한 부드러운 눈빛으로 이쪽을 보고 있는 지나이다. 조금 전에도 헤어질 때와 똑같은 눈빛이었다.

나는 조금 있다가 의자에서 일어나 발소리를 죽이고 침대로 가서 옷도 갈아입지 않고 조심스럽게 베개에 머리를 뉘었다. 갑자기 격하게 움직이면 내 가슴속에 가득 차 있는 감정이 흐트러질까 봐 걱정스러웠는지도 모른다.

자리에 눕긴 했지만 눈을 감고 싶지는 않았다. 얼마 뒤 방 안으로 희미한 불빛이 끊임없이 비춰드는 것을 깨달았다. 일어나 앉아 창밖을 바라보니 신비로운 분위기를 자아내는 희뿌연 창문 너머로 빗살무늬가 선명하게 떠올랐다. 번개가 틀림없다고 생각했다.

번개가 맞긴 했지만 아주 먼 곳에 떨어졌기 때문에 천둥소리는 들리지 않았다. 다만 하늘에 기다랗게 가지를 친 빛줄기가 끊임없이 꼬리를 물고 둔탁하게 번뜩일 뿐이었는데, 번뜩인다기보다는 차라리 죽어가는 새가 날갯죽지를 퍼덕거리는 느낌이었다. 나는 침대에서 일어나 창가로 가서 아침까지 계속 서 있었다. 보통 '참새의 밤'이라고 말하는 짧은 여름밤 동안 번개는 잠시도 쉬지 않고 번뜩였다. 눈앞에는 쥐 죽은 듯이 고요한 모래밭과 거뭇하게 덩어리진 네스쿠치느이 공원, 멀리 보이는 건물의 누르스름한 정면 벽에 번개가 흐릿하게 빛날 때마다 건물 전체가 부르르 떨리는 듯한 광경이 펼쳐졌다. 아무리 보아도 질리지 않을뿐더러 눈을 뗄 수조차 없었다. 고요한 번개, 그 다소곳한 번개가 내 마음에서도 역시 소리 없이 남몰래 번뜩이기 시작한 정신의 비밀스런 충동과 서로 호응하는 것 같았다.

어둠이 걷히고 아침놀이 하늘에 붉은 얼룩을 만들기 시작했다. 해돋이가 가까워질수록 번개는 조금씩 빛을 잃으며 짧고 뜸해지더니 마침내 완전히 사라져 버렸다. 그리고 날이 밝자 정신이 번쩍 들 정도로 환한 빛이 사방에 넘쳐흘렀다.

마음속의 번개도 사라졌다. 나는 갑작스레 피곤함을 느끼면서 동시에 평온함도 되찾았지만, 지나이다의 모습은 여전히 의기양양하게 내 마음 위를 날아다녔다. 그러나 기억에 남아 있는 그 모습도 어지간히 안정을 찾은 듯, 백조가 늪의 풀숲에서 날아오르듯 주변을 둘러싸고 있는 볼품없는 그늘을 떠나갔다. 나는 스르르 잠에 빠져들면서 마지막으로 지나이다에게 다시 한번 잘 자라고 인사하면서 진심어린 사랑을 담아 떠나가는 그 모습에 매달렸다.

아, 푸근한 감정, 부드러운 조화, 사랑에 빠졌을 때의 상냥함과 고요함, 연애에 처음 감동했을 때의 황홀한 기쁨. 너희들은 대체 어디로 가버렸단 말인가.

8

이튿날 아침, 차를 마시러 아래층으로 내려가자 예상했던 대로 어머니가 잔소리를 하셨지만 생각만큼 심하지는 않았다. 어젯밤에 무엇을 하고 놀았는지 이야기해 보라고 하셨다. 나는 짤막하게 대답하면서 자세한 내용은 과감하게 잘라내어 전체적으로 시시해 보이도록 꾸미려고 애를 썼다.

"어쨌든 그들은 제대로 된 사람들이 아니야. 시험공부도 내팽개치고 그런 곳에 들락거리면 못쓴다." 어머니가 설교했다.

어머니가 내 공부에 관심을 보일 때도 겨우 이런 말 몇 마디가 전부였으므로 나는 더 이상 대답할 필요도 느끼지 않았다. 그런데 차를 마신 뒤 아버지가 내 팔을 잡고 뜰로 데려가면서 자세킨 댁에서 본 것을 하나도 빠짐없이 얘기해 달라고 했다.

아버지는 나에게 야릇한 영향력을 지니고 있었다. 아니, 애초부터 아버지와 나의 부자관계 자체가 이상했다. 아버지는 내 교육 문제에 거의 참견하지 않았지만 그렇다고 절대 나를 무시하지도 않았으며 언제나 내 자유를 존중해 주었다. 이런 표현이 적절할지 모르지만 아버지는 정중하고 예의바른 태도로 나를 대해 주었다.

하지만 스스럼없이 대해 주지는 않았다. 나는 아버지를 사랑했고 사나이의 전형이라고 생각하며 늘 그 늠름한 모습을 동경했다. 아버지의 손이 언제나 나를 밀쳐내는 기분이 들었기 때문에 늘 엉거주춤한 태도를 보이긴 했지만, 그렇지 않았다면 끈질기게 아버지를 졸졸 쫓아다녔을 것이다.

따라서 아버지가 그럴 마음이 생겨 사소한 말 한마디를 건넨다거나, 대수롭지 않은 몸짓 한 가지만 보여주면 내 마음속에서 아버지에 대한 무한한 믿음이 순식간에 솟구쳐 올라 나는 속을 열어 보이며 똑똑한 친구나 아량 넓은 교사와 이야기하듯 아버지에게 수다를 늘어놓았다. 그러나 얼마 뒤 아버지는 또다시 나를 거부하고 손으로 밀쳐낸다. 그 손길이 부드럽고 다정하기는 했으나 밀쳐낸다는 사실에는 변함이 없다.

아버지도 때로는 기분이 좋을 때가 있는데, 그럴 때면 나를 상대로 어린애처럼 떠들어대거나 장난을 치곤 했다(아버지는 격렬하게 몸을 쓰는 일은 무엇이든 좋아했다). 언젠가 한 번—그전에도 그 후에도 다시 없이 딱 한 번뿐이었지만—너무도 사랑스럽다는 듯 다정하게 나를 귀여워해 준 일이 있는데 나는 하마터면 울음을 터뜨릴 뻔했다. 하지만 그런 즐거운 분위기와 애정 어린 태도도 흔적조차 없이 사라져 버린다. 방금 아버지와 내 사이가 좋았다고 해서 앞으로도 아버지가 그런 애정을 보여준다는 증거는 어디에도 없으며 마치 꿈을 꾼 듯한 기분에 휩싸이게 되는 것이다.

아버지의 환하고 현명하고 단정한 얼굴을 보고 있으면 가끔 가슴이 두근거리고 몸과 마음이 아버지에게 빨려 들어가는 듯한 기분이 들곤 한다. 그럴 때면 아버지는 내 마음을 꿰뚫어보기라도 한 것처럼 대수롭지 않은 투로 내 볼을 가볍게 토닥이고는 어디로 가버리든가 다른 일을 시작하든가 하면서 나에게 차갑게 대하는 것이었다. 아버지가 차가워질 때는 다른 사람은 흉내도 내지 못할 독특한 느낌으로 갑자기 온몸이 얼어붙은 것 같아서 나까지 온몸이 딱딱하게 굳고 오그라들어 마음까지 싸늘하게 식고 만다.

나는 말은 하지 않아도 제발 내 마음을 알아달라고 애원하는 태도를 분명히 보이긴 했지만, 아버지가 아주 가끔 내킬 때에만 나를 귀여워해 주는 것은 결코 내 마음을 알아챘기 때문이 아니다. 아버지가 그런 충동을 느낄 때는 언제나 예상도 못할 때였기 때문이다. 나중에 아버지의 성격을 여러모로 곰곰이 생각한 끝에, 아버지는 나나 집안 생활에 신경 쓸 겨를이 없었을 것이라는 결론을 내렸다. 아버지는 다른 것을 사랑하고 그것에 푹 빠져 있었던 것이다.

어느 날 아버지가 말했다. "가질 수 있는 것은 스스로 얻어 내거라. 좌절하지 않고 언제나 자신을 지켜나가는 것이 진짜 인생이란다."

또 이런 일도 있었다. 민주주의를 신봉하는 젊은이였던 내가 아버지 앞에서 자유에 대한 내 의견을 펼쳐보였을 때의 일이다(그날의 아버지는 당시 내가 남몰래 구분해 부르던 '상냥한' 아버지였는데, 그런 날에는 어떤 이야기를 꺼내도 괜찮았다).

"자유라." 아버지가 되뇌었다. "무엇이 인간에게 자유를 주는지 아느냐?"

"뭔데요?"

"의지, 바로 자신의 의지란다. 의지는 자유뿐 아니라 권력도 주지. 권력은 자유보다 귀하단다. 자신의 의지로 원한다면 자유로워질 수 있을뿐더러 주위 사람들을 지배할 수도 있거든."

아버지는 그 무엇보다도 열렬히 삶을 갈망했으며, 또 실제로도 그렇게 살았다. 어쩌면 인생의 '참맛'을 그다지 오래 맛보지 못하리라는 예감을 스스로도 은연중에 느끼고 있었는지 모른다. 아버지는 한창나이인 마흔둘에 세상을 떠났다.

내가 자세킨 댁을 방문했을 때의 일을 아버지에게 시시콜콜 이야기하는 동안 아버지는 벤치에 앉아 채찍 끝으로 모래 위에 낙서를 하면서 귀를 기울이고 있는지 멍하니 있는지 알 수 없는 태도로 듣고 있었다. 이따금 웃음을 터뜨리거나 눈을 반짝이며 재미있다는 듯 내 얼굴을 보고 간단한 질문이나 반박을 하며 내 흥을 돋우었다.

처음에 나는 지나이다의 이름을 입에 올릴 용기조차 없었지만 이내 더는 참지 못하고 지나이다가 얼마나 대단한지 떠들어댔다. 아버지는 여전히 가끔씩 웃고 있었다. 이윽고 잠시 생각에 잠겼다가 기지개를 켜고 일어섰다.

그러고 보니 아버지는 그 뒤 집을 나서면서 말에 안장을 올리라고 지시해두었었다. 아버지는 말을 다루는 솜씨가 일품이어서, 그 유명한 미국 출신의 승마 기술자 래리 씨보다 훨씬 일찍부터 어떤 사나운 말도 수월하게 길들여왔다.

"저도 함께 가도 돼요, 아버지?" 나는 아버지에게 물었다.

"안 된다." 아버지는 상냥하지만 차가운 평소의 모습으로 되돌아가 있었다. "가고 싶으면 혼자 가거라. 그리고 나는 나가지 않을 거라고 마부에게 일러두고."

그러더니 아버지는 등을 휙 돌리고 성큼성큼 가버렸다. 그 뒷모습을 지켜보고 있는데, 문 밖으로 나간 뒤 아버지 모자가 담장을 따라 움직이더니 자세킨 집으로 들어갔다.

아버지는 한 시간쯤 그 집에 머물다가 곧바로 시내로 나가 저녁 무렵까지 돌아오지 않았다.

저녁식사 뒤 나는 자세킨 집으로 훌쩍 찾아가 보았다. 응접실에는 노공작부인 혼자 있었다. 부인은 나를 보자 실내모자 밑으로 뜨개바늘 끝을 집어넣어 머리를 긁적거리며 느닷없이 청원서를 한 통 정서해 달라고 부탁했다.

"문제없어요." 나는 대답하고 의자 끄트머리에 걸터앉았다.

"글씨는 되도록 크게 써줘요." 부인은 지저분한 종이 한 장을 내밀면서 말했다. "오늘 안에 해줄 수 있나요?"

"그럼요. 오늘 안에 끝나고말고요."

옆방 문이 살짝 열리며 문틈으로 지나이다의 얼굴이 나타났다. 창백하고 수심 가득한 표정에 머리칼은 아무렇게나 빗어 뒤로 넘기고 있었다. 그녀는 크고 쌀쌀맞은 눈으로 나를 보더니 조용히 문을 다시 닫아버렸다.

"지나, 지나!" 어머니가 불러도 대답하지 않았다. 나는 부탁받은 청원서를 갖고 돌아와 밤새 정성껏 옮겨 썼다.

9

나의 불타는 '열정'은 그날부터 시작되었다. 갓 취직한 사람도 틀림없이 이런 기분일 것이라고 생각하는데, 나는 이제 더는 어린 소년이 아니라 사랑에 빠진 사내가 되었다는 느낌을 지금도 분명히 기억한다. 나는 이 날부터 열정을 품기 시작했다고 했는데, 고통도 똑같이 그날부터 시작되었다고 덧붙여두겠다.

지나이다가 없으면 가슴이 먹먹해지고 아무 생각도 머리에 떠오르지 않거니와 어떤 일도 손에 잡히지 않았다. 해가 뜨건 별이 뜨건 오로지 지나이다만 생각했다. 떨어져 있으면 온몸이 타들어가는 것 같았지만, 지나이다가 옆에 있어도 마음이 편하지 않았다. 질투에 괴로워하거나 보잘것없는 자신을 깨닫고 실망하거나 부루퉁해지거나 바보처럼 알랑거리곤 했는데, 그럼에도 거역할 수 없는 어떤 힘에 이끌려 지나이다에게 마음을 빼앗기고 그녀의 방에 발을 들일 때마다 행복에 겨워 온몸이 부들부들 떨렸다.

내가 지나이다에게 폭 빠져 있다는 사실은 이내 들키고 말았지만 그다지 숨길 마음도 없었다. 지나이다는 내 사랑을 재미있어하며 놀리고 달래주고 괴롭혔다. 상대에게 세상에서 가장 큰 기쁨과 가장 깊은 슬픔을 줄 수 있는 사람이 자신뿐이며 더욱이 상대를 마음대로 주무를 힘도 있다면 틀림없이 기분 좋겠지만, 지나이다의 손에 걸려든 나는 한심하게도 마치 녹아내린 양초처럼 흐느적거렸다.

게다가 지나이다를 사랑하는 사람은 나 하나만이 아니었다. 별채에 찾아오는 남자들은 모두 지나이다에게 엄청난 집착을 보였다. 지나이다는 모두의 목덜미를 움켜잡고 자신의 발밑에 엎드리게 했다. 그들의 희망을 부채질하고 불안을 부추기며 내키는 대로 사내들을 조종했다(지나이다는 그것을

'사람과 사람의 맞부딪침'이라고 했다). 지나이다는 그것을 너무 재미있어 했다. 그렇더라도 남자들은 그녀의 말을 거역할 생각도 하지 않고 기꺼이 시키는 대로 따랐다.

활발하고 아름다운 처녀 지나이다는 영악하지만 순진하고, 가식적이지만 솔직하고, 얌전하지만 말괄량이인 상반되는 성질을 두루 갖추고 있었는데, 그 점이 말할 수 없이 매력적이었다. 지나이다의 말 한마디, 몸짓 하나에 섬세하고 발랄한 매력과 장난기 가득하고 독특한 힘이 넘쳐흘렀다. 얼굴 표정도 끊임없이 짓궂게 변하며, 사람을 놀리는 표정과 생각에 잠긴 표정과 정열적인 표정이 거의 동시에 떠올랐다. 바람 한 점 없이 화창한 날 구름 그림자가 이리저리 옮겨 다니듯 온갖 감정이 끊임없이 지나이다의 눈동자와 입술에 나타났다가 사라지고 사라졌다가 다시 나타나곤 했다.

지나이다에게는 자신을 숭배하는 남자들이 모두 필요했다. 그녀는 이따금 벨로브조로프를 '나의 야수'라고 부르거나 그냥 '내 사람'이라고 불렀는데, 벨로브조로프는 지나이다를 위해서라면 언제 어느 때나 물불 가리지 않고 기꺼이 뛰어들 사내였다. 그는 자신의 지능이나 다른 재능에도 전혀 자신감을 갖지 못했지만 그럼에도 지나이다에게 청혼하면서 "다른 녀석들은 말만 번드르르할 뿐 진심이 아니다"라고 넌지시 말했다.

마이다노프는 지나이다의 시적 정서에 호소하는 능력이 있었다. 시인이나 작가가 대체로 그러하듯 마이다노프도 매우 냉정한 사람이었다. 그는 지나이다를 열렬히 사랑하고 있다고 지나이다에게 믿게 하려고 했으며, 아마도 자신에게도 그렇게 일깨우고 있었을 것이다. 그는 지나이다를 찬양하는 시를 보란 듯이 끊임없이 써서 읊었다. 그때의 감격해하는 모습은 어색하고 부자연스러워 보이기도 하고 진지하고 진심인 듯 보이기도 했다. 지나이다는 마이다노프에게 호감을 느끼긴 했지만 조금 놀리는 기분도 있었다. 그를 믿지 않아서인지 그런 거창한 고백을 듣고 나면 분위기를 바꾸자며 푸슈킨의 시를 낭독하도록 했다.

냉소적이며 가차 없는 독설을 퍼붓는 의사 루쉰은 지나이다를 누구보다 잘 이해하고 누구보다 사랑했지만 지나이다가 있을 때나 없을 때나 그녀의 험담을 늘어놓았다. 지나이다는 루쉰을 존경했지만 그를 결코 용서하지는 않았다. 때로는 루쉰에게 그도 결국은 그녀의 손바닥 위에 있다는 점을 깨닫게 해주고 만족스러워하며 유난히 심술궂은 표정을 지었다. "나는 인정머리 없는 요부예요. 타고난 배우죠." 어느 날 내가 있을 때 지나이다가 루쉰에게 이렇게 말한 적이 있다. "아, 그렇지! 손을 내밀어 봐요. 그 손을 바늘로 찌르면 이 젊은 분 앞에서 부끄럽기도 하고 아프기도 하겠죠. 그렇더라도 꼭 웃어주셔야 해요. 당신은 진실한 신사니까요." 루쉰은 새빨갛게 달아오른 고개를 돌리고 입술을 깨물면서도 결국에는 손을 내밀었다. 그리고 지나이다가 바늘로 찌르자 루쉰은 정말로 웃어보였다. 지나이다도 웃으면서 바늘로 손바닥을 깊게 찌르며 루쉰의 눈을 가만히 들여다보았다. 루쉰은 어떻게든 시선을 피하려고 눈알을 이리저리 굴려보았지만 잘되지 않았다.

그 가운데서도 가장 이해가 안 되는 것이 지나이다와 말레프스키 백작의 관계였다. 말레프스키는 미남이고 빈틈이 없는 데다 머리 회전도 빨랐지만 열여섯 살 풋내기인 나조차도 그가 어딘지 모르게 미덥지 않았는데, 지나이다가 그 점을 눈치채지 못하는 것이 참으로 이상하기만 했다.

아니, 어쩌면 수상쩍은 점을 잘 알고 있으면서 일부러 모르는 척하고 있었는지도 모른다. 지나이다는 어중간한 교육밖에 받지 못했고, 사람을 사귀는 법이나 집안 풍습도 색다르고, 어머니가 내내 곁에 있는데도 집안은 어수선하고 가난했다. 또한 젊은 처녀답게 변덕스럽고 주변 사람들보다 자신이 더 뛰어나다는 우월감도 가지고 있었다. 이런 모든 원인이 복합적으로 작용하여 지나이다는 사람을 깔보고 제멋대로 구는 처녀로 자란 것이다. 무슨 일이 있어도, 이를테면 보니파치가 와서 "설탕이 떨어졌습니다"라고 보고하건, 이상한 소문이 돌건, 손님들이 싸움을 벌이건 지나이다는 고수머리를 흔들며 "시시해!" 하고 말하고 신경도 쓰지 않았다.

그러나 나는 곧잘 온몸의 피가 거꾸로 솟는 듯한 기분을 느꼈다. 말레프스키가 여우처럼 살랑거리며 다가와 지나이다가 앉아 있는 의자 등받이에 우아하게 기대어 우쭐한 태도로 알랑거리는 미소를 지으며 귀엣말을 몇 마디 소곤거리면, 지나이다는 팔짱을 끼고 말레프스키를 똑바로 쳐다보다가 이내 그녀도 미소지으며 고개를 젓는 것이었다.

"말레프스키 씨 같은 사람이 어디가 좋아서 집에 들이는 거죠?" 내가 이렇게 물었더니 지나이다가 대답했다.

"콧수염이 근사하잖아요? 그리고 그건 당신이 상관할 바가 아니에요."

또 지나이다는 언젠가 이런 말도 했다. "설마 내가 그 사람을 사랑한다고 생각하는 건 아니겠죠? 천만에요. 나는 내가 위에서 내려다보는 사람은 사랑하지 않아요. 오히려 나를 정복해 줄 사람이 아니면 사랑할 수 없거든요. 하지만 다행스럽게도 그런 사람은 만나지 못할 것 같아요. 그러니 나는 누구의 손에도 걸려들지 않을 거예요, 절대로!"

"앞으로도 결코 사랑을 하지 않겠다는 건가요?"

"그럼 당신은 뭘까요? 나는 당신을 사랑하는 게 아닐까요?" 지나이다는 장갑 낀 손 끝으로 내 코를 톡톡 두드렸다.

이처럼 지나이다는 나를 거침없이 가지고 놀았다. 3주일 동안 날마다 얼굴을 마주하면서 지나이다는 나에게 온갖 장난을, 정말로 이 세상에 있는 온갖 장난을 다 쳤다. 우리 집에는 거의 찾아오지 않았지만 그 점이 아쉽지는 않았다. 우리 집에 오면 바로 공작의 따님으로 변신해 버렸고, 나는 또 나대로 지나이다를 피해 다녔기 때문이다. 내 마음을 어머니에게 들킬까봐 두려웠던 것이다. 어머니는 지나이다를 몹시 싫어해서 눈에 불을 켜고 우리를 감시했다. 아버지는 그다지 무섭지 않았다. 아버지 눈에는 내가 거의 보이지도 않는 듯했고, 지나이다와도 이야기를 많이 나누지 않았지만 몇 마디 할 때는 어쩐지 아주 진지하고 의미심장한 말을 했다.

나는 공부와 독서를 내팽개치고 산책과 승마까지도 그만두어 버렸다. 실로 다리를 묶어 놓은 벌레처럼 내가 가장 좋아하는 그녀의 별채 주위만 끊임없이 맴돌았다. 언제까지나 그 집에 머물면 좋겠다고 생각했지만…… 그럴 수는 없었다. 어머니가 시끄럽게 잔소리를 하는 데다 지나이다에게 쫓겨날 때도 있었다.

그럴 때면 내 방에 가만히 틀어박혀 있거나 뜰 가장자리에 가서 폐허가 된 온실 벽을 기어오르곤 했다. 뜰의 가장 구석진 곳에는 돌로 지은 높다란 온실 일부가 아직 무너지지 않고 남아 있었다. 그리고 한길 쪽 벽에 두 다리를 늘어뜨리고서 아무것도 눈에 보이지 않아도 몇 시간씩 멍하니 앉아 있었다. 주변에는 먼지를 뒤집어 쓴 쐐기풀 위로 흰나비 몇 마리가 나른하게 날아다니고, 활기 넘치는 참새가 허물어진 붉은 벽돌 위에 앉아 신경질적으로 짹짹거리며 꼬리를 한껏 펼치고 몸을 이리 돌렸다 저리 돌렸다 했다. 여전히 의심 많은 까마귀는 이파리가 떨어진 자작나무 가지 꼭대기에 높이 앉아 이따금 까악까악 울어댔다. 성긴 자작나무 가지 사이로 태양과 바람이 조용히 시시덕거리고, 드문드문 들려오는 돈스코이 수도원의 종소리가 평온하고 쓸쓸하게 딸랑딸랑 울려 퍼졌다. 가만히 앉아 초점 없는 눈으로 앞을 보며 귀를 기울이고 있으면 뭐라 말할 수 없는 감정이 끓어올랐다. 그것은 슬픔과 기쁨과 미래에 대한 예감과 희망과 삶의 두려움이 모두 뒤섞여 있는 감정이었다.

하지만 그 시절의 나는 그러한 것들을 알지 못했다. 마음속에서 발효되고 있는 감정이 대체 무엇인지 이름을 붙여보려고 했지만 붙일 수 없었다. 아니, 어쩌면 이 복잡한 마음을 한마디로 표현하려고 했는지도 모른다. '지나이다'라는 한마디로.

하지만 지나이다는 고양이가 쥐를 이리저리 굴리고 놀 듯 쉬지 않고 나를 데리고 놀았다. 아양을 떨며 내 마음을 흐물흐물 녹이는가 하면 갑자기 쌀쌀맞게 밀쳐내어 그녀 곁에 가지도 못하게 하고 얼굴도 볼 수 없는 궁지로 밀어 넣었다.

며칠씩이나 쌀쌀맞게 대한 적도 있다. 나는 겁이 나고 당황하여 어찌할 바를 몰라 조심스럽게 별채로 가서 되도록 공작부인 곁에 붙어 있으려고 했다. 그런데 하필이면 그때 부인은 어음 문제가 잘 풀리지 않아 버럭버럭 화를 내고 소리만 질러댔다. 지구 경찰서장과 벌써 두 번이나 다투었던 것이다.

어느 날 내가 뜰을 거닐며 울타리 곁을 지날 때 지나이다의 모습이 보였다. 풀밭에 두 손을 짚고 앉아 꼼짝도 하지 않고 있기에 조용히 지나가려고 하자 지나이다가 갑자기 고개를 들고 내게 명령하는 몸짓을 했다. 나는 처음에 무슨 뜻인지 이해하지 못하고 그 자리에 멀뚱히 서 있었다. 지나이다가 다시 한 번 같은 동작을 하자 나는 울타리를 뛰어넘어 헐레벌떡 달려갔는데, 지나이다는 그런 나를 눈빛으로 저지하고 그녀에게서 두어 걸음 정도 떨어진 오솔길을 가리켰다.

나는 어떻게 해야 좋을지 몰라 당황하여 길가에 무릎을 꿇었다. 슬픔과 피로가 짙게 배어 있는 지나이다의 새파랗게 질린 얼굴을 보자 나는 심장이 죄어들면서 무심코 말이 튀어나왔다.

"무슨 일 있었어요?"

지나이다는 손을 뻗어 풀을 한 줌 쥐어뜯어 살짝 짓깨물더니 멀리 던져버렸다.

"당신은 정말로 날 사랑하죠?" 한참만에야 겨우 그녀가 물었다. "그렇죠?"

나는 아무 대답도 하지 않았다. 새삼스럽게 대답할 필요가 어디 있겠는가.

"그래요." 나를 계속 바라보며 지나이다가 되뇌었다. "틀림없이 그렇겠죠. 눈이 똑같으니까요." 지나이다는 가만히 생각에 잠겼다가 두 손으로 얼굴을 감싸고 작은 소리로 속삭였다. "이젠 다 싫어요. 차라리 이 세상 끝으로 가버리고 싶어요. 이런 일은 도저히 감당할 수 없어요……. 이제 나는 어떻게 되는 걸까요! 아, 괴로워요……, 너무 괴로워요!"

"뭐가 그렇게 괴롭죠?" 나는 조심스럽게 물었다.

지나이다는 대답하지 않고 어깨만 움츠렸다. 나는 무릎을 꿇은 채 완전히 풀 죽은 모습으로 지나이다를 지켜보았다. 그녀의 한마디 한마디가 내 가슴을 날카롭게 후벼 팠다. 그때는 지나이다의 슬픔이 사라지기만 한다면 기꺼이 목숨이라도 내놓았을 것이다. 지나이다가 왜 그렇게 괴로워하는지 알 수 없었지만, 그녀가 참을 수 없는 슬픔에 사로잡혀 뜰로 달려 나와 땅바닥에 털썩 주저앉는 광경을 마음속으로 뚜렷이 그려보았다.

푸르른 뜰에는 햇살이 가득하고 바람이 불 때마다 나뭇잎이 수런거렸으며 이따금 지나이다의 머리 위에서 기다란 나무딸기 가지가 흔들거렸다. 어디선가 비둘기가 구구구 우는 소리가 들리고, 꿀벌이 듬성듬성한 풀밭 위를 윙윙거리며 낮게 날아다녔다. 머리 위를 올려다보면 푸른 하늘이 아늑하게 펼쳐져 있는데, 내 마음은 돌덩이처럼 무겁기만 했다.

"아무 시나 한 수 읊어주시겠어요?" 지나이다가 나직하게 말하며 한쪽 팔꿈치를 땅에 짚었다. "난 당신이 시를 읊을 때가 참 좋아요. 읊는다기보다 노래를 부르는 듯하지만 그래도 젊은 사람다워서 좋아요. 푸시킨의 〈그루지야 언덕에서〉를 들려주어요. 그런데 그 전에 먼저 편히 앉으세요."

나는 자리에 앉아 〈그루지야 언덕에서〉를 낭독했다.

"사랑하지 않을 수 없어요." 지나이다는 시의 한 구절을 되뇌었다. "시의 좋은 점은, 시를 읽으면 이 세상에 없는 것까지도 알 수 있다는 거예요. 그리고 이 세상에 없는 것이 실제로 있는 것보다 훨씬 훌륭하고 진실에 가깝죠. 사랑하지 않을 수 없어요—정말 사랑하지 않으려 해도 도저히 그럴 수가 없어요!" 지나이다는 이렇게 말하고 다시 입을 다물어 버렸지만, 갑자기 무슨 생각이 퍼뜩 떠오른 듯 몸을 떨고 일어섰다. "가요. 어머니 방에 마이다노프 씨가 와 계세요. 시를 써오셨는데 그대로 방치하고 말았네요. 지금쯤 많이 상심하고 계시겠죠. 하지만 어쩔 수 없어요! 당신도 언젠가는 알게 되겠지만 부디 나에게 화를 내진 말아주세요."

지나이다가 내 손을 거칠게 잡아끌며 달리기 시작했다. 우리가 별채로 들어가자 마이다노프가 갓 인쇄되어 나온 이야기시 〈살인자〉를 낭독하기 시작했지만 나는 그다지 귀담아 듣지 않았다. 그 시는 두 번째 음절에 악센트를 준 '약―강' 구절을 네 개씩 반복하는 형식의 시였다. 마이다노프가 큰 소리로 노래하듯 낭독하자 강약이 교차되는 운(韻)이 방울처럼 공허하고 요란하게 울렸지만 나는 지나이다를 바라보며 그녀가 방금 전에 한 말이 무슨 뜻인지 열심히 생각하고 있었다.

아니면 어느새 연적(戀敵)이 나타나
문득 그대 마음을 빼앗아 버렸나

갑자기 마이다노프가 콧소리를 내며 소리쳤을 때 나와 지나이다의 눈이 맞부딪쳤다. 그러자 지나이다는 눈을 내리깔고 얼굴을 발그레하게 붉혔다. 그 모습을 보고 나는 너무 놀라 등골이 서늘해졌다.

오래전부터 질투를 느끼긴 했지만 이때 처음으로 지나이다가 누군가를 사랑한다는 생각이 불현듯 머릿속에 떠오른 것이다. "야단났구나! 그녀가 사랑에 빠졌어!"

10

진실로 내 괴로움은 이 순간부터 시작되었다. 이런저런 생각을 머리가 터지도록 하고 또 하며 지나이다를 집요하게 감시하기 시작했다. 물론 되도록 들키지 않도록 주의하면서도 경계를 늦추지 않았다.

지나이다에게 변화가 생긴 사실은 이미 의심할 여지가 없었다. 혼자 산책을 나가서 오랫동안 돌아다니거나 손님이 와도 나오지 않고 몇 시간씩 자기 방에 틀어박혀 있었다. 이제까지 이런 일은 결코 없었다. 갑자기 내 직감이 아주 날카로워졌다. 아니, 날카로워진 듯한 느낌이 들었다. 이 녀석일까, 아니면 그 녀석일까. 나는 지나이다의 추종자들을 불안한 마음으로 차례차례 떠올려보았다. 속으로 말레프스키 백작이 가장 의심스럽다고 생각했다(물론 그 점을 인정하려니 지나이다를 무시하는 것 같아 부끄러웠지만).

하지만 감시한다고 해도 고작해야 눈앞의 것밖에 보지 못했고, 또 스스로는 감정을 잘 숨겼다고 생각했지만 누구의 눈도 속이지 못했다. 적어도 의사 루쉰에게는 금방 들키고 말았다. 하지만 그 무렵에는 루쉰도 전혀 딴사람처럼 핼쑥하게 여위어 있었다. 여전히 잘 웃긴 했지만 감정을 억누르고 독기를 품은 짧은 웃음으로 변해 있었다. 전에는 가벼운 농담으로 일부러 사람을 비웃곤 했지만 이제는 신경질적으로 치솟는 짜증을 스스로도 억제하지 못하는 듯했다.

"이봐요, 젊은 친구. 당신은 어째서 그렇게 뻔질나게 이곳을 찾는 거요?" 어느 날 자세키나 부인의 거실에서 단둘이 있을 때 루쉰이 물었다(지나이다는 산책을 나갔다가 아직 돌아오지 않았고, 하녀에게 잔소리를 퍼부으며 불같이 호통 치는 노부인의 목소리가 이층에서 울려 퍼지고 있었다). "젊었을 때는 열심히 공부해야 하는데 당신은 뭘 하고 있는 겁니까?"

"내가 집에서 공부를 하는지 안 하는지 당신이 어떻게 안다고 그럽니까?" 나는 건방지게 되받아쳤지만 실은 속으로 조금 당황했다.

"공부를 한다고요! 지금 당신 머릿속은 그럴 상태가 아닐 텐데. 어쨌든 좋소. 이런 문제로 말다툼해 봐야 소용도 없고, 당신 나이 때는 그게 당연한 일인지도 모르지요. 하지만 당신은 선택을 잘못 했소. 이 집이 어떤 집인지 설마 모르진 않겠지요?"

"무슨 말씀인지 모르겠군요."

"모른다고요? 이거야 더 큰일났군. 그럼 내가 연장자의 의무라고 생각하고 충고 한마디 하겠소만, 우리처럼 나이 많은 독신자들은 이 집에 와도 상관없어요. 이제 와서 무슨 일이 생기진 않으니까요. 우리는 강철처럼 단련되어 있기 때문에 그 어떤 것도 몸속 깊숙한 곳까지 스며들지는 못하죠. 하지만 당신 피부는 아직 민감해요. 그 연약한 살갗에 이 집의 공기는 독입니다. 아무렴요. 넋 놓고 있다가는 병에 걸리고 말 겁니다."

"왜 그런 말씀을 하시죠?"

"그게 사실이니까요. 그럼 당신은 지금 건강에 문제가 없습니까? 정상이에요? 지금 느끼고 있는 것이 몸과 마음에 도움이 되는 좋은 일입니까?"

"내가 뭘 느끼고 있다는 거죠?" 입으로는 그렇게 반박했지만 속으로는 루쉰이 잘 알고 있다고 생각했다.

"이봐요, 젊은 친구, 젊은 친구." 루쉰은 일부러 나를 '젊은 친구'라고 불러 화를 돋우려는 듯했다. "숨기려고 해봐야 소용없어요. 당신 마음속에 있는 생각이 얼굴에 고스란히 드러나는걸요. 하지만 이런 이야기는 해봐야 소용이 없지요. 어쨌든 나라면 이런 곳에 드나들지 않을 거요. 만약 (의사는 입술을 깨물었다) 내가 이렇게 괴짜가 아니라면 말이오. 그런데 내가 이해할 수 없는 건, 당신처럼 머리 좋은 사람이 바로 곁에서 일어나는 일을 어째서 눈치채지 못하느냐는 거요."

"무슨 일이 일어나고 있는데요?" 나는 온몸이 뻣뻣해지는 것을 느끼며 재빨리 루쉰에게 되물었다.

루쉰은 비웃음과 연민이 뒤섞인 눈으로 나를 바라보며 혼잣말처럼 중얼거렸다.

"내가 괜히 쓸데없는 말을 했군요. 이런 얘기는 더 이상 듣지 않는 게 나을 거요." 그리고 소리를 높여 말했다. "요컨대 다시 한 번 말하지만 이곳 분위기는 당신에게 해로워요. 여기 있으면 마음이 편할지 모르지만 그런 건 아무런 도움도 되지 않습니다. 온실 안은 향기롭지만 평생 온실에서 살 수는 없으니까요. 그러니 내 말을 새겨듣고 가서 카이다노프 책을 다시 펼치도록 해요!"

공작부인이 들어와 의사 루쉰에게 이가 아프다고 투덜댔다. 이윽고 지나이다도 돌아왔다.

"그렇지, 선생님." 부인이 마침 생각났다는 듯이 말했다. "애 좀 혼내 주세요. 글쎄, 온종일 얼음물만 마셔대지 뭐예요. 안 그래도 가슴이 약한 애가 그러면 몸에 좋겠어요?"

"왜 그러는 겁니까?" 루쉰이 물었다.

"그게 왜 나쁘다는 거죠?"

"왜 나쁘냐고요? 그야 감기에 걸려서 죽을 수도 있으니까 그렇죠."

"정말요? 에이, 설마요. 하지만 어쩔 수 없는걸요. 그래도 상관없어요!"

"그렇군요!" 의사가 불만스러운 듯 말했다.

공작부인은 방을 나가버렸다.

"그렇군요!" 지나이다가 루쉰의 흉내를 내며 말했다. "산다는 게 그렇게 좋은 건가요? 주위를 둘러보세요. 어때요? 온통 괴로운 일뿐이잖아요? 아니면 내가 그런 것도 모르고 느끼지 못한다고 생각하세요? 지금의 나는 얼음물을 마셔야만 진심으로 만족한단 말이에요. 이제 행복이니 뭐니 그런 소리하지 마세요. 순간의 만족을 얻을 수 있다면 목숨을 바쳐도 아깝지 않아요. 그런데도 이런 시시한 목숨이 아깝다고 진지하게 설교하실 생각인가요?"

"그렇습니까?" 루쉰이 대답했다. "변덕과 자존심. 당신이 어떤 사람인지는 이 두 마디 말이면 충분하지요. 당신의 성격은 그 두 단어로 완전히 설명할 수 있으니까요."

지나이다가 신경질적으로 웃어댔다.

"안됐지만 틀렸어요. 제대로 보지 않으면 남들한테 뒤처지고 말 거예요. 안경이라도 쓰시는 게 어때요? 나는 지금 변덕을 부리는 게 아니에요. 이 집에 찾아오는 사람들을 놀리고 나 자신을 웃음거리로 만드는 게 뭐가 재밌겠어요? 또 자존심은……." 지나이다는 발을 한 번 쾅 울렸다. "무슈 볼데마르, 그렇게 침울한 표정 짓지 마세요. 남한테 동정 받는 건 질색이에요." 그러고는 빠른 걸음으로 나가버렸다.

"독이에요. 이곳의 공기는 당신에게 독이에요, 젊은 친구." 루쉰은 다시 한 번 내게 말했다.

11

그날 밤, 자세키나 부인 집에 늘 찾아오는 사람들이 한자리에 모였다. 나도 그 자리에 끼었다.

마이다노프의 시에 대한 이야기로 방향이 돌려지자 지나이다가 침이 마르게 칭찬하며 마이다노프에게 말했다.

"하지만 내가 시인이라면 다른 주제를 골랐을 거예요. 시시할지도 모르지만 이따금 이상한 생각이 떠오를 때가 있거든요. 특히 밤에 잠이 오지 않을 때나 새벽에 하늘이 분홍색과 회색으로 물들기 시작할 때면 말이에요. 나라면 예를 들어……. 여러분, 날 비웃거나 하지 않으실 거죠?"

"비웃다니요! 천만에요!" 우리는 입을 모아 말했다.

"나라면 이런 이야기를 쓸 거예요." 지나이다는 팔짱을 끼고 아무도 없는 곳을 바라보며 말을 계속했다. "한밤중에, 고요한 강에 떠 있는 커다란 배에 처녀들이 잔뜩 올라타 있어요. 달빛이 환하게 빛나고 처녀들은 모두 하얀 옷을 입고 하얀 화관을 머리에 쓰고 찬미가 같은 노래를 부르고 있지요."

"음, 알겠어요. 그 다음은 어떻게 되나요?" 마이다노프가 진지한 태도로 꿈을 꾸듯 말했다.

"그러면 강가에서 떠들썩한 소리와 웃음소리가 들리며 횃불과 탬버린이 나타나요. 바커스 신의 무녀들이 떼 지어 노래 부르고 소리치며 이쪽으로 달려오죠. 이러한 광경 묘사는 시인인 당신에게 맡길게요. 하지만 횃불은 새빨갛게 타오르면서 연기가 뭉게뭉게 솟아나야 해요. 관을 쓴 무녀들의 눈도 반짝반짝 빛나야 하고요. 관은 거무스레한 색이면 좋겠어요. 그리고 호랑이 가죽과 술잔도 빠뜨리지 마세요. 그리고 금도. 금은 되도록이면 많이 있는 게 좋아요."

"금은 어디에 활용하면 좋을까요?" 마이다노프가 곧게 뻗은 머리칼을 뒤로 쓸어 넘기며 콧구멍을 벌름거렸다.

"어디라뇨. 당연히 어깨며 팔이며 다리며 어디에나 써야죠. 고대 여자들은 발목에도 금고리를 찼대요. 바커스 신의 무녀들이 배를 타고 있는 처녀들을 부르면 처녀들이 노래를 멈춰요. 이제는 찬미가를 부르고 있을 상황이 아니라서 꼼짝도 못하고 가만히 있죠. 그러면 물살을 타고 배가 기슭으로 다가가요. 그때 한 처녀가 조용히 일어나죠. 이 대목은 잘 써야 해요. 달빛을 받으며 일어서는 모습과 다른 친구들이 깜짝 놀라는 장면 말이에요. 일어선 처녀가 뱃전을 넘어서면 무녀들이 처녀를 둘러싸고 밤의 어둠 속으로 끌고 가버리죠. 이 대목에서는 연기가 소용돌이치는 장면을 넣어주세요. 그리고 모든 것이 뒤죽박죽 섞여버리는 거예요. 주위에서는 무녀들이 떠들어대는 소리만 들리고, 처녀의 화관이 강가에 덩그러니 떨어져 있죠."

지나이다는 입을 다물었다. ('역시 지나이다는 사랑에 빠져 있어!' 나는 또다시 생각했다).

"그뿐입니까?" 마이다노프가 물었다.

"이게 다예요."

"그것만으로는 긴 서사시를 엮어내기 힘들겠군요." 마이다노프가 거들먹거리며 말했다. "하지만 서정시 소재로 지금 한 이야기를 쓰도록 하지요."

"낭만주의적인 시입니까?" 말레프스키가 물었다.

"물론이죠. 바이런풍이에요."

"내가 볼 땐 위고가 바이런보다 낫더군요." 젊은 백작이 거침없이 말했다. "훨씬 더 재미있고요."

"위고는 일류 작가지만, 내 친구 톤코세예프가 에스파냐어로 쓴 《엘 트로바도르》라는 소설에서……" 마이다노프가 대답했다.

"아, 물음표가 거꾸로 뒤집혀 있는 그 책 말이죠?" 지나이다가 끼어들었다.

"맞습니다. 에스파냐에서는 그렇게 쓰지요. 내가 하려는 말은 톤코세예프가……."

"이봐요, 또 고전주의니 낭만주의니 하는 따분한 얘기를 늘어놓을 셈이에요?" 지나이다가 또다시 마이다노프의 말을 가로막았다. "그보다 재미있는 놀이를 하는 게 어때요?"

"벌금놀이 말입니까?" 루쉰이 곧바로 말을 받았다.

"아뇨, 벌금놀이는 이제 질렸어요. 비유놀이를 해요." (이 놀이는 지나이다가 만들었다. 하나의 '물건'을 정해 놓고 저마다 그것을 무언가에 비유해서, 가장 훌륭한 비유를 한 사람이 상을 받는 것이다.)

지나이다가 창가로 다가갔다. 해가 막 저문 뒤라 붉게 물든 구름이 높은 하늘에 길게 걸려 있었다.

"저 구름은 무엇과 비슷하죠?" 지나이다는 문제를 내고 우리가 대답하기도 전에 먼저 말했다. "나한테는 황금 배에 펼쳐진 자줏빛 돛처럼 보여요. 클레오파트라가 안토니우스를 맞으러 갔을 때 탔다는 그 배 말이에요. 마이다노프 씨, 기억하시죠? 전에 마이다노프 씨가 얘기해 주셨잖아요."

우리는 모두 《햄릿》에 나오는 폴로니어스처럼, 과연 저 구름은 클레오파트라가 탄 배의 돛과 같으며 그보다 훌륭한 비유는 아무도 생각해 내지 못할 것이라고 입을 모아 말했다.

"그때 안토니우스는 몇 살이었을까요?" 지나이다가 물었다.

"아마 젊었을 겁니다." 말레프스키가 말했다.

"그래요, 틀림없이 젊었을 거예요." 마이다노프가 자신 있게 잘라 말했다.

"죄송한 말씀입니다만, 그때 안토니우스는 마흔이 넘은 나이였습니다." 루쉰이 큰 소리로 끼어들었다.

"마흔이 넘었다고요?" 지나이다가 재빨리 루쉰을 흘끗 쳐다보며 말했다.

얼마 뒤 나는 집으로 돌아왔다. "지나이다는 사랑에 빠져 있어. 그런데 상대는 대체 누구지?" 무심코 이런 말이 내 입술 틈으로 새어나왔다.

12

날이 갈수록 지나이다의 상태는 더욱 이상해지고 점점 더 이해하기 어려워졌다. 어느 날 지나이다의 방으로 들어서니 그녀는 등나무의자에 앉아 뾰족한 탁자 모서리에 머리를 대고 있었다. 이윽고 몸을 일으켰는데 온 얼굴이 눈물범벅이었다.

"아! 당신이었군요!" 지나이다는 싸늘한 웃음을 띠며 말했다. "이리 오세요."

내가 곁으로 다가가자 지나이다는 내 머리 위에 손을 올리더니 느닷없이 머리칼을 움켜쥐고 힘껏 비틀었다.

"아파요." 나는 끝내 소리를 지르고 말았다.

"아, 아프다고요! 그럼 난 아프지 않은 줄 알아요? 난 아프지 않다고 생각하세요?" 지나이다가 되풀이했다.

잠시 뒤 지나이다는 내 머리칼을 한 줌 잡아 뜯은 것을 깨닫고 깜짝 놀라 소리쳤다. "어머나! 내가 무슨 짓을 한 거야. 미안해요, 무슈 볼데마르!"

그녀는 뽑아낸 머리칼을 가지런히 모아 반지처럼 손가락에 돌돌 감으며 말했다.

"이 머리칼은 내 목걸이에 넣어서 언제나 몸에 지니고 있을게요." 지나이다의 눈가에는 여전히 눈물이 반짝이고 있었다. "그러면 당신의 마음이 조금은 풀릴지도 모르니까요. 오늘은 이만 돌아가세요."

집으로 돌아오자 불쾌한 일이 기다리고 있었다. 무슨 일인지는 모르겠지만 어머니가 아버지를 비난하며 강경하게 몰아붙이고 있었다. 아버지는 평소와 다름없이 싸늘하고 의젓한 태도로 묵묵히 침묵만 지키다가 결국 밖으로 나가버렸다. 어머니가 무슨 일로 화를 내는지 들리지도 않았고 그런 일에 신경 쓸 마음의 여유도 없었다. 하지만 아버지에게 한차례 퍼부은 다음 나를 서재로 부르시더니 "공작부인 댁에 너무 뻔질나게 드나드는구나" 하고 화를 내며 공작부인은 무슨 짓을 저지를지 모를 여자라고 말한 것만 기억한다. 나는 어머니 손에 키스하고 (이야기를 중간에 끊고 싶을 때 내가 곧잘 쓰던 방법이다) 내 방으로 돌아왔다.

지나이다의 눈물을 본 나는 당황하여 정신이 하나도 없었다. 아무 생각도 떠오르지 않고 오히려 내가 울고 싶을 지경이었다. 나는 열여섯 살이라고는 해도 여전히 어린애였던 것이다. 말레프스키 백작의 일 따위는 이미 아무래도 좋았다. 벨로브조로프는 나날이 살기등등해져서 마치 늑대가 양을 바라보는 무시무시한 눈으로 그 빈틈없는 백작을 노려보았지만, 나는 어떤 일도, 누구의 일도 생각할 수 없었다. 그보다는 무엇을 어떻게 생각해야 좋을지 몰라서 사람이 없는 곳만 찾아 숨어들었다.

허물어진 그 온실이 특히 마음에 들었다. 가끔 높은 벽 위로 기어 올라가 혼자 앉아 있으면 내 처지가 아주 불행하고 쓸쓸해 보여 스스로도 마음이 아팠는데, 그런 슬픔이 오히려 기분 좋아서 흠뻑 취해 있었는지도 모른다.

그날도 나는 온실 벽에 올라앉아 넋 놓고 먼 곳을 바라보며 종소리에 귀를 기울이고 있는데, 갑자기 무언가가 몸속을 스치며 빠져나가는 것 같았다. 산들바람 같지만 산들바람은 아니고 전율도 아니었다. 마치 어떤 숨결, 누군가가 곁에 있는 듯한 감각과 비슷했다. 아래쪽을 내려다보니 얇은 회색 드레스를 입고 분홍색 양산을 어깨에 걸친 지나이다가 종종걸음으로 길을 가고 있었다. 나를 보자 멈춰 서서 밀짚모자의 챙을 들어 올리며 벨벳 같은 눈동자로 나를 올려다보았다.

"그런 높은 곳에서 무얼 하고 계세요?" 지나이다가 야릇한 미소를 지으며 물었다. "참, 그렇지. 언제나 나를 좋아한다고 말씀하셨죠. 정말로 나를 좋아한다면 내가 있는 이곳까지 뛰어내려 보세요."

지나이다의 말이 채 끝내기도 전에 나는 뒤에서 누가 떠밀기라도 한 것처럼 냉큼 뛰어내렸다. 담장 높이는 4미터 정도였다. 다행히 두 발이 땅에 닿긴 했지만 충격이 너무 크다 보니 몸을 지탱하지 못하고 푹 고꾸라지면서 잠깐 정신을 잃고 말았다. 정신이 들었을 때는 눈을 뜨기도 전에 지나이다가 바로 옆에 와 있는 것을 알았다.

"귀여운 사람." 지나이다가 내 위로 몸을 굽히고 걱정스러워하는 다정한 목소리로 말했다. "왜 이런 짓을 하세요. 왜 시키는 대로 하는 거예요. 나도 당신이 정말 좋은데. 자, 일어나요."

지나이다의 가슴이 내 가슴 바로 위에서 숨 쉬고, 지나이다의 손이 내 머리를 쓰다듬더니 느닷없이 (이때 내 몸에 기적 같은 일이 일어났다!) 보드랍고 산뜻한 입술이 내 얼굴 여기저기에 키스를 했고…… 내 입술에도 닿았다. 그때 나는 아직 눈을 뜨진 않았지만 이미 내 표정에서 정신을 차린 것을 알아채고는 지나이다가 몸을 벌떡 일으켰다.

"이제 그만 일어나요, 무모한 장난꾸러기 같으니! 언제까지 이 먼지 속에서 누워 있을 거예요?"

나는 일어났다.

"양산을 집어 와요. 봐요, 저런 곳에다 던져버렸잖아요. 남의 얼굴을 그렇게 빤히 보면 못써요. 어쩜 그렇게 바보 같담. 다치지 않았어요? 쐐기풀에 찔려서 아팠죠? 그렇게 빤히 보지 말라고 했잖아요. 아이 참, 아무것도 모르는가 봐, 대답조차 하지 않네." 지나이다가 혼잣말을 중얼거리듯 말했다. "무슈 볼데마르, 집으로 돌아가서 몸을 깨끗이 씻으세요. 내 뒤를 따라오면 용서하지 않겠어요. 그랬다간 앞으로 다시는……."

지나이다는 말을 끝맺지도 않고 서둘러 가버렸고, 나는 길바닥에 털썩 주저앉았다. 도저히 서 있을 수가 없었다. 쐐기풀에 찔려 손이 따끔거리고 등은 쑤시고 머리가 어질어질했지만, 하늘을 날아갈 듯한 그날의 행복감은 그 뒤로 다시는 맛볼 수 없었다. 끝없는 행복감이 감미로운 고통이 되어 온몸 구석구석까지 퍼져나가자 나는 참지 못하고 펄쩍펄쩍 뛰며 소리를 질러댔다. 그렇다. 나는 아직 어린애였던 것이다.

13

그날은 온종일 가슴이 벅차고 스스로가 자랑스러워 날아갈 것 같았다. 지나이다가 키스해 주었을 때의 감촉이 얼굴에 뚜렷하게 남아 있었으므로 그녀의 말 한마디 한마디를 떠올리며 기쁨을 만끽하고 생각지도 못한 행복을 소중히 여기다 보니, 이런 새로운 감각을 일깨워 준 지나이다를 만나는 것이 오히려 두려워서 아예 얼굴을 마주하고 싶지 않을 정도였다. 운명에 이 이상 아무것도 요구하면 안 되며, 이제는 '마지막 숨을 크게 들이쉬고 과감히 목숨을 끊어야 할' 때인 것만 같았다.

하지만 이튿날 별채에 갔을 때는 매우 당혹스러웠다. 비밀을 지킬 수 있다는 점을 남에게 보이고 싶어서 그에 어울리는 조심스럽고 태연한 태도를 보여야겠다고 생각하며 어색한 기분을 그러한 태도 속에 감추려고 했지만 그럴 필요가 없었던 것이다.

지나이다는 조금도 동요하지 않고 아주 자연스럽게 나를 맞이했다. 손가락을 세워 위협하는 시늉을 해보이며 "멍이 들진 않았어요?" 하고 물었다. 그래서 가슴에 비밀을 숨기고 있다든가 조심스럽고 태연하게 행동해야겠다는 생각은 순식간에 사라지고 멋쩍은 느낌도 어디론가 날아가 버렸다.

물론 특별한 것을 기대하진 않았지만 지나이다의 침착한 태도를 보자 나는 머리에 찬물을 뒤집어쓴 기분이었다. 지나이다에게는 내가 아직 어린애일 뿐이라는 사실을 깨닫게 되어 무척 괴로웠다. 지나이다는 방을 왔다 갔다 하며 나와 눈이 마주칠 때마다 생긋 웃어주었지만 그녀의 마음이 어딘가 멀리 가 있다는 것은 분명히 알 수 있었다. '차라리 내 쪽에서 어제 이야기를 꺼내 볼까? 그토록 바삐 어딜 가던 길이었느냐고 캐물어 볼까?' 나는 이리저리 머리를 굴려보다가 포기하고 한쪽 구석에 가서 앉았다.

때마침 벨로브조로프가 들어오자 마음이 조금 놓였다.

"당신이 탈 만한 얌전한 말이 좀처럼 눈에 띄지 않네요." 벨로브조로프가 심란한 목소리로 말했다. "프라이타그가 좋은 놈이 한 필 있다고는 하는데 아무래도 마음이 놓이지 않더군요."

"어째서 마음이 놓이지 않죠?"

"어째서냐고요? 그야 당신은 말을 탈 줄 모르시지 않습니까. 무슨 일이라도 생기면 어쩌려고요! 그런데도 굳이 말을 타겠다니 왜 갑자기 그런 생각을 하셨습니까?"

"그야 내 맘이죠, 친애하는 야수 씨. 하지만 그렇다면 표트르 바실리에비치에게 부탁하겠어요." (표트르 바실리에비치는 내 아버지 이름이다. 지나이다가 아버지 이름을 아무 거리낌 없이 불러 깜짝 놀랐다. 아버지가 기꺼이 그녀가 시키는 대로 할 것이라고 믿고 있는 듯했다.)

"뭐라고요?" 벨로브조로프가 되받아쳤다. "그 사람과 함께 말을 타고 멀리 가실 작정입니까?"

"그 사람과 가든 다른 사람과 가든 아무려면 어때서요? 하지만 벨로브조로프 씨와는 함께 가지 않을 거예요."

"나하고는 가지 않겠다고요?" 벨로브조로프가 말했다. "마음대로 하시지요. 그래도 말은 구해 드리겠습니다."

"이 점만은 명심해 두세요. 소처럼 느린 녀석은 싫어요. 나는 전속력으로 달리고 싶으니까요." "달리는 거야 상관없지만 대체 누구와 가시려고요? 말레프스키와 가실 생각입니까?"

"말레프스키 백작과 가면 안 되나요, 군인 씨? 하지만 안심하세요." 지나이다가 덧붙였다. "그렇게 무서운 눈으로 노려보지 마세요. 당신하고도 함께 갈 테니까요. 말레프스키 씨는 요즘 영 별로예요." 지나이다는 고개를 절레절레 저었다.

"그런 말로 나를 달래보려는 속셈이군요." 벨로프조로프가 투덜거렸다.

지나이다가 눈을 가늘게 떴다.

"그런 말이 위로가 되나요? 어머나……, 세상에……, 벨로브조로프 씨도 참……." 지나이다는 다른 말이 생각나지 않는지 더는 말을 잇지 않았다. "무슈 볼데마르도 함께 가시겠어요?"

"난 사람이 많은 건 별로 내키지 않아요." 나는 눈을 내리깔고 중얼거렸다.

"당신은 단둘이 있는 게 좋다는 말이군요. 마음대로 하세요." 지나이다는 한숨을 쉬며 말했다. "자, 벨로브조로프 씨, 가서 수고 좀 해주세요. 나는 내일 말이 꼭 필요하니까요."

"무슨 말도 안 되는 소리냐. 우리가 돈이 어디 있다고." 공작부인이 끼어들었다.

지나이다가 이맛살을 찌푸렸다.

"어머니에게 달라고 하진 않을 거예요. 벨로브조로프 씨가 나를 믿고 빌려주실 테니까요."

"빌려주신다? 빌려주신다고?" 부인은 중얼거리더니 갑자기 목청껏 소리쳐 불렀다. "두냐슈카!"

"어머니, 제가 초인종을 드렸잖아요." 지나이다가 따지듯 말했다.

"두냐슈카!" 노부인이 다시 버럭 소리를 질렀다.

벨로브조로프가 그만 가겠다고 하기에 나도 함께 작별인사를 했다. 지나이다는 나를 붙잡지 않았다.

14

이튿날 나는 아침 일찍 일어나 나뭇가지를 하나 꺾어 지팡이 삼아 칼루가 성문 밖으로 나섰다. 산책이라도 하며 기분을 바꿔볼 생각이었다. 날씨가 화창하고 햇살이 눈부셨지만 그다지 덥지는 않았다. 상쾌한 바람이 솔솔 불어와 바스락대며 땅 위의 온갖 것들을 가볍게 흔들었지만 한가로운 풍경을 어지럽히지는 않았다.

나는 오랫동안 산이며 숲 속을 거닐었다. 스스로 행복하다고 생각하지는 않았다. 다만 우수에 잠기고 싶어 집을 나섰는데 젊음과 화창한 날씨와 맑은 공기, 부지런히 걷고 난 뒤의 상쾌함, 다보록하게 자란 풀 위에 혼자 드러누워 있는 편안함에 이끌려, 잊을 수 없는 지나이다의 말과 키스의 기억이 또다시 떠올랐다. 어쨌거나 지나이다도 내 용기와 용감한 행동을 인정할 수밖에 없다고 생각하니 참으로 기뻤다.

'다른 녀석들이 나보다 더 나아 보인들 아무렴 어때! 그들은 그저 입으로 떠들어댈 뿐이지만 나는 정말로 해 보였는걸! 게다가 지나이다를 위해서라면 더 엄청난 일도 할 수 있어.'

나는 온갖 공상에 빠졌다. 적의 손아귀에서 지나이다를 구출하기도 하고, 피투성이가 된 채로 그녀를 감옥에서 구해 내기도 했으며, 지나이다의 발밑에서 죽어가기도 했다. 우리 집 거실에 걸려 있는 그림도 생각했다. 말리크 아델이 마틸다를 빼앗아 오는 그림이었다.

그런데 바로 그때 커다란 얼룩무늬 딱따구리가 나타나 그쪽으로 정신이 쏠리고 말았다. 딱따구리가 가느다란 자작나무 줄기를 열심히 타고 올라가 줄기 뒤에서 고개를 왼쪽으로 오른쪽으로 내밀며 걱정스레 살피는 모습이, 마치 콘트라베이스 목 옆으로 연주자가 고개를 내미는 것 같았다.

나는 〈흰 눈은 아니지만〉을 노래하기 시작했는데 노래가 어느 결에 그 무렵 유행하던 가요 〈산들바람 불면 당신을 기다려요〉로 바뀌어 있었다. 그리고 호먀코프의 운문비극(韻文悲劇) 〈엘마크〉에서 돈코사크 영주 엘마크가 별에 호소하는 대사를 큰 소리로 낭독했다. 나도 감상적인 시를 한 수 지어 보고 싶은 마음에 마지막 행을 "아, 지나이다, 지나이다!"라고 해야겠다고 생각하긴 했지만 결국 잘되지 않았다.

이럭저럭하는 사이에 점심시간이 다 되어 골짜기 쪽으로 내려갔다. 좁다란 모랫길이 골짜기 사이를 지나 마을로 이어져 있었다. 그 길을 따라 걷고 있는데…… 등 뒤에서 둔탁한 말발굽 소리가 들려왔다. 나는 뒤를 돌아보다가 깜짝 놀라 걸음을 멈추고 모자를 벗었다.

아버지와 지나이다였다. 두 사람은 나란히 말을 타고 오고 있었다. 아버지는 한 손으로 말 목덜미를 잡고 온몸을 지나이다 쪽으로 기울인 채 이야기를 건네며 웃고 있었다. 지나이다는 눈을 내리깔고 입술을 꼭 깨물며 조용히 아버지의 이야기를 듣고 있었다. 처음에는 두 사람의 모습밖에 눈에 들어오지 않았지만, 조금 있으니 굽이진 골짜기에서 경기병 군복을 입고 망토를 두른 벨로브조로프가 검정말을 타고 나타났다. 준마(駿馬)가 거품을 뿜고 도리질을 하고 코를 킁킁거리며 뛰어오르자 기수가 말을 달래기도 하고 박차를 가하기도 했다. 나는 길가로 물러섰다.

아버지가 고삐를 당기며 지나이다에게서 멀어지자 지나이다가 천천히 아버지를 바라보았다. 그리고 둘이서 곧장 달려가 버렸다. 벨로브조로프가 검소리를 쩔그렁거리며 그 뒤를 쫓아갔다. "벨로브조로프 녀석, 삶은 문어처럼 얼굴이 새빨개졌군. 그런데 지나이다는…… 왜 저렇게 창백하지? 오전내내 말을 탔는데도 얼굴이 새하얗다니."

발걸음을 재촉해 서둘러 집으로 돌아가 겨우 식사시간에 맞추었다. 아버지는 벌써 옷을 갈아입고 세수까지 마친 말끔한 모습으로 어머니의 안락의자 옆에 앉아 평소와 다름없는 차분한 목소리로 어머니에게 프랑스어 신문 〈토론〉의 만평란(漫評欄)을 읽어주고 있었다. 어머니는 건성으로 듣다가 나를 보자마자 온종일 어디에 숨어 있다 이제야 오느냐고 물으며, 어디의 누구인지도 모르는 사람과 알지도 못하는 곳을 쏘다니는 것은 질색이라고 말했다. "혼자 산책했어요." 이렇게 대답할 생각이었는데, 아버지를 보자 나도 모르게 입을 다물어 버리고 말았다.

15

그 뒤로 대엿새 동안 나는 지나이다를 거의 만나지 못했다. 몸이 아프다고 했지만, 그래도 늘 찾아오는 사람들은 별채에서 차례로 이른바 '당직'을 섰다. 하지만 시인 마이다노프는 열광적으로 흥분할 기회가 사라지자 낙담하고 흥미를 잃었는지 오지 않았다. 벨로브조로프는 군복 단추를 끝까지 채우고 시뻘게진 무뚝뚝한 얼굴로 구석에 앉아 있었다.

말레프스키 백작은 잘생긴 얼굴에 끊임없이 심술궂은 미소를 띠고 있었다. 이제는 완전히 지나이다의 눈 밖에 나버린 그 백작은 노공작부인의 마음에 들려고 무척 애를 쓰며 마차를 고용해 부인과 함께 총독 댁까지 가곤 했다. 하지만 모처럼 갔는데 일이 잘 풀리기는커녕 불쾌한 꼴을 당한 모양이었다. 상대 쪽에서 말레프스키가 옛날에 어느 토목국 기사들과 말썽을 일으킨 일을 꺼내는 바람에 말레프스키는 "그때는 어려서 잘 몰랐다"고 변명을 해야만 했다.

루쉰은 하루에 두 번 정도 찾아왔으나 오래 있진 않았다. 마지막으로 이야기를 나눈 뒤로 나는 루쉰을 조금 무서워하게 되었지만, 동시에 진심으로 그에게 이끌리기도 했다. 어느 날 그와 둘이서 네스쿠치느이 공원을 산책하러 갔다. 루쉰은 아주 상냥하고 친절하게 온갖 풀과 꽃들의 이름과 특징을 가르쳐 주다가, 갑자기 그야말로 아닌 밤중에 홍두깨 내밀듯 이마를 탁 치더니 소리쳤다. "아, 나도 참 바보지. 단순히 바람둥이라고만 생각했으니! 세상에는 자신을 희생해서 기쁨을 느끼는 사람이 정말로 있는 모양이오."

"그게 무슨 말이에요?" 나는 물었다.

"당신에겐 말하고 싶지 않군요." 루쉰은 무뚝뚝하게 대답했다.

지나이다는 일부러 나를 피하는 것 같았다. 나를 보면 마음이 무거워지는지(그 점은 금방 눈치 챌 수 있었다) 무의식적으로 내게서 얼굴을 돌려버렸다. 그렇다, 무의식적으로—그 사실이 무엇보다도 괴롭고 가슴이 찢어질 것 같았다. 하지만 어찌할 도리가 없으니 되도록 지나이다의 눈에 띄지 않도록 멀찍이서 바라보기만 할 생각이었지만 언제나 뜻대로 되지는 않았다. 지나이다의 상태는 여전히 이해할 수 없었다. 얼굴 표정까지 변해서 완전히 다른 사람 같았다.

특히 어느 포근하고 조용한 저녁 무렵 덧나무가 굵직한 가지를 드리워 만든 그늘 아래 낮은 벤치에 앉아 있을 때, 지나이다의 몸에 일어난 변화를 보고 소스라치게 놀라고 말았다. 이 벤치에서는 지나이다의 방 창문이 보이기 때문에 나는 이곳이 무척 마음에 들었다. 가만히 앉아 있으면 머리 위쪽의 컴컴한 나무 그늘에서 작은 새 한 마리가 끊임없이 바스락거리는 소리를 냈다. 잿빛 고양이가 등을 세우고 살금살금 뜰로 숨어들었다. 공기는 어둑하게 물들었지만 아직 투명했고, 올해 처음 세상에 나온 딱정벌레 몇 마리가 윙윙거리며 날아갔다. 나는 이제나저제나 창문이 열리기만을 손꼽아 기다리며 계속 앉아 있었다.

마침내 창문이 열리고 지나이다의 모습이 나타났다. 그녀는 하얀 옷을 입고 있었는데 얼굴도 어깨도 팔도 온통 핏기 없이 새하얀 색이었다. 지나이다는 오랫동안 꼼짝도 않고 눈썹을 찌푸린 채 정면을 똑바로 노려보고 있었다. 지나이다가 이렇게 골똘히 생각에 잠겨 있던 적은 아직 한 번도 없었다. 얼마 뒤 두 손을 힘껏 깍지 끼고 입술과 이마에 가져가 대더니 갑자기 손가락을 풀고 양쪽 귀 뒤로 넘긴 머리카락을 뒤로 쓸어 올리고 나서 다짐한 듯 고개를 끄덕이고는 창문을 쾅 닫아버렸다.

사흘쯤 지났을 때 뜰에서 지나이다와 마주쳤다. 내가 옆으로 비키려고 하자 지나이다가 나를 불러 세웠다.

"손을 잡아줘요." 전과 같은 상냥한 목소리로 말했다. "우리, 꽤 오랫동안 이야기를 나누지 못했죠."

지나이다의 얼굴을 살펴보니 눈동자가 차분하게 빛나면서 다정하게 미소 짓고 있어 마치 안개 속에 파묻혀 있는 듯했다.

"여전히 몸이 좋지 않은가요?" 내가 물었다.

"아뇨. 이제 다 나았어요." 지나이다는 빨갛고 작은 장미를 한 송이 꺾으며 대답했다. "조금 피곤하긴 한데 곧 좋아질 거예요."

"그럼 다시 지난날의 당신으로 돌아와 주시는 건가요?"

지나이다가 장미꽃을 얼굴로 가져가자 꽃잎의 선명한 빛깔이 볼에 비쳐 볼이 발갛게 물든 것만 같았다.

"내가 그렇게 많이 변했나요?" 지나이다가 물었다.

"네, 변했어요." 나는 작은 소리로 대답했다.

"당신한테 내가 너무 차갑게 굴었죠. 그건 나도 알아요. 하지만 크게 신경 쓸 일은 아니었어요. 나도 어쩔 수 없었는걸요. 이제 다 지난 일이에요."

"내가 당신을 사랑하는 게 싫은 거죠, 그렇죠?" 나는 복받치는 감정을 참지 못하고 침울한 목소리로 소리쳤다.

"아니에요. 그렇진 않지만 이젠 예전과 다른 방향으로 사랑해 줘요."

"다른 방향이라뇨?"

"친구로 지내요. 그게 좋겠어요!" 지나이다는 나에게 장미꽃 향기를 맡게 했다. "내가 나이도 훨씬 많잖아요. 고모라고 해도 전혀 이상하지 않은걸요. 고모까진 아니더라도 누나 정도는 되잖아요. 하지만 당신은……."

"난 당신 눈에는 어차피 어린애일 뿐이죠." 내가 말을 가로막았다.

"그래요, 어린애예요. 하지만 귀엽고 영리하고 착해서 정말 좋아요. 이렇게 해요. 오늘부터 당신을 내 시종으로 삼겠어요. 잊지 말아요. 시종은 절대 주인님 곁을 떠나면 안 된다는걸. 자, 이게 새로운 칭호의 증표예요." 지나이다는 내 웃옷 단춧구멍에 장미를 꽂아주었다. "내가 총애한다는 표시예요."

"전에는 다른 쪽으로 좋아해 줬잖아요." 내가 중얼거렸다.

"어머나!" 지나이다가 곁눈질로 흘겨보았다. "기억력도 좋군요. 좋아요. 지금도 똑같이 해줄게요."

그리고 내 쪽으로 몸을 숙여 이마에 깔끔하고 조용하게 키스를 해주었다.

내가 지나이다를 보자 그녀는 고개를 돌리고 별채 쪽으로 발길을 옮겼다. "따라오세요, 시종 님." 나는 뒤따라가며 신기한 마음을 지울 수 없었다. '이 얌전하고 사려 깊은 아가씨가 전에 알던 그 지나이다가 맞는 걸까?' 걸음걸이마저 얌전해지고 몸매도 한층 당당하게 균형이 잡힌 듯 보였다.

그러자 이게 어찌된 일인가! 내 가슴속에서 새로운 사랑의 불길이 타오르기 시작했다.

16

저녁식사 뒤 별채에 다시 손님들이 모이고 지나이다도 자리를 함께했다. 처음 이 집을 방문했던 그 잊을 수 없는 밤처럼 한 사람도 빠짐없이 모두 모였다. 니르마츠키도 어슬렁어슬렁 나타났다. 이날 가장 먼저 나타난 마이다노프는 새로 쓴 시를 가지고 왔다. 또다시 벌금놀이가 시작되었지만 전처럼 엉뚱한 행동도, 심술궂은 장난도, 소란스러움도 없었다. 집시 같은 요소가 흔적도 없이 사라져 버렸다.

　모임의 분위기를 새롭게 바꾼 사람은 지나이다였다. 나는 시종 자격으로 지나이다 옆에 앉는 특권을 누렸다. 벌을 받는 사람은 자신이 꾼 꿈 이야기를 하자고 지나이다가 제안했지만 제대로 되지 않았다. 꿈이 재미없거나(벨로브조로프는 자기 말에게 먹이로 붕어를 주었더니 말 대가리가 나무로 변하는 꿈을 꾸었다고 말했다), 만들어낸 이야기처럼 부자연스럽거나 둘 중 하나였다. 마이다노프가 장황하게 떠들어댄 꿈 이야기는 마치 소설 같았다. 무덤이며 하프를 든 천사며 말하는 꽃이며 멀리서 들려오는 풍악 소리 같은 온갖 것들이 튀어나오는 바람에 결국 지나이다가 끝까지 듣지 않고 중간에 잘라버렸다.

　"어차피 이야기를 꾸며서 할 거면 차라리 저마다 이야기를 새로 만들어 보기로 해요. 다만 반드시 자기가 생각해 낸 얘기만 해야 해요."

　첫 번째 벌을 받을 사람은 이번에도 벨로브조로프였다.

　젊은 경기병은 난처해하며 소리쳤다.

　"난 아무 생각도 나지 않아요!"

　그러자 지나이다가 말했다. "그런 시시한 말씀은 하지 마세요! 그럼 예를 들어 당신에게 부인이 있다고 상상하고, 부인과 어떻게 지낼지 얘기해 보세요. 당신이라면 부인을 가두어 놓을까요?"

　"가두어 놓겠죠."

　"그리고 부인 곁에 딱 달라붙어 있겠죠?"

　"당연히 딱 달라붙어 있을 겁니다."

　"알겠어요. 그럼 만약 부인이 그런 상황에 질려서 배신한다면 어쩌시겠어요?"

　"죽여버릴 겁니다."

　"부인이 달아난다면요?"

　"쫓아가서 역시 죽여버리겠습니다."

　"그래요. 그럼 만약 내가 부인이라면 어쩌시겠어요?"

　벨로브조로프는 잠깐 침묵했다가 대답했다.

　"그럼 내가 자살할 겁니다."

지나이다가 웃음을 터뜨렸다.

"결론이 정말 빠르네요."

다음으로 벌을 받게 된 지나이다는 천장을 보며 잠시 생각에 잠겼다가 말문을 열었다.

"음, 그럼 이런 건 어떨까요? 내가 생각해 낸 얘기예요. 호화찬란한 궁전에서 어느 여름밤 화려한 무도회가 열리는 장면을 상상해 주세요. 무도회를 개최한 사람은 젊은 여왕이고, 곳곳에 금과 대리석, 수정, 비단, 샹들리에, 다이아몬드, 꽃과 향수로 사치스럽게 장식되어 있어요."

"사치스러운 것을 좋아하십니까?" 루쉰이 끼어들었다.

"사치스러운 건 아름다우니까요. 아름다운 건 뭐든 좋아요."

"훌륭한 것보다 말입니까?" 루쉰이 다시 물었다.

"빙빙 에둘러 말씀하시니 무슨 뜻인지 잘 모르겠군요. 말허리를 끊지 말아주세요. 여전히 무도회는 호화찬란하니까요. 손님들이 많이 왔는데 다들 젊고 잘생기고 용감하며 여왕을 사랑하죠."

"손님 가운데 여성은 없나요?" 말레프스키가 물었다.

"없어요. 아니, 잠깐만, 몇 명 있어요."

"모두 못생긴 여자들인가요?"

"아뇨, 다들 미인이에요. 하지만 남자들은 모두 다 여왕만 사랑해요. 여왕은 키가 크고 우아하고 새카만 머리 위에 작은 금관을 쓰고 있어요."

나는 지나이다를 바라보았다. 그 순간 나는 지나이다가 우리 중 누구보다도 고귀해 보였다. 그 하얀 이마와 미동도 하지 않는 눈썹 사이에 눈부신 지성과 위엄이 어려 있는 것을 보고 생각했다. '당신이야말로 그 여왕이에요!'

"모두들 여왕을 둘러싸고 온갖 달콤한 말로 여왕을 추어올리죠."

"여왕은 아첨을 좋아하는군요?" 루쉰이 물었다.

"정말 너무하시네요. 자꾸 방해만 하시고. 듣기 좋은 말을 싫어하는 사람도 있나요?"

"마지막으로 한 가지만 더 묻겠습니다." 이번에는 말레프스키가 끼어들었다. "여왕에게는 남편이 있나요?"

"거기까진 생각해 보지 않았지만, 없어요. 남편이 왜 필요하겠어요?"

"그럼요. 남편 따위는 필요 없고말고요." 말레프스키가 맞장구쳤다.

"silence(조용히)!" 프랑스어가 서툰 마이다노프가 프랑스어로 소리쳤다.

"Merci(고마워요)." 지나이다가 마이다노프에게 말했다. "여왕은 그런 말에 귀를 기울이거나 음악을 듣고 있지만 손님 가운데 어느 누구에게도 눈길을 주지 않아요. 창문 여섯 개가 위에서 아래까지, 천장에서 바닥까지 활짝 열려 있고 그 창 밖으로 큼지막한 별이 반짝이는 밤하늘과 아름드리나무가 우거진 뜰이 보여요. 여왕은 그 뜰을 보고 있어요. 나무숲 옆에 분수가 있고, 길게 뿜어져 나오는 물줄기가 마치 망령처럼 어둠 속에서 어슴푸레하게 빛나고 있죠. 여왕의 귀에는 이야기 소리와 음악 소리 사이사이로 조용한 물소리가 들려와요.

여왕은 뜰을 물끄러미 바라보면서 생각해요. 여러분은 모두 고귀하고 현명하고 부자죠. 나를 에워싸고 내 말 한마디 한마디를 새겨듣고 언제나 내 발밑에서 죽을 각오가 되어 있죠. 그래서 내가 당신들을 지배하는 거예요. 그런데 분수 옆에, 졸졸 흐르는 저 물가에 서서 나를 기다리는 사람이 있어요. 그가 바로 내가 사랑하는 사람, 나를 지배하는 사람이에요. 그는 호화로운 옷을 입지 않았고 값비싼 보석도 갖고 있지 않아요. 그가 누구인지는 아무도 몰라요. 그래도 나를 기다리며 내가 반드시 그의 곁으로 다가갈 거라고 굳게 믿어요.

그래요. 나는 그 사람 곁으로 가요. 내가 마음먹으면 누구도 나를 가로막을 수 없으니까요. 그 사람에게 가서 언제까지나 함께 있어요. 그 사람과 함께 나무숲이 술렁거리고 분수가 졸졸졸 흐르는 뜰의 어둠 속으로 사라져 버리는 거예요."

지나이다가 입을 다물었다.

"그건 꾸며낸 이야깁니까?" 말레프스키가 속을 떠보듯 말했다.

지나이다는 그를 쳐다보지도 않았다.

"여러분, 만약 우리가 그 무도회의 손님이고 분수 옆에 있는 행복한 사람을 알고 있다면 우리는 어떻게 할까요?" 루쉰이 대뜸 말을 꺼냈다.

"잠깐, 기다려요." 지나이다가 가로막았다. "여러분이 어떻게 하실지 내가 말해 볼게요. 벨로브조로프 씨는 결투를 신청하겠죠. 마이다노프 씨는 그 사람을 비꼬는 풍자시를 쓸 거예요. 잠깐, 아니에요. 당신은 풍자시를 쓸 줄 모르니까 바르비에($\substack{1805 \sim 1882 \cdot \\ \text{프랑스 시인}}$) 풍의 장시를 지어 〈텔레그라프〉지에 발표할 거예요. 니르마츠키 씨는 그 사람에게 돈을 빌리겠죠……. 아니, 반대로 돈을 빌려주고 이자를 받을 거예요. 의사 선생님은……." 지나이다가 머뭇거렸다. "어떻게 하실지 도저히 모르겠군요."

"의사로서 여왕에게 진언하겠죠. 손님들에게 신경도 쓰지 못할 상황이면 아예 무도회 같은 걸 열지 말라고요." 루쉰이 대답했다.

"그렇군요. 그 말씀이 옳을지도 몰라요. 그럼 백작은요?"

"나 말입니까?" 백작은 심술궂은 미소를 엷게 띠며 되물었다.

"백작은 독이 든 사탕을 선물하지 않을까요?"

말레프스키는 얼굴을 살짝 찡그리며 유대인 같은 표정을 지었지만 곧 너털웃음으로 얼버무렸다.

"무슈 볼데마르는 어떻게 하느냐 하면……. 이제 그만 하죠. 다른 놀이를 해요." 지나이다가 말했다.

"무슈 볼데마르는 시종이니까 여왕님이 뜰로 달려 나갈 때 옷자락이 끌리지 않도록 바쳐 들겠죠." 말레프스키의 말에 가시가 돋쳐 있었다.

나는 화가 불끈 치밀어 올랐지만 지나이다가 재빨리 내 어깨에 손을 올리고 의자에서 몸을 일으키며 희미하게 떨리는 목소리로 말했다.

"백작, 당신에게 그런 무례한 말을 해도 된다고 허락한 적은 없어요. 그러니 이만 물러가 주시기 바랍니다." 그러고는 문을 가리켰다.

"그게 무슨!" 말레프스키는 얼굴이 새파래져서 중얼거렸다.

"아가씨가 말씀하시는 대로야." 벨로브조로프가 소리치며 역시 자리에서 벌떡 일어섰다.

"그럴 생각은 없었습니다." 말레프스키가 말을 이었다. "내 말이 그렇게 실례가 될 줄은 몰랐습니다……. 모욕할 생각은 털끝만큼도 없었어요. 용서해 주십시오."

지나이다가 싸늘하게 흘겨보며 차갑게 비웃고는 귀찮다는 듯 손을 내저으며 말했다. "그렇다면 이곳에 계셔도 좋아요. 나도 무슈 볼데마르도 하찮은 일로 화를 냈군요. 백작은 남을 비꼬는 게 취미인 모양이니 실컷 비꼬아 보세요."

"부디 용서해 주십시오." 말레프스키가 다시 한 번 사과했다. 나는 조금

전 지나이다의 모습을 떠올리며 진짜 여왕이라도 무례를 저지른 사람에게 그토록 위엄 있는 태도로 문을 가리키지는 못할 것이라고 새삼 생각했다.

이 작은 소동이 가라앉은 뒤에는 벌금놀이도 오래가지 않았다. 이 소동 때문이 아니라 분명히 표현하기 어려운 어떤 답답한 감정 때문에 모두의 흥이 깨져버린 것이다. 누구도 입 밖에 내지 않았지만 모두가 자신은 물론 옆에 있는 다른 사람의 가슴에도 똑같은 감정이 회오리치고 있음을 느꼈다. 마이다노프가 자작시를 낭독하자 말레프스키가 야단스럽게 칭찬해댔다.

"이번엔 좋은 모습을 보이려고 기를 쓰는군요." 루쉰이 속삭였다. 머지않아 모임도 끝이 났다. 지나이다가 갑자기 침울해졌고, 공작부인이 머리가 아프다고 했으며, 니르마츠키가 류머티즘이 도졌다고 투덜거렸기 때문이다.

나는 오랫동안 잠을 이루지 못했다. 지나이다가 한 이야기 때문에 마음이 술렁거려 눈을 감을 수 없었다.

"정말로 그 이야기가 무언가를 암시하는 걸까?" 나는 스스로 물어보았다. "그렇다면 대체 누구를 말하는 거지? 무엇을 빗댄 걸까? 설령 무언가를 암시한다고 하더라도 어떻게 그처럼 과감하게 말할 수 있지? 아니, 아니야. 그럴 리 없어." 몸을 이리저리 뒤척이고 뜨겁게 달아오른 뺨을 베개에 번갈아 대며 혼잣말을 했다.

하지만 이야기를 하는 지나이다의 표정과 네스쿠치느이 공원에서 루쉰이 한 말을 떠올리며, 나에 대한 지나이다의 태도가 돌변한 까닭을 생각하다 보니 뭐가 뭔지 도무지 갈피를 잡을 수가 없었다. "그는 대체 누구일까?" 이 말만이 어둠 속에 선명하게 찍혀 눈앞에 나타났다. 나는 머리 바로 위에 낮게 드리워진 불길한 구름에 짓눌려 숨도 제대로 쉬지 못하고 그 구름이 사나운 폭풍우로 바뀌는 순간을 가슴 졸이며 기다리고 있었다.

이 무렵에는 나도 어지간한 일에는 익숙해져 있었다. 자세킨 집에서 온갖 일을 수두룩하게 보고 들었기 때문이다. 그 집의 무질서한 생활, 싸구려 양초, 이 빠진 나이프와 포크, 음침한 보니파치, 더럽고 낡은 옷을 입은 하녀들, 공작부인의 태도. 이런 기묘한 생활을 보아도 이제는 거의 놀라지 않았다.

그런데 지나이다의 몸에 어떤 변화가 일어나고 있음을 막연하게 느끼면서도 그 사실에는 도무지 익숙해지지 않았다. 언젠가 어머니가 지나이다를 '방탕한 여자'라고 말한 적이 있었다. 그 방탕한 지나이다가 나의 우상, 나의 여신이었다! 이 욕설이 내 가슴을 쥐어뜯어 어떻게든 도망쳐 보려고 베개에 얼굴을 파묻고 공연히 화도 내보았지만, 한편으로는 분수 옆의 행복한 사람이 될 수만 있다면 무슨 짓이든 마다하지 않고 어떤 것도 아낌없이 내던져 버렸을 것이다.

피가 뜨겁게 끓어올랐다. "뜰…… 분수…… 뜰에 나가 봐야겠다." 나는 재빨리 옷을 갈아입고 살그머니 집에서 빠져나왔다. 한밤중의 어둠은 짙고 나무들이 가볍게 산들거렸다. 밤하늘의 고요한 냉기가 내려앉고 밭에서 회향풀 향기가 풍겨왔다. 나는 길이란 길은 모조리 걸었다. 내 가벼운 발소리에 당황하기도 하고 용기를 얻기도 했다. 이따금 멈춰 서서 무슨 일이 일어나기를 기다리며 내 심장이 격렬하게 요동치는 소리를 들었다. 마침내 울타리 근처까지 와서 가느다란 말뚝에 몸을 기댔다.

그때 갑자기 (아니면 기분 탓이었을까) 불과 몇 걸음 거리를 두고 여인의 그림자가 스쳐 지나갔다. 나는 어둠 속을 노려보며 숨을 죽였다. 무엇이었을까. 지금 들리는 소리는 누군가의 발소리인가, 내 심장 소리인가. "거기 누구 있어요?" 중얼거려 보았지만 목소리는 거의 나오지 않았다. 또다시 무슨 소리가 났다. 숨죽인 웃음소리일까, 바람에 흔들리는 나뭇잎 소리일까. 아니면 귓가를 스치는 한숨 소리일까. 나는 무서워졌다. "거기 누구 있어요?" 나는 목소리를 낮추어 다시 말해 보았다.

순간 공기의 흐름이 급격하게 바뀌면서 반짝이는 빛줄기가 하늘을 가로질렀다. 별똥별이었다. "거기 지나이다예요?" 나는 물어보려 했지만 목소리가 나오지 않았다. 문득 정신을 차렸을 때는 주위의 모든 것이 고요하게 가라앉아 있었다. 한밤중에 흔히 있는 일이다. 나무숲의 귀뚜라미조차 울음을 멈추었고 어디에선가 창문이 탁 하고 닫히는 소리가 들렸다. 한동안 가만히 서 있다가 이윽고 내 방의 싸늘하게 식은 침대 속으로 돌아왔다. 나는 이상하게 흥분해 있었다. 마치 밀회를 하러 나갔다가 바람맞고 행복에 젖어 있는 남들 앞을 지나 그냥 돌아온 기분이었다.

17

그 다음날에는 지나이다를 얼핏 지나치기만 했다. 공작부인과 마차를 타고 어디론가 외출하는 중이었다. 대신 루쉰을 만났지만 그는 인사조차 제대로 건네지 않았다. 말레프스키도 만났는데, 그는 싱글벙글 웃으며 상냥하게 말을 걸어왔다. 별채의 단골들 가운데 우리 집에 드나드는 사람은 이 젊은 백작뿐이었으며 어머니는 그를 무척 마음에 들어했다. 하지만 아버지는 말레프스키를 탐탁지 않게 여겨 거만하고 무례한 태도로 대했다.

"여, 시종 친구. 잘 지내셨소? 당신의 아름다운 여왕님은 무얼 하고 계십니까?"

말레프스키의 생기 넘치고 말쑥한 얼굴이 순간 불쾌해서 견딜 수가 없었다. 게다가 사람을 얕보고 놀리는 눈초리로 나를 보았으므로 나는 한마디도 대꾸하지 않았다.

"아직도 화가 안 풀렸소?" 말레프스키가 계속 말했다. "그래봐야 소용없소. 시종이라고 이름 붙인 건 내가 아닌 데다, 시종은 언제나 여왕님 곁에 붙어 있어야 하니까요. 그런데 보아하니 당신은 근무 태만이군요."

"어째서 그렇지요?"

"자고로 시종은 여왕님 곁을 떠나선 안 되니까요. 여왕님이 하시는 일을 낱낱이 알고 있어야 하고 여왕님을 감시하는 것도 시종의 임무랍니다." 백작이 목소리를 낮추어 덧붙였다. "낮이건 밤이건 말이오."

"무슨 뜻이죠?"

"무슨 뜻이냐고요? 이 정도면 충분히 말했다고 생각하는데요. 낮이나 밤이나 말이에요. 하지만 낮에는 뭐니 뭐니 해도 주위가 환한 데다 보는 눈도 많으니 큰 문제가 되지 않지만 밤에는 어떤 수상쩍은 일이 벌어질지 누가 알겠어요? 그러니 밤에도 잠만 자지 말고 감시하도록 해요. 눈 똑바로 뜨고 지켜봐요. 당신도 기억하지요? 뜰, 밤, 분수 옆. 그런 곳에 숨어서 기다리고 있으니까요. 머지않아 나한테 감사할 날이 올 겁니다."

말레프스키는 큰 소리로 웃으며 등을 돌렸다. 아마도 자신이 한 말이 크게 중요하다고 생각지 않는 듯했다. 그는 속임수의 명수이며, 가장무도회에서 사람들을 놀리고 웃음거리로 만드는 재주가 뛰어나다고 소문이 자자했는데, 말레프스키라는 인간의 무의식 자체에까지 거짓이 깊이 배여 있었기 때문이다.

백작은 나를 놀리려고 했을 뿐이지만 그의 한마디 한마디가 독이 되어 내

혈관을 타고 온몸으로 퍼져나갔다. 머리에 온몸의 피가 쏠렸다. "아, 그랬구나!" 혼자 중얼거렸다. "이제 알겠어! 어젯밤의 예감은 틀리지 않았어. 어쩐지 뜰에 나가보고 싶었던 것도 나름의 이유가 있었던 거야. 가만두지 않겠어!" 나는 크게 소리를 지르며 주먹으로 가슴을 힘껏 쳤지만, 그런 주제에 무엇을 가만두지 않겠다는 것인지는 스스로도 알지 못했다.

나는 이렇게 생각했다. '말레프스키가 뜰에서 튀어나오건(무심결에 말이 헛나왔는지도 모르지 않는가. 그는 뻔뻔스러운 인간이라 충분히 그런 짓을 하고도 남았다), 다른 놈이 숨어들건(우리 집 뜰을 에워싼 담장은 아주 낮아서 누구나 쉽게 뛰어넘을 수 있었다), 어쨌든 내 손에 잡히기만 하면 가만두지 않겠어! 누가 됐든 나와 마주치지 않도록 조심하는 게 좋을 거야. 나도 복수할 마음만 먹으면 얼마든지 그렇게 할 수 있다는 사실을 세상과 그 배신자에게 똑똑히 보여주겠어(나는 지나이다를 배신자라고 단정했다).'

나는 방으로 돌아와 새로 산 영국제 칼을 책상 서랍에서 꺼내 날카로운 칼날을 만져보았다. 눈썹을 찌푸리고 서릿발 같은 결의를 단호하게 다지며 칼을 주머니에 넣었다. 겉으로만 보면 이런 일이 놀랍지도 않고 처음 있는 일도 아니라는 듯이 보였을 것이다. 배신감이 커지면서 심장이 돌처럼 딱딱해졌다. 밤이 깊어질 때까지 나는 인상을 쓰고 입술을 꽉 깨문 채 주머니 안에서 뜨겁게 달아오른 칼을 움켜쥐고 끊임없이 방 안을 서성거렸다. 끔찍한 일이 일어날 때를 대비해 미리 마음의 준비를 하고 있었는지도 모른다.

일찍이 이러한 새로운 감각은 경험해 본 적이 없다 보니 나는 완전히 심취하고 흥분해서 정작 중요한 지나이다에 대해서는 별로 생각하지 않았다.

이런 대사가 끊임없이 떠올랐다. 젊은 집시 알레코가 말한다. "어딜 도망가는 거야, 이 색골 자식아. 얌전히 잠이나 자." 그런 뒤 "온몸이 피투성이잖아요! 당신, 대체 무슨 짓을 한 거예요?"—"아무것도 아냐" 하고 대답한다. 나는 잔인하게 웃으며 이 "아무것도 아냐"라는 대사를 되풀이했다. 아버지는 집에 없었다. 어머니는 얼마 전부터 줄곧 불안과 초조함에 시달렸지만 내 모습이 심상치 않음을 눈치채고 저녁식사 때 이렇게 말했다. "벌레라도 씹은 사람처럼 왜 그렇게 뚱해 있니?" 나는 대답 대신 의젓하게 웃어 보이면서 속으로 생각했다. "만약 사실을 아신다면 뭐라고 하실까?"

시계가 11시를 알렸다. 나는 내 방으로 돌아와서 옷도 갈아입지 않고 자

정이 되기를 기다렸다. 마침내 괘종시계가 12시를 쳤다. "지금이다!" 나는
어금니를 꽉 깨물고 중얼거리며 윗옷 단추를 끝까지 채우고 소매를 걷어붙
이며 뜰로 나섰다.

감시할 장소는 미리 정해 두었다. 안채의 뜰과 자세키나 공작부인 집의 뜰
을 가로지르는 울타리가 두 집을 에워싼 담장과 만나는 곳, 그 뜰 구석에 전
나무 한 그루가 덩그러니 서 있었다. 얕고 무성하게 자란 가지 뒤에 서 있으
면 어둠 속으로 사라지지 않는 한 주변에서 일어나는 일이 훤히 보였다. 그
앞으로 구불구불한 오솔길이 나 있는데 그 길은 언제나 이상하게 신비로워
보였다. 오솔길은 담장 옆을 따라 뱀처럼 길게 뻗어가(담장을 넘을 때 생긴
듯한 발자국이 나 있었다) 아카시아로 에워싸인 정자 쪽으로 이어져 있었
다. 나는 전나무가 있는 곳까지 가서 나무에 기대어 주변을 살피기 시작했
다.

전날과 똑같이 조용한 밤이었지만 하늘을 가린 구름이 훨씬 적었기 때문
에 주변의 울창한 떨기나무 덤불뿐 아니라 길쭉한 화초의 윤곽까지도 전날
보다 또렷하게 보였다. 잠복을 시작하고 처음 얼마 동안은 고민스럽고 두려
웠다. 무슨 짓이든 할 각오가 되어 있었지만 어떻게 해야 좋을지를 아직 결
정하지 못한 것이다. "어딜 가는 거야. 멈춰! 고백해, 안 그러면 죽여버리
겠어!" 하고 소리를 버럭 지를까, 아니면 다짜고짜 찔러버릴까. 조금만 바스
락거리거나 나뭇가지나 나뭇잎이 스치는 소리만 들려도 그것이 다 의미가
있고 예사롭지 않은 일처럼 생각되었다.

언제 무슨 일이 일어나도 대처할 수 있도록 상체를 앞으로 내밀고 자세를
가다듬었지만 30분이 지나고 한 시간이 지나자 부글부글 끓던 피가 점차 가
라앉으며 침착함을 되찾기 시작했다. 이런 짓을 해봐야 헛수고이며 스스로
봐도 우스꽝스럽고, 말레프스키에게 한 방 먹었다는 생각이 점점 부풀어 올
랐다.

그래서 매복을 그만두고 뜰을 한 바퀴 돌았다. 그날따라 사방을 둘러보아
도 아무 소리도 들리지 않았다. 주변은 쥐 죽은 듯이 고요했고, 우리 집 개
까지도 사립문 옆에서 동그랗게 웅크린 채 자고 있었다. 나는 허물어진 온실
벽에 기어올라 멀리 펼쳐진 들판을 바라보며 이곳에서 지나이다를 만났을
때를 떠올리고 감회에 젖었다.

그때였다. 갑자기 끼익 하고 문 여는 소리가 나더니 잔가지가 부러지는 소리가 희미하게 들리는 듯했다. 온실에서 뛰어내린 나는 그 자리에서 꼼짝도 못하고 굳어버렸다. 가볍고 재빠르면서 조심스러운 발소리가 뜰에 분명히 울려 퍼졌기 때문이다. 게다가 발소리는 내 쪽으로 오고 있었다. '왔구나! 결국 나타났어!' 이런 생각이 가슴을 스쳤다. 와들와들 떨리는 손으로 호주머니에서 칼을 꺼내어 칼날을 빼들었다. 눈앞에서 새빨간 불꽃이 튀고 두려움과 증오로 머리털이 뻣뻣하게 곤두섰다. 발소리가 내 쪽을 향해 똑바로 다가왔다. 나는 몸을 웅크리고 발소리가 들리는 쪽으로 고개를 쭉 뺐다.

사내의 모습이 나타났다……. 그런데 대체 어찌 된 영문인가! 바로 아버지였다.

시커먼 외투로 몸을 꼭꼭 감싸고 모자를 눈 위까지 푹 눌러쓰고 있었지만 나는 바로 알아보았다. 아버지는 까치발을 하고 조심스럽게 내 곁을 지나갔다. 나는 몸을 숨기진 않았지만 땅바닥에 납죽 엎드려 몸을 작게 웅크리고 있었으므로 아버지는 나를 알아채지 못했다. 질투에 눈이 멀어 살인이라도 저지를 기세였던 오셀로는 순식간에 평범한 학생으로 되돌아왔다. 아버지의 등장에 너무 놀라서 나는 처음에 아버지가 어디에서 나와서 어디로 사라졌는지조차 생각하지 못했다.

주위가 다시 고요해진 뒤에야 나는 가까스로 몸을 일으켜 자세를 바로잡고 생각했다. '왜 아버지가 한밤중에 뜰을 거닐고 계시지?' 너무 두려운 나머지 칼을 수풀 속에 떨어뜨리고 말았지만 찾을 생각조차 하지 못했다. 부끄러워 견딜 수가 없었다.

순식간에 제정신을 찾고 집으로 발걸음을 돌렸다. 딱총나무 가지가 드리워진 벤치까지 와서 문득 지나이다의 방 창문을 올려다보니 밖으로 살짝 튀어나온 듯한 작은 창유리가 밤하늘에서 쏟아지는 희미한 빛을 받아 푸르스름하게 빛나고 있었다.

그런데 순식간에 유리 색깔이 달라지더니 안쪽에서—그렇다, 내 두 눈으로 똑똑히 보았다—하얀 커튼이 조심스럽게 내려와 창틀 아래까지 닿자 그대로 꿈쩍도 하지 않았다.

어느새 내 방으로 돌아온 나는 무심코 소리를 내어 중얼거렸다. "뭐가 어떻게 된 거지? 꿈인가? 우연인가? 아니면……." 불현듯 머리에 떠오른 생각이 너무도 뜻밖이고 괴이해서 더 이상 상상해 볼 마음조차 들지 않았다.

18

이튿날 아침, 일어나니 머리가 너무 아팠다. 전날 밤의 흥분은 완전히 가라앉아 있었지만 대신 어떻게 해야 좋을지 모르는 답답함과 처음 느껴보는 쓸쓸함에 사로잡혀 마치 내 안에서 무언가가 죽어가는 듯했다.

"뇌를 반쯤 들어낸 토끼 같은 눈을 하고 있군요." 만나자마자 루쉰이 말했다.

아침 먹을 때 아버지와 어머니의 모습을 번갈아가며 몰래 살펴보았다. 아버지는 평소와 다름없이 침착했고, 어머니도 늘 그렇듯 초조함을 감추고 있었다. 아버지가 이따금 해주듯, 그날도 나에게 상냥한 말을 건네주진 않을까 하고 기다렸지만 도리어 평상시의 차가운 다정함조차 보여주지 않았다. '지나이다에게 다 털어놓을까?' 나는 생각했다. '이렇게 되면 어차피 마찬가지야. 우리 사이는 끝장났으니까.'

나는 지나이다를 찾아갔지만 '털어놓기'는커녕 말을 꺼내보지도 못했다. 페테르부르크의 육군유년학교에 다니는 열두 살쯤 되는 공작부인의 아들, 곧 지나이다의 동생이 휴가를 받고 돌아온 것이다. 내가 가자마자 지나이다는 동생을 내게 떠맡겨 버렸다.

"부탁해요, 내 귀여운 볼로자(지나이다가 나를 이렇게 부른 것은 처음이었다). 친구가 되어줘요. 동생 이름도 볼로자예요. 숫기는 없지만 마음씨 착한 애니까 귀여워해 주세요. 둘이서 네스쿠치느이 공원이라도 산책하는 게 어때요? 잘 돌봐줘요. 괜찮죠? 당신도 정말 좋은 사람이니까."

지나이다가 내 어깨에 다정하게 손을 올리는 바람에 나는 완전히 당황하고 말았다. 동생이 나타나자 나까지 아이 취급 받는 것 같았다. 말없이 소년을 바라보니 소년도 입을 다문 채 나를 올려다보았다. 지나이다는 소리내어 웃으며 우리 두 사람을 끌어다 맞대었다.

"자, 둘이 껴안아요. 그래야 착한 아이죠!"

우리는 서로 껴안았다.

"뜰로 나갈래요?" 내가 물었다.

"알겠습니다." 육군학교 생도다운 쉰 목소리로 대답했다.

또다시 지나이다가 까르르 웃으며 얼굴을 붉혔다. 나는 순간 지나이다가 이토록 아름답게 볼을 붉히는 모습을 본 적이 없다고 생각했다. 그리고 소년과 함께 밖으로 나왔다. 안채 뜰에 낡은 그네가 있었으므로 나는 소년을 가느다란 판자에 앉히고 그네를 밀어주었다. 소년은 굵은 금몰이 달린 새로 맞춘 듯한 두꺼운 모직 제복을 입고서, 그넷줄을 꼭 잡고 얌전히 앉아 있었다.

"목의 단추를 푸는 게 어때요?" 내가 말했다.

"습관이 돼서 괜찮습니다." 소년이 가볍게 헛기침을 하면서 대답했다.

소년은 누이와 매우 닮았고 특히 눈이 똑같이 생겼다. 소년을 돌봐주는 것이 싫진 않았지만 서서히 슬픔이 복받치며 가슴이 욱신거렸다. "이젠 나도 완전히 어린애구나. 어제는 전혀 다른 사람 같았는데." 나는 문득 전날 밤 칼을 떨어뜨린 것을 떠올리고 그것을 찾으러 갔다. 소년이 칼을 빌려달라고 하더니 굵은 미나리 줄기를 잘라내어 능숙하게 깎아 피리를 만들어 불기 시작했다. 오셀로도 불어 보았다.

하지만 밤이 되자 오셀로는 지나이다의 품에 안겨 하염없이 흐느껴 울었다. 뜰 구석에 웅크리고 있는 오셀로를 발견한 지나이다가 왜 그렇게 슬픈 얼굴을 하고 있느냐고 물었다. 눈물이 쉬지 않고 나오는 바람에 지나이다가 깜짝 놀랐다.

"왜 그래요? 무슨 일이에요, 볼로자?" 거듭 물어봐도 내가 대답하지도 않고 울음도 그치지 않자 지나이다는 눈물로 흠뻑 젖은 내 볼에 입을 맞추려고 했다.

하지만 나는 고개를 돌리고 흐느껴 울면서 작은 소리로 말했다.

"나는 다 알고 있어요. 왜 나를 가지고 놀았죠? 어째서 내 사랑이 필요했던 거예요?"

"내가 잘못했어요, 볼로자." 지나이다가 말했다. "정말 미안해요." 그리고 두 손을 꼭 쥐었다. "내 속에는 떳떳하지 못하고 죄 많고 나쁜 면이 많이 있어요. 하지만 앞으론 절대 그러지 않을게요. 난 당신을 사랑해요. 왜 그리고 어떻게 사랑하는지 당신은 꿈에도 상상할 수 없겠지만……. 그런데 다 알고 있다니, 대체 무얼 알고 계신 거죠?"

내가 무슨 말을 할 수 있겠는가. 지나이다가 눈앞에 서서 가만히 나를 바라보면 나는 머리끝부터 발끝까지 완전히 그녀의 포로가 되고 말았다.

15분쯤 뒤에 나는 육군유년학교 생도와 지나이다와 함께 술래잡기를 하고 있었다. 울음을 그치고 웃고 있었지만 웃을 때마다 퉁퉁 부어오른 눈두덩에서 눈물방울이 굴러떨어졌다. 목에는 넥타이가 아니라 지나이다의 리본을 묶고 있었다. 운 좋게 지나이다의 허리를 붙잡았을 때에는 너무 기뻐서 큰소리를 지르고 말았다. 나는 지나이다가 휘두르는 대로 움직였다.

19

원정이 실패로 끝난 그날 밤부터 일주일 동안 내게 일어난 일을 자세히 이야기하기는 무척 어렵다. 열에 들뜬 것처럼 야릇한 시기여서, 혼돈스럽고 주체할 수 없는 모순된 감정, 생각, 의혹, 희망, 기쁨, 괴로움이 폭풍우처럼 소용돌이쳤다. 내 마음속을 들여다보기가 두려웠던 것이다. 하기야 열여섯 살 어린애가 자기 마음속을 들여다볼 수 있다면 말이지만. 어쨌든 사실을 밝혀내기가 너무 무서워 날마다 어서 빨리 하루가 지나고 밤이 오기만을 바랐다. 밤에는 깊이 잠들었다. 사물의 표면밖에 보지 못하는 어린애 같은 면이 오히려 도움이 되었던 것이다. 자신이 사랑받고 있는지 아닌지 알고 싶지도 않았을뿐더러 사랑받지 못한다고 스스로 인정하기도 싫었다.

나는 아버지와 마주치지 않으려고 피해 다녔지만 지나이다는 만나지 않을 수 없었다. 지나이다가 옆에 있기만 해도 내 몸은 마치 불에 타는 듯 뜨거웠으나 나를 태워 녹이는 이 불꽃의 정체가 무엇인지 알고 싶지 않았고, 단지 달콤하게 녹아내리는 것이 무척 기분 좋았다. 나는 순간순간의 인상에 잠겨 스스로를 기만했다. 지난날의 기억에서 고개를 돌리고 앞으로 일어나리라고 예상되는 일에도 눈을 감아버렸다. 어차피 이처럼 괴롭고 나른한 상태가 오래 이어지진 않았겠지만, 정말로 얼마 지나지 않아서 청천벽력 같은 사건이 일어나 모든 일이 단숨에 정리되었고 나도 마음을 가다듬고 새로이 출발하게 되었다.

어느 날 꽤나 긴 산책을 마치고 점심시간에 맞춰 집으로 돌아온 나는 혼자 식사를 해야 한다는 사실에 깜짝 놀랐다. 아버지는 외출했고 어머니는 기분이 좋지 않아 아무것도 먹고 싶지 않다며 침실에 틀어박혀 있었다. 하인들의 표정으로 보아 심상치 않은 일이 일어났다고 짐작은 했지만 굳이 캐묻고 싶지는 않았다. 친하게 지내는 필리프라는 젊은 하인이 있었다. 그는 시를 아주 좋아하고 기타도 매우 잘 쳤다. 나는 그에게 물어보기로 했다.

필리프의 이야기에 따르면, 아버지와 어머니가 크게 다투었다고 했다(그 소리가 한마디도 남김없이 하녀 방까지 다 들렸다는 것이다. 주로 프랑스어로 싸웠지만, 하녀 마샤는 파리에서 온 재봉사 집에서 5년이나 일했기 때문에 전부 알아들었다). 어머니가 아버지에게 어떻게 자신을 배신하고 옆집 공작 딸과 사귈 수 있느냐고 따지자 처음에는 변명하던 아버지가 끝내 벌컥 성을 내며 "당신이 나이가 많아서"라는 잔인한 말을 해버렸고, 어머니는 울음을 터뜨렸다. 그리고 어머니는 공작부인에게 주었다는 어음 이야기를 끄집어내며 공작부인을 헐뜯고 딸에게도 욕설을 퍼붓는 바람에 아버지가 어머니를 위협하는 말까지 했다는 것이다.

"일이 이렇게 커진 건 다 익명으로 온 편지 때문이에요. 누가 보냈는지 짐작도 할 수 없지만 어쨌든 그것만 없었더라면 일이 이렇게까지 불거질 리가 없어요. 그것밖에 이유가 없으니까요." 필리프가 말했다.

"그럼 정말로 무슨 일이 있었던 거야?" 나는 간신히 입을 떼었지만 순식간에 손발이 차가워지고 가슴 깊은 곳에서 무언가가 부들부들 떨리기 시작했다.

필리프가 의미 있는 듯이 한쪽 눈을 찡긋해 보였다.

"그야 있었죠. 이런 일이 숨긴다고 감춰지나요. 이번에는 나리도 아주 조심하셨지만 그래도 마차를 빌리거나 할 때처럼 사람 손을 빌려야 하는 이런저런 일이 있게 마련이니까요."

나는 필리프에게 물러가라고 하고 침대에 털썩 쓰러졌다. 소리내어 울지도 않았으며 절망의 구렁텅이에 빠지지도 않았다. 언제 어떻게 밝혀졌는지 생각해 보지도 않았고, 어째서 좀더 일찍 알아채지 못했는지 이상하게 여기지도 않았다. 아버지를 원망하는 마음도 생기지 않았다. 지금 드러난 일은 내 힘으로 손써 볼 수 있는 문제가 아니라는 사실을 알게 되자 완전히 맥이 풀린 것이다……. 이제 모든 게 끝났다. 내가 키우던 꽃들은 순식간에 하나도 남김없이 꺾이고 내동댕이쳐져 짓밟히고 말았다.

20

이튿날 어머니는 시내로 돌아가겠다고 말했다. 아침에 아버지가 어머니

침실로 가서 오랫동안 단둘이 이야기를 나눈 듯했다. 아버지가 어머니에게 무슨 말을 했는지는 아무도 듣지 못했지만 어쨌든 어머니는 그 뒤로 더 이상 울지 않았다. 어머니는 다시 안정을 되찾고 식사를 방으로 가져오라고 시키긴 했지만, 그래도 여전히 모습을 나타내지 않았고 시내로 돌아가겠다는 결심을 바꾸지도 않았다.

나는 온종일 근처를 어슬렁거렸지만 뜰에는 가지 않고 별채 쪽으로 눈길도 주지 않았던 기억이 생생하다. 그런데 저녁 무렵 놀라운 사건을 목격하게 되었다. 아버지가 말레프스키 백작의 팔을 붙잡고 홀을 지나 현관으로 끌고 가며 하인이 보고 있는데도 냉랭하게 말했다.

"며칠 전 어느 집에서 나가라는 말을 들은 적이 있다지요, 백작. 지금은 백작과 말다툼을 벌일 생각이 없소만, 앞으로 우리 집에 또 발을 들였다간 창밖으로 내던져 버릴 테니 그리 아시오. 나는 당신 글씨가 맘에 들지 않소." 백작은 고개를 푹 숙이고 입술을 깨물며 어깨를 움츠리고 나갔다.

모스크바로 이사할 준비가 시작되었다. 아르바트 거리에 우리 집이 있었다. 틀림없이 아버지도 더는 별장에 남아 있고 싶지 않았을 것이다. 단 어머니가 보기 흉한 소동을 일으키지 않도록 아버지가 잘 설득한 모양인지 모든 준비가 조용한 가운데 천천히 진행되었다. 어머니는 일부러 공작부인에게 심부름꾼을 보내어 건강이 좋지 않아 출발하기 전에 만나 뵙지 못해 매우 섭섭하다고 인사를 전했을 정도였다.

나는 정신 나간 사람처럼 이리저리 돌아다니며 어서 빨리 상황이 정리되기만을 바랐다. 하지만 도저히 머릿속에서 지워지지 않는 생각이 딱 한 가지 있었다. 그토록 젊은 지나이다가, 더구나 공작의 따님이 어째서 이런 당돌한 짓을 했을까? 아버지에게 처자식이 있다는 사실을 잘 알고 있었을 뿐만 아니라, 벨로브조로프든 누구든 결혼 상대가 얼마든지 있었는데도 말이다. 그녀는 무엇을 기대했던 걸까? 자기 앞날을 망칠 줄 알면서도 두렵지 않았던 걸까?

나는 생각했다. 그렇다, 이것이 진짜 사랑이다. 바로 이것이 정열적인 연애이고 헌신적인 사랑인 것이다. 루쉰이 한 말이 문득 떠올랐다. "세상에는 자신을 희생해서 기쁨을 느끼는 사람이 정말 있는 모양이오." 그때 무심코 별채 창문을 보니 창백한 무언가가 눈에 들어왔다.

'지나이다의 얼굴인가?'

자세히 보니 정말로 지나이다의 얼굴이었다. 나는 끝내 참지 못했다. 이대로 작별 인사도 하지 않고 헤어질 수는 없다 생각하고 기회를 엿보아 별채로 갔다.

응접실에 있던 공작부인은 평소와 다름없이 단정하지 못한 태도로 성의 없는 인사를 건네며 나를 맞았다.

"댁에서는 왜 이렇게 일찍 돌아가시나요?" 부인이 코담배를 양쪽 콧구멍에 밀어 넣으며 말했다.

그 모습을 보자 나는 마음이 편해졌다. 부인에게 어음을 주었다는 필리프의 이야기가 마음에 걸려 기분이 우울했는데, 부인에게서는 그런 기미가 조금도 느껴지지 않았기 때문이다. 적어도 그때는 그렇게 생각했다. 지나이다가 옆방에서 모습을 나타냈다. 검은 옷을 입고 창백한 얼굴에 머리를 풀어헤치고 있었다. 그녀는 말없이 내 손을 잡고 자기 방으로 데리고 들어갔다.

"당신 목소리가 들려서 곧장 뛰어나왔어요." 지나이다가 입을 열었다. "어째서 이렇게 쉽게 우리를 버리고 갈 수 있죠? 무정하게."

"작별 인사를 하러 왔어요." 나는 대답했다. "앞으로 다시는 못 볼 것 같아서요. 들으셨겠지만 우리는 시내로 돌아가기로 했어요."

지나이다가 가만히 나를 바라보았다.

"네, 들었어요. 와주셔서 고마워요. 실은 이제 만나지 못할 거라고 생각했어요. 나를 나쁘게 생각하지 말아주세요. 이따금 심술궂게 굴긴 했지만 나, 당신이 생각하는 그런 여자는 아니에요."

지나이다는 고개를 돌리고 창가에 기댔다.

"정말로 나는 그런 여자가 아니에요. 당신이 나를 나쁘게 생각한다는 건 알고 있어요."

"내가요?"

"네, 그래요…… 당신이요."

"내가요?" 슬프고 처량한 목소리로 되뇌이자, 지나이다의 말할 수 없는 강렬한 매력에 압도되어 전처럼 가슴이 욱신거리기 시작했다. "내가 말이에요? 아니에요. 믿어주세요. 당신이 무슨 짓을 해도, 아무리 짓궂게 대해도 나는 죽을 때까지 당신을 사랑할 거예요. 내 숨이 붙어 있는 한 당신을 생각할 거예요."

지나이다가 휙 뒤돌아보며 두 팔을 크게 벌려 내 머리를 껴안았다. 그리고 나에게 뜨거운 키스를 했다. 이 긴 작별 키스가 누구를 향한 것인지는 알지 못했다. 하지만 나는 허기진 사람처럼 그 달콤함을 맛보았다. 다시는 그런 키스를 하지 못하리란 사실을 알고 있었던 것이다. "안녕, 안녕." 나는 되풀이했다.

지나이다는 갑자기 나를 뿌리치고 나가버렸다. 나도 밖으로 나갔다. 그때의 마음은 도저히 말로 표현할 방법이 없다. 할 수만 있다면 그런 일을 두 번 다시 겪고 싶지 않았지만, 만약 평생에 한 번도 경험하지 못했다면 못한 대로 스스로를 불행하다고 생각했을 것이다.

우리는 시내로 이사했다. 나는 이 사건의 충격에서 쉽게 헤어나지 못해 시험공부도 손에 잡히지 않았다. 그래도 상처는 천천히 아물어갔다.

그래도 아버지에게는 눈곱만큼도 원망스런 마음이 생기지 않았다. 오히려 아버지의 모습이 전보다 더 커 보였다. 심리학자들이 이 모순을 어떻게 설명하든 멋대로 해석하면 될 것이다.

어느 날 가로수 길을 걷다가 우연히 루쉰을 만나자 나는 뛸 듯이 기뻤다. 루쉰의 꾸밈없는 성실한 성격을 좋아했을뿐더러, 이렇게 얼굴을 마주하자 내 마음속에서 온갖 추억이 되살아나 그립기까지 했다. 나는 그에게로 달려갔다.

"여어!" 루쉰이 눈썹을 찡그리며 말했다. "당신이군요, 젊은 친구. 어디 얼굴 좀 봅시다. 얼굴색은 여전히 누르께하지만 눈에서 예전의 탁한 기운이 사라졌군요. 애완용 강아지가 아니라 번듯한 사람으로 보입니다. 다행이에요. 그런데 어때요? 공부는 잘하고 있나요?"

나는 한숨을 쉬었다. 거짓말을 하고 싶지는 않았지만 본심을 털어놓자니 부끄러웠다.

"괜찮아요." 루쉰이 말했다. "부끄러워할 것 없어요. 올바른 생활을 지키면서 무슨 일에든 맹목적으로 빠지지 않도록 조심하는 게 중요하니까요. 정신없이 빠져봐야 좋은 일이 있나요? 일단 파도에 올라타고 나면 어디로 실려 가든 끝이 좋지 않아요. 인간은 설령 그곳이 바위 위라 하더라도 단단히 서 있어야 해요. 자기 두 발로 말이에요. 기침이 나서 영 멈추지 않는군요…

…, 그런데 벨로브조로프 소식은 들으셨습니까?"

"아뇨, 듣지 못했어요. 무슨 일이 있었나요?"

"행방이 묘연해요. 캅카스로 갔다는 소문이 있긴 한데. 당신 같은 젊은 사람한테는 좋은 교훈이 될 겁니다. 주변을 둘러보고 만조인 것 같으면 단념해야 해요. 그물을 찢고 빠져나와야 합니다. 그러지 못하면 큰 화를 당하게 돼요. 보아하니 당신은 무사히 빠져나온 것 같군요. 앞으로도 그물에 걸리지 않도록 조심해요. 그럼 이만 실례하겠소."

'이젠 걸려들지 않을 거야. 지나이다와는 두 번 다시 만나지 않을 테니까.' 나는 생각했다. 그런데 어찌된 운명인지 나는 또다시 지나이다와 얽히게 되었다.

21

아버지는 날마다 말을 타고 밖으로 나갔다. 아버지는 붉은빛이 도는 밤색의 훌륭한 영국산 말을 가지고 있었다. 목이 가늘고 날렵하며 다리도 길쭉하고 지칠 줄 모르는 사나운 말로, 이름은 일렉트릭이다. 아버지 말고는 아무도 그 말을 다루지 못한다. 어느 날 아버지가 오랜만에 아주 기분 좋은 얼굴로 내 방에 들어왔다. 말을 탈 채비를 마치고 이미 박차까지 달고 있었다. 나도 데려가 달라고 졸랐다.

"차라리 말타기 놀이라도 하면서 노는 게 낫지 않겠니?" 아버지가 대답했다. "네 비쩍 마른 말로는 도저히 나를 따라오지 못할 테니까."

"따라갈 수 있어요. 저도 박차를 달고 올게요."

"그러려무나."

나는 아버지와 함께 출발했다. 내 말은 털이 복슬복슬한 흑마로, 덩치가 작긴 하지만 다리가 튼튼해서 달리기 시작하면 꽤 빨랐다. 하지만 일렉트릭이 제 속도를 내기 시작하자 내 말은 전속력으로 달려야만 했다. 그래도 어떻게든 뒤처지지 않고 쫓아갔다. 나는 아버지보다 말을 능숙하게 다루는 사람을 보지 못했다. 늠름한 모습으로 걸터앉아 힘들이지 않고 수월하게 말을 다루었으므로 말도 그것을 알고 등에 태운 사람을 자랑스러워하며 뽐내는 듯이 보였다.

우리는 길이란 길을 모조리 달리고 '처녀 들판'을 내달리며, 울타리를 몇 개나 뛰어넘고(솔직히 처음에는 뛰어넘기가 두려웠지만 아버지는 겁쟁이를 경멸했으므로 무서워하지 않기로 했다) 모스크바 강을 두 번 건넜으므로 이제 슬슬 집으로 돌아갈 것이라고 생각했다. 게다가 아버지가 "네 말이 지친 것 같구나"라고 해서 틀림없이 돌아갈 줄 알았는데, 그 순간 아버지가 갑자기 방향을 바꾸어 내게서 멀어지더니 크리미아 여울에서 강을 따라 말을 달리기 시작했다. 나도 서둘러 뒤를 쫓아갔다.

오래된 통나무가 산처럼 높이 쌓여 있는 곳까지 오자 갑자기 아버지는 일렉트릭의 등에서 훌쩍 뛰어내리더니 나에게 내리라고 말하고 일렉트릭의 고삐를 내게 맡겼다. 그러고는 이곳에서, 즉 통나무 곁에서 기다리라고 말하고 혼자 좁다란 옆길로 사라져 버렸다. 나는 하는 수 없이 말 두 마리를 끌고 강가를 어슬렁거렸다. 걷는 동안 일렉트릭은 끊임없이 고개를 휘젓고 몸을 푸르르 떨고 코를 킁킁거리고 히힝 울어대서 야단을 쳐야 했고, 멈춰 서면 말굽으로 땅을 파거나 콧김을 거칠게 내뿜으며 내 말의 목덜미를 물곤 했다. 어딜 보나 귀염받으며 제멋대로 자란 순종 말다운 행동이었다.

아버지는 좀처럼 돌아오지 않았다. 강에서 기분 나쁜 습기가 피어오르는 것 같더니 부슬부슬 비가 내리면서 회색 통나무에 거뭇한 반점이 생기기 시작했다. 주변을 질리도록 걸어다닌 터라 이 통나무는 지긋지긋해서 쳐다보기도 싫었다. 점점 기분이 울적해졌지만 아버지는 아무리 기다려도 돌아오지 않았다.

그때 핀란드인 순경인 듯한 사람이 다가왔다. 위아래로 회색 제복을 입고 항아리같이 생긴 크고 낡은 모자를 쓰고는 경찰봉을 들고(그런데 왜 순경이 모스크바 강까지 나온 걸까!) 할머니 같은 얼굴로 나에게 말을 걸었다.

"도련님, 말을 데리고 여기서 뭐 하세요? 내가 좀 잡고 있을까요?"

나는 대답하지 않았다. 그러자 상대는 담배가 있으면 한 대 달라고 했다. 그를 피하려고(게다가 기다리다 너무 지쳐서) 아버지가 사라진 쪽으로 몇 걸음 가보았다. 그 길 끝까지 가서 모퉁이를 돌아 걸음을 멈췄다. 그런데 한 40걸음쯤 될까 싶은 길 안쪽에 있는 목조건물의 창문이 활짝 열려 있고 창문 앞에 아버지가 집 안쪽을 보며 서 있는 것이 아닌가. 아버지는 창가에 가슴을 기대고 있었다. 집 안에는 거무스름한 옷을 입은 여성이 커튼에 반쯤 몸을 숨기고 아버지와 이야기를 나누고 있었다. 지나이다였다.

나는 깜짝 놀라 그 자리에 얼어붙어 버렸다. 이런 일은 꿈에도 생각해 본 적이 없었다. 도망가야겠다는 생각이 제일 먼저 떠올랐다. '아버지가 이쪽을 돌아볼지도 몰라. 그럼 끝장이야.' 하지만 호기심보다 강하고 질투심보다 강하고 두려움보다도 강한 어떤 이상한 감정에 사로잡혀 움직일 수가 없었다. 뚫어지게 바라보며 열심히 귀를 기울였다. 아버지가 뭐라고 열심히 설득했지만 지나이다가 좀처럼 수긍하지 않는 것 같았다. 지금도 지나이다의 얼굴이 눈에 선하다. 슬프지만 진지하고 아름다운 얼굴에 진심어린 헌신과 안타까움과 사랑과 절망이 뒤섞인, 도저히 말로 설명할 수 없는 표정이었다. 이렇게밖에 표현할 방법이 없다.

지나이다는 짧게 대꾸하면서 눈을 내리깔고 온순하면서도 완고하게 미소짓고 있었다. 그 미소만 보고도 나는 지나이다가 옛날 그대로라고 생각했다. 아버지는 어깨를 으쓱하고 모자를 고쳐 썼다. 아버지가 초조할 때면 늘 나오는 버릇이었다. 그리고 "그런 ……과는 헤어져야 해요"라는 말이 들렸다. 지나이다가 자세를 고치며 한쪽 팔을 내밀었다.

그때 갑자기 눈앞에서 믿을 수 없는 일이 벌어졌다. 아버지가 프록코트 옷자락의 먼지를 털고 있던 채찍을 들어 올리더니 팔꿈치까지 드러나 있는 지나이다의 하얀 팔을 철썩 내려친 것이다. 나는 비명이 튀어나올 뻔한 것을 간신히 참았는데, 지나이다는 흠칫 몸을 떨더니 말없이 아버지의 얼굴을 한번 보고 천천히 그 팔을 입술로 가져가 새빨갛게 부어오른 채찍 자리에 키스를 했다. 아버지는 채찍을 내던지고 황급히 현관 계단을 뛰어올라 집 안으로 들어갔다. 지나이다가 뒤를 돌아보더니 두 팔을 활짝 벌리고 머리를 젖히며 역시 창가에서 사라졌다.

나는 너무나 놀라 숨이 막히고 정체를 알 수 없는 두려움에 가슴이 죄어들어 몸을 돌려 왔던 길을 되돌아 달리다가 하마터면 일렉트릭의 고삐를 놓칠 뻔하면서도 가까스로 강가로 돌아왔다. 머릿속이 뒤죽박죽 얽혀 도저히 갈피를 잡을 수가 없었다. 아버지가 평소에는 냉정하고 자제력이 강하지만 이따금 발작적으로 감정이 격해진다는 점은 알고 있었으나 그렇더라도 방금 본 광경이 도대체 무엇이었는지 도저히 이해가 되지 않았다.

하지만 앞으로 내가 아무리 오래 살더라도 지나이다의 그 몸짓과 눈빛과 미소를 결코 잊을 수 없으며, 방금 본 지나이다의 그 뜻밖의 태도가 영원히 내 기억 속에 새겨진 사실만은 이내 알 수 있었다. 하릴없이 강물만 바라보고 있는데 나도 모르게 눈물이 흘러내렸다. '지나이다가 얻어맞았어⋯⋯. 얻어맞았어⋯⋯ 지나이다가⋯⋯.'

"애야, 왜 그러니? 고삐를 이리 다오!" 등 뒤에서 아버지의 목소리가 들렸다.

나는 얌전히 고삐를 건넸다. 아버지가 일렉트릭의 등에 올라타자 추위에 떨고 있던 말이 갑자기 뒷발로 벌떡 일어서서 3미터쯤 앞으로 껑충 뛰어올랐다. 그러나 아버지는 말 옆구리를 박차로 차고 주먹으로 목을 때리며 이내 말을 진정시켰다. "제길, 채찍이 없으니." 아버지가 중얼거렸다.

조금 전에 채찍이 공기를 가르며 철썩 하고 소리를 내던 것이 떠올라 몸이 떨렸다.

"채찍을 어디에 두고 오셨는데요?" 잠시 뒤 내가 물었다.

아버지는 대답하지 않고 먼저 달려 나갔다. 나는 아버지의 얼굴을 꼭 봐야겠다 생각하고 뒤를 쫓아갔다.

"기다리는 동안 심심했지?" 아버지가 우물거리며 말했다.

"조금요. 채찍은 어디다 떨어뜨리셨어요?" 나는 다시 한 번 물어보았다.

"떨어뜨린 게 아냐. 버린 거지."

아버지는 고개를 떨구고 생각에 잠겼다. 아버지의 근엄한 얼굴에서 이토록 다정하고 연민이 가득한 표정을 본 것은 아마도 이때가 처음이자 마지막이었다.

아버지가 또다시 말의 속도를 올리자 이번에는 따라잡을 수 없었다. 나는 아버지보다 15분이나 늦게 집에 도착했다.

"그게 사랑이야." 한밤중에 나는 책상 앞에 앉아 또다시 혼잣말을 중얼거렸다. 이 무렵부터 다시 책상 위에 공책과 교과서가 쌓이기 시작했다.

"그게 진짜 정열이야! 상대가 누구건, 아무리 사랑하는 사람일지라도 누군가에게 맞으면 화가 나서 참지 못할 거라고 생각했는데, 정말로 그 상대를 사랑한다면 참을 수 있는 거야. 그것도 모르고 나는⋯⋯ 나는 착각하고 있었어."

그 한 달 동안 나는 꽤 어른이 되었다. 그리고 모든 흥분과 고민을 포함한 내 사랑 따위는, 내가 아직 모르는 무엇인가에 비하면 초라하고 유치하고 하찮은 것이라고 생각했다. 하지만 그 무엇인가가 구체적으로 어떤 것인지는 간신히 그 가장자리만 상상할 수 있을 정도였으며, 어둠 속에서 아무리 눈을 부릅떠도 도저히 알아볼 수 없는 아름답고도 험상궂은 낯선 얼굴처럼 두렵기만 했다.

그날 밤, 이상하고 무서운 꿈을 꾸었다. 컴컴하고 천장이 낮은 방으로 들어간 것 같았다. 그곳에 채찍을 손에 든 아버지가 발을 탁탁 구르고 있었다. 구석에는 지나이다가 웅크리고 있었는데, 채찍에 맞은 빨간 자국은 팔이 아니라 이마에 나 있었다. 두 사람의 등 뒤에서 온몸이 피투성이가 된 벨로브조로프가 벌떡 일어나 시퍼런 입술을 움직여 불같이 화를 내며 아버지를 위협했다.

두 달 뒤 나는 대학에 입학했다. 그로부터 또 반년이 지났을 때 페테르부르크에서 아버지가 뇌졸중으로 돌아가셨다. 우리 세 식구가 페테르부르크로 이사한 직후의 일이다. 돌아가시기 며칠 전에 아버지는 모스크바에서 편지를 한 통 받았는데, 그 편지 내용에 큰 충격을 받은 듯했다. 아버지는 어머니 방으로 가서 무엇인가를 애타게 부탁하며 눈물까지 흘렸다고 한다. 다른 누구도 아닌 아버지가 말이다! 발작을 일으켜 쓰러진 그날 아침, 아버지는 나에게 프랑스어로 편지를 쓰던 중이었다. "아들아, 여자의 사랑을 조심하거라. 여자의 사랑에 담긴 행복과 독을 조심하거라." 아버지가 돌아가신 뒤 어머니는 상당한 액수의 돈을 모스크바로 보냈다.

22

4년쯤 지났다. 나는 대학을 갓 졸업하고 앞으로 어떻게 살아갈지, 어느 문을 두드려야 좋을지 짐작도 할 수 없어서 아무 일도 하지 않고 빈둥거리며 지냈다.

어느 날 저녁, 극장에서 우연히 마이다노프와 마주쳤다. 그는 그 뒤 바로 결혼하고 일도 구했다고 하는데 전혀 변한 것 같지 않았다. 예전과 다름없이 쓸데없는 일에 감격하다가 느닷없이 풀이 죽곤 했다.

"그건 그렇고 돌스카야 부인이 여기 계세요." 마이다노프가 말했다.

"돌스카야 부인이 누군데요?"

"벌써 잊으셨습니까? 우리 모두가 사랑했던 자세키나 공작 영애 말이에요. 당신도 그랬잖아요. 네스쿠치느이 공원 근처의 별장에서 있었던 일을 기억하시지요?"

"돌스키란 사람과 결혼했단 말입니까?"

"그래요."

"지금 이 극장에 와 있다고요?"

"아니오, 페테르부르크에 와 있어요. 며칠 전에 왔는데, 외국으로 떠날 예정이라고 합니다."

"남편은 어떤 사람입니까?" 나는 물었다.

"훌륭한 사람이에요. 재산도 있고요. 모스크바에 있을 때 같이 일하던 동료였어요. 그 소동이 있은 뒤로……, 당신도 잘 아시죠? (마이다노프가 의미심장한 웃음을 지어 보였다.) 결혼상대를 찾기가 여간 어렵지 않았나 보더군요. 뒤탈이 좀 있었으니까 말이에요. 하지만 머리가 좋은 사람이니 그 재주면 해내지 못할 것도 없지요. 한번 만나러 가보시겠어요? 틀림없이 기뻐할 겁니다. 전보다 더 예뻐졌어요."

마이다노프는 지나이다의 주소를 가르쳐주었다. 데무트 호텔에 머물고 있다고 한다. 옛 추억이 새록새록 되살아나 나는 내일 당장 옛 '연인'을 만나러 가야겠다고 마음먹었다. 하지만 자꾸 일이 생겨 한 주, 두 주가 훌쩍 지나버리고 말았다. 마침내 데무트 호텔에 가서 안내인에게 돌스카야 부인을 만나러 왔다고 얘기했더니 그녀가 나흘 전에 죽었다는 대답만 돌아왔다. 해산을 하다가 갑자기 죽었다는 것이다.

나는 심장을 칼로 찌르는 듯한 통증에 사로잡히고 말았다. 만나려고만 했으면 얼마든지 만날 수 있었는데 그러지 않았으며, 이제 다시는 볼 수 없다고 생각하니 북받치는 슬픔이 심장을 후벼 팠다. "죽었다니!" 나는 안내인의 얼굴을 멍하니 바라보며 되뇌고 힘없이 밖으로 나와 정처 없이 걸었다.

지난 일들이 한꺼번에 떠올라 눈앞에 펼쳐졌다. 지나이다의 정열적이고 싱싱하고 눈부신 삶이 이런 결말을 맞다니! 그녀의 삶이 불안에 떨며 바삐 달려간 곳이 결국 죽음이었다니! 나는 그녀의 사랑스러운 얼굴과 눈과 물결치는 머리카락이 좁은 관 안에 누워 축축한 땅 밑 어둠 속에 묻혀 있는 모습을 상상했다. 그곳은 아직 살아 있는 내 바로 옆인지도 모르고, 어쩌면 아버지가 잠들어 있는 묘지에서 몇 걸음 떨어지지 않은 곳인지도 모른다. 그런 생각을 하면서 뻣뻣하게 굳어 상상의 날개를 펼치자 이런 시구가 가슴에 울려 퍼졌다.

무심한 사람의 입에서 흘러나오는 죽음의 소식을 듣고
나 또한 그 소식을 무심하게 받아들였노라.

아, 젊음이여! 청춘이여! 너는 그 무엇에도 구애받지 않으며 마치 우주의 보물을 모조리 독차지하고 있는 듯하다. 너는 근심 속에서도 위안을 찾아내고, 슬픔도 너에게는 잘 어울린다. 자신만만하고 대담무쌍하여 "나는 혼자서도 잘 살아갈 수 있다. 두고 봐라" 하고 말한다. 그렇게 말하는 순간에도 세월은 쏜살같이 흘러가 헤아릴 수 없는 나날이 햇볕 아래의 백랍과 흰 눈처럼 흔적도 없이 녹아서 사라지고 마는데.

청춘이 매력적이라면, 그 매력의 비밀은 무엇이든 할 수 있다는 점이 아니라 무엇이든 할 수 있다고 믿는 점일 것이다. 넘치는 힘을 제대로 사용하지 못하고 함부로 허비해 버리는 데에 청춘의 매력이 숨어 있는지도 모른다. 우리 모두가 자신을 방탕아라고 진심으로 믿고 "아, 시간을 허투루 낭비하지 않았더라면 굉장한 일을 이룰 수 있었을 텐데!"라고 진지하게 생각하는 그곳에 깃들어 있는지도 모른다.

나 역시 그랬다……. 그 시절, 아주 순간적으로 나타난 첫사랑의 환상을 깊은 한숨과 함께 슬픔에 젖어 간신히 떠나보냈던 그 무렵에, 나는 무엇을 바라고 무엇을 기대하며 얼마나 풍요로운 미래가 기다리고 있다고 생각했을까.

그리고 그때 바라던 것 가운데 과연 얼마만큼 이룩했을까. 이미 삶에 황혼의 그림자가 드리워지기 시작한 지금에야 비로소, 봄날 새벽에 눈 깜짝할 사이에 지나가 버린 봄비의 기억만큼 상쾌하고 사랑스러운 것이 없다는 사실을 겨우 깨달았다.

하지만 나는 스스로를 공연히 나무라고 있는지도 모른다. 그 알량한 청춘 시절에도 나를 부르는 서글픈 목소리와 무덤 속에서 들려오는 엄숙한 목소리에 귀를 틀어막고 모른 체하지는 않았다.

지금도 선명하게 기억한다. 지나이다가 죽었다는 소식을 듣고 며칠이 지낳을 때 도저히 가만히 있을 수가 없어서 같은 건물에 살던 어느 가난한 노파의 임종을 함께 지킨 일이 있다. 누더기를 걸치고 자루를 베개 삼아 머리에 받치고 딱딱한 나무침대에 누워 있었는데, 처음에는 정말로 괴롭고 힘들어보였다. 노파의 한평생은 끝없이 이어지는 가난에 쫓겨 아등바등하는 사이에 훌쩍 지나가 버렸다. 기쁨과 꿀처럼 달콤한 행복도 느껴보지 못한 이 노파에게 죽음은 괴로운 삶에서 해방되어 평안을 얻는 순간이므로 오히려 기뻐해야 한다고 생각했다.

그런데 늙은 몸뚱이로 힘겹게 버티며 점점 차갑게 식어가는 손으로 짓누르고 있는 가슴이 고통스럽게 요동치는 동안, 마지막 힘이 빠져나가는 동안 노파는 끊임없이 십자가를 그으며 쉬지 않고 중얼거렸다. "주여, 내 죄를 용서해 주소서." 마지막 의식이 불꽃처럼 꺼져버리고 난 뒤에야 비로소 죽음에 대한 두려움이 눈에서 사라졌다.

지금도 잊히지 않는다. 나는 그 불쌍한 노파의 임종을 함께 지켜보면서 지나이다를 생각하고 문득 두려움에 사로잡혔다. 그리고 지나이다를 위해, 아버지를 위해, 그리고 나 자신을 위해 기도하고 싶은 마음이 간절해졌다.

Poems in Prose

투르게네프 산문시

산문시

둥지도 없이

어디에 몸을 둘 것인가? 무엇을 할 것인가? 나는 둥지도 없는 외로운 새와 같다. 새는 날개를 꼿꼿이 세우고 앙상한 나뭇가지 위에 앉아 있다. 이대로는 숨이 막힌다 …… 어디로 날아갈 것인가?

이윽고 새는 날개를 가다듬고, 아득한 곳으로 매한테 쫓기는 비둘기처럼 쏜살같이 날아간다. 어디 푸르고 아늑한 은신처는 없을까? 잠시라도 좋으니 어디 둥지를 틀 만한 곳이 없을까?

새는 날고 또 날며 아래를 내려다본다.

눈 아래는 막막한 금빛 사막, 소리도 움직임도 없는 죽음과 다름없는 사막 ……

새는 서둘러 사막을 날아 날아 넘는다. 여전히 슬픈 눈으로 열심히 세상을 내려다본 채.

이제 눈 아래는 바다. 사막처럼 노란 죽음의 바다. 바다는 끊임없이 출렁이며 움직인다. 그러나 그 쉼없는 파도 소리에, 그 단조로운 물결의 요동 속에는 삶도 몸을 의지할 안식처도 없다.

가련한 새는 피로에 지쳐버린다……. 날개를 퍼덕거리던 힘도 약해져 날아가는 몸이 점점 아래로 처진다. 차라리 하늘 위로 날아올랐으면…… 그러나 끝없는 허공 속 그 어디에 둥지 틀 곳이 있으랴!

드디어 새는 날개를 접는다…… 그러고는 외마디 소리를 길게 끌면서 바다 위로 떨어진다.

파도는 새를 삼키고…… 여전히 아무 말없이 철썩이며 앞으로 내닫는다.

나는 어디에 몸을 둘 것인가? 나도 이제 곧 바다에 떨어지리.

(1878년 1월)

시골 마을

7월도 막바지, 사방 1천 킬로미터 남짓의 러시아. 우리가 태어난 모국 땅. 온 하늘은 마치 유유히 흐르는 짙푸른 홍수 같다. 그 위에 조각구름 한 점. 조각구름의 반쪽은 하늘을 떠다니고 반쪽은 홀연히 사라진다. 바람 한 점 없다. 따사로움…… 대기는 갓 짜낸 신선한 우유! 종달새는 지지배배 지저귀고, 멧비둘기들은 꾸루꾸루 꾸루룩 울어 대고, 제비들은 소리 하나 없이 이리저리 마냥 쏘다니고, 말들은 콧방귀를 풍풍 뀌어 가며 풀을 우적우적 씹어 댄다. 짖을 줄 모르는 개들은 가만히 서서 평화로이 꼬리만 살랑살랑 흔들 따름.

연기 냄새와 마른 풀 냄새, 그리고 약간의 타르 냄새, 또 조금의 가죽 냄새가 풍긴다.

한창 지천으로 흐드러지게 핀 삼〔大麻〕꽃은 그 묵직하면서도 향긋한 냄새를 천지사방으로 퍼뜨린다.

깊숙이 패었으면서도 완만히 비탈진 골짜기. 그 골짜기 옆으로 밑동이 갈라지고 꼭대기는 더부룩하게 크나큰 버드나무들이 주욱 줄지어 서 있다. 골짜기에 흐르는 시냇물 밑바닥 조그만 조약돌들이 맑은 물속에서 아련하게 흔들린다. 저 멀리 하늘과 땅이 맞닿는 지평선이 보이고, 푸르디푸른 한 줄기 큰 냇물도 흐른다.

골짜기를 따라 한쪽 기슭엔 아담한 곳간들과 문을 걸어 잠근 조그만 가게들이 들어서 있고, 또 다른 한쪽엔 판자 지붕을 한 소나무 통나무집들이 있다. 지붕마다 높다란 비둘기 집들이 보이고, 문간 위쪽마다 짧은 갈기를 인 말 모양의 철제 모조품들이 있다.

우툴두툴하게 못생긴 유리창들이어 거기엔 온갖 무지갯빛이 사뭇 감돌며 꽃을 꽂은 화병들이 덧문에 그려져 있다. 집집마다 그 앞엔 산뜻하고 말쑥하고 아담한 의자들이 놓여 있고, 토방엔 고양이들이 잔뜩 도사리고 앉아서 그 엷은 귀를 곤두세우고 있다. 높은 문지방을 넘어서면 시원스러우면서도 어스름한 대청마루가 있다.

나는 말의 장구(裝具)들을 내려놓고 그것을 베개 삼아서 골짜기 바로 가장자리에 누웠다. 갓 베어낸 풀더미의 싱그러운 내음이 자지러지게 향기롭다. 현명한 농군들은 집 앞에 베어다 놓은 풀을 헤쳐 널고 있다. 볕에 쪼여 말렸다가 헛간에 집어넣기 위해. 바삭한 그 건초더미 위에서 잔다면 기분이 얼마나 상쾌할까.

여기저기 풀더미에서 코흘리개 개구쟁이들의 고수머리가 불쑥불쑥 솟아오른다. 볏이 곤두선 암탉들은 풀더미를 헤치면서 파리나 딱정벌레들을 찾느라 열심이고, 콧등이 하얀 강아지는 뒤엉킨 풀더미 속에서 이리 뒹굴고 저리 뒹굴면서 노는 데에 여념이 없다.

깔끔한 작업복을 껴입은 연한 황갈색 아마빛 머리의 젊은이들이 허리띠를 낮추어 매고, 묵직한 장화를 신은 채 빈 마차에 가슴을 들이대고 몇 마디 이야기를 주고받으면서 흰 이를 드러내며 웃는다.

둥그스름한 얼굴의 젊은 여자가 창밖을 내다본다. 그러고는 젊은이들이 이야기하는 것을 들어서인지, 풀더미 속에서 장난치는 아이들의 모습을 보아서인지 씨익 웃는다.

또 다른 젊은 여자는 무쇠팔뚝을 내보이면서 우물에서 물에 젖은 큰 두레박을 들어올리고 있다. 두레박은 날줄 끝에서 후들후들 흔들리면서 기다랗게 물방울을 떨어뜨리는데, 그 물방울이 햇빛을 받아 눈부시게 반짝거린다.

내 앞에는 줄무늬가 있는 새 치마를 입고, 산뜻한 새 구두를 신은 늙수그레한 한 할머니가 서 있다. 할머니의 거무스름하고 가는 목에는 속이 빈 굵은 유리알 구슬 목걸이가 세 겹으로 둘러쳐져 있고, 반백의 머리에는 붉은 점이 드문드문 박힌 노란색 머릿수건을 썼다. 그 머릿수건은 할머니의 흐리멍덩한 눈 바로 위에까지 내려와 있다.

할머니는 얼굴에 '어서 오세요' 하는 듯한 친절한 미소를 머금고 있다. 비록 쭈그렁이 할머니이어도 만면엔 사뭇 미소가 넘쳐흐른다. 족히 일흔 살은 되어 보이지만, 한번 보면 누구든 그 노파가 젊은 시절 얼마나 멋쟁이 미인이었을지 알아볼 수 있다.

햇볕에 그을린 손가락을 휘저으며 땅광에서 꺼낸 신선하고 차디찬 우유한 사발을 오른손으로 들고 오는데 그 위엔 크림까지 얹어 있다. 우유병 가장자리엔 마치 진주알 같은 이슬이 방울방울 맺혔다. 노파는 다시 왼손으로 따끈하고 큼직한 빵 한 덩어리도 건네주며 말한다. '먹어 봐요. 잘 오셨어. 지나가는 나그네들!'

부산스럽게 수탉 한 마리가 갑자기 꼬꼬댁 울어 대며 날개를 퍼덕거린다. 문이 닫힌 마구간에선 송아지가 음매 하며 닭의 울음소리에 화답한다.

"이 멋진 귀리는 말이 잘 먹겠군." 마부의 흐뭇한 말소리가 들려온다. 오, 만족스럽고, 조용하고, 풍요로운 러시아의 탁 트인 시골 마을! 오, 깊은 화평과 행복이 함께함이여!

그때 언뜻 내 머리를 스쳐 가는 상념은, 콘스탄티노플 성 소피아 사원의 둥근 지붕 위의 십자가, 도회지 속 사람들의 아귀다툼, 이런 것들이 지금 여기 우리한테 무슨 의미가 있는가 하는 것?

(1878년 2월)

나는 가련히 여기니……

나는 가련히 여기니, 나 자신을, 남을, 모든 사람을, 짐승을, 새를…… 살아 있는 모든 것들을.

나는 가련히 여기니, 아이들을, 늙은이를, 불행한 자를, 행복한 자를…… 불행한 자보다도 행복한 자를 더.

나는 가련히 여기니, 개선장군을, 위대한 화가를, 시민을, 사상가를.

나는 가련히 여기니, 살인자와 그 희생자를, 추악함과 아름다움을, 압제자와 학대받는 사람들을.

어찌하면 이 가련한 마음에서 벗어날 수 있을까? 나는 이 가련함 탓에 살고 싶은 마음이 없다……. 가련함에 더하여 겹쳐드는 이 우수.

오오, 우수여, 가련함에 뒤섞이는 우수여! 사람이라면 이 이상 더 내려갈 곳이 없다.

차라리 부러워하는 마음이라도 있다면! 그렇다. 내게도 부러운 것이 있긴 있다—나는 돌을 부러워한다, 돌을!

(1878년 2월)

대화

'융프라우(Jungfrau) 봉우리에도, 핀스테라호른(Finsteraahorn) 봉우리에도 누구 한 사람 이제까지 발 디딘 적이 없다.'

온통 기암절벽으로 이어진 알프스의 저 최고봉. 이 산의 심장부.

산 너머엔 파르스름한 녹색 빛의 밝고 담담한 하늘이 있다.

살을 에는 혹독한 추위, 꽝꽝 얼어붙은 채로 햇빛에 반짝거리는 흰 눈. 그 눈을 뚫고 우뚝 솟은, 얼음에 갇힌, 바람에 시달리는 부루퉁한 이 산 저 산의 꼭대기들.

두 개의 장엄한 모습—저 지평선 가장자리의 두 개의 큰 산맥, 융프라우와 핀스테라호른.

융프라우가 핀스테라호른한테 말한다. "뭔가 새로운 소식이 없나요? 그대가 나보다는 잘 보일 거야. 저 산 아래 지상에서 무슨 일들이 일어나는지 말이오?"

수천 년이 흐른다, 잠깐 사이에. 그러곤 핀스테라호른이 큰 소리로 대답한다. "지금 저 땅 위엔 두꺼운 구름이 덮였소이다……. 잠깐만 기다리시오."

다시 또 수천 년이 흐른다, 눈 깜짝할 사이에.

"자, 지금은 어떻소?" 다시 융프라우가 다그쳐 묻는다.

"아, 지금은 보이오. 지상은 예전과 다름없소. 푸른 물, 검푸른 숲, 겹겹이 쌓인 잿빛 돌더미들. 그 사이사이에 벌레 새끼들이 꾸물꾸물 기어다니고 있소. 당신도 알다시피 나와 당신을 한 번도 범해 본 적 없는 두 발 달린 벌레들이 꾸물거리며 다닌단 말이오."

"사람들?"

"그렇지요. 인간들."

또 수천 년이 지난다, 잠깐 사이.

"지금은 좀 어떻소?" 융프라우가 다시 묻는다.

"벌레들이 좀 줄어든 것 같소." 핀스테라호른이 큰 소리로 얘기한다. "훨씬 깨끗해졌어요. 물이 마르고, 숲이 드문드문해졌소!"

다시 수천 년이 지난다, 잠깐 사이에.

"무엇이 보입니까?" 융프라우가 또 묻는다.

"우리 아주 가까운 데는 좀 깨끗해진 것 같아요. 하지만 저 먼 골짜기 개울엔 아직도 얼룩점들이 보이고 무언가 꾸물거리고 있소." 핀스테라호른이 대답한다.

"지금은요?" 잠깐 사이 다시 천여 년이 흐르자 융프라우가 묻는다.

"이제는 좋아졌는걸요." 핀스테라호른이 들뜬 목소리로 대답한다. "어디든 모두가 말끔하고, 아주 새하얗고, 당신도 살펴봐요⋯⋯ 어디든 우리의 눈, 때묻지 않은 눈과 얼음이 깔려 있소이다. 모두가 꽁꽁 얼어붙었소. 이제는 아주 좋아졌소. 조용하고."

"좋소." 융프라우가 맞장구친다. "우린 꽤 지껄여 댔소, 노인네. 이젠 한잠 잘 때요."

"맞아요. 이젠 정말 한잠 잡시다."

커다란 두 산맥은 잠에 빠진다. 푸르고, 밝은 하늘도 대지 위 영원한 침묵 속에 잠을 청한다.

(1878년 2월)

쌍둥이

나는 쌍둥이가 싸우는 모습을 보았다. 두 사람은 얼굴 생김새며, 표정이며, 머리카락 색깔이며, 신장이며, 체격까지 쏙 빼놓은 듯이 닮았지만, 마음속으로 서로 증오하고 있었다.

그들은 분노 때문에 얼굴을 찡그리는 모습도 같았다. 불덩이처럼 격한 얼굴을 서로 가까이 들이대는 표정도 같았다. 서로 눈알을 번득이며 노려보는 그 눈도 같았거니와 그 험상궂은 욕지거리도, 목소리도, 욕설을 내뱉는 일그러진 입술 모양도 똑같았다.

나는 참다못해 그중 한 사람의 손을 잡고 거울 앞으로 데려가서 이렇게 말했다. "차라리 이 거울 앞에서 욕설을 퍼붓게. 어차피 자네에겐 마찬가질 테니까. 하지만 내가 볼 때는 이쪽이 훨씬 더 마음이 편할 걸세⋯⋯."

(1878년 2월)

노파

나는 홀로 넓은 들길을 걷고 있었다.

그런데 갑작스레 내 등 뒤에서 가볍게, 살금살금, 또닥또닥 걷는 발소리가 들리지 않는가? 누군가가 내 뒤를 따라왔다.

나는 뒤돌아보았다. 조그만 몸집의 허리 굽은 한 노파가 회색 누더기 옷을 푹 뒤집어쓰곤 따라오고 있었다. 누더기 옷 사이로 가만히 엿보았더니 쪼글쪼글한 누르스름한 얼굴에, 콧날은 날카롭게 솟고, 이가 다 빠진 오무래미 할머니였다.

나는 할머니한테 다가가서 물었다.

"당신은 누구시지요? 뭘 원하십니까? 동냥아치인가요? 도대체 무얼 원하세요?"

걸음을 멈춘 노파는 대답이 없었다. 나는 할머니 앞에 몸을 굽혀, 할머니의 두 눈을 자세히 살펴보았다. 두 눈은 멀긋멀긋한 반투명의 얇은 막과 눈꺼풀로 채워져 있다. 이를테면 새들한테서 그런 막을 볼 수 있는데, 새들은 눈부신 햇빛으로부터 그들의 눈을 보호하기 위해서 그것을 갖고 있다.

하지만 할머니의 그 막은 움직이지도 않고 아주 눈을 덮어 버렸다. 그래서 나는 할머니가 장님인 줄만 알았다.

"도대체 무얼 원하세요?" 나는 다시 다그쳐 물어보았다. "왜 나를 따라오는 거죠?"

할머니는 대답 없이 몸만 조금 움츠릴 뿐이었다.

나는 할머니를 뒤로하고 돌아서서 내 갈 길을 향해 갔다.

그리고 또다시 나는 내 등 뒤에서 좀 전에 들었던 가볍고, 들릴 듯 말 듯한 종종걸음의 발소리를 들었다.

"또 그 할머니로군!" 왜 나만 따라올까? 나는 마음속으로 이렇게 생각했다. '눈이 멀어서 갈 길을 잃어버렸나 보다. 그렇지, 내 발소리를 들으면서 그걸 따라서 자기 집을 찾아가려나 보다. 그래, 그래, 바로 그거야.'

하지만 까닭 모를 불안이 차츰 내 마음을 사로잡았다. 나는 노파가 계속해서 나를 따라올 뿐 아니라, 나를 오른쪽으로도 왼쪽으로도 가게 한다는 환상에 매료되기 시작했다. 나는 어느새 부지중에 그 노파를 따라가고 있었다.

나는 계속 걸었다. 그러나, 내가 가는 길 바로 앞에 어떤 시커멓고 넓은 구멍 같은 것이 보이는 게 아닌가……

'무덤이닷!' 그런 생각이 번개같이 내 머리를 스쳤다. '저 속에다 바로 나를 처박아 넣으려고 나를 꾄 것이구나!'

나는 재빨리 뒤돌아섰다. 노파와 나는 다시 얼굴이 마주쳤다. 그런데 못 뜰 줄만 알았던 눈을 번쩍 떠서 나를 빤히 쳐다보지 않는가! 큼지막하고 매섭게 생긴, 무시무시한 눈으로…… 마치 먹을 것을 탐내는 맹금과도 같은 눈으로…… 나도 그 할머니의 얼굴과 눈망울을 마주 바라보았다. 순간 노파의 눈은 다시 얇은 막으로 덮이고, 장님과도 같은 무딘 표정이 얼굴에 감돌았다.

나는 생각했다. '아! 이 할머니는 내 운명이구나. 내 힘으로는 도저히 피할 수 없는 운명!'

"피하지 못해! 피할 수가 없어! 이런 미칠 노릇이…… 하지만 한번 시도해 보자." 나는 다른 방향으로 틀어서 잽싸게 내달았다.

나는 한사코 달려갔다. 그러나 내 뒤에서는 다시 가벼운 발소리가 또닥또닥 들리고, 가까이 가까이 다가왔다…… 그리고 다시 내 앞엔 시커먼 구멍이 나타났다.

다시 나는 다른 길로 방향을 틀었다. 그래도 또다시 뒤에선 여전히 그 또닥또닥 거리는 발소리, 그리고 앞에는 똑같은 위협적인 시커먼 구멍이 다시 나타났다. 사냥꾼에 쫓기는 토끼처럼 아무리 뛰고 발버둥쳐봐도 결과는 매한가지, 마찬가지!

'에라, 그 할머니를 한번 골려 볼까?' 나는 이렇게 생각했다.

'옴쭉 말고 아무데로도 가지 말자!' 그러고는 이내 땅바닥에 풀썩 주저앉아 버렸다.

노파는 두세 걸음 내 등 뒤에 서 있다. 여태까지의 그 발소리는 안 들렸지만 노파가 내 뒤에 서 있는 것만은 알 수 있었다.

그리고 갑자기 저 멀리에 또 알지 못할 시커먼 점이 떠돌더니 차츰차츰 내게로 다가온다.

어쩔거나! 나는 다시 사방을 둘러보았다. 노파는 나를 뚫어져라 쳐다보았고, 씩 웃으며 치아가 다 빠진 오무래미 입을 오물거렸다.

암만해도 피할 수 없군!

(1878년 2월)

개

방 안에는 개와 나, 우리 둘이 있고 밖에는 사나운 폭풍이 휘몰아치고 있다.

개는 바로 내 앞에 쪼그리고 앉아서 내 얼굴을 빤히 쳐다보고 있다. 나도 그놈의 얼굴을 바라본다.

개는 나한테 무언가를 얘기하고 싶은 눈치다. 그는 벙어리다. 그는 말이 없다. 그는 저 자신을 알지 못한다. 하지만 나는 그의 심정을 이해한다.

이 순간 그와 나의 맘속에는 똑같은 감정이 흐른다는 것, 우리 둘 사이엔 아무런 격의도 없다는 것을 나는 안다. 우린 서로 똑같다. 우리 둘 모두의 가슴속엔 전율하는 불길이 타오르고 불똥이 튀고 있다. 이윽고 죽음이 다가와 차갑고도 커다란 날개를 퍼덕이면서 그 불길과 불똥을 휩쓸어 버리리라.

그러면 끝장이다.

그러면 우리 둘 저마다의 가슴속에 불길이 타오르고 불똥이 튀던 모습을 그 누가 짐작이나 하겠는가?

그렇지 않은가. 우리는 결코 짐승과 사람으로 구별되는 것이 아닌, 서로 함께 눈빛을 주고받던 사이다.

똑같은 두 눈, 그 눈들이 서로 응시하고 있다.

그리고 짐승과 인간, 이들의 눈에는 서로 같은 생명이 공포 속에 서로 다가앉아서 의지하며 있다.

(1878년 2월)

나의 적수여

나에게는 적수인 친구가 하나 있었다. 사업 분야에서도 사무 분야에서도 아니고, 그렇다고 사랑 문제 탓은 더욱 아닌데, 우리는 어쨌든 어떤 문제가 있을 때에 그 견해가 서로 너무나 달랐다. 우리는 늘 만나서, 끝없이 말싸움을 해댔다.

우리는 무엇에 관해서든지 논쟁을 벌였다. 예술, 종교, 과학, 그리고 현세에서의 삶, 내세에서의 삶 등. 그런데 특히 내세에서의 삶에 관해서는 많은 논쟁을 벌였다.

그는 신앙에 충실하면서도 정열적인 친구였다.

어느 날 그 친구가 말했다.

"너는 내가 말하는 모든 것을 비웃기만 하는구나. 하지만 내가 너보다 먼저 죽는다면, 저승에서 자네를 찾을 걸세…… 그러면 우린 다시 보게 될 터인데 그때에도 자네는 계속 비웃을 건가."

실제로 그는 그랬다. 나보다 먼저 죽었다, 그가 한참 젊었을 시절에. 하지만 세월이 흘러서 나는 그와의 그때 그 약속, 그의 으름장을 잊어버렸다.

어느 날 밤, 자리에 누웠는데도 도무지 잠이 오지 않았다.

방은 아주 어둡지도 밝지도 않았다. 마치 잿빛 저녁놀의 어스름과도 같았다.

그런데 갑자기, 나는 창과 창 사이에 서 있는 과거의 내 적수를 보았다. 천천히, 그리고 슬픔에 젖어 머리를 위아래로 마구 끄덕이는 그의 모습을 말이다.

나는 무서워하지도 않았고, 놀라지도 않았다. 하지만 나는 내 몸을 약간 일으켜 그 예기치도 못했던 혼령을 잠자코 열심히 바라다보았다.

그 혼령은 계속 머리를 조아려댔다.

"그래 어쩐 일이야?" 내가 먼저 말문을 열었다. "자네는 승리의 개가를 올렸나, 아니면 한탄스럽기만 했는가? 지금은 무어야……. 나한테 무슨 경고라도 하려는 거야, 아니면 꾸지람하려는 거야? 또는 네가 전에 나한테 잘못한 점에 대해서 양해를 구하려는 거야, 우리 서로 그때 모두 잘못했던 것을 이해하자는 거야? 도대체 자네는 어떻게 지냈나? 지옥에서 고생했나, 천당에서 복을 받았나? 무언가 한마디 말해 줄 수 없겠나!"

하지만 내 적수는 한마디 얘기도 하지 않은 채, 다만 예전처럼 슬픈 듯이 그리고 유순하게 그의 머리를 위아래로 끄덕였다.

나는 웃었다…… 그는 어디론가 사라져 버렸다.

(1878년 2월)

거지

나는 거리를 걸어가다가 한 늙은 거지를 만나서 걸음을 멈추게 되었다.

두 눈에는 가득 핏발이 서고, 눈물이 글썽한 눈, 푸르뎅뎅한 입술, 누덕누덕 떨어진 옷, 짓무른 상처…… 아, 어쩌면 저렇게 끔찍스럽게도 가난이 한 가엾은 인간을 갉아먹고 있는가!

그는 뻘겋고, 부풀고, 더러운 손을 나한테 내밀었다. 그는 신음하듯이 무어라고 중얼중얼 거리면서 도와달라고 했다.

나는 내 주머니를 남김없이 뒤지기 시작했다. 지갑도 없고, 시계도 없고, 손수건조차…… 나는 가진 것이라곤 하나도 없었다. 그 거지는 계속 기다리고 서 있었다…… 그가 내민 손은 힘없이 흔들리면서 떨렸다.

당황해서 어쩔 줄 모른 채로, 나는 그 더럽고 떨리는 손을 꼭 잡았다. "이보시오, 노인. 용서하시오. 나는 가진 것이 하나도 없구려."

거지는 새빨갛게 충혈된 눈으로 나를 빤히 쳐다보면서, 그 푸르뎅뎅한 입술에 미소를 띠었다. 그러고는 내 차디찬 손가락을 꼭 잡아 주었다.

"원, 별말씀을." 그는 중얼중얼 말했다. "이만 해도 고마워요, 매우. 너무나 큰 적선입니다."

나는 거지로부터 내가 적선받았다는 것을 알게 되었다.

(1878년 2월)

어리석은 자의 심판에 귀 기울이는 너……

푸시킨이 말했다.

"너 어리석은 자의 심판에 귀 기울이는구나. 너는 항상 진실만을 얘기하지 않느냐, 아, 크나큰 우리의 시인. 너는 예나 지금이나 그렇게 진실만을 노래해 오지 않았느냐, 지금도 말이야.”

'어리석은 자의 심판과 그에 대한 군중들의 비웃음.' 그 어느 누구인들 모를 리 있겠나?

그 모든 것을 참을 수 있어야 하고 또한 참아야만 한다네. 그리고 그것을 그렇지 않다고 우기는 놈한테는 그럼 그렇게 하라고 무시해 버릴 수밖엔! 하지만 아무래도 가슴을 더욱 혹독하게 때리는 것이 있다…… 어떤 한 사람이 그가 할 수 있는 일을 모두 해내고, 있는 힘을 다하여 마음을 바쳐서 정직하게 일했다. 그런데도 정직하다는 사람들은 그 사람한테 반감을 나타낸다. 그의 이름만 듣고서도 분노를 감추지 못한 채 얼굴까지 붉히면서.

“썩 사라져라! 아예 보이지도 않게!” 정직하다는 젊은이들이 그한테 이렇게 소리치는 것이다.

“우리한테 너는 필요 없는 존재야. 네가 하는 일조차도 말이지. 너는 우리가 사는 동네에 공해감이야. 너는 그걸 알지도 못하고 이해하지도 못한다니까. 너는 우리의 원수야.”

사람 꼴이 이게 무엇인가? 일을 계속해야 한다. 자신을 변명하려고 하지 말고, 더구나 좀 더 공평한 평가 따위에도 눈을 팔지 말고서.

언젠가는 지나가는 나그네가 가난한 사람들의 일상식인 빵 대신 감자를 가져왔는데, 흙을 파먹고 사는 농부들은 그걸 저주했다. 농부들은 나그네가 내민 손에서 감자를 빼앗아 진흙에다 내팽개쳐 놓곤, 그것을 발로 짓이겼다.

그런데 그들은 지금 그 감자를 먹고 있다. 그때 그들 은인의 이름은 모른 채로.

그럴 것이다! 농부들한테 그때 그 나그네의 이름이 무슨 필요가 있겠는가? 그 나그네가 분명히 그때 있기는 했지만 이름 없는 사람…… 하지만 농부들이 그 감자로 지금 배고픔으로부터 구원받고 있는 것만은 사실이다.

우리도 우리가 하는 일이 참으로 쓸모 있는 식량이 되도록 힘써야 한다. 사랑하는 사람들의 입에서 나오는 혹독스럽고 얼토당토않는 욕설들…… 하지만 그것을 꼭 참아야만 한다.

“나를 따라라! 귀 기울여 들어라!” 아테네 장군이 스파르타 사람에게 이렇게 얘기했다.

“나를 따라라! 건강하고 배불리 먹어야 하느니라!” 우리는 이렇게 말해야만 한다.

(1878년 2월)

만족한 사람

웬 젊은이가 도시의 거리를 재빠르게 달려간다. 몸놀림이 쾌활하고 민첩하다. 눈은 반짝반짝 빛나고, 입술엔 웃음이 감돌고, 얼굴은 사뭇 즐거운 표정으로 상기되어 있다.

무슨 좋은 일이 생긴 걸까? 유산이라도 받았나? 승진이라도 했나? 애인이라도 만나러 가는 것인가? 아니면 맛있는 아침밥을 실컷 배부르게 잘 먹어서 힘이 넘쳐 그러는 걸까? 그럼 그렇지, 그의 목에 예쁘고 여덟 모가진, 폴란드 스태니스라스왕의 십자훈장을 안 걸어줘서 그런지도 몰라.

아니다. 그 젊은이는 어떤 친구에 대한 좋지 못한 소문을 알아서 그것을 여기저기 퍼뜨리느라고 돌아다니는 것이다. 그런데 그 젊은이도 똑같은 욕설을 친구들한테서 듣고 있는 터이다, 그리고 그 자신도 그것을 그렇다고 인정한다.

아, 얼마나 만족해하는가! 이 순간 참으로 온화하고, 장래성이 있는 청년은 참으로 얼마나 사랑스러운가!

(1878년 2월)

삶의 법칙

"자네가 친구를 실컷 골려주고 그것도 부족해서 그 친구를 해치려거든……"

약삭빠르고 노회(老獪)한 한 친구가 얘기를 꺼낸다.

"자네 생각에 그대가 아주 결점이 많고 악덕하다고 생각한다면 그 친구한테 모조리 다 뒤집어씌우고 마냥 욕해 주는 거야. 격분해하는 거지…… 마구 욕설을 퍼부어 대는 걸세! 그럼으로써 첫째로 저편에선 자네가 악덕이 없는 것으로 생각할 걸세. 두 번째론 자네가 격분해하던 것이 가라앉는단 말이야. 말하자면 그대의 양심을 역이용한 셈이 되는 거지.

만약 자네가 변절자라면 저쪽에다 대고 신념을 갖고 있지 못하다고 욕설을 퍼부어 대게! 자네에게 노예근성이 있다면, 저쪽도 노예라고…… 문명의, 유럽의 사회주의의 노예라고 혹독하게 욕설을 퍼붓게!"

"그보다도, 반(反)노예주의의 노예라고 얘기할 수도 있지 않겠나?" 내가 한마디 던졌다.

"그것도 그렇긴 하군." 그 노회한 친구는 이렇게 말하며 슬쩍 받아넘겼다.

(1878년 2월)

세상은

꿈

내게 아련히 떠오르는 황량한 곳, 조그만 시골집인 그곳은 러시아의 어디이던가. 천장이 낮은 방엔 크면서도 나지막한 창이 세 개 달려 있었다. 벽은 하얗고, 가구라고는 하나도 없었다.

집 앞은 거친 들판, 차츰 경사져 내려가면서 멀리 뻗어 나간다. 잿빛 단조로운 하늘이 그 위에 걸린다. 마치 침대의 커튼처럼.

나는 혼자가 아니라 방 안엔 십여 명의 사람이 나하고 함께 있다. 모두가 아주 평범한 사람들로, 하나같이 소박한 옷차림을 하고 있다.

그들은 비밀스러울 정도로 발걸음을 조심조심 살금살금 옮기면서 왔다 갔다 한다. 그들은 눈치를 살피면서 서로 기피하면서도, 사실은 조심스럽게 서로를 계속 눈여겨보았다. 서로들 왜 이 집으로 오게 되었는지, 또 왜 함께 지내게 되었는지를 알지 못한다.

모두의 얼굴엔 불안과 상심(傷心)의 빛이 보인다. ……번갈아 가면서 창가로 다가가선 밖에서 무슨 좋은 일이 있지나 않을까 기대하는 눈초리로 골똘하게 내다보곤 한다. 그러고는 다시 종전처럼 그냥 왔다 갔다 하는 것이다.

우리 중에 조그만 아이 하나가 때가 되면 언제나 똑같은 가냘픈 목소리로 울먹였다. "아버지, 난 무서워!"

내 마음은 그 탄식어린 울부짖음에 찢기듯 아팠다. 나 또한 무서워지기 시작했다…… 무엇 때문일까? 나도 모른다. 그러나 단 하나 내가 직감하는 건, 아주 크고 큰 재앙이 차츰차츰 가까이 가까이 다가오고 있다는 사실이다.

아이는 그쳤는가 싶더니 다시 서서히 울부짖었다. 아, 여기서 도망쳤으면! 어찌 이리 숨이 막히는가! 어찌 이리 고단하고! 어찌 이리 힘이 드는지…… 하지만 달아날 수 없다.

하늘은 마치 수의(壽衣) 같다. 바람도 없고…… 대기는 죽었나, 아니면 무엇이란 말인가.

난데없이 아이가 창가로 내달려 가더니 전처럼 애끓는 소리로 외쳐 댄다. "저것 봐요! 저것 보세요! 땅이 가라앉아요!"

"뭐? 땅이 가라앉는다고?"

아닌 게 아니라 전에는 집 앞이 그냥 평평한 들판이었는데, 지금은 집이 아슬아슬한 산꼭대기 위에 서 있다!

지평선은 푹 꺼져 어디론가 가 버리고, 어쩔 도리 없이 집은 깎아지른 듯한 새까만 벼랑 위에 걸린 꼴이 되었다.

우리는 모두 우르르 창가로 몰려들었다…… 두려운 나머지 심장이 얼어붙는 듯했다.

"이거야…… 이거고말고!" 내 옆의 어느 누군가가 내게 속삭인다.

바라보니, 멀리 지평선 끄트머리를 따라서 무언가 꿈틀거리기 시작한다. 작고 둥그스름한 조그만 언덕 같은 것들이 솟았다 내려갔다 하는 것이다.

"저게 바다야!" 우리는 모두 동시에 그런 생각을 했다. "저게 우리를 금방 바로 꿀꺽 삼켜버릴지도 모른다고. 하지만 말이야, 저게 어떻게 그렇게 높이 뛰어올라올 수 있을까? 이 절벽 위에까지?"

하지만 파도는 차츰차츰 부풀어 오르고 부풀어 오르는 것이었다. 이미 저 멀리엔 서로 떨어져 오뚝오뚝 솟아올라 있던 언덕들이 물에 잠겨 가지 않는가. 밀려오고 밀려오는, 괴물 같은 파도가 지평선 모두를 휩싸안았다.

파도는 밀어닥치고, 밀어닥치더니 바로 우리한테까지 왔다! 그것은 불어 치는 얼음 폭풍, 지옥의 암흑 속 소용돌이.

모두가 두려움에 벌벌 떨고 있다. —그리고 거기, 이 밀려드는 억만 파도엔—천둥소리, 수천 개의 목에서 나오는 소리의 울부짖음이 있다……

아아! 이 무슨 울부짖음이며 통곡이란 말인가! 이것이야말로 대지가 두려워 비명을 지르는 것.

대지의 끝장! 만물의 종말!

아이가 숨이 잦아들듯 다시 울부짖는다. 나는 옆 친구에게 매달리려고 했다. 하지만 우리는 이미 모두 먹장같이 까맣고, 차디찬, 우르렁거리는 파도에 밀리고 휩쓸려서 파묻혀 버렸다!

암흑…… 끝없는 암흑!

숨이 막혀서 나는 겨우 잠에서 깨어났다.

(1878년 3월)

마샤

오래전 페테르부르크에 살고 있을 적에, 나는 썰매를 빌려 탈 때마다 그 썰매 몰이꾼과 이런저런 이야기를 많이 나누곤 했다.

특히 나는 밤 썰매 몰이꾼과 얘기하기를 좋아했다. 그들은 변경에서 온 가난한 농부들로, 입에 풀칠하고 또 지주들한테 무얼 바치기 위해서 돈을 벌어 보려고 누런 칠을 한 조그만 썰매에 비쩍 마른 늙은 말을 데리고 도회지로 나온 것이었다.

어느 날 나는 그런 썰매를 빌려 탔다. ……그 썰매 몰이는 나이가 한 스무 살쯤 되었고, 키가 훤칠한데다 얼굴도 잘생겼다. 푸른 눈에 혈색 좋은 뺨. 그의 노랑 고수머리가 더덕더덕 기운 모자 밑 두 눈썹 위까지 덮었다. 그런데 그의 딱 벌어진 우람한 어깨 위엔 작고 남루한 누더기 작업복이 걸쳐져 있었다!

잘생기고 젊은 그 썰매 몰이의 얼굴엔 수심이 가득하고 어쩐지 침울해 보였다.

나는 그한테 말을 걸었다. 그의 목소리에도 역시 슬픔이 깃들여 있었다.

"왜 그런가, 자네?" 나는 그에게 물었다. "왜 그렇게 힘이 없는가? 무슨 걱정스러운 일이라도 있나?"

그는 잠시 대답이 없다.

"예, 영감님, 이런 일이 있습니다요." 드디어 그는 말을 꺼냈다.

"이런 거야, 별일이겠습니까마는. 내 마누라가 죽었어요."

"그 여자를 좋아했던가…… 자네 마누라 말일세?"

젊은이는 나를 쳐다보지도 않는 채, 다만 머리를 조금 숙일 따름이다.

"난 아내를 사랑했지요, 영감님. 8개월 동안…… 그런데 난 그녀를 좋아했던 일을 잊을 수 없네요. 내 마음이 나를 갉아먹는다니까요…… 정말! 왜 그 여자는 죽어야만 했을까요? 젊고 건강했는데! …… 어느 날인가 콜레라가 그 여자를 잡아채 가 버렸어요."

"마누라가 자네한테 꽤 잘했나보구려?"

"그럼요, 영감님!" 이 가엾은 친구는 깊이 한숨을 내쉬면서 말했다. "우린 얼마나 사이가 좋았다고요! 그런데 마누라는 나를 못 본 채로 가버렸어요! 내가 여기서 마누라가 죽었다는 소식을 들었을 때에는 이미 그녀는 묻혀 버렸던 거예요. 아시겠어요? 나는 헐레벌떡 시골 고향으로 달려갔지요─내가 집에 도착한 것은 자정이 넘은 시간이었어요. 집 안으로 들어갔지요. 방 한가운데에 한참 서서 나직이 불렀어요, '마샤! 마샤!'하고요. 그런데 아무런 반응도 없고 그저 귀뚜라미 소리만 들릴 따름이었어요. 그래서 나는 마룻바닥에 풀썩 주저앉아 울어 버렸답니다. 그리고 손바닥으로 마루를 치면서 얘기했지요. '이 욕심꾸러기 땅 귀신아! 너는 내 마누라를 집어삼켰지 …… 나까지도 집어삼키려무나!'─아, 마샤!"

그는 "마샤!"라고 갑자기 가라앉은 목소리로 중얼거렸다. 그러고는 고삐를 잡은 채로 소맷귀로 눈물을 훔쳐 털어버리고 어깨를 들썩이더니 더는 아무 말도 하지 않았다.

썰매에서 내릴 때, 나는 그한테 정해진 값에다 몇 푼 더 보태어 주었다. 젊은이는 양손으로 모자를 들고 굽실거리며 인사하곤, 정월 지독한 추위에 얼어붙은, 잿빛 안개가 가득한 텅 빈 눈길을 어슬렁어슬렁 걸어갔다.

(1878년 4월)

바보

바보가 하나 살았다. 오랫동안 그는 그냥 평화로이 만족스럽게 살았다. 하지만 그의 귀에 여기저기 떠도는 자신에 대한 기분 나쁜 얘기들이 차차 들리기 시작하자 아무리 바보 천치라도 주위를 살펴보지 않을 수 없었다.

바보는 당황한 나머지 어떻게 하면 그 언짢고 기분 나쁜 얘기들을 수습할 수 있을까 궁리하기 시작했다.

드디어 그의 둔하고 조그만 머릿속에 갑작스레 좋은 생각이 떠올랐다. 그러자 그는 주저없이 그것을 실천에 옮기기로 했다.

길거리에서 한 친구가 바보를 만나자마자 어떤 화가에 대해 칭찬을 아끼지 않는 것이었다.

"닥쳐!" 바보는 큰 소리로 외쳐 대고선 이렇게 말했다. "그 화가는 벌써 폐물이 되었네…… 자네는 그것도 모르고 있었나? 나는 자네가 설마 그러리라고는 생각지도 못했네. 자네는 시대에 뒤처져도 한참 뒤처졌어."

친구는 깜짝 놀라면서 얼른 바보의 얘기에 동의했다.

"오늘 나는 굉장히 책을 읽었네!"

다른 친구가 그 바보한테 얘기했다.

"닥쳐!" 바보는 또 외쳐 댔다. "나는 자네가 부끄러워할 줄 모르는 것을 보고 놀랐네. 그 책은 이제 아무 짝에도 쓸 수 없는 책일세, 누구든 오래전에 그것을 다 독파했다고. 자네는 그것도 모르고 있나?"

친구는 놀라 나자빠지면서 바보의 얘기가 옳다고 동의했다.

"내 친구 N. N.이 얼마나 멋쟁이인 줄 아나!" 세 번째 친구가 바보한테 얘기했다. "정말이지 그렇게 맘씨 좋은 사람이 있나 말이야!"

"닥쳐!" 바보는 외쳤다. "N. N., 그 친구는 소문난 파렴치한일세. 친척들의 재산을 모조리 등쳐 먹었네. 누구든 그걸 다 알고 있네. 자네 아주 시대에 뒤처져 있군."

이 세 번째 친구도 너무 놀라서 바보의 말에 동의하곤, 그 친구하고는 절교하기에 이르렀다.

이렇게 어떤 사람이건 그 무엇이건 간에 바보 앞에서 칭찬을 받으려고 하는 일에 대해서는 그는 가리지 않고 앙갚음을 했다.

가끔 그는 이렇게 호되게 꾸짖기도 했다. "그래 자네는 아직도 권위를 믿나?"

"짓궂은 놈! 악질이야!" 친구들이 바보에 대해서 이러쿵저러쿵 얘기하기 시작했다.

"하지만 걔는 참 머리가 좋아."

"그리고 말은 또 얼마나 잘하는지!" 다른 친구가 곁들인다.

"맞아, 그래, 그 친구는 천재라니까!"

그런 끝에 바보는 한 신문사의 편집자로부터 비평란을 맡아 글을 써달라는 부탁을 받기에 이르렀다.

그러자 바보는 모든 사건과 모든 사람들에 대해서 꼬집어 댔다. 하나도 거리낌 없이 그의 태도나, 또는 그의 주장들을 조금도 끝내 바꾸지 않은 채.

예전에는 권위에 대하여 항변했던 그가, 이제는 스스로 권위를 지니게 된 것이다. 젊은이들은 그를 대단한 사람으로 존경했고, 그를 두려워하기까지 했다.

"그럼 자네들은 무얼 더할 수 있단 말인가, 이 불쌍한 젊은이들!"

일반적인 규범으로는 어떤 한 사람이 어떤 한 특정한 사람을 존경할 의무란 것이 없는데도, 이 경우엔 어떤 한 사실이 그를 존경하지 않을 수 없게 했다. 그러지 않으면 자기 자신이 시대에 아주 뒤처진 사람으로 낙인이 찍힐까봐서다.

겁쟁이들이 모여 사는 세상에서는 바보들이 활개를 치는 법.

(1878년 4월)

동방전설(東方傳說)

우주의 태양, 바그다드의 자파르를 누가 모르랴?

수십 년 전(그가 아직 젊었을 적) 어느 날, 자파르는 바그다드의 근교를 거닐고 있었다.

갑자기 그의 귀에 볼멘 비명이 들려왔다. 누군가가 살려달라고 필사적으로 호소하는 소리였다.

자파르는 자기와 같은 젊은 연배들 중에서는 자신이 사려 깊고 뛰어나다는 것을 알고 있었다. 또한 가슴속엔 자비심까지도 지녔고, 힘이 있다는 것도 믿고 있었다.

그는 비명이 나는 곳으로 내달렸다. 보니 두 놈의 도적이 노쇠한 늙은이 하나를 성벽에다 처박아 놓고 있는 것이 아닌가. 그 노인이 갖고 있던 물건들을 다 빼앗아 놓고서.

자파르는 얼른 칼을 뽑아 악한들을 내리쳤는데, 한 놈은 죽고 한 놈은 그냥 내뺐다.

가까스로 위험에서 벗어난 노인은 그 은인의 발에 엎드려, 그의 옷깃에 입을 맞추며 흐느꼈다. "용감한 젊은이, 나는 당신의 의협심에 그냥 가만히 있을 수 없습니다. 보다시피 난 가난한 거지랍니다. 하지만 그냥 그렇게만 생각하지 마세요. 난 보통 사람이 아니에요. 내일 이른 아침에 중앙시장 장거리로 와 주세요. 내가 분수가에서 기다리고 있을 테니까요. 꿈에도 내가 한 말을 의심하지 마세요."

자파르는 생각했다. '보아 하니 이 사람은 거지야, 분명히. 하지만 어떤 일들이 있을지 모르지. 해보지 않고서는 알 수 없는 일이니.' 그는 순순히 대답했다. "그래 좋아요. 노인, 갈게요."

그 늙은이는 그의 얼굴을 한참 쳐다보곤, 어디론지 가 버렸다.

다음날 아침 해가 솟아오를 즈음, 자파르는 시장으로 갔다. 그 노인은 이미 와서 분수대 대리석 위에 팔을 괴고서 그를 기다리고 있었다.

노인은 아무 말도 없이 자파르의 손을 잡더니 사방이 높은 성벽으로 둘러싸인 조그만 동산으로 데려갔다.

동산의 맨 가운데, 푸른 잔디밭 위엔 희한하게도 잘생긴 나무가 하나 서 있었다. 나무는 삼(杉)나무 같은데, 이상하게도 잎사귀가 담청색 빛깔을 띠고 있었다.

세 개의 과일—세 개의 사과—들이 하늘을 향해 구부러진 가느다란 가지 끝에 매달렸다. 하나는 중간 크기에 길쭉하게 생긴데다 마치 우윳빛같이 하였다. 두 번째 것은 크고 둥글고 새빨갛고, 세 번째 것은 주름져서 노랬다.

바람도 없는데 나무들은 모두 희미하게 가지를 바스락대고 있었다. 나무들이 흔들어 대는 소리는 마치 유리 방울을 흔드는 것처럼 날카로우면서도 애처로웠다. 그 소리는 마치 자파르가 가까이 다가온 것을 눈치채는 듯한 소리였다.

"어이, 젊은이!" 노인이 말을 걸었다. "사과가 이렇게 많은데 어떤 것을 따겠나? 당신이 말이야 흰 놈을 따서 먹으면 세상에서 가장 지혜로운 사람이 될 것이고, 빨간 놈을 따서 먹으면 유태인 로스차일드 같은 부자가 될 테고, 노란 놈을 따 먹으면 나이 지긋한 여인의 사랑을 받게 될 걸세. 지체하지 말고 골라잡으라고! 왜냐하면 한 시간 뒤면 사과들은 다 시들어 버리고, 나무도 땅속 깊이 들어가 버릴 테니까 말일세!"

자파르는 땅을 내려다보며 한참 생각에 잠겼다. "난 지금 어떻게 하면 좋을까요?" 그는 나지막한 목소리로 스스로 물으며 궁리해 보았다.

'너무 현명해지면 세상 사는 데 걸림돌이 많아질 테고, 다른 사람들보다 부자가 되면 모두가 시기할 것이다. 그러면 차라리 세 번째 사과, 그 노란 쭈그렁이 사과를 따서 먹는 게 좋겠군!'

그래서 그는 정말 그 세 번째 노란 사과를 따서 먹었다. 그러자 노인이 이가 하나도 없는 오무래미 입을 벌리곤 웃으면서 말했다.

"아하, 멋쟁이. 현명한 젊은이군! 그중 제일 좋은 것을 고르셨소! 사실 당신한테 흰 사과가 무슨 필요가 있겠어? 당신은 정말 솔로몬보다 더 현명하오. 그리고 빨간 사과가 무어 필요하겠소. 당신은 빨간 사과가 필요치 않았던 것이오…… 당신은 그 빨간 사과가 없더라도 부자가 될 수 있소. 그렇다면 당신의 그 부에 대해서는 어느 누구도 시기하지 않을 것이외다!"

"노인 어른, 들려 주세요." 자파르가 몸을 벌벌 떨면서 말했다. "하느님의 보호 아래 있는 우리의 칼리프 어머니는 어디에 사시는지요?"

노인은 땅에다 정중히 절을 하곤, 젊은이한테 길을 가르쳐 주었다.

바그다드의 우주의 태양을 그 누가 모르리오. 그 위대한, 명망 높은 자파르를?

(1878년 4월)

두 편의 사행시(四行詩)

옛날 시골 마을이 하나 있었는데, 이 고을 사람들은 시를 매우 좋아해서 몇 주일이 지나도록 새롭고 아름다운 시가 나오지 않으면, 시의 기근이라며 모두의 불행이라고까지 생각했다.

고을 사람들은 시의 기근이 닥치면 헌 누더기 옷들을 걸치고, 머리엔 재를 잔뜩 뒤집어쓰고는 떼를 지어서 고을의 광장에 몰려들어, 눈물을 흘리며 그들을 버린 뮤즈[詩神]를 혹독하게 비난했다.

이런 불행한 어느 날에 젊은 시인 주니어스는 광장으로 들어와 비통해하는 군중들을 헤치고 나섰다.

그는 재빠른 걸음걸이로 연단 위에 올라서서 시를 한 편 낭송하겠노라고 손짓해 보였다.

"친구들이여, 동지들이여, 뮤즈의 칭송자들이여!
아름다움과 우아함을 참배하는 자들이여!
잠시 어두웠다고 그것으로 당신의 영혼을 괴롭히지 말라.
당신들 마음이 가까이 한데 모이면, 곧 빛이 그 어둠을 내쫓을 것이외다."

주니어스는 시 낭송을 멈추었다. 시인한테 답례하듯, 광장 여기저기서 사람들이 소리를 높여 욕설을 퍼부어 대고 비아냥거렸다.

사람들의 표정은 그를 향한 분노로 달아올랐고, 모든 사람들의 눈이 분개로 번뜩거렸다. 팔들을 높아 쳐들고 흔들어 대면서 주먹을 불끈 쥐곤 을러댔다!

"그따위 시를 가지고 우리를 속이려고 한 거야?" 화난 목소리로 마구 으르렁거렸다. "저 아둔한 엉터리 시인을 연단에서 끌어내려라! 저 얼간이를 내쫓아 버려! 썩어 빠진 사과, 고린내 나는 계란을 저 잡것한테 던져라! 돌멩이가 없나, 돌멩이를 집어 던져!"

주니어스는 혼비백산하여 연단에서 뛰어내려 걸음아 날 살려라 하고 황급히 내뺐다. 그러나 그가 집에 다다르기 바로 전, 열광한 군중들의 박수갈채

소리가 났다. 들자 하니 그 누구를 칭송하며 울부짖고 소리 높여 외쳐 대는 소리였다.

깜짝 놀라서 주니어스는 광장 쪽으로 살금살금 발길을 돌렸다. (성난 짐승을 자극시키는 것은 위험하므로).

거기서 그는 무엇을 보았는가? 군중 위에 높이, 그들의 어깨 위 널따란 금빛 가마에, 자줏빛 겉옷을 입고 흐트러진 머리엔 월계관을 쓴 그의 경쟁자, 젊은 시인 줄리어스가 서 있지 않는가.

……그리고 그를 둘러싼 군중들은 외쳐 댔다! "영광! 영광! 불후의 줄리어스 영광! 줄리어스야말로 우리의 슬픔, 우리의 크나큰 고뇌를 위로해 주었네! 그는 우리에게 꿀보다 더 달고, 꽹과리 소리보다 더 음악적이고, 장미꽃보다 더 향기롭고, 하늘의 저 푸른빛보다도 더 밝은 시를 주었네! 영광의 시인을 모시자. 그 영감이 가득 찬 머리에 보드라운 향수를 뿌리고, 그의 찬 이마에 가닥을 지어서 종려(棕櫚)나무 잎사귀를 감아 드리고, 그의 발에는 아라비아의 향기로운 미르라[沒藥]를 뿌려야 하리! 영광이여!"

주니어스는 미친 듯이 열광하는 어떤 한 사람한테로 다가갔다.

"어이구, 우리 친구 분! 내게 좀 알려 줘요. 줄리어스 시의 어떤 점들이 당신을 기분 좋게 만들었나요? 나는 어쩌다 그 시를 읊을 때 여기 오지 못했어요. 그 시를 기억한다면 한번 암송해 주시겠어요? 부디!"

"그렇게 좋은 시들을 내가 잊어버릴 것 같은가요!" 그 사람은 마치 무슨 모욕이나 당한 것처럼 주니어스에게 대들듯이 얘기했다. "나를 뭐로 보는 거요? 자, 들어 봐요. 우리와 함께 즐기고 또 즐겨 봐요! 줄리어스는 '뮤즈를 칭송하는 자들이여!'를 시작으로 다음과 같이 읊었소.

뮤즈를 칭송하는 자들이여! 동지들이여! 친구들이여!
아름다움의, 우아함의, 그리고 음악의 참배자들이여!
어둠으로 당신의 가슴을 놀라게 하지 마시라!
원하는 것이 잠시 뒤에 올 터이니! 낮이 밤을 몰아내 버릴 터이니!

"자, 어떻소?"
"하느님 맙소사!" 주니어스는 흠칫 놀라면서 외쳤다. "하지만 그건 내 시인데! 저 줄리어스가 내가 시를 읊는 동안 군중들 틈에 끼여선, 내 시를 듣고 그것을 반복한 게 틀림없어요, 아주 조금만 바꾸어서, 특별히 나아진 것도 없이 표현에 있어 내 것을 그대로 반복한 것에 불과해요."

"아! 이제 당신을 알겠구먼. 당신이 주니어스군." 시민은 찌푸린 얼굴을 하는 것으로 주니어스에 대한 앙갚음을 그만두기로 했다. "이 시기심 많고 바보인 사람아! 그것만이 아니지, 이 재수 없는 비참한 친구야. 생각해 보게. 줄리어스는 얼마나 멋지게 시를 썼느냔 말이야. 그는 '낮이 밤을 몰아낼 것'이라고 했거든. 하지만 당신은 잡동사니 시를 썼어. 무엇이 빛이며, 무엇이 어둠이야?"

"하지만 그 말이 그 말과 똑같지 않습니까?" 주니어스가 말했다.

"더 말해 보시지." 그 시민은 다짜고짜로 주니어스의 말을 끊고선 이렇게 협박했다. "난 광장에 있는 저 사람들을 이리로 부를 거야. 너를 짓이겨 버리게 말이야."

주니어스는 안전을 생각해서 현명하게 입을 다물었다. 옆에서 대화를 듣고 있던 반백의 어느 노인네가 이 불행한 시인한테로 다가와서 시인의 어깨에 손을 얹고는 애기했다. "주니어스! 당신은 당신 자신의 생각을 읊은 것이 분명하오, 그러나 때를 딱 놓쳤소. 그리고 줄리어스는 그의 생각을 발표한 것이 아니올시다, 하지만 그는 좋은 때를 만났던 것이오. 운명이랄까, 결과적으로 어쨌든 이제 그가 옳은 것으로 돼 버렸소이다. 대신에 당신한테는 양심의 위로만 남아 있는 것이오."

사실 그 양심이라는 것이 전력투구하여—썩 그럴듯하지는 못한 채로 진실을 애기해 주고—혼자 남은 주니어스를 위로해 주겠지만—저 멀리서 환호와 박수 소리가 떠들썩거리는 곳에서는 줄리어스가 눈부신 태양의 금가루를 뒤집어쓰고 자줏빛 도포를 입고, 머리에는 월계관을 쓰고서 개가를 울리면서 제 왕국으로 당당하게 들어가고 있다. 그리고 종려나무의 긴 잎사귀들이 그 앞에서 하늘거릴 것이다. 마치 그 하늘거림이 줄리어스한테 반한 시민들의 마음을 뒤흔들어 놓아 그를 다시금 더 찬양하듯이!

(1878년 4월)

참새

어느 날 사냥에서 돌아와 집 뜰을 거니는데, 우리 집 개가 내 앞을 냅다 달려갔다.

달려가던 개는 갑자기 걸음을 늦추더니, 마치 들짐승의 냄새를 맡을 때처럼 코를 킁킁거리면서 살금살금 걸음을 옮기기 시작했다.

나는 길을 따라가다 바라보았는데, 거기엔 부리는 노랗고 머리엔 솜털이 송송히 돋은 어린 참새 한 마리가 있었다. 둥지에서 떨어진 이놈은 (바람이 거리에 있는 자작나무를 몹시나 호되게 흔들어 대고 있었다) 반쯤이나 털이 돋아났을까 말까 한 날개를 포드득포드득 힘없이 움직이면서 옴짝달싹하지 못하고 있었다.

개는 참새에게 살금살금 다가갔다. 바로 그 순간 가까운 나무 위에서 가슴이 꺼먼 늙은 참새 한 마리가 날아오는 돌멩이처럼 개의 콧등을 향해 내리박혔다. 그러고는 온몸의 털을 곤두세우고 죽음을 무릅쓰며 애처로운 소리로 지저귀면서, 흰 이빨을 드러내고 아가리를 딱 벌린 그 개 앞으로 두어 번 깡충깡충 뛰어나갔다.

어미 새가 아기 새를 구하기 위해 둥우리에서 뛰어내린 것이다. 그런데 이 어미 새는 공포에 질려 그 조그만 몸통을 벌벌 떨면서 울었다. 그 울음소리는 거칠다 못해 사뭇 쉬어 버렸다. 이윽고 어미 새는 기절해 버렸다. 어미 새의 자기희생!

어미 참새에겐 그 개가 얼마나 큰 괴물로 보였을까! 하지만 어미 새는 안전한 나뭇가지 위에 그냥 앉아 있을 수만은 없었으리라. 자신의 의지보다도 더 강한 어떤 힘이 그 새를 땅으로 내려앉도록 만든 것이다.

우리 집 사냥개 트레조르는 걸음을 멈추더니 살살 뒷걸음질 치기 시작했다. 개도 확실히 그 사람의 힘을 알아차렸던 것 같다.

나는 어리둥절해하는 개를 황급히 불러선, 경건한 마음을 가득 안은 채 그 자리를 떴다.

그렇구나, 웃어넘길 일이 아니야. 나는 그 조그만 영웅적 참새한테, 그 사랑의 충동 앞에 경건함을 품게 되었다.

나는 생각한다. 사랑은 죽음보다도, 또한 죽음에 대한 두려움보다도 한결

더 강한 것이라는 것을. 다만 그것으로써만, 사랑에 의해서만, 인생은 영위되고 향상되는 것이다.

(1878년 4월)

두개골(頭蓋骨)

호화스럽고, 황홀하게 등불이 켜져 있는 홀―남녀 한 떼가 모여 있었다.

얼굴 얼굴들마다 모두 생기가 넘쳐흐르고, 대화는 점점 열기를 띠어 간다. 그들은 한 유명한 가수에 대한 이야기를 떠들썩하게 하고 있었다. 그 여가수가 불후의 명가수라느니 하늘이 내리신 천재 가수라느니…… 얘기하는 것이다. 오, 그 여자가 어젯밤 얼마나 마지막 노래에서 멋지게 목소리를 흔들어 댔기에 말이야!

그런데 갑자기―요술쟁이가 요술 막대기를 흔들었나―이상하게도 이 사람 저 사람들의 머리에서, 얼굴에서 피부가 벗겨져 나가고, 백색의 두개골이 나타나는 것이었다. 여기저기서 턱과 잇몸들까지도.

나는 공포에 질린 채 이들의 턱과 잇몸들을 바라보았다. 램프 불빛과 그것들은 촛불 빛 속에서 빙글빙글 돌아가고 있었는데, 동그란 뼈다귀들, 그리고 그 조그맣고 동그란 뼈다귀 속에서 눈알이 구르고 있었다. 결국 그 동그란 것들의 의미는 없는 것이었다.

나는 내 얼굴을 만져 볼 용기는커녕 거울을 쳐다볼 용기조차 없었다.

그런데 두개골들은 여기저기서 계속 빙빙 돌아간다. 그리고 하얗게 드러난 이빨들 사이로 새빨간 헝겊 같은 재빠른 혀끝들을 놀리면서 떠들썩거린다. 그래 맞아…… 불후의 천재야. 저 가수야말로 이 세상에 하나 정도가 있을까 말까 한 가수야!

(1878년 4월)

노동자와 흰 손의 사나이

—대화

[노동자] 왜 자네는 우리 쪽으로 기어들어오나? 뭘 원해? 너는 우리하곤 상관없어. 꺼져 버려!

[흰 손의 사나이] 친구들! 난 당신네 편이오.

[노동자] 뭐, 우리 편이라고? 참말 웃기는 친구군! 내 손을 보오. 얼마나 더러운가 말이야? 기름 냄새, 타르 냄새까지 풍기지 않나 말일세—하지만 당신의 손은, 보아하니 하얗기만 하네.

[흰 손의 사나이] (손을 내보이면서) 냄새 좀 맡아 보시지.

[노동자] (그의 손 냄새를 맡는다) 그것참 희한한 일이군. 쇠붙이 냄새가 나네.

[흰 손의 사나이] 그래, 맞아. 그건 쇠붙이 냄새야. 6년간이나 쇠고랑을 차고 있었거든.

[노동자] 그건 왜?

[흰 손의 사나이] 왜냐고? 난 당신들을 잘 살게 하기 위해 일했다고. 아무것도 모르는 당신들을 자유롭게 해주려고 애썼다고. 당신들을 압박하는 놈들에게 대항했지. 당국에 말이오. 그랬더니 나를 감옥에 가두어 놓더군.

[노동자] 감옥에 가두었어, 그놈들이? 하지만 겁도 없이 모반을 했네.

—2년 뒤의 얘기

[그때의 노동자가 이제 다른 제2의 동료 노동자에게] 여보, 페테 ······ 너 기억하지? 재작년에 말이야, 손이 하얀 친구가 우리와 얘기했던 것?

[노동자] 기억하지. 그런데 그게 어쨌는데······.

[전 노동자] 그 친구가 말이지 오늘 교수형을 당한다네. 내가 들었는데, 이건 그 포고문이야.

[제2의 노동자] 그 친구 역시 모반한 거군?

[전 노동자] 그렇지, 그런 거야.

[제2의 노동자] 아! —내가 한마디 할게. 친구, 우리 말이야 그 교수형에 쓸 밧줄을 얻어낼 수 없을까? 사람들이 말하는데, 그걸 가지고 있으면

집에 큰 복이 굴러 들어온대!

　[전 노동자] 그렇다면 한번 구해 보자고, 친구.

(1878년 4월)

장미꽃

8월 그믐께…… 가을이 이미 손에 와 잡혔다.

해가 지고 있었다. 천둥도 번개도 없이 난데없는 소나기가 넓은 들판을 재빠르게 지나갔다.

집 앞 정원은 일몰이 지피는 불과 넘치는 빗물에 완전히 젖어서 불타듯 빛나고 모락모락 피어오르는 연기에 싸여 있었다.

여자는 응접실 의자에 앉아서, 고집스러운 꿈에 잠긴 듯 정원 쪽으로 반쯤 열린 문을 통해서 밖을 내다보고 있었다.

나는 그 순간 여자의 영혼을 지나가는 것이 무엇인지 알아차렸다. 여자는 번뇌와의 싸움에 그 감정을 더 이상 억누를 수 없게 되자, 자기 자신을 포기하기에 이른 것이다.

여자는 이내 자리에서 몸을 일으키더니 재빨리 정원으로 나가 어딘가로 사라져 버렸다.

한 시간이 지나고…… 두 시간이 지나도, 여자는 돌아오지 않았다.

그리하여 나는 일어나서 집 밖으로 나갔다. 나는 그 여자가 갔음직한 곳으로 발길을 옮겼다. 그 여자는 가 버렸다.

이미 밤이 내려앉아 어둠이 온통 나를 휘감았다. 그러나 골목길의 질척질척한 모래 위에 어떤 둥그스름한 물건이 놓여 있음을 알 수 있었다. 그것은 안개 속이었지만 빨갛게 빛났다.

나는 몸을 수그렸다. 바로 그 둥그스름한 물건은 막 피어난 신선한 장미꽃이었다. 틀림없이 두 시간 전에 여자의 가슴에 달려 있던 장미꽃이었다.

나는 진흙탕 속에 떨어져 있는 장미꽃을 조심스레 주워들었다. 그리고 응접실로 돌아와서 여자의 의자 앞 탁자 위에 그 장미꽃을 뉘어 놓았다.

마침내 여자는 돌아오고, 가벼운 발걸음으로 이 방 저 방 모두를 둘러보곤 탁자 앞에 앉았다.

여자의 얼굴은 보다 핼쑥해졌으면서도 한결 생기가 넘치는 듯했다. 가라앉은 눈, 어쩌면 전보다 작아 보이는 눈이, 행복에 겨운 듯 여기저기를 휘휘 재빨리 돌아보느라 길을 잃을 뻔했다.

여자는 장미꽃을 보더니 그것을 와락 움켜쥐고선, 으깨지고 진흙이 묻은 꽃잎을 다시 바라다보곤 또 나를 쳐다보았다.

그리고 지금까지 옴쭉도 않던 여자의 눈이 갑자기 반짝였고 눈물도 빛났다.

"왜 우시나요?" 나는 물었다.

"글쎄, 이 장미꽃을 보세요. 으깨지고 진흙이 묻었어요."

이때 나는 어떤 의미 있는 말을 해야겠다고 생각했다.

"당신의 눈물이 그 진흙을 씻어 줄 거예요." 나는 그럴싸하게 의미 있는 이야기를 건넸다.

"눈물은 진흙을 못 씻어요. 되레 눈물은 장미꽃을 태워 버리고 말 거예요."

여자는 홱 돌아서더니 그 장미꽃을 스러져 가는 불꽃 속으로 던져 넣었다.

"불이 역시 눈물보다 잘 태우네요." 그녀는 실성한 사람같이 외쳤다. 그리고 그 여자의 사랑스러운 눈은, 아직도 눈물과 함께 빛나면서 대담스럽고도 행복하게 웃었다.

여자 역시 불에 타는 것을 나는 보았다.

(1878년 4월)

마지막 만남

우리는 한때 서로 거역하려도 거역할 수 없을 정도로 절친한 친구 사이였다. ……그러나 중간에 우리 둘 사이에 불행한 일이 생겨 두 사람은 마치 원수처럼 헤어져 버렸다.

여러 해가 지나갔다. 그러다가 나는 그 친구가 사는 도시를 들르게 되었는데, 구제할 길 없는 중병에 걸린 그가 나를 만나 보고 싶어한다는 소식을 들게 됐다.

나는 그의 집을 찾아가 방으로 들어갔다. 우리 둘은 눈이 마주쳤다.

나는 겨우 그를 알아볼 수 있었다. 어이쿠! 어떤 병마가 그를 이 지경에 까지 몰아넣었담!

얼굴은 누렇게 떠 있고 쭈그렁이가 다 되어 있는데다가 머리는 머리카락 한 오라기 없는 대머리, 초라하게 늘어진 잿빛 턱수염. 그는 일부러 찢어 발겨 놓은 루바시카 한 장만을 걸치고 앉아 있었다. 그는 아무리 가벼운 옷이라고 해도 그 무게를 견뎌내지 못하는 까닭에서였다. 그는 마치 살을 갉아낸 듯 소름이 끼칠 정도로 여윈 손을 나에게 내밀곤 알아들을 수 없는 몇 마디를 어렵사리 중얼중얼댔다. ―반갑다고 환영하는 것인지 또는 비난하는 것인지조차 도대체 알 길이 없었다. 그저 앙상한 앞가슴이 간신히 들먹일 뿐이고, 핏발 선 오므라진 두 눈동자 위로 온몸을 다해 짜내는 고통스러운 눈물 두어 방울이 흘러내릴 따름이었다.

내 가슴은 철렁 내려앉았다. 나는 그 친구의 옆에 있는 의자에 앉아, 무섭고도 처참한 모습 앞에 눈을 내리깔고 그에게로 손을 내밀었다.

그러나 나는 내 손을 잡은 것이 친구의 손 같지가 않았다.

나에게는 키가 훤칠하게 크면서 다소곳하고 흰옷을 입은 한 여인이 우리 둘 사이에 앉아 있는 것처럼 생각되었다. 기다란 옷이 머리에서 발끝까지 그녀를 휩싸고 있었다. 그녀의 깊고 창백한 두 눈은 허공만 바라다볼 따름이고, 파리하고 굳게 다문 입술에서도 말 한마디 새어 나오지 않는다.

이 여인이 우리 두 사람의 손을 마주 잡게 했다…… 여인이 우리 둘을 영원히 화해시킨 것이다.

그렇다…… 죽음이 우리를 화해시켰던 것이다.

(1878년 4월)

문턱

엄청나게 큰 집이다.

앞쪽 벽에는 활짝 열어젖힌 조그만 문이 있다. 문 안에는 음습한 안개…

… 높다란 문지방 앞에 한 처녀가 서 있다. 러시아 처녀다.

안개 때문에 한치 앞도 들여다볼 수 없으나, 문 안에는 싸늘한 냉기가 핑 감싸돈다. 얼어붙은 듯한 찬 공기의 흐름을 타고, 건물 안으로부터 음울하기 짝이 없는 사람의 목소리가 느릿느릿 흘러나온다.

"아, 너는 그 문턱을 기어이 넘고 싶은가 본데, 그 안에서 무엇이 너를 기다리는지 알고 있느냐?"

"알고 있습니다." 처녀가 대답했다.

"추위, 굶주림, 증오, 조소, 멸시, 모욕, 감옥, 질환, 그리고 마지막에는 죽음이라는 것을?"

"네, 잘 압니다."

"이 세상의 어느 누구도 만날 수 없는 몸서리치는 고독, 그것이 있어도 좋으냐?"

"알고 있습니다. 각오는 되어 있습니다. 어떠한 고통, 어떠한 채찍질도 참아내겠습니다."

"그것도 원수들만이 아니라 가족과 친구들까지도 그런다면?"

"네, 그것도 잘 압니다."

"좋다. 너는 희생할 각오가 되어 있다는 거지?"

"네."

"이름도 없는 희생이라도 좋단 말이지? 네가 죽는다고 해도 누구 하나…… 누구 하나 어떤 자의 명복을 빌어 주어야 할지 모른다니까!"

"저는 감사건 동정이건 아무것도 필요 없습니다. 명예 같은 것도 원치 않습니다."

"넌 죄를 지을 각오도 되어 있느냐?"

처녀는 고개를 떨어뜨렸다.

"죄를 지을 각오마저 되어 있습니다."

안에서 흘러나오던 목소리는 다음 질문까지 잠시 사이를 두었다.

"그럼 너는 이것도 알고 있느냐?" 이윽고 안에서 다시 목소리가 흘러나왔다. "지금 네가 믿고 있는 신념에 환멸이 올지도 모른다는 것을, 그것은 기만이었다. 공연히 젊은 청춘을 파멸시켰구나 하고 깨달을 때가 올지도 모른다는 것을."

"그것도 알고 있습니다. 어쨌든 나는 그 문 안으로 들어가고 싶습니다."

"그럼, 들어오너라." 처녀는 문턱을 넘어서 안으로 들어갔다. 무거운 장막이 처녀의 뒤로 내려쳐졌다.

"바보 같은 계집애." 누군가가 뒤에서 이를 갈며 말했다.

"세상엔 저런 성녀(聖女)도 있다니까!" 어디선가 거기에 답하는 소리가 들렸다.

(1878년 5월)

양배추 수프

시골 농사꾼 과부가 마을에서 제일가는 일꾼인 스무 살짜리 외아들을 잃었다.

이 마을의 여지주인 마나님은 노파의 불행을 전해 듣고 바로 장례식 날 과붓집을 찾아갔다.

과부는 집에 있었다.

오두막집 한가운데 탁자 앞에 서서, 과부는 오른손(왼손은 맥없이 축 늘어뜨린 채)을 규칙적으로 움직이며 검정 그을음이 낀 항아리 밑바닥에서 건더기도 없는 양배추 수프를 떠서는 한 술 두 술 입으로 가져가고 있었다.

과부의 얼굴은 핼쑥했고 까맸다. 두 눈은 벌겋게 충혈되어 있고 퉁퉁 부어 있었다. 하지만 과부는 교회에서 하던 것처럼 꼿꼿한 자세였다.

'어쩜!' 마나님은 생각했다. '이 판국에 음식이 목으로 넘어 가다니…… 저 사람은 도대체 왜 저렇게 무딘지 몰라!'

마나님은 문득 떠오르는 생각이 있었다. 몇 해 전 낳은 지 아홉 달 되는 딸을 잃고 슬픔에 겨운 나머지 페테르부르크 교외에 있는 근사한 별장을 빌리는 것도 포기하고 여름 내내 시내에서 보내지 않았나! 과부 노파는 여전히 양배추 수프를 들이켜고 있었다.

"다치아나!" 마나님이 말했다. 그녀는 끝내 더 이상 참을 수 없었다. "정말이지! 난 놀랐어! 죽은 아들을 염두에도 두지 않는 것이 상상이나 할 수 있는 일이냔 말이에요. 어떻게 식욕이 떨어지지도 않았지? 어떻게 이런 때에 양배추 수프를 목구멍으로 넘길 수 있담!"

"내 아들 바샤는 죽었어요."

과부 노파는 나직이 말했다. 애통스런 눈물이 노파의 옴폭 패인 두 뺨을 타고 흘러내렸다.

"제 신세도 이제 끝장이 난 겁니다. 더 말할 것도 없잖아요. 저는 생매장을 당한 거나 마찬가지예요. 하지만 이 양배추 수프는 버릴 수 없어요. 소금이 들어 있거든요."

마나님은 '맘대로 하지' 하는 투로 어깨를 으쓱하고 가 버렸다. 소금 따위는 마나님한테는 너무나 싼 것이었다.

(1878년 5월)

적선(積善)

큰 도시 가까운 큰길을 따라서 병든 노인 하나가 걸어갔다.

그는 걸으며 비틀거렸다. 그의 늙어빠진 다리는 이따금씩 멈춰 서기도 하고, 질질 끌리기도 하고, 가끔씩 넘어지기도 하면서 고통스럽게 또 힘없이 옮겨 갔다. 그는 누덕누덕 해진 옷을 몸에다 걸치고, 맨 머리는 가슴에다 푹 파묻고…… 뭐 제대로 입거나 쓴 것이라곤 없었다.

그는 길가 돌덩이 위에 주저앉아서 허리를 앞으로 꾸부리고 두 팔꿈치를 무릎 위에다 올려놓고선 얼굴을 양손으로 감싼다. 손가락 사이로 넘쳐난 눈물이 회색빛 메마른 땅 위로 떨어졌다.

그는 지나간 일들을 곰곰이 생각해 보았다.

그는 예전엔 건강이 넘치고 돈도 많았는데, 이젠 쇠약해지고, 돈은 다른 사람들—친구나 적이나 상관없이—에게 남김없이 마구 나누어줬다. 그런데 지금은 빵 한 조각이 없는 형편이다. 누구 하나 그를 돌보지 않는다. 적보다는 오히려 친구들이 먼저 그를 저버렸다. ……그래서 그는 이제 적선을 바라고 비렁뱅이로 전락할 수밖에 없게 되었다. 그는 비통했고 부끄럽기만 했다. 노인은 아직도 눈물을 계속 떨어뜨렸다. 잿빛 땅을 반점으로 얼룩 지우면서.

갑자기 누군가가 그의 이름을 불렀다. 그는 피곤한 머리를 들어서, 그의 앞에 서 있는 낯선 사람을 올려다보았다.

얼굴은 평온하고 진지해 보였으나 단호한 데가 없어 보였고, 눈은 빛나지 않았으나 또렷했다. 눈초리는 무엇을 꿰뚫어 보는 듯했으나, 악의가 있어 보이지는 않았다.

"당신은 재산을 죄다 없애버렸지." 낯선 사람이 조용히 말했다. "하지만 좋은 일을 했다는 데엔 후회가 없지, 그렇지요?"

"후회는 무슨 후회……. 후회는 없소이다." 노인은 한숨을 쉬면서 말했다. "그렇지만 나는 지금 죽어 가고 있는 걸요."

"하지만 예전에 당신에게 손을 내밀어 구걸하는 거지들이 없었다면……" 낯선 사람이 말을 계속 이었다. "당신의 자선심을 베풀 사람이 없었을 테고, 당신은 그렇게 선행할 수도 없었을 것이오."

노인은 아무런 대답도 않은 채 곰곰이 생각에 잠겼다.

"그러니까 지금은 조금도 뽐낼 것이 없지 않소. 이 가련한 노인아." 그 낯선 사람은 다시 말을 잇기 시작했다. "당신도 손을 내밀어요. 당신도 자선심 많은 세상 사람들에게 그들이 가진 선심을 표할 기회를 주는 게 옳지 않느냔 말이오."

노인은 다시 갈 길을 가려고 눈을 들었다. 그런데 그 낯선 사람은 이미 어디론가 사라져 버렸고, 멀리 길을 따라 이쪽으로 오는 나그네 하나가 노인의 시야에 들어왔다.

노인은 그에게 다가서서 손을 내밀었다. 그 나그네는 쌀쌀한 표정을 지으면서 길을 비켜선 채로 아무것도 주지 않았다.

그러나 뒤에 오던 다른 나그네는, 그에게 얼마간 적선해 주었다.

그래서 노인은 그에게서 받은 동전 몇 닢으로 먹을 빵을 샀다. 구걸해서 얻은 그 한 조각 빵이 그렇게 맛있을 수 없었다. 그의 마음엔 부끄러움이 없었다. 오히려 화평과 기쁨이 그에게 축복으로 다가왔다.

(1878년 5월)

벌레

　나는 창문을 활짝 열어 놓은 넓은 방에서 20여 명이 앉아 파티하는 꿈을 꾸었다.

　우리 중엔 부인네, 아이들, 노인네들이 한데 섞여 있었다. 우리는 세상에 잘 알려진 것들을 화제로 삼아 이야기했는데, 이야기는 시끄러워 알아들을 수 없었다.

　그때 갑자기 날카롭게 붕붕대는 소리가 나서 보니, 큼지막한 벌레 하나가 방 안으로 날아들지 않는가. 길이 10센티미터쯤 되는 큰 벌레가 날아 들어와 방 안을 빙빙 돌더니 벽에 찰싹 붙었다.

　벌레는 마치 파리나 나나니벌 같았다. 몸뚱이는 검은빛이고, 넓적하고 딴딴하게 생긴 날개도 같은 검정 색깔이었다. 활짝 벌린 털 난 다리, 그리고 모가 나고 살이 쪄 보이는 머리는 마치 잠자리 같기도 했다. 그 머리와 다리는 금방 핏속에서 건져낸 듯이 시뻘겠다.

　이 낯선 벌레는 잠시도 쉬지 않고 머리를 위아래, 양옆으로 놀리면서 발을 움직거렸다. 그러더니 문득 벽을 떠나 붕붕거리며 방 안을 날아돌다가 다시 벽에 붙어 앉더니 이번엔 그 자리에 앉은 채로 이상야릇하게도 꾸물댔다.

　우리는 한결같이 혐오와 두려움에 당혹스럽기보다도 공포를 느꼈다. 우리 중에 그 누구도 전에 그런 벌레를 본 사람은 없었기 때문이다. 우리는 모두 한목소리로 "저 괴물을 쓸어 내버려라"며 외쳐 댔다. 그러고는 일제히 멀찌감치 서서 손수건만 흔들어 댈 따름이었다. 아무도 그 벌레 곁으로 달려들 용기는 없고…… 벌레가 다시 날기 시작하자, 모두가 어쩔 줄을 모르고 슬슬 피해 움직였다.

　우리 가운데 단 한 사람, 얼굴이 창백한 젊은이 하나가 영문을 모르겠다는 듯이 우리를 둘러보았다.

　그는 어깨를 들썩이며 미소를 띤다. 도대체 무슨 일이 일어났기에, 그리고 왜 이런 흥분 상태에 빠져 있는지 그 까닭을 알 수 없다는 것이다. 그는 그 벌레를 보지 못했고, 또 불길하게 붕붕대는 그 날갯소리를 듣지 못했기 때문이었다.

　별안간 벌레가 젊은이를 향해 날아가더니 그의 눈두덩을 쏘았다. 젊은이는 그 자리에서 그만 숨이 끊어져 버렸다.

이 무서운 벌레는 이내 어디론가 날아가 버렸다. 우리는 그제야 우리를 찾아왔던 것이 무엇인가를 짐작하게 되었다.

(1878년 5월)

필요성―힘―자유

얇은 부조(浮彫).

키는 장다리, 뼈다귀만 남은 빼빼 마른 할미, 얼굴은 쇠붙이와 매한가지이고, 두 눈은 흐려서 한곳만 보고 성큼성큼 걸어가면서 막대기처럼 말라빠진 팔로 앞서가는 아낙네를 떠민다.

이 아낙네는―어마어마한 키다리로 힘이 센가 하면 뚱뚱하기가 이를 데 없다. 헤라클레스의 근육을 가지고 있고 황소 같은 목덜미 위엔 조그만 머리가 얹혀 있는데 두 눈이 모두 멀었다. 이 아낙네도 자기 앞에 가는 조그맣고 가냘픈 계집애를 떠민다.

이 꼬마둥이 계집애만이 혼자서 눈이 멀지 않았다. 계집애는 대화도 하며 사방을 돌아보면서 가느다란 예쁜 손을 흔들어 대기도 한다. 계집애의 얼굴은 생기가 넘치고, 그러면서 대담함과 초조함을 내비친다.

계집애는 복종을 원치 않는다. 더구나 누가 그를 떠미는 대로 가려하지 않는다. 결국에는 양보해야겠지만.

Necessitas ― Vis ― Libertas!

(필요성 ―힘 ―자유)

누구든 생각이 있거든 번역해 보세요.

(1878년 5월)

하늘색 왕국

오, 하늘색 왕국! 오, 빛과 광채의 왕국, 청춘과 행복의 왕국! 나는 꿈속에서 당신을 보았노라. 우리 몇몇은 화려하게 장식한 아름다운 작은 배를 타고 간다. 바람에 나부끼는 깃발 아래 백조의 앞가슴처럼 흰 돛은 부풀어 있었다.

나는 함께 가는 일행이 누구인지 알지 못했다. 하지만 그들도 나처럼 젊고, 유쾌하고, 행복에 겨워 있다고 마음으로 느꼈다.

그러나 그들을 아랑곳하지 않았다. 사방이 가없는 푸른 바다, 황금빛 비늘이 반짝이는 잔물결. 나는 그것들만 바라다보았다. 그리고 머리 위로도 똑같이 가없는 푸른 바다, 거기엔 승리의 개가와 활력에 넘치는 태양이 왔다 갔다 한다.

일행들은 신령들의 웃음처럼 이제나저제나 한없이 매우 기뻐하는 것 같이 보였다.

그리고 갑작스레 어떤 한 사람의 입에서, 또는 다른 사람들의 입에서 신기한 아름다움과 영감과 힘이 가득한 시구와 말들이 튀어나오게 되면, 하늘이 화답하고 바다도 공명한 듯이 와자지껄했다. 그 뒤엔 다시 축복받을 정적이 흐르는 것이다.

잔잔한 물결 위로 우리의 조그만 배는 떠간다.

바람이 배를 몰아간다기보다는 우리가 뛰노는 심장 가까이로 배가 오는 듯했다. 배는 우리가 생각한 대로 떠갔다. 마치 생명이 있는 물건처럼.

우리는 섬에 닿았다. 벽석(碧石)과 청옥의 보석 빛이 찬란한 반투명의 신비스런 섬들. 사방 해안에서는 마음을 취하게 하는 향기가 풍겨 나온다. 이들 섬은 장미와 은방울꽃의 향내로 우리를 촉촉이 적셔주고, 다른 섬에서는 무지갯빛 긴 날개를 가진 새들이 날아왔다.

새들은 우리 머리 위를 몇 번이나 떠돌며 날고, 은방울꽃과 장미는 반들거리는 뱃전을 미끄러진 진주처럼 물거품 속으로 스러졌다.

꽃 냄새와 새들의 노래.

새들의 노랫소리는 우리의 배를 재촉했다. 꿀 같은 달콤한 노랫소리……그중에서도 여성의 노래, 그것은 그들 중에 하나의 환상이었다. 그리고 우리 주변엔, 하늘이고, 바다고 펄렁거리는 흰 돛이고, 고물에서 철썩거리는 물소리든 모두가 사랑, 행복한 사랑에 대해서 소곤거리지 않는 것이란 없었다.

우리 모두의 애인인 그녀는, 비록 자태는 보이지 않지만 어쨌든 잠시 뒤

잠깐 눈을 떠 보면 그녀의 눈은 빛나고, 그녀의 미소는 그대 앞에 꽃으로 피어나리라.

그녀의 손은 너의 손을 이끌고 기쁨이 충만한 땅으로 인도할 것이다.

아, 벽공의 하늘색 왕국이여! 꿈속에서 나는 너를 보았노라.

(1878년 6월)

술잔

우스운 일이다…… 나는 나 자신에 놀란다.

나의 비애는 거짓이 아니다. 산다는 것이 참을 수 없이 괴롭고, 비애에 잠긴 나의 마음속엔 기쁨이라곤 없다. 그런데도 나는 내 마음에 빛과 아름다움을 보태려고 애쓴다. 형상과 비유를 찾아 헤매고 문장을 다듬고 말의 음향과 조화에 몹시 애쓴다.

나는 조각가와 같이, 금방의 세공사와 같이, 스스로 독을 따라 넣을 황금의 술잔을 열심히 조각하고 깎으면서 온갖 장식을 다 하는 것이다.

누구의 죄인가

그녀는 정답고 파리한 손을 내게 내밀었다…… 그러나 나는 무뚝뚝하게 그 손을 뿌리쳐 버렸다. 그 젊고 사랑스러운 얼굴에 당혹해하는 빛이 감돌았다. 그 젊고 선량한 두 눈이 책망하듯 나를 바라본다. 그 젊고 순결한 마음으로는 나를 이해할 수 없는 것이다.

"제가 무슨 잘못이라도 했나요?" 그녀의 입술이 속삭인다.

"네가 잘못했다고? 네가 잘못을 저질렀다면, 저 찬연히 빛나는 대공의 가장 순결한 천사일지라도 너보다는 먼저 죄를 범했을 거다."

그래도 네가 지은 죄는 나에게 적은 것은 아니다.

네가 이해할 수 없고 나도 네게 설명할 수 없는, 그 무거운 죄를 너는 알고 싶으냐?

"그럼 말하마—너의 청춘, 나의 노년."

〈오 나의 청춘! 오 나의 젊음이여!〉

고골리

〈오 나의 청춘! 오 나의 젊음이여!〉 그 옛날엔 나도 이렇게 외쳤다. 그러나 이렇게 감탄사를 외쳤을 때, 나는 젊음이 넘쳐흘렀다.

그때는 그저 비통한 마음으로 나 자신을 희롱하고 싶었을 뿐이다. 남 앞에서는 비탄에 젖고, 속으로는 남몰래 즐기고 싶었을 뿐이다.

지금 나는 아무 말도 하지 않는다. 그래도 잃어버린 날들은 나를 계속해서 괴롭힌다. 소리 없는 질책으로.

"에잇! 차라리 생각하지 않는 게 낫지!"

농사꾼들은 곧잘 현명한 말을 한다.

(1878년 6월)

두 부자

부자 로스차일드가 그 막대한 수입 중에서 수만금을 떼어 내어 어린이들의 교육, 환자들에 대한 지원, 노인들에 대한 양호사업 등을 벌이고 있다는 소식을 듣고는 나도 칭찬하고 감탄했다.

그러나 나는 그 로스차일드의 선행을 칭송하고 또 그 일에 감동하면서도 가난에 쪼들리는 어느 한 시골 농부의 집안을 떠올리지 않을 수 없었다. 그 시골 농부 부부는 고아가 된 조카딸을 그야말로 다 쓰러져 가는 오두막집으로 데려왔던 것이다.

"그런데 우리가 저 카치카를 데려오면," 농사꾼 마누라가 말했다. "마지막 한 푼까지 모조리 그 애한테 들어가 채소 수프에 넣을 소금도 살 수 없을 텐데요."

"그럼 소금 없는 수프를 먹으면 되잖아." 그녀의 남편이 대답했다.

로스차일드도 이 시골 농부를 따라가려면 까마득한 것이다!

(1878년 7월)

노인

어둡고 쓸쓸한 날들이 다가왔다. 당신 자신의 병약, 사랑하는 사람들의 고통, 노년의 추위와 우울. 당신이 사랑했던 것, 당신이 기약 없이 내맡겼던 모든 것들이 시들어 떨어지고 바스러져 간다.

어떻게 할 것인가? 비통해 할 것인가? 서러워할 것인가? 그렇다면 당신은 자신도 남도 구하지 못할 것이다.

구부러지고 말라빠진 나무에도 비록 잘고 성글지만 잎사귀는 피어난다. 그리고 예나 지금이나 그 잎사귀들의 푸르름은 마찬가지다.

당신도 당신의 몸을 움츠리고 자기 자신 속으로, 자기 회상 속으로 들어갈지어다. 그러면 저기 깊이 가다듬은 영혼 속 맨 밑바닥에 당신의 지난날의 삶이, 당신만이 알 수 있는 삶이 아직도 생생한 푸르름과 애무와 봄의 활력을 가지고 다시 당신 앞을 비쳐주리니.

(1878년 7월)

신문기자

두 친구가 탁자를 사이에 두고 앉아 차를 마시고 있었다.

이때 갑자기 거리가 시끌벅적해졌다. 애처로운 신음 소리, 난폭한 욕지거리 소리, 구경꾼들의 웃음소리가 뒤범벅되었다.

"사람들이 누굴 때리고 있어." 한 친구가 창문을 내다보면서 말했다.

"죄인인가? 아니면 살인자인가?" 다른 친구가 물었다. "아니, 매 맞는 사람이 누구건 간에 불법적인 사형을 그냥 놔둘 수는 없잖아. 자, 도와주러 가

세.”

“그러나 매 맞는 이가 살인자는 아닐 거야.”

“살인자는 아니라고? 그럼 도둑놈이란 말인가? 어느 편이든 가릴 것 없이 가서 말려야 해.”

“도둑놈도 아니야.”

“도둑놈도 아니라고? 그럼 돈을 갖고 도망쳤던 회계원, 아니면 철도 간부, 군납업자, 러시아 예술동맹원, 변호사, 온건주의 편집자, 사회개량가? …… 어쨌든 가자고. 가서 그를 구해 줘야 해!”

“아니…… 신문기자가 맞고 있군.”

“신문기자? 그럼 우선 찻잔이나 비우고 보세.”

(1878년 7월)

방문

나는 열려 있는 창가에 앉아 있었다. 오월 초하룻날 이른 새벽녘.

아직 동은 트지 않았으나, 어둡고 무덥던 밤이 차차 어슴푸레 밝아 오고 오슬오슬 추웠다.

안개는 개지 않고 바람 한 점 없는데다 모든 것이 무색(無色)으로 고요하기만 하다. 그러나 깰 시간이 가깝다는 것을 느낄 수 있었다. 성긴 공기가 코를 찌르고 이슬을 머금은 안개가 스며들었다.

갑자기 열어 놓은 창으로 커다란 새 한 마리가 가벼이 날개를 치면서 내 방으로 날아 들어왔다.

나는 깜짝 놀라 가까이 다가가 그 새를 살펴보았다. 그것은 새가 아니었다. 그것은 날개를 단 조그만 여자였다. 폭이 좁은 긴 옷이 그녀의 발까지 늘어져 있다.

여자는 온통 진줏빛 회색. 다만 날개의 안쪽만이 갓 피어난 장미꽃 빛깔의 아련한 홍조(紅潮)를 띠고 있다. 여자의 조그맣고 동그란 머리 위 헝클어진 머리칼은 방울꽃 화관으로 장식되어 있었다. 예쁘고 동그란 이마 위에는 두 개의 공작새 깃털을 달아 놓아 마치 나비의 수염처럼 간들거렸다.

여자는 천장 아래를 두 번이나 돌면서, 작은 얼굴에 웃음기를 감추지 못했다. 웃고, 또 웃고, 크고 맑고 검은 눈에도 웃음기를 띠었다.

장난기랄지 흥이랄지 날개를 활짝 펴고서 날 때마다 다이아몬드처럼 반짝거렸다. 여자는 손에 야생화의 기다란 꽃대를 쥐고 있었다. —'제홀초(帝笏草, Tsar's Sceptre : 러시아 사람들은 그것을 이렇게 부른다)—실로 그것은 홀장(笏杖)과도 흡사했다.

여자는 내 머리 위를 잽싸게 날아다니면서, 그 꽃으로 내 머리를 사뭇 건드렸다.

나는 여자를 붙잡으려고 달려들었다. 그러자 여자는 이미 창밖으로 나가 어디로인지 멀리 가 버렸다.

정원의 라일락 덤불에선 멧비둘기들이 구구구 아침녘 첫 울음소리를 내면서 여자를 맞이했다. ……그녀가 사라진 우윳빛 하늘은 조용히 보드라운 분홍빛으로 물들기 시작했다.

나는 안다, 환상의 여신이여! 그대가 우연히 나를 찾아들었다가 곧 젊은 시인에게로 날아간 것을 나는 안다.

오 시여! 청춘이여! 여성의 처녀성의 아름다움이여! 그대들은 이른 봄 동틀 녘 단 한순간 내 앞에서 빛날 뿐이어라.

(1878년 5월)

두 형제

그것은 환상이었다.

내 앞에 천사 둘…… 정령 둘이 나타났다.

내가 천사, 또는 정령이라고 말하는 것은 이들이 모두 옷을 안 입은 벌거숭이에다 그들의 어깨 뒤에는 길고 튼튼한 날개가 달려 있었기 때문이다.

두 사람은 젊었다. 한 젊은이는 조금 뚱뚱하고 살갗이 부드럽고 매끈하게 생겼고 머리카락은 까만 고수머리였다. 촘촘한 속눈썹을 한 그의 눈빛은 갈색인데다 강렬했다. 그 눈은 은밀스럽고 쾌활하고 무언가를 열망하는 듯했다. 얼굴은 준수해서 매혹적으로 생겼고 약간은 심술궂고 뻐기는 듯도 했다.

도톰하고 보드랍게 생긴 빨간 입술을 가벼이 떨었다. 젊은이는 권세 깨나 지닌 사람처럼 자신에 차서 느긋한 미소를 띤다. 화려한 화관이 빛나는 그의 머리 위에 가벼이 얹어져 벨벳 같은 그의 눈썹을 살짝 건드린다.

황금빛 화살로 마무리된 어룽어룽 점이 박힌 표범 가족은 그의 둥근 어깨에서부터 펑퍼짐한 허리까지 내리덮었다. 그의 날개 깃털은 분홍빛 장밋빛으로 물들여졌고, 깃털의 끝 쪽은 분홍빛 피에서 갓 뽑아낸 것처럼 밝은 빨간색이었다. 때때로 날개를 빨리 흔들 때면 봄비 내리는 소리처럼 달콤한 은방울 소리가 났다.

또한 다른 젊은이는 약골인데다 피부는 누랬다. 숨을 쉴 때마다 갈빗대가 어렴풋이 드러났다. 머리카락은 곱상하고 엷고 꼿꼿했다. 눈은 크고 둥글고 희멀건 회색이다. 눈동자는 불안스러워 보이고 이상스레 번뜩거렸다. 얼굴 생김새는 날카로웠고 반쯤 열린 조그만 입은 생선의 그것과도 같은 이빨을 가졌고, 매부리코는 쑥 삐져 나왔다. 메마른 입술은 한 번도 웃어 보이질 않았다. 근엄하고 무섭고 무자비한 얼굴이다(하기는 그 첫 번째 잘생긴 젊은이도 얼굴이 준수하고 사랑스럽긴 했지만 역시 자비심은 없어 보였다). 영글기도 전에 꺾여 속이 비어 있는 강냉이 열매 몇 개가 빛바랜 풀잎에 싸여 이 젊은이의 머리를 칭칭 둘러 감았다. 허리에는 거친 잿빛 헝겊을 둘렀고 등 뒤의 암회색 날개가 위협하듯 천천히 움직였다.

두 젊은이는 헤어지려야 헤어질 수 없는 친구처럼 보였다. 둘은 서로 어깨에 기대었다. 첫째 젊은이의 보드라운 한 손은 포도송이 모양으로 둘째 젊은이의 말라빠진 목 위에 올려 있었다. 두 번째 젊은이의 가는 손목은 야위고 기다란 다섯 손가락과 함께 여성 같은 첫째 젊은이의 가슴 위에 마치 뱀처럼 도사렸다.

나는 그들이 말하는 소리를 들었다. "네 앞에 있는 건 사랑과 굶주림—한 배에서 태어난 친형제다. 생존하는 모든 것에겐 없어서는 안 될 두 개의 주춧돌이다."

"살아 있는 모든 것들은 먹이를 얻기 위하여 움직이고, 먹이는 젊은이에게로 온다."

"사랑과 굶주림—이 둘의 목적은 하나다. 이 세상에서 생명을 없애지 않기 위해 내 생명이니 네 생명이니 할 것 없이, 다 일반적으로 생명을 없애지 않기 위해 그 목적은 하나다."

(1878년 8월)

나는 무얼 생각할까?

죽음이 닥쳐왔을 때 나는 무엇을 생각할까. 그때 내가 조금이라도 생각할 기력이 있다면 말이다.

인생을 조금이라도 선용(善用)하지 못했다는 것을 생각할까, 인생을 졸면서 보냈다는 것을 생각할까, 삶이란 귀한 선물을 즐기지 못했다는 것을 생각할까?

"뭐라고? 죽음이라고? 곧 닥친다고? 가당치도 않은 일! 웬일이지, 난 아직 무엇을 할 시간이 없었어. 이제 겨우 무얼 좀 시작해 보려고 하는 참인데!"

지나간 세월들을 다시 오라고 부를까. 많지는 않았지만 내가 살았던 빛나는 순간순간에 대해서 생각할까. 그 시절 소중하고 잊을 수 없는 얼굴들의 모습을 하나하나 떠올릴까?

그것도 아니라면 내가 저질렀던 악행들을 하나하나 마음속에 떠올릴까. 너무 늦었지만 내 영혼이 양심의 가책으로 불타올라 번민에 시달리진 않을까.

아니면 그냥 저 무덤 너머에서 나를 기다리고 있을 그 무엇에 대해서 생각할까. 아니 정말 어떤 것이 저승에서 나를 기다리고 있단 말인가.

아니, 나는 아무것도 생각지 않으려고 할 것이다. 내 앞을 새까맣게 뒤덮은 어두움이 너무나도 무서워서 나 자신이 거기에 신경을 쓰지 않으려고 일부러 무엇이든 부질없는 생각을 할 것이다.

나는 전에 어떤 사람이 죽어갈 때 아무 말도 않다가 개암을 까먹게 해달라고 하는 것을 본 적이 있다. 그리고 재빨리 흐려져 가는 그의 눈 속엔 마치 상처를 입어 다 죽게 된 새의 날개처럼 무언가 한없이 떨리고 허우적거리는 모습이 보였다.

(1878년 8월)

교수형(絞首刑)

"1803년의 일이었지." 내 늙은 오랜 친구가 이야기를 시작했다.

"바로 오스터리츠 전투 직전이니까."

―내가 장교로 근무하던 연대가 모라비아에서 숙영을 했었다네.

―우리는 그곳 주민들을 괴롭히거나 주민들에게 폐해를 주는 일은 절대로 삼가도록 엄명을 받았었지. 연합군이라곤 하지만 그곳 주민들은 우리를 몹시 이상스러운 눈초리로만 바라다보았으니까.

―그의 이름은 예고르인데 내 졸병이었어. 전에 우리 어머니의 농노였거든. 그 친구는 얌전하고 정직한 놈이었지. 나는 어렸을 때부터 그를 아는 터라 그와는 친구처럼 지냈지.

―그런데 어느 날 내가 거처하던 집에서 비명을 질러 대고 욕지거리를 해대고, 울고불고, 서러움에 겨워 통곡하는 와자지껄한 소리가 들려왔어. 알고 보니 이 집 마나님이 암탉 두 마리를 잃어버린 것이었지. 그래서 그 마나님은 내 졸병을 닭 도둑놈으로 몰아붙였던 거야. 졸병은 누명을 벗으려고 나에게 증인이 되어 줄 것을 바랐거든…… "그는 남의 물건을 훔칠 위인이 못돼. 예고르 아브타모노트가!" 나는 그 마나님한테 예고르의 정직성을 몇 번이고 증언했지만 마나님은 내 얘기를 들으려고도 안 하더군.

―때마침 행렬이 고른 말발굽 소리가 뚜벅뚜벅 거리를 따라 들려왔어. 사령관이 막료들을 데리고 지나가는 중이었지. 힘이 넘쳐나고 몸이 뚱뚱한 사령관은 고개를 수그리고 견장(肩章) 끈을 가슴에 드리우고 보통 걸음걸이로 가더군.

―그때 닭을 잃어버렸다는 마나님이 사령관을 보더니 그가 탄 말 앞으로 달려나가 꿇어앉았어. 그녀는 머리와 옷이 마구 흐트러진 채로 내 졸병을 가리키면서 큰 소리로 졸병에 대한 이야기를 늘어놓기 시작했어.

―"장군님!" 여자는 소리를 질렀어. "각하! 조사해서 판단을 내려주소서! 나를 도와주세요! 나를 구해 주세요! 이 병정이 저희 집 물건을 훔쳤답니다."

―예고르는 집 문간에 그냥 서 있더군. 모자는 벗어서 손에다 쥐고 앞가슴은 내어 밀고 두 발을 한데 모으고선 마치 보초 서는 것처럼 차려 자세로

말이야. 한마디 말도 없이!

그는 한길 한가운데 선 장군 일행에 겁이 나서 정신이 나갔던지 하도 뜻밖에 닥친 일이라 화석이 되었던지, 여하간 가엾은 예고르는 장승 모양으로 잠자코 서서 눈만 껌뻑거릴 뿐이고 얼굴빛은 마치 백묵처럼 하얬어!

—사령관은 어쭙잖은 어두운 눈빛을 한번 그에게 던지더니 성이 난 듯이 '자네가 그랬단 말이지?' 묻더군.

예고르는 마치 조각처럼 꼿꼿이 서서 그의 치아들을 내보였는데 옆에서 보면 웃는 것 같았어!

—사령관은 말고삐를 홱 당기더니 '교수형!' 한마디 던지고는 말을 몰았다네. 처음엔 보통 걸음걸이로 천천히 가더니 나중엔 황급히 뛰어가더군. 모든 막료들도 그의 뒤를 따라 잽싸게 가 버리고 부관 하나만이 안장 위에서 고개를 돌려 예고르를 힐끗 쳐다보았을 뿐이었어.

—명령을 거역하기란 불가능한 일이거든. 예고르는 곧바로 형장으로 끌려가는 신세가 되고 말았다네.

—그의 얼굴은 마치 죽은 사람 같았어. 겨우 두어 번 숨을 헐떡이며 말할 뿐이었지.

"자비로우신 하느님! 자비에 넘치시는 하느님!" 그는 중얼거리듯 말했다. "하느님은 아셔, 그건 내가 한 짓이 아니라는 것을!"

—나와 헤어지면서 그는 서럽게 울어 대더군. 나도 절망에 빠져들었어. "예고르! 예고르!" 나는 외쳤지. "자네는 사령관 각하한테 일의 자초지종을 왜 한마디도 하지 않았나?"하고.

—"제가 훔치지 않은 것은 하느님께서 다 아십니다!" 이 가엾은 친구는 흑흑 흐느껴 울면서 이 말만 되풀이했어. 닭을 잃어버린 마나님도 후들후들 떨지 않겠어. 사실 그렇게 무서운 형벌이 내릴 줄은 꿈에도 생각지 못했던 거지. 마나님은 내심 무슨 방책이나 선 듯 악을 쓰기 시작했네. 그리고 이 사람 저 사람 붙들고 그 병정을 살려 줄 수는 없겠느냐고, 자비를 베풀어 줄 수는 없겠느냐고 애걸복걸하지 않겠어. 닭은 찾았노라고, 모든 전후 사정을 변명하면 어떻겠느냐는 등 말이지.

—물론 그런 얘기는 쓸데없는 것이었지. 전시에 군기(軍紀)라는 게 있지 않겠어! 마나님은 더 큰 소리로 엉엉대며 우는 수밖에 없었어.

—예고르는 신부로부터 석방 선언을 받고선 나한테로 돌아서더군. "그 마나님한테 전해 주세요. 너무 서러워하지 말라고요. 나는 그 여자를 용서했습니다."

내 친구는 자기 졸병의 이 마지막 말을 몇 번이고 반복해 말하면서 중얼중얼댔다. "내 가련한 예고르, 아끼는 놈, 진실한 친구!" 그러면서 그는 그의 늙어빠진 뺨에다 눈물을 쫙 흘리는 것이었다.

(1878년 8월)

아, 장미는 깨끗하고 신선하여라

어디선가, 언제이든가 오래오래 전 나는 시 한 편을 읽은 적이 있다. 바로 거의 잊어버렸지만 그 시의 첫 줄이 아직 기억에 남아 있다.

"아, 장미는 깨끗하고 신선하여라……."

지금은 겨울, 서리는 유리창에 얼어붙고 추운 방엔 외로운 촛불이 타오른다. 방 한 구석에 옹송그려 앉아 있노라면 내 머릿속엔 그 시가 끊이지 않고 들려오곤 했다.

"아, 장미는 깨끗하고 신선하여라……."

러시아 교외 시골집의 나지막한 창 앞에 서 있는 나를 생각해 본다. 여름날 저녁은 고요히 어둠 속으로 녹아 들어가고 아직은 더운 공기 속에 목서초(木犀草)와 감탕나무꽃 향내가 가득하다.

창가에는 젊은 처녀가 혼자 앉아서 어깨 위에 머리를 꾸부리고 팔에 기댔다. 그녀는 조용히 눈 깜짝 않고 하늘만 응시했다. 새로 돋아나는 별을 기다리는 것이다. 꿈에 젖은 두 눈은 얼마나 순진하고 감격에 넘쳐나는가. 무엇을 물어보려는 듯이 벌린 입술은 얼마나 마음을 움직이게 하는 순진함인가. 아직 다 자라지도 않고 세상 물정을 모르는 가슴은 얼마나 보드라이 숨쉬고 있는가.

앳된 얼굴 모습은 얼마나 순수하고 부드러운가! 나는 그녀에게 감히 말을 걸 용기가 나지 않았다. 하지만 그녀는 나에게 얼마나 사랑스러운가. 내 가슴을 얼마나 두드려대는가!

"아, 장미는 깨끗하고 신선하여라……."

방 안은 점점 어두워진다. 초도 탈 대로 다 타서 안은 어스름해지고 촛농이 마구 흘러내린다. 나즈막한 천장엔 어스레한 그림자가 춤을 춘다.

밖에선 서릿발이 쩡그렁쩡그렁 부서지는 소리가 들리고 어느 노인네가 처량하게 중얼거리는 소리도 들린다.

"아, 장미는 깨끗하고 신선하여라……."

내 앞에 또 다른 정경이 벌어졌다. 시골집의 마냥 즐거운 소란스러움.

금발의 소녀들이 어깨를 나란히 하곤 빛나는 눈빛으로 나를 쾌활하게 쳐다본다. 장밋빛 붉은 뺨들은 웃음을 참느라고 서로 흔들며 따스하게 손을 꼭 잡고선 젊음의 해맑은 목소리가 하나 되어 노래를 부른다. 그리고 조금 떨어진 아늑한 방 끝에서는 역시 젊은 다른 손들이 낡은 피아노의 건반 위를 익숙지도 못한 손가락으로 마구 쳐대고 있다.

"아, 장미는 깨끗하고 신선하여라……."

촛불은 펄럭이다가 이내 꺼진다. 그 쉰 목소리로 힘없이 기침하는 사람은 누구인가? 내 유일한 친구 늙은 개가 몸을 잔뜩 웅크리고 내 발 옆에 누워 떨고 있다. 춥다…… 얼 것 같다. 그리고 그들 모두가 죽었다. 죽어 버리고 말았다.

"아, 장미는 깨끗하고 신선하여라……."

(1878년 9월)

U. P 브레브스카야 부인과의 추억을 위하여

폐허가 된 불가리아의 한 촌락, 갑자기 야전병원이 들어선 낡아빠진 헛간의 처마 아래 고약한 냄새가 진동하는 지푸라기 위에 한 여인이 티푸스에 걸린 채 2주일이 넘게 죽음을 넘나들고 있었다.

그 여자 환자가 의식을 잃고 있는데도, 의사는 물론이고 그 누구도 그녀를 돌보지 않았다. 여자가 아직 움직일 수 있었을 때, 그의 간호를 받았던 부상병들만 그녀의 타는 듯한 입술을 적셔 주려고 깨진 항아리 조각에 물 몇 방울을 담아 가지고 와선 서로 번갈아가며 침상에 있는 그녀의 몸을 일으키는 것이었다.

여자는 젊고 아름다웠다. 상류사회에 알려져서 심지어 고관대작들까지도 그 여자에게 관심이 많았다. 귀부인들은 여자를 부러워했고, 사내들은 질세라 그녀를 쫓아다녔다. 몇몇 사내는 남몰래 진심으로 여자를 사랑하기도 했다. 인생이 여자에게 미소를 보냈던 것이다. 그러나 미소란 눈물보다도 못할 때가 있다.

부드럽고, 상냥한 마음결…… 그리고 그 어떤 강인성, 희생에의 갈구! 도움을 필요로 하는 자를 돕는 일…… 여자는 이것 말고 다른 행복이 있다는 것을 몰랐다…… 알지도 못하고, 결코 한 번도 그것을 안 적도 없었다. 다른 모든 행복들은 여자의 옆을 스쳐 지나갔다. 그러나 여자는 오래전부터 이런 희망만을 지니고 살아왔다. 모든 것을 불멸의 신념으로 불태우며, 이웃에 대한 봉사에 자신을 던져왔다. 여자의 가슴속 깊은 곳에, 가장 비밀스런 영혼 속에 묻혀 있는 보석이 어떤 것인지를 아는 사람은 아무도 없다. 물론, 지금도 그것을 아는 사람은 없을 것이다.

아, 알아서 무엇 하겠는가? 여자의 희생은 이루어지고…… 일이 끝난 지금에 와서. 그러나 여자의 시체 앞에서 사의를 표하는 사람이 없었다는 것을 생각해 보면 서글퍼진다. 비록 그녀는 감사의 말을 부끄러워하며 그것을 멀리 하고는 있었지만.

사랑스러운 혼이여! 나는 그녀의 무덤 위에 불손하게도 이 철 늦은 꽃을 바치노니 나무라지는 말아 주소서.

(1878년 9월)

에고이스트

그는 그의 가족을 다스릴 권한을 갖고 있었다.

그는 날 때부터 건강하고 유복했을 뿐만 아니라, 그의 전 생애를 통해서도 건강하고 유복하게 지내왔으므로 조그만 죄를 짓거나 조그만 과오조차 범한 적이 결코 없는데다, 한 번이라도 실언하거나 실수해 본 적도 없었다.

그는 성실하고 결백하며 흠잡을 데라곤 없었다! 그는 그의 성실과 결백으로 그의 가족이나 친구들, 아는 사람이면 누구든지 제압했다.

그에게 성실과 결백은 자본이었다. 그 자본으로 그는 과분한 이자를 받았다.

그의 성실과 결백은 무자비함과 도덕률로 명령된 선을 행하지 않아도 될 권리를 주었다. 그래서 그는 무자비했고 선을 행하지 않았다. 명령된 선행이란 결코 선이 아니기 때문이다.

그는 이렇게도 모범적인 그 자신 말고는 어느 누구에게도 관심이 없었다. 그러면서도 만일 다른 사람들이 그에게 조금이라도 관심을 적게 가지면 정색하고 버럭 화를 냈다.

그는 자신을 에고이스트라고 생각하지 않았다. 그러므로 그는 언제 어디서든 에고이스트들을 심하게 책망하고 호되게 공격했다. 그것은 다른 사람의 에고이즘이 자신의 에고이즘에 방해가 되기 때문이었다.

자신의 아주 조그만 약점조차도 인정하려 들지 않는 그였지만 다른 사람의 약점은 절대 이해하려고도 하지 않을 뿐더러 용서조차 하지 않았다. 사실 그는 누구든 어떤 물건이든 간에 이해할 수 없었다. 위, 아래, 앞, 뒤 모두가 순전한 그 자신의 자아로 둘러싸여 있기 때문이다.

그는 용서라는 것이 무엇인지 그 의미조차도 모르고 있었다. 살아오는 동안 그 자신을 용서해야 할 필요를 전혀 느낀 적이 없었으므로 다른 사람을 용서하지 못하는 것이다. 그 자신의 양심 법정 앞에서나 신의 면전에서나 이 덕행의 괴물은 눈을 하늘로 향하고 분명하고도 자신만만한 목소리로 이렇게 선언할 것이다.

"그렇습니다. 나는 모범적이고도 진실한 도덕적인 사람이올시다!"

그는 임종 때에도 이런 말을 되풀이할 것이다. 그리고 한 점 얼룩이나 티

끌만 한 허물이 하나도 없는 돌덩이 같은 그의 마음은 여전히 조그만 동요도 느끼지 않을 것이다.

아, 자기만족이라는 끔찍함, 좀처럼 꺾이지 않는 완강함이 싼값에 팔린 미덕의 추악이여! 너의 추악이란 악덕의 끔찍함보다 더한층 더러운 것을 어찌 하려는가.

(1878년 12월)

신(神)의 향연

어느 날 하늘의 신이 하늘색 궁전에서 장엄한 잔치를 열기로 마음먹었다.

덕이란 덕은 모두 초대했다. 그러나 악덕은 빼고 미덕만. 남자들은 빼고 여자들만.

크고 작은 덕들이 많이 모여들었다. 작은 덕은 큰 덕보다 쾌활하고 상냥했다. 그러니 서로 마치 가까운 친척이나 친구들을 만난 것처럼 오순도순 재미있는 농담이나 잡담들을 주고받았다.

그러나 이때 하늘의 신은 안면이 서로 없는 듯이 보이는 매력에 넘치는 두 부인을 발견했다.

주최자인 신은 한 부인의 손을 이끌고 다른 한 부인이 있는 쪽으로 데려갔다.

"이분은 은혜부인!" 신은 첫 번째 부인을 가리키며 말했다.

"이분은 감사부인!" 두 번째 부인을 가리키며 신은 이렇게 덧붙였다.

두 사람의 미덕은 형용키 어려울 정도로 놀라는 표정을 지었다. 천지창조 이래 수천 년이 흘렀는데도 두 사람은 처음 만난 것이다.

(1878년 12월)

스핑크스

위는 부드럽고 밑은 딱딱한 황회색의 삐걱거리는 모래…… 어디를 보나 끝없이 펼쳐진 모래밭. 이 사막 위에, 이 사회(死灰)의 바다 위에 이집트의 스핑크스가 그 거대한 머리를 드러낸다.

저 툭 튀어나온 두꺼운 입술, 위로 치켜 뚫린 저 움직일 줄 모르는 콧구멍은 무엇을 말하고 싶어하는 걸까? 그리고 저 두 눈—두 개의 활 같은 두 무더기 눈썹 아래 반쯤은 꿈속에 잠기고 반쯤은 바라다보는 듯한 저 기다란 두 눈은?

그렇다. 그들은 무엇인가를 말하고 싶어할 것이다. 지금도 말하고 있다. 그러나 오이디푸스만이 그 수수께끼를 풀고 그들의 말 없는 말을 이해할 수 있을 따름이다.

잠깐만, 저 얼굴 윤곽은 나도 안다. 물론 이집트적인 요소란 하나도 없는 얼굴이지만 하얗고 나즈막한 이마, 툭 불거진 광대뼈, 짧으면서도 곧추선 코, 하얀 이빨, 보드라운 콧수염, 곱슬곱슬한 턱수염, 미간이 넓으면서도 크지 않은 눈……그리고 두 갈래로 갈라진 흩어진 머리카락…… 그렇다. 이것이 바로 너희가 아니냐. 카르프여, 시도르여, 쎄몬이여, 야호슬라프와 랴잔의 농부여, 나의 형제들이여. 그 살, 그리고 피, 어김없는 러시아인들이여! 그렇지, 너희도 스핑크스가 되었느냐? 너도 무슨 말을 하고 싶을 것이 아니냐? 그래 너도 스핑크스니까.

그리고 너의 두 눈, 생기 없는 깊숙한 두 눈도 무엇인가를 말하고 있다…… 그리고 너의 말도 수수께끼란 말이냐. 너의 오이디푸스는 어디 있느냐? 아아, 전 러시아의 스핑크스여! 농사꾼 모자를 뒤집어쓴다고 해서 오이디푸스가 되는 것은 아니란다.

(1878년 12월)

님프들

나는 반원형 모양의 아름다운 산줄기 앞에 서 있다. 아직 어리고 푸른 숲이 산의 정수리에서부터 기슭까지 내리덮었다.

산 위에는 남국 하늘이 말갛게 푸르렀다. 해는 산의 저 높은 곳에서 반짝반짝 빛나고, 기슭에는 반쯤 풀 속에 덮인 시내의 여울물이 졸졸졸 소곤거렸다.

불현듯 내 마음속엔 예수 탄생 1세기 뒤 그리스 배가 에게 해를 항해하고 있었다는 옛 이야기가 생각났다.

시간은 한낮…… 고요한 날씨. 갑자기 선장의 머리 위 돛대에서 누군가가 분명하게 외쳤다. "네가 저 섬 근처에 가거든 '위대한 목양신(牧羊神) 판은 죽었다'라고 큰 목소리로 외쳐 대라."

선장은 어리둥절하고 두려웠다. 그러나 배가 그 섬을 지날 때 그 명령에 따라 "위대한 목양신(牧羊神) 판은 죽었다"고 외쳤다.

그러자 곧바로 그의 외침에 대한 대답인 듯, 해안 일대에는(그 섬에는 사람도 살지 않는데도) 엉엉 울어 대는 소리, 괴로워 울부짖는 소리, 기다랗게 끌면서 애처롭게 울부짖는 소리들로 떠들썩했다. '죽었다! 위대한 신 판이 죽었다니까!' 나는 이 옛날 얘기를 다시 떠올리는데…… 이상한 생각이 들었다. 내가 선장이 하던 것처럼 외쳐 댄다면 어떤 일이 일어날까?

하지만 아무리 그렇다기로서니 내 주위를 둘러싸고 있는 이런 멋진 경치를 두고 죽음에 대한 생각을 할 수는 없지 않은가. 온 힘을 다해 나는 외쳐 댔다.

"위대한 목양신 판은 소생했다! 소생했다!" 그러자 기적이랄지 내 외침에 화답이나 하듯 널따란 반원형의 초록빛 산에서 기쁨에 넘치는 웃음소리가 들리면서, 좋아서 어쩔 줄을 몰라 하는 환호와 손뼉 치는 소리가 퍼져 나왔다.

"그는 소생했다! 판 신이 되살아났다!" 새파란 젊은이의 외치는 목소리가 울려 퍼졌다. 내 앞의 모든 것들이 갑작스런 웃음을 터뜨리고, 중천에 뜬 태양보다도 더 빛나고, 풀밭의 소곤거리는 개울물보다도 더 즐거워했다.

갑자기 가벼운 걸음걸이로 사뿐사뿐 걸어오는 소리가 들리고 푸른 풀덤불 사이로 대리석 같은 새하얀 치마가 희뜩거리더니 벌거숭이 몸이 드러났다. 님프, 님프들, 숲의 요정 드라이아트니, 바칸트(바쿠스의 여사제)니 하는 님프들이 높은 산꼭대기에서 들판을 향해 속속 모여들었다.

숲 속 성긴 틈으로 그들의 모습이 환히 나타났다. 신령스러운 머리에는 곱슬곱슬한 머리카락이 나부끼고, 그들의 섬섬옥수는 꽃다발과 꽹과리를 높이 든 채 올림피아 여신의 웃음소리와 함께 보조를 맞춰 춤을 추었다.

맨 앞에 선 님프는 누구보다도 키가 크고 아름다웠다. 어깨에는 화살 통을 둘러메고 손에는 활을 들고 나부끼는 머리는 하얀 은빛으로 빛나고 있었다.

"다이아나가 당신이었습니까?" 갑자기 님프는 걸음을 멈췄다. 따라오던 님프들도 멈춰 섰다. 그들의 높다란 웃음소리는 간데없고 고요했다. 벙어리처럼 말없이 앞장섰던 님프의 얼굴이 갑자기 죽은 듯 해쓱해지면서, 발은 화석이 된 듯 옴쭉 못하고 입술은 한없는 공포에 질린 것처럼 딱 벌어지고, 커다랗게 뜬 눈은 저 멀리에 시선을 고정시켰다. 님프는 무엇을 보았을까? 무엇을 저렇게 물끄러미 바라다볼까?

나는 님프가 바라다보는 곳으로 눈을 돌렸다. 저 멀리 하늘이 끝난 곳, 벌판이 끝난 그 위의 하얀 종탑 위에는 불덩이처럼 금빛 십자가가 사뭇 반짝이고 있었다. 이 여신은 이 금빛 십자가를 바라다보았던 것이다.

나는 내 뒤에서 기다랗고 고르지 못한 한숨 소리가 들려오는 것을 들었다. 그 한숨 소리는 줄이 망가진 거문고 소리처럼 애달팠다. 내가 다시 눈을 돌렸을 때엔 님프들이 어디로 사라졌는지 그 흔적조차 찾아볼 길 없었다.

전처럼 넓은 숲은 푸르렀다. 그 숲 속 여기저기 굵은 가지들 사이로 하얀 빛깔이 사라져갔다. 그것이 님프들의 옷자락인지 골짜기에서 피어오르는 안개인지 나는 알지 못한다.

그건 그렇고 나는 사라져 간 그 여신들 때문에 얼마나 서글퍼했는지 모른다.

(1878년 12월)

친구와 원수

종신 징역형을 받아 복역 중이던 죄수가 감옥을 뛰쳐나와 황급히 줄행랑치고 있었다. 간수가 그를 뒤쫓았다.

죄수가 온 힘을 다해 내달리는 바람에 뒤쫓던 간수는 차차 뒤처지기 시작했다. 그러나 죄수의 눈앞엔 둑이 쌓여진 강이 나타났다. 강의 너비는 좁았지만 물은 여간 깊지가 않았다. 게다가 그는 헤엄칠 줄도 몰랐다!

마침 강의 이쪽 둑으로부터 저쪽 둑으로 향해 떠내려가는 썩은 가느다란 널빤지가 하나 있었다. 그는 그 널빤지 위에 발을 얹어놓았다. 바로 그때 휙 뒤돌아보니 강가엔 그와 가장 친한 친구가, 또 그와 가장 사이가 나쁜 원수가 함께 서 있지 않은가.

원수는 아무 말도 하지 않았다. 팔짱만 턱 끼고 있을 뿐이었다. 그러나 친구는 그에게 고래고래 고함을 지르고 있었다.

"이 사람아! 무얼 하고 있나? 미쳤나, 생각해봐! 널빤지가 다 썩어 문드러진 것인 줄을 모르나? 그건 자네의 몸무게를 견디지 못해 곧 산산조각이 나고 말 거야. 넌 어느 귀신이 잡아 가는지도 모르게 죽어!"

"하지만 강을 건너는 다른 방법이 없는걸. 자넨 간수들이 날 쫓아오고 있는 걸 모르나?" 가엾은 죄수는 널빤지를 밟고 그냥 나아갔다.

"아, 내가 그냥 가라곤 안 했는데! 죽으라곤 안 했는데 말이야!" 정성이 지극한 친구는 울부짖었다. 친구는 부리나케 그 죄수 친구가 밟고 있는 널빤지를 잡아당기니 그는 그만 첨벙하고 급류가 굽이치는 물속으로 나가 자빠졌다.

원수는 고소하다는 듯 웃으며 돌아서 가 버리고, 친구는 강둑에 주저앉아서 그 죄수 친구가 불쌍하다고 서러운 눈물을 흘렸다. 가엾은 내 친구!

그러나 친구가 어째서 죽었는지 거기 대해선 생각조차 없었다.

"그 친구는 내 말을 듣지 않은 탓이야! 내 말만 들었어도……." 그는 맥 빠진 표정으로 중얼거렸다.

"그래 잘 됐어. 잘 됐지." 그는 마지막엔 이렇게 말했다.

"그 친구는 평생을 소름 끼치는 감옥 속에서 번민하면서 지내야만 하는 신세였어! 친구는 이제 고통에서 벗어난 거야! 이게 오히려 그 친구한테 더 즐거운 일이지! 운명이란 역시 그런 거야, 내가 생각하기에는! 인정으로 봐선 미안한 얘기지만 말이야!"

이렇게 탄식하면서 그는 불행했던 그 친구의 운명을 곱씹으면서 슬픔을 가누지 못하고 흐느껴 울었다.

(1878년 12월)

그리스도

　나는 청년 시절—아니지, 소년 시절이라고 하는 게 옳을 거야. 그 소년 시절 무렵 천장이 나즈막한 목조 교회에 갔던 꿈을 꾸었다. 낡은 성상 앞에는 가느다란 왁스 양초 몇 자루가 빨갛게 타올라 번쩍거렸다.

　색색의 불빛이 마치 반지처럼 원을 그려 각각 조그만 불길을 둘러쌌다. 교회는 희미하고 어두웠다…… 그러나 내 앞에 많은 사람이 서 있는 것을 알아볼 수 있었다. 모두가 머리털이 노란 농부들이었다. 여름 바람이 흐늘흐늘 천천히 굽이치면서 불 때의 익은 밀 이삭처럼 시시각각으로 그 사람들은 흔들리면서 넘어졌다 다시 일어났다 했다.

　잠깐 있노라니 누군가가 뒤에서 오더니 바로 내 옆에 섰다. 나는 그를 돌아다보지 않았다. 그러나 나는 퍼뜩 그가 바로 그리스도라는 생각을 했다.

　감동이랄까, 호기심이랄까, 공포감이랄까, 갑자기 여러 생각이 내 마음을 사로잡았다. 나는 용기 내어 내 옆에 서 있는 그이를 쳐다봤다.

　누구하고나 똑같이 생긴 얼굴이었다. 모든 사람들의 얼굴과 조금도 다를 바가 없었다. 그의 눈은 고요하고 조심스레 위를 올려다본다. 입술은 다물었으나 꽉 다문 것이 아니고, 윗입술을 아랫입술 위에다 살금 마주 댄 것이었다. 짤막한 윗수염은 두 갈래로 갈렸다. 두 손은 서로 포갠 채 옴쭉을 안 했다. 그리고 그가 입은 옷마저도 여느 사람 것들과 똑같았다.

　'이 사내가 그리스도라니?' 나는 생각했다. '이렇게 평범하고도 평범한 사람이—이이가 그리스도일 수는 없어!'

　나는 돌아섰다. 그러나 이 평범한 사내에게서 눈을 돌릴 수 없었다. 왜냐하면 내 옆에 서 있는 그리스도 말고는 어느 누구도 그리스도가 아니라는 것을 다시금 느꼈기 때문이다. 나는 다시 용기를 내어 뒤돌아보았다. 똑같은 얼굴, 여느 모든 사람들의 얼굴과 다를 바가 없는 얼굴이었다. 처음 보는 얼굴이었지만 날마다 보는 똑같은 얼굴이었다.

　갑자기 내 가슴이 철렁 내려앉으면서 나는 꿈에서 깨어났다. 그때 나는 비로소 그런 얼굴—모든 다른 사람들의 얼굴과 똑같은 그러한 얼굴이야말로 그리스도의 얼굴이라는 것을 알게 되었다.

(1878년 12월)

바위

당신은 바닷가에서 오래된 잿빛 바위를 본 적이 있나요. 화창한 어느 봄날 만조 때 세찬 파도가 사방에서 밀려들어 그 바위 때리는 것을 본 적이 있나요. 밀려와선 때리고 희롱하며, 반짝이는 물거품을 진주알처럼 흩뿌리며, 이끼 낀 바위를 씻어 내리는 것을 본 적이 있나요?

바위는 언제 보아도 변함없는 그 바위이지만, 그 암회석 표면에는 빛나는 색깔이 아롱져 있다.

그것은 아득한 옛날을 얘기해 주는 것이다. 녹아내린 끈적끈적한 화강암이 굳기 시작해서 현란한 불길을 뿜으며 이글이글 타오르던 그 시절을.

매한가지로 얼마 전 젊은 여성들의 마음이 밀려와 내 늙은 가슴을 감싸안고 산산조각 내버렸다. 그들의 그 사랑스러운 애무의 파도 아래 내 마음은 빨갛게 물들었다. 그것은 이미 예전에 바래 버린 색깔이며, 지난날 타오르던 불길의 자취일 따름인 것을!

파도는 밀려갔으나 그 색채만은 아직도 바랠 줄을 모른다. 지독하게 거친 바람 속에서도.

(1879년 5월)

비둘기

나는 비탈진 언덕배기 꼭대기에 섰다. 내 앞엔 익을 대로 익어서 금빛, 은빛 바다를 이룬 보리밭이 펼쳐져 있었다.

바다엔 잔물결 하나 일지 않고, 대기에도 숨막힐 듯 바람 한 점 없는 것을 보면 아마 금세라도 소나기가 퍼부을 작정인가 보다.

해는 아직 주위에 어스레하게 비치고 있었다. 그러나 보리밭 저편 멀지 않은 곳엔 검푸른 소나기구름이 뭉게뭉게 떠오르며 지평을 절반이나 덮어 버렸다.

모든 것이 잠잠하다. 모든 것들이 마지막 낙조에 풀이 죽었다. 새들은 보이지 않을 뿐만 아니라 어디서도 지저귀는 소리조차 들리지 않는다. 참새들마저 어디론가 숨어 버렸다. 다만 가까운 어디에선가 키가 큰 우엉 잎사귀가 아직 지지 않은 채 바스락거리며 수런거릴 따름이었다.

밭 울타리 안에서 다북쑥 냄새가 얼마나 진하게 나던지 코를 찌른다! 검푸른 구름 덩이를 바라보니 내 가슴은 어딘지 모르게 편치 않았다.

"내리려면 빨리 쏟아져라. 빨리!" 나는 마음속으로 이렇게 외쳤다. "번개야 번쩍거려라, 천둥아 우르릉거려라! 움직여라, 서둘러라, 저 불길한 소낙 구름아, 한바탕 쏟아부어라. 그래서 이 근심 걱정을 말끔히 없애다오!"

그러나 소나기구름은 움직일 줄 모른 채, 죽은 듯이 고요한 대지를 답답하게 내리누르더니 차차 통통 부어오르며 사방이 어두워져 갔다.

이때 시커먼 구름 사이로 무언가가—흰 손수건 같기도 하고 한 줌의 눈 같기도 한 것이 너울너울 날아갔다. 그것은 다름 아닌 시골집에서 날아오는 한 마리의 흰 비둘기였다.

그것은 쏜살같이 곧추 날아가더니 숲 속에 몸을 처박고 만다. 잠깐 지났을까, 아직까지도 그 잔혹한 정적이 대지를 내리누르고 있다. 그러나 저걸 보게나! 손수건 두 장이, 또 두 줌의 눈이 오던 길을 되돌아간다. 아까 날아간 비둘기는 이제 두 마리가 되어 깃을 치며 제 둥우리를 찾아 돌아가는 것이었다.

드디어 소나기가 쏟아지기 시작한다. 그리고 야단법석이 시작됐다! 나는 부랴부랴 어렵사리 집으로 돌아왔다. 바람은 미친 듯이 울부짖고, 여기저기서 법석인데다 갈가리 찢긴 빨간 구름이 낮게 날아간다. 그 구름의 조각 조각난 품은 마치 우는 모습처럼 보인다. 모두가 어쩔 줄 몰라 뒤죽박죽이다. 몰아친 비는 무섭게 급류를 이루어 굽이치면서 흘러 곧추섰던 나무들이 쓰러졌다. 번개의 파란 불빛 때문에 도대체 앞이 안 보인다. 천둥이 마치 대포를 연방 쏘아 대는 듯이 으르렁대고, 공중에는 유황 냄새가 가득했다.

무심코 지붕 아래 차양 쪽을 바라다보니 지붕 창 위에 흰 비둘기가 두 마리 나란히 앉아 있지 않은가.

처음 숲 속에 몸을 처박았던 놈과 뒤에 그놈을 찾아 나섰던 놈이 함께 온 것이다, 위험을 간신히 모면하면서. 그들은 서로가 날개를 맞대고 깃털을 쓰다듬는다.

그들은 행복하다! 나도 그들을 보면서 행복하다. 혼자이지만, 언제나 혼자이지만.

(1879년 5월)

내일 또 내일

지나가는 거의 모든 하루하루가 왜 그렇게도 허망하고 무기력하고 쓸모없는 것일까! 뒤에 남겨놓은 발자취들은 도대체 얼마나 되나! 그 한 시간 한 시간이 얼마나 무의미하게 바보스럽게 지나가 버리냔 말이다!

그런데도 사람들은 살아 있기를 바라 마지않는다. 삶을 소중히 여기려 그 삶에, 소망에, 자기 자신에, 미래에 희망을 건다. 오, 그대는 장래에 어떠한 축복이 내릴 것인지를 찾아 헤매는가! 그러나 사람들은 앞으로 다가올 날들이 방금 지나가 버린 날들과 다를 것이라고 상상하는 것일까?

그렇다. 사람들은 그런 것을 상상하지 않는다. 인간은 본디 사고하기를 좋아하지 않는다. 잘하는 일이다.

"자, 내일은, 내일만은!" 그러면서 사람들은 자신을 위로한다. 그 '내일'이란 것이 그들을 무덤 속으로 데려다 주는 그날까지.

그리고 무덤에 일단 들어가고 나면 다른 선택도, 생각의 여지도 없어져 버린다.

(1879년 5월)

자연 (自然)

나는 높고 둥근 지붕으로 되어 있는 거대한 지하 사원으로 들어가는 꿈을 꾸었다. 그곳에는 지하에 어울리는 고른 불빛이 사방에 쫙 퍼져 있었다.

사원 방의 한가운데에는 물결 무늬의 초록빛 옷을 입은 한 여인이 근엄한 표정을 하고 앉아 있었다. 그녀는 손으로 머리를 괴고 무엇인가 골똘히 생각에 잠겨 있는 듯이 보였다.

첫눈에 나는 그녀가 '자연'이라는 것을 알아차렸다. 그러자 경건한 두려움

탓에 사뭇 떨리고 내 마음속 아주 깊은 곳까지 이내 전율이 일었다.

나는 앉아 있는 그 여인에게로 다가가서 공손히 절을 했다.

"오, 보잘것없는 우리 모두의 어머니시여!" 나는 큰 소리로 외치며 물었다. "무엇을 그리 깊이 생각하고 계십니까? 혹시 인류 미래의 운명에 대해서 고심, 숙고하시는 것은 아닌지요? 또는 어떻게 하면 인류를 가능한 한 최고의 완성과 행복의 경지에 도달하게 할 수 있을까 생각하는 것은 아니신지요?"

여인은 시커멓고 무서운 눈길을 나에게로 천천히 돌렸다. 그녀의 입술이 움직이는가 했더니, 쩌렁하고 무쇠 소리 같은 커다란 목소리가 들렸다.

"나는 벼룩의 다리 근육을 어떻게 하면 더 힘이 세게 할 수 있을까를 생각하고 있지. 벼룩이 자기 적으로부터 더 쉽게 도망칠 수 있도록 말이야. 이젠 공격과 방어의 균형이 깨져 버렸거든…… 다시 복원되지 않으면 안 돼."

"뭐라고요?" 나는 더듬거리며 물었다.

"아니 그런 것까지 생각하고 계십니까? 하지만 우리 인류는 당신께서 가장 사랑하시는 자식들이 아닙니까?"

여인은 슬며시 눈살을 찌푸렸다.

"이 세상 모든 창조물들이 모두 내 자식들이지. 나는 무엇 하나, 누구 하나 없이 똑같이 그들을 보살펴 주고, 또 모두 똑같이 멸망시키기도 하지."

"그렇다면 선은…… 이성은…… 정의는……." 나는 다시 더듬으면서 말했다.

"그런 건 인간들이 하는 말이지." 무쇠 소리가 쩌렁 울려 퍼졌다. "나는 선도 악도 몰라…… 이성이라는 것도 나에게는 무슨 법률 같은 것도 아니고 …… 정의라니…… 나는 너희에게 생명을 주었어. 나는 그 생명을 거둬 가지곤 다른 것들한테 주는 거야. 지렁이도 좋고, 사람도 좋고…… 나는 신경 쓰지 않는다…… 그러니 너희는 너희대로 자신이나 지키도록 하고, 나한테 훼방은 놓지 마라."

나는 뭐라고 대꾸하려 했다. 그러나 이때 갑자기 땅이 흔들거리며 으르렁 무서운 소리가 나서 나는 꿈에서 깼다.

(1879년 8월)

항해(航海)

　나는 조그만 기선(汽船) 편으로 함부르크에서 런던으로 가고 있었다. 나와 조그만 원숭이 암컷 한 놈이 승객의 모두였다. 이 원숭이는 함부르크에 사는 한 장사꾼이 그의 영국 친구에게 선물로 보내는 것이었다.

　이놈은 가느다란 쇠사슬로 갑판 위 한구석에 단단히 비끄러 매어 놓았는데, 이리저리 쉴 새 없이 왔다 갔다 하는가 하면 낑낑거리면서 마치 새처럼 구슬픈 목소리로 울었다. 그리고 내가 그 옆을 지날 때마다 작고 까맣고 찬 손을 불쑥불쑥 내미는 것이었다. 그리고 놈은 사람이나 다름없는 처량한 눈빛으로 나를 쳐다보곤 했다. 내가 놈의 손을 잡아 주면 이내 낑낑거리던 것을 멈추고 쉴 새 없이 왔다 갔다 하던 짓도 멈추었다.

　죽은 듯이 고요한 바다는 마치 납 빛깔의 피륙을 넷 에움에 깔아 놓은 듯했다. 그래서 바다는 좁다랗고 작아 보였다. 그것은 바다 위에 짙은 안개가 뒤덮이고 돛대 꼭대기가 어디 붙었는지조차 알 수 없을 정도로 구름이 잔뜩 끼어 있었기 때문이다.

　자욱하게 낀 구름이 눈을 어지럽히고 피로하게 했다. 해는 자욱한 구름 속에 묻혀 불그스레하게 부예지고 저녁을 앞두고서인지 야릇하고 신비스럽고 짙은 붉은빛을 냈다.

　탐탁스럽고 묵직한 바다에서나 볼 수 있을, 기다랗고 똑바른 주름살이 뱃머리 쪽에 하나둘 생기면서 밭이랑처럼 차차 널따랗게 퍼지다가는 그만 평평해지면서 이리저리 흐늘대다가 스러져 버린다. 거품은 뱃머리에 부딪쳐서 이리 돌고 저리 몰리면서 하얗게 빛나며 굼실대는 뱀과도 같은 큰 파도에 휘말려 깨어지면서 하나가 되었다가 안개 속으로 스러져 버린다.

　원숭이가 그치지 않고 서러운 소리를 내듯이 배의 고물에서도 작은 종소리가 울려 댄다.

　때로 물범이란 놈이 물 위로 쑥 올라와서 한 바퀴 휘돌다가는 별로 물결도 일으키지 않는 채 다시 물속으로 자취 없이 돌아가고는 한다.

　햇볕에 그을려 얼굴이 까매진 선장은 말이 없는 사람으로 짧은 파이프 담배를 즐긴다. 그 선장은 흐릿하고 정체된 바다에다 대고 퇴퇴하고 침을 뱉었다.

선장한테 이러쿵저러쿵 말을 걸어 보았으나 그는 도무지 들어맞지 않는 대답만 할 뿐이었다. 나는 하는 수 없이 유일한 동행친구인 원숭이와 가까이 지낼 도리밖엔 없었다.

내가 놈의 옆에 앉으면 놈은 서러운 울음소리를 뚝 그치고 여전히 그의 손을 내게 내민다.

안개는 조금도 걷히지 않아 폭폭 졸리게 하는 습기에 함빡 젖어서 우리는 알지 못하는 동안 마치 오빠와 누이같이 서로 옆에 앉았다.

나는 지금 미소 짓지만 그때는 다른 느낌이었다.

우리는 모두 한 어머니의 자식들이다. 그 가련한 조그만 동물이 그렇게도 나를 믿고 얌전하게, 정말 오빠를 대하는 듯이 의지가지 없이 믿어 주던 것이 여간 유쾌하지 않았다.

(1879년 11월)

N. N

조용히, 그리고 우아하게, 울지도 웃지도 않고 그대는 인생의 오솔길을 간다. 그대는 무엇을 보든 대수롭지 않다는 듯이 시치미를 뚝 뗀다.

그대는 선하며 총명하다. 모든 것이 그대와는 인연이 멀다. 그대가 필요로 해서 거들떠 본 사람은 아무도 없다.

그대는 아름답다. 그대가 자신의 아름다움을 뽐내고 있는지 아닌지에 대해서 말할 수 있는 사람은 아무도 없다. 그대는 동정심이란 없다. 그대 자신이 동정을 원하지도 않는다.

그대의 눈빛은 깊다. 그리고 그 눈빛 속엔 생각이란 없다. 그러므로 그 눈빛의 맑고 깊음은 공허하다.

샹젤리제의 큰길을 글루크의 엄숙한 멜로디와 함께 아리따운 그림자는 슬픔도, 기쁨도 없이 지나갔다.

(1879년 11월)

머무르라

머무르라! 내가 지금 보는 그대로 오래도록 내 기억 속에 머무르라!

그대의 입술에서 마지막 영감의 가락은 찢겨 버리고, 그대의 눈에는 빛도 광채도 사라지고 말았다. 눈이 침침해지고 어스레해진 것이다. 그것은 바로 행복감에 눌려서 그리된 것이다. 그대가 아름다움을 표현했다는 축복감 때문에 그리된 것이다. 아름다움, 그대가 손을 내밀어 동경해 마지않는 아름다움을 더듬어 찾고, 의기양양해하는 사이에 그대의 손은 피곤해지고 눈은 빛을 잃고 광채를 잃게 된 것이다.

태양의 광휘보다 더 순수하고 고상한 것이 무엇인가. 그대의 팔다리나 온몸을 감싸고 있는 옷의 주름살까지도 환하게 비추어주는 빛이 아니던가?

어떤 신의 애무의 숨결이 그대의 흐트러진 머리카락을 나부끼게 하는가?

신의 입맞춤은 지금 대리석같이 하얀 그대의 이마 위에다 불을 놓는다.

이것은 이제까지 숨겨졌다 알려진 신비, 시(詩)의 신비, 인생의 신비, 사랑의 신비! 이는 바로 불멸 그 자체이다! 이 밖에 불멸이란 없고 또 필요치도 않다. 이 순간, 바로 그대가 불멸이다.

이 순간이 지나가면 그대는 한 덩어리의 흙, 한 개의 여성, 한 개의 어린애밖에 안 된다. 아무리 그렇다기로서니 그것이 그대에게 대수로운 일이랴!

이 순간 그대는 모든 것을 초월하여 유전(流轉)하는 모든 것이나 무상(無常)한 모든 것과는 떠났다. 그대의 이 순간만은 영구 무한이다.

머무르라! 당신의 불멸 불사 중에서 내 몫도 나누어 주렴. 내 영혼 속으로 그대의 영원의 빛을 쏟아넣어 주렴.

(1879년 11월)

수도사

나는 은자(隱者)요 성자(聖者)인 수도사 한 분을 압니다. 그는 오로지 기도자의 유열(愉悅)만을 위해서 삽니다. 너무도 기도에 몰두하여 하고 많은 세월을 예배당의 차디찬 마루 위에서 지낸 탓인지 무릎 아래 다리는 나무토

막같이 딱딱하고 곱아서 감각을 잃어버렸습니다. 그러나 그는 그걸 느끼지 못한 채로 서서 기도만 올렸습니다.

나는 그를 잘 이해할 뿐만 아니라 아마도 그를 부러워했는지도 모릅니다. 내가 비록 그와 같이 심오한 신앙에는 도달할 수 없을지언정 그 역시 나를 이해하여 나에게 힐난하거나 책망하지는 않았습니다.

그는 자기 자신을 없애는 데 성공했습니다. 그가 가장 증오하는 자아(自我, ego)를 뽑아버리는 데에 이르렀습니다. 그러나 내가 이처럼 기도하지 않는 것은 이기(利己) 때문은 아닙니다.

나의 자아가 나 자신에게는 아마 수도사의 자아가 그 자신에 대한 것 이상으로 더 부담스럽고 더 싫은 것이었는지 모릅니다.

그는 자신을 잊어버리는 방법을 알았습니다. 나도 지속적이거나 변변한 것은 아닐지라도 그 멸아의 방법을 알았습니다.

그는 거짓말을 안 합니다. 나도 안 합니다.

(1879년 11월)

더 싸우리

아주 사소한 일이 때로는 사람들 전체를 뒤바꿔 놓을지도 모른다!

어느 날 나는 잔뜩 울적한 상념에 싸여 큰길을 걷고 있었다.

내 가슴은 침울한 예감에 눌려 나는 실의와 낙담에 압도되었다.

나는 머리를 쳐들었다. 두 줄로 늘어선 키 큰 포플러나무 사이로 길이 화살처럼 멀리 치닫고 있었다.

그리고 이 길 저 넘어 내 걸음걸이로 열 걸음쯤 될까 말까 하는 곳에 한 가족의 참새 떼가 반짝이는 여름 햇살을 받으며 한 줄로 늘어서서 깡충거리며 뛰놀고 있었다. 민첩하고 즐겁고 자신만만하게!

특히 그중 한 마리는 모이주머니를 불룩하게 부풀려 가지곤 대담스레 지저귀면서 대열에서 벗어나고 있었다. 그 모습은 마치 영웅적인 작은 정복자 같아 보였다.

그러는 사이에 머리 위 높은 하늘엔 커다란 매 한 마리가 원을 그리며 날고 있었다. 어쩌면 매는 바로 이 정복자를 잡아먹게끔 운명 지워져 있는지도 모른다.

나는 이 모습을 보자 웃음이 터져 나왔다. 그래서 몸을 흔들면서 웃어댔다. 순식간에 울적하던 마음은 사라지고 용맹심이, 삶의 의욕이 새로이 샘솟아 올랐다.

나의 매여, 날고 싶으면 얼마든지 날아라. 내 머리 위를.

우리는 더 싸우리라. 무서울 게 무어람!

(1879년 11월)

기도

사람들이 하는 기도란 한결같이 무엇이든지 기적이 일어나길 바라는 것이다. 모든 기도는 결국 이렇게 귀결된다. "거룩하신 하느님이시여! 2 곱하기 2는 4가 되지 않도록 해주시옵소서."

오로지 이런 기도라야 사람이 사람한테 전하는 진정한 기도인 줄로 안다. 전세계의 영혼에 빌고, 하늘에 신에게 빌고, 칸트나 헤겔의 순수한 형상없는 신에게 비는 것은 불가능한 일로서 생각지 않는 것이다.

그러나 생명이 있고, 형체가 있고 인격이 있는 신이라면 2 곱하기 2는 4가 되지 않게 할 수 있을까.

모든 신자는 "그럴 수 있다"고 대답해야겠고, 또 그렇게 믿지 않아서는 안 될 것이다.

그러다가 만일 이성이 이것은 황당무계한 것이라고 반대하면 어떻게 할까.

그때에는 셰익스피어가 "이 천지간에는 여러모로 모를 일이 더 있느니라. 호레이쇼여"하면서 도와줄 것이다.

그러나 만약 진리를 방패로 다시 반박당하면 그때에는 저 유명한 질문을 반복하면 된다. "그래 도대체 진리란 무어냐?"고.

그러면 우리는 또 잔을 들고 노래를 부르며 기도를 드리지 않겠는가.

(1881년 6월)

사랑으로

모든 감정은 사랑으로, 정열로 이끌어질 수 있다. 증오도, 연민도, 냉담도, 존경도, 우정도, 공포도— 그리고 멸시까지도. 그렇다, 감정이란 감정은 모두…… 단 하나의 감사만을 빼놓고.

감사는—부채. 사람은 누구나 부채를 갚는다…… 그러나 사랑은—돈이 아니다.

(1881년 6월)

소박

소박함이여! 수수함이여! 사람들은 너를 가리켜 성스럽다고 한다. 그러나 성스럽다는 것은—이미 인간 세상의 일이 아니다.

겸손—이것이라면 좋다. 겸손은 오만을 짓눌러 승리를 거둔다. 그러나 명심하라. 바로 그 승리의 감정 속에는 벌써 오만이 깃들여 있다는 것을.

(1881년 6월)

너는 울었다

너는 울었다, 나의 불행을 보고. 나도 울었다, 나를 슬퍼하는 너의 동정이 가슴에 사무쳐서.

그러나 너는 너 자신의 불행 때문에 운 것이다. 단지 너는 그 불행을 내게서 보았을 뿐인 것이다.

(1881년 6월)

러시아 말

회의(懷疑)의 날에도, 조국의 운명을 생각하며 번민하는 날에도 그대 혼자만이 나의 지팡이요 기둥이었느니라. 위대하고도 진실하고 자유분방한 러시아 말이여! 만일 그대가 없었다면 지금 바로 이 조국에서 일어나고 있는 모든 것을 보고 어찌 절망에 빠지지 않을 수 있으리오. 그러나 이러한 러시아 말이 위대한 국민에게 주어지지 않았다고 믿을 수는 없지 않을까.

(1882년 6월)

나의 나무들

대학 시절 나는 한 친구로부터 편지를 받았다. 그는 부유한 지주였고 귀족이었다. 그는 나를 자기 영지로 초대했다. 나는 그 친구가 오랫동안 병을 앓고 있고, 눈이 먼 데다 중풍까지 곁들여 걸음마저도 제대로 옮기지 못한다는 것을 알고 있었다……. 나는 그를 만나러 갔다.

나는 넓은 정원의 한 가로수 길에서 그를 만났다. 여름인데도 그는 털외투를 입고 있었고, 초록 양산을 눈 위까지 가린 조그만 사륜차에 그 꼬부라진 허약한 몸을 싣고 있었다. 그 뒤에서는 화려한 제복 차림의 두 하인이 그를 밀고 있었다.

"참 잘 와주었소." 그는 무덤 속에서 나오는 듯한 목소리로 말했다.

"조상 대대의 나의 땅에, 천 년 수령의 나의 나무 그늘 밑에!"

그의 머리 위에는 천 년이나 묵은 듯한 아름드리 떡갈나무가 울울창창하게 가지를 뻗고 있었다. 나는 속으로 생각했다. '오오, 천 년 수령의 거목이여, 들었는가. 죽음을 앞둔 지렁이가 너의 뿌리 밑을 기어다니면서 그대를 가리켜 나의 나무라고 부르는 것을!'

바로 이때 바람이 불어 거목의 울창한 나뭇잎이 살랑살랑 흔들렸다……. 그것은 마치 떡갈나무 거목이 나의 생각이나 환자의 자화자찬에 대해 상냥하고도 조용한 웃음으로 대답하는 듯이 느껴졌다.

(1882년 11월)

투르게네프의 생애와 문학

투르게네프의 생애와 문학

러시아 대자연이 낳은 위대한 문호

이반 세르게예비치 투르게네프(Ivan Sergeyevich Turgenev)는 러시아문학이 낳은 수많은 천재들 속에서도 우아한 예술적 향기와 미에 대한 섬세한 감각, 풍부한 필치, 예리한 관찰력을 지닌 소설가이며 시인이다. 투르게네프가 고결한 의미의 사실주의자라고 불릴 수 있는 이유는 그가 육체의 문제가 아닌 영혼의 문제를 다루고 있기 때문이다. 어느 누구도 사랑의 열정을 그처럼 성공적으로 분석하지는 못했다. 그의 관심은 육체적 사랑이 아니라 마음속에서 자라나는 사랑에 있었다. 그런 점에서 그는 비록 타협을 모르는 사실주의자이기도 했지만, 진정한 의미의 시인이었다. 그래서 영국의 비평가 로이는 "투르게네프를 읽을 때면 우리는 늘 그가 말하고 있는 것은 진실한 것이라고 느끼게 된다. 그것이 인생 그 자체이기 때문이다. ……그의 작품을 읽는다는 것은 단순히 정신적으로 자극받을 뿐 아니라 순화되고 고결해짐을 의미한다" 말하고 있다. 그 시대 푸시킨·레르몬토프·고골리는 러시아문학을 창시했지만 서유럽에는 거의 알려지지 않은 작가들이었다. 러시아 작가를 서유럽에 알리는 데 장애가 되었던 언어라는 장벽을 허물어 버린 것은 투르게네프·톨스토이·도스토옙스키였다.

그들 중에서도 투르게네프는 가장 먼저 외국에 알려지고, 가장 많이 읽힌 작가로 손꼽힌다. 물론 그 뒤 톨스토이와 도스토옙스키의 명성이 높아지면서 투르게네프는 뒤안길로 밀려난 듯했지만, 위대한 평론가 쿠로포트킨도 말했듯이, 투르게네프는 소설의 예술적 구성·완성·미의 관점에서 여전히 19세기 최대의 소설가이다. 투르게네프의 작품 속에서는 톨스토이나 도스토옙스키의 작품에서와 같이 놀라움을 느끼거나 두려움을 느끼지는 않는다. 다만 그의 작품에 완전히 미혹될 따름이다. 바로 여기에 인간으로서, 예술가로서의 진정한 투르게네프의 모습이 있다 하리라.

투르게네프의 아버지 세르게이 니콜라예비치(왼쪽)와 어머니 바르바라 페트로브나(오른쪽)

투르게네프는 1818년 11월 9일 모스크바 남부 스파스코예 마을의 부유한 지주 집안에서 태어났다. 그러나 그는 "회초리와 윽박 속에서 자랐다"고 할 정도로 불행한 소년 시절을 보내야만 했다. 투르게네프의 예술을 이해하기 위해서는 먼저 그의 어머니의 전기를 알아둘 필요가 있다. 가정적인 요소가 작품활동에 절대적인 영향을 끼치기 때문이다.

투르게네프의 어머니 바르바라는 머리가 좋고 교양 있는 여자였으나 변덕쟁이며 권세욕이 많았다. 어릴 때 아버지를 여의고 의붓아버지의 손에 자랐는데, 너무나 못생기고 성격이 활달하지 못한 그녀는 의붓아버지와 화목할 수가 없었다. 냉소·모욕·학대, 이것이 불행한 고아에게 주어진 유산이었다. 그녀는 열네 살 때 숙부의 집으로 옮겨갔으나 거기서도 따스한 피난처를 찾을 수 없었다. 숙부는 부자였지만 독신이며 성급하고 난폭한 사람이어서 20년 동안 조카를 구박만 했다.

바르바라가 서른세 살 되던 해에 이 부유한 숙부가 갑자기 세상을 떠났다. 유산을 상속할 자손이 그녀밖에 없었으므로 1천 명 농노를 거느린 영지가 그녀의 몫이 되었다. 하루아침에 백만장자가 된 것이다. 그러자 그때까지 아무도 거들떠보는 사람이 없었던 이 노처녀에게 여기저기에서 구혼이 쏟아져 들어왔다. 그녀는 그중에서도 자신보다 여섯 살 아래이며 가장 얼굴이 잘생긴 세르게이 니콜라예비치 투르게네프와 결혼했다.

투르게네프 집안은 본디 지체 높은 가문이었지만, 130명의 농노를 거느린

열두 살 때 투르게네프(1830)   스물여덟 살 때 투르게네프(1846)

소지주였으며 세르게이는 군인이었다. 그는 순전히 그녀의 재산을 보고서 결혼했기 때문에 여섯 살이나 손위인 아내에게 남편으로서의 의무를 지킬 리가 없었다. 둘 사이는 원만하지 못했다. 세르게이는 바깥으로 나돌았으며 혼외정사를 일삼았다. 그러므로 남편을 진심으로 사랑한 바르바라의 심적 고통은 이루 말할 수 없었다. 그녀는 타오르는 질투를 억제할 수 없어 때로는 남편에게 대들기도 했으나 대개 혼자서 속을 태울 수밖에 없었다. 따라서 집안에는 풍파가 그치지 않았고, 이것은 바르바라의 히스테리를 더욱 부추길 뿐이었다. 그리고 그녀의 질투와 초조는 언제나 아들 투르게네프에 대한 욕설과 호된 매질로 이어졌다. 바르바라의 히스테리는 1834년 남편이 세상을 떠나자 더욱 심해졌다. 그녀는 하인과 농노가 조그만 실수라도 하면 참혹한 체형을 가하고 멀리 시베리아로 유배를 보내기도 했다.

그러나 투르게네프의 아버지 세르게이는 단순한 바람둥이는 아니었다. 열병을 앓을 정도로 진정한 사랑을 몇 차례 경험한 적도 있었다. 《첫사랑》의 마지막 부분에서 '여자의 사랑을 조심하거라. 여자의 사랑에 담긴 행복과 독을 조심하거나' 경고한 블라디미르의 아버지 표트르 바실리예비치에게서 세르게이의 흔적을 찾을 수 있다.

파리에 있는 폴랭 비아르도의 살롱 투르게네프는 프랑스 파리가 제2의 고향이라 할 만큼 오래 머물며 많은 외국 작가들과 친교를 가졌다. 〈타블로이드 드 파리〉에 실린 텍시에의 판화(1852)

이상과 같은 전기적인 사실에서 《첫사랑》의 아버지 표트르 바실리예비치가 투르게네프의 아버지이고, 그 아들이 투르게네프 자신이라는 것을 알 수 있을 것이다.

한편 소년시절 투르게네프의 마음속에 커다란 영향을 준 것은 아름다운 러시아의 대자연이었다. 싸늘한 가정을 피하여 고독한 몽상에 젖으면서 숲과 들판을 방황한 투르게네프는 자연의 비밀을 투시할 눈을 기르게 되었으며, 그는 이때부터 자유를 빼앗긴 농노를 동정하기 시작했다. 투르게네프는 이때의 추억을 중편소설 《푸닌과 바부린》 속에 잘 반영해서 농노의 모습을 영원히 간직케 하고 있다.

투르게네프는 그 시대 귀족이나 지주 자녀들의 관례대로 어렸을 때 가정교사에게서 영어·독어·프랑스어 등 외국어를 배웠으며, 1827년 가족과 함께

모스크바로 이사하여 모스크바 대학
문학부에서 공부했고, 1834년 다시
가족과 함께 상트페테르부르크로 옮
겨가 상트페테르부르크 대학에서 역
사·언어학 등을 배웠다.

학생 시절부터 시를 썼으며, 셰익
스피어와 바이런의 작품을 번역하기
도 했다. 스무 살인 1838년 독일 베
를린 대학에서 하이네·바이런을 비
롯 그리스 고전을 연구하고 역사·언
어학·철학, 특히 헤겔철학에 열중했
다. 헤겔 좌파의 대표적 유물론자인
포이어바흐에 심취하기도 했다. 또

1841년경의 폴랭 비아르도

한 프랑스 문화를 사랑했으며, 이탈리아 문화유산에 대해서도 찬사를 아끼
지 않았다. 그 무렵 그는 진보적 사상을 가진 준재들과 친교를 맺고 그 뒤
일생 동안 서유럽파로서의 신념을 바꾸지 않았다.

여러 해에 걸쳐 문필 생활을 하는 동안 다른 작가들과는 어울리지 못했다.
톨스토이며 도스토옙스키와의 알력은 유명하며, 이 밖에 곤차로프, 네크라
소프 등과도 사이가 좋지 않았다.

투르게네프는 생애의 대부분을 외국에서 보냈다. 특히 프랑스는 제2의 고
향이라 할 만큼 그곳에서 오래 생활했기 때문에 많은 외국 작가들과 친했다.
파리에서 가깝게 지낸 프랑스 작가로 메리메, 공쿠르 형제, 도데, 졸라, 모
파상, 플로베르 등이 있다. 특히 플로베르는 둘도 없는 친구였다. 그러나 그
가 프랑스에 머물게 된 것은 비아르도라는 여가수 때문이었다. 그녀를 처음
알게 된 것은 음악여행 도중 상트페테르부르크에 들렀을 때였지만, 죽을 때
까지 38년 동안이나 짝사랑을 했다. 비아르도 부인은 남편과 함께 행복한
사랑의 보금자리를 이루고 있었는데, 투르게네프는 그 가정의 친구로서 끝
까지 깨끗한 교제를 이어가면서 일생을 독신으로 마쳤다. 끝내 못 이룬 사랑
을 가슴 깊이 간직한 채 삶을 마칠 때까지의 애절한 고독감은 그의 편지 속
에 잘 나타나 있지만, 《아샤》·《파우스트》 같은 작품에서 더욱 뚜렷이 암시되

19세기 상트페테르부르크, 네프스키 대로 풍경 왼쪽은 시 참사회관. 국립역사박물관 소장.

고 있다.

투르게네프의 문학이 거의 동시대에 나온 고골·도스토옙스키·톨스토이에
비해서 현저하게 국제적인 시야를 가지고 있는 것은 작품 대부분을 외국에
서 썼기 때문일 것이다. 따라서 고골 등이 격동하는 조국의 물결 속에서 자
기 문학세계를 만들어 간 데 반해서, 투르게네프는 외국에서 작품활동을 주
로 했기 때문에 러시아를 보는 눈이 자칫 피상적으로 되기 쉬웠지만, 그 반
면에 냉정하고 정확하며, 특히 사물의 핵심을 날카롭게 투시할 수 있는 안력
을 유지할 수 있었다.

문학의 바다에 고귀한 진주 《첫사랑》

1860년에 발표한 중편 《첫사랑》은 진주 같은 고귀한 분위기와 완성도를
지닌 작품이며 그의 자전적인 이야기를 담고 있다.

1860년대라 하면 투르게네프 자신의 장편을 시작으로, 도스토옙스키의
《죄와 벌》(1866)과 《백치》(1868), 톨스토이의 《전쟁과 평화》(1865~69)
등, 거대한 원석이라 할 만한 러시아 문학사상 대작이 차례로 세상에 나온

시기이다.

그중에서 《첫사랑》은 작지만 존재감이 뛰어난 작품으로서 그의 탐미적인 면모를 물씬 풍기고 있다. 톨스토이와 도스토옙스키도 '부러움을 느낄' 정도였던 이 작품 속에는 사랑에 눈뜬 열여섯 소년의 순결한 정열과 마음의 갈등이 아름답게 묘사되어 있다.

《첫사랑》은 다른 어느 작품보다 작가 자신이 아꼈던 행복한 소설이다. 나이가 들고 나서 그는 이 작품에 대해 각별히 이렇게 말하고 있다.

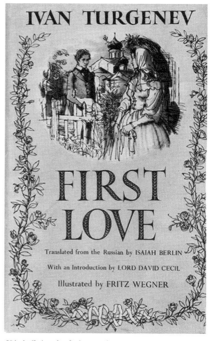

《첫사랑》(초판 발행 1860)
런던, 1956년

이것은 지금까지 나에게 기쁨을 가져다준 유일한 작품이다. 왜냐하면 그것은 인생 그 자체일 뿐, 만들어진 것이 아니기 때문이다…….《첫사랑》은 몸소 체험한 것이다.

여기서 말하는 대로 투르게네프의 다른 소설 특히 장편에 비하면, 《첫사랑》은 인위적이고 도식적인 부분이 거의 느껴지지 않는 '자연'이고, 독자는 사랑에 빠진 주인공에게 순순히 감정이입을 할 수 있다. 작가는 실제로 이 이야기와 같은 경험을 했다고 말했으며, 대부분의 전기작가가 그것을 확인하고 있다.

그러나 독자들이 시대를 초월해 《첫사랑》을 읽고 사랑하는 것은 분명히 투르게네프의 '자서전적 소설'이라는 이유 때문만은 아닐 것이다. 그럼 《첫사랑》에는 어떠한 배경과 특징이 있는 것일까?

《첫사랑》의 사회학

《첫사랑》을 발표한 1860년대는 러시아 문단의 전성기이자 투르게네프의 창작 활동 절정기로서, 대표 4대 장편인 《루딘》(1856), 《귀족의 보금자리》

《그 전날 밤》 원고(1860년 발행)

(1859), 《그 전날 밤》(1860), 《아버지와 아들》(1862) 모두 이즈음에 발표되었고, 작가로서의 명성도 아주 높아졌다.

이즈음의 사회로 눈을 돌리면, 러시아의 후진성을 상징하는 농노제가 폐지되었다. 분명 농노해방은 '위로부터의 개혁'이고 여러 문제를 남겼지만, 투르게네프가 어린 시절부터 마음 아파했던 사회의 폐해에 칼을 들이대게

부지발에 있는 투르게네프의 산속 별장

되는 기념될 만한 일이었다.

다시 말해서 개인적으로 볼 때 작가로서 왕성하게 활약한 시기였을 뿐만 아니라, 사회 또한 자유에 한 걸음 다가간 고양된 환경에서 《첫사랑》이 태어난 것이다.

그러나 이 작품에는 사회사상이 그대로 다뤄지지 않고, 오히려 억압되어 블라디미르라는 소년의 사적인 체험에 초점이 맞춰져 있다. 억제의 미학이라는 힘이 작용된, 투르게네프의 다른 장편과는 여느 특징이 있는 작품이다.

러시아 사회를 냉정하게 바라보았던 그의 소설 작품은 러시아 사회 속에서 찾아낸 시대정신의 결정이었다. 러시아에서는 작가가 '사회의 양심' '민중의 지도자'가 되어야 한다는 생각이 강했다. 투르게네프의 친구로서, 작가는 사회개혁의 중요성을 호소하는 계몽소설을 써야 한다고 주장하는 급진적 비평가 벨린스키와 게르첸이 있었다.

따라서 농노해방의 예감을 그대로 제목으로 한 《그 전날 밤》과 사회 변화를 앞두고 대립한 두 세대를 그린 《아버지와 아들》은 러시아 사회의 변동과 그에 대한 지식인의 태도를 소설로 그리려고 한 새로운 시도이자 벨린스키

바덴바덴의 비아르도의 저택에서 열린 음악제 안톤 루빈슈타인(피아노 앞), 폴랭 비아르도, 투르게네프, 루이비아르도, 테오도르 슈토름과 미누엘 가르시아, 프로이센 왕 빌헬름 1세와 왕비 아우구스타, 비스마르크, 구스타베 도레 등이 보인다.

의 기대에 부응한 작품이라고 할 수 있다. 그러나 과연 시대정신을 문학에 비추려고 한 의도는 성공했을까? 동시대 보수파들은 물론 급진파들 또한 이 작품을 통렬하게 비판했다고 한다.

《첫사랑》을 주의 깊게 읽으면 그 시대의 사회사상을 찾아볼 수 있다. 시대 배경은 1833년, 소설 첫머리에 벽지에 무늬를 찍은 공장에서 일하는 가난한 소년들의 모습이 같은 나이의 주인공 블라디미르의 눈을 통해서 그려져 있다.

밤늦게 이웃집에서 돌아온 주인공이 '마루에서 자고 있는 노인'을 밟지 않으려고 넘어가는 장면에서, 농노인 하인에게 침대조차 주지 않고 그것을 비인도적이라고도 생각하지 않는 지주계급에 대한 풍자를 느낄 수도 있다.

여주인공 지나이다의 가족이 공작이라는 것도 이야기에 큰 의미를 지닌다. 공작은 귀족 중에서도 지위가 가장 높은 신분이다. 블라디미르 집안도 귀족이지만, 공작은 아니기 때문에 재력이 없는 자세키나 공작부인에 대한 블라디미르 어머니의 태도에서 존경과 경멸이 공존하는 양면의 감정을 느낄 수 있다.

피아노 치는 폴랭 비아르도 투르게네프가 죽을 때까지 38년 동안 짝사랑한 여인. 베를린(1860)

이에 반해 그 무렵 실러의 희곡 《군도(群盜)》(1781)를 읽은 블라디미르는 상대가 공작이라고 해서 존경하지는 않는다. 《군도》는 프란츠의 음모로 공작인 아버지와 애인을 빼앗긴 카를이 도적단 두목이 되어 악에 맞선다는 이야기이다. 이 작품에 흥분한 블라디미르가 '민주주의를 신봉하는 젊은이'로서 자유에 대해 아버지와 이야기하는 장면에서 계급에 관해 블라디미르와 어머니의 생각이 서로 다름을 알 수 있을 뿐만 아니라 그 무렵 러시아 사회의 모습도 엿볼 수 있다.

《첫사랑》의 역학

이 소설은 세 명의 남자가 등장하는 '짤막한 이야기'로 시작된다. 1833년에 열여섯 살이었던 블라디미르가 여기에서는 '마흔 살 전후'로 되어 있는 셈이라 거꾸로 계산하면, 첫머리 부분은 1858년 즈음이다. 작품은 모두 블라디미르가 노트에 쓴 수기 내용이다.

이런 소설형식을 선택한 것은 이 형식이 과거를 회상하면서 사춘기 때 느꼈던 사랑 이야기를, 오랜 시간이 지나 아름답게 순화되고 향수와 감상에 쉽게 빠질 수 있는 이야기를 그리는 데 가장 잘 어울리는 형식이라고 생각했기 때문이었을 것이다.

그러나 1863년 프랑스어판이 출판되었을 때, 형식이 조금 바뀌었다. 첫머리에 나온 세 사람이 마지막에 또 한 번 등장하고, 블라디미르가 읽은 수기에 대해 나머지 두 사람이 감상을 말하는 장면이 덧붙여 있다. 맨 처음과 마지막이 같은 장면으로 통일되고, 완전한 '틀' 구조의 소설이 되기 때문에 형식적으로는 보다 완성도가 높다고 생각될지도 모르지만, 작품의 가치로서는 어떨까?

앞서도 말했듯이 《첫사랑》을 1860년에 발표했을 때 통렬한 비판을 많이 받았으며, 그 가운데 가장 많았던 것은 이야기나 주인공이 '도덕적이지 않다'는 점이었다. 19세기 러시아에서는 문학에서 도덕을 추구하는 경향이 일반적이었기 때문에 예술지상주의적이었던 투르게네프는 자주 비판을 받았다.

그러나 그는 이 소설을 러시아에서 발표하기 전부터, 그런 비판이 나올 것을 예측했다고 한다. 그래서 블라디미르의 수기 마지막에 '어느 노파의 죽음'을 지켜보는 장면을 넣고, '도덕적'인 의미를 덧붙였다. 사실 투르게네프는 어떤 편지에서 '술이 깨는 듯한 이 결말이 없으면 도덕적이지 않다는 목소리는 더 강했으리라' 말하고 있다.

등장인물 배치부터 소설 구조를 생각하는 것도 흥미롭다. 지나이다의 아버지가 재산을 보고 신분이 낮은 지나이다의 어머니와 결혼했듯이, 블라디미르의 아버지 또한 재산을 보고 블라디미르의 어머니와 결혼했다. 이 두 가족은 계급은 다르지만 성립 과정은 똑같다.

《첫사랑》에는 다층의 대칭적 구조가 보인다. 이를테면 블라디미르의 아버지가 경제력 때문에 연상의 어머니에게 지배받고 있는 점, 블라디미르가 연상의 지나이다의 생각대로 행동한다는 점이 서로 대칭을 이루고 있고, 지나이다의 첫사랑 상대가 블라디미르의 아버지라는 점, 블라디미르의 첫사랑 상대가 지나이다라는 점 또한 대칭 관계라 할 수 있다.

또 하나는 이렇게 대칭을 이루는 지나이다 가족과 블라디미르 가족 사이에는 정원이 있고, 이야기의 요점이자 중요한 사건이 그곳에서 일어난다는 점이다. 블라디미르가 처음 지나이다를 본 곳도, 블라디미르의 아버지가 그녀에게 인사를 한 곳도 정원이다. 또한 블라디미르가 사랑하는 지나이다의 변화를 처음으로 알아챈 곳도, 연적이 나타나기를 기다리다 생각지도 않았던 아버지를 만나는 곳도 바로 그 정원이다.

공간축을 시간축으로 옮기면 주인공의 나이는 아이도 아니고 어른도 아닌 경계적인 과도기에 있다. 연적이 누군지를 알아챈 블라디미르가 아버지라는 진짜 어른을 앞에 두고 학생으로 돌아가는 장면은 어느 쪽에도 속하지 않는 위치를 상징적으로 보여주고 있다.

투르게네프의 딸, 폴리네트 브뤼에르

《첫사랑》에서 대칭되는 영역 사이에 놓인 경계의 힘이 이야기를 앞으로 끌고 가는 듯한 모습과, 러시아와 유럽의 경계를 늘 의식하고 있던 위대한 중도주의자 투르게네프의 모습이 동전의 양면과도 같다면 억측일까?

《첫사랑》의 미학

이 작품의 매력은 처음으로 사랑을 하는 사람 누구나 느끼는 부끄러움과 두근거림, 불안 등을 모조리 그려낸 점이다. 그 사람이 없으면 가슴이 메고, 해가 뜨든 지든 그 사람만 생각한다. 그 사람이 눈앞에 있으면 안정되지 않고 질투하게 되는 마음을 교묘하게 말하고 있다.

이런 심리묘사는 자연묘사 덕분에 보다 분명하게 나타난다. 물론 자연묘사는 심리묘사의 보조 역할이 아니라 독립된 역할을 하고 있다. 때때로 자연현상이 주인공의 감정을 상징적으로 드러낸다. 그런 것을 가장 잘 드러낸 이미지로는 번개 장면이 있다. 소리도 나지 않고 얌전하게 빛나는 번개를 말하면서 속으로는 '나의 내부 또한 소리도 내지 않고 은밀하게 빛나는 정신의 고양으로 호응하고 있다'고 느끼고 있다. 번개가 점차 옅어져 가는 창문 밖을 가만히 바라보던 그가 자기 자신의 내면이 자연스럽게 안정되기를 차분히 기다리는 것도 마찬가지다.

투르게네프는 이 작품에서 첫사랑의 감정은 불가항력적인 힘 같은 것으로 때때로 인간을 지배하면서 행복보다는 상처를 주지만, 이런 쓰라린 체험은 인간의 정신적인 성장에 필요한 양식(糧食)이 된다는 것을 보여주고 있다. 여주인공 지나이다는 요염하면서도 고상하고, 어떤 일에든 무관심하면서도 정열적이며, 쾌락적이면서도 진지한, 그야말로 복잡한 인물이다.

그녀는 자기를 연모하는 모든 남자를 제멋대로 가지고 놀면서 그들을 괴롭히는 데서 쾌감을 느낀다. 그리고 자유를 최대의 행복으로 생각하여 사랑하는 남자일지라도 그를 위해 자유를 포기하지는 않지만, 반면 처자를 거느린 중년 남성을 사랑하여 스스로 정열의 노예가 된 것을 깨닫고 그 정열을 부정하려고 애쓰지만 결국 자신을 속일 수 없어 그 정열의 심연에 빠지고 만다.

이 작품에서는 이런 복잡한 성격의 미묘한 변화가 잘 묘사되어 있다. 여왕과 여자노예의 양면을 지니고 있어 교만하면서도 여성적인 인간상이 소년의 순진한 감각을 통하여 그려져 있기 때문에, 감미로운 감상(感傷)에 젖어 있으면서도 한편 경험을 쌓은 중년 남성을 끌어들임으로써 독자들이 부자연스러움을 느끼지 않게 한다. 그리고 그것이 바로 이 작품이 지닌 고도의 예술성이다.

여기서 또 하나 짚어볼 것이 바로 투르게네프가 그려내는 인간 유형이다.

먼저 그는 남성 형상을 크게 두 가지 유형으로 나누었다. 하나는 1850년에 발표한 중편《잉여인간의 일기》에 나오듯이 가진 재능을 사회를 위해 쓰지 못하고 허송세월하는 '잉여인간', 또 하나는《그 전날 밤》의 인사로프와《아버지와 아들》의 바자로프로 대표되는 행동하는 합리주의자이다. 작가 자신의 비유대로라면 전자는 '햄릿'형, 후자는 '돈키호테'형이다.

이에 반해 투르게네프 작품에 등장하는 여성 유형은 다양하지만,《첫사랑》의 지나이다는 특별한 존재처럼 생각된다. 그녀는 공작 집안의 고귀한 핏줄을 타고났지만, 재산이 없어서(말을 살 돈까지 빌려야 한다) 경제력 있는 남자와 결혼해야 하는 자신의 처지를 충분히 인식하고 있다. 그녀가 남자들을 농락하려고 하는 것은 그런 사회에 대한 복수심이 작용한 것이며, 군인·백작·의사·시인 등 그녀를 둘러싼 남자들은 상류사회의 축소판이다.

사랑을 알고 인간적으로 성장한 지나이다는 말 그대로 상대의 모든 것을 받아들일 각오가 되어 있다. 연인 블라디미르의 아버지에게 채찍으로 맞아

도 그것까지 받아들이는 인상적인 장면에는 에로스, 서정, 비애가 축약되어
있다.

아름다운 언어로 그린 순박하고 강인한 러시아 농민의 삶 《사냥꾼의 수기》

러시아 자연주의 문학의 완성자로서 그 재능을 유감없이 발휘한 투르게네
프는 단순하고 일상적인 생활을 줄거리로 한 작품들에서 언제나 객관적인
태도를 취하며 인생의 진리를 밝히려 했다. 또한 전체적으로 서정적인 인상
을 짙게 풍긴다. 그는 결코 자기도취에 빠지는 일이 없고 오히려 자신의 감
정을 억제함으로써 독자에게 보다 깊은 감동을 주고 있다.

첫 작품은 1843년에 익명으로 발표한 서사시 〈파라샤〉지만, 그의 예술적
도정을 밟아올라가기 위해서는 《사냥꾼의 수기》부터 출발하는 것이 옳다. 투
르게네프는 시, 희곡, 산문 등 모든 장르에 걸쳐 창작 활동을 했다. 투르게
네프가 러시아 문학계에서 처음 인정을 받은 것은 1847년에 〈동시대인〉지
잡기란에 〈호리와 칼리니치〉라는 글이 실려 호평을 받으면서부터이다. 이
작은 성공을 계기로 투르게네프는 자기 작품에 대해 자신감을 갖게 되어 《사
냥꾼의 수기》를 쓰게 된다.

《사냥꾼의 수기》에서 투르게네프는 러시아의 삶의 모습을 역설적이고 신
랄하게 표현하는 대신 객관적이고 정밀하게 묘사해 냈다. 그보다 객관적인
표현은 상상도 할 수 없을 정도이다. 이 작품에서 투르게네프는 러시아의 다
양한 계층의 삶을 조금씩 보여 주면서 자신이 받은 인상을 적고 있다. 그의
작품에서 러시아 농민을 지나치게 칭송하거나 동정적으로 묘사한 부분은 거
의 없다. 그가 볼 때 러시아의 농민은 톨스토이가 그려낸 것처럼 러시아가
새롭게 발견한 철학자도, 지혜의 근원도 아니었다. 그래서 그는 농민을 변호
하지 않고 단지 사실적인 삶을 드러내 보였을 뿐이다. 사냥꾼이 돌아다니는
곳들은 단순하면서도 친근한 호밀밭과 자작나무 숲, 호수와 작은 시내들이
있는 초원이다. 이 모든 곳에는 특유의 냄새와 소리가 있고, 여름날의 권태
와 자작나무 숲의 그늘, 졸린 듯한 침묵, 알지 못하는 작은 생물의 윙윙거리
는 소리 그리고 밤의 불가사의한 소리가 있었다.

그러면 어찌하여 이 작품이 그토록 절찬을 받았고 그토록 소설계의 일치
된 관심을 모으게 되었을까? 다른 것이 아니다. 그 속에 나타난 농촌과 민

중에 대한 작가의 태도에 기인한다.

그 시대에는 러시아 농민을 다만 무지몽매하고 더러운, 반은 사람이요 반은 짐승 같은 존재로 여기고 있어서, 문학의 대상이 되리라고는 도저히 생각조차 할 수 없는 일이었다. 그러나 투르게네프는 처음으로 농촌의 민중 속에 숨어 있는 훌륭한 지혜와 재능, 상냥한 감정, 순박한 정신을 헤쳐놓았던 것이다. 사냥에 뛰어났던 작가는 중앙러시아 평원과 숲으로 사냥감을 쫓아다니면서 보고 들은 농노들의 비참한 생활 모습과 순박함, 그리고 삶의 지혜를 세련된 예술감각으로 표현하여 인간미 넘치게 형상화했다. 현실적이면서도 실제적인 머리를 가진 처세가 호리나, 자연을 벗삼아 자연의 시정을 향략함으로써 만족하고 사는 온화하고 겸손한 칼리니치는 그들의 지배자이자 귀족인 지주에 비해서 조금도 인간적으로 열등하지 않을뿐더러, 도리어 순박하고 진실한 면에서는 그들의 지주보다 훨씬 뛰어나다. 이런 사실은 그 무렵 러시아 사회에서는 놀랄 만한 새로운 발견이었다.

《호리와 칼리니치》의 눈부신 성공은 자신의 재능을 의심하던 투르게네프에게 용기와 희망을 북돋아 주었다. 그는 어릴 때부터 저축해 둔 지식과 관찰을 농민소설 연작에 모두 쏟아부었으며, 마침내 1851년 파리 교외에서 《사냥꾼의 수기》라는 이름 밑에 25편의 대작을 완성하기에 이르렀다.

그 가운데 몇 편을 소개하자면, 《예르몰라이와 방앗간 여주인》(1847)은 사냥꾼을 수행하는 예르몰라이라는 기묘한 인간의 이야기와 물레방앗간의 안주인 아리나의 이야기를 다루고 있다. 지주 부인의 변덕 때문에 운명이 틀어져 버린 아리나의 비극이 가슴을 뭉클하게 한다. 《외로운 늑대》(1848)는 냉정하고 악독하기로 소문이 나서 '늑대(비류크)'라는 별명이 붙은 숲지기가, 가난하여 어쩔 수 없이 나무를 도벌한 농민을 결국은 풀어준다는 이야기인데, 러시아 하층민들의 따뜻한 인간미를 느낄 수 있다. 《죽음》(1848)은 청부업자, 농민, 방앗간 주인, 대학생, 여지주 등 죽음을 두려워하지 않는 사람을 보고 경탄하는 이야기를 모은 것이다. 죽음에 대한 작가의 관심은 매우 강해서 다른 여러 작품에서도 엿볼 수 있다. 《명창》(1850)에는 민중이 가지고 있는 음악적 재능과 그것을 즐기는 마음을 섬세하게 묘사해 놓았고, 《베진 초원》(1851)에는 여름 밤 들판에서 펼쳐지는, 말 떼를 지키고 있는 아이들의 세계가 잔잔하게 그려져 있다. 《살아 있는 시체》(1874)는 갑자기 닥처온 불행에도 기가 꺾이지 않고 누워 잠만 자는 생활을 하고 있는 루케리아—놀랄 만큼 참을성이 강할 뿐만 아니라 어느 누구에게든 무엇을 해달라고 부탁한 적도 없고 무슨 일이든 그저 고마워하기만 하는 온화한 여자, 하느님께서 불구자로 만든 여자—의 이야기를 감동적으로 그려 놓았다.

《사냥꾼의 수기》가 독자에게 불러일으킨 효과는 대단한 것이었다. 고골리의 《죽은 혼》이 러시아인에게 러시아적인 모습을 보여주었다면, 《사냥꾼의 수기》는 러시아 농노제의 참혹한 모습을 알려준 작품이라고 할 수 있다. 이 작품에서 처음으로 농노

《사냥꾼의 수기》(초판발행 1860)
모스크바, 1986년

가 한 인간으로서 객관적으로 묘사되었다. 황제 알렉산드르 2세까지도 농노 해방을 결정할 때 이 작품에 적잖은 영향을 받았다고 했다.

그렇다고 해서 《사냥꾼의 수기》가 정치적 선전을 의미하는 작품은 아니다. 본디 성품이 유순하고 온화한 투르게네프는 그렇게 노골적이면서도 과격한 태도를 취하지는 못했다. 물론 그 자신이 귀족 출신이라는 점도 있었겠지만, 어디까지나 그의 시인다운 고요한 성품이 작품 전체를 고요한 애수 속에 아울렀던 것이다. 그는 부정과 사회조직의 희생물이 되고 있는 암담한 농민들의 상태를 생생히 묘사하면서, 세련된 예술적 직감을 통해 농민의 아름답고 소박한 인간성을 시적 우수감에 넘친 자연을 배경으로 계시하고 있다. 사실, 너무 노골적이고 과격한 태도를 보여주지 않았던 것이 오히려 이 작품의 반항력을 보태주고 있다고 해도 과언은 아니다.

《베진 초원》에 묘사된 순박한 러시아 소년들의 시정이며 그 속에 흐르는

러시아적인 우수, 자연을 사랑하고 자연에 동화함으로써 독자적인 세계관·우주관에 다다른 칼리니치와 카시얀의 예술적 소질, 지주집 하인에게 농락당하고 버림받는 가련한 소녀 아쿨리나, 소박한 민요 속에 러시아 민중의 정열·힘·동경·비애를 남김없이 표현한 자연의 예술가 야코프, 냉혹하면서도 따사로운 인간미를 감추고 있는 음울한 산림지기 비류크─이 모든 형상과 러시아 농민의 사실적인 전형들은 투르게네프의 자유분방하고 섬세한 필치에 의해서 러시아 문학뿐만 아니라 세계문학에 새로운 장르를 창조했고, 보물 같은 작품으로 영원히 남아 있다.

러시아 문학사에 빛나는 별 그 수많은 명작

투르게네프는 《사냥꾼의 수기》의 첫 편인 《호리와 칼리니치》(1847)가 세상에 모습을 드러낸 이래 20여년이 지나, 스무 살 청년이었던 자신이 '러시아에서는 주위에서 보이는 거의 모든 사물이 분노, 불만, 더 나아가 증오까지 불러일으키는' 것을 참지 못하고 멀리 독일로 유학했을 무렵의 심경을 떠올리며 다음과 같은 말을 했다.

"나는 내가 미워하는 것들과 같은 공기를 마시고 같은 장소에 있는 것을 견딜 수 없었다. 내게는 강한 인내력과 강인함이 부족했던 것이리라. 나는 적에게 더 강한 타격을 주기 위해 반드시 적에게서 멀어져야 했다. 내게 적은 분명한 형상으로 보였으며, 일정한 이름도 갖고 있었다─적이란 바로 농노 제도였다."

위 말은 《사냥꾼의 수기》 머리말에도 들어 있다. 알렉산드르 2세가 이 책을 즐겨 읽고 개인적으로 "나는 《사냥꾼의 수기》를 읽은 뒤로 농노를 해방해야겠다는 일념을 잊은 적이 없다"고 말했다는 일화나 사람들이 "무시무시한 선동서"로 두려워했다는 사실을 들어 이 책을 농노제도에 대한 항의로 간주하고 여기에서 가장 큰 의의를 찾는 비평은 오늘날까지 수없이 반복됐다. 그러나 작가는 그런 정치 투사가 아니었다. 작가는 대놓고 농노제도를 비난하지 않았다. 그저 그 무렵 벨린스키가 제기한 '오늘날 러시아가 가장 시급히 풀어야 할 국민적 문제'인 이 제도의 질곡에 허덕이는 농민의 삶에서 새로운 소재를 찾아, 이전의 작가들이 그린 농민처럼 단순한 희극적 존재가 아니라 사물을 생각하고 사물을 느끼며 사랑을 알고 자연의 아름다움을 사랑하는 인간적인 생활상을 그림으로써, 악제에 고통받는 부조리를 한층 명료하게 의식하게 했을 뿐이다. 이 책의 매력은 그런 사회 현실에 접근했다는 점 이상으로 놀라운 자연 관찰과 투철한 인간성 탐구와 시적 아름다움으로 현실을 시의 수준으로 끌어올렸다는 점에 있다.

《사냥꾼의 수기》 작가로서의 투르게네프는 구성 방법 또는 언어의 아름다움이라는 점에서 그의 이른바 '옛날 그러나 늘 새로운 교사'의 후계자요, 현실을 대하는 태도에

투르게네프, 폴랭 비아르도가 그린 초상화(1878)

서 고골의 가장 훌륭한 제자였다. 수많은 자극과 영향 속에서 그를 독자적으로 만든 것은 푸시킨과 고골의 새로운 조화였다. 그로써 그는 이 향기로 가득한 서사시의 세계에서 출발했다. 작가로서의 독자성은 모두 여기에 묻히고, 문학가로서의 진로는 이 책으로써 결정되었다.

《사냥꾼의 수기》로 자연시인으로서의 정점에 이른 투르게네프는 1850년 어머니가 세상을 떠나자 영지의 농노를 해방하고 인두세제도를 개혁했다. 그러나 1852년 4월, 농노제를 비판한 글 때문에 모스크바에서 체포되어 5월까지 한 달 동안 감옥살이를 했으며, 5월에 고향인 스파스코예로 유배를 떠나 1853년 12월까지 유배생활을 했다. 이때 《아샤》·《파우스트》 등 중편소설을 썼다.

《아샤》는 1858년 〈소브레멘니크〉지에 발표된 작품으로 예술적 완성, 미의 감각, 훌륭한 자연묘사 등으로 《첫사랑》과 함께 쌍벽을 이루는 뛰어난 작품이다. 투르게네프가 묘사하는 여주인공은 대부분 용모가 독특하고 매력이 있지만, 그중에서도 아샤만큼 이채롭고 독특한 여성은 없다. 순진하고 명랑

하면서도 타는 듯한 정열과 적극성을 지니고 있다. 따라서 이상적인 남자를 만나기만 하면 물불을 가리지 않고 사랑에 빠지고 만다.

그러나 그것은 조금도 야비하거나 부자연스러운 데가 없는 헌신적이고 고상한 사랑이다. 그녀는 일생 동안 단 한 번, 그것도 순간적으로 사랑했을 뿐이다. 그녀에게 사랑과 죽음은 동일한 것이었다. 그러나 《아샤》의 남주인공은 정열적인 아샤에 비해 너무나 소극적이고 이지적이다. 그는 아샤를 사랑하면서도 고백하지 못한다. 그리고 아샤가 영원히 사라졌을 때에 비로소 몸부림치며 그녀를 찾아 헤맨다. 이것은 러시아의 인텔리들이 지니고 있는 통속적인 문제점이자 사랑에 실패하고 일생 동안 고독하게 지낸 투르게네프 자신의 이지와 우수를 말해 주는 것으로도 볼 수 있다.

투르게네프의 시인으로서의 날카로운 감각은 시시각각으로 변하는 사회의 모습에 따라 동요하거나 형성되어가는 인간의 정신과 사상의 새로운 움직임에도 민감했다. 소설 속에는 그 시대의 움직임을 대표하는 다양한 인간형태가 훌륭히 묘사되고 있지만, 어쨌든 《사냥꾼의 수기》 이후 대표작이라고 불리는 여섯 편의 장편소설—《루딘》·《귀족의 보금자리》·《그 전날 밤》·《아버지와 아들》·《연기》·《처녀지》에는 그 시대에 따라 변해 가는 러시아 사회의 대표자들이 불멸의 영상을 남기고 있다.

이 장편들은 모두 극단적으로 상반된 찬성과 반대의 평가를 받았다. 그의 장편 가운데서 비평가측으로부터 일치된 찬사를 받은 것은 《귀족의 보금자리》 한 편뿐으로, 나머지 작품들은 모두 치열한 토론의 대상이 되었다. 이것은 그 작품들이 모두 그 시대의 인심을 지배하고 있던 핵심문제와 관련되어 있었던 탓으로, 비평가들은 단지 사상적 관점에서 그 작품들을 받아들였기 때문이다.

투르게네프는 교양을 갖춘 사상가이자 민감한 예술가로서, 일반사회를 지배하는 시대조류에 무관심할 수는 없었다. 따라서 그는 자주 정치적이고 사회적인 주제를 선택하곤 했지만, 그에 앞서 시인이었고 예술가였기 때문에 작품에 나타난 사회문제는 불타는 듯한 정열이 빠져 있고, 오히려 냉정하고 객관적인 비평·해부의 성격을 띠고 있다. 그리고 작품 전체적으로는 생활현상의 예술적 표현, 개개인물의 심리묘사에 중점을 두고 있어서 협의의 사회문제는 기나긴 인생에서 직간접으로 겪게 되는 하나의 현상으로서 전체 속에서 녹아들어 있다. 그러므로 모든 정신활동의 종합적 산물인 그의 예술을 단순히 사상적 관점에서만 평가하는 것은 장님이 코끼리 다리 만지는 꼴이다.

투르게네프의 첫 번째 장편인 《루딘》(1855)은, 이 작품이 지니는 사회적 의의나 예술적 품위로 보아서 투르게네프의 창작 중 가장 뛰어난 걸작으로 꼽힌다. 또한 그에게 그 시대 가장 뛰어난 작가라는 명성과 지위를 가져다준 장편이라는 점에서도 가장 의의 깊은 작품이다. 《루딘》은 정의에 불타는 열정과 만인을 움직일 수 있는 웅변술이 있

투르게네프, 초상사진

으면서도 결단력이 없고 의지력이 박약한, 아무 짝에도 쓸모가 없는 주인공 루딘이라는, 공론적 이상주의자로 타락한 40대 인텔리의 전형을 그린 명작이지만, 이 장편 또한 문단으로부터 일치된 찬양을 받을 순 없었다. 본디 루딘은 청년 시절 무정부주의자이자 친구였던 바쿠닌을 모델로 한 것으로, 웅변가·정열가로서의 바쿠닌은 잘 묘사되어 있으나 사회적·정치적 신념과 거기에 뒤따르는 특성이 빠져 있다고 비난받았다. 또 어떤 평론가는 루딘이 1840년대 지식계급의 대표자로서 위대한 사회적 사명을 지니고 있음에도 너무나 연약하고 결단력이 없는 존재로 묘사된 데 대해서 불만을 표시했다.

그러나 루딘은 단순히 미사여구만을 늘어놓음으로써 자기만족에 도취하는 공변가는 아니며, 더욱이 청춘 남녀의 찬미와 숭배로 자존심을 채우는, 게을러터지고 하는 일도 없이 거저먹기만 하는 밥벌레도 아니다. 그리고 선과 진리의 이상을 믿으며 빛나는 미래 건설에 봉사하겠다는 그의 정열도 결코 표면적인 넋두리만은 아니다. 만일 그가 단지 일신상의 행복만을 좇았더라면

1874년 레장스 카페에서 체스를 두고 있는 사람들과 함께 있는 투르게네프 오른쪽 체스판 뒤, 그림의 거의 가운데 서 있는 이가 투르게네프.

그토록 비참하게 최후를 마치지 않고 보다 행복하게 남은 생애를 보낼 수 있었을 것이나 부정·범속과 타협할 수 없는 진실성과 결백성을 가지고 있었기 때문에, 자기에게는 부여된 안식처를 뿌리치고, 처참한 유랑생활 끝에 나중에는 자기와는 아무 관계도 없는 프랑스혁명 시가전에서 개죽음을 당했다. 《루딘》은 1840년대 러시아 인텔리들의 비극적 전형을 묘사한 작품이지만, 루딘과 같은 인간의 형상은 지금도 우리 주위에 수많이 존재하고 있다. 시대성을 초월한 루딘의 비극은 모든 인텔리들의 영원한 비극이자 공통된 비극이기도 하다.

《루딘》 다음에 쓴 《귀족의 보금자리》는 여러 계층으로부터 예외 없이 칭찬을 받은 유일한 장편으로, 투르게네프의 예술적 원숙을 유감없이 증명하는 작품이다.

1860년에 발표한 장편 《그 전날 밤》에서는 러시아 사회에 발효되기 시작한 자유에 대한 기대가 한층 더 또렷이 드러나 있다. 실제로 농노해방령이

스파스코예 영지에서의 **투르게네프** 세르바코프 그림.

선포된 때가 1861년이었으니까 《그 전날 밤》이라는 제명은 투르게네프의 예민한 예술적 직감을 입증해 주었다 할 것이다. 투르게네프는 여기서 러시아 국민의 자유에 대한 갈망을 독자적인 형식으로 예술화했다. 조국의 독립운동을 위해 싸우는 불가리아 혁명투사 인사로프에게 공명하여, 위대한 전인류의 과업을 이루고자 부모와 집을 버리고 낯선 나라를 헤매는 엘레나야말로 그즈음 러시아 지식계급의 기대와 초조의 상징이었다. 이런 정치적·사회적 문제를 한 소녀의 연애 사건에 맡기는 수법은 서정적인 경향을 띤 투르게네프 예술에 필연적으로 따르는 것이며 엄중한 검열의 박해를 피하기 위한 방편이기도 했다.

1861년 농노해방령이 선포되자 러시아 국내는 대혁신으로 들끓었다. 낡은 귀족문화는 평민문화에 자리를 양보하고, 이상에 불타는 청년들은 '브나로드(민중 속으로) 운동'을 일으켜 일제히 농촌으로 달려가서 농민 계발에 힘썼다.

이런 어지러운 시대에 투르게네프가 재빨리 받아들인 것은 《아버지와 아들》의 주인공 바자로프였다. 그는 모든 기성관념을 부정하는 허무주의자이다. 장편소설의 주인공은 모두 귀족 출신 인텔리였는 데 반해서, 투르게네프는 이 작품에서 처음으로 평민출신 인텔리를 등장시켰다. 바자로프는 강철 같은 의지로써 기성의 온갖 권위를 부정하고, 이에 대치할 합리정신을 세우고자 하는 과학자인 동시에 신시대 기수와도 다름없는 인물이었다. 그러나 본디 귀족 출신인 투르게네프가 자기 자신의 지위를 부정해야 하는 새로운 인간을 묘사하기는 매우 힘들었다. 따라서 바자로프의 모습에는 작가가 뜻하지도 않았던 우수의 그림자가 짙게 따라다니고 있다.

이 소설이 세상에 나오자 투르게네프는 신구 세대 사람들로부터 날카로운 공격을 받았다. 그의 작품들 가운데 이 소설만큼 물의를 일으킨 작품은 없었다. 구세대 사람들은 투르게네프가 작품 속 허무주의자 앞에 머리를 숙이고 낡은 전통적 세계를 놀림감으로 만들었다고 격분하는가 하면, 신세대 청년들은 주인공 바자로프를 신세대를 풍자한 것으로 해석하고 자유의 이상을 배반했다고 혹평했다. 《아버지와 아들》에서 받은 비난과 욕설은 투르게네프의 마음속에 깊은 상처를 남김으로써 염세적인 색채는 짙어갔다.

마지막 장편 《처녀지》도 그런 운명을 피할 수는 없었다. 이 작품에 묘사된 혁명운동의 대표자가 성격이 약한 회의파였기 때문에 또다시 급진적인 청년 학생들의 격분과 비웃음을 샀던 것이다.

원초적 고향 러시아 대지로 돌아가다

《사냥꾼의 수기》에서 마지막 장편 《처녀지》에 이르기까지 투르게네프의 작품을 살펴보았지만, 그의 예술적 특징은 먼저 유연한 어조와 우아한 필치, 미에 대한 섬세한 감각에 있다. 그의 작품에서는 어떤 뛰어난 선과 강렬한 색채는 찾아볼 수 없다. 늦은 봄 으스름 달밤 속에서 자연을 보는 듯한 부드럽고 윤택한 색조는 그지없는 우수에 잠긴 중부 러시아의 하늘과 공기를 연상케 한다.

그리고 작품에 묘사되는 여러 사실은 갑자기 우리 앞에 그 전체 모습을 나타내는 것이 아니라 미세한 집단으로 되어 그 깊은 그림자와 함께 서서히 펼쳐진다. 이 점에서 투르게네프는 보기 드문 문장가였다. "투르게네프를 모르는 사람은 러시아어의 아름다움과 힘을 말하지 말라"고 한 말은 여기서 나왔으리라 생각된다.

▲부지발 저택의 침상에 누워 있는 투르게네프
클로디 샹로가 그린 소묘(1883)

▶고요히 영면하는 투르게네프(1883)

　투르게네프가 문장가로서 예술상 가장 뛰어났던 것은 작품 어디서나 찾아
볼 수 있는 자연묘사라 할 수 있다. 그가 자연묘사에 비상한 재질을 타고났
다는 것은 그의 작품을 읽는 사람이면 누구든지 인정할 수 있을 것이다. 그
가 묘사한 것은 주로 평원의 자연이다. 그것도 그의 고향인 중부 러시아의
평원과 산림이고, 넘실넘실 물결치는 보리밭이며, 잔잔히 평야를 따라 흐르
는 냇물이며, 미풍이며, 석양이며, 그 밖의 온갖 풍경 묘사에서 그는 아직까

지 독보적인 위치를 차지하고 있다.

브란데스는 《투르게네프 연구》에서 다음과 같이 말하고 있다.

"투르게네프의 마음속에는 깊고 엷은 우수의 강이 흐른다. 따라서 그의 어떤 작품에도 이 강은 흐르고 있다. 그의 묘사는 객관적이고 비개성적이며, 그의 소설에 서정시를 도입하는 일은 거의 없었으나, 그럼에도 전체로 보아 서정시의 인상을 풍긴다. 그는 결코 자기 감정에 빠지는 일은 없었고, 오히려 억제함으로써 독자에게 감동을 주고 있다. 그러나 서유럽 작가들 가운데에는 투르게네프만큼 슬픔에 잠긴 사람이 없었다. 플로베르와 같은 라틴민족 중의 우울가는 그 스타일에서 냉혹하고 견고한 외곽을 가지며, 독일인의 슬픔은 통렬한 유머가 아니면 감정적이다. 그러나 투르게네프의 슬픔은 절망과 비애를 가진 슬라브 민족의 우수이다……. 고골이 우울할 때는 절망에서 유래한다. 도스토옙스키가 이런 감정을 표시할 때는 마음이 멸시받는 사람들, 특히 대죄인에 대한 동정으로 가득 찰 때이다. 톨스토이의 우울은 종교적 숙명론에 바탕을 두고 있다. 투르게네프만이 철학자다……. 그는 인간을 사랑한다. 이를테면 그 인간을 존경하지 않고 또 그다지 신용을 하지 않을 때에도 인간을 사랑한다."

브란데스의 말처럼 투르게네프는 인간을 사랑했고 언제나 엄숙한 사실과였다. 또한 공평무사한 태도와 진실을 사랑하는 마음은 인간 투르게네프의 특성이기도 했다. 그렇기 때문에 그는 작품에서 난투극을 피했다. 소설 줄거리는 아주 단순하고 모두 일상생활에서 재료를 얻고 있다. 인물을 객관적으로 그리고, 외부 현상만을 관찰하여 묘사했다. 러시아 자연주의의 완성자로서 인생의 진리를 밝히려는 것이 묘사의 목표였다.

투르게네는 82편의 '산문시'를 남겼다. 이것은 말년 작품 중에서도 독특한 것이자 다종다양한 예술적 요소를 보여주고 있으며, 모두 완성된 형식이라는 점에서도 뛰어난 작품들이다. 특히 〈노파〉·〈거지〉·〈노인〉·〈마샤〉 등에서는 투르게네프의 철학사상을 다른 작품에서보다 뚜렷이 이해할 수 있다. 이 산문시에는 투르게네프 예술의 근본을 이루고 있는 모든 요소가 집약되어 있을 뿐만 아니라, 상징적 가치까지 내포하고 있다.

1882년 3월 끝무렵, 처음으로 병의 징후가 나타났다. 그 무렵 친구 포론스키에게 다음과 같은 편지를 보냈다.

상트페테르부르크에서 거행된 투르게네프의 장례식 행렬 (1883)

　'당신이 스파스코예에 가면 나를 대신하여 집이며 뜰이며, 나의 떡갈나무에, 고향에 내 안부를 전해 주시오. 아마 나는 다시는 고향에 가볼 수 없을 거요.'

　9월 3일, 투르게네프는 파리 센 강변 휴양지인 부지발에서 척추암으로 세상을 떠났다. 황제 알렉산드르 3세는 이 소식을 전해 듣고 '허무주의자 한 녀석이 죽었군' 하고 혼잣말을 했다고 한다.

　그리고 정부는 투르게네프의 장례식에서 일어날지도 모를 시위에 대비하여 성대하게 장례를 치르지 못하도록 하고, 장지에 이르는 도로변은 군대와 비밀경찰이 엄중히 경비하고 일반인의 장례 참가를 금지했다고 한다. 그의 유해는 10월 초 러시아로 옮겨져 유언에 따라 위대한 비평가 벨린스키가 잠들어 있는 상트페테르부르크 볼코보 묘지에 안장되었다.

투르게네프 연보

1818년   11월 9일 가난한 귀족이자 기병장교인 세르게이 니콜라예비
                     치 투르게네프와 스파스코예에 큰 농장을 가지고 있던 바르
                     바라 페트로브나 루토비나 사이에서 둘째아들로 러시아 중부
                     오룔 주에서 태어남.

1827년(9세)   가족과 함께 모스크바로 감.

1833년(15세) 모스크바 대학 문학부 입학.

1834년(16세) 가족과 함께 상트페테르부르크로 감. 상트페테르부르크 대학
                     철학부 언어학과 전입(1836년 졸업). 11월, 아버지가 세상을
                     떠남.

1838년(20세) 최초의 시 〈저녁〉을 발표. 5월, 베를린 대학 유학. 이때 니
                     콜라이 스탄케비치, 티모페이 그라놉스키와 친하게 지냄.

1840년(22세) 무정부주의자 바쿠닌과 알게 되고, 단기간 같이 지냄. 5월~
                     2월(1841), 베를린 대학에서 헤겔 철학, 언어학, 역사학을
                     배움.

1841년(23세) 5월, 베를린 대학 과정을 끝내고 모스크바에서 지냄.

1842년(24세) 3월, 박사 시험을 치르기 위해 상트페테르부르크로 감. 4월,
                     철학박사 시험에 합격함. 12월, 상트페테르부르크로 옮겨 가
                     서 지냄.

1843년(25세) 익명으로 서사시 〈파라샤〉를 발표함. 6월, 내무부에서 일하
                     기 시작함(~1845). 에스파냐 출신 여가수 폴랭 비아르도를
                     알게 됨.

1847년(29세) 단편《호리와 칼리니치》를 발표해 작가로서 명성을 얻음. 그
                     뒤《표트르 페트로비치 카라타예프》《베를린 소식》《나의 이
                     웃 라질로프》《시골 신사 오브샤니코프》《르고프》《예르몰라

이와 방앗간 여주인》《지배인》《유대인》 등의 단편을 지속적으로 발표함. 이해 첫무렵에 독일로 떠나 7월까지 지냈으며, 7월부터는 프랑스에서 머무름.

1848년(30세) 1년 동안 파리에서 지냄. 2월, 단편 《시골 의사》《늑대》《레베잔》《타치야나 보리소브나와 그 조카》《죽음》 등 발표함. 9월, 단편 《페투슈코프》를 발표함.

1850년(32세) 4월, 단편 《잉여인간의 일기》 발표함. 10월, 딸 폴리네트를 비아르도 집안에 맡기기 위해서 외국으로 내보냄. 11월, 어머니 세상을 떠남. 영지의 농노를 해방함.

1851년(33세) 1년 동안 러시아(모스크바, 상트페테르부르크, 스파스코예)에서 지냄. 2월에 단편 《베진 초원》, 3월에 단편 《크라시바야 메치의 카시얀》 등 발표함.

1852년(34세) 2월, 단편 《세 번의 만남》을 발표함. 4월, 농노제를 비판한 글 때문에(고골의 죽음을 애도한 글 때문이라는 것은 표면적인 이유이자 구실에 지나지 않음) 체포되어 5월까지 한 달 동안 감옥살이함. 5월, 고향인 스파스코예로 유배형 떠남(1853년 12월 유배형을 면제받을 때까지 1년 6개월 남짓 유배생활을 함). 8월 《사냥꾼의 수기》를 책으로 펴냄.

1855년(37세) 4월, 단편 《야코프 파신코프》 발표함. 6월·7월, 스파스코예에서 장편 《루딘》을 쓰기 시작함. 톨스토이와 처음 만남.

1856년(38세) 장편 《루딘》과 중편 《파우스트》 발표함. 11월, 《투르게네프 중·단편집》을 펴냄. 이해 마지막 몇 달 동안 파리에서 지내면서 프랑스 작가들과 알고 지내게 됨.

1858년(40세) 1월, 중편 《아샤》 발표함. 3월~6월, 이탈리아와 런던, 파리 등을 방문하고 6월 귀국하여 스파스코예에서 지내면서 《귀족의 보금자리》 쓰기 시작함.

1859년(41세) 1월, 《귀족의 보금자리》 발표함. 9월부터 장편 《그 전날 밤》 쓰기 시작함.

1860년(42세) 1월, 《햄릿과 돈키호테》라는 강연 내용을 정리하여 발표함. 2월, 《그 전날 밤》 발표함. 4월, 중편이자 대표작인 《첫사랑》

발표함. 5월, 출국하여 파리에서 지냄(~1861년).

1862년(44세)	3월, 장편 《아버지와 아들》 발표함.
1864년(46세)	2월, 단편 《유령》 발표함. 4월 단편 《개》 쓰기 시작함.
1866년(48세)	4월, 단편 《개》 발표함(1867년 4월에 《연기》를 발표했으며, 그 뒤로 해마다 꾸준하게 단편 소설을 써서 발표함).
1874년(56세)	4월, 단편 《살아 있는 시체》, 《푸닌과 바부린》을 발표함. 이 즈음부터 투르게네프·플로베르·에드몽 공쿠르·졸라·도데 등이 참여하는 '5인 회식모임'을 시작함.
1876년(58세)	1873년 초부터 쓰기 시작한 장편 《처녀지》를 이해 여름께 집필을 끝냄(1877년에 발표함).
1879년(61세)	6월, 옥스퍼드 대학에서 명예 법학박사 학위를 받음(그 뒤로도 러시아 국내보다는 외국에서 머무르는 날이 더 많았음).
1882년(64세)	3월부터 병(척추암)이 점차로 악화되어 날이 갈수록 건강이 나빠지는 와중에도 작품활동을 이어감. 12월, 《산문시》를 발표함.
1883년(65세)	8월, 연인인 비아르도 부인에게 단편 《종말》을 구술하여 쓰도록 함. 9월 3일, 파리의 센 강변 휴양지인 부지발에서 죽음. 죽은 뒤에 단편 《클라라 밀리치》가 발표됨. 유해는 그해 10월, 러시아로 옮겨져 상트페테르부르크의 볼코보 묘지에 안장되다.

옮긴이 김학수(金鶴秀)

한국외국어대학교 노어과 졸업. 미국 인디애나대학교 대학원 슬라브어문학과 졸업. 한국
외국어대학교·고려대학교 교수 역임. 한국노어노문학회장 역임. 지은책에 《노한사전(露韓
辭典)》《러시아어》, 옮긴책에 톨스토이 《부활》《인생의 길》《참회록》, 도스토옙스키 《죄와
벌》《카라마조프네 형제들》《신과 인간의 비극》, 투르게네프 《사냥꾼의 수기》《첫사랑》
《루진》, 체호프 《귀여운 여인》《벚꽃동산》《약혼녀》, 두진체프 《빵만으로 살 수 없다》, 솔제
니친 《이반 데니소비치의 하루》《1914년 8월》《수용소군도》 등이 있다.

세계문학전집065
Ivan Sergeyevich Turgenev
ZAPISKI OKHOTNIKA/PERVAYA LYUBOR/POEMS IN PROSE
사냥꾼의 수기/첫사랑/산문시
이반 투르게네프/김학수 옮김
동서문화창업60주년특별출판
1판 1쇄 발행/2016. 11. 30
발행인 고정일
발행처 동서문화사
창업 1956. 12. 12. 등록 16-3799
서울 중구 다산로 12길 6(신당동 4층)
☎ 546-0331~6 Fax. 545-0331
www.dongsuhbook.com
＊

사업자등록번호 211-87-75330
ISBN 978-89-497-1530-8 04800
ISBN 978-89-497-1515-5 (세트)